Die Bücher
Wettkampf:
Das junge Net-Force-Team nimmt an einem internationalen Wettbewerb mit virtuellen Raumschiffen teil. Doch ein Land spielt mit falschen Karten.
Endspiel:
Auf der Karibikinsel Xanadu spielen die Besucher mit ihrem Leben.
Cyber-Spion:
Geheime Botschaften geistern durchs Netz. Einige sind harmlos und amüsant – andere sind absolut tödlich.

Die Autoren
Tom Clancy, geboren 1947 in Baltimore, begann noch während seiner Tätigkeit als Versicherungskaufmann zu schreiben und legte schon mit seinem ersten Roman *Jagd auf Roter Oktober* einen Bestseller vor. Mit seinen realitätsnahen und detailgenau recherchierten Thrillern hat er Weltruhm erlangt. Tom Clancy lebt mit seiner Familie in Maryland.
Steve Pieczenik ist von Beruf Psychiater. Er arbeitete während der Amtszeiten von Henry Kissinger, Cyrus Vance und James Baker als Vermittler bei Geiselnahmen und als Krisenmanager.

Von Tom Clancys Jack-Ryan-Romanen liegen bei Heyne im Taschenbuch vor: *Gnadenlos* (01/9863), *Ehrenschuld* (01/10337), *Befehl von oben* (01/10591), *Der Kardinal im Kreml* (01/13081), *Jagd auf Roter Oktober* (01/13296), *Der Schattenkrieg* (01/13422), *Operation Rainbow* (01/13155) und *Im Zeichen des Drachen* (01/13423).

Von Tom Clancy und Steve Pieczenik sind als Heyne Taschenbücher die Serien OP-Center und Net Force lieferbar. Von Tom Clancy und Martin Greenberg stammt die Serie Power Plays, die ebenfalls im Heyne Taschenbuch lieferbar ist.

Tom Clancy / Steve Pieczenik

Special Net Force

Wettkampf

3 Romane in einem Band

WILHELM HEYNE VERLAG
MÜNCHEN

HEYNE ALLGEMEINE REIHE
Nr. 01/13634

Umwelthinweis:
Das Buch wurde auf
chlor- und säurefreiem Papier gedruckt.

Redaktion: Verlagsbüro Oliver Neumann, München

Deutsche Erstausgabe 08/2002
Copyright © der deutschsprachigen Ausgabe 2002 by
Wilhelm Heyne Verlag GmbH & Co. KG, München
Printed in Germany 2002
Quellennachweis: s. Anhang
Umschlagillustration: The Image Bank/Rob Magiera
Umschlaggestaltung: Nele Schütz Design, München
Satz: Pinkuin Satz und Datentechnik, Berlin
Druck und Bindung: Elsnerdruck, Berlin

ISBN 3-453-21312-2

http://www.heyne.de

Inhalt

Wettkampf
Seite 7

Endspiel
Seite 255

Cyber-Spion
Seite 515

Special Net Force – **Wettkampf**

Wir möchten folgenden Personen, ohne deren Mitarbeit
dieses Buch nicht möglich gewesen wäre, danken:
Bill McCay für seine Hilfe bei der Überarbeitung des
Manuskripts; Martin H. Greenberg, Larry Segriff,
Denise Little und John Helfers von Tekno Books;
Mitchell Rubenstein und Laurie Silvers von
BIG Entertainment; Tom Colgan von Penguin Putnam
Inc.; Robert Youdelman, Esq., und Tom Mallon, Esq.;
sowie Robert Gottlieb von der William Morris Agency,
unserem Agenten und Freund. Wir sind ihnen allen
zu aufrichtigem Dank verpflichtet.

Ohne den Blick von den Anzeigen auf der Konsole vor sich zu wenden, spitzte Leif Anderson die Lippen und pustete. Er hoffte, der Luftstoß würde den Schweißtropfen aufhalten, der sich auf seine Nasenspitze zu bewegte.

Der Versuch schlug fehl.

Leif probierte es mit einem raschen Kopfschütteln. Aber dadurch wurde es nur schlimmer. Der Tropfen löste sich, flog durch die Mikroschwerkraft und landete auf dem Visier seines Helms. Dort klatschte er wie ein Regentropfen auf – allerdings auf der Innenseite der durchsichtigen Plastikscheibe. Einige Zahlen auf dem Bildschirm verschwammen zu einem unleserlichen Flecken, als das Tröpfchen sie verdeckte.

Leif sog den Atem durch die Zähne ein. Er *brauchte* diese Daten, wenn er die Bremsung des Gefährts regulieren wollte. Sonst war eine Landung auf dem Mars unmöglich.

Er warf einen Blick auf die anderen Net Force Explorers – obwohl man von ihnen, eingepackt in ihre Raumanzüge, nicht viel erkennen konnte. David Gray saß auf der Pilotenposition der Marssonde. Leif wusste, dass das Gesicht seines Freundes so hart wirkte, als wäre es aus

Ebenholz gemeißelt. Er war derjenige, der die Crew angewiesen hatte, die Raumanzüge vollständig zu schließen, bevor sie in die schwierigste Phase des Fluges eintraten.

Matt Hunter saß vor seiner Kopiloten-Konsole wie ein Jagdhund auf dem Sprung. Leif konnte sich vorstellen, wie die eifrigen braunen Augen seines Freundes jeden Bruchteil der Daten aufsogen. Andy Moore dagegen hockte lässig, fast uninteressiert vor seinen Instrumenten – was konnte man vom Spaßvogel der Gruppe auch anderes erwarten?

Leif »genoss« die Gerüche, die man, eingesperrt in einem Kokon aus Plastik und Metall, wahrnahm, während man schwitzte wie ein Schwein. Es war schlimm genug, wiederaufbereitete Luft zu atmen und mit drei anderen Typen in einem beengten Quartier zu leben. Aber mit *sich selbst* in einem beengten Quartier festzustecken ...

Die Reise zum Mars war keine einfache Sache. Es war schon eine beachtliche Aufgabe gewesen, die Erde zu verlassen. Allein das Raumschiff wog 2500 Tonnen; dabei waren die Docking-Hardware, mit der das Schiff in den Orbit gebracht wurde, der Treibstoff und Kleinigkeiten wie Luft und Nahrung, die eine vierköpfige Besatzung für eine Rundreise von drei Jahren benötigte, noch gar nicht berücksichtigt.

Zu den Schwierigkeiten der Reise zählten auch die unvermeidbaren Veränderungen, die sich im menschlichen Körper nach Monaten der Schwerelosigkeit vollzogen. Leif mochte die seltsame Verfassung seines Körpers nicht, wenn die Muskeln, die ihn gegen die Anziehungskraft der Erde aufrecht halten sollten, nichts zu tun hatten. Man musste während der Reise unablässig trainieren, damit sich der Körper nicht in einen knochenlosen Brei verwandelte.

Ausgehend von der Erdumlaufbahn, hatten sie den Mars erreicht und umkreist. Das war haarig genug gewesen – eine Marsbeobachtungssonde war 1993 beim Eintritt in den Orbit verloren gegangen.

Doch das hatte an der Technik von vor zwanzig Jahren gelegen. Und die Marsbeobachtungssonde war ein unbemanntes Raumschiff gewesen, das von der Erde aus ferngesteuert wurde. Bei einem Job, bei dem der Bruchteil einer Sekunde zählte, brauchten Funkwellen durchschnittlich viereinhalb Minuten, um die Kapsel zu erreichen – der Weltraum ist groß, selbst wenn sich etwas mit Lichtgeschwindigkeit fortbewegt.

Ihr altes Gefährt hatte keine Lichtgeschwindigkeits-Antriebe, nur gute, altmodische Raketen. Doch es hatte auch eine vierköpfige Besatzung an Bord, die mit der Marssonde landen, Forschungen durchführen und dann die Rückkehrkapsel zur Erde starten sollten – insgesamt zweihundert Tonnen. Sie mussten sie nur auf einem weiß glühenden Gasstrahl balancieren, bis sie die Marsoberfläche mit einem sanften Stoß erreichten – und nicht mit einem krachenden Knall.

Leif startete eine neue Bremssequenz – die letzte vor der Landung – und bereitete sich darauf vor, das restliche Stück als einfacher Passagier zu erleben. Es war Aufgabe von David und Matt, das Gefährt beim Anflug mithilfe der Flugregelungsraketen senkrecht zu halten.

Die Bremsraketen zündeten und gaben Leif und seinen Net Force Explorers-Freunden die kurze Illusion der Schwerkraft.

Dann waren sie wieder schwerelos – und überall auf Leifs Anzeigetafel leuchteten rote Lampen auf. Mit in

Schutzhandschuhen steckenden, unbeholfenen Fingern drückte er Knöpfe und stellte Schalter um.

»Etwas stimmt nicht mit den Treibstoffpumpen – sie haben mitten in der Sequenz versagt!«, berichtete er über sein Helmmikrofon.

Das war die schlimmste aller schlechten Nachrichten. Sie fielen mit hoher Geschwindigkeit durch die dünne Atmosphäre des Mars. Obwohl der Planet unter ihnen weitaus weniger stark als die Erdschwerkraft an ihnen zog, bewegten sie sich in einem Angst einflößenden Tempo.

Und die Bremsen schienen nicht zu funktionieren.

Leif versuchte, den Fehler des Treibstoffversorgungs-systems zu lokalisieren, und wünschte, er könnte das Visier des Helms aufbrechen und sein schweißtriefendes Gesicht abwischen. Das Innere seines Anzugs kam ihm im Moment sehr heiß und schwül vor. »Ich kann das Problem nicht finden!«, sagte er, bemüht, die Panik in seiner Stimme zu verbergen.

»Ich versuche, die Bremsraketen manuell zu zünden – bereitet euch auf einen Ruck vor«, warnte David.

Die Triebwerke heulten auf, stotterten, heulten wieder auf und stotterten erneut. Die Vibrationen ließen das metallische Gerüst des Schiffs erzittern und verkünde-ten die nahe Katastrophe.

Das war nicht gerade das, was Leif jetzt hören wollte. Er wandte sich den Datenanzeigen zu und versuchte, ihre Geschwindigkeit festzustellen.

Sie war zu hoch. *Viel* zu hoch.

»Sollen wir die Mission abbrechen?« Matt schaltete sich ein. »Sollen wir das Triebwerk der Rückkehrkapsel starten und von hier verschwinden?«

»I-Ich denke nicht, dass wir das tun können.« Davids

Stimme klang wie betäubt, während er versuchte, mit dieser unerwarteten Situation fertig zu werden.

Die Sekunden verflogen, während die Net Force Explorers immer verzweifeltere Versuche starteten, um ihren Sturz aufzuhalten oder in den Weltraum zurückzukehren. Leif rief sich die Landschaft unter ihnen vor Augen. Seit Wochen schon hatte der Mars die Aussicht aus den Observationsfenstern beherrscht, dieser rötliche, pockennarbige Ball, der immer größer und größer geworden war. Es hatte fast so gewirkt, als könnte Leif durch die dicke Plastikschicht greifen und den Planeten in die Hand nehmen.

Ein solcher Versuch hätte natürlich das Vakuum aus dem All in die engen Besatzungsquartiere dringen lassen, wo es die Atmosphäre zerstört und das Leben aus ihren Lungen gesogen hätte, um vier erstickte, gefriergetrocknete Körper in einem herrenlosen Schiff zurückzulassen ... Der Mangel an Sauerstoff da draußen – sie befanden sich bereits in dem dürftigen Hauch, der auf dem Mars als Atmosphäre galt – ließ sie jede Einzelheit des Planeten mit unheimlicher Klarheit erkennen.

Das war auch der Grund gewesen, warum David auf kompletten Raumanzügen und geschlossenen Helmen bestanden hatte. Er wollte seine Crew für den Fall einer holprigen Landung vorbereitet wissen. Allerdings hatte er nicht damit gerechnet, dass sich die Situation so entwickeln würde.

Von Holpern würde keine Rede mehr sein, wenn sie auf der Oberfläche aufschlugen.

Die Landung würde eher zwischen *Platsch!* und *Kabumm!* fallen.

Leif knirschte mit den Zähnen. Jetzt war nicht der Zeitpunkt, darüber nachzudenken.

David kämpfte den ganzen Weg nach unten weiter. Leif konnte sich vorstellen, wie die rostrote, steinige Landschaft immer näher und näher kam ...

»Mir reicht's!«, platzte Andy Moore plötzlich heraus. »Ich schwitze wie ein Schwein!« Er öffnete das Visier seines Helms und rieb sich das blasse Gesicht, auf dem schwache Sommersprossen zu sehen waren.

David wandte sich in seinem Beschleunigungssitz halb um. »Was tust du da?«

»Das spielt gleich sowieso keine Rolle mehr«, brauste Andy auf. »Hier kann uns kein Anzug mehr helfen!«

David stieß einen Schrei aus – der Wut oder der Angst, vielleicht auch beides.

Leif setzte sich in seinem Sitz zurecht. Es *war* warm im Kontrollraum. Würde die Marsatmosphäre sie wie eine übergroße Sternschnuppe in Flammen aufgehen lassen?

Er atmete tief ...

Und dann kam der Aufprall.

2

»Aaaaahhhhh!« Leif fiel fast aus seinem Computer-Link-Stuhl, als das System zusammenbrach. Er lehnte sich an das üppige, dem Körper angepasste Schaummaterial und rieb sich die Schläfen. Dann erhob er sich leicht schwankend und ging ein paar Schritte.

Der Computerstuhl erinnerte ihn zu sehr an den Beschleunigungssitz der unglückseligen Marssonde.

Es hätte schlimmer kommen können, sagte er sich.

Wären wir auf einer wirklichen Mission gewesen anstatt nur in einer Virtual-Reality-Simulation, dann wären wir jetzt ein armseliger Fleck auf der Marsoberfläche.

Leif schritt in seinem Zimmer auf und ab und strich sich dabei mit den Händen über Schläfen und Nacken, um die Kopfschmerzen wegzumassieren – besser gesagt, die Schmerzen an den Neuroimplantaten unter seinem roten Haar. Diese Implantate ermöglichten es ihm, sich an den Computer-Link-Stuhl anzuschließen und in das Netz einzusteigen, das globale Netzwerk, in dem Computer miteinander kommunizierten, um Geld, Informationen und andere Dinge auszutauschen, die man sich in seinen wildesten Träumen nur vorstellen konnte.

Mithilfe der Magie der Veeyar – VR oder Virtual Reality – war Leif schon an vielen Orten gewesen und hatte viele Dinge getan. Ein paarmal pro Woche besuchte er als Zauberer eine pseudo-mittelalterliche Spielwelt. Seine Net Force-Abenteuer in jener Welt schienen unter einem glücklicheren Stern zu stehen als sein Job als Besatzungsmitglied auf David Grays Marsexpedition.

Davids privates Weltraumprogramm war eher ein Hobby als ein kommerzielles Unternehmen wie die Länder von Sarxos, der Spielwelt, in der Leif die Zauberei ausübte. David liebte es, virtuelle Kopien von Weltraumfahrzeugen zu erstellen – normalerweise handelte es sich dabei um die großen, unbemannten Kapseln der frühen Tage der Weltraumforschung. Seine Netzprogramme zählten zu den besten, auch wenn sie nach einem außerplanmäßigen Ausstieg aus einem Szenario schreckliche Kopfschmerzen hinterließen. David glaubte, dass auch virtuelle Fehler Konsequenzen haben mussten.

Leif bezweifelte, dass David die Konsequenzen so schwer wiegend gestalten wollte. Leif war in letzter Zeit

Implantat-Problemen gegenüber besonders empfindlich. Er hatte vor kurzem ein ernsthaftes Implantat-Trauma erlitten, als ein Möchtegern-Scherzkeks die VR-Sicherheitsprotokolle umgangen hatte, um den virtuellen Kugeln, die er abfeuerte, einen realen Kick zu verleihen. Jetzt musste nicht mehr viel passieren, um Leif mörderische Kopfschmerzen zu bescheren. Er beklagte sich jedoch nicht bei seinen Freunden. Immerhin fand er, dass es das Risiko wert war, wenn er dafür in den Genuss des Privilegs kam, die Reise mitzumachen.

Die Marsexpedition war bisher Davids ehrgeizigste Entwicklung, für die eine vierköpfige Crew und sich über Wochen erstreckende, zahllose Sitzungen in der VR nötig waren – David simulierte nur die entscheidenden Momente des monatelangen Flugs, nicht die ganze Weltraumreise. Die Technologie war antik, sie stammte von vor 15 Jahren, aus dem Jahr 2010. Mit den heutigen nuklear-elektrischen Weltraumtriebwerken dauerte die Reise zum Mars nur noch einige Monate.

Leifs Vater war besonders stolz darauf, seinen Teil dazu beigetragen zu haben. Er hatte seine Firma angewiesen, finanziell bei der Entwicklung des neuen Triebwerks zu helfen.

Und einen schönen Gewinn dabei gemacht, dachte Leif mit einem Grinsen. *Ich schätze, die Familiengeister haben mich dafür bestraft, auf die altmodische Weise gereist zu sein – auch wenn es nur eine Simulation war.*

Er seufzte. Wenigstens waren seine durch den Computerabsturz ausgelösten Kopfschmerzen fast weg. Leif stellte eine Verbindung zu seinem Computer her – diesmal per Stimme – und bat um einen Hologramm-Link zu Davids System.

Einen Moment später flackerte ein dreidimensionales

Bild von Davids Gesicht über die Computerkonsole. Der 17-Jährige sah nicht besser aus, als Leif sich fühlte, mit Ausnahme der Ebenholzhaut, die jede Post-Absturz-Blässe verbarg. Vielleicht sah David sogar ein bisschen schlechter aus – schließlich war es sein Geistesprodukt, das soeben zu Bruch gegangen war. Und doch zwang er sich zu einem Lächeln, als er den Anrufer erkannte.

»Hi, Leif.«

»Tut mir Leid, David.«

David zuckte mit den Schultern. »Ich denke, es war mein Fehler«, sagte er. »Ich gestalte die Hardware zu real. Die Marsastronauten hatten Jahre, um sich mit den Geräten vertraut zu machen. Wir hatten nur einen Blitz-Einführungskurs.«

»Wir waren ziemlich nah dran«, versuchte Leif, seinen Freund zu trösten.

»Ein bisschen *zu* nah für eine Geschwindigkeit von mehreren Knoten pro Sekunde«, antwortete David. »Du weißt, was man sagt – nicht die Geschwindigkeit bringt dich um, sondern der plötzliche Stop.«

»Wie geht's Matt und Andy?«, erkundigte sich Leif nach den anderen Besatzungsmitgliedern und Freunden.

»Sie haben beide vor dir reingeschaut – es geht ihnen gut. Sie kommen übrigens nachher vorbei, um die neue Folge von *Ultimate Frontier* mit mir anzusehen.« David zögerte. »Wenn du dich einklinken möchtest ...«

»Danke, ich glaube nicht.« David und seine Freunde lebten in der Umgebung von Washington, D. C., und Leif befand sich in der Wohnung seiner Eltern in New York. Davids Haus einen kurzen virtuellen Besuch abzustatten machte ihm nichts aus, aber sich jetzt für längere Zeit im Netz aufzuhalten würde seine Kopfschmerzen nur verstärken.

»Dann sehen wir uns beim nächsten Explorers-Meeting, denke ich«, sagte David.

Leif nickte – und zuckte leicht zusammen. Implantat-Kopfschmerzen waren etwas Grausames. »Bis dann. Mach's gut.«

»Du auch.«

Sie brachen die Verbindung ab.

Leif begab sich zu seinem Bett, ließ sich darauf fallen und beobachtete dabei aus dem Augenwinkel sein Spiegelbild. Er war schlank, und seine Landung war recht anmutig – dank der genetischen Vorzüge, die er seiner Mutter, einer ehemaligen Balletttänzerin, verdankte. Seine roten Haare waren durch die Versuche, die hämmernden Kopfschmerzen zu lindern, etwas zerzaust. Leif wusste, dass er auf eine herbe Weise gut aussah. Genau richtig für einen weltenbummelnden Playboy.

Doch im Moment waren seine blauen Augen ganz sanft, und ein albernes, törichtes Lächeln umspielte seine Lippen. Die Net Force Explorers waren eine willkommene Fluchtmöglichkeit aus der Welt der Reichen und Übersättigten – die nichts mit bizarren Fantasien zu tun hatte.

Die Net Force war ein Organ der Regierung, eine Untereinheit des FBI, die das Netz überwachte. Net Force-Agenten kämpften gegen Terroristen, Kriminelle, fremde Regierungen, die nichts Gutes im Schilde führten, und sogar gegen Jugendliche, die bei virtuellen Orgien den Kick suchten.

Die Net Force Explorers waren nicht direkt die Jugendorganisation der Net Force. Die Net Force Marines ließen ihnen ein gewisses körperliches Training angedeihen, doch die Explorers verwendeten den Großteil ihrer Zeit darauf, alles über das Netz zu lernen und nicht so sehr über das Polizistenleben.

Was Leif besonders schätzte, war die Kameradschaft mit den anderen Explorers. Obwohl er sie öfter in der Veeyar traf als in der wirklichen Welt, hielten ihn diese Kerle in der Realität verwurzelt.

Zum Beispiel David Gray – wo sonst, wenn nicht bei den Explorers, würde ein reicher Jugendlicher, der in einem New Yorker Penthouse lebte, mit einem schwarzen Typen herumhängen, dessen Vater Polizist in Washington war?

Die Wahrheit war, dass Leif bei der Net Force und den Explorers in einige äußerst interessante Situationen verwickelt worden war – die manchmal eben in einem Crash endeten.

Leif, der immer noch vor sich hin lächelte, stand auf und ging in Richtung Küche, um sich einen Snack zu holen. Normalerweise half Essen dabei, die Kopfschmerzen abklingen zu lassen. Als er fertig war, sah er auf die Uhr. He, *Ultimate Frontier* würde in wenigen Minuten anfangen.

Leif lief ins Wohnzimmer und bereitete die Holo-Suite vor. Wie gewöhnlich hatte sein Vater das Allerbeste erstanden. Der Effekt der 3-D-Projektion konnte fast mit der echten Veeyar mithalten.

Die Titelmusik lief an, und Leif schien durch das Weltall zu stürzen, um Sterne und Planeten zu kreisen.

Vielleicht hat das dem alten Marsschiff gefehlt, dachte er. *Völlige Computerkontrolle und Soundeffekte, die uns ohne die störenden Einwirkungen der Physik durch den luftleeren Raum düsen lassen.*

Die anscheinend unendliche Saga des Sternenkreuzers *Constellation* war ein Abkömmling einer früheren Serie, die wiederum aus einer Jahrzehnte älteren Version entstanden war – und so weiter und so fort, bis zurück zu den Tagen des Flachbildschirm-Fernsehens.

Leif machte es sich auf dem Sofa bequem. *Okay,* dachte er, *mal sehen, was Captain Venn und die Crew diesmal erleben...*

In Washington, D.C., saßen David Gray und seine Freunde im überfüllten Wohnzimmer und sahen sich ebenfalls *Ultimate Frontier* an. Sie hockten auf dem Sofa, während sich Davids Mutter für den Lehnsessel entschieden hatte. Seine kleinen Brüder James und Tommy lagen auf dem Boden und starrten zu den Holo-Bildern empor.

Andy Moore befand sich im »Wasserfall-Modus«, wie seine Freunde es nannten. Während er über das ganze sommersprossige Gesicht grinste, ergoss sich aus ihm ein unaufhörlicher Redeschwall über die Handlung und die Charaktere der Serie.

In dieser Episode musste die *Constellation* den undankbaren Job übernehmen, Botschafter einiger außerirdischer Völker zu einer wichtigen diplomatischen Konferenz zu geleiten. Natürlich versuchte jemand, die Abgesandten zu ermorden.

Mrs. Gray seufzte, als sich der Vertreter der Nimboiden, ein Energiewesen aus fein verästelten Ranken, irgendwie in die elektrischen Systeme des Schiffs entlud.

»Keine große Sache«, johlte Andy. »Der Techniker findet irgendeinen Weg, um einen der Botschafter in die Computersysteme zu verschieben.«

»Das ist doch keine Wiederholung, oder?«, fragte Matt Hunter mit einem skeptischen Seitenblick auf seinen Freund.

»Nein, aber das hält die Schreiber nicht davon ab, dieselben Ideen immer wieder zu verwenden. Der gute alte

Mr. Pendennis – ist euch schon mal aufgefallen, dass fast alle Cheftechniker des Universums keltischen Ursprungs sind? Ehrlich gesagt denke ich, dass da einige Schmiergelder aus Cornwall fließen. Na ja, Mr. Pendennis wird schon irgendein magisches Dingsbums finden, das dem Außerirdischen das Leben rettet.«

»Die Außerirdischen sehen heutzutage einfach zu seltsam aus,« beschwerte sich Mrs. Gray. »Früher, auf dem Flachbildschirm ...«

»Ach, kommen Sie, Mrs. Gray!«, platzte Andy heraus. Dann blickte er verlegen zu Boden. »Entschuldigung. Aber das Geld für Make-up haben die Studios damals wohl durch den Verkauf von Zuckerstangen eingetrieben. Oder die Außerirdischen lebten unter sehr hellen Sonnen. Sie hatten riesige Falten auf der Stirn oder zwischen den Augen, weil sie im hellen Licht so viel blinzeln mussten.« Er bemühte sich, seine Nase und Stirn zu runzeln, um seine Theorie zu demonstrieren.

David lachte. »Heutzutage basieren die Außerirdischen auf Umfragen – um das Publikum anzusprechen, das die Sendung erreichen will.«

»Was soll das heißen?«, fragte Matt.

»Die Produzenten möchten die Sendung auf der ganzen Welt ausstrahlen«, erklärte David. »Da die Vereinigten Staaten der Hauptmarkt sind, ist die Galaktische Föderation eine Art verzerrte Spiegelung unserer Regierung und Kultur, projiziert in die Zukunft. Die Laraganten – größer als wir, ästhetisch wie Statuen ...«

»Übergroße, idealisierte Menschen«, unterbrach ihn Andy.

»Mit einer Menge Weisheit und einem exquisiten Geschmack«, beendete David seinen Satz. »Die Besatzungsmitglieder der *Constellation*, die ihnen entgegentreten, wirken oft ... na ja, ungehobelt.« Er warf seinen Freunden einen Blick zu. »Sie sind das perfekte Spiegelbild europäischer Selbsteinschätzung.«

»Hm!«, sagte Matt. »Ich glaube, so habe ich das vorher noch nie gesehen. Die arcturanische Co-Prosperitätssphäre – die erklärt sich irgendwie von selbst.«

David nickte. »Ihre Kultur soll auf Asiaten im Allgemeinen und auf Japaner im Speziellen ansprechend wirken. Und die Setangis – abgesplitterte Koloniewelten, die vom früheren Reich der Laraganten ausgebeutet wurden – sollen den aufstrebenden afrikanischen Staaten zusagen.«

»Das macht irgendwie Sinn«, gab Andy zu. »Aber was ist mit den Thurianern? Die Typen sind betrügerische, kriegstreiberische Ekelpakete ...«

»Sie sind fremdenfeindlich und haben für den Umgang mit anderen Rassen kein Bewusstsein«, korrigierte ihn David. »Ihre Kultur glaubt nicht an Individualität – und doch verehrt sie Heldentum.«

»Sie sind die Allzweck-Bösewichte der Serie«, sagte Matt.

»Und doch scheinen sie manchmal fast heldenhaft zu sein.« David nickte in Richtung des Holo-Bildes, auf dem ein thurianischer Wachmann es mit vier Besatzungsmitgliedern der *Constellation* aufnahm, um seinen Botschafter zu verteidigen. Der silberhäutige Humanoide, dessen Gesicht mit den hohen Wangenknochen völlig nichts sagend war, ging zu einer wilden Attacke über und streckte drei der rot gekleideten Sicherheitsoffiziere nieder, bevor er selbst getroffen wurde.

»Ich dachte einfach, dieses Ding ohne Gesicht wäre ein billiger Trick – um bei den Schauspielern und beim Make-up Geld für die teuren holografischen Charaktere zu sparen, die in manchen Folgen vorkommen. Diese ganzen komischen Unterschiede wurden von den verschiedenen Schreibern eingebracht.« Matt zuckte mit den Schultern. »Wenn es langweilig wird, bringt die Thurianer ins Spiel.«

»Mir fällt immer noch kein Volk auf Erden ein, dem sie gleichen könnten«, warf Andy in die Runde.

»Dann frag mal Captain Winters«, gab David zurück. Winters, ein früherer Offizier der Marines, war der Verbindungsmann der Explorers zur Net Force. »Vor einigen Jahren hatte er mit ihnen zu tun.«

»Meinst du, als er dem Korps beim Friedenseinsatz auf dem Balkan angehörte?«, fragte Andy ungläubig.

Matt starrte vor sich hin. »Die Karpatische Allianz.«

Der Balkan, ein Gebiet mit drei Religionen, vier Sprachen, zwei Alphabeten und zu vielen nationalen und ethnischen Gruppen, war die letzten dreißig Jahre das Problemkind der Welt gewesen und würde es wohl noch einige Jahrhunderte bleiben. Als das letzte Mal Kämpfe ausgebrochen waren, hatten sich die Gegner des Friedens in dieser Region zu einer bedrohlichen Allianz zusammengeschlossen. Sie brachten eine Reihe »-ismen« wieder auf, von denen die meisten Menschen gedacht hatten, sie wären mit dem Ende des 20. Jahrhunderts verschwunden.

Die Karpatische Allianz vereinte Vertreter von Kommunismus und Faschismus – Systemen, die einander zu anderen Zeiten und an anderen Orten bekriegt hatten. Dieser schrecklichen Mischung hatten sie ein Furcht erregendes Maß an Rassismus beigefügt – und unter dieser verrufenen Flagge hatte die Allianz ihre »minderwertigen« Nachbarn überfallen.

Ihre Armeen wurden geschlagen, doch die Kämpfer

der Karpatischen Allianz waren eher Banden von Kriminellen als Soldaten. Obwohl sie besiegt waren, setzten sie den »Krieg« in Form von Terrorismus und Attentaten fort. Die von ihnen angegriffenen Länder hatten sich zu Slobodan Narodny, dem Freien Staat, zusammengeschlossen. Und doch schaffte es die Karpatische Allianz, als lose Ansammlung von Diktaturen, die sich in den zerklüfteten Gebirgen des Balkans an ihre Macht klammerten, zu überleben – und wartete auf die nächste Möglichkeit, Schwierigkeiten zu verursachen.

Andy schüttelte ungläubig den Kopf. »Warum sollte irgendjemand denen in den Arsch kriechen? Diesen paar Millionen Spinnern?«

»Eher zehn Millionen zusätzlichen Zuschauern«, berichtigte David. »Außerdem, wem tut es denn weh, wenn man sie als mutige Feinde darstellt?«

»Das tut jedem amerikanischen Soldaten weh, der beim Kampf gegen sie sterben musste«, sagte Mrs. Gray plötzlich. Sie sah David an. »Ich wünschte, du hättest mir das nicht erzählt. Ich denke, ich werde an dieser Sendung keine Freude mehr haben.«

Den Rest der Folge sahen sie sich verlegen schweigend an. Natürlich schaffte es Mr. Pendennis, den nimboiden Botschafter aus den elektrischen Systemen in den Computer zu verfrachten und dann wiederherzustellen. Es stellte sich heraus, dass die Thurianer nicht hinter den Attentaten steckten. Der Missetäter war ein unzufriedener »künstlicher« Diener der Laraganten.

Commander Dominic, Captain Venns piratenhaft attraktiver Erster Offizier, setzte den androiden Mörder mit einem Hagel von Kampfkunst-Schlägen in der Mikroschwerkraft außer Gefecht.

»Ein Stuntman«, murrte Andy. »Nicht mal seine Frisur ist in Unordnung geraten.«

Der thurianische Botschafter mit dem klangvollen Namen »Der Konflikte ohne Krieg löst« salutierte in Richtung Commander Dominic und wandte sich dann an Captain Venn. »Ihre Leute haben die Katastrophe abgewendet. Wir sollten Konflikte vielleicht weniger kriegsähnlich austragen.«

»Wie Wettbewerbe«, fügte Captain Venn diplomatisch hinzu.

Das thurianische Oberhaupt nickte. »Jedes der hier durchgeführten Sternen-Rennen bietet jungen Astrogatoren Trainingsmöglichkeiten ...«

»Die Akademie«, sagte Dominic.

»Vielleicht ein Rennen«, schlug der Thurianer vor. »Um kommende Generationen die Wege der Konfliktvermeidung zu lehren.«

Der Abspann lief vor einer Planetenscheibe ab. Plötzlich verschwand er, und Commander Dominic erschien – besser gesagt Lance Snowdon, der Schauspieler, der ihn darstellte.

Snowdon hatte seine Flottentunika gegen einen ziemlich knalligen Rollkragenpullover eingetauscht. Er grinste, als die Titelmusik verstummte. »Ein kurzes Wort aus dem wirklichen Leben an alle *Ultimate Frontier*-Fans unter achtzehn Jahren«, sagte er. »Pinnacle Productions veranstaltet einen Wettbewerb für alle jungen Designer in unserem Publikum.

Gestaltet eine virtuelle Rennjacht für eine der Zivilisationen der heutigen Folge, und ihr habt die Chance, mit einer vierköpfigen Crew an einem Wettrennen des 26. Jahrhunderts teilzunehmen!

Technische Einzelheiten findet ihr auf der Website

von Pinnacle Productions unter dem Button ›Das Große Rennen‹.«

Der Schauspieler fuhr mit Hinweisen zu Terminen und Teilnahmebedingungen fort, doch David hörte nicht mehr zu. Er blickte von Andy zu Matt. Beide starrten ihn erwartungsvoll an.

»Na?«, fragte Andy. »Machen wir mit?«

David schüttelte den Kopf. »Findest du das nicht ein bisschen ehrgeizig«, sagte er, »für ein Team, das bei seinem letzten Projekt abgestürzt und gestorben ist?«

3

David war noch immer dabei, sich über die Idee, an dem *Ultimate Frontier*-Wettbewerb teilzunehmen, lustig zu machen, als ein gedämpftes Klingeln den Raum erfüllte. Sein Bruder Tommy sprang vom Boden auf. »Da ruft jemand an!«, verkündete er.

Er spurtete in den Gang und kehrte einen Augenblick später zurück. »Dein Freund Leif«, teilte er David mit.

David setzte sich an den zweiten Holobildschirm, der als Kommunikationscenter der Familie fungierte. Sobald er ins Blickfeld kam, sagte Leif: »Ich wollte mir nur einen Platz in der Crew deiner Rennjacht sichern.«

»Welche Rennjacht?«, erwiderte David. »Matt und Andy haben gerade auch solchen Blödsinn geschwafelt ...«

»He, wir sind mit dir zum Mars geflogen. Wir sind sogar für dich *gestorben*.« Leif grinste. »Das ist das Mindeste, was du für uns tun kannst.«

David war es etwas peinlich, dass die Jungen so an ihn glaubten. »Na, ich kann mir ja mal die technischen Richtlinien auf der Website ansehen.«

»Exzellent!« Leifs Grinsen wurde breiter. »Hollywood, wir kommen!«

»Hollywood?«, wiederholte David.

Leif warf ihm einen scharfen Blick zu. »Hast du nicht zugehört? Die Sieger dürfen nach Hollywood und treten in der Folge über das Wettrennen auf. Wir treffen die Stars der Serie« – sein Grinsen hatte nun etwas Verschmitztes – »und die ganzen außerirdischen *Ultimate*-Puppen, die in jeder Episode auftauchen.«

David lachte. »Mach dir da mal keine Hoffnungen. Die außerirdischen Puppen sind normalerweise für Commander Dominic reserviert. Und da wäre noch das Problem, dass wir jeden schlagen müssen, der auch ein Schiff für die Galaktische Föderation entwirft. Die Frontie-Websites diskutieren den Wettbewerb wahrscheinlich schon seit Monaten.« David hatte den Slang-Ausdruck für die *Ultimate Frontier*-Fans benutzt.

»Die Fronties?«, grunzte Leif. »Über diese Spinner mache ich mir keine Sorgen. Fabrizier einfach einen guten Entwurf.« Er zögerte eine Sekunde. »Und wenn du irgendwas brauchst ...«

David wischte das heikle Thema »finanzielle Hilfe« mit einer Handbewegung fort. »Danke. Ich gehe ins Netz, sobald Matt und Andy sich auf den Heimweg machen.«

»Sag ihnen, sie sollen verschwinden und dich nicht länger von wichtigen Dingen abhalten«, befahl Leif.

David lachte und beendete die Verbindung. Dann kehrte er ins Wohnzimmer zurück und verkündete die Neuigkeiten. Die Net Force Explorers zog es nun nicht mehr zum Mars. Sie griffen stattdessen nach den Sternen.

Die vier Jungen schwebten im Raum – diesmal im Cyberspace, denn sie besuchten David in der VR. Vor ihnen flackerte das Drahtgerüst ihres Raumschiffs, Davids erster Entwurf, wie er warnend vorausgeschickt hatte.

Der Rumpf hatte eine vereinfachte Pfeilform und war doppelt so lang wie breit; vier Ebenen liefen auf eine Nadelspitze zu. Ein Paar stämmige Flügel ging von den oberen Decks aus und endete in den üblichen hantelförmigen Triebwerksgondeln. Von der Hinterseite des Pfeilkopfes erhob sich ein dritter Flügel mit einem weiteren Triebwerk wie eine Heckflosse. Der verbreiterte Unterbau des dritten Flügels beherbergte die Schiffsbrücke.

»Sieht nett aus«, kommentierte Matt. »Föderationsschiffe haben immer klare Konturen.«

»Es ist stromlinienförmiger, als ich erwartet hatte«, sagte Leif.

»Ertappt«, gab David zu. »Im Vakuum des Weltraums spielt das Profil des Schiffs keine Rolle, es sei denn, man muss auch in planetären Atmosphären operieren«, erklärte David. »Das Rennszenario verlangt das aber nicht, sodass wir das Gewicht von Isolierung und Fahrwerk et cetera einsparen können. Dadurch werden wir viel schneller und wendiger.«

»Aber diese Dreiflügel-Struktur – seit den Flachbildschirm-Serien wurde so etwas nicht mehr verwendet, damals, um die Jahrhundertwende ...«, gab Andy zu bedenken. Er starrte die anderen herablassend an und hielt ein virtuelles Objekt hoch, das wie ein Datenschriftstück aussah. »Ich habe ein bisschen recherchiert. Hier drin ist jedes Raumschiffdesign, das jemals in der Serie auftauchte.« Er grinste. »Sogar das der Schiffe, die nur im Hintergrund bei Planetenaufnahmen zu sehen waren.«

Andy warf das Symbol in den Raum und gab einen

Befehl. »Computer, finde die diesem Design am ehesten entsprechenden Verweise der Sammlung.«

Eine ruhige Stimme antwortete flüsternd wie ein Lufthauch: »Verarbeitung läuft.«

Nach einem Moment schwebten neben Davids Entwurf zwei ähnliche Formen. Es waren fertige Ausarbeitungen, deren Oberfläche im vertrauten Silberblau der Föderationsflotte schimmerte.

»Ein Langstreckenspäher und ein Eilkurier-Schiff.« Leifs Stimme klang beeindruckt, als er die technischen Daten las, die neben den Schiffen schwebten. »Basiert dein Entwurf auf diesen beiden?«

David schüttelte den Kopf. »Wann hätte ich Zeit für solche Nachforschungen haben sollen? Zwischen der Schule und den Anrufen von Leuten aus New York, die sich nach dem Stand der Dinge erkundigt haben? Ich habe den Grundentwurf anhand einer Computeranalyse der technischen Daten, die die Sendung vorgegeben hatte, entwickelt. Diese Gestaltung des Antriebssystems und die Struktur des Schiffs waren im Hinblick auf Geschwindigkeit und Wendigkeit die beste Lösung.«

Er blickte die anderen ernst an. »Es geht nicht darum, wie man Schiff und Antrieb zusammenfügt. Man muss sich vergewissern, dass die Antriebe ihre Aufgabe erfüllen, ohne das Schiff zu zerreißen. Die Struktur muss stark genug sein, um mit den ständigen Belastungen von Beschleunigung und Verzögerung sowie plötzlichen Richtungsänderungen fertig zu werden, und die Antriebssysteme müssen genauestens eingestellt werden. Ich habe einige Tests durchgeführt, und das ist dabei herausgekommen.«

Er deutete auf das Drahtgerüst und sagte: »Das ist die beste Konfiguration für ein wendiges Schiff mit kleiner

Besatzung. Die Form bedingt beengte Quartiere, doch die notwendigen Systeme für Lebenserhaltung und Rumpf-stabilisierung finden genug Platz. Die geringe Größe dient der Massenreduzierung, sodass wir schneller werden. Aber bei Lebenserhaltung und Rumpfstabilisierung werde ich nicht sparen.« Er grinste. »Sonst erleben wir unseren Sieg nicht.«

Dann zeigte er auf das dargestellte Gehäuse des Heck-antriebs. »An manchen Stellen habe ich Masse für Geschwindigkeit geopfert. Wenn wir zum Beispiel alle drei Triebwerke zu lange auf Maximum fahren, könnte der Druck das Schiff zerreißen. Andererseits bedeuten zusätzliche Triebwerke mehr Ausfallsicherheit. So fing diese Serie an, bevor die Raumschiffe wie fliegende Städte – oder Müllhalden – aussahen.«

David blinzelte Andy an. »Danke, dass du die Dateien aufgestöbert hast. Sie werden mir dabei helfen festzulegen, wo die Maschinerie an Bord der *Onrust* liegen soll.«

»*Onrust?*«, wiederholte Matt. »Das klingt nicht nach Föderations-Englisch.« Er warf Leif einen verwirrten Blick zu. »Ist das Schwedisch?«

»Holländisch«, sagte David. »Bedeutet ›rastlos‹. Aber es ist auch der Name eines interessanten Forschungs-schiffs. Adrian Block baute die *Onrust*, als er vor einigen Jahrhunderten auf Manhattan Island überwinterte. Er und seine Besatzung erkundeten mit diesem Boot den Long Island Sound – das war eine Reise von über einhundert Meilen –, um mit dem einzigen anderen hochseetüchtigen holländischen Schiff der Umgebung Verbindung aufzunehmen.« Seine Lippen verzogen sich zu einem bitteren Grinsen. »Wisst ihr, Blocks eigentliches Schiff, die *Tiger*, brannte aus und versank. Hätten er und seine Männer das andere Schiff nicht erreicht, dann hätten sie keine Möglichkeit mehr gehabt, nach Hause zu kommen.«

»So wie wir mit der Marssonde«, sagte Andy, der plötzlich begriff. »Wir stürzten ab und verbrannten. Aber mit diesem Baby werden wir das wieder gutmachen, richtig?«

»Das hoffe ich«, sagte Matt. »Du und David, ihr wisst mehr über dieses Zeug als ich. Wenn wir aber ein Auto oder ein Flugzeug simulieren müssten ...«

»Lenk unsere Technik-Genies nicht ab«, warnte Leif. »Wir wollen doch vor dem Bewerbungsschluss von Pinnacle Productions fertig werden.«

»Das schaffen wir«, versicherte ihm David. »Ab jetzt geht es nur noch um die Feinarbeit.« Er lachte. »Ich sage euch, mit dieser Scheintechnologie ist viel einfacher umzugehen als mit dem echten Ding, an dem wir uns versucht haben. Den *Ultimate Frontier*-Daten zufolge werden die Kurse, Balancesysteme und sogar die Verbindung von Mensch und Kontrollfeldern vom Computer übernommen. Ich bin die technische Immersion schon durchgegangen, die von der Firma angeboten wird.«

Er rollte mit den Augen. »Es ist *viel* einfacher als das, was wir für die Marsreise erledigen mussten.«

»Beschäftigt dich etwas, mein Sohn?«, fragte Magnus Anderson ungefähr eine Woche später und blickte über den Frühstückstisch. »Du siehst aus, als wärst du eine Million Meilen weit weg.«

»Eher ein paar Lichtjahre«, gab Leif zu und sah von seinem Vater zu seiner Mutter. Natalya Anderson, die schlank und elegant gekleidet war, nahm eine Art Jogurt-Gersten-Gebräu zu sich. Magnus bevorzugte am

Morgen »richtiges Essen«, wie er es nannte – in diesem Fall Eier und Speck. Leif, der nicht viel zum Frühstück brauchte, aß einen Muffin.

»Ich bin gerade die technische Immersion meiner Besatzungsposition im Großen Rennen durchgegangen«, erklärte Leif.

»Stimmt ja«, sagte sein Vater. »Die ersten Vorläufe oder Testläufe müssen ja bald stattfinden.«

Leif nickte. »Und wir sind bereit – zumindest werde ich das sein, sobald sich der ganze Stoff, der in meinen Kopf gepresst wurde, setzt.«

»Bist du sicher?«, fragte seine Mutter besorgt.

Magnus Anderson schüttelte den Kopf. »Natalya, Tiefenimmersion ist keine Gehirnwäsche, egal was deine Tanzfreunde auch denken. Es ist eher wie Lernen im Schlaf.«

»Wir haben jeden Schritt im wachen Zustand gelernt«, sagte die frühere Ballerina und wiederholte damit einen Satz, den Leif und sein Vater jedes Mal zu hören bekamen, wenn sie die Lernabkürzung der Immersion nahmen. »Und wir haben sie geübt, bis sie ein Teil von uns waren, im Muskelgedächtnis gespeichert waren.«

»Oh, wir üben auch auf dem Schiff«, sagte Leif rasch. »Letzte Nacht habe ich das theoretische Wissen erworben, wie ein Raumschiff funktioniert – zumindest wie es in *Ultimate Frontier* funktioniert.« Er grinste. »Ich muss nur noch herausfinden, wie das mit der praktischen Erfahrung, unseren kleinen Flitzer zu steuern, zusammenpasst.«

Sein Vater schüttelte erneut den Kopf. »Dieses Virtualitätsgeschäft hat sich in Richtungen entwickelt, die ich mir nie erträumt hätte, als die Technologie auf den Markt kam.« Er zögerte eine Sekunde. »Wenn du und deine Freunde technische Hilfe braucht, ruft einfach mein Büro an.«

»Danke, Dad.« Leif war von dem Angebot gerührt.

Seine Mutter lachte nur. »Natürlich«, sagte sie. »Und denk dran, Andersons müssen als Erste durchs Ziel kommen.«

Die Besatzungsmitglieder der *Onrust* trennten am Ende des Rennens ihre VR-Links in grimmigem Schweigen. Leif griff sofort auf das System bei Anderson Investments Multinational zu und arrangierte eine Konferenzschaltung. Sekunden später blitzten Holo-Bilder von David, Matt und Andy in der Luft über der Konsole seiner Eltern auf.

»Zweiter!«, platzte Andy zornig heraus. »Wir hätten gewinnen können, wenn du den Muskelprotz nicht vorbeigelassen hättest.«

»Der Typ verlieh dem Satz ›Ein Crashkurs im Fliegen‹ eine ganz neue Bedeutung«, sagte Matt sauer. »Er wollte eine Kollision riskieren, die uns beide aus dem Wettbewerb geworfen hätte.«

»Wir hätten ihn ausspielen können, wenn wir gemusst hätten.« David wirkte ruhig. Sein Blick fiel auf etwas neben ihm. »Die offiziellen Ergebnisse werden gerade übermittelt. Unsere Zeiten bringen uns immer noch ins Viertelfinale.«

»Als Nachrücker«, schmollte Andy.

»Eher als unbeschriebenes Blatt«, gab Leif zu bedenken. »Die anderen Teilnehmer kennen noch nicht alle Tricks, die wir im Ärmel haben. Aber wir haben viel gelernt. Zum Beispiel die Trottel, die uns den Weg abgeschnitten haben – das war kein Kamikaze-Stunt, das war einfach schlechte Schiffssteuerung. Ich habe eine Auswertung ihrer Antriebsaufzeichnungen vorgenommen. Der Techniker hatte die Kontrolle über die Triebwerke verloren – er sollte beide zünden, doch nur eines reagierte, und das ließ das Ding ausbrechen. Wir wissen jetzt, dass wir uns von ihnen fern halten sollten.«

»Lasst sie das nächste Mal in jemand anderen krachen«, stimmte Andy rasch zu.

»Wir bleiben einfach vor ihnen – und allen anderen.« Davids Stimme war ruhig, aber es lag etwas Stahlhartes darin.

Leif grinste. *Mich täuschst du mit diesem coolen Gehabe nicht,* dachte er. *Zweiter zu werden bringt dich genauso in Rage wie Andy.* Er zuckte fatalistisch mit den Schultern. Wenn es schon geschehen musste, war dies der beste Zeitpunkt – noch ging es nicht um alles.

Aber es gab noch drei Ausscheidungsrunden, die sie zu überstehen hatten. Von jetzt an hieß es Nummer Eins sein oder gar nichts ...

»Wir sind noch vor ihnen – macht jetzt keinen Fehler!«, sagte Matt von seiner Position als Beobachtungsoffizier.

Der Hauptbildschirm war zweigeteilt, um den Kurs vor ihnen und die anderen Teilnehmer hinter ihnen darstellen zu können. Doch Leif konnte seine Aufmerksamkeit nicht darauf verwenden, an welcher Stelle sie lagen. Seine Hände – und sein Kopf – waren voll damit beschäftigt, die technischen Daten der Brücke zu überwachen.

Es war tatsächlich einfacher als der Versuch, auf dem Mars zu landen. Die Computer erledigten einen Großteil der Arbeit, wie das Aufrechterhalten der künstlichen Schwerkraft. Doch so vieles war chaotisch und unvorhersehbar, dass zum Ausgleichen der Beschleunigung der drei Triebwerke, zum Stabilhalten der Schiffsstruktur und zum Durchführen der Kurskorrekturen in Bruchteilen von Sekunden, um eine maximale Geschwindigkeit zu erreichen, immer noch menschliches Eingreifen nötig war.

David hatte mit seinem endgültigen Design einen ziemlich guten Wurf gelandet. Sie flogen eine Mücke von einem Schiff, dessen Triebwerke eine Patrouillenfregatte mit einer Besatzung von fünfzig Mann antreiben konnten.

Die Brücke der *Onrust* war um einiges geräumiger als die Marssonde, und doch hätte sie in das sagenumwobene Badezimmer des Captains gepasst, das man an Bord der *Constellation* nie zu Gesicht bekam.

Matt und Andy saßen nebeneinander an ihren Konsolen und blickten auf die Bildschirme. Davids Kommandantensessel berührte fast Leifs Steuerungseinheit.

Zumindest mussten sie keine Raumanzüge tragen, um diesen Kübel zu fliegen.

»Leif!«, rief Andy. »Wir erreichen die letzte Kursmarkierung. Alles hängt davon ab, wie schnell wir diese letzte Kurve nehmen. Kannst du mir noch mehr Saft geben?«

Leif blickte besorgt auf seine Anzeigen. »Die Rumpfstabilisierung läuft auf Maximum. Ich kann nicht ...«

»Die traditionelle Antwort lautet ›Gleich fliegt alles in die Luft‹«, unterbrach ihn Andy.

»Versuch, die Energie von der Lebenserhaltung abzuziehen«, sagte David.

»Dann geraten wir in die rote Gefahrenzone«, warnte Leif.

David untersuchte, was vor ihnen lag. »Genau vor der Markierung ist ein Planet. Ich schlage vor, wir nutzen seine Anziehungskraft, um einen Katapulteffekt zu erzielen.«

Andy berechnete den Kurs neu. »Das geht, aber wir werden an der Atmosphäre des Planeten entlangschrammen.«

David lehnte sich in seinem Sessel zurück. Leif sah, dass sich seine Finger in seine Arme krallten. »Wir schaffen's.«

Das hoffe ich, dachte Leif.

Die Weltraumboje, die den Kurs dieser Ausscheidungsrunde markierte, kam mit erschreckender Geschwindigkeit näher. Dann hatten sie sie hinter sich gelassen und setzten zu der rasanten Kehrtwende an. Das Manöver war durch die künstliche Schwerkraft nicht zu kompensieren. Als sie von der Wucht der Kräfte durcheinander geschüttelt wurden, die das Schiff in einem gefährlichen Winkel zur Seite zu werfen schien, klammerten sie sich an ihre Konsolen.

Auf dem Bildschirm wuchs der Planet zu einem riesigen, hungrigen Gesicht an.

Leif zwang sich, den Blick davon zu lösen, um die Daten im Auge zu behalten. Rumpftemperatur – schnell ansteigend. Stabilisationsschilde – bedrohliche Fehlfunktion. Sollten sie aussetzen, würde das Schiff in der oberen Atmosphäre des Planeten in Stücke gerissen werden.

Wir werden einen fantastischen Meteoritenschauer abgeben, dachte er. *Ich frage mich, ob dieser Ort bewohnt ist.* Wenn ja, hatte die Besatzung der *Onrust* einen Verweis für diese Aktion zu erwarten.

Er behielt seine Gedanken für sich und berichtete nur das Anwachsen der auf den Rumpf einwirkenden Kräfte.

Und dann, wie durch ein Wunder, waren sie daran

vorbei, waren im offenen Weltraum, und die gefährlichen Druck- und Zugkräfte ließen nach.

Leif stieß den Atem aus, den er unbewusst angehalten hatte.

»He, David?«, sagte er. »Kommt mir das nur so vor, oder wird es hier drin stickig?«

»Lebenserhaltung hochfahren«, sagte David und konzentrierte sich ganz auf den Bildschirm, der zeigte, wie ihre Verfolger – die anderen Teilnehmer – auf die Boje zukamen. »Wenn sie die Kurve besser nehmen als wir«, murmelte er, »haben wir verloren.«

Der Anführer der Verfolgergruppe wirkte eher wie ein grobschlächtiges thurianisches Schwertschiff als wie ein Schiff der Föderationsflotte.

Besser gesagt wie ein Messerschiff, korrigierte sich Leif. Der Großteil bestand aus einem »Griff« – einem einzelnen, extrem hochgezüchteten Hypermotor, der dem Schiff auf der Gerade eine erschreckende Geschwindigkeit verlieh. Glücklicherweise war es in den Kurven schwer zu steuern.

Der Kommandant des Schwertschiffs versuchte sein Glück mit einem komplizierten Wendemanöver, als er an der Kursmarkierung vorbeizischte.

Das hätte ihm den Sieg einbringen können – wenn sein Triebwerk nicht explodiert wäre.

Der Bildschirm verdunkelte sich plötzlich und schützte so die Augen der *Onrust*-Besatzung vor dem aufflackernden Energieblitz. Was gerade noch ein Schiff gewesen war, war nun eine Wolke weiß glühenden Plasmas, das wie eine Miniatursonne den Kurs der anderen Rennteilnehmer erhellte. Diese wichen nach allen Seiten aus, um das unerwartete Hindernis zu umgehen.

Leif lenkte seine Aufmerksamkeit auf den Heckbildschirm. Die Markierungsboje lag nun hinter ihnen und explodierte als kleinerer Feuerball, als die Plasmawolke sie verschlang. Auch einige Schiffe würden der Wolke nicht entkommen können ...

Weitere Blitze flackerten auf, als andere Teilnehmer fatale Fehler begingen. Diejenigen, die der Katastrophe ausgewichen waren, konnten nach ihren Not-Kursänderungen die Kehrtwende nicht mehr ausführen.

Als die verbleibenden Konkurrenten wieder auf dem richtigen Kurs waren, hatte die *Onrust* die Zielgerade bereits halb hinter sich gelassen.

David überraschte Leif mit seiner Anweisung, die Hypermotoren herunterzufahren.

»Wir sollten nicht mehr von unseren Fähigkeiten preisgeben, als erforderlich ist«, sagte der Kommandant. »Denn wir wissen ja, dass Konkurrenten aus den anderen Rennen uns in der VR beobachten könnten.« Er zeigte seine weißen Zähne in einem verschmitzten Lächeln. »Lassen wir sie glauben, dass wir durch dieses letzte Manöver angeschlagen sind. Wir können sie dann im echten Rennen überraschen.«

Das echte Rennen. Es dauerte einen Moment, bis diese Wörter bei Leif ankamen, während er Davids Anordnungen befolgte. Einen Moment später waren sie von einem Ionenfeld von einer Million Meilen Länge umgeben.

Die Ziellinie! Sie hatten gewonnen!

Andy ließ einen Triumphschrei ertönen. Matt jubelte: »Das war's!«

David saß ruhig auf dem Kommandantensessel des Schiffs, das er entworfen hatte.

Sie hielten an, und auf dem Bildschirm erschien eine neue Grafik. Lon Corben, der Leiter der PR-Abteilung von Pinnacle Productions, der die Teilnehmer ausgesucht hatte, lächelte sie an. Zu der Besprechung der Testrennen war er in der Uniform eines Admirals der Föderationsflotte erschienen. Doch jetzt sah er sehr geschäftsmäßig aus und trug das lässige kalifornische Business-Outfit, das in der Unterhaltungsindustrie üblich war.

Corbens kragenloses Hemd war blendend weiß – dem Aussehen nach echtes Leinen, dachte Leif. Es musste ein Vermögen gekostet haben. Auch die Brokatweste schimmerte wie echte Seide. In einer Welt, in der sich die Landwirtschaft immer mehr auf die Lebensmittelproduktion konzentrieren musste, waren organische Fasern das ultimative Statussymbol.

»Gratulation an das Team der« – Corbens Augen sprangen zu einer unsichtbaren Anzeige – »*Onrust*. Ich freue mich, euch mitteilen zu können, dass ihr die letzte Vorentscheidungsrunde der Bewerber der Galaktischen Föderation gewonnen habt und die Föderation im bevorstehenden Großen Rennen vertreten werdet.«

Er schenkte den Net Force Explorers ein breites, künstlich wirkendes Lächeln. *Der Kerl ist aalglatt,* dachte Leif. Doch andererseits traf das ja auf die meisten Chefs zu.

»Meine Assistentin wird sich mit euch bezüglich der Termine und eurer Unterkunft für das Rennen in Verbindung setzen. Ich gratuliere noch einmal zu diesem Erfolg.«

Corben beendete die Verbindung – so wie auch die Explorers. Sie verließen die VR und fanden sich in der Computersuite der Anderson-Wohnung in Washington wieder. Leif war für die Ausscheidungsrennen nach Washington D. C. gekommen. Sein Vater hatte angeboten, dass sie sein Schnittstellensystem für den Kommandoposten benutzen konnten. Leif hätte sich genauso gut in der Veeyar dazuschalten können, doch er hielt es für einen emotionalen Vorteil, wirklich mit den andern zusammen zu sein.

Vielleicht war das nur Einbildung, aber es schien sich ausgezahlt zu haben.

Andy hüpfte auf seinem Computer-Link-Stuhl auf und ab. »Wir haben's geschafft! Wir sind auf dem Weg nach Kalifornien! Ins Land von Sonne, Strandschönheiten ...«

»... Smog und Erdbeben«, beendete David den Satz. »Die Simulationen der pazifischen Küste, auf die du so stehst, sind nicht realistisch.«

»Ach, sag bloß?«, fiel Matt lachend ein. »In den Simulationen wird sogar Andy bronzebraun.«

Andys gesprenkelte Wangen röteten sich. »Kommt schon, Leute. Näher als in der Veeyar bin ich Kalifornien nie gekommen. Keiner von uns ... außer Leif.«

Nun war es Leif, der errötete. *Ich, das reiche Bonzenkind*, dachte er. »Kalifornien? Ganz einfach«, sagte er. »Stellt es euch als seltsame, außerirdische Welt vor ... und die Hauptstadt der Seltsamkeiten liegt in Hollywood.«

Die Jungen lachten.

»Ich glaube, mein Vater hat den Kühlschrank auffüllen lassen«, fuhr Leif fort. »Nur für den Fall, dass wir etwas zu feiern haben.«

»Genau das sollten wir auch tun«, sagte David.

»Haargenau!«, fiel Andy ein. Er legte Matt und David die Arme um die Schultern. »Wir sind schließlich auf dem Weg zum *Planet California.*«

4

Die Limousine war etwa Mittelklasse, schätzte Leif. Auf Dienstreisen mit seinem Vater war er schon in besseren und schlechteren gefahren. Er wusste, dass seine Freunde so etwas noch nie außerhalb einer Simulation gesehen hatten.

David, Matt und Andy hingen mit den Augen an den verdunkelten Fensterscheiben und sogen die südkalifornische Landschaft in sich auf. Im Sommer war der nie endende Kampf zwischen Mensch und Natur in dieser Gegend besonders sichtbar. Wo es Geld gab, gab es Wasser, Pflanzen und Gärtner, die sich darum kümmerten. Ohne die gestalterische Hand des Menschen und ohne Wasserversorgung kehrte das Land jedoch rasch in seinen Urzustand zurück und wurde zur Halbwüste.

Zu den anderen sagte er nichts davon – warum sollte er ihnen die Reise ihres Lebens verderben?

Leif und seine Freunde litten nicht direkt unter Jetlag, doch sie fühlten sich von der Reise leicht erschöpft. Sie waren nicht an Bord eines Raumschiffs gekommen, sondern in einem normalen Flugzeug mit engen Sitzreihen. Durch die Verbreitung der VR gingen viele Leute heutzutage auf virtuelle Reisen. Die boten den Spaß einer wirklichen Reise, aber ohne Insekten, Sonnenbrände, voll gestopfte Ferienflieger, verspätete oder gestrichene Flüge und andere unangenehme Kleinigkeiten, die eine Reise in der realen Welt zu einer weniger erfreulichen Erfahrung machen konnten. Darunter hatten sowohl der Tourismus als auch das Reisen in der Touristenklasse gelitten. Viele der alten Massenvergnügungen waren verschwunden, als die Menschen das Reisen in der wirklichen Welt gegen die virtuelle Realität eingetauscht hatten. In der Ersten Klasse zu reisen war etwas anderes – wenn man bereit war, dafür zu zahlen, war Luxus überall erhältlich. Doch diese Reise wurde vom Studio bezahlt, und Touristenklasse war das Gebot der Stunde. Leif war nach den Stunden, die er in seinem unbequemen Sitz eingeklemmt gewesen war, müde und verspannt. Sobald sie im Hotelzimmer ankamen, brauchte er eine heiße Dusche und die Möglichkeit, sich zu entspannen.

Doch stattdessen fuhren sie direkt zu den Büros von Pinnacle Productions, um etwas Öffentlichkeitsarbeit zu leisten. Die Limousine hielt vor dem Bürogebäude, wo ein Schwarm Journalisten bereits auf die Pressekonferenz wartete.

»Wie eine dieser alten Preisverleihungen«, murmelte Leif, als sie ausstiegen.

Niemand nahm groß von ihnen Notiz, bis auf einige Reporter, die die Jungen über ihre Chancen beim Rennen befragten.

David zuckte mit den Schultern. »Über die Chancen lässt sich schwer was sagen, bevor wir nicht die anderen Wettbewerber kennen.« Ein Wichtigtuer sagte, wie aufgeregt alle seien, in Kalifornien zu sein. Leif war froh, dass er daran gedacht hatte, seine Sonnenbrille mitzubringen.

Eine weitere Limousine fuhr vor, und kaum tauchte berühmtere Beute für die Reporter auf, waren die Jungen vergessen. Nils Olsen, der Schauspieler, der Captain Venn verkörperte, blickte den Kameras und Aufnahmegeräten entgegen, und ein rasches, beinahe schüchternes Lächeln huschte über seine scharf geschnittenen, ebenmäßigen Gesichtszüge. In Jeans und oben aufgeknöpftem Hemd unterschied er sich sehr von der strengen, imponierenden Figur in der maßgeschneiderten Tunika eines Captains der Föderationsflotte.

»Captain! Drücken Sie einem bestimmten Team die Daumen?«

Ein weiteres flüchtiges Lächeln erschien auf seinem Gesicht. »Wem ich die Daumen drücke? Ich habe die Teilnehmer noch nicht einmal getroffen.« Sein Englisch war perfektes Amerikanisch, mit einer winzigen Nuance eines schwedischen Akzents.

Die Schulen da drüben leisten bei den Fremdsprachen wirklich gute Arbeit, dachte Leif.

Olsen fuhr fort: »Aber da Sie nach der Meinung des Captains fragten, er würde natürlich sehr gern das Team der Galaktischen Föderation siegen sehen.«

Oho!, dachte Leif. Er klingt beinahe etwas nervös, wenn er sich nicht an das Drehbuch halten kann.

»Ist es wahr, dass Sie befürchten, auf die Rolle des Captain Venn festgelegt zu werden? Dass Ihr Agent bereits Angebote anderer Produzenten für Holos in Spielfilmlänge durchsieht?«, fragte ein anderer Reporter.

Leif machte sich auf die gewohnte donnernde Antwort Captain Venns gefasst. Doch Nils Olsen rollte nur mit den Augen und zuckte mit den Schultern. »Ich denke, diese Frage muss ich mit ›kein Kommentar‹ beantworten. Jede andere Antwort brächte mich auf die eine oder andere Weise in Schwierigkeiten.«

Rasch eilte er den schmalen Gang zwischen den Medienvertretern hinunter, und die Jungen wurden hinter ihm hergetrieben. Sie betraten das Gebäude und durchquerten mehrere Hallen bis zu einem großen Auditorium, das immer noch »Projektionsraum« genannt wurde, obwohl die Flachbildschirmprojektion seit beinahe zwanzig Jahren eine tote Technologie war.

Ein holografisches Abbild des *Ultimate Frontier*-Logos schwebte über der Bühne, auf der sich bereits eine beachtliche Menschenmenge versammelt hatte.

Nils Olsen ging zu einem kurzen, untersetzten Mann mit Vollbart und langen Haaren, um seine Hand zu schütteln. Neben ihm erschien ein bekanntes Gesicht.

»Lance Snowdon«, murmelte Matt, als sie näher kamen. »Hoffentlich können wir ein paar Bilder mit ihm machen. Catie fällt um, wenn sie erfährt, dass wir mit Commander Dominic gesprochen haben!«

Catie Murray war ein weiteres Mitglied der Net Force Explorers, doch sie hatte Davids Einladung, an der Mars-Expedition teilzunehmen, abgelehnt – und war somit auch nicht am *Ultimate Frontier*-Wettbewerb beteiligt. Ihre Absage hatte dazu geführt, dass Leif zur Mannschaft stieß.

Die PR-Dame, die sie vom Flughafen abgeholt hatte, brachte die Jungen zu dem schwergewichtigen, bärtigen Mann. »Mr. Wallenstein, dies ist die Gruppe aus Washington – die Vertreter der Galaktischen Föderation beim Großen Rennen.«

Leif erkannte den Namen wieder, den er nach jeder Folge im Abspann gesehen hatte. Milos Wallenstein war einer der Produzenten und der Drehbuchverantwortliche bei *Ultimate Frontier*, der Kopf der Alltagsgeschehnisse am Set. In seinem neongrünen Blazer und dem schwarzen Seidenhemd sah er aus wie die Verkörperung einer früheren Form von Hollywood-Größe.

»Willkommen an Bord«, sagte er mit rauer Stimme. »Oder vielleicht sollte ich das besser dem Captain überlassen. Ich kann euch ein paar interessante Wochen versprechen, und vielleicht auch etwas Spaß zwischen den Aufnahmen der Rennsequenzen. Im Namen der *Ultimate*

Frontier-Besatzung und des ganzen Teams begrüße ich euch alle.« Der Produzent warf Lance Snowdon einen Blick zu. »Doch ich bin sicher, dass ihr lieber ein paar berühmtere Gesichter treffen würdet.«

Snowdon kam zum Händeschütteln herüber. Auf seinem attraktiven Gesicht lag ein leichtes Grinsen. Bei dem vollen, lockigen Haar und dem Spitzbart fehlte nur noch ein goldener Ohrring, um ihn wie einen Piraten aussehen zu lassen.

Matt trat eifrig vor, um ihm die Hand zu schütteln und blinzelte plötzlich überrascht. Der Action-Held der Serie war kaum größer als er!

»Sicherlich werdet ihr bei diesem Rennen alles geben, was ihr könnt«, sagte Snowdon herzlich. »Schließlich sieht euch die ganze Welt zu – oder sollte ich sagen, das ganze Universum?«

»Danke«, erwiderte David und nahm die Hand des Schauspielers. »Jetzt fühlen wir uns schon viel besser.« Seine Antwort war schlagfertig, doch irgendwie klang sie angesichts von Snowdons Charisma hohl.

Was haben solche Leute an sich, fragte sich Leif, *dass man nur neben ihnen zu stehen braucht, um wie ein völliger Trottel zu wirken?*

David trug seinen besten Anzug, hatte den kostbaren Laptop über der Schulter – und Snowdon ließ ihn aussehen, als wäre er gerade vom Rübenwagen aus Niemandshausen gefallen.

Leif war sich bewusst, dass auch er nicht besser abschneiden würde.

Der Zauber von Hollywood, dachte er.

Nachdem die letzten Jungen Lance Snowdon die Hand geschüttelt hatten, brachte Wallenstein Nils Olsen zu ihnen. Der Captain sagte kurz und treffend »Viel

Glück«. Wenigstens schien sein Lächeln, das nur einmal kurz aufblitzte und im nächsten Moment wieder verschwunden war, echt gewesen zu sein.

Während Olsen am Händeschütteln war, kam eine zierliche Asiatin herüber und gab ihm einen dicken Kuss. »Ich dachte schon, du drückst dich mal wieder, Cap!«, sagte sie respektlos.

»Ich kam nach den letzten Rennfahrern an«, antwortete Olsen und zeigte auf Leif und die anderen.

»Yu-Ying Cheang«, stellte sie sich selbst vor und lächelte.

David war sprachlos. »C-Commander Konn?«, stotterte er.

Die Frau entblößte ihre Zähne in einer lachenden Grimasse und sagte mit gutturaler Stimme »Erkennst du mich jetzt, du Würstchen?«

Das war die Stimme Konns, doch in Leifs Vorstellung war der drakieranische Kampfbefehlshaber der *Constellation* mindestens einen Kopf größer – und von einem Schuppenpanzer bedeckt.

Glücklicherweise überspielte Mrs. Cheang die Reaktion der Jungen. »Siehst du, Nils? Du machst dir Sorgen, auf die Rolle des Captains festgelegt zu werden. Aber ich? Niemand weiß, wie ich unter diesem ganzen Make-up und den Prothesen aussehe.«

Olsen lächelte seine Kollegin an. »Yu-Ying ist eine Meisterin der Kampfkünste und übernimmt all ihre Stunts selbst.«

»Nicht mehr«, unterbrach ihn Yu-Ying. »Vor etwa einem Monat bin ich gestürzt und habe mir den Schwanz gebrochen.«

Andy, der gerade die ganze Hollywood-Atmosphäre in sich aufgesogen hatte, sah plötzlich verwirrt aus.

»Sie ...«, fing er an, wobei er suchend auf den Boden hinter der Darstellerin blickte.

Yu-Ying brach in schallendes Gelächter aus. »Commander Konns Schwanz!«, erklärte sie. Die drachenähnliche außerirdische Kämpferin hatte einen gepanzerten Greifschwanz, der im Nahkampf so gefährlich wie ein weiterer Arm war.

»Die Prothese, die sie für die Kampfsequenzen an mein Kostüm kleben, ist kaputtgegangen«, erläuterte sie. »Jetzt funktioniert sie nicht mehr, und daher durfte unser Schönling Dominic in der Folge mit dem Diplomatenzoo das Geschehen ein bisschen aufmischen.«

Die Augen der jungen Frau glänzten frech, als sie hinzufügte: »Ich persönlich bin mit ein paar blauen Flecken an einer Stelle davongekommen, die ich normalerweise nicht in der Öffentlichkeit zeige.«

Olsen schmunzelte, als er die verwirrten Blicke der Explorers bemerkte. »Hoffentlich erschreckt es euch nicht zu sehr, zu erkennen, dass die Helden der Föderationsflotte auch nur Menschen aus Fleisch und Blut sind«, sagte er.

»Oder eine langjährige Vergangenheit haben«, sagte eine weißhaarige Dame und trat auf sie zu. »Wenigstens erscheint Yu-Ying auf dem Bildschirm, wenn auch unter einer Tonne Schminke. Ich tauche nur als Stimme auf.«

»Natürlich«, sagte Leif. »Sie sind Rebecca Lorne, die Stimme von Soma.« Die Fans liebten das nimboide Energiewesen, das als ortsansässiger Kontaktoffizier und Botschafter der *Constellation* fungierte, doch die Figur war eigentlich ein Hologramm. Hier war die Frau, deren Stimme dem Bild seine Persönlichkeit und seinen Charme verlieh. Rebecca Lorne war eine gut aussehende ältere Frau, die einen klassischen weißen Leinenanzug trug.

»Ist es schwierig, mit einem Hologramm zu arbeiten?«, fragte Matt.

Olsen lächelte. »Es kommt darauf an, das richtige Timing zu finden. Das Bild wird vorher programmiert, sodass man auf seine Bewegungen reagieren muss.«

»Und man darf nicht hineinlaufen – wie einige Captains das des Öfteren taten«, witzelte Yu-Ying.

»Ihr jungen Leute habt es einfach«, spottete Rebecca. »Als ich die Marian in *Kong 2001* spielte, wurden die Special Effects *nachträglich* eingefügt. Ich musste mit einem großen Stück Posterpapier arbeiten, auf dem ein X aufgeklebt war, das mir zeigte, wo sich der Kopf des Monsters befand.«

Leif versuchte, nicht zu erstaunt zu wirken. Der alte Flachbildschirm-Film hatte ein berühmtes Bild hervorgebracht – eine wunderschöne blonde Frau in einem zerrissenen, durchsichtigen Nachthemd, die dem tastenden Finger des Riesenaffen zu entkommen versuchte.

»Ja, das war ich«, bestätigte Rebecca mit einem sarkastischen Lächeln, das ihre Gesichtszüge so weit entspannte, dass sie zu einem Schatten des lang verblichenen Bildes wurden. »Ich war damals ziemlich scharf, wenn ich das sagen darf. Das schlimmste Mädchen der Soap-Operas vor fünfundzwanzig Jahren.«

»Vor den Holos«, zog Yu-Ying sie auf.

»Vor den Holos«, stimmte Rebecca zu, »und vor all diesen realitätsverzerrenden Special-Effects.«

Wallenstein hatte sich mit seinen Publicity-Leuten besprochen. Jetzt kam er zurück. »Die Presse wird jeden Moment hier sein, also sollten wir Vorbereitungen treffen.«

»Sicher«, sagte Rebecca Lorne. »Bringt sie weg von uns, bevor wir ihnen Narben fürs Leben zufügen!«

Einer der für die Publicity Zuständigen trat an die Net Force Explorer heran, und Leif und die anderen Jungen folgten ihm. Plötzlich schwärmten Techniker auf die Bühne und führten Gruppen von Menschen – die anderen Teams, wie Leif feststellte – zu festgelegten Punkten. Ein Quartett ernst aussehender junger Männer, die so dunkelhäutig waren wie David und bestickte Halstuch-Hemden trugen, wie sie in den afrikanischen Republiken in Mode waren, wurden an ihren Platz geführt. Neben ihnen tauchte das Bild eines Setangi-Kriegers auf.

Jeweils zwei Mädchen und Jungen, blond und rotwangig, posierten neben dem Bild eines Offizierskadetten der Laraganten. Sie plapperten aufgeregt in einer Sprache, die vertraut klang, obwohl er zu weit entfernt war, um auch nur ein Wort zu verstehen. Norwegisch? Nein, Dänisch, entschied Leif schließlich. Gut. Sein Dänisch war ein bisschen eingerostet. Es würde nett werden, es wieder einmal benutzen zu können.

Ein junger Kadett der Föderationsflotte in der waldgrünen Tunika eines Technikerlehrlings erschien links auf der Bühne.

»Ich nehme an, wir sollten dort hinüber gehen«, sagte Matt.

David war jedoch mitten auf dem Weg stehen geblieben. »Mann!« Der Ausruf klang fast wie ein Fluch. »Ich sehe es, aber ich glaube es nicht.«

»Was?«, fragte Leif.

»Du warst nicht da, als wir darüber sprachen, aber bestimmt kennst du die Verbindung zwischen den außerirdischen Rassen, die in *Ultimate Frontier* vorkommen, und dem internationalen Medienmarkt.«

Leif nickte. »Du meinst, wie sie die Quoten hochtreiben, indem sie dafür sorgen, dass sich die verschiedenen

Nationalitäten mit den *Ultimate Frontier*-Rassen identifizieren.« Er zog eine Grimasse. »Und?«

David senkte die Stimme. »Pinnacle Productions muss die Ergebnisse der Qualifikationsrennen gefälscht haben. Sieh dich mal um! Schwarzafrikaner nehmen als Setangis teil. Ein europäisches Team als Laraganten. Wer repräsentiert die Galaktische Föderation? Wir, die typischen amerikanischen Jungs. Das ist doch ein abgekartetes Spiel!«

»Niemals!«, widersprach Andy. »Wir haben in unseren Rennen doch alle beiseite geräumt.«

»Zumindest sah es so aus«, sagte Matt langsam.

»Und Überraschung, Überraschung! Das richtige Team für den amerikanischen Markt hat gewonnen.« In Davids Stimme mischten sich Misstrauen und Abscheu. »Sie benutzen uns nur zu Werbezwecken – um die Quoten noch ein bisschen höher zu treiben.«

»Kommt schon, Jungs«, sagte Leif. »Wir wussten doch genau, dass die Idee dieses Wettbewerbs dazu dient, die Werbetrommel für *Ultimate Frontier* zu rühren. Deshalb stehen all die Reporter draußen und warten darauf, eingelassen zu werden.«

»Ja, richtig«, warf Matt ein. »Aber als wir hier ankamen, dachten wir, es wäre ein faires Rennen.«

»Wir wissen nicht sicher, dass es das nicht ist«, sagte Leif. »Vielleicht haben die Produzenten die Ergebnisse etwas zurechtgebogen, um die Teilnehmer zu bekommen, die sie wollten. Aber was auch immer sie jetzt tun, die Öffentlichkeit ist dabei.«

»Also?«, fragte David.

»Also spielen wir das Spiel mit – und halten unsere Augen offen«, sagte Leif. »Ich denke nicht, dass Pinnacle uns mit gezinkten Karten ins Spiel gehen lässt. Die meisten anderen Kids sehen auch aufgeregt aus, weil sie hier sind.«

»Nein!« Eine strenge Stimme durchschnitt das nervöse Geplapper im Hintergrund.

Leif sah sich um. Ein ungeschlachter Kerl mit zurückgekämmten Haaren und einem dichten Bart bedrängte einen unglücklich aussehenden Techniker.

»Wir werden uns nicht da hinstellen, wo Sie uns haben wollen«, fuhr Mr. Schnurrbart in lautem Ton fort. Er streckte einen wütenden Finger in Richtung der Föderationsflotten-Kadetten und der überrascht aussehenden dänischen Jugendlichen aus. »Das ist zu nahe bei den kriegstreiberischen Amerikanern und genau neben den Unterdrückern aus der so genannten Europäischen Union.«

Wallenstein kam näher, als er die lauten Stimmen hörte. »Sehen Sie, Mr. ... äh ...«

»Cetnik«, verkündete der bärtige Mann. Leif nickte. Ja, aus dem Englisch war eindeutig ein osteuropäischer Akzent herauszuhören.

»Mr. Cetnik. Als Sie ihrer Teilnahme zugestimmt haben ...«

»Wir haben nicht zugestimmt, beleidigt zu werden!«, fiel ihm Cetnik ins Wort. »Ich bin für diese jungen Leute verantwortlich – ihren Eltern und meiner Regierung gegenüber.«

Leif folgte dem dramatisch ausgestreckten Arm. Vier Kids standen ein wenig im Hintergrund an der Seite. Sie trugen grau-grüne Outfits, die eher wie militärische Uniformen als wie eine Leif bekannte Schulkleidung aussahen. Drei von ihnen waren Jungen mit dunklem Haar und düsterem Gesichtsausdruck. Das vierte war ein sensationell aussehendes blondes Mädchen mit einem Gesicht und einer Figur, die sogar in Hollywood Blicke auf sich ziehen würden. Neben ihnen wuchs das Holo-Bild eines silberhäutigen, humanoiden Außerirdischen mit einem formlosen Gesicht in die Luft – ein Thurianer.

Cetnik fuhr fort: »Die Karpatische Allianz erwartet von uns, dass wir sie in der Welt repräsentieren – und wir müssen auf dem Respekt bestehen, der unserer Nation gebührt!«

5

Wallenstein starrte unschlüssig auf die Türen, durch die die Reporter jeden Moment hereinkommen würden. Der Produzent schwankte einen Moment, seufzte und fing an, mit den Technikern zu reden.

Dann ordneten sie die Teams neu.

Leif schüttelte ungläubig den Kopf. Warum sollte ein Mann, der an der Spitze eines der lukrativsten Holo-Geschäfte der Welt stand, vor einem großmäuligen Rowdy klein beigeben, der einer fremden Regierung angehörte, die eine extremistische Randgruppe darstellte?

Er runzelte die Stirn und wandte den Kopf, um einen ausgiebigen Blick auf den schnurrbärtigen Mr. Cetnik zu werfen. Leifs Vater hatte mit vielen Diplomaten zu tun gehabt, und damit auch Leif. Als Repräsentanten ihrer Länder konnten Diplomaten normalerweise als »glatt« bezeichnet werden. Doch Cetnik hatte gezeigt, dass er viele Kanten hatte. Er sah nicht diplomatisch aus und klang auch nicht so.

Ich habe eher den Eindruck, dass er eine Art Wach-

hund ist, dachte Leif. *In der Karpatischen Allianz bedeutet das wahrscheinlich, dass er zur Geheimpolizei gehört.*

Die Techniker arbeiteten wie wild daran, die Hologramm-Bilder umzuordnen, um Cetnik und sein Team zufrieden zu stellen. Nicht zu nahe an den Europäern, den Amerikanern oder den Afrikanern, gemäß den seltsamen Rassentheorien der Karpatischen Allianz.

Endlich waren sie zur Zufriedenheit aller aufgestellt, und die Presse wurde hereingelassen. Leif schaltete einfach seinen Verstand ab, während der ganze Publicity-Rummel seinen Lauf nahm. Nach dem langen Flug war er müde. Er konzentrierte sich hauptsächlich darauf, nicht in der Öffentlichkeit zu gähnen.

Eine kleine Zeremonie riss ihn aus seiner Lethargie. Die Kommandanten der Teams wurden gebeten, zu Milos Wallenstein zu treten und ihm eine Software-Version des von ihnen gestalteten Schiffs zu übergeben. Das Rennschiff würde in das Computersystem von Pinnacle Productions geladen werden, in dem das Rennen abgehalten wurde, getestet werden, um sicher zu stellen, dass es mit dem Schiff der Vorentscheidungsrunden übereinstimmte, und erneut getestet werden, um zu überprüfen, ob es den technischen Daten, die Pinnacle Productions für das Rennen vorgegeben hatte, entsprach.

Wenn das richtig funktioniert, haben wir ein faires Rennen vor uns, dachte Leif. *Wenn sie dagegen alles herunterladen, um das Ergebnis zu kontrollieren, sind uns mehr oder weniger die Hände gebunden. Wenn das Studio nicht für ein faires Rennen sorgt, können wir nicht viel dagegen tun, es sei denn, die Dinge werden zu extrem. Außerdem gibt es dem Studio eine bessere Kontrolle über die Special-Effects der Episode. Wir werden dann im Moment unseres Triumphes cooler aussehen.*

Sein Körper spannte sich an, als ein neuer Gedanke in ihm aufkam. Einige Teilnehmer würden ihre Kreationen auf weitaus besseren Systemen laufen lassen, als das in ihrem Heimatland möglich gewesen wäre.

Der Karpatischen Allianz zum Beispiel war seit dem letzten Krieg ein strenges Technologie-Embargo auferlegt worden.

Vielleicht setzen sie deshalb alles daran, das Rennen zu gewinnen, dachte Leif. Pinnacle Productions hatte den Gewinnern neben einem ehrenvollen Moment in *Ultimate Frontier* alle möglichen technologischen Spielzeuge versprochen, Geräte, die selbst in den Staaten frühestens in einem Jahr erhältlich sein würden. Und der Beschreibung der Computerausstattung des Preispakets nach war das Zeug wirklich ein Hammer.

Leif sah wieder nachdenklich in Cetniks Richtung. Das war mehr als genug Grund, einen Geheimpolizisten zu schicken ... oder sogar einen ausgebufften Spion.

Als hätte er Leifs Gedanken gelesen, trat der karpatische Repräsentant vor, um eine weitere Rede zu halten. »Unsere Freunde von den freien Medien sind sich wahrscheinlich dessen bewusst, dass die Aggressoren der Vereinigten Staaten ihren Krieg gegen das Volk der Karpatischen Allianz weiterhin fortsetzen. Aufgrund willkürlicher Handelsbeschränkungen wird es unserer Mannschaft unmöglich sein, die versprochenen Siegesprämien in unser Heimatland einzuführen.«

Bei ihm klingt das wie eine ausgemachte Sache, dachte Leif.

»Unsere Antwort darauf ist einfach – und global. Sollte die Allianz gewinnen, wird die Technologie mit verdienstvollen Gruppen auf der ganzen Welt geteilt werden.«

Das Schlüsselwort war *geteilt,* erkannte Leif plötzlich. Cetnik und seine junge Bande würden vielleicht keine Hardware mitnehmen können, doch jeder Hacker, der diesen Namen verdiente, konnte sie auseinander nehmen und mit Ausrüstung und Programmierfähigkeiten nach Hause gehen, die den dort geläufigen um mindestens zwei Generationen überlegen waren.

Und sie hätten die Preise großzügig weggegeben, was sich propagandamäßig ausschlachten ließ.

Trotz seiner Abneigung musste Leif ihnen eines zugestehen. Diese Typen waren gefährlich – vielleicht sogar gefährlicher, als sie aussahen.

Zu guter Letzt waren die PR-Rituale vorbei und die Jungen konnten sich endlich auf den Weg in ihr Hotel machen. Sie wurden durch das Labyrinth der Pinnacle-Büros zum Hinterausgang des Gebäudes geführt, wo ihre Limousine bereits wartete.

»Daran könnte ich mich gewöhnen«, sagte David, während sie sich durch den Verkehr von Los Angeles schlängelten.

Matt nickte. »Besser als ein Bus.« Ein Großteil des öffentlichen Nahverkehrs wurde in Washington mit fahrerlosen, computergesteuerten Bussen abgewickelt.

»Ich weiß nicht«, sagte Andy. »Die Größe entspricht etwa einem Washingtoner Bus.«

»Ihr werdet hier viele Autobusse finden«, sagte die junge PR-Frau, die als ihre Führerin fungierte. »L. A. hat sich sehr darum bemüht, den öffentlichen Nahverkehr attraktiver zu gestalten, doch das Studio hat für jedes Team einen Mietwagen bereitgestellt. Ihr bekommt die Unterlagen zum Ausfüllen im Hotel.«

»Wo übernachten wir?«, fragte Leif die junge Frau.

»Casa Beverly Hills«, antwortete sie, »direkt am Rodeo Drive.«

»Wow!«, rief Andy aus.

Leif sagte nichts. Er wusste, dass Beverly Hills und der Rodeo Drive seit dem Erdbeben 2019 gewaltig an Beliebtheit verloren hatten. Das Rinnsal von Leuten, die wegzogen und unbemerkt Häuser in Connecticut und Eigentumswohnungen in New York gefunden hatten, war zu einer Flut angewachsen. Die Reichen und Berühmten hatten beschlossen, dass es angenehmer war, an Orten zu leben, wo ihre Häuser nicht von Erdbeben zerstört, von Erdrutschen verschüttet, überflutet oder von Bränden vernichtet wurden. Die exklusiven Geschäfte, in denen sie eingekauft hatten, waren ihnen gefolgt.

Die zunehmende Bedeutung des Internets hatte ebenfalls zu diesem Niedergang beigetragen. Die Leute hatten in Beverly Hills gelebt, um »der Industrie« nahe zu sein – ob das nun Musik, Fernsehen oder Film bedeutete. Doch die wachsende Vielseitigkeit des Net hatte es den Menschen buchstäblich ermöglicht, sich in Vorstellungen »einzuwählen«. Ein großer Star konnte sich überall auf der Erde befinden – oder auf einem der orbitalen Wohngebiete – und dank der Wunder der VR und der holografischen Projektion doch bei allen Proben »am Set« sein.

Es gab sogar Gerüchte, dass einige der gefragtesten Schauspieler nicht einmal bei der Aufnahme ihrer letzten Auftritte physisch anwesend waren. Sie waren nur in ihrer Holo-Gestalt »da gewesen«, entweder weil sie fett oder paranoide Einsiedler geworden waren ... oder beides.

Leif hoffte, dass seine Freunde nicht erwarteten, während ihres Aufenthalts in Beverly Hills große Stars zu sehen. Was sie zu Gesicht bekommen würden, waren Touristen.

Trotzdem, dachte er, *das Casa Beverly Hills ist für einen Auswärtigen eine feine Adresse.*

Pinnacle Productions hatte sich beim Budget für die Unterhaltung der Gäste nicht übertrieben verschwenderisch gezeigt, war aber durchaus großzügig gewesen. Die Jungen traten aus dem Aufzug und begaben sich zu einer kunstvollen Echtholz-Doppeltür, hinter der sich eine komfortable Suite verbarg. Im Wohnzimmer gab ein großes Fenster den Blick auf eine Gegend frei, die einst zu den teuersten der Vereinigten Staaten von Amerika gehört hatte. An beiden Seiten schlossen sich die Schlafzimmer an. Die Jungen würden zu zweit schlafen, doch wie David sagte, als er seinen Koffer abstellte: »Allein das Wohnzimmer ist größer als unser ganzes Haus.«

Die PR-Frau ging, nachdem sie dem Pagen Trinkgeld gegeben hatte, und die Jungen begannen mit der Erkundung ihrer Suite. Eine winzige, doch funktionsfähige Küche füllte eine Ecke des Wohnzimmers aus – wohl für Geschäftsbesuche, dachte Leif. Doch jemand von Pinnacle Productions hatte ganze Arbeit geleistet. Der kleine Kühlschrank war mit einer Auswahl von Erfrischungsgetränken und Säften gefüllt, und die Schränke enthielten die verschiedensten Snacks – eine Aufmerksamkeit des Studios.

»Mann, ich könnte was zu trinken vertragen«, sagte Andy. »Ich weiß nicht, ob es am Flugzeug oder dem Wetter liegt, aber meine Kehle fühlt sich an, als hätte sie jemand zum Trocknen in die Sonne gelegt.

Sie holten sich jeder ein Glas Limo und ließen sich auf die dick gepolsterte Couch und die Sessel fallen, die gegenüber des Wohnzimmerfensters standen.

»Tja, *das* war ein Tag«, sagte David. »Ich fühle mich, als wäre ich in eine seltsame VR gewandert – oder in meinen eigenen Holofilm.«

Matt lachte. »Ich weiß, was du meinst. Alles scheint so unwirklich – nur ab und zu blitzen ein paar merkwürdige Aspekte des realen Lebens durch.« Er blickte auf seine Hand hinunter. »Ich kann nicht glauben, dass ich Lance Snowdon die Hand geschüttelt habe.«

»Ich kann nicht glauben, was für ein Gartenzwerg er ist«, fiel Andy ihm ins Wort.

Matt nickte. »Oder dass man durch seine Haare bis auf seine Kopfhaut sehen kann.«

»Ach, ich weiß nicht«, sagte Leif. »Fans der Serie haben immer darüber diskutiert, welche besser sind – die Captains mit Haaren oder die ohne.«

Andy johlte vor Lachen. »Nicht zu vergessen die Captains mit den billigen Toupets.«

»Du gibst mir Grund zur Hoffnung, dass Commander Dominic befördert wird«, kicherte David. »Dann sehen wir, wie es für einen Captain läuft, der seine Haare verliert.«

»Ich habe heute mehr von diesem Hinter-den-Kulissen-Zeug gesehen, als ich in einem Monat im Net finden könnte.« Matt unterdrückte plötzlich ein Gähnen. »Und jetzt will ich nur noch schlafen.«

»Erzähl mir mehr davon«, sagte Andy und sprang auf die Beine. »Komm schon, Schlafmütze. Schauen wir mal, ob die Betten in dieser Bruchbude so bequem sind wie die Couch.«

Das Wohnzimmer wurde ruhiger, als die zwei Jungen gegangen waren, um eines der Schlafzimmer in Beschlag zu nehmen. David lehnte sich auf der Couch zurück und leerte sein Glas. Dann öffnete er die Tasche, die noch immer über seiner Schulter hing, und nahm seinen Laptop heraus.

Technisch gesehen war das tragbare Gerät überholt – die Geschäftsnische war von handgroßen digitalen Assistenten erobert worden, die auf Sprachbefehle reagierten anstatt auf eine Tastatur oder auf Bildschirmmenüs.

Leifs Vater hatte in eine Firma investiert, die dachte, sie könnte den Laptop zurück auf den Markt bringen. Die Laptops waren so schnell und so leistungsstark wie die Computerkonsolen, die jeder im Netz benutzte. Doch ihnen fehlten die Schnittstellen und die Systeme der Computer-Link-Stühle, die längere Aufenthalte in der VR ermöglichten. Es war einer der Fehlgriffe von Leifs Vater gewesen. Fast niemand hatte sie gekauft. Leif hatte seinem Vater geholfen, das Lager etwas zu leeren, indem er einen sehr interessanten Preis für Net Force Explorers aushandelte, die an einem solchen Gerät Interesse hatten.

David war auf das Geschäft eingegangen. Schließlich hatte das Gerät, auf dem er jetzt arbeitete, dieselbe Kapazität wie das Computer-Link-System in seiner Wohnung – oder war sogar besser.

»Bereust du es nicht, das alte Teil gekauft zu haben?«, fragte Leif seinen Freund.

»Für dich mag es wie ein altes Teil aussehen«, sagte David und blickte auf den Entwurf des Raumschiffs auf dem Display des Laptops. »Aber es ist alles, was ich mir gewünscht habe – und mehr.«

Er sah Leif an. »Weißt du, so etwas gibt es heutzutage nicht mehr. Es ist das erste Computersystem, das ich je besessen habe. Das Gerät meiner Familie ist mit der ganzen Elektronik der Wohnung verbunden. Das Zeug, auf dem ich in der Schule gelernt habe, ist fest mit dem Netz verkabelt. Die meisten tragbaren Geräte sind Mehr-zweckgeräte, wie ein Brieftaschen-Telefon, das man nur als Computer verwenden kann, wenn man sich ins Netz einwählt und die Netressourcen aufruft.«

David tätschelte den kleinen Kasten auf seinem Schoß. »Aber dieses Baby ist wirklich *mein* Computer, solange ich ihn nicht an den Rest der Welt anschließe.«

»Das Hotel ist komplett festverkabelt – das System ist wahrscheinlich größer und schneller«, meinte Leif. »Da drüben ist ein Port, wo du all deine Dateien herunterla-den kannst. Zumindest hättest du ein besseres Display und müsstest keine Angst haben, blind zu werden.«

»Nein, da müsste ich nur Angst haben, dass sich je-mand in mein Programm hackt«, erwiderte David.

Leif lachte. »Irgendein *Frontier*-Fan mit wildem Blick, der alles über die teilnehmenden Schiffe erfahren will? Oder ein Buchmacher, der die technischen Daten der Schiffe braucht, um seine Tipps für die Wetten zu be-rechnen?«

»Wie wäre es mit den anderen Teilnehmern – zum Beispiel der seltsamen Mannschaft der Karpatischen Al-lianz?«, antwortete David.

Leif nickte zögernd. »Da mag was dran sein. Wenn nicht die Mannschaft, dann wird vielleicht Mr. Cetnik es versuchen – obwohl, so wie er aussieht, ist das kompli-zierteste Gerät, mit dem er je umgegangen ist, ein Ma-schinengewehr.«

»Das Aussehen kann täuschen«, sagte David. »Vor al-lem bei der K. A.« Er rollte mit den Augen. »Diese Leute sind *wahnsinnig*, Anderson. Hast du die Kids heute gese-hen? Sie tragen die Uniform der Nationalschulen. Änder die Knöpfe und füg ein paar Insignien dazu, und sie sind identisch mit den Uniformen der Armee der Allianz.«

Leif zuckte mit den Schultern. »Dadurch sparen sie wohl Geld.«

David schüttelte den Kopf. »Es ist ihre Art zu denken. Die Karpatische Allianz hält sich selbst buchstäblich für eine militärische Nation. Jeder im Land kann aufgerufen werden, Eindringlinge zu vertreiben. Sie haben solche Kurse in der Schule. Die Kids sind wie Soldaten angezogen, weil die Regierung sie so einsetzen will, für den Nahkampf Mann gegen Mann.«

Er verzog den Mund, als hätte er etwas Ungenießbares probiert. »Sie erzählen diesen Kindern, dass die Vereinigten Staaten das größte Übel der Welt sind. Und dann gibt es etwas, das ich als persönlichen Angriff empfinde – ihre wirren Rassentheorien. Du weißt, dass Philologen die alte indoeuropäische Sprache studiert haben?«

Leif nickte erneut. Es hatte seit dem 18. Jahrhundert Forschungen gegeben, als ein britischer Beamter in Indien Ähnlichkeiten zwischen Wörtern aus dem altertümlichen Sanskrit und gleich bedeutenden Wörtern aus dem Lateinischen und Griechischen festgestellt hatte – Basisvokabular, wie die Wörter für »Vater« und »Wasser«.

Diese Stammsprache wurde »Indoeuropäisch« genannt, und die Sprachen, die von ihr abstammten, wurden in den alten Ländern zweier Kontinente gesprochen ... und in neuen Ländern quer über den ganzen Globus. Vor einigen Jahrzehnten hatten Wissenschaftler jedoch versucht, die Wurzeln des Indoeuropäischen festzustellen, um herauszufinden, wo die Sprache entstanden war.

Mit Hilfe von Computern hatten sie einen ausführlichen Wortvergleich verschiedener Sprachen durchgeführt und vermerkt, wo Übereinstimmungen lagen – und wo nicht. Zum Beispiel wiesen mit Wasser verbundene Wörter dieselben altertümlichen Wurzeln auf. Wie auch Wörter, die mit Flüssen in Bezug standen. Doch in den alten Sprachen – wie in den modernen – hatten sich unterschiedliche Wörter für die Ozeane entwickelt. Das würde bedeuten, dass die ursprünglichen Indoeuropäer im Binnenland gelebt hatten, weit weg von großen Wassermassen. Weitere Hinweise hatten das in Frage kommende Gebiet eingeschränkt – wie Namen von Bäumen und Tieren, die alle Sprachen teilten.

»Schließlich hatten sie das Gebiet, in dem man es zuerst sprach, auf Südpolen festgelegt, oder?«, fragte Leif.

David nickte. »Du musst wissen, dass es noch eine Bezeichnung für die Menschen, die Indoeuropäisch sprachen, gab – Arier.«

Leif sagte nichts. Der Ausdruck war schon von zu vielen Leuten missbraucht worden, die Theorien über eine »Herrenrasse« vertraten. Sie hatten den Erfolg Europas im 19. Jahrhundert bei der Schaffung von Kolonialreichen mit dem Begriff »Arisches Erbe« erklärt, anstatt ihn mit überlegener Technologie und Finanzen zu begründen.

Einer, der diese Theorien vertreten hatte – ein Diktator namens Adolf Hitler –, hatte nicht nur die arische Überlegenheit verehrt, sondern auch über die Notwendigkeit geschrieben, das, was er »niedere Rassen« nannte, zu dezimieren oder sogar auszulöschen.

Er hatte die Welt jahrelang in Angst und Schrecken versetzt, als er versuchte, seine kruden Ideen in die Tat umzusetzen. Und seither hatten sich Gruppen auf das Wort »Arier« berufen, um ihren Rassismus zu rechtfertigen.

David fuhr fort. »Jedenfalls haben unsere karpatischen Freunde eine nette Theorie entwickelt. Da Indoeuropäisch zuerst auf polnischem Gebiet gesprochen wurde, heißt das, dass die slawischen Rassen – zu denen zufälligerweise die Leute der K. A. gehören – die wahren Arier sind!«

Leif blinzelte. »Warte eine Sekunde. Die Arier – Indoeuropäer, wie man sie auch nennt – gab es vor etwa fünftausend Jahren. Die Slawen treten erst vor tausendfünfhundert Jahren auf die Bühne der Geschichte. Das ist eine ziemlich große Zeitlücke – in der Zwischenzeit sind viele Völker durch das Gebiet gezogen.«

»Es ist eine unsinnige Behauptung«, stimmte David zu. »Doch die Karpatische Allianz vertritt sie vehement.«

»Und die Nazis – die Arier Hitlers – metzelten viele Slawen nieder, da sie zu einer so genannten niederen Rasse gehörten.«

»Laut der K. A.-Parteilinie war Hitler ein falscher Prophet, der ihre Ideen gestohlen hatte.« David hob den Finger an seinen Kopf. »Diese Leute sind Spinner, Anderson. Gefährliche Spinner.«

»Wie hast du das alles herausgefunden?«, fragte Leif.

»Ich habe mit Captain Winters gesprochen. Er hat einige Zeit dort drüben verbracht – er weiß gern, wer der Feind ist.« David blickte grimmig. »So wie ich. Diese Allianz-Zombies nehmen zu Propagandazwecken am Wettbewerb teil. Sie wollen das Große Rennen gewinnen – um zu beweisen, dass sie die *größte Rasse* sind.«

Leif trat ans Fenster. »Unter diesen Umständen ist das ein nachvollziehbares Motiv, denke ich«, sagte er. »Ich kann mir auch andere vorstellen ...«

Seine Stimme brach ab, und er blinzelte. Ihr Zimmer lag in der Mitte des Hotels, mit Blick auf den Rodeo

Drive und die Berge im Hintergrund. Doch das H-förmige Gebäude hatte zwei Flügel, die auf beiden Seiten herausragten. Und Leif hatte etwas in einem der gegenüberliegenden Fenster bemerkt.

Es war eine Antenne, eine altmodische Ausrüstung wie die Satellitenschüsseln, die einst benutzt wurden, um weltweite Sendungen zu empfangen, bevor das Net das bevorzugte Empfangssystem wurde.

Es gab keine Notwendigkeit, eine Direktverbindung in einem Hotel aufzubauen, das bereits für jede Kommunikationsart festverkabelt war, es sei denn, jemand brauchte eine wirklich sichere Verbindung. Doch die Schüssel war nicht auf Satellitenempfang eingestellt. Sie war nach unten gerichtet – genau auf ihr Zimmer!

6

»He, David«, sagte Leif und bemühte sich, seine Stimme nicht zu erheben und seinen gelangweilten Gesichtsausdruck beizubehalten. »Warum schaltest du das nicht einen Moment aus und siehst dir mit mir die Aussicht an?«

»Leif, ich lasse Simulationen ablaufen, um alle möglichen Zufälle und Überraschungen in den Griff zu bekommen, die uns in den Weg kommen könnten, wenn wir mit der *Onrust* das Rennen fahren.« Davids Augen klebten noch immer am Display seines Laptops. »Es ist schon schwer genug, Kommandant dieser Taschenrakete zu sein, ohne ...«

Er unterbrach sich, doch Leif konnte sich nur zu leicht vorstellen, was er sagen wollte. Irgendetwas wie: »Ohne von deinen dämlichen Unterbrechungen gestört zu werden.«

Leif wandte sich vom Fenster ab. »Ich finde, du solltest herkommen. *Jetzt*.«

David bemerkte den warnenden Unterton in der Stimme seines Freundes und legte den Computer zur Seite. »Na gut«, sagte er und erhob sich von der Couch. »Was ist denn los?«

»Ich will dir was zeigen«, sagte Leif und deutete zum Horizont. »Halt dein Gesicht geradeaus, aber wende die Augen nach rechts. Drei Stockwerke über uns, das siebte Fenster von der Stelle, wo der westliche Flügel vorspringt. Nein!«, warnte er. »Dreh dich nicht um, um hinzusehen. Beweg nur deine Augen.«

David atmete genervt ein, während er Leifs Anweisungen folgte. Aber was auch immer er gerade sagen wollte, verwandelte sich in einen raschen Atemstoß.

»Da ist was am Fenster«, flüsterte er schließlich.

»Eine Antenne«, stimmte Leif ebenso leise zu. Er glaubte nicht, dass jemand da drüben eine Abhörvorrichtung hatte, aber sicher war er nicht. Es war ziemlich wahrscheinlich, dass sie beobachtet wurden – deshalb hielt er den Eindruck aufrecht, dass sie die »Aussicht genossen«.

»Die Leute vergessen heutzutage, wo Entertainment, Gesprächsverbindungen und Datenkommunikation über das Internet laufen, dass Computer – dieser Laptop da eingeschlossen – Funkfrequenzstrahlung abgeben.«

»Mein Vater hat so was erwähnt«, sagte David. »Als er klein war, erschienen auf dem Flachbildschirm-Fernseher der Familie manchmal Bilder des CRT-Displays, wenn der Computer zur selben Zeit angeschaltet war. Textverarbeitungsseiten oder ein Spiel, mit dem sich sein Bruder amüsierte.«

»Lief der Fernseher über Kabel oder über Antenne?«

»Ich habe nie wirklich verstanden, wovon er sprach«, gab David zu. »Dad sagte immer was von Hasenohren.«

»Das war eine Art Antenne«, sagte Leif. »Aber die Schüssel an dem Fenster da ist viel empfindlicher. Ich bin mir sicher, dass es damit kein Problem wäre, genug Strahlung aufzunehmen, um dein Display zu duplizieren.«

David zuckte zusammen, als wäre er von etwas gestochen worden. »Dieser erbärmliche, schleimfressende ... Ich glaube, ich gehe hoch und trete ihm in den Hintern!«

»Nein, das wirst du nicht«, sagte Leif. »Ich bin hier derjenige, der temperamentvoll sein sollte.« Er deutete auf seine roten Haare. »Wir wollen dem Kerl da oben keinen Hinweis darauf geben, dass wir wissen, was abläuft ... nicht, bevor wir ihn festnageln können.« Er nickte in Richtung von Davids Laptop. »Ich schlage vor, du rufst jetzt ein Bild der *Onrust* auf – etwas, das nicht weiter wichtig ist – und bastelst daran herum, damit unser Spion da oben interessiert bleibt und sich nicht von der Stelle rührt. Inzwischen gehe ich mit einer kleinen Delegation nach unten, um mit dem Management zu reden.«

David starrte ihn an – zu gern hätte er diesen Schnüffler am Fenster in die Finger bekommen.

»Schau, sie haben dich mit dem Laptop gesehen – und wie du damit gearbeitet hast. Wenn ich jetzt daran rumbastle, schöpfen sie vielleicht Verdacht und brechen die Operation ab. Außerdem weiß ich nicht, welche Dateien brisante Informationen enthalten und welche nur hübsche Bilder sind.«

David nickte widerwillig. »Ich habe eine frühere Version in einem der Verzeichnisse – mit völlig anderen technischen Daten als die, die wir jetzt verwenden. Ich kann anfangen, die auseinander zu nehmen ...«

»Gut«, sagte Leif. »Halt sie auf ihren Sitzen fest.« Als David sich wieder seinem Computer zuwandte, verließ Leif den Raum.

Eine der beiden Schlafzimmertüren stand noch offen, während die andere geschlossen war. Leif schob die geschlossene Tür leise auf und trat ins Halbdunkel. Matt und Andy hatten die Vorhänge zugezogen und sich, noch angezogen, auf ihren Betten ausgestreckt.

Leifs Lider fühlten sich schon schwer an, wenn er die Schlafenden nur ansah. Er unterdrückte ein Gähnen. Eigentlich hätte er ihrem Beispiel folgen sollen. Aber nein, er musste den Spion in Spitzenhöschen jagen. Oder was auch immer der Kerl da oben am Fenster anhatte.

Leif beschloss, nicht beide Freunde zu wecken. Matt würde gediegen und vertrauenswürdig wirken, wenn sie mit dem Manager sprachen. Dagegen würde Andy wahrscheinlich jedem Verantwortlichen ins Wort fallen und ihm auf die Nerven gehen. Leif ging um Andys Bett herum und lehnte sich zu Matt hinunter. Er legte seine Hand über den Mund des schlafenden Jungen und drückte seine Nase zwischen Daumen und Zeigefinger zusammen.

Als ihm die Luft abgeschnitten wurde, wachte Matt abrupt auf. Er riss die Augen auf und gab einen Laut von sich, der aber von der Hand auf seinem Mund gedämpft wurde. Dann starrte er Leif an.

»Es gibt Schwierigkeiten«, flüsterte Leif in Matts Ohr. »Los, steh auf. Wir müssen mit dem Manager sprechen.«

Er ging zur Tür, und Matt erhob sich lautlos vom Bett und folgte ihm.

Im Badezimmer berichtete Leif Matt von seiner Entdeckung, während der mit einem kalten Waschlappen über sein Gesicht fuhr und seine Haare kämmte. Dann richtete sich auch Leif ein wenig her, und sie gingen hinunter zur Rezeption.

Der Hotelangestellte war überrascht, als sie den Geschäftsführer verlangten – und noch erstaunter, dass sie ihm nicht erzählen wollten, worum es ging. Doch die Beharrlichkeit der Jungen zahlte sich aus. Schließlich landeten sie bei einer stellvertretenden Managerin namens Ramirez. Sie war eine olivhäutige, dunkelhaarige, professionell wirkende junge Frau, die anstatt des blauen Blazers und der grauen Hosen, die der Großteil des Hotelpersonals zu tragen schien, ein diskretes Kostüm anhatte. Sie runzelte die Stirn, als Leif erklärte, was er im Fenster gegenüber gesehen hatte – und wie man es verwenden konnte.

»In dieser Hinsicht haben wir nicht oft Probleme«, sagte sie.

Leif sagte nichts. Vielleicht hatte es in den alten Zeiten, als hier noch mehr Leute aus der Unterhaltungsbranche übernachtet hatten, Probleme mit Unternehmensspionage gegeben. Bei Touristen waren eher Diebstahl und Raub ein Thema.

Miss Ramirez sah Matt an. »Haben Sie diese Antenne oder Schüssel, oder was auch immer es war, gesehen?«

Leif war froh, dass er seinen durch und durch amerikanischen, verlässlich aussehenden Freund mitgebracht hatte.

Matt nickte. »Ich habe nur einen kurzen Blick hinter dem Vorhang darauf geworfen – wir wollten die Person da oben nicht warnen. Aber ich sah, dass etwas auf unser Wohnzimmerfenster gerichtet war.«

»Und wo, sagten Sie, war das?« Die stellvertretende Managerin wandte sich wieder an Leif.

»Drei Stockwerke über uns – im fünften Stock«, antwortete Leif. »Das siebte Fenster des Westflügels.«

»In diesem Hotel gibt es fünfhundert Räume, die neunzig Suiten nicht zu vergessen«, sagte Miss Ramirez. »Computer«, befahl sie dem Gerät in ihrem Schreibtisch. »Stockwerksplan für den Westflügel, fünfter Stock. Den Raum mit dem siebten Fenster in südlicher Richtung hervorheben.«

»Verarbeitung läuft«, meldete eine ruhige Stimme scheinbar aus dem Nichts. »Position markiert.«

»Auf den Bildschirm«, befahl die junge Frau.

Ein Hologramm baute sich fließend über dem Schreibtisch auf. Es zeigte einen Bauplan des Westflügels des Hotels. Zu den Räumen gehörte nicht immer nur ein Fenster. Einige der Fenster waren paarweise zugeordnet, wie in der Suite der Jungen. Ein Zimmer war leuchtend rot markiert.

»Welcher Raum ist das?«, fragte Miss Ramirez.

»Zimmer 568«, antwortete der Computer.

»Und wer hat dieses Zimmer gebucht?«, fuhr die stellvertretende Managerin fort.

»Verarbeitung läuft.« Der Computer brauchte einen Moment, um die Registrierungen der Rezeption zu überprüfen.

Er schien beinahe zögerlich, als er antwortete. »Zimmer 568 war die letzten beiden Tage nicht belegt.«

Das weckte Miss Ramirez' Aufmerksamkeit. »Vielleicht hat ein früherer Gast etwas am Fenster zurückgelassen«, schlug sie vor. Doch der Tonfall ihrer Stimme verriet, dass sie ihrer eigenen Erklärung nicht glaubte. »Lassen Sie uns mit der Sicherheitsabteilung darüber sprechen und das nachprüfen.«

In Hologramm-Krimis waren Hausdetektive gewöhnlich fette, schlecht angezogene Versager, die bei der Polizei hinausgeworfen worden waren und auf halb gerauchten Zigarren herumkauten.

Auf Reisen mit seinem Vater hatte Leif jedoch in einigen erstklassigen Hotels übernachtet – Häusern, denen daran gelegen war, ihre reichen und mächtigen Gäste zu beschützen. Dabei hatte er viele Hotel-Sicherheitsbeamte getroffen, und der Mann, der sie und die stellvertretende Managerin begleitete, passte ins Bild. Sein gepflegtes Haar war im aktuellen Firmenstil geschnitten, und er trug wie fast alle Angestellten im Casa Beverly Hills einen blauen Blazer. Von einer Zigarre war weit und breit nichts zu sehen.

Er besaß einen mächtigen Brustkorb, und unter den Ärmeln des Blazers wölbten sich die Armmuskeln.

Der Aufzug erreichte den fünften Stock, und der Sicherheitsmann im blauen Blazer führte sie den Gang hinunter.

Sicherheit, dachte Leif, und ein respektloser Gedanke durchzuckte sein Gehirn. *Wenigstens trägt er keine rote Tunika.*

Er schüttelte den Kopf. In letzter Zeit hatte er nur noch *Ultimate Frontier* im Kopf.

Sie erreichten die Tür des Zimmers 568. »Treten Sie bitte zurück«, warnte der Sicherheitsmann sie.

Er griff in seine Jacke. Leif sah, wie Matt gespannt hinstarrte, als erwartete er, dass der andere eine Pistole ziehen und die Tür eintreten würde.

Der arme Matt wurde enttäuscht. Der Sicherheitsmann holte den elektronischen Schlüssel des Hauses hervor und steckte ihn ins Schloss. Sofort sprang die Tür auf.

Zimmer 568 war als Einzelzimmer konzipiert und viel kleiner als die Schlafzimmer der Suite der Explorers. Selbst das Bett war schmaler. Die Tür zum Badezimmer stand offen, ebenso wie der Schrank.

Sie brauchten etwa drei Sekunden um festzustellen, dass der Raum leer war.

Die stellvertretende Managerin wandte sich mit strengem Gesicht an die Jungen. »Wenn Sie unsere Zeit verschwendet haben ...«, drohte sie.

Doch der Sicherheitsangestellte durchkämmte bereits das Zimmer und sah in Papierkorb, Waschbecken und Toilette. »Nein, hier war jemand, Ma'am«, sagte er.

»Woher wissen Sie das, Harris?«, fragte Miss Ramirez eindringlich.

»Dies ist der Nichtraucher-Flügel«, antwortete der Sicherheitsmann. »Rauchspuren haben hier eigentlich nichts zu suchen.« Er sog die Luft ein. »Doch hier war vor kurzem eine Art Rauch, unverkennbar.« Er runzelte die Nase. »Zumindest hat jemand etwas angezündet.«

Leif atmete tief ein und nickte. »Hier *hat* jemand geraucht«, sagte er. »Und zwar keinen amerikanischen Tabak.« Es roch herber als gewöhnlicher Zigarettenrauch, würziger – irgendwie exotischer. Leif kannte das von den Reisen mit seinem Vater. »Das ist türkischer Tabak.«

Als er die Blicke der anderen im Raum bemerkte, umspielte ein leichtes Lächeln seine Lippen. »Glaubt mir, ich bin kein Sherlock Holmes. Ich verfüge über keine Datenbank mit hunderten unterschiedlicher Zigarettenaschen. Doch ich bin mit meinem Vater durch Teile Europas und des Nahen Ostens gereist, in denen dieses Zeug geraucht wird. Hier bei uns findet man es normalerweise in Mischungen für Pfeifentabak.«

Der scharfe Geruch, der in der Luft hing, erinnerte Leif jedoch nicht an Pfeifenrauch. Es rief ihm das Bild von Bürokorridoren bestimmter europäischer Städte ins Gedächtnis – Orte, an denen öffentliches Rauchen noch toleriert wurde. Plötzlich kam Leif etwas in den Sinn. Sie waren in Ungarn gewesen – in einem Bürogebäude in Budapest. Sein Vater hatte dort geschäftlich etwas zu erledigen.

Sie waren an einem Pförtner vorbeigegangen, der eine abscheulich billig aussehende Zigarette geraucht hatte. Leif hatte sich die Lunge aus dem Leib gehustet und wäre an dem Rauch fast erstickt. Mr. Anderson hatte nur den Kopf geschüttelt. »Zehn Prozent türkisch, neunzig Prozent Müll.«

Eine billige Zigarette aus etwas türkischem Tabak und vielen Zusatzstoffen – wie sie in Osteuropa und auf dem Balkan, aber auch in Ungarn verkauft wurden ...

Und in der Karpatischen Allianz.

Miss Ramirez machte sich keine Gedanken über türkischen Tabak. Die stellvertretende Managerin sorgte sich mehr darum, welche Auswirkungen ein solches Eindringen auf den Ruf den Hotels haben würde.

»Harris, behaupten Sie, dass jemand hier eingebrochen ist ...«, fing sie an.

Der Sicherheitsoffizier schüttelte den Kopf beinahe traurig. »Ich glaube nicht, dass es sich so abgespielt hat, Miss Ramirez. Wer auch immer hier drin war, der ist wahrscheinlich mit einem elektronischen Schlüssel hereingekommen. Wir müssen wohl das Personal befragen. Die Reinigungskräfte, die Pagen ...«

Als sie wussten, wo sie suchen mussten, brauchten sie nicht mehr lange im Dunkeln zu tappen. Sicherheitsleute und Manager überprüften das Personal. Einer der Pagen verzog schuldbewusst das Gesicht, als er die Worte »Zimmer 568« hörte.

»Oswald!« Miss Ramirez war empört. »Haben Sie einer unautorisierten Person Zutritt zu einem unserer Zimmer gewährt?«

Der Page war nicht viel älter als Leif oder Matt. Sein Gesicht war schweißüberströmt. »Ich ... äh ...«, stammelte er.

Harris, der Security-Mann, seufzte. »Was für eine Geschichte hat er Ihnen aufgetischt?«, fragte er.

Oswald blickte auf seine Schuhe. »Er sagte, er wäre Detektiv und bräuchte ein Zimmer, um einige Fotos zu schießen und jemanden zu überführen.«

»Haben Sie seinen Namen? Wie sah er aus?«, versuchte Harris es weiter. Das war zwar wie der Versuch, die Stalltüre zu schließen, nachdem das Pferd weggelaufen war, doch der Sicherheitsbeauftragte wollte gewährleisten, dass der Spion nicht wieder in das Hotel zurückkommen konnte.

Doch der junge Page zuckte nur mit den Schultern. »Ich habe kaum auf sein Gesicht geachtet«, sagte er. »Mich interessierten nur die Scheine, die er mir gab. Bargeld.«

Natürlich, dachte Leif. *Die Arbeit in einem Touristenhotel, das seine besten Tage hinter sich hat, bringt ihm sicherlich nicht viel Bargeld ein. Heutzutage geben die Gäste sogar das Trinkgeld für das Personal per Kreditkarte.*

»Kommen Sie, Oswald«, drängte Harris. »Irgendetwas müssen Sie doch bemerkt haben.«

Oswald schüttelte den Kopf. Dann erstarrte er plötzlich. »Der Typ sprach ... eigenartig. Wie ein Ausländer.

Mehr ist mir nicht aufgefallen. Mehr kann ich nicht sagen.«

Also hatte ich Recht, dachte Leif. *Wir werden tatsächlich ausspioniert!*

7

Leif war müde und schlecht gelaunt, als die Jungen beim Abendessen saßen. Nach seinem kurzen Ausflug in die Welt der Detektive hatte er sein Bett getestet, doch selbst nachdem er die Augen geschlossen hatte, konnte er nicht einschlafen. Zu viele Fragen schossen ihm durch den Kopf.

Wer hatte sie ausspioniert? Cetnik? Jemand anders? Wer es auch war, er musste in das Computersystem des Hotels eingedrungen sein. Leif war sich sicher, dass er und seine Explorers-Kollegen den elektronischen Lauscher nicht verscheucht hatten. Und doch hatte der Spion gewusst, dass sie zu ihm unterwegs waren – und sich aus Zimmer 568 zurückgezogen.

Wahrscheinlich war der Alarm ausgelöst worden, als Miss Ramirez versucht hatte, das Zimmer zu lokalisieren, oder als sie die Liste überprüft hatte. Dazu brauchte er nur ein Hang-and-Terminate-Programm eingeschleust haben, das den Alarm auslöste und sich dann selbst löschte.

Jeder gute Programmierer hatte diesen Trick drauf. David war dazu in der Lage. Vielleicht auch Matt und Andy. Das hieß, dass die Überwachung nicht unbedingt von offizieller Seite ausgehen musste. Ein Teammitglied – oder ein ganzes Team – konnte die Gegenseite beobachtet haben.

Auch die Verwendung der Empfängerschüssel war nicht unbedingt Hightech. Eigentlich war es eine überholte Technologie, die die meisten Leute für veraltet hielten.

Andererseits mussten die Menschen in der Karpatischen Allianz mit einer Menge altmodischer Technologie auskommen. Durch die internationalen Embargos waren im Land keine neuen Systeme erhältlich – die Menschen in der K. A. mussten mit Computern arbeiten, die in anderen Teilen der Welt schon vor langem auf der Müllhalde gelandet waren.

Das Problem war, dass Leif über eine Menge interessanter Anhaltspunkte verfügte, doch keinen wirklichen Hinweis darauf hatte, *wer* es auf sie abgesehen hatte.

Nachdem sie aufgestanden waren und sich zum Abendessen in das Hotelrestaurant begeben hatten, setzten die Jungen ihre Diskussion darüber fort, wer der Übeltäter war.

»Es ist dieser Cetnik«, sagte Matt, als sie ihre Bestellungen aufgegeben hatten. »Wir haben ja schon gesehen, dass er nichts gegen ein bisschen Aufruhr hat. Uns auszuspionieren würde denen ziemlich weiterhelfen ... und sie könnten das Rennen zum Ruhm der Karpatischen Allianz gewinnen.«

»Um einen internationalen Zwischenfall auszulösen, wenn sie erwischt werden?« David schüttelte den Kopf. »Je mehr ich darüber nachdenke, desto mehr sieht das Ganze aus wie ein dummer Streich. So was würde vielleicht einem Kind einfallen, aber keinem Erwachsenen, der was zu verlieren hat.«

»Wenn du denkst, es war ein Jugendlicher, was ist dann mit dem Zigarettenrauch?«, fragte Andy.

David sah ihn an. »Als ob du noch nie einen Jugendlichen gesehen hättest, das den Glimmstängeln verfallen ist. Wer verdorben genug ist, um seine Konkurrenten auszuspionieren, ist auch verdorben genug, um zu rauchen.«

»Und damit Kleinwüchsigkeit zu riskieren«, fügte Matt grinsend hinzu und äffte damit eine Warnung nach, die einhundert Jahre alt sein musste.

»Andererseits hat er ein Überwachungssystem angebracht, wurde dadurch gewarnt und konnte entkommen. Ein Amateur hätte wahrscheinlich nicht daran gedacht, selbst wenn er fähig gewesen wäre, so etwas zu programmieren. Dadurch erhält die Operation einen professionellen Beigeschmack«, sagte Leif. »Das bringt uns wieder zu Mr. Cetnik – oder zu einem anderen Agenten der K. A. Die Allianz sieht die Vereinigten Staaten als Hauptfeind. Sie haben bestimmt Spione im Land.«

Andy johlte vor Lachen. »Kamerrad, du musst böses amerrikanisches Krriegstreiberr darran hindern, diese Rrennen in derr Holonet zu gewinnen!«, grollte er mit starkem osteuropäischem Akzent. »Jawolll.« Er blickte in die Runde. »Oder was auch immer sie in Sonst-was-Slawien sagen. Es ist eine dämliche *Holo*-Show, Leif. Ich verstehe nicht, warum du Spione und so was ins Spiel bringst.«

»Abgesehen von dem Propagandawert eines Sieges in einer ›dämlichen Holo-Show‹, die auf der ganzen Welt bekannt ist, sind da immer noch die Preise«, antwortete Leif. »Pinnacle Productions bietet alle möglichen Computer-Geräte an ...«

»Der Raubtierwärter der K.A. hat gesagt, sie würden

alles verschenken, wenn sie gewinnen«, merkte David an.

»Richtig«, antwortete Leif. »Aber ich bin sicher, dass sie erst alles ›bewerten‹ müssen, bevor sie es an die bedürftigen Gruppen weitergeben. Wenn du diesen Job hättest, wie viel Technologie, über die ein Embargo verhängt ist, könntest du in deinem Kopf davontragen?«

David klappte seinen Mund mit einem schnappenden Geräusch zu.

»Ich habe auch gehört, dass die Gewinner Simulationszeit im LM-2025 erhalten«, fuhr Leif fort. »Das ist im Moment das heißeste System der Welt. Einblick in ein solches Gerät würde einem guten Techniker viel über das neueste Computer-Design verraten.«

Matt nickte. »Und wie soll man sie daran hindern, alle möglichen anderen Entwürfe in der Veeyar aufzurufen? Selbst Zeug, das wir für hoffnungslos veraltet halten, könnte ihrer Technologie zu einem Entwicklungssprung von mehreren Jahrzehnten verhelfen.«

David zog die Stirn in Falten. »Wegen des Embargos sind sie gezwungen, ihre eigenen Computer-Chips herzustellen«, sagte er. »Ein Blick auf das moderne Chip-Design *wäre* eine große Hilfe.«

»Gut, das wäre ein recht erwachsenes Motiv, uns auszuspionieren«, sagte Andy.

»Und dann wäre da noch die Tatsache, dass jemand in das Hotelsystem eingedrungen ist und es so manipuliert hat, dass der Lauschposten gewarnt wurde«, fuhr Leif fort.

»Das wissen wir nicht«, wandte David ein. »Die Hotelleute haben nichts davon gesagt, dass ihre Sicherheitseinrichtungen durchbrochen wurden.«

»Als ob ein Hotel das zugeben würde«, meinte Andy.

Matt nickte. »Wenn ich an diese Miss Ramirez denke, scheinen sie das Ganze lieber unter den Teppich kehren zu wollen.«

»Und wir wissen immer noch nicht, ob wir ihn nicht doch irgendwie vertrieben haben.« Andy legte eine Hand auf seine Brust und blickte drein wie die Unschuld in Person. »Na ja, ich weiß, dass *ich* es nicht war. Ich habe geschlafen. Aber ihr anderen – vielleicht haben sie das Zimmer verwanzt oder einen Laserstrahl auf das Fenster gerichtet, um zu erfahren, was ihr sagt.« Er grinste sie verschmitzt an. »Ich weiß nicht, vielleicht konnte der Unbekannte da oben auch Lippen lesen.«

Leif stieß einen langen Seufzer aus. Alles war möglich. Vielleicht waren seine Bemühungen, den Spion zu fassen, von Anfang an zum Scheitern verurteilt gewesen. Es schien nicht viel Sinn zu machen, darüber zu reden. Sie drehten sich nur im Kreis und gaben immer wildere Theorien von sich.

Matt runzelte die Stirn. »Denkt ihr, wir sollen Captain Winters davon erzählen?«, fragte er. »Schließlich könnte es eine Verschwörung sein, um verbotene Technologien zu stehlen.«

Sein Vorschlag brachte Leif, dem während der schlaflosen Zeit auf dem Hotelbett dieselben Gedanken durch den Kopf gegangen waren, erneut zum Seufzen. »Ich glaube nicht, dass wir genug für ihn haben, um sein Eingreifen zu rechtfertigen. Wollt ihr ihn wirklich bitten, ein Net Force-Team für etwas einzusetzen, das sich vielleicht nur als Teenager-Streich herausstellt?«

Das plötzliche Schweigen am Tisch war Antwort genug.

»Wir wissen zwar nicht, wer uns beobachtet hat«, sagte David schließlich mit entschlossener Miene. »Aber wir wissen, dass es passiert ist. Morgen früh gehe ich zum Oberboss, Wallenstein, und erstatte ihm Bericht darüber. Ein bisschen mit den Ketten zu rasseln ist das Mindeste, was wir tun können.«

Andy nickte begeistert. »Genau! Wir machen ein bisschen Rabatz. Wenn wir den Mantel des Schweigens darüber breiten, kann der Spion weitermachen, als wäre nichts passiert. Aber wenn wir Lärm schlagen, muss er reagieren.« Er grinste. »Und vielleicht, nur vielleicht, begeht er einen Fehler, und wir können ihn schnappen.«

Der Kellner kam mit einem großen Tablett. Leif schnüffelte entzückt. Echtes Essen, nicht der massenhaft produzierte Fleischersatz aus Sojabohnen, der irgendwie immer einen tranigen Nachgeschmack auf der Zunge hinterließ.

Die Jungen ließen sich von ihrem Gespräch ablenken und schnappten sich Messer und Gabel, um zumindest eine Sache in Angriff zu nehmen, mit der sie fertig werden konnten.

Jane Givens, die junge Frau von der PR-Abteilung von Pinnacle Productions, holte die Net Force Explorers früh am nächsten Morgen ab. »Wir haben heute einen ziemlich vollen Terminplan«, verkündete sie, »es gibt eine Tour durchs Studio, die einen Besuch am Set von *Ultimate Frontier* beinhaltet.« Das klang, als wäre das ein Privileg, in dessen Genuss nicht viele Besucher kamen. »Es folgen Mittagessen, Arrangements für den Mietwagen eures Teams, und schließlich sehen wir uns an, wie euer Schiffsentwurf auf unseren Computern aussieht ...«

»Ich wollte gestern nichts sagen«, warf David ein, »aber keiner von uns ist achtzehn. Ich glaube nicht, dass es legal wäre ...« In Washington, D. C., durfte man unter

18 Jahren nur mit einer Spezialgenehmigung den Führerschein machen, und diese Spezialgenehmigungen wurden sehr spärlich ausgegeben.

»Hat jemand von euch einen Führerschein?«, fragte Jane.

»Ja, ich«, meldete sich Leif. Er hatte die Prüfung mit 16 abgelegt, wie es im Staat New York erlaubt war; doch in New York City durfte auch er noch nicht fahren.

»Und du bist über sechzehn?«

Leif nickte.

»Dann sollte das kein Problem sein. Hier in Kalifornien wurde letztes Jahr ein Gesetz erlassen, das es ermöglicht, ab sechzehn Jahren mit Führerschein zu fahren.« Sie schüttelte den Kopf. »Dankt nicht mir. Dankt der anarchistisch-libertären Bewegung.«

»Der was?«, fragte Andy.

»Soll das heißen, ihr seid bereits einen ganzen Tag in Kalifornien und habt noch keine Predigt von Derle gehört?« Die junge Frau schien fast überrascht zu sein. »Im ganzen Holo-Net und in allen Radiosendungen wird für ihn geworben.«

»Ich befürchte, wir haben uns mit keinem von beiden beschäftigt«, sagte David.

»Wir haben hauptsächlich geschlafen, gegessen und wieder geschlafen«, erläuterte Andy.

»Nun, ihr werdet früher oder später mit seiner Werbemaschinerie in Berührung kommen«, sagte Jane Givens. »Elrod Derle ist ein Millionär von der Art, wie sie hier in Kalifornien auf den Bäumen zu wachsen scheinen – exzentrisch. Nachdem er mit Computern ein Vermögen verdient hatte, ging er in die Politik und gründete eine Partei. Er kämpft für individuelle Freiheit im Gegensatz zum ›Regelmonopol der Regierung‹, wie er es nennt.«

Leif blinzelte. »Sagen das nicht alle politischen Parteien?«

Sie lachte und schüttelte wieder den Kopf. »Aber Derle und seine anarchistisch-libertäre Bewegung versuchen, etwas dagegen zu tun. ›Den Intelligenten Menschen von der Plage des Mikromanagements befreien‹ – so nennen sie es. Sie glauben, wenn man fähig ist, ein Auto zu fahren, sollte man es auch tun dürfen – egal, wie dicht der Verkehr ist. Andererseits muss man dem Geschädigten eine saftige Entschädigung zahlen, wenn man einen Unfall verursacht.«

»Ganz schön heftig«, sagte Leif.

»Er treibt die normalen Politiker in den Wahnsinn – ganz zu schweigen von den Versicherungsgesellschaften und den Anwälten, die sich auf Personenschäden spezialisiert haben. Aber Derle hat das Geld für Werbung im großen Stil – und er hat bereits massenhaft Leute hinter sich, die seiner Meinung sind. Im Moment konzentriert er seine Bemühungen auf seinen Heimatstaat Kalifornien, um eine Hausmacht aufzubauen.« Sie verdrehte die Augen. »Aber ihr wisst, was man sagt. Wer sich in Kalifornien durchsetzt, schafft es auch im Rest des Landes – früher oder später.«

Leif runzelte die Stirn. Er hatte bereits Bekanntschaft mit einigen reichen Typen gemacht, die auf diesen Zu-viele-Regeln-Zug aufgesprungen waren. Damals hatte er es als die gewöhnliche Arroganz reicher Kids abgetan. Doch vielleicht hatten sie Derles Predigten gehört.

»Jedenfalls ist es schön zu hören, dass wir während unseres Aufenthalts ein Auto haben können«, sagte er. »Doch ich befürchte, wir müssen Ihren Terminplan etwas durcheinander bringen. Wir wollen Mr. Wallenstein sprechen.«

Die PR-Dame starrte sie verblüfft an. »Mr. Wallenstein? Ich bin sicher, ihr werdet ihn beim Mittagessen treffen ...«

Jetzt war es an Leif, den Kopf zu schütteln. »Ich denke nicht, dass er dieses Gespräch vor den anderen Teilnehmern führen will. Nein, wir brauchen ein privates Treffen, hinter den geschlossenen Türen seines Büros. Wir haben einen Hinweis, dass eines der anderen Teams versucht zu schummeln. Er wird die Angelegenheit vertraulich behandeln wollen.«

Der weltberühmte Bogendurchgang, der zu den Pinnacle-Studios führte, sah aus, als gehörte er zu einem altmodischen Film – entweder zu einem Gladiatorenepos oder zu den *Drei Musketieren*. Leif konnte sich zwischen den beiden nicht entscheiden. Jane Givens wechselte ein paar Worte mit dem Pförtner und hielt eine Sekunde später sein Telefon in der Hand, um mit Wallensteins Büro zu sprechen. Als sie die Auffahrt hochfuhren, bogen sie nicht ab, um an der Studio-Tour teilzunehmen. Stattdessen schlängelten sie sich in einem Zickzack-Kurs um die Privatbungalows und Openair-Sets herum und steuerten auf eines der Bürogebäude zu, die auf dem sieben Hektar großen Gelände der Traumfabrik entstanden waren.

Sie bogen auf einen winzigen Parkplatz ab, der sich im Schatten wunderbarer Palmen befand. Als sie schließlich einen freien Platz gefunden hatten, entdeckte Leif ein Schild, das davor aufgestellt war. *Reserviert für D. Z. Antonow, Executive Producer.*

»Zufällig weiß ich, dass er heute nicht in der Stadt ist«, sagte Jane, bevor er fragen konnte. »Und ich möchte, dass ihr Mr. Wallenstein so bald wie möglich trefft.«

Sie gingen in das Bürogebäude und nahmen den Aufzug. Die PR-Frau drückte den Knopf zu einem der höheren Stockwerke. Als sich die Aufzugtüren öffneten, führte sie sie durch eine Empfangshalle und durch Korridore voller Büros.

So viel zum Zauber von Hollywood, dachte Leif und sah sich um. *Ich weiß nicht, was ich vom Schaltzentrum des Holo-Drama-Geschäfts erwartet hatte, aber auf jeden Fall nicht das hier.*

Bis auf die Poster vergangener Erfolgsserien sah es hier kein bisschen anders aus als in der Buchhaltung der Firma seines Vaters.

Durch die geöffneten Türen sah er über ihre Schreibtische gebeugte Angestellte, die Drehbücher lasen oder etwas in ihr Diktiergerät sprachen. Einige studierten Holo-Zeichnungen von Sets.

Dann bog die Gruppe in einen anderen Korridor ein, und der Teppich unter ihren Füßen wurde viel luxuriöser.

Sie näherten sich einer weiteren Empfangshalle, die kleiner war als die beim Aufzug, aber wesentlich eleganter. Ein junger Mann saß hinter einem Computertisch, dessen modernes Design sich ohne Probleme in die Brücke des Sternenkreuzers *Constellation* eingefügt hätte.

Als er Jane und die Jungen sah, hob er eine Hand. »Er befindet sich gerade in einer internationalen Konferenzschaltung, aber er wird für Sie da sein, sobald das Gespräch beendet ist.«

Die Net Force Explorers verbrachten die Wartezeit damit, die in Glaskästen an den vertäfelten Wänden ausgestellten Objekte zu inspizieren. In indirekter Beleuchtung erstrahlten Reliquien der Serie, beispielsweise ein

Modell der ersten Ausgabe der *Constellation* aus der originalen Flachbildschirmserie, verschiedene technische Spielereien und Waffen aus der Geschichte der Serie sowie Dienst- und Paradeuniformen.

Leif belächelte das so genannte »Handicom«, das die ersten Besatzungsmitglieder benutzt hatten. Obwohl es die Frucht einer Technologie sein sollte, die über dreihundert Jahre in der Zukunft lag, war es klobiger als das Brieftaschentelefon, das er in seiner Hosentasche hatte.

Wallensteins Assistent räusperte sich hinter der Konsole. »Sie können jetzt eintreten.«

Ultimate Frontier hatte es offensichtlich sehr, sehr gut mit Milos Wallenstein gemeint. Der Produzent saß hinter einem hölzernen Schreibtisch, der nur etwas kleiner war als der Wagen, der die Jungen ins Studio gebracht hatte. Anhand der Holzfarbe und der durchgehenden Maserung erkannte Leif, dass der Tisch antik sein musste. Die Regierung hatte vor gut zwanzig Jahren das Fällen alter Redwood-Bäume verboten.

»Sie haben eine Beschwerde?«, sagte Wallenstein schroff.

»Nennen wir es eine Meldung«, antwortete Leif. »Eins der Teams, die an dem Großen Rennen teilnehmen – oder jemand, der mit ihnen in Verbindung steht –, hat sich in ein Hotelzimmer mit Blick auf unseres geschlichen, um uns zu beobachten. Die einzige Erklärung dafür ist, dass sie an Informationen über unseren Schiffsentwurf gelangen wollten, die gegen uns eingesetzt werden können.«

Der schwere, bärenhafte Mann blickte finster drein. »Das ist eine ziemlich schwer wiegende – und weit hergeholte – Anschuldigung.«

»Nein, es ist eine Tatsache. Sie können Miss Ramirez

anrufen, die stellvertretende Managerin des Casa Beverly Hills. Sie und ein Sicherheitbediensteter namens Harris werden Ihnen alles über die Person erzählen, die sich
unbefugt in dem Zimmer mit Blick auf unsere Suite aufhielt. Drei von uns haben die Antennenschüssel gesehen, die die Radiofrequenz-Abstrahlung von Mr. Grays
Laptop auffangen sollte.«

Wallenstein stieß den Assistenten an und befahl ihm,
im Hotel anzurufen. Seine Miene verfinsterte sich, als er
mit Miss Ramirez sprach.

»Haben Sie vor, jemanden direkt zu beschuldigen?«,
fragte der Produzent, nachdem das Gespräch beendet
war.

»Ich stelle nur fest, dass das Zimmer nach Zigarettenrauch stank – nach der Sorte türkischen Tabaks, den
man auf dem Balkan findet.«

»Also wollen Sie, dass das Team der Karpatischen Allianz disqualifiziert wird, bevor es überhaupt am Wettkampf teilnehmen konnte.«

»Sicher nicht. Die Beweise sind nicht eindeutig genug«, sagte Leif. »Wir bitten Sie nur, allen Teams bewusst zu machen, dass jemand spioniert hat, und dass
sie darauf gefasst sein sollen, dass es wieder geschehen
könnte.«

Wallenstein lehnte sich in seinem Sessel zurück. »Ich
glaube nicht, dass ich die Auswirkungen einer solchen
Erklärung erleben möchte.«

»Es wird schwer wiegendere Auswirkungen geben,
wenn das Team der K.A. betrügt, um an sensible, mit
einem Embargo belegte Technologie heranzukommen«,
gab David wütend zurück.

»*Ultimate Frontier* wird auf der ganzen Welt ausge-
strahlt – also auch in Ländern, die nicht gerade die be-

sten Freunde der USA sind, und die Karpatische Allianz ist nicht das einzige Land dieser Art unter den Teilnehmern. Ein Team kommt aus der Neuen Arabischen Republik, die andauernd mit Washington im Streit liegt – und wo die Leute türkischen Tabak rauchen. Wir haben auch ein südamerikanisches Team aus Corteguay ...«

»Corteguay?«, fragte David ungläubig. »Wer könnte von dort einen Entwurf eingereicht haben? Die Regierung kontrolliert alle Computer im Land.«

»Die Anmeldung kam aus La Fortaleza, der Militärakademie Corteguays«, sagte Wallenstein. »Ich mag die Regierung dort nicht unbedingt, aber *Ultimate Frontier* überschreitet eben Landesgrenzen. Und das ist eine gute Sache, denke ich. Ich möchte aus einer Unterhaltungssendung keinen internationalen Zwischenfall machen. Und genau das würde eine öffentliche Erklärung, wie Sie sie gefordert haben, zweifellos bewirken.«

»Aber was ist mit der Spionage?«, beharrte Leif. »Wenn Sie den Teams nicht mitteilen, dass die Gefahr besteht, nehmen Sie ihnen die Chance, darauf zu reagieren.«

»Das erinnert mich an einen alten französischen Gesetzesspruch«, entgegnete Wallenstein. »*Tout ce que la loi ne défend pas, est permis.* ›Das Gesetz erlaubt alles, was es nicht verbietet.‹ In den Teilnahmeregeln steht bestimmt nichts davon, dass man nicht versuchen darf, etwas über Konkurrenzschiffe herauszufinden. Ich habe nicht vor, dieses Rennen in Regeln zu ersticken.«

»Das klingt nach einem sehr anarchistisch-libertären Standpunkt«, sagte Leif.

Wallenstein starrte ihn an. »Tatsächlich unterstütze ich Mr. Derle. Ist das ein Problem für Sie, Mr. ...«

»... Anderson«, sagte Leif. »Nein, das ist kein Problem – solange wir wissen, wo wir stehen.«

So ist das also, dachte er. *Dank der anarchistisch-libertären Bewegung haben wir ein Auto zur freien Verfügung. Dafür bekommen wir keine Unterstützung in einem Rennen, das immer härter zu werden scheint.*

Er seufzte.

Der Herr hat's gegeben, der Herr hat's genommen. In diesem Fall scheint Derle der Herr zu sein.

8

»Tja, ich fühle mich nach dieser Aussprache *viel* besser«, sagte Andy verbittert, als sie Wallensteins Büro verließen.

»Was machen wir jetzt?«, fragte Matt.

»Die Tour hat gerade erst angefangen«, sagte Jane Givens, die seine Frage wörtlich nahm. »Es wäre kein Problem, noch einzusteigen.«

Matt sah sie an. »Ich meinte, was machen wir wegen der Spionage – und der Schummelei?«

»Ich denke, Janes Idee ist nicht so schlecht«, sagte Leif. »Wir sollten an der Tour teilnehmen. Jane, könnten Sie jedem sagen, dass wir wegen eines möglichen Sicherheitsproblems in unserem Zimmer Verspätung haben? Ich finde nicht, dass wir von unserem Treffen mit Wallenstein erzählen sollten, angesichts der mangelnden Unterstützung. Aber vielleicht können wir den Baum etwas schütteln und sehen, was herunterfällt.«

Davids dunkles, ernstes Gesicht blickte zweifelnd. »Ich weiß nicht, Leif ...«

»Und ich weiß, in was für eine Schlangengrube sich das Rennen verwandeln wird, wenn wir anfangen, unbewiesene Anschuldigungen zu äußern ... und wenn sich das Studio weigert, uns den Rücken zu stärken«, unterbrach ihn Leif. »Du hast den großen Mann gehört. Alles, was nicht streng verboten ist, ist erlaubt. Willst du, dass *jeder* zu unsportlichen Mitteln greift? Wir müssen das vorsichtig anpacken.«

»Ich gebe es ungern zu, aber Leif hat wohl Recht.« Jane verzog unglücklich den Mund. »Wir bekommen sonst einen Krieg, kein Rennen. Und es ist mein Job, dafür zu sorgen, dass das Rennen glatt läuft.« Sie warf Leif einen nicht allzu freundlichen Blick zu. »Obwohl es nicht meine Aufgabe ist, Lügen zu erzählen – im Gegensatz zu dem, was manche Leute zu denken scheinen.«

Leif hob die Augenbrauen. »Ich dachte immer, das wäre eine der Berufsanforderungen in der Öffentlichkeitsarbeit.«

Jane musste lachen. »Nennt es lieber Berufs*risiko*. Ich werde euch decken.«

David schien noch immer nicht zufrieden zu sein, deshalb nahm Leif den Kommandanten seines Teams beiseite. »Wir wissen, dass wir durch die Autoritäten hier Schwierigkeiten bekommen können. Wenn wir das durchziehen, sind *wir* die Bösen – und verursachen eine Menge Probleme zwischen dem Studio und den anderen Teams.«

»Also?«, fragte David.

»Also spielen wir mit, damit uns nicht das Studio im Nacken sitzt, und lösen das Problem ... privat.«

David sah immer noch nicht überzeugt aus.

»Schau mal, David, ich weiß, dass du das Richtige tun willst. Aber in der Situation, in der wir uns befinden, ist

Wissen Macht. Wenn wir Gezeter und Geschrei erheben, wird das Rennen zu einem offenen Spiel – jedes Team wird versuchen, den Wettbewerb zu manipulieren, und die Typen, die das alles verursacht haben, verschwinden in der Menge. Wenn wir uns zurückhalten, aber in Alarmbereitschaft bleiben, haben wir vielleicht eine Chance, diese Clowns zu schnappen.«

Davids Gesichtsausdruck erinnerte Leif an den seines Vaters, als er in einen verdorbenen Pfirsich gebissen hatte. »Also wählen wir das kleinere von zwei Übeln, richtig?«, sagte er schließlich. »Gut, dann machen wir es, wie du es vorschlägst. Aber wir werden ein *wirklich* wachsames Auge auf die Sache haben. Und wenn wir irgendjemanden bei etwas Verdächtigem beobachten, stürzen wir uns auf ihn – mit Händen und Füßen.«

Leif nickte. »Nichts einzuwenden. Komm schon, wir wollen Jane ein wenig Honig um den Bart schmieren. Und dann beschäftigen wir uns mit den Verdächtigen.«

»Stets zu Diensten, Sherlock«, gab David zurück.

Sie holten die Tour bei einer der Tonbühnen ein, wo sich die Gruppe gerade auf der Zuschauertribüne verteilte, um die Aufnahme einer Comedy-Sendung zu beobachten. Jane verkündete die verabredete Erklärung, und die Net Force Explorers schlossen sich den anderen an.

Sobald Leif das Set sah, erkannte er die Sendung. Es handelte sich um *Old Friends*, ein Remake eines Formats aus Flachbildschirmtagen, das das Leben der ursprünglichen Charaktere einige Jahrzehnte später wiederaufnahm. Zu der aus älteren Schauspielern bestehenden Besetzung zählten einige, die bereits in den Neunzigerjahren mitgespielt hatten.

»Meine Mutter würde ausflippen, wenn sie wüsste,

dass ich hier bin«, flüsterte David, als sie sich hinsetzten. »Das ist eine ihrer Lieblingssendungen.«

»Heute wird es ein bisschen haarig«, flüsterte Jane. »Die Schauspielerin, die die Monica spielt, hat sich die Hüfte gebrochen.«

Die Szene, die sie sich ansahen, zog sich länger hin als notwendig, da die Schauspieler ihre Texte vergaßen und die Autoren an dem Skript herumbasteln mussten, um die ausgefallene Schauspielerin zu umgehen.

»Normalerweise sind wir nicht so schlecht«, versicherte einer der weißhaarigen Stars dem Publikum während einer dieser Unterbrechungen. »Wir sind wirklich professionelle Schauspieler.«

Bis auf die Holo-Linsen, die die Szene von allen Richtungen aus einfingen, unterschied sich das Ganze wahrscheinlich nicht so sehr von den Tagen, als die Originalshow für das Flachbildschirm-Fernsehen aufgezeichnet worden war, dachte Leif plötzlich. Das Publikum saß damals wohl auch auf einer Tribüne und lachte über dieselben dämlichen Witze.

Warum sieht man sich so viele Holo-Sendungen an, bei denen nur Sachen wiederaufbereitet werden, die bereits vor Monaten, Jahren oder sogar Jahrzehnten liefen?, fragte er sich, als Schauspieler und Crew eine weitere Szene zu drehen begannen. *Das spricht nicht gerade für Hollywood – oder für die hier ansässigen Genies wie Milos Wallenstein.*

»Ich fürchte, wir müssen aufbrechen, wenn wir unseren Terminplan einhalten wollen«, verkündete der Studiosprecher, als die Aufzeichnung erneut unterbrochen wurde.

»Wie schön, dass nicht alle Amerikaner zu Verspätungen neigen«, ertönte eine tiefe Stimme mit starkem Akzent aus der Gruppe.

Leif erkannte den Sprecher – es war der bulligste der drei Kerle aus dem Team der Karpatischen Allianz. Ein Großteil der Gruppe brach in Gelächter aus. Leif fing den spöttischen Blick eines dunkelhäutigen Jungen auf, dessen Haar so kurz war, dass sein Kopf beinahe rasiert zu sein schien.

Das sieht mir fast wie militärischer Haarschnitt aus, dachte er. *Ist das vielleicht einer der Kadetten aus Corteguay?*

Ein angespannt wirkender junger Asiate, der in der Nähe stand, nahm den spöttischen Ton auf. »Ihr musstet nur drei Zeitzonen durchqueren, um herzukommen. Mein Team muss mit einem siebenstündigen Unterschied zurechtkommen. Für uns ist es jetzt drei Uhr morgens. Und trotzdem sind wir pünktlich.«

Leif zuckte mit den Schultern. »Wir mussten mit den Leuten vom Hotel sprechen. Es ging um die unautorisierte Benutzung eines Zimmers in der Nähe von unserem.«

»Da wette ich drauf«, höhnte der Japaner.

»He, das ist Umgangssprache! Dein Englisch ist wirklich sehr gut«, lobte ihn Leif.

Im Gegenzug erhielt er einen überheblichen Blick. »Wahrscheinlich besser als dein Japanisch«, erwiderte der Junge.

Leif war mit Englisch und Schwedisch, der Muttersprache seines Vaters, aufgewachsen. Er sprach fließend Norwegisch, Dänisch, Deutsch und Holländisch. Dank der Geschäftsreisen seines Vaters besaß er oberflächliche Kenntnisse einiger weiterer west- und osteuropäischer Sprachen – und er konnte auch ein bisschen Malaiisch, Chinesisch und Japanisch. Er verfügte durchaus über das Vokabular, dem japanischen Jungen in seiner Sprache zu sagen, er solle sich um seine Angelegenheiten kümmern, noch dazu mit passabler Aussprache.

Doch stattdessen zuckte er erneut mit den Schultern. »Ich dachte, dafür wäre die Übersetzungssoftware erfunden worden«, antwortete er.

Die Gruppe wurde durch verschiedene Freiluftanlagen geführt, in denen Blocks eines altmodischen New York neben den Holzfassaden einer Westernstadt standen.

Dann kamen sie zum Höhepunkt der Tour, dem versprochenen Blick hinter die Kulissen des *Ultimate Frontier*-Sets. Wegen der großen Teilnehmermenge wurden die Aufnahmen für die Dauer des Besuchs unterbrochen. Doch die Fans standen fasziniert und schweigend dabei, als die Schauspieler eine Szene auf der Brücke der *Constellation* probten.

Obwohl sich Lance Snowdon am Set befand, war er an dieser Szene nicht beteiligt. Er vertrieb sich die Zeit damit, zwischen den Kids hindurchzugehen und Hände zu schütteln.

»Hoffentlich macht es Ihnen nichts aus, dass wir Sie beobachten«, sagte David zu dem Schauspieler.

Snowdon sah aus, als müsste er sich bemühen, nicht laut herauszulachen. »Machst du Witze?«, fragte er. »Wir sollten euch für die Unterbrechung danken. Normalerweise bringt uns Milos mit seinen Aufnahmezeitplänen ganz schön ins Schwitzen.« Mit verschmitztem Blick schüttelte der Schauspieler den Kopf. »Er lässt bei anderen zwar immer die anarchistisch-libertäre Masche raushängen, aber am Set ist er eher ein Diktator. Was er sagt, wird gemacht.«

»Ist er wirklich politisch engagiert?«, fragte Leif. »Das wusste ich gar nicht.«

»Viele Leute aus der Branche glauben an Derles Predigten«, antwortete Snowdon. »Sie sagen, sie hätten von den traditionellen Parteien die Nase voll, doch ich weiß nicht, ob Wallenstein oder einer der anderen wirklich bereit ist, die Welt zu verändern. Vielleicht ist es auch nur eine neue Mode, die vor den nächsten Wahlen bereits wieder in der Versenkung verschwunden ist.«

»Und Sie?«, fragte Leif.

»Ich bin ein ökonomischer Determinist«, sagte Snowdon.

Leif schüttelte den Kopf. »Auch das ist mir neu.«

»Dabei ist es eine sehr alte Philosophie.« Der Schauspieler grinste. »Es heißt einfach, dass ich entschlossen bin, Geld zu verdienen.«

Er ging davon, und bald wurde auch die Touristengruppe weitergeführt, sodass die Aufnahmen fortgesetzt werden konnten. Sie wurden durch den Rest des Studios geleitet und kamen schließlich zur Kantine. Die PR-Leute teilten die Teams auf und platzierten die verschiedenen Teilnehmer an großen Tischen.

Leif erwischte einen Jungen aus der afrikanischen Gruppe, einen Dänen, ein chinesisches Mädchen, den Englisch sprechenden Japaner, den vorlauten Kadetten aus Corteguay und einen sehr entschlossen blickenden Konkurrenten der K.A. Ohne Mr. Cetnik in seiner Nähe bestand der Typ immerhin nicht darauf, in der beschmutzenden Anwesenheit eines Amerikaners nicht essen zu können.

Leif ließ die anderen vorgehen und setzte sich schließlich an den letzten freien Platz am Tisch, neben den jungen Japaner.

»Was hast du noch mal über das Hotelmanagement gesagt?«, fragte der Junge barsch. »Seid ihr in ein anderes Zimmer eingebrochen?«

Leif schenkte ihm sein bestes lässig amerikanisches Achselzucken. »Nicht wir. Aber irgendjemand ist in ein Zimmer eingedrungen, das eigentlich leer sein sollte. Die stellvertretende Managerin sprach von einem ... Sicherheitsproblem.«

Okay, dachte er, *der Ball ist im Spiel. Mal sehen, wie die anderen reagieren.*

Der Däne und das chinesische Mädchen blickten missbilligend. Sicherheitsverstöße lagen offensichtlich außerhalb ihres Erfahrungshorizontes.

Leifs Aussage brachte den afrikanischen Jungen zum Lachen, der sich als Daren irgendwas vorgestellt hatte. »Sicherheitsverstoß!«, spottete er. »Klingt wie ein sehr geschäftsmäßiger Ausdruck, um zu sagen, dass ein Dieb zugeschlagen hat.«

»Feige Amerikaner!«, höhnte der Junge aus der K. A. »Wahrscheinlich sehen sie jeden Abend unter ihrem Bett nach und fürchten sich vor dem, was sie finden könnten.«

»Kriminelles Pack«, pflichtete ihm der kurz geschorene Corteguayaner bei. »In meinem Land gibt es solche Probleme nicht.«

Stimmt, dachte Leif. *In deinem Land tragen die Verbrecher Uniformen.* Er zuckte noch einmal mit den Schultern und wandte seine Aufmerksamkeit dem Essen zu. Der Baum war geschüttelt worden, und nur faule Nüsse waren herabgefallen. Doch zumindest konnte sich niemand beschweren, dass ihn keiner gewarnt hätte, falls es weitere Probleme gab.

Er berichtigte sich. *Wenn* es weitere Probleme gab.

Nach dem Mittagessen wurden die Teilnehmer zum zweiten Höhepunkt des Tages geleitet – ihrem ersten Besuch in den Studios für Spezialeffekte. Computereffekte spielten bei vielen *Ultimate Frontier*-Abenteuern eine wichtige Rolle – Raumschiffe, Planeten, Stationen, Stadtkulissen ... und natürlich auch ab und zu Charaktere wie Soma. Gespeicherte Bilder der Hauptfiguren ermöglichten es ihnen, Stunts auszuführen, die zu gefährlich – oder zu teuer – waren, um sie im wirklichen Leben zu versuchen.

Der Ort jedoch, an dem dieser ganze Zauber erschaffen wurde, war beinahe deprimierend langweilig. Es war ein älteres Bürogebäude mit Rissen in den Gipswänden und einem Dach, das in der Mitte durchzuhängen schien.

»Scheint so, als hätte dieser Ort das letzte Erdbeben gerade mal so überstanden«, murmelte Andy. »Man würde denken, sie behandeln ihre Computer mit etwas mehr Respekt.«

»Oh, die Computer befinden sich im selben Gebäude wie Mr. Wallensteins Büro«, sagte Jane. »Das hier ist nur ein Provisorium, um alle für diese Folge benötigten Terminals unterzubringen.«

Leif blickte zweifelnd auf das alte, wackelige Gebäude. »Wer ist denn normalerweise hier drin?«, fragte er.

Jane zuckte mit den Schultern. »Die Autoren.«

Die meisten Teilnehmer drängten sich eifrig durch die Türen. Drinnen erwartete sie ein glatzköpfiger Mann, der die Ärmel seines weißen Hemdes hochgekrempelt hatte. »Ich bin Hal Fosdyke, Koordinator der Spezialeffekte von *Ultimate Frontier*«, stellte er sich vor. »Ihr werdet mich – und die Villa Einsturz – in den nächsten Tagen gut kennen lernen.«

Leif sah sich um. Der Spitzname, den Fosdyke dem Bürogebäude gegeben hatte, war zutreffend. Das Innere sah, wenn das überhaupt möglich war, noch abschreckender aus als das Äußere. Die Farbe blätterte von den Wänden, und einige Bürotüren waren hoffnungslos verzogen. Die Krönung waren jedoch die bunten Kabel, die sich wie Schlangen durch Flure, Bürotüren und sogar die Treppen hinauf wanden.

»Leider ist dieses Gebäude nie festverkabelt worden, nicht einmal mit dem lokalen Studionetz«, erklärte Fosdyke. »Also passt auf, wo ihr hinsteigt – ihr wisst nicht, auf wessen Verbindung ihr gerade tretet.«

Er bahnte sich vorsichtig seinen Weg über die Kabelbündel zu einer halb geöffneten Tür und stieß sie auf. »Jedes Team wird ein Setup wie dieses haben.«

Das kleine Büro war mit vier Computer-Link-Stühlen voll gestopft. »Hier werdet ihr eure Raumschiffe ... äh, fliegen.« Ein Grinsen huschte über sein Gesicht, als er die entsetzten Gesichter der Teilnehmer sah. »Ich versichere euch, eure virtuellen Behausungen werden viel freundlicher aussehen, doch die zeige ich euch später. Aber ich glaube, ich weiß, was ihr jetzt sehen wollt.«

Die Teilnehmer stolperten hinter ihm her durch den Gang, wobei sie buchstäblich auf Zehenspitzen gehen mussten, um nicht auf die Kabelstränge zu treten. Schließlich erreichten sie einen großen Raum mit einer ziemlich heruntergekommenen Holo-Suite.

»Meine Familie hat so eine rausgeschmissen – vor fünf Jahren«, murmelte Matt.

Fosdyke legte einen Schalter um. Das Bild war etwas verhangen, aber brauchbar. In den Tiefen des Alls schwebte ein Sammelsurium von Schiffen. Es war keine Flotte; jedes Modell in der langen Reihe der Schiffe war einzigartig. Leif grinste, als er die *Onrust* entdeckte – an fünfter Position von rechts.

Viele der Schiffe gehörten erkennbar zu den verschiedenen Rassen, die regelmäßig bei *Ultimate Frontier* auftauchten. Da war ein thurianisches Schwertschiff, allerdings in einer Variante, die ausgewogener wirkte als die Modellimitation, die in den Rennvorläufen auseinander gebrochen und verbrannt war. Leif erblickte auch einen arkturanischen Sternenspäher, der sich durch spindelförmige Eleganz auszeichnete, und ein stromlinienförmiges, vierarmiges Quadship der Laraganten.

»Das ist die Startlinie«, verkündete Fosdyke mit verständlichem Stolz. »Wir haben jeden eurer Entwürfe in eine Umgebung des tiefsten Weltalls eingefügt. Aus diesem Blickwinkel könnt ihr die Beobachtungsschiffe nicht sehen – auch nicht die *Constellation*, die als Starter ausgewählt wurde.«

Die Sicht verengte sich plötzlich auf eine der zwei kleineren Konstruktionen, die die Startlinie flankierten. »Das sind die Weltraumbojen, die den Kurs des Rennens markieren. Sie sind in acht verschiedenen Systemen verankert, und zwar so nah an der Schwerkraft der jeweiligen Sterne, dass ihr aus dem Hyperspace aussteigen und euch ihnen mit Unterlichtgeschwindigkeit nähern müsst. Wenn nicht anders spezifiziert, muss jeder Rennteilnehmer innerhalb von dreitausend Kilometern an der Boje vorbeifliegen, um registriert zu werden – doch das wisst ihr ja.«

Und ob wir das wissen, dachte Leif. *Sobald wir uns für die Teilnahme qualifiziert hatten, schickte uns das Studio eine wahre Datenflut – Regeln, Tabellen, zusätzliche technische Informationen, alles Mögliche. David hat jede freie Sekunde damit verbracht, für jedes Ster-*

nensystem die optimalen Eintrittspunkte in den Hyperspace zu berechnen.

Er seufzte. Ohne Frage hatten das auch alle anderen Teams getan.

»Neben den Aufzeichnungen über den Rennverlauf werden wir auch die Vorgänge auf den Brücken der Schiffe wiedergeben«, fuhr Fosdyke fort. »Hier sind die Personen, die unser Team für die Mannschaften entwickelt hat.« Die Startlinie erschien wieder, und die Schiffe wurden durch Bilder ihrer Crews ersetzt.

»Jetzt wissen wir, warum wir Holo-Bilder von uns einschicken mussten«, sagte Matt.

Die Leute vom Personen-Design hatten sich selbst übertroffen, das musste Leif zugeben. Er und die anderen Net Force Explorers sahen aus wie immer, trugen aber Uniformen der Flottenakademie. Die dänischen Kids wirkten länger als in Wirklichkeit und waren zu Laraganten idealisiert. Da die Thurianer kein Gesicht besaßen, war das Team der Karpatischen Allianz schwerer zu erkennen, bis auf das blonde Mädchen und ihren großen, bulligen Kameraden. Doch bei den Rassen, die menschliche Züge besaßen, hatten sich die Spezialeffekt-Leute möglichst genau an die lebenden Vorbilder gehalten. *Gut, dass die Arkturaner Insekten in Menschengröße sind. Da wird von dem unfreundlichen Japaner nicht viel zu sehen sein – bis auf seine Persönlichkeit,* dachte Leif.

Die Teilnehmer drängten vor. Ausrufe der Bewunderung wurden laut, als sie ihre eigenen Holo-Gestalten bestaunten. Fosdyke ließ sie sich selbst einen Moment betrachten und erhob dann wieder die Stimme. »Da wäre noch ein praktischer Punkt zu klären. Die Gestaltung der Holoprojektions-Bilder des Rennens und der Schiffe wird in der Zeit erfolgen, die uns vom Drehplan der regulären Episoden von *Ultimate Frontier* übrig bleibt. Das bedeutet, dass wir in den Drehpausen arbeiten – vor allem abends. Unser Ziel ist es, die Aufnahmen beim ersten Versuch in den Kasten zu bekommen, um keine Probleme mit der Firma zu kriegen.«

Das Gesicht des kahlköpfigen Mannes war plötzlich voller Autorität, und Leif begriff, wie Fosdyke seine Position erreicht hatte, indem er die präzisen und technisch anspruchsvollen Effekte für die Show koordinierte. »Kommandanten, passt auf eure Schiffe auf«, warnte er. »Wenn ihr einen Fehler macht, bedeutet das für euch das Ende des Rennens. Wir werden nichts neu bearbeiten, es sei denn, ihr stürzt *alle* ab und verbrennt.«

Das Studio veranstaltete eine nette Party, zu der auch die Darsteller eingeladen waren, doch die Rennteilnehmer waren größtenteils sehr still – vielleicht waren sie nachdenklich oder einfach nur besorgt.

Der Kommandant der Explorers schien bemerkenswert ruhig zu sein, bemerkte Leif.

»Wir haben unseren Kurs«, beruhigte David seine nervösen Mannschaftskameraden. »Natürlich wird jeder versuchen, weit genug entfernt von der Anziehungskraft der Sterne in den Hyperspace einzutreten. Zum Glück sind die von mir berechneten Eintrittspunkte auf unsere eigenen Triebwerke abgestimmt. Die anderen Schiffe sind anders ausgelegt, sodass wir nicht alle dieselben Punkte ansteuern werden.«

»Hoffentlich«, sagte Andy.

Leif nickte nur. Das Szenario konnte sehr schnell sehr chaotisch werden.

Er schlenderte zwischen den Tischen umher und parierte gutmütig einige spöttische Hinweise, doch bitte rechtzeitig zum Essen zu erscheinen.

Wenn David so zuversichtlich ist, kann ich mich entspannen und ein bisschen Spaß haben, dachte er. Da entdeckte er eine der jüngeren Darstellerinnen aus *Ultimate Frontier,* Kyra Matthias. Sie spielte die Tochter des Chefarztes der *Constellation* und war halb Mensch, halb Laragantin. Mit ihrer Schminke sah sie faszinierend exotisch aus. In Wirklichkeit war sie viel größer als er, stellte Leif leicht erschrocken fest – und viel dünner als in Holoform.

»Bemerkungen im Stil von ›Wie ist das Wetter bei euch da oben?‹ kannst du dir sparen«, sagte sie, als Leif sich vorstellte.

»So was wäre mir nie in den Sinn gekommen.«

Zumindest besaß sie den Anstand, darauf etwas beschämt auszusehen. »Tut mir Leid. Studio-Partys versetzen mich immer in schlechte Laune. Die Leute in der Küche zaubern lauter Köstlichkeiten auf den Tisch, und die Schauspieler dürfen nichts davon essen. Wir müssen schließlich in unsere Kostüme passen.«

»Ich kann nicht glauben, dass das für dich ein Problem ist. Obwohl ich gehört habe, dass einige pummelige Schauspieler in Holoform auftreten mussten, bis sie abgenommen hatten.«

»Mag sein«, sagte Kyra. »Doch bei Holo-Programmen ist es – anders als in der Veeyar – immer noch schneller und kosteneffizienter, Schauspieler aufzuzeichnen, als sie zu programmieren. Bei Stunts ist das in Ordnung, da erscheint das Bild nur für eine oder zwei Sekunden. Aber das Programmieren wäre zu teuer, wenn man über längere Zeit eine einwandfreie Darstellung erreichen will. Und so lange ein Studio nicht bereit ist, sehr viel Geld für höchste Präzision auszugeben, mag das Bild zwar technisch perfekt sein, aber ...« Sie zögerte eine Sekunde und suchte nach einem Weg, es zu erklären. »Hast du schon mal die Statue eines guten, aber nicht begnadeten Bildhauers gesehen? Die Muskeln sind, wo sie sein müssen, Augen und Ohren sitzen am richtigen Ort ... aber es fehlt ihr an Lebendigkeit. Schlechte Holo-Darstellungen sehen im Endeffekt aus wie durch einen Computer gefilterte Menschen.«

»Hal Fosdyke sagte, sie verwenden in der Produktion vielleicht Szenen von uns Rennfahrern«, wandte Leif ein.

Kyra lachte. »Was auch immer sie verwenden, die Spezialeffekte-Leute werden euch überarbeiten und aufmotzen, dass ihr es nicht fassen könnt. Du wirst erstaunt sein, wie du aussiehst, wenn sie mit dir fertig sind.«

»Super. Aber du hast mir immer noch nicht erklärt, warum du dir das tolle Essen hier nicht gönnen kannst.«

»Ah, du wechselst das Thema, ja?« Kyra lachte. »Ich muss in mein Kostüm passen. Das ändert sich nie. Übrigens hieß es in den Tagen des Flachbildschirms, die Kamera würde einen Schauspieler um fünf bis zehn Kilo dicker machen.«

»Angeblich gab es Gesichter, die vor der Kamera besonders gut wirkten«, sagte Leif. »Aber wenn man eine exakte 3 D-Replik sieht ...«

»So läuft's nicht«, unterbrach ihn Kyra. »In einer Standard-Holo-Suite ist alles etwas größer als in Wirklichkeit: Panoramaansichten, außerirdische Städte mit riesigen Monden im Hintergrund, Bergpässe, auf denen es von Soldaten nur so wimmelt, ein Raumschiff, das an einem Planeten vorbeifliegt, der größer als dein Kopf im Vordergrund ist. Und bei Nahaufnahmen sind die Leute immer größer als man selbst. Das muss irgendein psychologischer Trick sein. Man nutzt die Kindheitserinnerungen des Publikums, um seine Aufmerksamkeit zu erhalten.«

Sie grinste resigniert. »Ich weiß nur eins. Wenn du was aufnimmst, das größer sein soll als im wirklichen Leben, musst du mit etwas anfangen, das etwas kleiner ist als in der Realität.« Sie tippte auf ihren fast eingefallenen Bauch. »Zumindest in mancher Hinsicht.«

Das blonde Mädchen aus der Karpatischen Allianz ging mit einem Teller voller Leckereien vorbei.

»Die tut mir jetzt schon Leid«, sagte Kyra. »In Wirklichkeit mag sie überwältigend sein, aber als Holo-Person wird sie wahrscheinlich wie ein Pummelchen aussehen.«

9

Milos Wallenstein erschien, um eine kurze Rede zu halten. »Esst bitte nicht so viel, dass ihr ein Verdauungsschläfchen braucht!«, warnte er. »Wir werden heute Abend die erste Rennszene aufzeichnen.«

Leif wusste, dass dieses Rennen mit dem Kentucky Derby, das nur zwei Minuten dauerte, nicht vergleichbar war, ja noch nicht einmal mit dem Indianapolis 500, das sich über ein ganzes Wochenende hinzog. Zu einem fremden Sternensystem zu reisen – selbst wenn es eines der näheren war – bedeutete mit der Technologie von *Ultimate Frontier* eine Reise von mehreren Tagen.

In Echtzeit hätten sie für die Rennstrecke, die Wallenstein und die Autoren von *Ultimate Frontier* entworfen hatten, Wochen gebraucht. Für die Sendung wurden jedoch nur die wenigen Stunden mit den »aufregenden Streckenteilen« aufgezeichnet. Hollywood scherte sich wenig um die Naturgesetze – deshalb verfügten die Weltraum-Gefährte in *Ultimate Frontier* auch über zwei Antriebsarten. Zum einen gab es einen Unterlichtgeschwindigkeits-Antrieb, mit dem sie sich logischerweise bei Geschwindigkeiten unterhalb der des Lichts fortbewegten. Dieser Antrieb wölbte den Raum vor dem Schiff zu einer Krümmung, entlang derer das Gefährt buchstäblich nach unten »fiel«. Eine Erhöhung der Antriebskraft verstärkte die Krümmung des Raums, und das Schiff beschleunigte. Bei reduzierter Kraft wurde die Kurve flacher, das Tempo verringerte sich. Erreichte das Schiff Lichtgeschwindigkeit, schalteten sich die Hyperdrive-Triebwerke zu. Diese Triebwerke waren in der Lage, die Grenzen von Raum und Zeit zu dehnen, die bei dieser Geschwindigkeit bereits aufs Äußerste gespannt waren, und das Schiff somit in eine andere Dimension zu versetzen, den so genannten Hyperspace. Das seltsame, fiktive Universum des Hyperspace war ein masseloses Niemandsland, das weder den Gesetzen der Relativität noch anderen Naturgesetzen unterworfen war, sondern sich nur nach den Einfällen der Autoren richtete. Hier konnten Gefährte leicht die Lichtgeschwindigkeit überschreiten, indem sie sich in Raum-/Zeit-Flüsse einhängten, die Hyperspace-Strömungen genannt wurden.

In der Sendung waren diese Hyperspace-Segmente wunderschön, was bei der Gestaltung des *Ultimate Frontier*-Universums bestimmt eine wichtige Rolle gespielt hatte. Der Sternenkreuzer *Constellation* warf schirmförmige Kraftfelder aus, um Strömungen einzufangen. Obwohl die Felder zerbrechlich wie schillernde Seifenblasen wirkten, entwickelten sie unglaubliche Kräfte. Der Sternenkreuzer konnte sie setzen wie ein Windjammer seine Segel und sich so mit vielfacher Lichtgeschwindigkeit fortbewegen.

David hatte Tabellen, die die Hyperspace-Strömungen in der Umgebung aller Systeme, die sie besuchten, zeigten. Das Problem für die Kommandanten war herauszufinden, wo man in den Hyperspace eintreten und die Reise zum nächsten Stern beginnen sollte. Tat man das zu früh, bestand die Gefahr, die Strömung zu verfehlen und bewegungslos im Hyperspace festzustecken; dann musste man sich wieder herauslösen und es noch einmal versuchen. Wartete man zu lange, flogen einem die anderen Rennteilnehmer davon.

In einer Hyperspace-Strömung mussten nach den Regeln des Studios alle mit derselben Geschwindigkeit dem Strom folgen. Die Frage war dann, wo man wieder in das normale Universum eintrat, um die Weltallbojen zu passieren.

Wieder einmal war das Timing entscheidend. Zu früh auszutreten hieß, sich mit winzigen Hyperspace-Sprüngen zum Ziel vorzuarbeiten. Schoss das Schiff jedoch über sein Ziel hinaus, musste der Kommandant eine neue Hyperspace-Strömung suchen, um das Gefährt wieder auf den richtigen Weg zu bringen, oder sich dem Ziel langsam per Unterlichtgeschwindigkeitsantrieb nähern. Da die Strömungen nur in eine Richtung flossen, war es unmöglich, das Schiff auf der Strömung, die es herangetragen hatte, zurück zum Ziel zu lenken.

Beim Rennen würde es besonders spannend werden, wenn sich die Besatzungen aus dem Hyperspace lösten, die Weltallbojen passierten und dann wieder auf die Strömung aufsprangen. Es war für die Teams nicht notwendig, jede Minute der Reise zu erleben – und für *Ultimate Frontier* war es nicht notwendig, sie zu filmen.

Tja, dachte Leif, *wir werden in den Minuten, die sie aufzeichnen, schon beschäftigt genug sein.* Sie hatten die Zeit zwischen dem Ende der Tour und dem Abendessen damit verbracht, sich das Computersystem von Pinnacle Productions anzusehen. Jedes Team hatte intern eine Firmenadresse erhalten. Leif lächelte. *Als würden wir Memos und Geschäftspost erhalten.*

Irgendwie erwartete er nicht, dass sich zwischen den verschiedenen Teilnehmern ein reger elektronischer Briefkontakt entwickeln würde.

Aber vielleicht täusche ich mich auch, dachte er, als sein Blick auf ein Paar fiel, das sich an einem der leeren Tische niedergelassen hatte. Das hübsche blonde Mädchen aus dem Team der Karpatischen Allianz saß sehr nahe bei dem dunkelhäutigen Jungen mit dem Kurzhaarschnitt, der sich an den Hänseleien über das unpünktliche, dekadente und kriminelle amerikanische Team beteiligt hatte.

Der Junge wirkte inzwischen entschieden besser gelaunt. »Ludmila«, sagte er in seinem betont korrekten Englisch. »Das ist ein hübscher Name.«

Er würde das wahrscheinlich auch sagen, wenn ihr Name Griddalafunkadenka wäre, dachte Leif verächtlich.

»Danke, Jorge.« Ob ihr Name nun hübsch war oder nicht, Ludmila besaß ein bezauberndes Lächeln – und zwei niedliche Grübchen in den Wangen.

Als Leif an ihnen vorbeiging, um sein Team einzuholen, berührte sein Arm versehentlich ihre Schulter. Ludmila blickte auf, doch ihre Augen schienen durch ihn hindurchzusehen.

Was hat der gute Jorge, das ich nicht habe?, fragte sich Leif, während er sich seinen Weg durch die Menge bahnte. *Oder habe ich nur vergessen, meine Tarnkappe abzunehmen?*

»Fertig?«, fragte David, als er zu den anderen aufschloss.

»Absolut«, versicherte Leif.

Von der Kantine gingen sie zur Villa Einsturz. Ihnen blieb noch reichlich Zeit, um sich auf das Rennen vorzubereiten. Doch die Net Force Explorers – wie auch einige andere Teams – wollten sich mit den Computer-Link-Stühlen und den Eigenheiten des Pinnacle-Computersystems vertraut machen.

Der Bezug von Leifs Stuhl war zerschlissen und die Elektronik längst nicht auf dem Stand seines persönlichen Link-Stuhles zu Hause. Als hinter seinen Augen ein Dröhnen einsetzte, knirschte er mit den Zähnen: Seine Implantat-Schaltkreise versuchten, sich auf den Computer-Link-Stuhl einzustellen.

Als es ihnen endlich gelungen war, fand er sich schlagartig an einem Schreibtisch in einem virtuellen Büro wieder. Es war eine ziemlich dürftige Simulation, ähnlich dem, was viele Firmen ihren Neuzugängen boten. Das »Zimmer«, in dem sich Leif befand, sah aus wie eine etwas sauberere Version der winzigen Autorenbüros, in denen die Computer-Link-Stühle standen. Der Schreibtisch war aus schwarzlackiertem Stahl, die Tischplatte aus einer Art recyceltem Plastik. Leif spürte, dass die simulierten Holzfasern unter seinen Fingern leicht glitschig waren.

Er fragte sich immer, warum die Firmen keine hüb-

schen Teak-Schreibtische im Chefstil in eine geschmack-
volle virtuelle Umgebung programmieren konnten. *Vielleicht wollen die Chefs ihre Angestellten nicht in Versuchung führen,* dachte er. *Oder sie haben Angst, dass die
Leute dann den ganzen Tag in der Veeyar verbringen. Ich
muss Dad mal fragen.*

Leif sah auf sein Desktop. Dieser Begriff für »Workspace« stammte noch aus den frühen Tagen der PCs. In
ihren persönlichen Systemen hatten viele diesen Bereich
gewaltig aufgemöbelt. So bestand Matt Hunters Desktop
zu Hause aus einer im Raum schwebenden Marmor-
platte. Leifs Veeyar war eine exakte Nachbildung eines
skandinavischen Holzhauses.

Doch in diesem Veeyar-Büro hatte Leif zum Arbeiten
nur den Kunstholzschreibtisch, auf dem drei kleine Objekte – Icons – leuchteten und darauf warteten, dass er
sie aufrief. Das erste Icon war eine Replik des Sternenkreuzers *Constellation,* die in einen Kristall eingeschlossen zu sein schien. Darin flackerte ein elektrisch-blaues
Licht. Dieses Symbol würde ihn ins Rennszenario versetzen. Ein kleines schwarzes Icon, das stilisierte Abbild
eines altmodischen Telefons, stand für die direkte interne Kommunikation. Wenn man es berührte und den
Namen von jemandem innerhalb der Firma sagte, wurde man über Holo-Telefon mit ihm verbunden – oder,
was wahrscheinlicher war, mit seinem Assistenten.
Möglicherweise sogar mit dem Assistenten des Assistenten.

Und schließlich war da ein Icon, das wie ein Brief-
umschlag aussah und seine Aufmerksamkeit mit einem
rötlichen Blinken auf sich lenkte. Dies war seine Mailbox, von der Leif gedacht hatte, dass er sie nie benutzen würde.

Vielleicht bekomme ich tatsächlich Firmenmemos, überlegte er und streckte seine Hand nach dem Icon aus.

»Auflisten und kategorisieren«, befahl er.

Eine erotisch klingende weibliche Stimme – das Markenzeichen eines vor etwa fünf Jahren aktuellen Pinnacle-Stars – antwortete auf seinen Befehl.

»Eine Nachricht – Kategorie privat.«

Er erwartete fast, die verführerische Stimme würde ihn »Baby« nennen. Sprach Ludmilas und Kyras Desktop mit der Stimme eines Muskelprotzes aus den frühen Tagen der Schauspielerei?

Leif verdrängte den Gedanken. »Nachricht anzeigen.«

Er erkannte den Briefkopf auf der Seite, die sich in Augenhöhe materialisierte, sofort – die Firma seines Vaters.

Die Nachricht lautete:

Lieber Leif,

natürlich war ich gerade in einem Meeting, als ich deine Nachricht erhielt, aber ich wollte dir unbedingt heute noch antworten. Anscheinend findest du Hollywood inzwischen recht interessant. Ich weiß nicht genau, wie ich dir Glück wünschen soll. Schauspieler sagen »Hals- und Beinbruch«, doch für ein Rennen scheint mir das nicht gerade passend. Deine Mutter und ihre Ballett-Freunde verwenden vor ihren Auftritten einen ziemlich vulgären französischen Ausdruck. Wieder nicht die beste Wahl.

Vielleicht kann ich eine Wendung von einem meiner lebhafteren Fahrer aufgreifen. Smitty fuhr in sei-

*ner Jugend Stockcar-Rennen. Er sprach immer davon,
den Konkurrenten »die Türen wegzupusten«.
    Ich will noch etwas weiter gehen.
    Puste ihnen die Luftschleusen weg, mein Sohn.*

Dein dich liebender Vater

Leif lachte noch, als er die Nachricht löschen ließ. Er
hatte seinem Vater nur eine Mail geschickt, um das
System auszuprobieren. Mit einer Antwort an diese
Adresse hatte er wirklich nicht gerechnet. Doch er
musste zugeben, die Aufmunterung kam zur rechten
Zeit.

Okay, Leif, sagte er sich. *Du bist im System, du hast
ein bisschen mit deinem Workspace herumgespielt und
sogar die Nachricht gelesen. Es wird Zeit, nicht länger
herumzutrödeln und es anzupacken.*

Er griff nach dem kristallenen Sternenkreuzer, und
das Energieflackern wurde plötzlich zu einem blitzen-
den Leuchten, das alles andere auslöschte.

Als Leif die Augen öffnete, stand er auf der Brücke des
Interstellaren Föderationsschiffs *Onrust*. Er trug die tan-
nengrüne Tunika eines Technik-Kadetten und befand
sich auf seinem Posten an der Steuerkonsole. Eine automatische Zusammenfassung der Anzeigen klärte ihn
darüber auf, dass das Rennschiff im Moment still stand,
dass alle Systeme liefen und einwandfrei funktionierten
und dass die Triebwerke startbereit waren.

David wandte sich in seinem Kommandostuhl um.
Seine Tunika war grau mit roter Borte, das Symbol eines
Kommandantenkadetten. »Ich dachte schon, du hättest
technische Probleme«, sagte er.

Leif schüttelte den Kopf. »Ich bin nur am Desktop geblieben, um eine E-Mail meines Vaters zu lesen. Er hofft, wir pusten den anderen die Luftschleusen weg.«

David grinste und zeigte seine Zähne. »Vielleicht ein bisschen extrem – aber ich schließe mich ihm an.«

Leif wandte sich dem Bildschirm zu und stellte ihn auf Blick nach vorn. Vor ihm erstreckte sich das tiefe Weltall, seitlich von ihm schwebte die *Constellation.*

Matt und Andy saßen über ihre Konsolen gebeugt, als würde die Zeit schneller vergehen, wenn sie das Starterschiff anstarrten.

Sie gingen die Auswertungen der Schiffssysteme noch einmal durch und achteten besonders auf die Triebwerke und die Kraftfelder der Rumpfstabilisation.

Dann zeigte Matt sein Können an den Scannern. Er zielte abwechselnd auf jedes der konkurrierenden Schiffe: das gefährlich lange thurianische Schwertschiff, das elegante Schiff der Laraganten, die beinahe spindelförmige Konstruktion des arkturanischen Schnellspähers. Letzteres Schiff erinnerte Leif an eine Gottesanbeterin mit Triebwerksgondeln.

»Apropos Luftschleusen wegpusten«, murmelte Andy. »Ich weiß, dass wir im Verhältnis zu unserem Gewicht übermotorisiert sein sollen, aber was hindert das Ding da daran, sich selbst in Stücke zu reißen?«

»Bis auf die Trägheitskompensatoren eigentlich nichts. Das Schiff stimmt mit arkturanischen Baupraktiken überein«, sagte David. »Ihre Hauptschiffe, die Königinnenschiffe, sind Schlachtschiffe mit schwerer Panzerung. Doch die ferngesteuerten Späherschiffe sind wendiger ... und zerbrechlicher.«

»Wenn man von der mythischen Co-Prosperitätszone ins wirkliche Japan geht, ist es der Unterschied zwischen dem Kriegsschiff *Yamato* und den Zero-Fighters im

Zweiten Weltkrieg«, sagte Matt, der sich für Militärge-
schichte interessierte.

»Wenn du das sagst«, sagte Leif. Zumindest hatte Matt
gezeigt, dass er wusste, wie man Dinge ins Blickfeld bekam und sie auch dort behielt.

Dann war Andy an der Reihe. »Der richtige Kurs ist
bereits eingegeben. Hier.« Er zeigte ihren Kurs als ge-
punktete Linie, die sich auf dem Bildschirm nach hinten
entfernte. »Er ist ziemlich einfach. Seht – wir fliegen geradeaus. Setzt diese Linie fort bis zum Orbit des Uranus.
Wenn das hier das Sonnensystem wäre, wären das einige Milliarden Meilen. Dann« – er deutete auf einen
Punkt auf der Bildschirmdarstellung des Kurses – »treten wir genau hier in den Hyperspace ein, Leif setzt die
Segel, und wir lehnen uns zurück und sehen, ob wir
überhaupt ins Schwitzen gekommen sind.«

»Toll«, sagte David, »solange niemand versucht, uns
den Weg abzuschneiden.«

»Ich habe alle Standard-Ausweichmuster, die wir besprochen haben, programmiert, sodass sie in einer Sekunde ausgeführt werden können«, antwortete Andy
etwas beleidigt. »Und ich sitze schließlich an der Konsole.«

»Ich glaube, wir werden alle etwas nervös«, meinte
Leif.

»Ach, sag bloß«, sagte Matt. »Ich glaube, mein Deo
versagt bereits jetzt.«

Doch sie mussten noch lange Minuten auf den Start
des Rennens warten, viel Zeit für die Mannschaft, um
sich Sorgen zu machen.

Dann verdunkelten sich die Lichter an Bord der *Onrust* plötzlich, und eine laute Stimme sagte aus dem
Nichts: »In Ordnung, Rennfahrer, die Simulation startet

in zwei Minuten, der Count-down läuft. Meldet euch bitte und lasst uns wissen, ob ihr bereit seid.«

Die Beleuchtung wurde wieder normal. »Ich wusste nicht, dass sie das können ...«, fing Matt an, doch er wurde zum Schweigen gebracht, als die Teilnehmer die Namen ihrer Schiffe durchgaben und sich startklar meldeten.

Dann war David an der Reihe. »*Onrust* – alle Systeme bereit.«

Leifs Magen zog sich zusammen, als wäre es ein realer Start.

Bitte, lieber Gott, betete er leise, *lass es diesmal nicht mich sein, der uns rausschießt.*

David gab dem Schiffscomputer den Befehl zum Count-down. Jeder kannte das Äquivalent des Startschusses. Die *Constellation* würde einen ungeladenen Leuchttorpedo hoch über die Raumebene schießen, auf der sich die Rennteilnehmer befanden. Wenn sie den blinkenden roten Blitz sahen, ging es los.

Nun waren es unter zehn Sekunden. Leif überprüfte die kritischen Systeme. Kraftfelder. Triebwerke. Trägheitskompensatoren. Es machte nicht viel Sinn, wenn sie wie der Teufel loszischten, und die Beschleunigung sie dabei wie Erdnussbutter über die Heckwand der Brücke verschmierte.

Sie waren bereit.

»Da ist es!«

»Energie!«, befahl David mit der ganzen Autorität eines Sternenkreuzerkommandanten.

Sie flogen ohne jeden Ruck los. Die Trägheitskompensatoren taten ihre Arbeit. Leif überprüfte seine Systeme immer wieder. Alles im grünen Bereich ...

Auf dem Bildschirm übernahm das thurianische

Schwertschiff plötzlich die Führung und schnitt mehreren anderen Schiffen den Weg ab. Der arkturanische Späher versuchte auszuweichen – ein Manöver, das nicht ganz so funktionierte wie geplant.

Eine Triebwerksgondel brachte sich schneller aus der Gefahrenzone als der Rest des Spähers. Sie riss sich von der spindelförmigen Struktur des insektenförmigen Schiffs los und hob ab wie die blendende Signalrakete der *Constellation*. Die Trägheitskompensatoren der Arkturaner arbeiteten offenbar nicht wie erwartet.

Die Triebwerksgondel sauste quer über den Rennkurs.

Der Boden unter ihnen bäumte sich leicht auf, als Andy der Gefahr auswich. Leif überprüfte die Schiffskompensatoren.

Matt bediente die Scanner wie ein Profi. Der Bildschirm teilte sich in mehrere Fenster auf und zeigte nun die Strecke vor ihnen, was auf beiden Seiten passierte sowie einen Heckausblick.

Während die *Onrust* unter den Rennkurs tauchte und wieder zurück schwang, traf das losgerissene Triebwerk eines der Rennschiffe wie eine Breitseite.

Das Schiff besaß den kastenförmigen Aufbau des Reorganisierten Ank'tay-Imperiums – des *Ultimate Frontier*-Gegenstücks zu China. Doch es war ein Rennschiff und im Vergleich zu den meisten anderen Raumschiffen ein Leichtgewicht. Die Triebwerksgondel durchschlug es wie ein Torpedo und ging in die Luft, wobei sie sich und das imperiale Schiff in eine Plasmawolke verwandelte, die sich rasch über den gesamten Heckbildschirm ausbreitete.

»Jeder hinter denen wird geröstet«, sagte Matt erschrocken.

»Vergiss, was hinter uns ist«, bellte David. »Wir kommen an unseren Hyperspace-Eintrittspunkt. Vier Sekunden ... drei ...«

Die Energielevel steigen, dachte Leif. *Und los geht's ...*

»Eintritt!«

Die Aussicht auf dem Bildschirm verwandelte sich vom normalen Weltraum in ein seltsames, gespenstisches Grau – der typische Hyperspace-Ausblick.

Im Holo hatte dieser für Leif stets wie sehr dünner Nebel ausgesehen, in dem jedoch phosphoreszierende Punkte flimmerten.

Die Hyperspace-Strömung!

»Die Scanner zeigen an, dass wir die richtige Strömung erreicht haben!«, sagte Matt.

»Segel setzen!«, befahl David.

Das war Leifs Aufgabe. Seine Hände flogen über die Konsole und aktivierten das vorprogrammierte Kraftfeldschema.

»Ausgeführt«, verkündete er.

Matt war damit beschäftigt, die Scanner so einzustellen, dass sie den trüben Hyperspace so gut wie möglich durchdrangen. Winzige Lichtpunkte erschienen auf dem Display.

»Ich orte drei Schiffe vor uns in der Strömung«, berichtete er. Auch auf dem Heckbildschirm waren Lichter zu erkennen. »Und eine ganze Menge hinter uns.«

Schon, dachte Leif. *Aber nicht so viele, wie wir erwartet hatten.*

10

Die Lichter an Bord der *Onrust* verdunkelten sich erneut, und Hal Fosdykes Stimme erklang aus dem Nichts. »Und Klappe«, sagte er. »Wir haben alles, was wir brauchen. Gute Arbeit, Leute. Alle Teams können jetzt aussteigen.«

Als die Lichter wieder angingen, blickte Andy Moore höchst ungläubig drein. »Ich wette, sie haben mehr für ihr Geld bekommen als erwartet«, sagte er und sah die anderen an. »Das Rennen hat wirklich mit einem Knall angefangen, was?«

Leif schloss die Augen. Als er sie öffnete, saß er wieder auf dem leicht muffigen Bezug seines Computer-Link-Stuhls.

David erhob sich bereits. »Das war ganz schön knapp, selbst ohne explodierende Schiffe.« Er fuhr sich mit der Hand über das Gesicht.

»Nicht so schlimm wie neulich, als wir auf den Mars abgestürzt sind«, antwortete Andy. Aber er führte die Hand an seinen Magen. »Wenn sie uns allerdings weiterhin so viel zu essen geben, bevor wir da reingehen und solche Szenen drehen ...«

Der Klang einer zornigen Stimme drang durch die Bürotür, die wegen der Kabelstränge, die die Computer-Link-Stühle miteinander verbanden, halb offen stand.

»... müssen den Start wiederholen!«, schrie die Stimme. »Es ist unmöglich, dass die *Eagle Maru* so versagt hat!«

»Es tut mir Leid, Mr. Hara, aber wir haben mehrere Minuten holografisches Beweismaterial dafür, dass Ihr Schiff in genau dieser Weise versagen konnte und es auch tatsächlich getan hat«, erwiderte Fosdykes Stimme.

Leif öffnete die Tür. Der patzige japanische Junge stand im Flur und stellte den Chef der Spezialeffekte zur Rede. Hara, oder wie auch immer er hieß, schien unter mehr zu leiden als nur Post-Computerabsturz-Kopfweh. Sein sonst so ernstes Gesicht war von den verschiedensten Gefühlen verzerrt, und sein ganzer Körper zitterte während der erregten Diskussion. »Ich verlange, Mr. Wallenstein zu sehen! Wir werden diese Schmach nicht auf uns sitzen lassen!«

Er sieht aus, als würde er gleich explodieren, dachte Leif und starrte den wütenden jungen Mann an. *Ich frage mich, ab welchem Alter man einen Schlaganfall bekommen kann.*

»Sie können Mr. Wallenstein morgen früh treffen«, sagte Fosdyke. »Er weiß bereits, was passiert ist – er hat die Rohfassung gesehen. Da er derjenige war, der die Szene für beendet erklärt hat, nehme ich an, dass er zufrieden ist.«

Der Techniker wandte sich ab. »Wenn Sie mich jetzt bitte entschuldigen, Mr. Hara ...«

»Sie haben mir nicht zugehört!«, rief ihm Hara nach, dessen Akzent mit jedem Wort stärker wurde. »Ich werde das nicht einfach hinnehmen!«

Er fuhr herum und funkelte Leif, der diese Erniedrigung miterlebt hatte, wütend an. Dann stapfte er in die entgegengesetzte Richtung davon. Dabei murmelte er etwas auf Japanisch.

Leif konnte nicht genau hören, was Hara sagte. Doch er fing das Wort *Gaijin* auf, einen abwertenden Ausdruck, den die Japaner für Ausländer – speziell für Weiße – benutzten.

Matt tauchte neben Leif auf. »Was ist denn hier los?«

»Eine Lehrstunde in Sachen internationale Beziehungen«, erwiderte Leif. »Der japanische Markt beklagt sich über die beschränkte Sendezeit, die ihm in dieser Episode zur Verfügung stehen wird.«

Andy lachte hinter ihnen auf. »Nicht ganz unverständlich! Wenn man bedenkt, dass ihr Repräsentant ungefähr eine Minute auf Sendung sein wird, bevor er explodiert.«

David schüttelte den Kopf. »Ich weiß, dass arkturanische Späher nicht die ausdauerndsten Schiffe des *Ultimate Frontier*-Universums sind. Sie sind wie ferngesteuerte Drohnen, die von ihrem Bienenkorb für entbehrlich gehalten werden.«

»Das klingt nach einem ›Aber‹«, sagte Leif.

David grinste ertappt. »Aber«, fuhr er fort, »Späher sind dafür konstruiert, zu überleben und Nachrichten aus fernen Welten zurückzubringen. Der hier sollte das gesamte Rennen überstehen. Ich kann mir nicht vorstellen, warum er schon an der Startlinie in Stücke gefallen ist.«

Er legte die Stirn in Falten. »Der hat es schließlich durch die Vorläufe geschafft, sonst wäre er heute Abend nicht dabei gewesen. Wir haben uns die Rennen als Vorbereitung für das Finale angeschaut. Ich weiß, dass dieses Schiff ganz andere Situationen als die von heute erfolgreich gemeistert hat. Ich verstehe das einfach nicht.«

»Vielleicht entspricht das Schiff einfach dem Temperament seiner Crew. Wenn es ein bisschen spannend wird, explodiert es!« Andy lachte leise über die Vorstellung eines Raumschiffs mit Wutanfällen.

Die Jungen eilten in den Korridor, in dem sich die Mitglieder der anderen Teams versammelt hatten. Da der Adrenalinrausch verflogen war, wirkten viele der jungen Leute gedämpft und still, als sie sich zum Ausgang begaben.

Leif blieb einen Moment hinter seinen Freunden zurück. Er blickte besorgt auf die Computer-Link-Stühle. »Ich finde es nicht besonders lustig, wie das Rennen angefangen hat«, murmelte er.

Er machte sich im Kopf eine Notiz, sich später damit zu befassen. Dann zuckte er mit den Schultern und ging durch die Tür, um sich den anderen anzuschließen.

Am nächsten Tag sollte eine Besichtigungstour von Los Angeles und Umgebung stattfinden, die das Studio organisiert hatte. Vor dem Hotel stand ein Bus, in den die Teilnehmer einstiegen. Anstatt jedoch die Sehenswürdigkeiten der Stadt zu erkunden, bahnte sich der Bus seinen Weg durch den Verkehr zu den Pinnacle-Studios.

Andy blickte sich mit wachen Augen um. »Eine Planänderung«, flüsterte er. »Irgendetwas ist los.«

Diesmal fuhren sie nicht durch das monumentale Tor. Stattdessen hielt der Bus an einer Art Lieferanteneingang. Jane Givens stieg zu und begann, ihre Namen aufzurufen und auf einer Liste abzuhaken.

»Was ist passiert?«, fragte Leif, doch Jane schüttelte nur den Kopf.

Sie fuhren wieder los und steuerten auf das Gebäude zu, in dem sich die *Ultimate Frontier*-Büros befanden. Dort verließen sie den Bus und folgten Jane durch ein neues Gewirr von Gängen. Schließlich kamen sie zu einem großen Konferenzraum.

Für die Menge der Teilnehmer war er immer noch zu knapp bemessen. Nicht jeder ergatterte einen Sitzplatz. Viele blieben stehen und drängten sich am Kopf des Konferenztischs.

Milos Wallenstein trat ein. »Ich weiß, dass Sie nicht erwartet hatten, heute Morgen hierher zu kommen«, sagte er knapp. In seiner Stimme war nur der Hauch einer Entschuldigung zu hören. »Doch andererseits lief auch die Episode, die wir gestern Abend drehten, nicht ganz wie erwartet.«

Haras Stimme erhob sich aus der Menge. »Meine Mannschaft wurde betrogen! Die chinesischen Vertreter wurden betrogen! Und ebenso die anderen drei Teams, die ihre Schiffe verloren!«

Leif zuckte zusammen. Ihm war nicht bewusst gewesen, dass so viele Teilnehmer beim Start ausgelöscht worden waren.

»Mr. Hara ...«, fing Wallenstein an.

»Sie können mich nicht beschwichtigen!« Haras Stimme wurde schrill. »Gibt es in diesem Raum einen Holo-Projektor?«

Natürlich ist so etwas vorhanden, dachte Leif. *Heutzutage ist jeder Konferenzraum damit ausgestattet.*

Wallenstein zögerte einen Moment. »Ja«, sagte er schließlich.

Hara schob sich in die erste Reihe und baute sich vor dem Produzenten auf. Aus seiner Hemdtasche riss er ein Datenskript. »Legen Sie das in das Gerät ein, und spielen Sie es ab.«

Es war Wallenstein sichtlich zuwider, Befehle von einem Jungen entgegenzunehmen. Doch er nahm das Datenskript und führte es in einen unauffälligen Schlitz am Kopf des Konferenztischs ein. »Daten abspielen«, sagte er.

Über dem Tisch erschien ein Holo-Bild. Es zeigte das Weltall und eine Linie schnittiger Gefährte ... doch es war keine Aufzeichnung des Rennens von vergangenem

Abend. Die Schiffe waren alle spinnenartig schmal und spindelförmig und besaßen eine Anmut, die der einer fliegenden Mücke entsprach. In der Mitte befand sich ein ihnen bekanntes Schiff – die Gottesanbeterin mit ihren Triebwerksgondeln. Wie hatte Hara sie genannt? *Eagle Maru*?

Die Schiffe starteten als schlängelnder Schwarm, während jeder Teilnehmer um seine Position kämpfte.

Wie zur Hauptverkehrszeit in Tokio, dachte Leif.

»Da!«, ertönte Haras Stimme, als die *Eagle Maru* über ihnen plötzlich nach rechts ausscherte, um einem kleineren Schiff auszuweichen, das sich genau vor sie gesetzt hatte. »Das ist dasselbe Manöver wie das, das wir gestern Abend versuchten. Unser Schiff hat es überlebt. Beobachten Sie das Rumpfstabilisationsfeld und die Daten der Trägheitskompensation, und vergleichen Sie sie mit denen von gestern.«

»Mr. Hara.« Wallenstein war mit seiner Geduld am Ende.

Doch Hara war noch nicht fertig. »Das ist eine Aufzeichnung des Qualifikationslaufs zur Teilnahme am Großen Rennen, der in Tokio stattfand«, verkündete er mit schriller Stimme. »Überprüfen Sie das ruhig in Ihren eigenen Dateien – und vergleichen Sie es mit ... der Farce von gestern Abend. Sie verfügen auch über Aufzeichnungen der Brückenkonsolen. Mein Techniker sagte mir, dass die Querkraft gestern *weniger* gefährlich war als die Belastungen, denen unser Schiff während der Vorentscheidungen ausgesetzt war.«

»Wie erklären Sie sich dann dieses katastrophale Versagen ...«, hob Wallenstein an.

»Es *gibt* keine Erklärung«, schrie Hara, »außer einer – Sabotage!«

Tja, nun ist die Katze aus dem Sack, dachte Leif während des erstaunten Schweigens, das auf die Anschuldigung des japanischen Jungen folgte.

Dann schien jeder im Raum gleichzeitig loszuschreien.

Nicht nur das japanische Team brachte seine Unzufriedenheit lautstark zum Ausdruck. Die vier anderen Teams, die aufgrund der Explosion der *Eagle Maru* ausgeschieden waren, schlossen sich dem Protest an.

Wallenstein hörte ihnen einen Moment zu. »Ruhe!«, bellte er dann.

Mit diesem einen Wort setzte er sich mühelos gegen den Lärm durch. Die zornigen Teammitglieder hielten den Mund.

»Fehler, Sabotage, schrecklicher Schicksalsschlag – was auch immer passiert ist, ist passiert. Ich mag es bedauern, doch wir machen weiter. Ich habe mich in der letzten Stunde mit den Autoren beraten. Die Explosion ist eine überraschende Wendung, die sich gut in die Handlung integrieren lässt.«

Ein neuer Proteststurm folgte auf diese Ankündigung, doch Wallenstein blieb völlig unbeeindruckt. Dies war nicht der saft- und kraftlose Manager, der sich den Beschwerden des brutalen Betreuers der Karpatischen Allianz gebeugt hatte. Dies war der Mann, der die Sendung organisierte und jedem sagte, wie die Dinge zu laufen hatten.

Wie hatte Lance Snowdon Wallenstein genannt? Ah ja, erinnerte sich Leif. Einen Diktator am Set. Nun, die Beschreibung passte auf den Mann, der auf eine Menge sehr ehrgeiziger, sehr verärgerter Rennfahrer hinabblickte. Nicht gerade anarchistisch-libertär. Oder vielleicht doch. Diese Leute schienen ja keinen großen Wert auf Regeln zu legen.

An dem ganzen Schlamassel war Wallenstein schuld. Das fiel auch einem der anderen Teilnehmer plötzlich auf.

»Warum bestrafen Sie nicht diejenigen, die den Unfall verursacht haben?«, fragte ein nicht mehr ganz so rotwangiger dänischer Junge.

Wallenstein blickte ihm fest in die Augen. »In dieser Episode geht es um ein Rennen zwischen einer Vielzahl außerirdischer Lebewesen, die nicht unbedingt gut miteinander auskommen. Da dürfte es niemanden überraschen, dass die Teilnehmer aufgrund der Unterschiede zwischen ihren Kulturen – und aufgrund des Prestiges, das mit einem Sieg verbunden ist – zu extremen Mitteln greifen.«

»Sie sagen also, dass es erlaubt ist zu betrügen?« Hinten im Raum kochte jemand offenbar vor Wut.

Leif wand sich innerlich bei dem Gedanken, dass der große Boss gerade sinngemäß gesagt hatte, es sei in Ordnung, zu lügen, zu betrügen und zu stehlen – solange das dem Charakter der außerirdischen Rasse entsprach, die das Team repräsentierte.

Uns hilft das wenig – die Galaktische Föderation wird als idealistisch und kultiviert beschrieben, dachte Leif.

Doch für eine Raubritterkultur wie die der Setangis – oder für die Thurianer – war die Jagd damit eröffnet.

Offensichtlich hatte Wallenstein genug von der Diskussion. Er wandte sich um und steuerte auf die Tür zu.

»Ich habe das unbestimmte Gefühl, dass die Tour heute nicht mehr stattfindet«, sagte Andy.

Leif schüttelte den Kopf. Sein Freund fand selbst in den ernstesten Situationen immer etwas, über das er Witze reißen konnte.

David lachte nicht. »Er hat dieses Rennen gerade in

einen Vernichtungskrieg verwandelt, und wir sind das Hauptziel.«

Matt wurde blass. »Ja. Denkt nur daran, wie viele Episoden davon handeln, dass die *Constellation* das unerfreuliche Ende von Schiffen der Föderationsflotte untersucht oder rächt, die im Kampf für die gute Sache draufgegangen sind.«

»Dass wir die Guten sind, heißt doch nicht, dass wir nicht raffiniert sein dürfen«, stellte Andy fest. »Viele Kommandanten haben mächtige – und hinterhältige – Gegner ausgespielt.«

»Ja«, sagte Leif. »Aber das ist um einiges leichter, wenn es im Drehbuch steht. Hier bestimmen die Teilnehmer die Handlung. Selbst wenn die Autoren dafür sorgen, dass Captain Venn den Schuldigen später aufspürt, hilft uns das nicht, wenn wir aus dem Rennen fliegen.«

»Wir können nur defensiv reagieren«, sagte David. »Wir müssen auf alles und jeden Acht geben.«

»Wollten wir das nicht sowieso tun?«, fragte Andy.

Leif ignorierte ihn und wandte sich an David. »Wie stehen die Chancen, dass Hara mit seiner Behauptung, dass sie sabotiert wurden, Recht hat? Alle Schiffsentwürfe befanden sich im Pinnacle-Computer.«

»Und dort konnte an ihnen herumgepfuscht werden«, sagte David grimmig. »Erinnert ihr euch, wie unsere Lichter dunkler wurden, als Hal Fosdyke seine Ansagen machte?«

»Das sollte doch nur unsere Aufmerksamkeit erregen«, meinte Matt.

David nickte. »Mich interessiert vor allem, dass jemand die Funktionen der *Onrust* beeinflusst hat – von außerhalb der Brücke.«

»Aber sich in die Studiocomputer einzuhacken – ich meine, das ist doch eine große Firma ...«, fing Matt an.

»Das Casa Beverly Hills gehört auch einem großen Unternehmen, und dort wurden die Computer ganz offensichtlich geknackt«, erinnerte ihn David.

Wahrscheinlich ein und dieselbe Person, dachte Leif. *Oh, das wird noch eine Menge Spaß geben.*

Nachdem Wallenstein selbst nichts mehr zu sagen hatte, schickte er eine Menge von PR-Leuten herum, die sehr viel redeten. Sie versuchten sich eifrig in Schadensbegrenzung, bügelten aus, was auszubügeln war, steckten die Beschimpfungen derer ein, die sich nicht besänftigen ließen, und erreichten im Großen und Ganzen ihr Ziel.

Jeder erhielt im Intranet des Unternehmens eine andere Adresse, um das neue Sicherheitsbewusstsein zu demonstrieren. Außerdem wurden alle zu einem kostenlosen Mittagessen in die Kantine eingeladen.

Toll, dachte Leif und verdrehte die Augen. *Das heißt, dass Dad mich nicht erreichen kann. Wieso soll eine neue Computer-Adresse einen Menschen aufhalten, der doch offensichtlich ohne Probleme ganze Systeme durcheinander bringt? Bei dem Stress und dem fabelhaften Kantinenessen kriege ich höchstens Sodbrennen.*

Die anderen Mitglieder seines Teams hatten ihr Essen hinuntergeschlungen und waren zur Villa Einsturz aufgebrochen, um die *Onrust* noch einmal zu überprüfen und sich zu überlegen, wie sie ihr Schiff schützen konnten. Leif, dem klar war, dass er dabei keine große Hilfe wäre, hatte versprochen, später nachzukommen.

Er aß langsam und ohne großen Genuss, während er die Menschenmenge in der Cafeteria beobachtete. Bisher hatte ihn noch kein hübsches junges Starlet gebeten, an seinem Projekt, was auch immer das war, mitarbeiten zu dürfen.

Und die Mitglieder der übrigen Teams warfen ihm ohnehin nur finstere Blicke zu.

Für eine Publicity-Aktion, die das Verständnis zwischen den Nationen fördern sollte, ist das ein glatter Fehlschlag. Bis jetzt hat Ultimate Frontier *es nur geschafft, neue Feindschaften zu stiften,* dachte Leif. *Wir waren bereits misstrauisch. Aber nach dem, was diese Kids heute Morgen erfahren haben, dürften Freundschaften zwischen den Teams wohl endgültig auf Eis gelegt sein.*

Er hörte hinter sich ein leises Kichern und wandte sich auf seinem Stuhl um.

Ach, richtig, dachte Leif. *Ich habe mich wohl geirrt.*

Ludmila, das blonde Mädchen aus der Karpatischen Allianz, saß dicht neben Jorge, dem Kadettenjungen aus Corteguay. »Es ist egal, dass ihr vor uns liegt. Wir erreichen die Boje zuerst«, prahlte Jorge. »Mein Freund Miguelito hat die Software zur Steuerung des Schiffs so verfeinert, dass wir unseren Ausstieg auf die Nanosekunde genau durchführen können. Wir können die Strömung bis zur Schwerkraftgrenze ausnutzen.«

»Aber ist das in diesem System nicht zu gefährlich?«, fragte Ludmila. »Hinter dem Zielstern befindet sich ein Schwarzes Loch. Wenn ihr nicht rechtzeitig in den normalen Weltraum zurückkehrt, könntet ihr am Ziel vorbeischießen – und eingesaugt werden.«

Jorge legte ihr besitzergreifend den Arm um die Schultern. »Kein Problem«, versicherte er ihr und zeigte seine großen, gleichmäßigen Zähne. »Unsere Software packt das.«

Man könnte wohl sagen, er sieht gut aus – wenn man große, massige Typen mag, dachte Leif. *Aber irgendwie habe ich gehofft, dass sie einen besseren Geschmack hat.*

Die Konversation musste auf persönlichere Themen gekommen sein. Ludmilas Grübchen zeigten sich wieder, als sie sich dicht an den Kadetten schmiegte und leise mit ihm sprach.

Leif wollte nicht lauschen, doch er fing das Wort »Bilder« auf. Ludmilas Stimme schnurrte dabei verführerisch.

Jorge fuhr mit funkelnden Augen hoch. Er starrte sie an. »Von dir?«, fragte er mit ungläubiger Stimme. »Du willst sie mir wirklich schicken?«

Ludmilas Grübchen zeigten sich erneut, während sie sich dicht zu dem jungen Kadetten beugte und ihm etwas zuflüsterte.

Leif war froh, dass er sie nicht verstand.

»Natürlich würde ich das!«, sagte sie dann laut. Ihr Lachen klang mehr wie ein verheißungsvolles Glucksen. Dann beugte sie sich wieder vor und flüsterte erneut etwas.

»Das muss ich sehen«, sagte Jorge, in seinen Taschen wühlend. Er holte Zettel und Stift hervor, kritzelte etwas und gab ihr mit einem erwartungsvollen Blick das Papier. »Schickst du sie jetzt gleich?«, fragte er.

Verschämt schüttelte sie den Kopf. »Heute Abend«, versprach sie. »Vor dem nächsten Rennabschnitt.«

Leif konnte es nicht mehr ertragen. Er stieß sich von seinem Tisch ab, wobei sein Stuhl ein lautes, quietschendes Geräusch auf dem Boden machte.

Ludmila sah auf, während sie mit Jorge kicherte. Ihr Gesicht schien etwas rötlicher zu sein als sonst – ob das an dem Inhalt ihres Geflüsters lag, oder weil sie glaubte, dass Leif sie belauscht hatte, konnte er nicht sagen.

Ich weiß nicht, warum mir das was ausmacht, dachte Leif während er einen weiten Bogen um das Paar schlug. *Es ist ja nicht so, dass ich irgendwelche Ansprüche auf sie hätte.*

Er verließ die Kantine und suchte den Weg zur Villa Einsturz.

Als Leif die Villa erreichte, hingen seine Teamkollegen bewegungslos auf ihren Computer-Link-Stühlen. Es war ein geradezu unheimlicher Anblick.

Er setzte sich auf seinen Stuhl. Die Synchronisierung war um nichts angenehmer geworden, doch eine Sekunde später saß er an seinem virtuellen Schreibtisch. Keine Nachrichten – welch eine Überraschung!

Er streckte die Hand nach dem *Constellation*-Icon aus. Einen Augenblick später befand er sich an Bord der *Onrust* – auf einer leeren Brücke.

Wenn sie sich nicht in Anzüge gepackt hatten und draußen virtuelle Rumpfplatten flickten, konnten sich die anderen unmöglich in dieser Simulation aufhalten.

Vielleicht besuchten sie die Simulation anderer Teilnehmer. Leif mochte gar nicht daran denken, wohin *das* führen konnte ... und was passieren würde, wenn sie erwischt wurden.

Er verließ die Simulation und öffnete die Augen. Sein Kopf begann zu schmerzen, doch nicht wegen der schlecht eingestellten Elektronik. Dieses Kopfweh kam schlicht und einfach vom Stress.

Er sprang auf, schob eine Hand in die Hosentasche und zog seine Brieftasche heraus. Die Fächer für Ausweise und Kreditkarten ließen sich beiseite klappen, sodass die integrierte Tastatur zum Vorschein kam. Anders als die meisten modernen Brieftaschen bestand Leifs aus echtem Leder von lebenden – oder vielmehr ehemals lebenden – Tieren. In ihrem Inneren befand sich allerdings eine Polymerschicht, in die Mikroschaltkreise eingelassen waren. Mit einer Berührung seines Fingers schaltete er auf die »Telefon«-Option.

Leif musste Davids Nummer nicht nachschlagen. Die private Nummer von dessen Brieftaschentelefon kannte er in- und auswendig, sodass er nicht einmal auf die Kurzwahloption zurückgreifen musste. Ein gedämpftes Surren erfüllte den Raum – die Verbindung zum Telefon in Davids Brieftasche wurde hergestellt. Die Frage war, ob er damit auch sein virtuelles Gegenstück erreichen würde.

Es war ein Glücksspiel – oder besser gesagt angewandte Wahrscheinlichkeitstheorie. David war im Programmieren sehr geschickt – selbst darin, alltäglichen Gegenständen kuriose Tricks beizubringen. Wenn es möglich *war*, hatte er es vielleicht getan.

Leif hielt das Brieftaschentelefon ans Ohr. Der Klingelton brach plötzlich ab, und David meldete sich. »Hallo?«

»Wo zum Teufel steckst du?«, fragte Leif.

»Häh?« David klang plötzlich mehr verlegen als erstaunt. »Wir sind in meinem virtuellen Büro. Wir wollten dir eine Nachricht hinterlassen, hatten aber deine neue Systemadresse nicht.«

Leif schnaubte wütend. »Wie wäre es mit einer Nachricht in der realen Welt gewesen?«

»Oh! Daran haben wir gar nicht gedacht.«

Einen Augenblick später bewegte sich Andy plötzlich auf seinem Stuhl. »Komm, wir gehen zusammen rein«, sagte er. »Ich bring dich zu Davids Arbeitszimmer.«

»Ich kann's kaum erwarten«, murmelte Leif. Er begab sich auf seinen Stuhl und durchlebte noch einmal die haarsträubende Synchronisierung.

Als er die Augen öffnete, befand er sich in demselben alten Büro – doch Andy war bei ihm.

»Warum sind wir in meinem Büro?«, fragte Leif.

»Eigentlich ist das *mein* Büro«, erklärte Andy. »Sobald ich hier reingekommen bin, habe ich ein X an die Wand gemalt.« Er deutete auf ein riesiges X hinter dem Schreibtisch.

»Wie unheimlich«, sagte Leif. »Soll das heißen, alle Pinnacle-Mitarbeiter bekommen denselben geschmacklosen virtuellen Raum?«

»Jemand wie Milos Wallenstein hat wahrscheinlich ein Zimmer, das ein bisschen netter aussieht«, erwiderte Andy. »Und wenn man über ein wenig Programmiertalent verfügt, kann man alles umbauen.«

Er nahm ein Programm-Icon aus seiner Tasche. »Warte, bis du siehst, was David angestellt hat.«

Andy ergriff Leifs Hand und aktivierte das Programm. Für einen Augenblick wurde es dunkel. Einen Moment später befanden sie sich an einem Ort, der aussah wie der Traum eines Hollywooddesigners von einer Südseegrashütte. Das Sonnenlicht schimmerte durch das Flechtwerk von Dach und Wänden. Aus der Nähe ertönten das angenehme Rauschen der Wellen und die Rufe exotischer Vögel.

»Wundervoll, was du mit diesem Raum gemacht hast«, sagte Leif mit einem Lächeln. »Mein Vater hat uns über die Ferien wirklich einmal zu einem Ort wie diesem mitgenommen. Die Insekten haben uns verrückt gemacht.

»Hier gibt es keine Insekten«, sagte David. »Ich habe sie rausprogrammiert.« Er saß im Schneidersitz an einem niedrigen Tisch, der als Arbeitsplatz diente. Anders als auf Leifs Schreibtisch gab es hier Icons im Überfluss. Einige erkannte er, andere machten für ihn überhaupt keinen Sinn.

»Ich sehe, dass ihr fleißig wart«, sagte er und blickte auf die kleine Sammlung von Symbolen direkt vor David. Diese waren noch seltsamer – eine kleine Garnrolle, eine winzige Flasche und etwas, das wie ein altes Holzstreichholz aussah. Krimskrams, ja Müll, hätte er gedacht, hätten die Objekte nicht auf dem Tisch gelegen und sanft geleuchtet. Sie stellten Programme dar, die David und die anderen gebastelt hatten. »Was tun die?«, fragte Leif. »Eindringlinge pulverisieren?«

»Wir wissen, dass der System-Eindringling zu clever ist, um sich von virtuellen Alarmanlagen fangen zu lassen«, sagte Matt.

»Er muss echt gut sein, wenn er die Struktur des arkturanischen Schiffs manipulieren und es so wieder zusammenbauen konnte, dass die Technikkonsole überlistet wurde«, sagte David. »Wahrscheinlich wäre er in der Lage, jede direkte, aktive Sicherheitsmaßnahme zu überwinden, die wir zum Schutz des Schiffs programmieren – obwohl wir die trotzdem eingebaut haben.« Er deutete auf eine Ansammlung von Hightech-Basteleien auf einer Seite der Tischfläche. »Das ist das Beste und Cleverste, was die virtuelle Sicherheit zu bieten hat. Spielt jemand an der *Onrust* herum, schreien sie Zeter

und Mordio. Zumindest bisher scheinen sie zu funktionieren. Ich habe das Schiff mit den Originaldaten, die
wir Pinnacle übergeben haben, verglichen. Bisher hat
niemand die *Onrust* angerührt.«

»Wir wissen, dass unsere lieben Hobbyhacker mit
brandgefährlichen Sicherheitssystemen rechnen – und
wahrscheinlich wissen, wie man sie ausschaltet«, sagte
Matt.

Andy grinste. »Also haben wir beschlossen, den indi-
rekten Weg zu wählen – den passiven.«

»Wir verlassen uns lieber auf einfache Tricks als auf
ein Warnsystem, das uns zwar alarmiert, aber gleichzeitig eine Verbindung aufbaut, die von unseren Techno-
Räubern entdeckt werden könnte.« David zeigte auf die
Spule. »Das hier funktioniert wie ein Faden, der in einen
Türrahmen gespannt wird. Eventuelle Eindringlinge
merken vielleicht gar nichts, aber wir wüssten, dass jemand durch die Tür gegangen ist.«

»Das Streichholzprogramm ist dem sehr ähnlich. Du
kennst das bestimmt aus alten Flachbildschirmfilmen,
wo der Detektiv ein Streichholz zwischen den Türrahmen und die geschlossene Tür steckt. Wenn es nach seiner Rückkehr zu Boden gefallen oder verschwunden ist,
weiß der Typ, dass in der Zwischenzeit jemand die Tür
geöffnet hat.«

»Es ist im Prinzip derselbe Programmiertrick«, sagte
David. »Nur einige Zeilen Code, die gelöscht werden,
wenn jemand in unsere Programmierung eindringt, und
ein paar weitere Zeilen, die sich selbst löschen, wenn
der Systemcode des Schiffs verändert wird. Die Veränderungen sind klein – kaum zu merken.«

»Aber wir erkennen sie.« Leif nickte. »Nett.« Er zeigte
auf die Flasche. »Und das?«

Andys grinsen wurde breiter. »Basiert auf einer anderen Alarmanlage für arme Leute. Im wirklichen Leben streut man Puder auf einen Teppich. Wenn jemand darauf tritt, hängt der Puder an seinem Schuh fest, und er hinterlässt entweder einen dunklen Schuhabdruck im Puder oder einen puderigen Fußabdruck woanders.«

»Ich glaube nicht, dass es viel helfen wird«, sagte David mit einem Seitenblick auf ihren unverwüstlich optimistischen Freund. »Aber wenn wirklich jemand auf der *Onrust* auftaucht, hinterlässt er einen virtuellen ›Fußabdruck‹. Falls jemand einbricht, finden wir einen oder zwei neue Schalter auf den Kontrolltafeln. Das wird niemand außer uns auffallen – aber wir wissen sofort Bescheid.«

»Also, was ist noch zu tun?«, fragte Leif.

»Ich muss sie installieren«, sagte David. »Gebt mir ein paar Minuten.« Er sammelte die High- und Lowtech-Icons mit einer Hand ein, wobei er mit der anderen nach dem kristallenen Symbol der *Constellation* griff. Eine Sekunde später war er verschwunden.

Während er wartete, ging Leif auf die Veranda der Grashütte und genoss den virtuellen Sonnenschein. Die Sonne stand tief am Himmel, es schien später Nachmittag zu sein. Leif war etwas überrascht. Folgte Davids Simulation der Zeit hier an der Westküste, oder war es immer später Nachmittag?

Er warf einen Blick auf seine Uhr. Es war später, als er gedacht hatte.

Leif überlegte kurz. Dann sah er seine Freunde an. »Ich hüpfe mal kurz in die wirkliche Welt raus, um zu telefonieren.«

»Warum benutzt du nicht Davids Telefon?«, fragte Andy.

»Willst du wirklich eine Spur zu unserem neuen, streng geheimen Rückzugsort im Netz hinterlassen? Bin gleich wieder da.« Er zwinkerte und kehrte in das erbärmliche Büro in der Villa Einsturz zurück. Dort griff er zu seinem Brieftaschentelefon, erkundigte sich bei der Zentrale, welchen Taxiservice Pinnacle benutzte, und rief einen Wagen. Anschließend sprang er in Davids tropisches Paradies zurück und erzählte seinen Freunden, was er getan hatte.

»Ich wusste nicht, ob der Bus noch auf uns wartet, aber ich möchte gern für eine Weile ins Hotel zurück – und etwas anderes als Kantinenfutter essen.« Er grinste die anderen an. »Da das mein Vorschlag ist, lade ich euch ein.«

David kehrte zurück, und sie lösten die Verbindung zur Veeyar-Welt.

»Haben sie gesagt, wann das Taxi kommt?«, fragte Matt und stand von seinem Computer-Link-Stuhl auf.

»In ein paar Minuten.« Leif war der Letzte, der das überfüllte kleine Büro verließ. Als er ging, zog er die Tür so weit zu, wie es in Anbetracht der Kabelstränge, die die Stühle miteinander verbanden, möglich war. Dann schob er ein winziges, gefaltetes Stück Papier in den Spalt zwischen Tür und Rahmen.

»Was tust du da?«, fragte Andy.

»Dasselbe, was wir in der Veeyar getan haben – nur hier draußen in der echten Welt«, antwortete Leif. »Wenn jemand versucht, hier einzudringen, erfahren wir davon.«

Seine Teamkollegen schwiegen, als sie aus der Villa Einsturz hinausgingen. Es gab zu viele unerfreuliche Dinge, die eine technisch begabte Person mit Computer-Link-Ausrüstung anstellen konnte.

Ich denke, ich habe die Sache für sie um ein ganzes Stück realer gemacht, dachte Leif. *Aber wir wissen nicht, wie skrupellos die andere Seite ist.*

Als sie im Hotel ankamen, wartete an der Rezeption eine Nachricht auf Leif. Der Angestellte rief sie auf seinem Display auf. »Ein Mr. Courcy versuchte, Sie zu erreichen«, las er vor.

Leif grinste. Alexis de Courcy gehört zu einer Gruppe reicher Kids, die versuchten, die Erinnerung an den Jetset und die europäischen Schickimickis in der heutigen Welt zu bewahren. Leif spielte manchmal den Playboy, Alex war wirklich einer. Und überraschenderweise war er auch ein sehr netter Kerl. Sie hatten sich in Washington, Paris, Tokio und Dutzenden weiterer Städten und Orten der Welt getroffen.

War Alex in der Nähe? Leif fragte, ob eine Nummer hinterlassen wurde.

Das war zwar der Fall, doch der Vorwahl nach war sein Freund in Washington.

Die Jungen gingen nach oben, und Leif steuerte direkt auf den Computer-Link-Stuhl der Suite zu. Die Ausstattung im Hotel war in einem viel besseren Zustand als das, was sie im Studio benutzten. Er glitt sanft ins Veeyar hinein – in diesem Fall in ein Duplikat des Wohnzimmers der Suite – und ging zu der Reihe von Symbolen, die auf dem Lampentisch lagen. Darunter befand sich ein stilisierter Blitz. Leif nahm ihn auf, wiederholte die Nummer, die er an der Rezeption erhalten hatte, und flog einen Augenblick später durch den Nachthimmel über eine unglaubliche, neonerhellte Stadtkulisse. Da er Zeit hatte und die Aussicht genießen wollte, nahm er die landschaftlich schönere Strecke.

Er hatte Las Vegas, die Stadt der grellen Lichter und leuchtenden Holo-Fassaden, bereits in der wirklichen Welt besucht. Doch die unglaubliche Größe, das Ausmaß und die Buntheit des Nets ließen das echte Las Vegas so ruhig und düster wie eine Bestattungshalle aussehen. Die virtuellen Gebäude bestanden völlig aus Licht: strahlendere, verfeinerte Versionen der leuchtenden Kraftfelder aus *Ultimate Frontier*. Leif flog an riesigen, funkelnden Wolkenkratzern und gewaltigen Schlössern vorbei, die sofort eingestürzt wären, wären sie aus Stein und Mörtel gewesen. Riesenhafte Logos stolzer Firmen blendeten ihn. Kleinere Firmen unterhielten hier und da bescheidenere Bereiche, eine wahre Erholung für die Augen. Durch die großen schwarzen Schluchten zwischen diesen Lichttürmen flimmerten kleinere Lichtlein wie Glühwürmchen, die ihren eigenen Weg suchten: Programmbefehle, Datenpakete und Veeyar-Reisende wie Leif.

Leif flog weiter durch das Netz, bis auch er seinen Bestimmungsort erreicht hatte. Es handelte sich um die virtuelle Replik eines Washingtoner Luxushotels – größer und beeindruckender als sein Gegenstück im realen Leben. Würde er an die virtuelle Rezeption geschickt werden, oder war dies ein direkter Anruf?

Er rauschte zu einem Fenster in einem der oberen Stockwerke und fand sich in einer Hotelsuite wieder, die der, die er gerade verlassen hatte, sehr ähnlich war – nur war diese hier luxuriöser.

Das Zimmer war leer, doch er hatte auch nicht erwartet, von Alex selbst empfangen zu werden. Offenbar war sein Freund noch nicht in der Veeyar. Bestimmt hatte er in seinem realen Zimmer bereits ein akustisches Signal gehört. Da ertönte Alex' Stimme in der virtuellen Kopie. »Ja?«

»Alex, hier ist Leif Anderson. Du hast mich angerufen?«

Einen Moment später erschien Alex im Zimmer und trat auf Leif zu, um ihm die Hand zu schütteln.

»Schön dich zu sehen, *mon ami,* auch wenn es nur dein virtuelles Ich ist.« Alex warf Leif einen amüsierten Blick zu. »Ich fliege aus westlichen Gefilden ein, nur um festzustellen, dass du selbst an die Westküste gereist bist. Deine Mutter hat mir von diesem virtuellen Rennen in Hollywood erzählt. Bist du in der Holo-Show dabei? Einige Leute würden alles dafür geben, auch nur eine winzige Rolle zu übernehmen! Ich erinnere mich da an Sylvie Lachance ...«

»Es hat ganz harmlos angefangen und wurde dann etwas spannender, als ich gehofft hatte«, sagte Leif. Er hatte schnell gelernt, dass Alex, wenn man ihn nicht unterbrach, ewig weiterreden konnte – unterhaltsam, aber eben stundenlang.

Leif erklärte, wie sie dazu gekommen waren, am Rennen teilzunehmen, und welche Komplikationen aufgetreten waren.

»Wahnsinn«, sagte Alex. »Ich weiß nicht, wie du immer in solche Situationen gerätst, mein Freund. Deine Konkurrenten scheinen das Ganze sehr ernst zu nehmen. Sie brauchen – wie war dieser charmante amerikanische Ausdruck? Ah ja – sie brauchen mehr Lebensart.«

»Tja, nicht jeder kann so nutzlos und charmant sein wie wir«, sagte Leif leichthin.

Alex lachte. »Einige scheinen sehr emsig zu sein. Eine alte Antennenschüssel zu benutzen, um die Strahlung eines Computers aufzufangen – ziemlich schlau.« Er warf Leif einen interessierten Blick zu. »Stellt die Firma deines Vaters eigentlich diese Laptop-Teile noch her? Ich habe ja einen gekauft, als du mir davon erzählt hast, ihn aber vor ein paar Monaten verloren. Das wird dir gefallen, eine witzige Geschichte.«

Er hat sich meine Geschichte angehört, dachte Leif. *Es ist nur höflich, jetzt ihm zuzuhören.*

»Auf einem Flug von München zu den griechischen Inseln gerieten wir in einen Sturm. Das Wetter kann über diesen Gebirgen grauenvoll sein. Mein Flugzeug wurde beschädigt, und der Pilot sagte, wir müssten sofort notlanden. Der nächste Flughafen befand sich in einer schrecklichen, düsteren Stadt. Ich dachte mir ›Das wird ein langweiliger Aufenthalt‹. Doch dann traf ich dieses süße Mädchen, blond, mit Grübchen, wenn sie lächelte.« Alex deutete zwei Punkte auf seinen Wangen an.

»Oh, na klar.« Leif verdrehte die Augen.

Alex lachte. »Nein, das ist nicht so eine Geschichte. Diese *belle femme* zeigte mir die wenigen Vergnügungsmöglichkeiten, die es in dieser Hinterwäldlerstadt gab – eine recht angenehme Zeit. Am nächsten Morgen stieg ich in mein Flugzeug, flog ab – und fand einen Ziegelstein in meinem Computerkoffer. Ja, die liebliche Ludmila war unbestreitbar ein teures Date.«

Leif hörte auf zu lachen. »Wie hieß die Stadt, in der du landen musstest?«

Alex zuckte, wie es sich für einen Franzosen gehörte, ausdrucksvoll mit den Schultern. »Einer dieser schrecklichen Balkanorte. Irgendwo in der Alliance de les Carpathes.«

So nannten die Franzosen die Karpatische Allianz. *Das muss ein Zufall sein,* sagte sich Leif. Laut fragte er: «Ich schätze, du hast kein Holo-Bild von ihr?»

»Nein«, erwiderte Alex. »Ich habe ein etwas romantischeres – oder besser altmodischeres – Souvenir. Warte mal.«

Er verschwand und tauchte eine Sekunde später wieder auf. »Ich musste es einscannen. In einem der Klubs, die wir besuchten, gab es *un photographe* – einen Fotografen –, der mit einer Kamera Sofortbilder schoss.«

Alex gab ihm ein dünnes Kunststoffblatt – das Bild der Sofortbildkamera. Es zeigte einen kleinen Tisch, wie ihn die teuren Klubs auf der ganzen Welt benutzten, um mehr Leute in die Sitzbereiche zu quetschen. Alex saß links und hatte für den Fotografen eine Augenbraue leicht verächtlich grinsend gehoben.

Rechts saß Ludmila, das Mädchen aus dem Rennteam der K. A., und zeigte lächelnd ihre Grübchen.

12

»Was ist los?«, fragte Alex. »Du siehst aus, als wäre dir ein Geist begegnet.«

»Das nicht gerade, aber du bist vielleicht mit einer Spionin ausgegangen«, erklärte Leif seinem Freund. »Das Mädchen gehört zu einem der Teams, die mit uns im Rennen konkurrieren – dem der Karpatischen Allianz. Wenn sie gewinnen, haben sie die Möglichkeit, sich die neueste Computertechnologie anzusehen oder gar mitzunehmen.« Er sah Alex an. »Hast du übrigens deinen nicht autorisierten Technologietransfer gemeldet?«

Alex verdrehte die Augen. »Ich wollte dich gerade fragen, ob du mir helfen kannst, den Laptop zu ersetzen, den ich verloren habe.«

»Der dir *gestohlen* wurde«, korrigierte Leif. Er erkannte, dass er bei seinem vergnügungssüchtigen Freund nicht viel erreichen würde. Also redeten sie eine Weile weiter, vereinbarten, sich zu treffen, sobald Leif in Hollywood fertig war und bevor Alex nach Paris zurückkehrte, und beendeten dann die Verbindung.

Leif sprang von seinem Computer-Link-Stuhl auf und ging durch die Suite, um seine Explorers-Kollegen zusammenzutrommeln. »Ihr werdet es nicht glauben«, erzählte er. »Der Freund, der mich angerufen hat, hatte vor kurzem einen außerplanmäßigen Zwischenstop in der Karpatischen Republik. Während er dort war, wurde er um Gepäck erleichtert.« Er fuhr fort, Alex' Geschichte wiederzugeben – und erzählte ihnen von dem Mädchen auf dem Foto.

»Bist du sicher, dass es dasselbe Mädchen war?«, fragte David.

»Es sei denn, es war ihr Zwilling oder Klon«, antwortete Leif.

»Sie ist nicht gerade leicht zu verwechseln«, gab Andy zu. »Wie sagtest du ist ihr Name? Ludmila?« Er grinste und imitierte die Stimme eines Holo-Sprechers. »Bleiben Sie dran! Es folgt die Sendung *Ludmila Popow, die sexy Spionin*!«

»Halt die Klappe, Andy«, sagte Leif leicht genervt.

»Wir dachten ja von Anfang an, dass das Team der K. A. etwas mit der Spionage zu tun hat«, stellte Matt fest. »Jetzt wissen wir, warum die sich mit der Art Computer auskennen, wie David sie benutzt.«

Leif zuckte nur mit den Schultern. »Der Beweis kommt etwas spät. Vielleicht wäre Wallenstein sofort eingeschritten, wenn wir ihm ein bestimmtes Team hätten liefern können, das etwas im Schilde führt. Nach dem Meeting heute Morgen wird *jeder* in die Trickkiste greifen und nicht ganz sauber spielen.«

»Zumindest wissen wir endlich, von wem wir uns fern halten sollten«, sagte Andy.

Leif musste ihm Recht geben.

Ich frage mich, ob mir Jorge aus Corteguay am Ende noch Leid tun wird, dachte er.

An diesem Abend stiegen Leif und die anderen Explorers nach einer kleinen Pause und einer wunderbaren Mahlzeit in ihren Mietwagen und fuhren zu den Pinnacle-Studios. Die Besucherparkplätze waren ziemlich weit von der Villa Einsturz entfernt, doch sie gingen die Strecke zu Fuß, da sie noch viel Zeit hatten. Leif grinste, als er den kleinen Papierfetzen sah, der in ihrer Bürotür steckte. Er und die anderen Jungen nahmen auf den Computer-Link-Stühlen Platz und stellten die Verbindung zur Veeyar her.

Leif wartete in seinem virtuellen Büro, bis David ihn rief und das Okay gab. »Soweit ich erkennen kann, wurde nichts verändert«, berichtete sein Freund. »Ich habe alle Warnvorrichtungen überprüft und die Schiffsdaten mit unserer Sicherheitskopie verglichen. Alles passt. Ich glaube, es ist in Ordnung.«

Einen Augenblick später hatte Leif das Symbol der *Constellation* aufgenommen und erschien auf der Brücke der *Onrust*. Jedes der Mannschaftsmitglieder überprüfte seine Anzeigen. Dank der Zauberkraft der Computer waren mehrere Reisetage im Hyperraum zu weniger als einer Stunde Simulationszeit zusammengeschmolzen, wobei die Simulationen auf den jeweiligen Eintritten der Rennschiffe in den Hyperspace und den Stellungen der Kraftfeldsegel beim Einhängen in die Hyperspace-Strömungen beruhten.

Im Moment war die Zeit noch angehalten, und die

Schiffe standen am Beginn der Austrittspositionen – vor ihnen lag die Zielzone, in der sie in den normalen Raum zurückkehren, weiter in das Sternensystem vordringen, die Rennboje passieren und zu ihrem nächsten Ziel aufbrechen würden.

Sie alle kannten die Gefahren dieser speziellen Umgebung. Die Strömung, in die sie sich eingehängt hatten, führte über den Stern hinaus und kam einem Schwarzen Loch auf der anderen Seite des Systems gefährlich nahe. Schiffe, die zu lange im Hyperspace blieben, konnten sich schnell auf einer Einbahnstraße ins Vergessen wiederfinden.

»Dieser corteguayanische Kadett, den ich bei Ludmila gesehen habe, hat große Sprüche darüber gemacht, wie perfekt sein Kumpel die Programmierung des Austritts vorgenommen hat«, sagte Leif. »Er behauptete, dass sie bis zur letzten Nanosekunde drin bleiben können.«

»Unsere Programmierung ermöglicht uns auch ein paar flotte Manöver«, versicherte ihm David. Er blickte auf die Uhr. »Ich denke, wir werden recht bald herausfinden, wer das bessere System hat.«

Wie auf Kommando verdunkelten sich die Lichter, und Hal Fosdykes Stimme erklang, um die Bereitschaft aller Teams zu überprüfen. Sobald sich der letzte Teilnehmer gemeldet hatte, begannen die Spezialeffekt-Leute mit dem Count-down.

Die Grafik auf dem Bildschirm erwachte plötzlich zum Leben. Es lagen vier Schiffe vor ihnen in der Strömung – das thurianische Schwertschiff, ein vakeranischer Späher, das corteguayanische Schiff und der umgebaute Stürmer der Setangis. Aufgereiht wie die größte Perlenkette der Welt, schwammen die übrigen Schiffe, die noch im Rennen waren, hinter ihnen in der Strömung.

Während Leif sie beobachtete, erlosch bei einigen Schiffen hinter ihnen das zarte Glühen der Kraftfeldsegel. Dann verschwanden sie aus dem Hyperspace, um in das trübe, alltägliche Universum zurückzukehren.

Wenn sie vorher bereits zurücklagen, wird sich der Abstand jetzt noch vergrößern, dachte Leif.

Er spielte noch einmal in seinem Kopf ab, was geschehen würde, wenn der Zeitpunkt da war. Zuerst musste er einige winzige Korrekturen an der Ausrichtung der Kraftfeldsegel vornehmen, um das Schiff leicht zu wenden und es aus der Hyperspace-Strömung, in der sie eingehängt waren, ausbrechen zu lassen. Dann hieß es, die Segel herunterzunehmen und den Energieverbrauch möglichst zu minimieren, damit den Triebwerken für den Austritt aus dem Hyperspace die volle Kraft zur Verfügung stand.

Jede Handlungssequenz war bereits programmiert und konnte sofort aktiviert werden, sobald sie den Punkt erreichten, den David für den optimalen Austritt berechnet hatte. Sie hatten die Möglichkeit zu manuellen Eingriffen beibehalten, um auf Unvorhergesehenes reagieren zu können, doch das Timing war so entscheidend, dass es sinnvoller war, die Durchführung dem Computer zu überlassen, solange alles nach Plan lief. Zögern oder Versagen würden zur Katastrophe führen – sie würden den Hyperspace nicht rechtzeitig verlassen können und beinahe mit Lichtgeschwindigkeit in den Rachen des Schwarzen Lochs geschleudert werden.

Fast wie die letzte Haltemöglichkeit für ein Kanu vor dem Wasserfall, dachte Leif.

Weitere Schiffe hinter ihnen traten aus dem Hyperspace aus. *Vielleicht fürchten sie nicht um ihre Leute oder Maschinen,* dachte Leif. *Vielleicht wollen sie bei dem Schwarzen Loch nur auf Nummer sicher gehen. Vielleicht sind sie aufgrund dieser Vorsicht hinter und nicht vor uns.*

Dann waren es nur noch fünf Schiffe. David sagte Matt, er solle die Heckansicht ausschalten und sich auf die Schiffe konzentrieren, die sie verfolgten.

Das thurianische Schwertschiff sah aus wie eine wunderschöne, aber tödliche Waffe. Der setangische Stürmer war klar und aerodynamisch geformt wie ein Schiff, dessen Aufgabe es war, sich durch die Atmosphäre zu schneiden. Dazu war er auch gedacht: Er sollte auf fremden Planeten landen und Handelsverbindungen aufbauen – oder sich in ganzen Schwärmen auf sie stürzen und sie ausplündern.

Leifs Blick fiel auf das vakeranische Rennschiff. Es war ebenfalls einem Kriegsschiff nachempfunden. In der Serie waren die Vakeraner eine streitsüchtige Rasse, die in einer lockeren Planetenföderation zusammenlebte, unter deren Mitgliedern es oft zu Streit und sogar zu Kämpfen kam. Ihre Kampfschiffe waren ihre Lieblingswaffe – sie waren klein, schnell und tödlich und konnten wochenlang von ihren Mutterschiffen getrennt agieren.

Die corteguayanischen Kadetten hatten als Grundlage für ihren Entwurf die besten vakeranischen Langstreckenkampfschiffe ausgewählt. Leif hatte die vakeranischen Schiffe immer für anmutig gehalten, doch das Rennschiff der Corteguayaner schien ohne die Waffengondeln etwas verloren zu haben. So entblößt, vermittelte die Rumpfform nicht nur den Eindruck von Schnelligkeit, sondern auch von roher, brutaler Gewalt. *Kein fliegender Fisch,* dachte Leif, *sondern eine fliegende Faust.*

»Wir sind gleich da«, kündigte David an und über-prüfte die Daten, die an den Armlehnen seines Sessels ausgegeben wurden. »Fertig, Leif?«

Leif wurde aus seinen Gedanken gerissen und wandte seine Aufmerksamkeit seinen Instrumenten zu. »Fertig, Kommandant.«

Auf dem Bildschirm vor ihnen flackerte es. »Die Thurianer sind so weit«, berichtete Matt. Während er das sagte, verschwand das Schwertschiff – zumindest aus dem Hyperspace.

»Da waren's nur noch drei«, sagte Andy.

»Ich dachte, die Setangis würden zuerst aussteigen«, sagte Matt. Die Setangi-Technologie war nicht so weit entwickelt wie die der anderen Rennschiffe. Das glichen sie jedoch durch die Geschicklichkeit ihrer Kommandan-ten aus.

»Entweder hat ihr Kommandant gute Nerven – oder nichts zu verlieren«, sagte David.

Der Stürmer der Setangis löste sich mit einer heftigen Drehung seiner Kraftfeldsegel aus der Strömung. Dann brachen die Segel zusammen, und der Stürmer war ver-schwunden.

»Kommandant«, sagte Andy und blickte auf seine Konsole. »Sind wir nicht verdammt nah dran?«

»Ich habe es exakt berechnet. Noch nicht ganz«, erwi-derte David gelassen.

Sie rauschten durch den Hyperspace, und jede Se-kunde brachte sie weiter und weiter von den Verfol-gern weg.

Natürlich lag das vakeranische Schiff noch *vor* ihnen.

Leif wurde es etwas mulmig zumute.

Das ist wie eine Mutprobe, dachte er. *Wer gibt zuerst auf?*

»David, wir sind fast über den Punkt hinaus«, sagte Andy und nahm Leif damit die Worte aus dem Mund.

David beobachtete das andere Schiff, ohne seine Instrumente aus den Augen zu lassen. Sie hatten den Punkt, den David für ihren Wiedereintritt gewählt hatte, exakt erreicht. »Jetzt!«, sagte er.

Der Computer initiierte die Sequenzen, eine nach der anderen.

Wenn irgendetwas zu langsam läuft, hängen wir fest, dachte Leif.

Um sich von dieser Überlegung abzulenken, starrte er auf den Bildschirm. Das vakeranische Schiff schien den Ausstieg im selben Moment eingeleitet zu haben wie die *Onrust*.

Zumindest versuchte es das.

Irgendetwas schien mit den Kraftfeldsegeln des Kampfschiffs nicht zu stimmen. Anstatt sich flott zu wenden, um das Schiff loszulösen, bewegten sich die Segel nur träge. Das Schiff wurde in der Strömung mitgerissen.

»Kappt die Segel und raus mit euch!«, murmelte David.

Doch die Segel blieben für einige fatale Millisekunden in der Strömung gefangen.

»Sie haben den Punkt verpasst!«, schrie Matt. »Ich glaube nicht, dass sie es schaffen!«

Die *Onrust* setzte aus dem Hyperspace über. Auf den Scannern wechselte der gespenstische Nebel des Hyperspace zu dem mit Sternen gesprenkelten Mitternachtsschwarz des Weltalls. Von dem vakeranischen Schiff war nichts zu sehen.

»Sie sind nicht rausgekommen!«, sagte Andy. »Nächster Halt Schwarzes Loch!«

David hatte jedoch keine Zeit, sich Gedanken über ihre Mitstreiter zu machen. »Matt, wir sollten eigentlich dort herauskommen, wo die Rennleitung die Boje platziert hat. Wo ist sie?«

»Scanning läuft«, sagte Matt und ließ die Umgebung absuchen.

Seine Stimme klang verlegen, als er Bericht erstattete. »Sie ist nicht da, wo sie sein sollte, Kommandant.«

»Was?« Die verschiedensten Gefühle spiegelten sich in diesem einen Wort wider.

»Sie ... sie hat sich bewegt.«

David ließ eine Hand auf die Armlehne seines Sessels krachen. »Ein Trick! Daran hätte ich denken müssen. Die sagten uns, wo die Boje beim Start des Rennens sein würde! Doch das Schwarze Loch hat alles durcheinander gebracht! Die Boje ist weggetrieben!«

Matt bestätigte Davids Worte. »Sie ist einige Millionen Meilen hinter uns – genau da, wo die Thurianer ausgestiegen sind.«

David wandte sich an Andy. »Berechne einen Kurs, der uns an der Boje vorbei aus diesem System führt. Ich wette, wir schlagen die meisten anderen trotzdem noch.«

Die meisten anderen – obwohl es scheint, als hätte Vorsicht einen unerwarteten Bonus in dieser Runde eingebracht, dachte Leif. *Aber wie weit werden wir hinter den Thurianern liegen? Und wie konnten die Thurianer den kleinen Trick mit der Boje und dem Schwarzen Loch durchschauen?*

Sie wandten das Schiff bei maximaler Unterlicht-Manövergeschwindigkeit. Leif sah die Boje nicht einmal, als sie sie passierten. Er war damit beschäftigt, den nächsten Eintritt in den Hyperspace vorzubereiten. Von hier aus würden sie nicht aus dem Winkel auf die Hyperspace-Strömung treffen, den sie berechnet hatten. Leif musste die Segel neu ausrichten, um in der Strömung Halt zu finden.

Auf dem Bildschirm zeichnete sich etwas ab und schoss dann an ihnen vorbei.

Eines der ankommenden Schiffe, dachte Leif. *Zumindest sind fast alle anderen auch in derselben Situation wie wir.*

Sie überholten weitere Schiffe, erreichten den Eintrittspunkt und setzten in den Hyperspace über. Dann hieß es warten, bis die zurückgebliebenen Schiffe die Boje passiert hatten und aus dem System verschwunden waren.

Matt verbrachte die Zeit damit, die Reichweite der Scanner voll auszuschöpfen, um festzustellen, wer vor ihnen lag. »Wir haben unsere Position gehalten. Die meisten Schiffe sind wegen des Schwarzen Lochs früher ausgestiegen, deshalb hatten sie sogar eine noch größere Distanz zur Boje als wir. Es liegen vier Schiffe vor uns«, berichtete er. »Die Thurianer, die Setangi, die Laraganten und die Karbiges.«

Letzteres war eine wirkliche Beleidigung. Die Karbiges waren eine Rasse lebender Kristalle. Ihre Raumschiffe sahen aus wie pockennarbige Asteroiden. Zumindest wirkten die anderen Schiffe vor ihnen cool. Aber von einem fliegenden Felsbrocken geschlagen zu werden!

»Im nächsten System machen wir es besser«, versprach David. »Aber diesmal versichern wir uns, dass es keine versteckten Überraschungen mehr gibt. Ich will jede mögliche Verschiebung der Bojen berechnet haben, bevor wir uns zum Ausstieg bereit machen«, fügte er mit einem bedeutungsvollen Blick auf Andy und Matt hinzu.

Leif konzentrierte sich auf die Anzeigen seiner Systeme. *Zum Glück ist das nicht meine Schuld gewesen,* dachte er.

Die Lichter flackerten, und Hal Fosdykes Stimme erfüllte den Raum. »Klappe ... Danke, Leute.«

Leif und die anderen beendeten ihre Verbindungen und fanden sich in ihrem schäbigen kleinen Büroraum wieder.

»Ich frage mich, was bei dem vakeranischen Schiff schief gelaufen ist«, sagte David. »Sie waren am richtigen Punkt, als sie mit ihrem Austritt begannen, auch wenn sie ihn fast überschritten hatten. Warum sind sie so langsam geworden?«

»Wir könnten sie fragen«, sagte Andy. »Sie sind nur drei Türen weiter.«

»Woher weißt du das?«, frage Matt.

Andy zuckte mit den Schultern. »Was soll ich sagen? Ich gucke gern in halb geöffnete Türen. Bin eben neugierig.«

»Lasst uns von hier verschwinden«, sagte Leif. Er achtete darauf, der Letzte zu sein, und steckte einen Papierschnipsel in den Türrahmen, bevor er ging.

Andy deutete mit dem Daumen auf eine Tür weiter unten am Gang. »Da drin sitzen die geschlagenen Nachwuchssoldaten, falls ihr mit ihnen sprechen wollt.«

Die Tür öffnete sich in dem Moment, als er darauf deutete. Ein kleiner, aufgeregt aussehender Junge trat auf den Gang und blickte zurück. Er beschimpfte jemanden in ziemlich rüdem Spanisch. Der Nächste, der herauskam, war Jorge. Der große, gut aussehende Junge wirkte, als hätte man ihm mit einem Hammer mitten zwischen die Augen geschlagen.

Der kleinere Junge – der Kommandant des Teams, wie

man aus seiner Art, mit Jorge umzugehen, erkennen konnte – stapfte zu den Explorers herüber.

»Sagt mir eins!«, begann er kurz angebunden. »Ist nicht autorisierte Computerkommunikation in diesem Land legal?«

»Nicht autorisiert?«, fragte Matt.

Der corteguayanische Kommandant machte eine wortlose, wütende Geste. »Ankündigungen. Werbung. Mitteilungen über offensichtlich nutzlose Produkte und Dienste.«

»Oh«, sagte Andy. »Du meinst Spam.«

Vor über dreißig Jahren hatte man elektronischer Werbepost den Spitznamen »Spam« gegeben. So wie Kataloge, Bittbriefe und Wahlwerbung früher die Briefkästen der wirklichen Welt überfüllt hatten, gab es inzwischen Firmen, die es mit ihren Mailing-Listen auf mögliche Kunden und Anhänger abgesehen hatten. Spam war definitiv etwas Lästiges ...

Oh-oh, dachte Leif.

»Wie konntet ihr das zulassen?«, bedrängte sie der corteguayanische Junge, offensichtlich schockiert darüber, dass die Amerikaner Spam-Sendungen akzeptierten. »Jeder, der unsere Netzwerke für so einen Müll missbraucht, wird bestraft.«

»Ein Land ohne Spam«, sagte Andy sehnsüchtig.

O ja, dachte Leif. *Viele Dinge schaffen es nicht über die corteguayanische Grenze. Zum Beispiel Freiheit. Die Regierung dort möchte nicht, dass das Volk weiß, wie es im Rest der Welt aussieht.*

»Hattet ihr Probleme mit dieser, äh, unautorisierten Post?«, fragte Leif.

»Probleme?« Der corteguayanische Kommandant zitterte vor Zorn. »*Probleme?* Das kann man wohl sagen.

Anscheinend hat dieser *Trottel* hier seine private Netzadresse weitergegeben.« Wenn Blicke hätten töten können, hätte sich der arme Jorge auf dem Boden gewun-
den. »Er empfing Nachrichten, während wir aus der
Strömung aussteigen wollten. Viele, viele Nachrichten.
Und unser Jorge dachte, es wären Liebesbriefe von einem hübschen Mädchen, und musste sie unbedingt herunterladen. Irgendwie wurde dadurch unser Computer
in Mitleidenschaft gezogen. Wir konnten uns nicht
rechtzeitig herauslösen.«

»Autsch«, murmelte Andy.

Leif ignorierte den Versuch seines Freundes, witzig zu
sein. »Wäre es möglich, dass wir diesen Postverkehr zu
Gesicht bekommen?«, fragte er.

Der corteguayanische Kommandant zuckte dramatisch mit den Schultern. »Warum nicht? Gib den Herren
deine Adresse, Jorge. Sie ist ja sowieso kein Geheimnis
mehr.«

Unterwürfig nannte Jorge die Adresse, die ihm von
Pinnacle zugeteilt worden war.

*Ich denke, er hat seiner Karriere beim Militär heute
Abend keinen Gefallen erwiesen,* dachte Leif.

Leif dankte dem vor Wut kochenden Kommandanten
und seinem glücklosen Untergebenen. Er erhielt nur eine
vage Antwort. Der Anführer der Corteguayaner sammelte seine Crew um sich und marschierte dann energisch
den Gang hinunter.

Andy beobachtete ihren Abgang. In seinen Augen
glänzte unterdrückter Spott.

»Gespammt«, murmelte er. »Er glaubt, sie sind zu Tode
gespammt worden?«

13

Leif saß im Wohnzimmer der Net Force Explorers-Suite und blickte auf den Bildschirm des Computers. Er überprüfte anhand der Firmenadresse des armen Jorge und des Zugangscodes, den er erhalten hatte, die Nachrichten, die bei dem corteguayanischen Kadetten während ihres Versuchs, aus dem Hyperspace auszutreten, eingegangen waren.

Seine Freunde lachten noch immer über die ihrer Meinung nach allzu fantastischen Anschuldigungen. »*Komm schon*, Leif«, sagte Andy. »Du glaubst diesen corteguayanischen Spinnern doch nicht wirklich, oder? Die gesamte Spam-Post der Welt hätte ihren Schiffscomputer nicht verlangsamen können. Diese Schiffe haben genug Speicherkapazitäten, und außerdem gibt es doch Filter – die Kommunikationsverbindungen wären abgestürzt, bevor genug Spam in das System eingedrungen wäre und so etwas verursacht hätte.«

Und doch schien es, als wäre Jorge in diesem kurzen Zeitraum unglaublich beliebt geworden. In den Minuten während der Aufzeichnung der Rennszene gab es buchstäblich hunderte Eingänge. Presseveröffentlichungen, Mitteilungen, Informationsbriefe mit beigefügten Dateien und einige formlose Schreiben – das alles war während der entscheidenden Augenblicke des Rennens durch das Netz an Jorges Adresse geleitet worden.

Inmitten dieser Menge von Tetrabytes hatte nach Leifs Überzeugung jemand einen Satz äußerst fieser Überraschungen versteckt. Matt blieb neben Leif stehen, als er auf dem Weg zum Mini-Kühlschrank war, um sich eine

Limo zu holen, und blinzelte ungläubig auf den Bildschirm.

»Was *ist* das alles?«, fragte er und deutete auf eines der durchlaufenden Dokumente. »Ich hatte ein paar Jahre Spanisch, also weiß ich, dass das *nicht* Spanisch ist. Es sei denn, die Leute in Corteguay verwenden ein vollkommen anderes Alphabet.«

»Da hast du Recht«, sagte Leif. »Es ist Kyrillisch, das man für Russisch und andere slawische Sprachen benutzt.«

Andy sah herüber und bedachte seinen Freund mit einem Seitenblick. »Erzähl mir nicht, dass du das lesen kannst.«

Leif schüttelte kurz den Kopf. »Nicht wirklich«, gab er zu. »Doch ich verstehe hier und da ein Wort oder einen Satz. Hier zum Beispiel. Anzeige anhalten.«

Der Computer hielt die über den Bildschirm laufenden Buchstaben sofort an, und Leif beugte sich vor und zeigte auf etwas. »Seht ihr diese Wörter? *Savez Karpaty*? Das ist der nationale Ausdruck für Karpatische Allianz. Soweit ich sehen kann, sind das Stellungnahmen und Presseveröffentlichungen, die die Position der K. A. gegenüber Weltereignissen erklären.«

»Genau das, was einen corteguayanischen Kadetten brennend interessiert«, kicherte David beim Anblick des Gekritzels.

»Es ist das, was ein corteguayanischer Kadett erhalten könnte, wenn er seine Computeradresse an ein hübsches Mädchen aus dem Team der Karpatischen Allianz weitergibt«, erwiderte Leif. »Ich habe ihn dabei beobachtet, also ist es kein großes Geheimnis, wie sie an seine Adresse gekommen ist. Mich erstaunt nur Folgendes.«

Er gab dem Computer noch einige Befehle, und ein neues Dokument erschien auf dem Bildschirm:

An alle freien Männer und Frauen!
Tretet dem Kampf bei und zeigt eure wahre Gesinnung! Schützt eure Individualität, indem ihr euch Gleichgesinnten anschließt! Vereint euch und übt die Macht des Willens durch Massenaktionen aus!
Der Kampf ist unablässig – der Feind verfügt über unendliche Ressourcen. Doch die Dynamik ist nie im Gleichgewicht. Die Leugner der Seele werden vielleicht einen andauernden Zustand anstreben, doch der Triumph des Willens steht nahe bevor. Revolution ist wie Erdbeben oder Überschwemmungen immer möglich.
Es liegt in der Macht der Seele jedes Individuums, es den alten Meistern gleich zu tun, es zu wagen ... es zu tun. Die Autoritäten wollen Macht durch ein Monopol auf Regeln für sich gewinnen. Doch der Wille, ein solches Hemmnis für den menschlichen Geist zu verweigern, wird unaufhaltsam, wenn er mit der Energie verwandter Seelen vereint wird. Die einzige Gefahr besteht dann noch in falschen Propheten, Möchtegern-Meistern, die ihre eigene Predigt verkünden wollen.

Nun wies David den Computer an, den Durchlauf zu unterbrechen. »Es scheint Englisch zu sein«, sagte er und schüttelte den Kopf. »Doch es ergibt genauso wenig Sinn, wie dieses kyrillische Zeug vorhin.«
Leif befahl dem Computer, das übergeordnete Menü zu öffnen. »Der Absender wird als ›Die Weisheit von AL‹ bezeichnet.«

»Ich weiß nicht, ob AL weise ist, doch offensichtlich
ist er irgendwo da draußen.« Andy sah Leif verwirrt an.
»Was ist das, eine Art Spinner-Religion?«

»Das könnte man aus dem Sprachstil schließen«,
räumte Leif ein. »Aber ob ihr es glaubt oder nicht, das ist
Teil einer politischen Debatte.«

Andy brach in lautes Gelächter aus. »Komm schon,
Anderson, spann mich nicht weiter auf die Folter!«

Doch Leif schüttelte ernst den Kopf. »AL ist keine Person. Es sind die zwei Buchstaben ›A‹ und ›L‹ – sie stehen
für die anarchistisch-libertäre Bewegung. Nach meinen
Erkenntnissen gehört die Net-Seite, von der diese Nachricht stammt, einer kleinen Gruppierung in Idaho. Sie
haben mit Elrod Derle gebrochen und ihre eigene Split-
tergruppe gebildet – oder eher ihre eigene Ketzergrup-
pe.«

»Ich dachte, dieses ›Predigt nach Derle‹-Zeug wäre nur
ein PR-Gag«, sagte Matt. »Ihr wisst schon, um die Leute
auf sich aufmerksam zu machen.«

»Vielleicht ist das ja auch so, doch diese spezielle
Gruppe hat definitiv eine religiöse Tendenz – eine Art
Messias-Komplex.« Leif löschte die Propaganda vom
Bildschirm und kehrte zum Mail-Menü zurück. »Derle
mag den Baum der anarchistisch-libertären Bewegung
gepflanzt und ihn mit viel Geld bewässert haben ...«

»... doch jetzt produziert er seine eigenen Früchte«,
beendete Andy den Satz.

Leif nickte. »Leute mit den verschiedensten extre-
mistischen Ansichten haben erkannt, dass sie sich
unter der anarchistisch-libertären Haube versammeln
können. Derle selbst plante es als Basisbewegung ohne
feste Form. So konnten sie durchsetzen, dass Sechzehn-
jährige Auto fahren dürfen – und gleichzeitig darauf

drängen, die Todesstrafe für Unfallverursacher einzuführen. Rechtsextremistische Typen, die glauben, dass die Menschen ihre festgefahrenen Prinzipien aufgeben müssen, und altmodische Linke, die es für eine Katastrophe halten, dass die Leute ihrem historischen Kampf den Rücken gewandt haben, können zusammen aufmarschieren – neben Nudisten, Menschen, die Nuklearwaffen legalisieren wollen, und Fanatiker, die befürchten, dass jede andere Rasse ihrer eigenen vorgezogen wird.«

Er sah seine Freunde an. »Kommt euch das allmählich bekannt vor?«

»Ein solcher Mischmasch von Ideologien ... klingt nach der K. A.«, grinste Andy. »Oder nach der S. K., wie sie sich wohl selbst nennt.«

»Die Antwort lautet jedenfalls Karpatische Allianz«, sagte Leif ernst. »Einige von Derles extremeren Randgruppen propagieren den Einzelkampf. Und was wäre in der wirklichen Welt ein besseres Beispiel als die Karpatische Allianz?«

Matt verzog das Gesicht. »O ja, diese Typen *müssen* sich allein durchkämpfen. Sie sind ein Pariastaat – internationale Kriminelle. Kein Land mit Selbstachtung würde etwas mit ihnen zu tun haben wollen.«

»Und sie werden mit Sanktionen und Embargos bestraft«, fügte David hinzu. »Was sie als Auswuchs des Regelmonopols sehen.«

»Meinen die das ernst?«, fragte Matt.

»Wer weiß das schon?«, sagte Leif ehrlich und sah die Eingänge weiter durch. »Ernst gemeint oder nicht, gewollt oder unabsichtlich, ich denke, sie haben bei der Sabotage des corteguayanischen Teams mitgeholfen.«

Er hielt plötzlich inne. Am Kopf der Liste stand eine

Adresse aus der Karpatischen Allianz – eine persönliche, keine Regierungsadresse. Eine große Datei.

Das müssen Ludmilas Bilder sein, dachte Leif und fühlte, wie sein Gesicht heiß wurde.

Andy musste etwas in seiner Miene bemerkt haben. »Was ist das?«, fragte er.

»Nichts«, erwiderte Leif etwas zu heftig. »Das hat Ludmila an Jorge geschickt.«

»Schweinkram?«, sagte Andy und lachte. »Zeig doch mal.«

»Ich ...« Leif war wütend, dass er über seine eigenen Worte stolperte, während er auf die Nachricht zugriff und die Datei herunterlud. Er schuldete Ludmila überhaupt nichts. Tatsächlich war ihm der Gedanke bereits durch den Kopf geschossen, diese Datei irgendwo abzuspeichern. Wenn es Ludmila nicht peinlich war, so etwas durch das Netz zu schicken, warum sollte es ihm dann etwas ausmachen?

Doch er schämte sich. Für sie.

Matt johlte, als sich auf dem Display ein Bild aufbaute – Ludmila, die sie mit einem schelmischen Grinsen anblickte.

»Die K. A.-Computer müssen in der Steinzeit hergestellt worden sein«, murmelte David. »Wie langsam das Bild heruntergeladen wird.«

Leif musste beinahe lachen. Es war klar, dass David die technischen Aspekte kommentierte, während er ein schmutziges Bild im Netz ansah.

Ludmilas nackte Schultern wurden erkennbar.

»Wenn sie einen Badeanzug anhat, kann er nicht sehr groß sein«, murmelte Matt.

Leif wollte gerade den Befehl zum Abbrechen des Downloads herausschreien, als etwas Seltsames mit dem Hologramm geschah. Es zeigte nichts mehr von Ludmila. Stattdessen erschien ein großer, virtueller Fleck auf dem Display, ein schmutziges, giftig aussehendes, glühend grünes Ding, das das Bild zu zerfressen schien.

»Ein Virus!« David rief dem Computer Befehle zu. Dieser bemühte sich, seinen Kommandos zu folgen, lief aber immer langsamer.

Genauso, wie das Programm des corteguayanischen Teams während des Rennens zu stocken schien, dachte Leif. Er konnte das Szenario beinahe vor sich sehen. Kurz vor dem Rennen lädt Jorge herunter, was er für feurige Bilder von Ludmila hält. Er öffnet die Datei, die langsam ihr Gesicht erschienen lässt. Jorge speichert die Datei ab, um sich später daran zu erfreuen, und merkt nicht, dass er einen tödlichen Virus in das System seiner Mannschaft eingeschleust hat.

Und wieder ein Konkurrent weniger.

Der Computer reagierte wieder und wurde schneller, als David mit vor Ärger angespanntem Gesicht weitere Befehle rief. »Das sieht nicht gut aus. Es hat sich selbst zerstört und gelöscht.«

»Können wir eine Kopie herunterladen?«, fragte Leif. »Es wäre nicht schlecht, einen Beweis zu haben, wenn wir die Net Force einschalten.« Er sah seine Explorers-Kollegen an. »Ich meine, wir werden sie doch darüber informieren, oder?«

Am Ende stimmten die anderen Leif zu, doch sie fanden keine Beweise. Als sie versuchten, erneut auf die Adresse zuzugreifen und eine weitere Kopie zu machen, war die Dateigröße plötzlich auf Null zusammengeschrumpft. Deshalb entschied sich Leif, Captain James

Winters, den Verbindungsmann der Explorers zur Net Force, anzurufen. Als er die Nummer wählte, rechnete er damit, eine Nachricht im Büro des Captains hinterlassen zu müssen.

Als der Hörer abgenommen wurde, war er recht überrascht. »Winters«, meldete sich eine barsche Stimme am anderen Ende.

James Winters war kein aufgepeppter Babysitter. Er war einst bei den Marines gewesen und hatte während der letzten Balkankrisen Truppen angeführt. Dann war er der Net Force als Feldagent beigetreten.

Nachdem er seinen Vorgesetzten die Idee, eine Jugendorganisation wie die Net Force Explorers aufzubauen, schmackhaft gemacht hatte, formte er die Gruppe mit kampferfahrener, pragmatischer Hand. Als die Kids merkten, dass sie nützlich sein konnten, gaben sie einhundert Prozent. Und Winters stand hundertprozentig hinter ihnen – sie waren seine Leute, genauso wie die Marines in seiner alten Kampftruppe.

Trotzdem war es eine Überraschung, den Captain in seinem Büro vorzufinden, da es an der Ostküste ja schließlich drei Stunden später war.

»Hier spricht Leif Anderson, Captain. Ich wollte eigentlich nur eine Nachricht auf Ihrem Anrufbeantworter hinterlassen ...«

»Es ist der Fluch jeder Organisation, Papierarbeit zu verursachen«, erklärte Winters mit angewiderter Stimme, »auch wenn wir angeblich eine papierlose Gesellschaft geschaffen haben. Virtuelles Papier. Computerdaten aktualisieren. Jeder Tag hat nur eine begrenzte Anzahl an Stunden, und in einigen davon versuche ich eben, ein bisschen Arbeit zu erledigen.« Seine Stimme veränderte sich. Leif konnte das Geräusch des mentalen Getriebes in Winters' Kopf beinahe hören. »Wie gefällt es dir und den anderen in Hollywood?«

»Wir haben einige Leute kennen gelernt, die Sie auf die eine oder andere Weise sehr interessant finden würden«, sagte Leif. »Sie glauben daran, dass es weniger Regeln und noch weniger Regierung geben sollte.«

»Ich dachte, das versuchen wir seit dreißig Jahren zu erreichen«, grollte Winters.

»Für die anarchistisch-libertäre Bewegung ist das wohl nicht genug«, erwiderte Leif.

»Diese Kerle, hä?« Nun klang der Captain auf grimmige Weise amüsiert. »Ja, die sind heutzutage in Kalifornien der Hit. Besonders in Hollywood.«

»Ich interessiere mich mehr für die Gruppe in Idaho«, sagte Leif. »Sie scheinen der Karpatischen Allianz den einen oder anderen Gefallen zu tun.«

»Ich habe keine Ahnung, warum jemand mit diesem Haufen Hundescheiße in menschlicher Form irgendetwas zu tun haben will«, sagte Winters. »Doch es gibt einige anarchistisch-libertäre Fraktionen, die daran glauben, dass die K. A. ihr Ideal von ›Macht durch Kampf‹ verkörpert.«

Seine Stimme klang angeekelt. »Sie sind leichtgläubig, aber für unsere karpatischen Freunde sehr nützlich. Das verschafft ihnen potenzielle Agenten inmitten des Landes, das sie als ihren größten Feind betrachten. Agenten mit Einfluss auf die Medien ... und vergesst nicht, Kalifornien ist immer noch eines der Zentren für technologische Innovation. Ich glaube nicht, dass sie viele Freiwillige finden würden, um unschuldige Menschen in die Luft zu jagen. Aber wenn es etwas Einfacheres gibt, um einen Staat, der sich allein durchkämpft, zu unterstützen ...«

»Ich denke, Sie haben Recht, Sir«, sagte Leif. Er skizzierte kurz, was sich beim Großen Rennen abspielte – und was der potenzielle Preis für die Sieger war.

»Spionage, Eindringen von fremden Nationen in US-Firmensysteme und Sabotage«, sagte Winters und fasste seinen Bericht zusammen. »Oder übereifrige Teenager, zu große Hoffnungen ... und ein Mädchen, das einem aufdringlichen Latinlover zeigt, wo es lang geht.« Er seufzte. »Ich will euren Bericht nicht verharmlosen, ich will euch nur zeigen, wie Pinnacle Productions es darstellen wird, wenn wir darum bitten, uns in die Angelegenheit einschalten zu dürfen.«

»Glauben Sie wirklich, dass sie Sie abblocken würden?«

»Würde die Firma deines Vaters eine Untersuchung der Regierung willkommen heißen?«, fragte Winters frei heraus.

Leif antwortete nicht.

»Pinnacle ist ein großes Unternehmen mit sehr viel Einfluss. Doch ich werde die Räder in Gang setzen.« Winters schlug einen scherzhaften Ton an. »Der einfachste Weg, um damit fertig zu werden, wäre, dass ihr das Rennen gewinnt und ihnen den Zugang zur hoch entwickelten Technologie verweigert.«

Er lachte. »Macht euch keine Sorgen, ich werde nicht für euch das Fähnchen schwenken. Wir drücken euch alle die Daumen, aber für den Fall der Fälle werde ich beim Staat und beim Zoll einigen Leuten die Augen öffnen. Die Embargos sollten verschärft werden.«

Dann zögerte der Captain eine Sekunde. »Haltet die Augen offen, falls es weitere interessante Ereignisse gibt. Aber tut mir einen Gefallen. Bringt euch nicht in Gefahr.«

»Wir?«, sagte Leif mit unschuldiger Stimme.

»Ja, ihr. Hör zu, ich war auch einmal siebzehn. Es scheint lange her zu sein. Doch ich erinnere mich an diese reizende Illusion, unsterblich zu sein. Dauerte bis zu meinem ersten Gefecht.«

Wenn sich Winters Sorgen machte, klang seine Stimme gewöhnlich am ironischsten. »Ich meine es so, Leif. Bringt euch nicht in die Schusslinie. Ich wünsche mir, dass ihr Jungs euch eure Illusionen noch ein paar Jahre erhaltet.«

Am nächsten Morgen wachte Leif auf und fand die Suite leer vor. Er blickte auf die Uhr und stieß einen leisen Pfiff aus. Hatte er *so* verschlafen? Die Kellner räumten wahrscheinlich gerade das Frühstück ab!

Als er unter der Dusche stand und hoffte, dass das Wasser sein müdes Gehirn wiederbeleben würde, hörte er vertraute Stimmen durch die Badezimmertüre. Die anderen waren zurück.

Eine Faust schlug gegen die Tür. »Bist du schon wach?«, rief Andy.

»Nein, ich habe nur beschlossen, mich im Schlaf zu ertränken«, schrie Leif zurück.

Er beeilte sich mit dem Duschen, zog sich an und fand seine Freunde im Wohnzimmer.

»Du warst gestern Abend noch ziemlich lange auf, nachdem du das Gespräch mit Captain Winters beendet hattest«, sagte David.

»Ich möchte den Feind kennen lernen.« Leif unterdrückte ein Gähnen. »Ich habe anarchistisch-libertäre Websites ausgetestet. Es ist erstaunlich. Einige Argumente machen Sinn. Andere – pure Spinnerei! Manche der bösartigeren Ideen tauchen in den Slogans wieder auf. Die Bewegung begann mit der Vergötterung des Individuums – dann kamen Massenaktionen und Zeug über Führerschaft hinzu. ›Die Macht des Willens‹ und so. Ich bin dem durch einen Haufen Verweise bis zu einem alten Propagandafilm gefolgt, der vor neunzig Jahren hergestellt wurde.«

»*Triumph des Willens.*« Matt kannte die Geschichte. »Eine Liebeserklärung an Hitler und die Nazis.«

»Doch all die Verweise auf den Kampf schienen auf marxistischen Theorien zu beruhen, auf Sozialismus und Kommunismus.«

»Ich dachte, das wären nur noch tote Ideen«, sagte David.

»Es scheint, als wären sie unter anderen Namen zu neuem Leben erweckt worden.« Leif zog verächtlich die Stirn in Falten. »Doch es wird noch schlimmer, wenn man sich den Hokuspokus um die ›Avataren‹ genauer ansieht.«

»Worum geht es da?«, wollte Andy wissen.

»Soweit ich es verstehe, waren das große Führer, die durch ihre Willenskraft Massenbewegungen ins Leben riefen und dadurch die Geschichte maßgeblich bestimmten.« Leif schüttelte den Kopf. »Wenn ihr das seltsam findet, seht euch einige der Leute an, die sie ausgewählt haben! Die Sammlung des zwanzigsten Jahrhunderts beinhaltet Lenin, Mussolini, Hitler, Stalin, Gaddafi ...«

Davids Gesicht war vor Abscheu erstarrt. »Mörderpack.«

»Die meisten dieser Charaktere werden in der Karpatischen Allianz sehr geachtet«, fuhr Leif fort, »obwohl die Rassisten Gaddafi nicht besonders mögen. Ist ihnen nicht arisch genug.«

»Gibt es noch andere?«, fragte Matt.

»Allerdings. Ein Typ namens Proudhon. Dann natürlich Napoleon. Über Jefferson wird viel diskutiert – die meisten denken, dass er zu sentimental war. Alexander Hamilton hat viele Verehrer, doch die hat auch der Mann, der ihn erschossen hat, Aaron Burr – größtenteils wegen seines Plans, den Spaniern Texas wegzunehmen und sich selbst als Befehlshaber des Westens einzusetzen.«

»Merkt ihr, dass viele dieser Typen versagt zu haben scheinen?«, fragte Andy. »Nicht, dass ich mich darüber beschweren möchte.«

»Das ist den Karpatern gleichgültig – solange sie für Ideale gekämpft haben, an die diese Verrückten glauben«, sagte Leif. »Was mich interessierte, war einer der ersten Avataren, ein Feldherr im Dreißigjährigen Krieg, um 1600.«

»Kampf der Protestanten gegen die Katholiken in den deutschen Staaten«, sagte der »Historiker« Matt sofort.

»Es gab einen Mann, der als Protestant geboren wurde, dann zum Katholiken und Söldnergeneral des Heiligen Römischen Reiches wurde«, erzählte Leif. »Ein großer Teil des heutigen Tschechiens unterstand ihm, teilweise weil er es erworben, teilweise weil die Regierung es ihm übergeben hatte. Er benutzte es nur zu Kriegszwecken – eine Art frühe Version des totalitären Staates. Es war sein Traum, vom Balkan bis zum Baltischen Meer ein Reich zu erschaffen, doch er wurde ermordet. Der Typ wurde unter dem Namen Waldstein geboren, aber die Deutschen nannten ihn ...«

»... Wallenstein!«, rief Matt aus. Ein seltsamer Ausdruck lag auf seinem Gesicht. »Albrecht von Wallenstein!«

14

Matt ging zur Computerkonsole der Suite. »Gute Arbeit, Leif. Hast du herausgefunden, ob es nur Zufall ist oder ob *unser* Wallenstein diesen Namen angenommen hat?«

Leif deutete mit dem Daumen in Richtung seines Schlafzimmers. »Anscheinend wurde er mit diesem Namen geboren. Ich habe alles im Computer – es war nur schon ein bisschen spät, um es euch mitzuteilen, es sei denn, ihr steht auf Weckrufe um drei Uhr morgens.«

»Zeig mal, was du alles hast. Vielleicht fällt mir noch was auf. Computer«, wandte sich Matt an das System im Raum, »Wallenstein, Milos. Daten anzeigen. Ausführen.«

»Verarbeitung läuft«, verkündete die silbrige Stimme des Computers, während die Suchmaschine die Ergebnisse der Suche im Internet zur Wiedergabe vorbereitete und Holo-Nachrichten über Milos Wallensteins Leben bereitstellte.

Vor ihren Augen schwebte eine große Zahl von Treffern auf dem Bildschirm. Eine ausführliche Biografie in einer der Handelszeitungen Hollywoods schien am viel versprechendesten zu sein. Matt rief sie auf.

»Ich habe die relevanten Stellen bereits markiert«, sagte Leif. Als der lange Artikel ins Blickfeld rückte, nahmen einige Abschnitte eine rötliche Leuchtfarbe an.

»In einem bosnischen Flüchtlingslager geboren«, las David vor. »Bosnisch-kroatische Mutter, Vater Soldat der UN-Friedenstruppe. Als US-Bürger anerkannt. Tja, du hast Recht. Sieht aus, als wäre der Name echt.«

»Ich konnte nur nicht herausfinden, welcher Art anarchistisch-libertärer Bewegung er angehört – ob es eine der Gruppierungen ist, die die Karpatische Allianz un-

terstützen«, sagte Leif und sah auf seine Uhr. »War nicht
für jetzt die Abfahrt zu dieser heiß angepriesenen Los-
Angeles-Tour vereinbart?«

»Wir dachten, du willst sie vielleicht ausfallen lassen«, sagte Andy. »Wenn ich so fleißig geforscht hätte
wie du, würde ich den ganzen Vormittag verbummeln
wollen.«

Leif stöberte herum und fand seine Sonnenbrille.
»Schon, doch ich möchte noch etwas anderes erforschen
– Ludmila, die männermordende Spionin.«

Sie erwischten den Tour-Bus gerade noch vor der Abfahrt. Einige Teilnehmer ließen sich erneut über »die
langsamen Amerikaner« aus, doch die allgemeine Stimmung im Bus war gedämpft. Dies waren nicht mehr die
fröhlichen Pfadfinder, die sich vor zwei Tagen für die
Tour versammelt hatten. In den letzten Tagen hatten sich
zu viel Misstrauen und Wut aufgebaut.

Der Grund für das Versagen und Ausscheiden des
Teams aus Corteguay musste sich herumgesprochen haben. Die jungen Kadetten saßen mit ernstem Gesicht in
einer Gruppe zusammen. Zwei Sitzreihen weiter saß
Ludmila ... allein.

»Weißt du, wie man Mädchen wie dich in meinem
Land nennt?«, fragte Jorge mit lauter Stimme.

Ihrem roten Gesicht und den zusammengepressten
Lippen nach hatten er und seine Teamkollegen die Enttäuschung über ihre Disqualifikation schon etwas länger an ihr ausgelassen.

Leif ließ sich in den Sitz neben dem Mädchen fallen.
»Wie nennt man sie, Jorge?«, fragte er, auf den Spott des
anderen eingehend. »Helden der Revolution?«

Das Gesicht des Kadetten lief puterrot an. Er sprang

auf. Drei Schritte, und schon beugte er sich bedrohlich über Leif. »Du blöder Amerikaner ...«

»Man muss keine bestimmte Nationalität haben, um blöd zu sein, Jorge. Es ist eher eine Frage der Umstände. Zum Beispiel, wenn man den Zugang zu seinem Computer weitergibt, wo alle Angst vor Sabotage haben ...«

Die Hände des größeren Jungen ballten sich zu riesigen, wulstigen Fäusten.

Leif musterte sie nur kurz. »Ein anderes Zeichen für Dummheit wäre, jemanden anzugreifen, der nicht mal die Fäuste erhoben hat. Das würde als Überfall gewertet werden und könnte dich ins Gefängnis bringen – da ich nicht annehme, dass du dich hinter diplomatischer Immunität verstecken kannst. Wie würde sich ein Gefängnisaufenthalt auf deine Militärlaufbahn auswirken, Jorge?«

»Du ...« Der bullige Kadett sah aus, als würde er gleich vor Zorn explodieren.

»Ja, ich dachte mir schon, dass du gut im Austeilen bist, aber nicht einstecken kannst«, sagte Leif. »Trotzdem habe ich unsere kleine Unterhaltung genossen.«

Er dachte wirklich, Jorge würde ausholen und ihn schlagen. Doch plötzlich erhob der Kommandant des corteguayanischen Teams seine Stimme. »Jorge«, sagte der kleinere Kadett in warnendem Tonfall.

Klar, dachte Leif. *Wenn Jorge Mist baut, hat das wahrscheinlich auch für* seine *Karriere Folgen.*

Der große Jorge lockerte die Fäuste, als ließe er eine fünfzig Kilo schwere Hantel fallen. »Nein«, sagte er, »sie hat mir genug angetan. Du darfst ruhig neben ihr sitzen, schlauer Amerikaner. Du verdienst sie.«

Er stampfte zu seinem Platz zurück.

Leif lächelte das Mädchen neben sich an. »Ich bin übrigens Leif Anderson.«

»Ludmila«, sagte sie. »Ludmila Plavusa.«

Gegen die möchte man nicht Poker spielen, dachte Leif. Als er sie ansah, war er sich nicht sicher, ob Ludmila von der kleinen Szene, die sich eben abgespielt hatte, in irgendeiner Weise berührt worden war. Leif konnte nicht sagen, ob sie den Tränen nahe war oder überhaupt irgendetwas empfand.

Sie seufzte. »Ich nehme an, ich sollte dir danken«, sagte sie leise. »Die anderen haben alle so getan, als hätten sie nicht mitbekommen, was die vier sagten.«

Leif nickte. »Ich denke, wir Amerikaner sind einfach zu dumm, um taub zu sein.«

Ludmila schüttelte den Kopf. »Wir sind, was wir sind. Ich kann es Jorge nicht übel nehmen, dass er wütend auf mich ist – schließlich habe ich dabei geholfen, sein Team aus dem Rennen zu werfen. Doch das habe ich für *unser* Team getan.«

»Und du tust immer alles für dein Team?«, fragte Leif.

»Ich habe neulich eine interessante Biografie gelesen«, sagte Ludmila.

Leif dachte, sie wollte das Thema wechseln, doch er schwieg.

»Es ging um eine olympische Eisläuferin aus einem der alten kommunistischen Länder, das nicht mal mehr existiert. Nachdem das Land demokratisch geworden war, wurde sie wegen ihrer öffentlich zur Schau gestellten Beziehung mit dem Sohn des obersten Staatsmannes kritisiert.« Ludmila sah ihn an. »Sie erklärte, dass die Beziehung zu dem Jungen nötig war, wenn sie weiter Eis laufen wollte.«

»Ich denke, ich weiß, worauf das hinausläuft«, sagte Leif.

»Ich frage mich, ob du es auch verstehen kannst«, sagte Ludmila. »Ihr habt Computer in euren Büros, euren Hotels, selbst in euren Wohnungen. Weißt du wirklich, wie schwierig es ist, in meinem Land an einen Computer zu kommen?«

»Ich weiß, dass man dafür eine lange Nacht in Klubs abhängen muss«, sagte Leif sanft. »Weißt du, Alex de Courcy ist ein Freund von mir. Übrigens, hat deine Regierung dir erlaubt, seinen Laptop zu behalten?«

Einen Moment lang dachte er, er hätte es übertrieben. Ludmila sah aus, als würde sie aufspringen und ihn anfallen. Dann veränderte sich ihr Ausdruck – in pure Verlegenheit. »Wenn du das wusstest, warum hast du Jorge aufgehalten? Ihr zwei hättet viel Spaß damit haben können, mich zu beschimpfen.«

Leif zuckte mit den Schultern. »Alex ist ein netter Typ – wie du sicherlich herausgefunden hast – mit mehr Geld als Verstand. Als er mir von dir erzählt hat, fand er es selbst sehr lustig. Er bezeichnete seinen Abend mit dir als unerwartet teure Verabredung.«

Über diese Bemerkung musste sie überrascht auflachen. »Aber ich nehme nicht an, dass er mich gern wiedersehen würde.«

»Oh, wer weiß? Er hatte anscheinend viel Spaß«, sagte Leif leichthin. »Doch er würde wohl den ganzen Abend lang seine Brieftasche nicht aus den Augen lassen.«

Ludmila wurde plötzlich ernst. »Ich habe das nicht für Geld getan. Dieser Computer hat mir zu meinem Platz im Team verholfen. Ich habe ihn für den Entwurf der Triebwerke gebraucht ...«

»Also hast du das Schwertschiff entworfen?«, fragte Leif.

Ludmila schüttelte den Kopf. »Zoltan – der große Junge in unserem Team – war für alles verantwortlich. Er ist so ähnlich wie Jorge, groß und gern der Boss.«

Darauf möchte ich wetten, dachte Leif und fragte sich, ob Zoltan ihm eifersüchtige Blicke zuwarf. Er konnte es nicht sehen, ohne sich umzudrehen. Und wenn er sich umwandte, würde Zoltan vielleicht misstrauisch werden.

»Aber als ich die Belastungsanalysen der verschiedenen Triebwerkstypen durchführte ...« Ludmila brach plötzlich ab.

Gerade wenn man glaubt, das Gesicht seines Feindes zu kennen, dachte Leif, *zeigt der Feind dir plötzlich sein menschliches Gesicht. Ich hatte vorgehabt, ein bisschen mit einer Sexbombe zu flirten. Doch stattdessen unterhalte ich mich mit einem Computerfreak, der für ein Gerät, auf dem er arbeiten kann, alles tun würde. Vielleicht ist an diesem »Kraft des Willens«-Zeug doch etwas dran.*

Wir haben noch viel über unsere freundlichen Feinde aus der Karpatischen Allianz zu lernen.

»Also bist du auf eurem Schiff der Techniker?«, fragte er.

Ludmila nickte.

»Ich auch – obwohl ich genauso gut die Galionsfigur hätte sein können. Ich hatte einfach Glück, dabei zu sein.«

»Ich würde nicht sagen, dass du Glück hattest.« Irgendwie ließ Ludmila das nicht wie ein Kompliment klingen.

»Was meinst du damit?«

Das blonde Mädchen zuckte nur mit den Schultern. »Was ich gesagt habe. Ich denke nicht, dass du Glück hattest, wenn man bedenkt, welchen Kommandanten sie dir aufgezwungen haben. Wie hältst du es nur aus, von ... von einem *Schwarzen* herumkommandiert zu werden?«

15

Leif starrte das Mädchen sehr lange an. Er war nahe daran, aufzustehen und einfach zu gehen.

Als er glaubte, seine Stimme unter Kontrolle zu haben, sprach er schließlich.

»Ich denke, du solltest wissen«, sagte er leise und drohend, »dass ich seit einigen Jahren mit David Gray befreundet bin. Er hat die *Onrust* entworfen. Raumschiffe sind so eine Art Hobby von ihm. Ohne David hätte mein Team nicht einmal ein Schiff. Wir wären auch kein Team. Er hatte uns für ein anderes Projekt angeheuert, und dann hörten wir von dem *Ultimate Frontier*-Wettbewerb. Doch eigentlich bin ich der Techniker unseres Schiffs, weil ich Davids Freund bin – und weil *er* mich darum gebeten hat.«

Das reicht, beschloss er, und seine Wut war wie weggeblasen, als er Ludmilas Gesichtsausdruck sah. Sie sah aus, als wäre sie eben geohrfeigt worden – ziemlich fest.

»Ich – ich habe mich wohl geirrt«, sagte sie. »Ich dachte, dieser ... dieser Gray wäre euch von irgendeiner Regierungsfraktion vorgesetzt worden, über eine Art Quotenregelung. Aber aus dem, was du sagtest und wie du es sagtest, kann ich erkennen, dass ich falsch lag. Es tut mir Leid.«

Plötzlich erinnerte sich Leif daran, dass Rassismus

eine der vermeintlich ausgestorbenen Ideologien war, die in der Karpatischen Allianz überlebt hatten. Ihr ganzes Leben lang hatte Ludmila gehört, dass menschenartige Wesen zwar zunächst in Afrika entstanden waren, sich dann aber an anderen Orten weiterentwickelt hätten – besonders natürlich im slawischen Bereich.

»Ich dachte nicht, dass jeder in der K.A. an diesen Herrenrassen-Quatsch glaubt«, sagte er. Er mochte viel von Ludmila zu lernen haben, doch es gab auch einige Dinge, die sie von ihm lernen musste.

»Ich ... ich habe nicht nachgedacht«, gab sie schließlich zu. »Jeder bei uns redet so. Die Regierung ... unsere Lehrer.«

»Und glaubst du, dass euer Volk die perfekte Rasse ist?«

Sie antwortete mit einem schmerzlichen Halblächeln. »Ich denke, sie sind bemerkenswert ... menschlich. Gute Menschen. Schlechte Menschen. Kluge und Dumme. Dank dir frage ich mich langsam, zu welcher Gruppe ich gehöre.«

»Klingt so, als wäre euer Volk so wie alle anderen Völker auch«, sagte Leif. »Ich bin ein bisschen herumgekommen und habe mehr von der Welt gesehen, als die meisten meiner Landsleute. Man kann bei Gott wirklich viele dumme Menschen auf dieser Welt treffen – auch hier in den USA. Viele davon leben in Kalifornien. Denk nur mal an ihre Marotten und ihre Begeisterung für dämliches Zeug.«

Er beugte sich zu ihr hinüber. »Doch eines der Dinge, die ich von all diesen Menschen gelernt habe, ist, dass sie nicht so einfach einzuordnen sind, wie du denkst. Die Tatsache, dass ein Mensch einer bestimmen Nationalität – oder Rasse – angehört, macht ihn nicht automatisch klug oder dumm. Die Tatsache, dass jemand aus einem bestimmten Land kommt, macht ihn nicht automatisch böse.«

Leif lehnte sich etwas verlegen zurück. *Das klang sehr nach einer Ansprache,* dachte er. *Und ich bewerbe mich noch nicht mal für ein öffentliches Amt.*

»Ludmila«, sagte er, »du konntest dir schon ein bisschen von Amerika ansehen. Entspricht es der Beschreibung deiner Regierung?«

»Es gibt Dinge, die seltsam erscheinen«, gab sie zu.

»Darauf möchte ich wetten«, sagte Leif und dachte an einige der Mahnungen, die durch die Propagandamaschinerie der K.A. veröffentlicht wurden. »Wirken wir wie eine Nation von Kriegstreibern, die von der Geheimpolizei angeführt werden?«

Ludmila schien seltsam argwöhnisch. »Aber – steht ihr nicht mit der Geheimpolizei in Verbindung? Mit der Net Force?«

1:0 für den karpatischen Geheimdienst, dachte Leif. Er und seine Freunde hatten es nicht öffentlich gemacht, dass sie Net Force Explorers waren. Doch Ludmila wusste offensichtlich über die Verbindung Bescheid. Verfügte der geheimnisvolle Cetnik über Berichte über ihn und seine Freunde? Über alle Teams?

»Die Net Force Explorers sind eine Jugendorganisation, die von der Net Force gegründet wurde«, sagte Leif ruhig. »Aber wir sind keine Polizisten. Wir wurden für Notfalleinsätze ausgebildet, aber wenn wir ein Verbrechen sehen, melden wir es genauso wie jeder andere Bürger der Polizei.«

Hoffentlich klingt das nicht so spießig, wie ich glaube, dachte er.

»Doch was noch wichtiger ist: Die Net Force ist eigentlich keine Geheimpolizei. Sie versucht, Kriminelle und zwielichtige Geschäftsmänner davon abzuhalten, im Internet herumzuräubern und zu plündern, schützt unsere Computer vor Terroristen und ...«

Er hielt einen Moment inne.

Ludmila sah ihn an. In ihren Augen stand ein Lächeln. »... und vor feindlichen Regierungen, oder?«

»Ja«, gab er zu. »Doch das ist kein Geheimnis. Ich könnte dich in das Büro mitnehmen ...« Er unterbrach sich, als sie ein leichtes Zittern überkam.

»Die Nationale Verteidigungspolizei hat auch Büros – mitten in der Hauptstadt, beim Mesarovic-Platz. Viele Leute gehen dort hinein.« Ihre Stimme wurde leiser, bis sie nicht mehr als ein Flüstern war. »Doch wenige kommen wieder heraus.«

Die Reiseleiterin gab sich alle Mühe, doch sie hatte ein schwieriges Publikum. Auch beim Abendessen in einem sehr schicken – und touristischen – thailändisch-mexikanischen Restaurant wollte keine rechte Stimmung aufkommen.

Leif war auch nicht gerade gut gelaunt. Das Team der Karpatischen Allianz hatte sich Ludmila sofort geschnappt, als sie aus dem Bus ausgestiegen und ins Lokal gegangen waren. Sobald sie sich im Restaurant befanden, setzten sie sich an einen kleinen Tisch, und der große Zoltan starrte Leif an.

Jetzt, wo sie enttarnt ist, wird er besitzergreifend, dachte Leif.

Um dem Ganzen die Krone aufzusetzen, machte er den lebertranigen Geschmack von Fleischersatz in seinem Burrito aus.

Auf der Busfahrt zu den Pinnacle-Studios war es still

– *zu* still, dachte Leif. Es war das düstere Schweigen von Leuten, die aufeinander wütend waren – und sich über den nächsten Rennabschnitt ernsthaft Sorgen machten.

»Es wäre besser gewesen, sie hätten das Abendessen weggelassen und uns zum Relaxen ins Hotel zurückgebracht.« Selbst Andy, der sonst auf besserwisserische Art Fröhlichkeit verbreitete, war von der Trübsinnigkeit angesteckt worden.

»Ja, und wenn die Transmaterie-Beamer echt wären und nicht nur Spezialeffekte in *Ultimate Frontier,* hätten wir heimfahren und ein Nickerchen machen können«, erwiderte David. »Doch das sind sie nicht, und wir können und werden es nicht tun. Macht das Beste daraus.«

Leif ging mit den anderen zu dem winzigen Autorenloch in die Villa Einsturz und stieg ins Netz ein. Er regte sich furchtbar über den blöden Computer-Link-Stuhl auf, doch eigentlich beschäftigte ihn etwas anderes.

Ludmila ging ihm nicht aus dem Kopf. Die Art, wie sie mit Alex und Jorge – und wahrscheinlich Zoltan – umging, ließ sie wie eine machiavellistische Intrigantin wirken. Doch nachdem er mit ihr gesprochen hatte, erschien sie ihm wie ein schüchternes kleines Mädchen, das noch nichts von der Welt gesehen hatte. Wie war sie wirklich? War sie beides? War sie nichts davon?

Sie schien im Bus gern mit ihm geredet zu haben, sobald das erste Eis geschmolzen war. Ihre Geschichten über das Leben in der Karpatischen Allianz klangen recht harmlos – kein Albtraum der Unterdrückung, sondern ein Land, in dem die Menschen vorsichtig agierten und lieber den Mund hielten. Ihre Stimme hatte einen leicht ironischen Klang bekommen, als sie von der *Domovina,* dem Heimatland, sprach – dieses Wort war von den Propagandaleuten der K. A. wahrscheinlich bis zum Letzten ausgeschlachtet worden.

Nein, Ludmila Plavusa war keine Olga Popowa, keine Spionin. Sie war netter, als Leif erwartet hatte – und verwirrender.

Er schob das Thema beiseite. *Denk später darüber nach,* sagte er sich. *Jetzt hast du ein Raumschiff zu fliegen.*

Das nächste Ziel der *Onrust* war etwas unkomplizierter – keine Schwarzen Löcher, keine subtilen Schwerkraft-Tricks. Die Weltraumboje sollte sich dort befinden, wo sie ausgesetzt worden war.

Doch um dorthin zu gelangen, mussten die Rennfahrer ihre Schiffe durch einen breiten Asteroidengürtel navigieren.

In den alten Tagen von *Ultimate Frontier* hätte eine solche Szene bedeutet, dass sie sich durch Klumpen von nur wenige Meter voneinander entfernten Styroporfelsen hätten schlängeln müssen. Doch seitdem man tatsächlich über den Mars hinaus zu den Asteroidengürteln des Sonnensystems vordringen konnte, war die Sache etwas realistischer geworden.

Spaltete man einen Planeten – oder einen Protoplaneten – und verstreute seine Masse über eine Ellipse mit einem Durchmesser von einer halben Milliarde Meilen, so waren die Teile letztendlich sehr dünn gesät – Dutzende, selbst hunderte Meilen voneinander entfernt. Diesen orbitalen Trümmerhaufen zu durchqueren bedeutete nicht, dass man jeden Meter nach einem neuen Felsbrocken Ausschau halten musste. Man musste nur die Geschwindigkeit drosseln, um das Schiff besser manövrieren zu können. Man wollte schließlich nicht an irgendetwas hängen bleiben, während man sich mit

einem hohen Prozentsatz Lichtgeschwindigkeit fortbewegte.

David und Andy hatten einen Austrittspunkt berechnet, der von den äußeren Grenzen des riesigen Trüm-
mergürtels weit genug weg war. Sie hatten vor, die dadurch eventuell verlorene Zeit hinter dem Gürtel wieder
aufzuholen.

»Der Felsengürtel erstreckt sich nur über die orbitale
Ebene des Systems«, hatte Leif eingewandt. »Warum fliegen wir nicht oberhalb darüber hinweg?«

»Das ist der schmutzige kleine Streich, den sie uns
diesmal gespielt haben«, sagte David und zeigte ihm das
System als Holo. »Die Boje ist zwischen den Asteroiden
versteckt. Man kann das Signal nur empfangen, wenn
man sich ihr bis auf tausend Kilometer nähert. Um überhaupt eine Chance zu haben, dieses Signal aufzunehmen,
muss man sich im Asteroidengürtel befinden. Wir müssen durch den Brei durch, um sie zu finden, und in dieser
Runde des Rennens muss man auf fünfhundert Kilometer
an die Boje herankommen, um sie zu registrieren.«

»Und das bedeutet jede Menge Spannung und Action.«
Andy seufzte theatralisch. »Könnt ihr euch vorstellen, wie
das Holo-Publikum der ganzen Welt auf seinen Plätzen
sitzt und befürchtet oder hofft, dass einer von uns zer-
schellt?«

»Nein«, sagte Leif ehrlich. »Aber ich kann mir Milos
Wallenstein dabei vorstellen.«

Die Lichter der Brücke verdunkelten sich. Hal Fosdyke
rief die Mannschaften nacheinander auf, um zu sehen,
ob sie bereit waren ... und los ging's.

Sie schafften den Ausstieg von den Hyperdimensio-
nen ins normale Weltall reibungslos. David gab den Befehl: »Bremsung beginnen.«

»Bremsung läuft«, bestätigte Leif.

Er veränderte die Krümmung des Raumes im Unterlichtgeschwindigkeits-Antrieb, um sie von dem rasanten Tempo, das sie zum Verlassen des letzten Systems verwendet hatten, herunterzubringen. In diesem Moment materialisierte sich ein weiteres Schiff aus dem Hyperspace, zischte an ihnen vorbei – und kollidierte beinahe mit etwas.

Das Schiff wich in letzter Sekunde aus und drosselte die Geschwindigkeit, doch es drehte sich und entfernte sich fast senkrecht von dem Asteroidengürtel, in dem sich die Boje befand.

»Die werden ein Weilchen brauchen, um zurückzukommen«, murmelte Andy.

Sie verfolgten ihren Kurs weiter – ein langsames Vorankommen, das beinahe an die Geschwindigkeit erinnerte, mit der sich ein Gletscher fortbewegte. Es war an sich wirklich langweilig, nur mussten sie ständig wachsam Ausschau halten. Matt saß über die Scanner-Kontrollfelder gebeugt und wandte jeden ihm bekannten Trick an, um Trümmer aufzuspüren. Er war sichtlich angespannt und bellte seine Beobachtungen eher, als sie zu berichten.

Etwa auf der Hälfte des Wegs wurde Matt an seiner Konsole sogar noch geschäftiger. »Ich empfange Signale einer größeren Energiefreisetzung«, sagte er. »Sieht aus, als hätte jemand einen Felsen gerammt.«

Das Gute ist, dass das unsere Konzentration genau in dem Moment fordert, in dem unsere Aufmerksamkeit nachzulassen drohte, dachte Leif. *Das Schlechte ist, dass es ein Schiff weniger gibt … auch wenn es vor uns lag. Sind das also zwei gute Nachrichten?*

Kurz bevor sie die Boje erreichten, waren sie gezwungen, ihren Kurs zu ändern. Sie hatten keine Wahl – die Route, die sie zu nehmen geplant hatten, war von einer sich ausdehnenden, weiß glühenden Plasmawolke versperrt.

»Sie waren fast da – sie müssen zu ehrgeizig geworden sein«, sagte Andy.

»Uns darf nicht dasselbe passieren«, warnte David.

»Ich scanne ja schon«, sagte Matt fast trotzig.

Ein paar Augenblicke später waren sie in Reichweite der Boje und hatten sich registriert.

»Jetzt müssen wir uns nur noch darum kümmern, in einem Stück hier rauszukommen«, sagte David zufrieden. »Macht euch für das Manöver bereit.«

»Steuer bereit«, berichtete Andy. »Neuer Kurs angelegt.«

»Triebwerke bereit«, meldete Leif.

»Scanning?«

Matts Hände tanzten über die Konsole. »Alles sauber.«

»Energie.«

Leif aktivierte das Programm, das die Antriebsfelder der *Onrust* steuerte. Das sich langsam bewegende Schiff änderte plötzlich die Flugachse und schoss nun fast senkrecht zu seinem bisherigen Kurs nach oben.

»Scanning?«

»Vor uns ist alles sauber.«

»Antrieb – Energie.«

»Energie.« Leif griff wieder in die Standard-Antriebskonfiguration ein und schickte die *Onrust* durch die »Decke« des Asteroidengürtels, anstatt die ganze Länge zu durchqueren.

David hoffte, dass sie mit diesem Manöver einiges an Rückstand aufholten. Leif war sich dessen nicht ganz sicher, doch er hatte keine Zeit nachzudenken. Er und

Andy waren zu beschäftigt damit, ihren Kurs anhand von Matts Warnrufen manuell zu korrigieren.

»Ich glaube, wir sind durch!« Matts Stimme klang erschöpft, aber zufrieden.

»Haltet die Augen weit offen. Es könnte Überraschungen geben«, warnte David. »Geschwindigkeit um fünfzig Prozent steigern«, ordnete er einen Augenblick später an.

»Fünfzig Prozent«, bestätigte Leif.

»Kurs gesetzt«, berichtete Andy.

Sie beschleunigten so lange, bis sie das Maximum erreichten. Der Eintrittspunkt, den sie anvisierten, lag weit über der orbitalen Fläche des Systems – dort führte eine sehr vorteilhafte Hyperspace-Strömung zu ihrem nächsten Zielort.

Matt wechselte vom Kurzstrecken-Scanning, das ihm selbst Trümmer in Zwergengröße angezeigt hatte, zu einem größeren Maßstab, um die anderen Teilnehmer zu orten. »Thurianer und Laraganten liegen vor uns«, berichtete er. »Die Karbiges haben sich entschieden, ohne Kursänderung durch den Gürtel zu fliegen. Sie sind etwas hinter uns.«

Er fuhr fort, die feineren Auswertungen seiner Konsole abzulesen. »Keine Spur von den Setangis.«

»Schade«, sagte David. Er hatte sich mit den Mannschaftsmitgliedern des afrikanischen Teams, das als Setangis am Rennen teilgenommen hatte, angefreundet. Er hatte festgestellt, dass sie ein rauflustiger Haufen waren, der betteln und sich Computerzeit ausleihen – aber nicht stehlen – musste, um den Entwurf zu vollenden. Wie bei den fiktiven Setangis war ihre Technologie nicht besonders entwickelt, doch sie konnten dank einer Kombination aus Wagemut und Pilotenvirtuosität mithalten.

Na, zu viel vom einen oder zu wenig vom anderen hat sie an einem Felsen hängen bleiben lassen, dachte Leif. *Hoffentlich sind Sie glücklich, Milos Wallenstein.*

Sie kamen an den Eintrittspunkt und hüpften an einem sicheren dritten Platz in den Hyperspace. Während sie auf den langen Schwanz der sie verfolgenden Schiffe warteten, hatte Leif genug Zeit, einige Experimente an ihren Kraftfeldsegeln vorzunehmen, um die Strömung optimal auszunutzen.

Die Lichter flackerten, doch Hal Fosdykes Stimme war noch einige Minuten lang nicht zu hören. Schließlich sagte er: »Klappe.«

Andy blickte sich um und hob eine Augenbraue. »Er hat uns nicht gedankt«, sagte er. »Er hat uns sonst immer gedankt.«

»Hör auf zu spinnen«, sagte Matt mürrisch. »Ich will hier raus, ins Hotel zurück und unter die Dusche.«

Andy griff sich an die Vorderseite seiner verschwitzten Tunika und wedelte damit vor und zurück, als fächerte er sich frische Luft zu. »Gut, dass das nur virtueller Schweiß ist. Sonst würde uns der Geruch in dem kleinen Büro umhauen.«

Die Jungen kappten ihre Verbindungen und fanden sich in der Villa Einsturz wieder. Andy sog die Luft ein. »Wo wir gerade dabei sind, wir könnten trotzdem alle eine Dusche vertragen.«

Sie traten in den Gang hinaus, als das afrikanische Team gerade vorbeiging. David ging einen Schritt auf sie zu. »Es tut mir wirklich Leid ...«

Der hoch aufgeschossene, schlanke Junge, der der Techniker des Teams war und sonst immer gelächelt hatte, wirbelte herum. »Es tut *dir* Leid?«, fing er an.

Doch sein Kommandant drehte sich um und legte eine

beschwichtigende Hand auf seinen Arm. »Später, Daren«, sagte er.

Darens sonst so gute Laune schien ihm abhanden gekommen zu sein, als sie von der wie auch immer gearteten Katastrophe getroffen worden waren. Er schüttelte die Hand seines Kommandanten wütend knurrend ab. Doch er nickte. »Später«, sagte er.

Als die afrikanischen Jungen das Gebäude verließen, folgten ihnen die Net Force Explorers. Leif bemerkte, dass sie nicht zum Bus gingen. Sie schlugen den Weg ein, der zum Bürogebäude führte, in dem das Produktionspersonal von *Ultimate Frontier* untergebracht war.

Als der Bus ohne das afrikanische Team zum Hotel zurückfuhr, erwachte in Leif die Neugierde.

»Wo ist ihr Zimmer?«, fragte er David, der das Team besucht hatte, um sich die Musik neuer afrikanischer Bands anzuhören.

»Sie sind auf unserem Stockwerk, aber im Ostflügel. Von ihrem Zimmer aus kann man den Pool überblicken«, erwiderte David. Er rieb sich erneut mit einem Handtuch über das Gesicht.

»Was würdest du sagen, wenn wir mal rüberspazieren? Wir können sie besuchen. Vielleicht treffen wir sie auf dem Gang.«

Als sie den Ostflügel gerade erreichten, öffneten sich die Aufzugtüren, und die afrikanischen Mannschaftsmitglieder stiegen aus.

»He, Daren«, rief David und trat auf den hoch gewachsenen Jungen zu.

Bevor er bei ihm war, kam eine weitere Person zum Vorschein – eine ziemlich nervöse, mitgenommen aussehende Jane Givens. »Tut mir Leid, Leute«, sagte sie, »wir können jetzt nicht reden. Zu Hause ist ein privater

Notfall aufgetreten. Die Jungen fliegen heute Abend zurück.«

»Notfall?«, wiederholte David. »Was ist passiert?«

»Wir haben keine Zeit«, beharrte Jane. »Wir müssen ein Flugzeug erwischen. Kehrt in euer Zimmer zurück.«

Sie führte die Mitglieder des Setangi-Teams wie eine Glucke mit sich fort. Daren sah sich jedoch um und formte mit den Lippen ein einziges Wort: »Draußen.«

David und Leif warfen sich einen Blick zu und sprangen dann in den Aufzug.

Der Innenhof des Hotels war großzügig und luftig angelegt. Doch der Kältehauch der Wüste lag in der Luft. Als sie dort ankamen, befand sich niemand im Pool.

»Was nun?«, fragte David, als sie neben den verlassenen Liegestühlen standen.

»Da geht was Seltsames vor sich«, sagte Leif. »Privater Notfall – Quatsch. Jane schirmt das Team ab.« Er starrte nach oben und zählte die Stockwerke am Ostflügel ab. »Welches ist wohl ihr Zimmer?«

Einer Antwort gleich erschien eine dunkle Figur auf einem der Balkone im dritten Stock – Daren.

»Die wollen wir nicht hier lassen.« Sie konnten seine Stimme deutlich hören, da er zu ihnen hinabblickte. Dann wandte er sich um und hielt eine Hand voll Badehosen hoch, die sie zum Trocknen draußen gelassen hatten.

Mit der anderen Hand schleuderte er eine kleine weiße Kugel vom Balkon. Sie schien in Zeitlupe herunterzufallen, als schwebte sie auf einer sanften Brise.

Leif zog eine Grimasse. *Wenn die im Swimmingpool landet ...*

David sprang hoch, um sie zu fangen, und stieß gegen einen der Liegestühle. Dann duckten er und Leif sich rasch in den Schatten unter den untersten Balkon.

Gerade rechtzeitig. Einen Augenblick später hörten sie Jane Givens' Stimme. »Ich dachte, ich hätte draußen etwas gehört.«

Leif und David bahnten sich einen Weg zur Hoteltür und blieben so weit wie möglich im Schatten. Sie gingen zum entgegengesetzten Flügel und nahmen den Aufzug.

Als sich die Türen schlossen, stürzte sich Leif beinahe auf seinen Freund. »Was hat Daren runtergeworfen?«

David hielt eine Kugel aus zerknittertem Notizblockpapier hoch. Begierig glätteten sie es.

Sie fanden nur einige hastig hingekritzelte Worte.

Die Thurianer haben Waffen in ihren Entwurf eingebaut – und sie gegen uns benutzt. Vorsicht!

16

Leif und David saßen im Wohnzimmer ihrer Suite und gaben den anderen Explorers Darens Notiz zu lesen.

»Wie konnten sie Waffen an Bord ihres Schiffs schmuggeln? Die technischen Bestimmungen verbieten sie doch ausdrücklich«, sagte Andy.

»Ich denke, es gibt Wege, scheinbar harmlose Komponenten zu kombinieren und so eine Waffe zu bauen«, sagte David. Er sah aus, als hätte er etwas gegessen, das ihm überhaupt nicht bekam. »Vielleicht einen Laser oder etwas Ähnliches. Aber nichts so Gefährliches wie schwere Pulsare oder Cee-Plus Torpedos, wie sie die Kriegsschiffe in der Serie verwenden.«

»Ein Laser reicht bei den mickrigen Raumschiffen, wie wir sie benutzen, völlig aus«, sagte Matt. »Murks an einem der Triebwerke rum, und alles, was übrig bleibt, ist eine Plasmawolke.«

»Um auf den Punkt zu kommen: Können wir an einigen unserer Komponenten herumbasteln, um denselben Trick anzuwenden?«, wollte Andy wissen.

David schüttelte den Kopf. »Das ist ein Rennschiff, kein fliegendes Warenhaus. Wir haben keine Ersatzteile, aus denen wir so etwas bauen könnten. Ich hätte diese Möglichkeit von Anfang an mitentwerfen müssen.«

»Und da alle Entwürfe gesichert wurden, als wir unsere Datenskripte übergeben haben, gibt es jetzt keine Möglichkeit mehr, daran etwas zu ändern«, sagte Leif mit schwerer Stimme.

»Na, ich beabsichtige schon, etwas zu ändern«, grummelte Matt. »Angefangen bei der Einstellung der Studioleute. Was würdet ihr sagen, wenn wir morgen in Wallensteins Büro marschieren und ihn zur Rede stellen?«

»Ich würde sagen, wir würden aus diesem Hotel geworfen werden und morgen Nachmittag verschwunden sein«, sagte Leif. »Ein weiterer ›privater Notfall‹. Das Studio will, dass nichts davon an die Öffentlichkeit gelangt. Wahrscheinlich haben sie die Waffen auf dem thurianischen Schiff nicht geortet, als der Entwurf zugelassen wurde. Doch nun hat sich Wallensteins Politik des ›Alles, was nicht verboten ist, ist erlaubt‹ gegen ihn gewandt und ihn in den Hintern gebissen.«

Andy lächelte ihn ironisch an. »Nebenbei gesagt, sind geheime Waffen ein toller Überraschungseffekt im

Handlungsverlauf. Denkt nur daran, wie Captain Venn und Commander Dominic es ihnen heimzahlen werden.«

Matt hatte noch nicht aufgegeben. »Wir könnten morgen zum Frühstück runtergehen und jedem diese Notiz zeigen. Wenn alle Teams zusammenhalten ...«

»Ich wünschte, es wäre so einfach«, sagte Leif und schnitt seinem Freund damit das Wort ab. »Doch es würde wahrscheinlich nicht funktionieren. Erstens sind alle so misstrauisch und paranoid, dass sie uns sowieso nicht glauben würden. Wir stehen jetzt auf dem dritten Platz. Wenn wir die Anführer eliminieren, rücken wir auf Platz zwei. Also haben wir ein Motiv dafür, das Team der K. A. anzuschwärzen. Und was haben wir für Beweise? Ein zerknülltes Stück Papier, auf das jeder etwas geschrieben haben könnte. Die Einzigen, die die Geschichte hätten bestätigen können, sind weg.«

»Ich kann mir auch nicht vorstellen, dass Wallenstein und seine Lakaien sehr glücklich wären, wenn wir die Mauer des Schweigens, die sie errichtet haben, durchbrechen würden«, hob Andy hervor. »Außerdem ist es nur eine virtuelle Knarre – es ist ja nicht so, als hätten sie echte Waffen in ihrem Hotelzimmer. Wenn das an die Öffentlichkeit kommt, wird die Hälfte der Teams sich wahrscheinlich in den Hintern beißen, dass ihnen der Trick nicht selbst eingefallen ist.«

»Ja«, sagte David mit gedämpfter Stimme. »Es ist nur ein Spiel. Fun. Bis das Team der K. A. gewinnt und Technologien in die Hände bekommt, die ihnen unsere Regierung zwei Jahrzehnte lang vorenthalten hat.« Er holte ein Blatt Papier aus seiner Tasche. »Ich habe nur zum Spaß im Netz nach allen möglichen Cetniks in Verbindung mit Cybernet-Kenntnissen gesucht. Es ist auf dem

Balkan wohl kein sehr häufiger Name. Es gab nur einige Einträge. Diesen habe ich ausgedruckt.«

Es war der Lebenslauf eines Slobodan Cetnik, der kurz vor dem letzten Balkankrieg am Polytechnikum im montenegrinischen Cetinje Kybernetik studiert hatte.

»Das Alter stimmt wahrscheinlich«, sagte Leif.

»Und das Bild sieht ihm sehr ähnlich, wenn man sich einen Bart dazudenkt«, sagte Matt.

»Selbst *dein* Passfoto würde ihm ähnlich sehen, wenn man einen Bart hinzufügen würde«, gab Andy zurück. »Wir können uns nicht sicher sein.«

»Wenn wir schon in der wirklichen Welt nichts tun können, können wir uns dann wenigstens in der Veeyar irgendwie schützen?«, fragte Leif.

Davids Miene hellte sich etwas auf. Auf diesem Gebiet kannte er sich aus. »Ich habe mir was mit den Kraftfeldern überlegt.«

»Man braucht eine Menge Saft, um Energiewaffen abzublocken – selbst wenn es nur ein Laser ist«, wandte Matt ein. »Wir müssten wahrscheinlich alle Systeme runterfahren, um ein Kraftfeld zu erzeugen, das uns davor schützt. Und dadurch werden wir zu einer lahmen Ente. Wenn die Thurianer dann noch auf uns einhacken, erwischen sie uns früher oder später.«

»Ich dachte eher an eine offensive Waffe«, erwiderte David. »Die Felder sind nichts anderes als generierte Energiemuster. Wenn wir unsere Hyperspace-Segel so weit ausdehnen würden, bis sie ein anderes Schiff berühren, würde das genug Leitfähigkeit erzeugen, um ihnen ein stärkeres Ding zu verpassen?«

Leif ging in Gedanken die Werte der Energiesegel durch. »Die Projektoren würden keine schlechte Feuerkraft erzeugen«, sagte er bedächtig. »Doch ich glaube nicht, dass wir genug Energie bündeln könnten, um ihr Schiff in die Luft fliegen zu lassen.«

»Ich glaube ja auch nicht, dass wir ihre Luftschleusen wegpusten können«, sagte David. »Doch wir könnten ihnen die Sicht nehmen. Können wir eine so große Energiewelle erzeugen, dass ihre Scanner ausgeschaltet werden? Wenn sie nichts sehen, können sie auch nicht schießen.«

Sie arbeiteten bis spät in die Nacht an diesem Plan.

Am nächsten Morgen war Leif der Erste, der wach wurde.

Der Kreis schließt sich, dachte er. *Gestern war ich der Letzte, der aufstand.*

Er tapste im Zimmer herum, wusch sich und schlich zum Frühstück hinunter.

Die Gruppe der frühmorgendlichen Geschäftsleute hatte den Speisesaal des Hotels gerade verlassen, als Leif hineinkam. Da die Teilnehmer einen freien Tag hatten, schienen die meisten es vorzuziehen, noch ein wenig Schlaf nachzuholen.

Doch dann erblickte Leif Ludmila in einer Ecke des Raumes. Sie saß vor einem voll beladenen Tablett, schien aber nichts anzurühren.

Er schnappte sich etwas Saft, Milch, Cornflakes und eine Banane und gesellte sich zu ihr.

»Hallo, Leif.« Ludmilas Begrüßung war heute sehr still und matt – keine Grübchen zu sehen.

»Ich bin eigentlich nie so früh auf, so degeneriert, wie ich als Amerikaner nun mal bin«, meinte er.

Dafür erntete er zumindest den Anflug eines Lächelns. »Also stimmt die *Domovina*-Propaganda.«

»Ich nehme an, ihr seid immer früh auf und füttert die Hühner oder so.«

Ludmila richtete sich auf. »Wir haben Städte in der Allianz, weißt du«, sagte sie. »Meine Mutter und ich leben in einer. Sie arbeitet in einer Fabrik.«

»Und dein Vater?«

Sie schüttelte den Kopf. »Im Krieg gefallen.« Eine ganze Weile schienen ihre Augen ziellos in die Ferne zu starren. »Zu Hause ist meine Mutter um diese Uhrzeit bereits auf dem Weg in die Arbeit. Ich stehe mit ihr auf, und wir frühstücken gemeinsam – um etwas Zeit zusammen zu haben. Bis ich dann zur Schule muss, nachdem sie fortgegangen ist ... habe ich Zeit für mich.«

»Was tust du dann?«, fragte Leif.

Ludmila zuckte mit den Schultern. »Lesen oder manchmal Lernen. Ich habe unsere Schiffstriebwerke in dieser Zeit am frühen Morgen entworfen.«

So wie die Waffen an Bord?, fragte sich Leif.

»Aber meistens träume ich einfach vor mich hin«, fuhr das Mädchen leicht verlegen fort. Dann sah sie plötzlich aus, als wäre sie mit einem Ruck auf die Erde zurückgeholt worden. »Doch unsere Träume und die Realität – das sind zwei völlig unterschiedliche Dinge.«

Leif runzelte leicht die Stirn und versuchte, ihren Stimmungswandel nachzuvollziehen. »Ich fürchte, ich kann dir nicht folgen, Ludmila.«

Sie fixierte ihn mit einem sehr direkten Blick unter den flachsfarbenen Augenbrauen. »Was war deine erste Erfahrung mit der virtuellen Realität?«

»Mit der Veeyar?« Die Frage überraschte ihn. »Ich weiß nicht. Ich muss damals ziemlich jung gewesen sein.« Selbst zu der Zeit hatten seine Eltern über genug Geld verfügt, um das beste auf dem Markt erhältliche System zu kaufen. »Vielleicht war es eine Art Kleinkind-

Traumland. Ich glaube, ich erinnere mich an einen großen rosa Hasen, der mit mir spielte. Vielleicht eine Zei-
chentrickfigur, die zum Leben erweckt wurde.« Er fühlte,
wie ihm das Blut in den Kopf stieg. »Wenn ich mich
recht entsinne, hat er mir ziemlich Angst gemacht. Ich
habe nach meiner Mutter geschrien.«

Ludmila lachte und zerzauste seine Haare. »Angst?
Ein schlauer Fuchs wie du? So sollte ich dich nennen –
Liscia, den Fuchs.«

Plötzlich zog sie ihre Hand zurück, als hätte sie sich
verbrannt.

»Tut mir Leid. Das hätte ich nicht tun sollen«, sagte
sie.

Ich hab mich nicht beschwert, dachte Leif.

»Soll ich dir von meinem ersten Mal in der ... Wie
hast du es genannt? Veeyar? Typisch amerikanisch, alles so schlampig zu verschleifen.« Ihr Gesicht wurde sehr
ernst. »Ich war vier Jahre alt, als das Training begann –
das Training, das alle Kinder in Savez Karpaty durchlaufen. Es ist eine jährliche Trainingssimulation – was
man zu tun hat, wenn die *Domovina* von Aggressorstaa-
ten überfallen wird. Ich habe auch geweint, als ich auf
der Flucht vor Explosionen an brennenden Gebäuden
vorbei durch den Rauch geführt wurde. Wir haben gelernt, wie man sich rasch von einer Straße entfernt, falls
sich ein Tiefflieger nähert, und wie man Platz für unsere
eigenen Panzer und Fahrzeuge macht.«

»Und das musstet ihr jedes Jahr machen?«, fragte Leif.

Ludmila nickte. »Vor Frühlingsanfang – dem Beginn
der Schlachten. Jahr für Jahr änderten sich meine Aufgaben. Als kleines Mädchen war ich ausgewiesener
Nestrovik – ein Nichtkämpfer.«

Sie spitzte die Lippen, als wollte sie den Geschmack

des Wortes spüren. »Komisch. Auf Englisch klingt es nicht halb so schrecklich.«

»Was musstest du tun?«, fragte Leif.

Er erhielt ein Schulterzucken als Antwort. »Meine Aufgabe war es, unseren Verteidigern aus dem Weg zu gehen und nicht vom Feind gefangen genommen zu werden. Dann wurde ich älter und musste mehr Verantwortung übernehmen. Ich musste für die jüngeren Kinder sorgen und sie von den Gefechten weglotsen, so wie ich früher weggeführt wurde.«

Sie lächelte mit Tränen in den Augen. »Ich wette, ich habe mehr virtuelle Nasen geputzt, als du Mädchen geküsst hast.«

»In Wirklichkeit oder virtuell?«, fragte Leif und versuchte so, ihre Laune aufzuhellen.

»Beides«, antwortete Ludmila ernst. »Je größer ich wurde, desto mehr konnte ich tun. Ich wurde in Erster Hilfe und in der Feuerbekämpfung unterrichtet – Dinge, die du wohl bei deinen Net Force Explorers gelernt hast. Es gab einiges, das wir zwischen den Simulationen üben mussten. Und ständig hämmerten sie uns ein, dass sich unser Land im Kriegszustand befindet, und dass jeder bereit sein muss zu arbeiten, zu kämpfen ... wo auch immer die *Domovina* es verlangt.«

»Und von wem wurdet ihr überfallen?«, wollte Leif wissen. Der letzte Krieg war ausgebrochen, als Fraktionen der Allianz versucht hatten, Land in Besitz zu nehmen und dessen Bewohner zu vertreiben.

»Oh, es gab im Verlauf der Jahre alle möglichen Invasoren«, antwortete Ludmila ruhig. »Manchmal waren es die Truppen benachbarter Länder – wo auch immer die Spannungen gerade am größten waren. Sie plünderten, nahmen Geiseln, töteten Zivilisten wie mich. Die Pro-

grammierer ließen die Wunden schmerzen, um uns eine
Lehre zu erteilen.«

Leif zuckte zusammen. Er hatte Erfahrung mit dieser
Art virtueller Kugeln.

»Ein anderes Mal waren die Eindringlinge Aggressoren aus der Europäischen Union oder von den Vereinten
Nationen – sie programmierten afrikanische Truppen,
um uns zu erschrecken. Sie waren grausam wie Tiere.«

Nutze jede Möglichkeit zur Propaganda, dachte Leif.

»Doch in jeder Simulation kamen früher oder später
die Amerikaner. Sie waren die Schlimmsten von allen,
sie bombardierten uns, zerstörten Gebäude und hinterließen verbrannte Erde, wo zuvor Bauernhöfe und Häuser gestanden waren. Sie löschten unser Land aus, nur
um der Welt zu beweisen, dass sie die Macht dazu haben.«

Leif sah das Mädchen schweigend an. *Wenn ich mein
ganzes Leben in solch einem Irrenhaus verbracht hätte,*
fragte er sich, *welche Gefühle würde ich diesem Land
dann entgegenbringen?*

»Ich hoffe, wir konnten dir zeigen, dass wir Amerikaner nicht so sind«, sagte er.

Ludmila schüttelte nur den Kopf und schien wieder
durch ihn hindurchzublicken. Er fragte sich, was sie sah.

»Dieses Jahr wurde ich zum Kampf ›befördert‹, wie sie
es nennen.« Ihre Stimme klang sehr gereizt. »Wir hatten
Zielübungen und lernten, wie man im Schlamm herum-
kriecht – die Grundausbildung. Doch das war unsere
Feuerprobe. Es ist fast schon zum Lachen. Wir bekämpf-
ten afrikanische Truppen ... und Amerikaner ...«

Ihre Worte verloren sich im Raum. Und endlich verstand Leif, was sie sagen wollte.

Wer bedient die Waffen an Bord eines Rennschiffs?

Auf bewaffneten Erkundungsschiffen und Sternenkreuzern wie der *Constellation* spielte die Konsole zur Gefechtssteuerung eine große Rolle. Sie konnte die Funktionen der anderen Konsolen auf der Brücke übernehmen, falls diese zerstört waren, und diese Gefechtszentrale – geführt von der gefährlichen Commander Konn – steuerte die Waffen des Schiffs.

Doch die Crews der Rennschiffe waren auf das Notwendigste reduziert. Es gab einen Kommandanten, der die wichtigen Entscheidungen traf. Einen Scanning-Offizier, der ein Auge auf die Umgebung hatte. Einen Steueroffizier, der die Kurse berechnete, das Schiff steuerte und bei Bedarf Ausweichmanöver durchführte. Sie alle waren zu beschäftigt, um einen Schuss abfeuern zu können. Blieb nur noch der Technikerposten, Leifs Job ... und Ludmilas.

Zur Ehre der *Domovina* hatte Ludmila das Setangi-Schiff abgeschossen und das afrikanische Team seiner Chance auf ein faires Rennen beraubt. Sie hatte getan, was von ihr erwartet wurde, und doch war sie zu menschlich, um keine Schuldgefühle zu haben. Offensichtlich hatte sie selbst in der Veeyar eine Abneigung gegen das Töten.

Was soll ich jetzt sagen? Leif dachte plötzlich an die zahllosen Stunden, die er in der simulierten Welt mit Hundekämpfen, Duellen, Kriegsspielen und den tausend und abertausend Arten, mit »Waffen zu spielen«, verbracht hatte. Er fühlte sich plötzlich sehr klein.

Dann kam ihm ein beunruhigender Gedanke. Ludmila hatte erwähnt, dass sie in der Veeyar Afrikaner und *Amerikaner* bekämpft hatte. Ein Teil dieser »Träume« war Realität geworden. Versuchte sie, ihn zu warnen?

»Ludmila ...«, fing er an.

Sie sog plötzlich zischend den Atem ein und starrte über seine Schulter, als stünde der Leibhaftige persönlich hinter ihm.

17

Leif riskierte einen kurzen Blick über seine Schulter – und sah, dass Cetnik am Eingang des Restaurants stand und die Tische absuchte.

»Was ...?« Er wandte sich wieder zu Ludmila um, doch sie saß nicht mehr auf ihrem Platz. Sie hatte sich unter dem Tisch verkrochen und unter der Tischdecke versteckt. Jetzt warf sie ihm flehentliche Blicke zu. »Ich wurde angewiesen, nicht mit dir zu sprechen«, flüsterte sie.

Toll, dachte Leif. *Wenn er hersieht und merkt, dass das ein Tisch für zwei ist ...*

Er fasste über den Tisch, nahm Ludmilas unberührtes Tablett, stellte seine leere Cornflakes-Schüssel an dessen Platz und fing an, kalte Eier, Speck und Würstchen hinunterzuschlingen. Er war kein wirklich großer Frühstücksesser, und ihm wurde ein wenig übel.

Doch er konnte sich Cetnik mit vollem Mund zuwenden und die Monstermahlzeit auf seinem Tisch legitimieren. »Ah!«, sagte er beiläufig und nickte dem Agenten der K. A. zu. »Besser kann man den Tag nicht anfangen!«

Er schaffte es sogar, leise zu rülpsen.

Es funktionierte. Cetnik wandte sich angewidert von dem degenerierten Amerikaner ab. Offensichtlich hatte er Ludmila nicht entdeckt, denn er stampfte in Richtung des Umkleideraums von Pool und Fitnessanlagen davon.

Ludmila blickte mit funkelnden Augen zu Leif auf. »Oh!«, seufzte sie und tätschelte sein Knie. »Du *bist* ein *Lisica*! Ein schlauer Fuchs!«

Dann kroch sie aus ihrem Versteck und verließ das Restaurant. Wo Cetnik sie auch letztendlich finden würde – sie würde weit weg sein von dem amerikanischen Jungen mit dem roten Schopf.

Leif nahm seine Serviette, wischte sich den Mund ab und tupfte seine plötzlich feucht gewordenen Handflächen trocken.

Für ein Mädchen, das ich erst vor einigen Tagen kennen gelernt habe und dem ich aus vielen Gründen misstrauen sollte, geht sie mir ganz schön unter die Haut, dachte er.

Er wusste, dass er sie wieder sehen musste. Sie war kurz davor gewesen, ihm etwas über die Pläne ihres Teams zu verraten, bevor Cetnik aufgetaucht war und sie verscheucht hatte. Also würde Leif gegen den Willen des Kameraden Cetnik einen weiteren Plausch mit Ludmila Plavusa halten.

Als Leif gerade aufstehen und in seine Suite zurückgehen wollte, betraten die anderen Mitglieder seines Teams das Restaurant.

»Da bist du ja!«, begrüßte ihn Matt mit einem Grinsen. »Wir dachten schon, du wärst gekidnappt worden.«

»Weggebeamt«, fügte Andy hinzu und unterstrich dies durch den passenden Soundeffekt.

Leif schüttelte den Kopf. »Leute, die so früh am Morgen so gut gelaunt sind, haben was Krankhaftes an sich.«

Selbst David musste lächeln. »Du siehst aus, als hättest du mit Mr. Schnurrbart frühstücken sollen. Cetnik läuft mit einem Gesicht herum, als hätte er seinen Slivovitz-Flachmann mit einer Flasche Essig verwechselt.«

»Er befürchtet, dass eines seiner Mannschaftsmitglieder individuell statt gruppenorientiert handeln könnte«, zitierte Leif die Sprüche der radikalen anarchistisch-libertären Bewegung. Er sprach leiser weiter. »Ich glaube, Ludmila wollte mich vor etwas warnen, doch dann tauchte er auf und verschreckte sie.«

»Klar doch«, verkündete Andy munter. »Sie ist deinem männlichen Charme erlegen.«

»Ich glaube, es lag eher an meinem Rasierwasser«, erwiderte Leif. »Aber im Ernst, ich befürchte, da ist was im Busch.«

Matt verdrehte die Augen. »Was passiert jetzt schon wieder? Werden diese Typen Antimaterie-Minen für die Schiffe legen, die ihnen zu nahe kommen?«

»Was genau hat sie gesagt?«, fragte David angespannt.

Leif wusste nicht, was er antworten sollte. Wenn er ihnen die ganze Geschichte erzählte, würden die Jungen ihn wahrscheinlich nicht ernst nehmen. Daher entschied er sich für eine kräftig zensierte Fassung. »Sie sprach darüber, dass in der Karpatischen Allianz schon kleine Kinder auf eine Invasion vorbereitet werden. Später werden sie dann im Kampf gegen Eindringlinge geschult.«

»Cool«, sagte Andy.

Leif musste an Captain Winters denken. Am Telefon hatte er von Kids gesprochen, die sich so lange für unsterblich hielten, bis sie zum ersten Mal ins Gefecht mussten. *Unser Freund hier ist nie über das Spielen mit Waffen hinausgekommen,* dachte er.

»Jedenfalls befand sie sich in ihrer letzten Simulation im Kampf gegen afrikanische UN-Friedenstruppen – und gegen Amerikaner. Da sie auf dem Schwertschiff Waffenoffizier ist, nehme ich an ...«

»Was denn?«, spottete Andy. »Dass wir ihr nächstes Opfer sind?«

»Das Schiff der Laraganten liegt noch vor uns«, sagte Matt.

David ging das Problem von der praktischen Seite an. »Gut kombiniert. Natürlich ist es nur logisch, dass sie für die Waffensysteme verantwortlich ist.« Dann legte er die Stirn in Falten. »Ich wünschte nur, du hättest etwas Handfesteres herausgefunden.«

»Wir beide haben viel zu tun«, sagte Leif zu ihm. »Ich werde versuchen, sie festzunageln. Doch bei der nächsten Rennsequenz sind wir besser auf alles vorbereitet.«

Andy warf einen Blick über die Schulter, während er mit den anderen zum Büffet trottete. »Konkreter geht's wohl nicht, was?«

Leif verbrachte den Rest des Tages damit, Ludmila zu suchen. Doch er konnte sie nirgendwo finden – wahrscheinlich befand sie sich in der Suite der Karpatischen Allianz. Zwar kam sie nachmittags an den Pool und aß abends im Restaurant, doch war sie jedes Mal von ihren Mannschaftskameraden umgeben. Zoltan, der Kommandant des Teams, trug einen mörderisch finsteren Gesichtsausdruck zur Schau, wenn sich Leif dem Mädchen auch nur auf zwanzig Meter näherte.

Ludmilas Augen baten Leif stumm darum, keinen Ärger zu verursachen.

Leif gab es schließlich auf, ging in sein Zimmer und

warf sehnsüchtige Blicke auf sein Bett. Ach, nur ein paar Minuten entspannen ...

Dann wusste er nichts mehr, bis Andy ihn kräftig an der Schulter rüttelte. »Halli-Hallo! Aufwachen! David fand dich in deinem Schlummer so süß, dass er es nicht übers Herz gebracht hat, dich aufzuwecken. Aber wir sollen ja heute Abend wieder im Studio sein, und das heißt, wir müssen bald los.«

Leif wälzte sich einen Moment lang in seinem Bett herum. Es war eine dumme Idee gewesen, ein Nicker-chen zu machen. Er fühlte sich wie betrunken – oder als stünde er unter Drogen. Doch er zwang sich aufzustehen und stolperte ins Badezimmer, um sein Gesicht mit kal-tem Wasser zu waschen.

Als sie ins Studio fuhren, fühlte er sich ein wenig bes-ser. Doch er war noch etwas tollpatschig – seine Hände fühlten sich an, als wären sie eine Nummer zu groß ge-raten.

Wunderbar, dachte er. *Einfach toll. Heute Nacht müs-sen wir mit unseren Kraftfeldsegeln den Fächertanz voll-führen, und ich laufe durch die Gegend wie ein blindes Huhn.* Die Szene, die vor ihnen lag, war eine wirkliche Herausforderung für die Schiffstechniker. Sie mussten im Hyperspace von einer Strömung zu einer anderen übersetzen, die sie schneller voranbringen würde. Dieje-nigen, denen das gelang, würden einen fast uneinholba-ren Vorsprung gewinnen. Diejenigen, deren Techniker zwei linke Hände hatten, hätten gleich zu Hause bleiben können.

Als sie bei der Villa Einsturz ankamen, machte sich Leif sofort auf den Weg zur Toilette, um sein Gesicht noch einmal unter kaltes Wasser zu halten. Er ließ es auch über seine Handgelenke laufen.

Reiß dich zusammen, sagte er sich eindringlich. *Deine Mutter ist eine Tänzerin. Du schaffst es.*

Dann stieß er aus Versehen den Stapel Papiertücher um, die anstelle von Handtüchern auf dem Rand des Waschbeckens lagen.

»Schön, dass du auch kommst«, sagte Andy, als Leif zu seinem Team stieß. Die anderen saßen bereits in dem kleinen Büro auf ihren Computer-Link-Stühlen. »Was ist los? Bist du über eines der Kabelbündel gestolpert?«

Leif unterdrückte seine Gereiztheit und ließ sich auf seinen Stuhl fallen. »Jetzt bin ich ja da«, sagte er. »Packen wir's an.«

Einen Augenblick, nachdem er ins Netz eingestiegen war, befand er sich schon auf der Brücke der *Onrust.*

David drehte seinen Kommandosessel zu ihm um und sah ihn an. »Bist du okay, Leif?«

»Ja«, antwortete Leif. »Doch nächstes Mal lasst ihr mich bitte nicht so lange schlafen, bis wir zur Aufzeichnung müssen.«

Doch je näher der Startschuss rückte, desto besser fühlte er sich.

Adrenalin, dachte er, *ist immer noch das beste Aufputschmittel der Welt.*

Leif sah sich die Frontansicht, die auf dem Bildschirm eingefroren war, genau an. Zwei Schiffe – das dolchartige thurianische Schiff und das anmutige Quadship der Laraganten – hingen vor ihnen. Die Kraftfeldsegel schimmerten in voller Pracht. In der Ferne machte die Strömung, der sie folgten, einen Knick und entfernte sich in einer Kurve von dem anvisierten Planeten.

Doch es gab eine weitere Strömung rechts vor ihnen, die sich im endlosen Grau des Hyperspace fast verlor. Diese floss noch schneller als die, der sie bis jetzt gefolgt

waren. Der Trick war, scharf zu wenden, die Segel anzu-
stellen, um sie im richtigen Winkel aus der Strömung
herauszulösen, dann die Energie von den Segeln auf die
Scanner zu verlagern, damit sie den richtigen Weg fanden, und die Segel schließlich so auszurichten, dass die
Strömung sie erfasste.

Ganz einfach. 97 Vorgänge, die in weniger Zeit erledigt werden mussten, als man brauchte, um sie zu be-
schreiben. Natürlich waren sie in den Computer einprogrammiert, also brauchte Leif nur im richtigen Moment
einen Knopf zu betätigen. In Anbetracht der Tatsache,
dass jedes Schiff genau dasselbe am exakt selben Ort
versuchen würde, hatten sie sich entschieden, die Sequenz manuell einzuleiten. Er würde es sicher schaffen,
den Knopf im richtigen Augenblick zu drücken, selbst in
seiner momentanen Verfassung ...

Leif wischte seine feuchten Hände an seiner Uniform-
hose ab. *Hände, lasst mich jetzt nicht im Stich.*

Die Lichter wurden schwächer, und Hal Fosdyke bat
die Kommandanten der Schiffe um Meldung. Dann begann er mit dem Count-down ... und die Welt auf dem
Bildschirm erwachte wieder zum Leben.

Vor ihnen schwenkte das thurianische Schwertschiff
plötzlich um. Seine Kraftfelder flackerten wild, als es
sich in einem komplizierten Muster bewegte, um aus
dem Antriebsimpuls der Strömung das Optimum herauszuholen.

Dann folgten die Laraganten, die denselben verwir-
renden Tanz ausführten.

»Technik?«, fragte David.

»Bereit«, erwiderte Leif.

»Wir sind fast da«, meldeten Matt und Andy im Chor.
Ihre Augen flogen von den Konsolen zum Bildschirm.

Leif studierte seine eigenen Datenausgaben und hielt sich bereit, um sofort seine Instrumente zu bedienen.

»Energie!«, befahl David.

»Energie.« Leif startete das Programm, das sie durch eine halbe Wende und dann auf ihren eigenen Parabelkurs durch den Hyperspace führen sollte. Er wandte die Augen nicht von seinen Anzeigen. Ständig überprüfte er die Belastung und Geschwindigkeit, die auf jedes Segel einwirkten, während seine Finger winzige Korrekturen an ihrer Stellung vornahmen.

Erst als sie sich ganz aus der Strömung gelöst hatten, die Segel gestrichen und die Energie auf die Scanner umgeschichtet waren, wandte er sich wieder dem Bildschirm zu. »Liegen wir auf Kurs?«, fragte er.

Andy antwortete nicht. Er starrte das Schwertschiff vor ihnen an, das keineswegs die Segel gestrichen hatte. Stattdessen begannen sie zu pulsieren und zu flimmern, und riesige flackernde Lichter breiteten sich wellenartig über sie aus.

»Was passiert da?«, fragte Matt. »Irgendeine Fehlfunktion?«

»Technik?«, fragte David.

»So eine Konfiguration habe ich noch nie gesehen«, fing Leif an.

Wie um seine Worte zu unterstreichen, nahm das Strahlen der merkwürdig leuchtenden Segel noch zu, wurde zu einem blendenden chromatischen Schauspiel und begann zu pulsieren. Nein. Es blinkte. Es blinkte unfassbar schnell, doch es blinkte definitiv. Als Leif versuchte, seine Augen abzuschirmen, schien sich sein Arm wie in einer schlechten Zeitlupenanimation zu bewegen. Wie bei den alten Rockbands mit ihren Stroboskop-Lichtern ...

In seinen Eingeweiden breitete sich ein unangenehmes Gefühl aus, als würde der Boden unter seinen Füßen in einem steilen Winkel weggezogen. Leif merkte, dass er sich an seiner Konsole festklammerte, als wäre sie der einzige Fels in einem tosenden Universum.

Was geschah mit ihm?

Plötzlich erinnerte sich Leif an eine Party, auf der ein älterer Herr seinem Vater von einer früheren Computeranimation erzählte. Es ging um eine japanische Flachbildschirm-Sendung, die lange vor dem Jahrhundertwechsel eingestellt worden war, da die Stroboskop-Effekte der computeranimierten Explosionen epilepsieähnliche Anfälle ausgelöst hatten. Doch jedes Holo- und Veeyarsystem der Welt war inzwischen mit Sicherheitsvorrichtungen ausgestattet, um so etwas zu verhindern. Also, was war hier los? Er konnte es nicht sagen, doch es passierte entgegen aller Sicherheitsvorkehrungen anscheinend wieder.

»Schalt die Bildschirme aus!«, schrie Leif. »Matt!«

Leif versuchte, das blendende Spektakel, das ihm entgegenblinkte, nicht anzusehen. Doch die Wirkung schien auch noch durch seine geschlossenen Augenlider zu dringen.

Er taumelte von der Konsole weg und hielt sich am Kommandosessel fest, um nicht umzukippen. David war halb zusammengeklappt und zitterte am ganzen Körper.

Matt war ebenfalls nicht ansprechbar. Andy versuchte aufzustehen, doch er schien seine Muskeln nicht mehr unter Kontrolle zu haben.

Leif schwindelte angesichts der Lücke, die zwischen Davids und Matts Stuhl klaffte. Sie kam ihm vor wie der Grand Canyon, und er fühlte sich, als würde er in unendliche Tiefen stürzen. Wie auf Stelzen setzte er vorsichtig einen Fuß vor den anderen. Es fühlte sich an, als hätte jemand seine Schuhsohlen mit Schmiere bestrichen. Sobald er einen Fuß bewegte, rutschte er unter seinem Körper weg. Und er wusste, wenn er fiel, würde er nicht mehr aufstehen können.

Irgendwie schaffte er es bis zu Matts Arbeitskonsole, über der sein Freund zusammengebrochen war. Leif schob seine Schulter weg und fiel dabei beinahe zu Boden.

Hoffentlich treffe ich, betete er leise.

Sein Finger erwischte den richtigen Kontakt. Das auf seine Sinne einprasselnde Kreuzfeuer verlosch, als hätte jemand aufgehört, ihm mit dem größten, härtesten Wasserball der Welt auf den Kopf zu schlagen.

Es war still im Raum, bis auf ein grauenvolles, ersticktes Geräusch. Schließlich merke er, dass es aus seiner Kehle stammte.

Matt kam zu sich und wischte sich die Spucke vom Kinn. »W... was war das?«, ächzte er.

»Sag ich dir später.« Leifs Stimme klang nicht viel besser. »Doch es hätte auf keinen Fall passieren dürfen. Kannst du die schematische Sicht einschalten, nicht das reale Bild?«

In der Sendung konnten die Scanner verschiedene Darstellungen liefern. Waren sie beschädigt, gab es Interferenzen im Raum oder wünschten es die Autoren, konnten die Bildschirme ein Radarbild liefern.

Das war definitiv genug Interferenz für heute, sagte sich Leif. *Es hätte nicht viel gefehlt, und mein Gehirn wäre jetzt Brei.*

Die kleinen Echoimpulse auf dem phosphoreszierenden Hintergrund zeigten eindeutig, was geschehen war.

Das Schwertschiff, das bei diesem Bildschirmformat seine glorreichen Todesschwingen nicht mehr zeigte, verfolgte problemlos die Kurve zur nächsten Hyperspace-Strömung, ebenso die *Onrust*.

Doch das Schiff der Laraganten hatte seinen Kurs verlassen. Vielleicht hatten die Auswirkungen des Stroboskop-Rhythmus den Schiffstechniker bereits beim Verlassen der alten Strömung ausgeschaltet. Oder plötzlich außer Kontrolle geratene Hände hatten eine fatale Fehleinstellung vorgenommen. Die Laraganten waren abgedriftet. Sie würden die neue Strömung niemals erreichen. Sie mussten aus dem Hyperspace aussteigen und eine andere Strömung finden, die sie ans Ziel bringen würde. Wenn sie nicht rasch eine fanden, waren sie aus dem Rennen.

Die Schiffe hinter ihnen hatte es noch schlimmer getroffen. Eine stilisierte Wolke breitete sich dort aus, wo sich die Schiffe vier und fünf hätten befinden sollen. Offensichtlich waren sie zusammengestoßen. Einige versuchten noch, den Sprung zu wagen. Andere hatten es nicht einmal geschafft, aus der ersten Strömung abzuspringen. Sie wurden um die scharfe Kurve gerissen und würden einen weiten Umweg in Kauf nehmen müssen.

Leif gelang es, zu David zurückzustolpern, der gerade versuchte, sich aufzusetzen. Er starrte auf den Bildschirm. »Können wir es noch schaffen?«

Während sie zusahen, verblassten die Echoimpulse des thurianischen Schiffs, das sich nun in der neuen Strömung eingehängt hatte.

»Jetzt können sie an ihren Segeln nicht mehr herummurksen«, sagte Leif. Zumindest hoffte er das.

Matt schaltete versuchsweise auf die reale Darstellung

um, doch seine Hand lag bereit, um auf das schematische Bild zurückzuspringen, falls das tödliche Pulsieren
noch auf sie gerichtet war.

Nein. Leif sprang zu seiner Konsole. Sie hatten noch
eine Chance ...

»Strömung gesichtet«, keuchte Matt. Ein vages Glühen auf dem Bildschirm deutete ihr Ziel an.

»Sprung in fünf Sekunden«, sagte Andy, der wieder
am Ruder stand.

»Technik?« Dieses eine Wort schien David eine Menge
Anstrengung zu kosten. Erschöpft sank er auf seinem
Stuhl zurück.

»Machbar.« Leif war wieder auf Station.

»Energie!« Davids Stimme war nur noch ein heiseres
Flüstern.

»Energie.« Leif leitete die Sequenz ein, und die Kraftfeldsegel erwachten zu neuem Leben.

Wenn sie greifen, sind wir auf dem Weg zum Ziel.
Ansonsten gäbe es keine Hoffnung mehr, dass er in seiner momentanen Verfassung die Ausrichtung schnell
genug ändern konnte.

Sie schwangen herum und folgten dem thurianischen
Schiff mit derselben hohen Geschwindigkeit.

Leif ließ sich auf seine Konsole sinken. Sie hatten es
geschafft!

Die Szene auf dem Bildschirm fror plötzlich ein. Kein
Lichterblinken, kein Wort der Warnung.

Es erklang eine Stimme, doch sie gehörte nicht Hal
Fosdyke. »Simulation wird in fünf Sekunden abgebrochen. Bitte steigen Sie aus. Simulation wird in vier Sekunden abgebrochen.«

Das Letzte, was sie nach diesem Erlebnis brauchen
konnten, war ein Systemzusammenbruch. Leif und seine

Freunde kappten ihre Verbindungen – und fanden sich in einem Tollhaus wieder.

Grauenvolle, blubbernde Schreie hallten durch die Flure. Geräusche – und der Geruch – von Menschen, die ihr Mittagessen nicht bei sich behalten konnten, stürmten auf sie ein. Sie hörten dumpfe Schläge und Stöße und den Klang von Schuhen, die auf den Boden hämmerten.

Leif drückte sich vom Computer-Link-Stuhl hoch und bewegte sich zur Tür. Er war so langsam, als trüge er den Stuhl auf seinem Rücken.

Der Schaden, den das pulsierende Flackern ausgelöst hatte, war nicht auf ihr virtuelles Selbst beschränkt geblieben. Offensichtlich hatte es die Sinne und Nerven aller Teilnehmer angegriffen, die sich im Netz befunden hatten!

Vielleicht waren sie selbst sogar noch glimpflich davongekommen, überlegte Leif. Fosdyke und seine Mannschaft hatten die Szene als Holo aufgezeichnet und beobachtet, wie sie sich entwickelte, weil sie die Einstellungswinkel festlegen mussten. Hatte die Bildschirmversion der mörderischen Schwingen denselben Effekt?

Als sich die Explorers einen Weg durch die mit Kabeln bedeckten Gänge der Villa Einsturz bahnten, heulten in der Ferne Sirenen. Der Name des Gebäudes war auf schreckliche Weise zutreffend, wie sie feststellen mussten, als sie sich schwankend in die anderen Büroräume begaben, um ihre Hilfe anzubieten. Beinahe jeder hier war zusammengebrochen – und die meisten konnten nicht mehr aufstehen.

Leif stand draußen in der friedlichen Dunkelheit und atmete die frischeste Luft, die Los Angeles zu bieten hatte, in tiefen Zügen ein. Sein Kopf schmerzte noch immer, und seine Hände zitterten von Zeit zu Zeit, doch er fühlte sich schon bedeutend besser. Die Jungen hatten die ersten Notärzte instruiert – es gab einige ernstere Fälle im Haus, die sofort Hilfe benötigten.

Nachdem sich die Situation entspannt hatte, ließen sich Leif und seine Freunde untersuchen; sie schienen weitgehend okay zu sein.

Dann marschierten sie zum Verwaltungsgebäude, um ein Taxi zu rufen. Auf keinen Fall würden sie in das Horrorhaus, in das sich die Villa Einsturz verwandelt hatte, zurückkehren.

Die meisten Teilnehmer waren auf dem Weg ins Krankenhaus. Einige Krankentragen wurden auch aus dem Spezialeffekte-Trakt hinausgebracht: Hal Fosdyke und seine Leute waren tatsächlich ebenfalls betroffen.

Die größte Überraschung erlebten die Explorers, als sie das Bürogebäude erreichten. Aus dem Haupteingang wurden Tragen geschleppt, die von aufgeregten Sanitätern umringt waren.

Die zuckende, massige Gestalt auf der ersten Trage war unverkennbar Milos Wallenstein!

18

Der Produzent wurde von so vielen Sanitätern gleichzeitig behandelt, dass sich Leif fragte, ob man vorhatte, jedes seiner Kilos einzeln zu versorgen.

Na klar, flüsterte eine zynische Stimme in seinem Hinterkopf, *er bekommt die Hollywood-Produzenten-Behandlung. Oder vielleicht sind einige der Männer Fronties.*

Doch einer der Sanitäter wirkte sehr besorgt, nachdem er den immer noch zitternden dicken Mann untersucht hatte. »Er zeigt eine außergewöhnlich heftige Reaktion.«

Leif, David und Andy sahen einander an. »Vielleicht liegt es ja daran, dass mein Hirn gerade durchgeschüttelt wurde«, meinte Andy, »aber das ergibt immer weniger Sinn für mich.«

»Ich glaube, das geht uns genauso«, sagte Leif. »Im Moment habe ich allerdings keine Lust, darüber zu sprechen. Ich will nicht mal daran denken.«

David nickte. »Ich freue mich immer mehr auf mein Bett.«

Matt gesellte sich wieder zu ihnen. Er hatte das Taxi zum Haupttor bestellt, wie er ihnen mitteilte. Schweigend gingen sie los, zu erschöpft, um zu reden.

Vor ihrer verdienten Ruhepause wurden sie jedoch mit einem neuen Problem konfrontiert. Die Medien hatten von der Katastrophe Wind bekommen und waren wie die Geier ausgeschwärmt. Fotografen standen an der Straße und schossen Bilder von hineinfahrenden Polizeiautos und herauskommenden Krankenwagen. Die Einsatzfahrzeuge kamen wegen der Nachrichtenteams kaum vorwärts – lokale und nationale Holo-Sender drängten herein.

Leif wandte sich erschöpft an Matt. »Erinnerst du dich an den Namen der Taxigesellschaft, die der Rezeptionsangestellte angerufen hat? Vielleicht können wir den Wagen zu einem anderen Tor dirigieren.«

Sie schlichen zum Hotel zurück wie Diebe in der Nacht und gingen schnurstracks in ihr Zimmer, wo sie feststellten, dass Captain Winters dringend um Rückruf bat.

Leif wurde zum Sprecher erkoren und entschied, dass

er den Anruf besser im vollen Holo-Format durchführte, während die anderen hinter ihm standen. Sobald der Captain sie sah, begann er, militärisch knapp auf sie einzureden.

»Wir haben durch die Medien einige widersprüchliche Berichte erhalten«, sagte er. »Ich will die Fakten.«

Während Leif ihm, unterstützt durch Matt und David, die die technischen Details ergänzten, alles erklärte, wurde Winters' versteinerter Gesichtsausdruck immer grimmiger. »Eine unbekannte Anzahl Zivilisten verletzt durch holografische Mittel. Ich denke, wir sollten dankbar sein, dass das nicht während einer öffentlichen Ausstrahlung passierte.«

Leif hatte dieser Aussage nichts hinzuzufügen.

Der Captain schmetterte seine Hände auf den Schreibtisch. »Das geht weit über jugendlichen Leichtsinn hinaus! Ich empfehle, dass wir Pinnacle Productions nicht mehr mit Samthandschuhen anfassen. Bisher hat deren Rechtsabteilung uns in Schach gehalten. Persönliche Privatsphäre, Eigentumsverhältnisse – das Einzige, das sie nicht vorgeschoben haben, war die Trennung von Staat und Kirche. Doch nicht einmal ihre Anwälte können das als Bagatelle abtun. Jemand hat die Sicherheitsprotokolle von Internet und Holonet-Fernsehen umgangen. Das ist nicht die Tat eines Jugendlichen, der in seiner Garage – oder in seinem Ziegenstall – Unfug ausheckt!«

Winters sah aus wie ein Mann, der nach einem Seil gegriffen und festgestellt hatte, dass es sich um den Schwanz eines Tigers handelt. »Es geht um ausgetüftelte, vielschichtige Sicherheitsmaßnahmen. Von Zeit zu Zeit schafft es ein genialer Programmierer, sie so weit zu umgehen, dass jemand einen leichten Schock davonträgt.«

Leif dachte an David und die unangenehmen Folgen seines Absturzprogramms.

»Doch um die Sicherheitssperren auf diese Weise zu umgehen, benötigt man die Unterstützung eines großen Unternehmens ... oder einer Regierung.« Winters blickte seine jungen Leute fest an. »Seid beruhigt, wir werden herausfinden, wer das getan hat.«

Er beendete die Verbindung, aber die Jungen hatten seine Worte noch im Ohr, als sie zu ihren Betten taumelten.

Sie schliefen wie Tote und wachten am nächsten Morgen so spät auf, dass sie es nur mit Mühe zum Frühstück ins Restaurant schafften. Der Speiseraum war sehr spärlich besetzt. Die meisten Teilnehmer, die normalerweise um diese Zeit aßen, bekamen ihr Frühstück im Krankenhaus.

Ein Team saß jedoch wie erwartet einer düsteren Familie gleich an einem Tisch in der Mitte des Raums – der ungeliebte Verein aus der Karpatischen Allianz. Sowohl Zoltan als auch Cetnik starrten die Explorers grimmig an und warfen ihnen hasserfüllte Blicke zu, die so durchdringend waren wie Laserstrahlen. Leif war froh, dass sie sich nicht in der Veeyar befanden. Er und seine Freunde würden jetzt mit Löchern im Körper am Boden liegen.

Ludmila sah aus, als hätte sie in der vergangenen Nacht überhaupt nicht geschlafen.

Die Explorers nahmen sich etwas zu Essen und setzten sich an einen Tisch, der so weit wie möglich vom Team der K. A. entfernt lag. »Okay«, sagte Andy. »Ich habe seit dem Aufstehen meinen Mund gehalten. Aber jetzt muss es heraus. *Was haben die sich dabei gedacht?*«

»Ich denke, sie haben eine Chance gesehen, uneinhol-
bar in Führung zu gehen ... und haben sie genutzt.« David nippte an dem dünnen Tee, zupfte ein bisschen Krus-
te von dem trockenen Toast, den er sich genommen
hatte, und fing an zu kauen.

Nur Andy, der menschliche Müllschlucker, hatte sich
als Einziger den Teller ganz voll geladen. Allein der Geruch dieses Essensberges drehte Leif beinahe den Magen
um.

»Wenn das ihr Ziel war, muss ihnen unser Anblick
das Herz brechen«, sagte Matt und blickte auf seine
Cornflakes-Schüssel. »Wir hängen ihnen immer noch am
Hintern.«

Leif nickte. *Kein Wunder, dass wir solche Blicke ge-
erntet haben, als wir hereinkamen,* dachte er. *Sie sind
diesmal über die Grenzen des Sportsgeistes hinausgegan-
gen.* Streiche, selbst Sabotage, waren eine Sache. Doch
die letzte Tat von Cetnik & Co. hatte Menschen ins Krankenhaus gebracht. Sie hatte das Interesse der Medien auf
sich gezogen und, was aus Sicht der Allianz am bitters-
ten war, nicht ans Ziel gebracht.

»Ich verstehe nicht, was sie damit bezwecken«, sagte
Andy und kaute auf einer Ladung Rührei herum. »War
es das wert? Ich meine, einer der Menschen auf den Tragen war Milos Wallenstein. Wir wissen, dass er im Studio ihr großer Förderer ist.«

»Richtig«, stimmte Matt zu. »Überlegt nur mal, wie er
Cetnik bei der Pressekonferenz hofiert hat und wie er die
Spionage und Sabotage des K.A.-Teams gedeckt hat.«

»Vor allem hat er vertuscht, dass ihr Schiff bewaffnet
ist«, fügte Leif trocken hinzu. »Wir dachten, die politische Gesinnung des großen Mannes hätte seine Beurtei-
lung der ersten paar Zwischenfälle beeinflusst. Als die

Thurianer ihre Waffen zum Einsatz brachten, haben wir gehofft, dass er seine Einstellung überdenkt. Vielleicht hat er letzte Nacht eine schlimme Überraschung erlebt. Ich kann nicht glauben, dass jemand, der vorher gewarnt wurde, es riskieren würde, sich diesem Killer-Licht auszusetzen.«

»Kann auch ein technischer Ausrutscher gewesen sein«, gab David zu bedenken. »Sie haben vielleicht gedacht, dass der Stroboskop-Effekt nur die Leute in der Veeyar beeinflusst und dass es in Holo-Form kein Problem mehr ist.«

Matt sah zutiefst misstrauisch aus. »Oder er hat das mitgemacht, um jeglichen Verdacht von sich abzulenken.«

»Entweder ist er also ein echter Fanatiker oder ein Werkzeug, das man wegwerfen kann, wenn es nutzlos geworden ist«, sagte Leif. »Eins steht jedenfalls fest: Nach letzter Nacht muss er um seinen Job bangen.«

Die anderen drei starrten ihn an. »Denkt mal drüber nach.« Leif breitete die Arme aus. »Seinetwegen wird das Studio eine Menge Klagen am Hals haben – und wofür? Für eine Spezialeffekte-Holo-Show, die niemals gezeigt werden kann, ohne beim Publikum buchstäblich Anfälle zu verursachen.«

Sie beendeten das Frühstück unter den unfreundlichen Blicken des Servicepersonals, das ungeduldig darauf wartete, den Raum für das Mittagessen vorbereiten zu können. Als die Net Force Explorers in ihr Zimmer zurückkehrten, kam gerade das Zimmermädchen heraus.

»Entschuldigung, Sir«, sagte sie zu Leif, als sie ihren Putzwagen durch die Tür schob. »Ich glaube, Sie haben eine Nachricht auf Ihrer Konsole.«

Leif ging hinein. Der Bildschirm der Holo-Suite des Zimmers blinkte tatsächlich. Sofort befahl er dem Computer, es abzustellen – sie hatten im Moment alle genug von blinkenden Lichtern –, und ließ sich die Nachricht anzeigen.

»He, Leute«, rief er. »Pinnacle hat sich gemeldet. Es gibt eine gute Neuigkeit – und eine interessante.«

Die anderen kamen herbei, um die kurze Mitteilung zu lesen. »Schön, dass alle heute Nachmittag aus dem Krankenhaus kommen«, sagte David.

Andy zeigte auf den letzten Absatz. »Was, glaubt ihr, werden die auf der Pressekonferenz sagen?«

»Das erfahren wir, wenn wir dort sind«, sagte Leif. »Der Bus holt uns um eins ab.«

Während der Fahrt zu den Studios herrschte nahezu vollständige Stille. Die meisten Teilnehmer kamen gerade aus dem Krankenhaus und waren daher nicht sehr gesprächig. Und alle waren wütend darüber, dass sie mit der Gruppe im Bus sitzen mussten, die sie ins Krankenhaus gebracht hatte. Rund um das Team der Karpatischen Allianz waren die Sitzreihen unbesetzt. Es kam fast schon einer Lexikondefinition des Wortes »Paria-Staat« gleich.

Nicht einmal Andy fand in der gedrückten Atmosphäre etwas zu witzeln.

Die Kids aus der K. A. stiegen rasch aus dem Bus aus, gefolgt von den anderen Teams. Sie wurden in denselben überdimensionalen Aufnahmeraum geführt, in dem Wallenstein vor wenigen Tagen den Start des Rennens verkündet hatte.

Doch heute war es ein veränderter Milos Wallenstein, der sie begrüßte. Er sah krank aus – und irgendwie eingefallen, dachte Leif, als hätten ihn die Ereignisse der letzten Nacht schrumpfen lassen.

Die Presse war dem Anschein nach noch stärker vertreten als bei der Eröffnung des Rennens, wenn das überhaupt möglich war.

Klar, dachte Leif. *Jetzt können sie über einen Skandal berichten.* Er erwartete nicht, dass die Journalisten den Fall aufarbeiteten. Wie viele Holo-Nets würden ihrem Publikum schon erzählen, dass Hologramme schlecht für die Gesundheit waren, wenn jemand an ihrem Computer herummurkste?

Wallensteins sonst so durchdringende Stimme musste diesmal technisch verstärkt werden, um den Raum auszufüllen. »Meine Damen und Herren von der Presse, liebe Teilnehmer und Fans. Während der Aufzeichnung einer Sequenz der Episode über das Große Rennen erlebten wir – ich eingeschlossen – ein schreckliches Unglück. Da die Rennsequenzen völlig ohne Drehbuch ablaufen, kann alles geschehen. Was passiert ist, könnte man als wettbewerbswidrig einstufen – das führende Team benutzte einen Stroboskop-Lichteffekt, um die anderen Teilnehmer während eines schwierigen Manövers zu verwirren.

Unglücklicherweise erwies sich die Verwirrung als allzu effektiv, da sie anfallähnliche Symptome bei den Teilnehmern in der Veeyar und bei der Crew und den Mitarbeitern hervorrief, die die Sequenz in Holo-Form beobachteten. Mein technischer Direktor, Hal Fosdyke, versicherte mir jedoch, dass die Sequenz nach einer gründlichen Bearbeitung ohne jedes Sicherheitsrisiko dem Publikum gezeigt werden kann – wodurch natürlich ein beachtlicher dramatischer Effekt entstehen wird.«

Richtig, dachte Leif, *wenn Fosdyke und seine Leute sie komplett überarbeiten.*

Unter den Teilnehmern wurde wütendes Gemurmel laut. Sie hatten erwartet zu hören, dass die gefährliche Aufnahme auf dem Müll landen würde, was bedeutet hätte, dass der Wechsel zwischen den beiden Hyperspace-Strömungen erneut aufgezeichnet worden wäre.

Wallenstein bekräftige seine Aussage. »Die Ergebnisse der gestrigen Rennsequenz bleiben gültig.«

Der sonst so rotbäckige dänische Kommandant sah heute etwas grau aus – bis auf die hektischen Flecken, die plötzlich auf seinen Wangen brannten. »Sie meinen, diese *tyven* – diese Diebe – werden für ihre Taten auch noch belohnt?«, platzte er heraus.

Der Produzent war auf eine solche Frage offensichtlich vorbereitet.

»Das ist keine Frage der sportlichen Fairness«, sagte Wallenstein vorsichtig. »Es geht um Authentizität. Die Handlungsweise des thurianischen Teams entspricht dem Charakter dieser Rasse, wie sie jahrelang in der Serie dargestellt wurde.«

Mit anderen Worten, dachte Leif, *wir hätten tödliche Tricks von ihnen erwarten müssen.*

»Es war von Anfang an ein Gütezeichen von *Ultimate Frontier*, dass wir bereit waren, bei der Handlungsweise außerirdischer Rassen die Erwartungen zu übertreffen. Wir wollen die Vielfalt zeigen, die der Menschheit im Universum begegnet – verschiedene Rassen, verschiedene Kulturen ... verschiedene Ethiken.

Wir wollen die Handlungsweise eines übertrieben ehrgeizigen Teams nicht entschuldigen. Doch wir müssen anerkennen, dass seine Aktionen eine gültige Manifestation der Vielfalt des *Ultimate Frontier*-Universums sind – einer Vielfalt, der sich alle Teilnehmer bewusst waren, als sie der Teilnahme am Rennen zustimmten. Denjenigen, die die Möglichkeit der weiteren Teilnahme am Wettbewerb verloren haben, sprechen wir unseren Dank für ihre hervorragenden Leistungen aus. Und denjenigen, die noch im Rennen sind, wünschen wir viel Glück.«

Mit diesen Worten stieg der Produzent abrupt vom Podium und verließ leicht schwankend den Raum, wobei er die hektischen Fragen der Medienvertreter und die wütenden Kommentare der unterlegenen Rennteilnehmer ignorierte.

Leif sah dem Mann fast mit Sympathie nach. In Anbetracht der Philosophie, die er da von sich gegeben hatte, war Wallenstein geradezu gezwungen, das Rennen weiterlaufen zu lassen.

Seine Show ist ein Produkt der Publicity, dachte er. *Und nun hängt er in der Publicity fest, die aus dem Stunt der K.A. entstanden ist.*

Als die Net Force Explorers den Aufnahmeraum verließen, suchte Leif in seiner Tasche herum. Er zog die Schlüssel ihres Mietwagens hervor. »Ich weiß nicht, was ihr davon haltet, aber ich glaube nicht, dass ich eine solche Busfahrt noch einmal ertrage.«

David nickte. »Vor allem, wenn ich mir vorstelle, in welcher Stimmung die Leute jetzt sind.«

Sie teilten der für den Bus zuständigen PR-Angestellten mit, dass sie allein ins Hotel fahren würden, und gingen in Richtung Parkplatz. Leif fuhr aus dem Tor, aber nicht zum Hotel, sondern in die entgegengesetzte Richtung.

»Was machst du denn da?«, fragte Matt.

»Ich dachte, wir könnten ein Mittagessen vertragen – und ich weiß zufällig, dass es in dieser Richtung einen Drive-In gibt, der noch echte Hamburger serviert.«

Es war zwar ein Drive-In, doch keineswegs ein Billigladen. Leif versorgte seine Mannschaftskameraden mithilfe seiner Kreditkarte mit richtigem Essen. *Nennen wir es Therapie*, dachte er.

Zufrieden und satt fuhren sie die Boulevards entlang zu ihrem Hotel zurück. Als sie ausstiegen, bemerkte Leif, dass der Tank fast leer war. »Geht schon mal rauf«, sagte er. »Ich werde auch noch das Auto füttern.«

Einige Blocks vom Hotel entfernt gab es eine Tankstelle. Etwa auf halbem Weg dorthin musste Leif an einer roten Ampel halten – und entdeckte an der Ecke eine alte Bekannte. Er drückte den Knopf und ließ das Fenster auf der Beifahrerseite herunter. »He, Süße«, rief er. »Willst du mitfahren?«

Ludmila Plavusa blickte erstaunt herüber, lächelte ihn glücklich an, sah aber plötzlich besorgt aus. »Ich musste einfach weg«, sagte sie. »Ich konnte nicht da drin bleiben, wo alle Leute uns so hassen.«

»Zu Fuß wirst du nicht weit kommen.«

»Cetnik benutzt unser Auto.«

»Ich fahre zur Tankstelle. Willst du mit?«

Sie sah ihn beinahe schüchtern an. »Wäre dir das denn Recht?«

Leif nickte. »Komm schon«, sagte er.

Er entriegelte die Tür, und sie stieg ein und schnallte sich an. Ludmilas blondes Haar wehte in der sanften Brise, die beim Anfahren durch das Fenster drang.

Okay, du wolltest mit ihr reden, meldete sich eine leise Stimme aus Leifs Unterbewusstsein. *Jetzt hast du die Möglichkeit dazu.*

Er hielt an der Tankstelle und tankte voll. Während das Benzin vor sich hin plätscherte, zog Leif sein Brieftaschen-Telefon heraus und tippte die Nummer der Hotelsuite der Net Force Explorers ein. »Mir ist was dazwischengekommen«, sagte er ruhig, als David sich meldete. »Ich werde ein bisschen unterwegs sein.«

»Wir wollten weitere Gegenmaßnahmen besprechen, um uns in der Finalrunde zu schützen«, erinnerte ihn David.

»Die Aufnahme findet doch nicht heute Abend statt, oder?«, fragte Leif.

»Nein«, sagte David. »Als wir zurückkamen, war eine Nachricht hinterlegt. Ich habe das mit Jane Givens noch mal abgeklärt, nur für den Fall, dass es sich um einen Schwindel handelte. Wir kriegen einen Tag frei, bevor wir das Ganze abschließen.«

»Du bist ja richtig paranoid geworden«, zog ihn Leif auf.

»Liegt wohl an den Leuten, mit denen ich mich herumtreibe«, gab David zurück.

»Also, Matt, Andy und du, ihr seid einfach bessere virtuelle Programmierer als ich.«

»Stimmt«, sagte David trocken. »Dann geben wir dir eben frei – diesmal.«

Sie beendeten die Verbindung, und Leif steckte seine Brieftasche wieder ein. Der Tankvorgang war gerade beendet. Er stieg zurück in den Wagen.

»Was würdest du zu einer echten Fahrt sagen?«, fragte er Ludmila.

»Wohin?«, fragte sie vorsichtig.

»Du wirst es nicht glauben, aber es gibt hier in den Hügeln noch Orte, wo der Betondschungel fast nicht mehr zu sehen ist.«

Sie hielten an, um sich die notwendige »Grundaus-
stattung«, wie Leif es nannte, zu besorgen: Sonnen-
schutzmittel, Insektenspray und zwei Baseballmützen,
um die Sonne abzuhalten. »Damit sehen wir aus wie
Touristen«, erklärte er. Eine Sonnenbrille für Ludmila
und ein paar vorzügliche Delikatessen für ein Picknick
ergänzten die Ausrüstung. Leif hätte darauf verzichten
können, doch Ludmila gestand, dass sie am Verhungern
war.

Dann fuhren sie hinauf in die Hügel, in einen Park an
einem Staubecken. Über ihren Köpfen schwebte der
weltberühmte Hollywood-Schriftzug. »Das ist der Mount
Lee«, sagte Leif und deutete auf den Bergrücken, der hinter den riesigen Buchstaben zu sehen war. »Ein kalifor-
nischer Freund hat mich bei meinem ersten Besuch hierher mitgenommen. Er liebte die Vorstellung, wie das
Land vor hundertfünfzig Jahren ausgesehen haben
muss, als L. A. noch eine Kleinstadt war.«

Sie wanderten einen Joggingpfad entlang und setzten sich unter einen Baum. Leif trank eine Limo, während Ludmila über den Proviant herfiel. »Die Berge bei
uns zu Hause sind ganz anders«, erzählte sie. »Die Felsen
sind grau. Es gibt nicht so viel Sonnenschein.« Sie lächelte ihn an. »Und sehr viel weniger Palmen.«

Eine Weile sprachen sie über nichts Wichtiges, nur
über persönliche Eindrücke von Kalifornien und das Reisen. Dann beschloss Leif, den Sprung zu wagen. »Als ich
das letzte Mal mit dir geredet habe, hatte ich den Eindruck, du willst mir was sagen – doch dann bist du unter der Tischdecke verschwunden. Wolltest du mich vor
dem Killer-Stroboskoplicht warnen?«

Ludmila blickte zu Boden. »Ich wusste, dass sie einen
Plan haben«, sagte sie beinahe unhörbar. »Cetnik prahlte

am Telefon mit einer hundertprozentig tödlichen Waffe. Ich habe das Gespräch teilweise mitgehört.«

Leif fröstelte es selbst in dem hellen Sonnenlicht, das durch die Blätter fiel. Das klang nicht nach dem Stroboskop-Effekt, der sie zwar ausgeschaltet, aber nicht getötet hatte.

»Ich schäme mich so«, sagte Ludmila zerknirscht. »Es war schlimm genug, unseren Laser in der Simulation zu benutzen. Aber Menschen wirklich zu verletzen!« Sie schüttelte den Kopf, als wollte sie die Erinnerung loswerden. »Dafür habe ich nicht Computertechnik studiert und so hart gearbeitet.«

Sie zitterte, und es schien für Leif das Natürlichste der Welt, seinen Arm um ihre Schultern zu legen. Ludmila kuschelte sich an ihn, und sie saßen eine Weile schweigend da.

»Ludmila ...«, sagte er schließlich.

Sie antwortete nicht. Sie war eingeschlafen.

Als Ludmila aufwachte, waren die Schatten merklich länger geworden. »O nein«, sagte sie verlegen. »Sie werden sich fragen, wo ich bin.«

»Erzähl ihnen einfach, du wärst in der Stadt rumgelaufen und hättest die Orientierung verloren«, riet ihr Leif. »Die meisten Leute auf den Straßen von Beverly Hills sind Touristen, da konnte dir natürlich niemand den Weg erklären.«

Sie kehrten zum Auto zurück. Nach wenigen Augenblicken befanden sie sich wieder im Stadtverkehr. Als sie an das Hotel kamen, verließ ein Wagen, der mit dem, den Leif fuhr, fast identisch war, die Garage.

Ludmila verkroch sich sofort in ihrem Sitz. »Cetnik!«

Leif blickte lächelnd zu ihr hinüber. Ihr Spürsinn, was

ihren Anstandswauwau anging, war wirklich beeindruckend.

Dann verflog sein Lächeln. »Ich wette, dass er dich mit der Kappe und der Sonnenbrille nicht erkennt«, sagte er. »Lass uns herausfinden, wohin er fährt.«

Cetnik war nicht der Typ, der sich auf den Straßen der Stadt vergnügen wollte. Er fuhr auf die nächste Schnellstraße und wechselte von dort auf eine andere, die nach Westen führte. »Es kann nicht allzu weit sein«, murmelte Leif. »In dieser Richtung liegt nämlich der Pazifik.«

Der Agent der Allianz bog auf den Küstenhighway ab und fuhr weiter in Richtung Malibu. Dort verließ er die Schnellstraße und hielt Kurs auf die Wohngegend am Strand.

Ludmila sah sich die kleinen, doch offensichtlich teuren Häuser genau an. »Wen könnte er hier bloß kennen?«, fragte sie.

Vielleicht einen reichen anarchistisch-libertären Anhänger?, dachte Leif, doch er behielt diesen Gedanken für sich.

Cetniks Mietwagen hielt vor einem Tor, das sich automatisch für ihn öffnete. Die Auffahrt führte zu einem dicht an einem Hügel gelegenen Haus, bei dessen Bau Teakholz, Glas und Geld offenkundig tragende Rollen gespielt hatten.

Leif hielt auf der Straße vor der Einfahrt an und blieb in sicherer Entfernung von Tor und Überwachungskamera stehen. Kein Name, aber eine kleine, geschmackvoll gestaltete Hausnummer.

Leif zog seine Brieftasche hervor und aktivierte den Telefonmodus. Dann gab er eine Codenummer ein, die er Net Force-Agenten hatte benutzen sehen. Über diese wurde er an eine sprachgesteuerte Datenbank weitergeleitet, für die er streng genommen keine Zugriffsberechtigung hatte. Aber schließlich versuchte er herauszufinden, wen ein Agent eines fremden Landes besuchte, da heiligte der Zweck wohl die Mittel.

Die Verbindung wurde hergestellt, und Leif gab die Adresse an. Einen Augenblick später antwortete die metallene Stimme des Computers: »Eigentümer der betreffenden Adresse – Milos Wallenstein.«

»Oh, oh«, murmelte Leif und blickte triumphierend zu dem Strandhaus hoch. Im Panoramafenster blitzte kurz ein Licht auf. Seine Befriedigung verflog schlagartig. Eine derartige Reflexion wurde gewöhnlich von Linsen verursacht – zum Beispiel denen eines Feldstechers.

Während er Cetnik und Wallenstein mithilfe von modernster Technologie aufgespürt hatte, hatten sie ihn vielleicht mit altmodischen Mitteln entdeckt. Und mit einem Fernglas hatten sie vielleicht auch Ludmila identifizieren können.

Leif startete den Wagen.

»Weißt du jetzt, wem das Haus gehört?«, fragte Ludmila.

»Milos Wallenstein«, antwortete Leif kurz angebunden. Im Moment wollte er nur fort von hier. »Er ist ein Anhänger der anarchistisch-libertären Bewegung. Und wie du vielleicht weißt, sind einige Fraktionen dieser Bewegung von eurem Land sehr angetan.«

Sie fuhren schweigend zum Hotel zurück; er verbissen, sie verwirrt. »Sie haben uns vielleicht entdeckt«, gab Leif schließlich zu. Er hielt den Wagen einige Blocks vor dem Hotel in der Nähe eines Einkaufszentrums an. »Ich weiß, dass man das als Gentleman eigentlich nicht tut, aber ich denke, wir sollten nicht zusammen am Hotel ankommen. Vielleicht siehst du dich hier noch ein bisschen um und bringst ein paar Tüten Souvenirs mit, wenn du ins Hotel kommst – nach mir.«

»Ich habe kein Geld«, sagte sie. »Cetnik bezahlt alles.«

»Da kann ich dir helfen.« Leif nahm einige Scheine heraus und gab sie ihr. »Sag ihnen, deine Mutter hätte Geld gespart, damit du einige Andenken an die Reise kaufen kannst.«

»Das werden sie mir nie glauben, aber das Gegenteil können sie auch nicht beweisen. Wenn sie mir vorwerfen, ich hätte mich mit dir getroffen, werde ich alles abstreiten«, bestätigte Ludmila. Sie setzte Kappe und Sonnenbrille ab, als wären sie Beweise eines Verbrechens, und warf sie ins Auto. »Ich bin spazieren gegangen und habe eingekauft.«

Leif lächelte. »Das ist die richtige Einstellung.«

Er sah ihr nach, bis sie in einem Geschäft verschwunden war. Dann fuhr er zum Hotel weiter. Sobald er in der Garage war, parkte er den Wagen auf dem reservierten Platz und stieg aus.

Plötzlich tauchte ein Schatten hinter einem der Betonpfeiler auf – eine große, breite, männliche Gestalt.

Zoltan, Ludmilas Teamkommandant, stand ihm gegenüber und starrte ihn an.

19

Der bullige Junge aus der Karpatischen Allianz bewegte sich auf den Wagen zu. »Also, wo ist Ludmila?«, fragte Zoltan.

»Das weiß ich nicht – ihr habt sie doch unter Verschluss gehalten«, erwiderte Leif. »Habt ihr sie verloren?«

»Lüg nicht, ich kenne die Wahrheit. Es wird dir nicht gefallen, was gleich passiert.«

»Ach?«, fragte Leif. »Gehst du jetzt zum Angriff über?«

»Deine große Klappe hilft dir nicht mehr«, sagte Zoltan. »Heute sind wir nicht im Bus, wie damals mit diesem corteguayanischen Trottel. Heute gibt es keine Zeugen.«

Er fauchte etwas in seiner Muttersprache und musterte Leif von oben bis unten. »So viele Verbrechen in diesen amerikanischen Städten«, knurrte er und knetete seine rechte Faust mit der linken Hand. »Wen kümmert da ein Fall mehr für die Statistik?«

Mit selbstbewusstem Lächeln trat er vor. Immerhin war er fast doppelt so breit wie Leif. »Vielleicht nehme ich einfach deinen Geldbeutel, damit es wie ein Überfall aussieht. Vielleicht auch nicht. Du scheinst mir der Typ zu sein, der es sich öfters mit eifersüchtigen Freunden verscherzt.«

Als er sich Leif wieder zuwandte, war das Grinsen verschwunden. »Dumme Amerikaner«, sagte er gehässig. »Weich. Dekadent. Süchtig nach Spielen. Eure große Zeit ist längst vorüber, und doch lastet ihr noch wie Blei auf denen, die die Welt verändern wollen. Und wie arrogant ihr seid! Wie bei dieser dämlichen Fernsehsendung, in der ihr davon träumt, eure schwachsinnigen Ideale über die ganze Galaxie zu verbreiten!«

Sein Lachen klang wie ein scharfes Bellen. »Die Menschen, die zu den Sternen fliegen würden, wären wie die Thurianer und nicht wie eure charakterschwache Galaktische Föderation – starke, rassisch reine Krieger!«

Zoltan war nun fast bei Leif angekommen und streckte seine langen Arme aus, um ihn zu packen. »Das wird ein Spaß!«, höhnte er. »Dir große Schmerzen zu – hwuuuuuuuulp!«

Ein einziger Schritt hatte Leif so dicht an Zoltan herangebracht, dass die ausgestreckten Finger seiner rechten Hand ihn direkt unter dem Brustbein trafen wie eine Speerspitze.

Zischend entwich die Luft aus Zoltans Lungen, und er kippte vornüber.

»Nicht sehr schlau, Zoltan«, tadelte Leif seinen Widersacher, der immer noch versuchte, Luft in seine leeren Lungen zu saugen. »Du warst so beschäftigt damit, dein Mundwerk zu bewegen, dass du vergessen hast, deinen Körper anzuspannen. Selbst ein weicher, dekadenter Typ wie ich konnte dich in den Solarplexus treffen.«

Zoltan krümmte sich, rang nach Luft, versuchte aber gleichzeitig, Leif zu packen und ihn in seiner Umarmung zu zerquetschen. Doch Leif wich seitlich aus und schlug dem bulligen Gegenspieler mit dem Unterarm ins Gesicht. Zoltan stolperte. Plötzlich tauchte Leif hinter ihm auf und trat ihm in die Kniekehle.

Zoltan stürzte und schlug hart auf dem Boden auf.

»Mann, das muss wehtun!«, sagte Leif.

Der stämmige Zoltan schaffte es, sich auf Hände und Knie aufzurichten. Doch weiter kam er nicht. Sein Atem rasselte immer noch.

Leif stand über ihm. »Eines solltest du nie vergessen«, riet er ihm. »Net Force Explorers werden von US-Marines ausgebildet. Marines mögen zwar Amerikaner sein, doch sie sind sicher nicht verweichlicht!«

Er unterstrich seine Aussage mit einem Faustschlag in Zoltans Eingeweide. Der große Kerl knickte um und fiel erneut zu Boden.

Diesmal schien er nicht mehr auf die Beine zu kommen.

Während Leif zum Aufzug ging, dachte er an drei Dinge.

Erstens: Es war gut, dass Ludmila das nicht miterlebt hatte. Es hätte ihr nicht gefallen.

Zweitens: Je größer man war, desto tiefer fiel man, auch wenn sich das wie ein Klischee anhörte.

Und drittens: Die Trainer in Quantico hatten Recht gehabt. Man sollte niemals auf Knochen schlagen.

Auf der Fahrt zum dritten Stock schüttelte Leif seine Hand, um den Schmerz in seinen Knöcheln zu lindern.

»Welche Ehre, dass du dich beteiligst«, sagte Andy genervt, als Leif die Suite betrat. Die Net Force Explorers saßen in einer Ecke des Wohnzimmers und arbeiteten an Davids Laptop. Im Hintergrund lief ein Musik-Holo – Musiker mit verlaufenem grünem Make-up, das ihre Gesichter zerflossen aussehen ließ. Eine Barfrock-Band. Leif sah ihrer Darbietung einen Moment zu und schüttelte den Kopf. Sich vor einem Publikum so aufzuführen – konnte das wirklich Spaß machen?

»Wir haben versucht, einen Weg zu finden, wie wir dieses Rennen lebend überstehen«, stellte Matt etwas gereizt fest. Er sprach nicht offen aus, dass er dachte – Leif hätte sich davor gedrückt –, doch der Vorwurf war nicht zu überhören.

»Ich auch«, sagte Leif barsch. Er ging in die Holo-Suite, schaltete die Musik aus und initiierte einen Anruf bei Captain Winters. »Ich habe mit einem Mitglied der karpatischen Mannschaft gesprochen«, teilte er dem Captain mit. »Sie glaubt, dass sie noch Schlimmeres als diesen Anfallauslöser im Schilde führen – etwas Tödliches.«

Das Gesicht des Captains nahm einen vertrauten Ausdruck an. Es war die Sorge des Befehlshabers, der seine Truppen in Gefahr schickte. »Ich will, dass ihr sofort Schluss macht.«

Leif konnte wegen der Proteste seiner Kameraden nicht sofort antworten. Er wartete den richtigen Moment ab. »Kann die Net Force eingreifen?«

»Pinnacle Productions bezahlt seine Anwälte gut – und sie verdienen ihr Honorar«, erwiderte Winters mürrisch. »Wenn ihr Details über dieses tödliche Vorhaben hättet ...«

»Captain, ich weiß nicht mal, ob es stimmt«, gab Leif unglücklich zu. »Wenn Sie das Rennen nicht abbrechen können und wir aussteigen, gewinnt die K. A. Und selbst, wenn Sie sie daran hindern, das Zeug nach Hause zu transportieren, können Sie etwas dagegen unternehmen, dass sie die Geräte ausspionieren?«

»Wenn Pinnacles Anwälte uns in die Quere kommen, wird es eine Weile dauern.« Winters sagte das nicht gern, doch es war die Wahrheit.

»Die Macht der Gesetze«, sagte David verbittert. »Und während sich die Anwälte streiten, können Spione aus der K. A. unsere Spitzentechnologie in aller Ruhe auseinander nehmen.«

»Darüber mache ich mir keine Sorgen. *Ihr* bereitet mir Kopfzerbrechen. Ich werde nicht zulassen, dass ihr ein Risiko eingeht. Diese Leute haben bereits unter Beweis gestellt, dass sie für einen Sieg alles tun würden. Ich will, dass ihr euch zurückfallen lasst und das ganze Rennen über am Ende des Felds bleibt. Mir wäre es tatsächlich am liebsten, ihr würdet so schnell wie möglich einen Absturz hinlegen. Ich möchte, dass ihr da raus seid, bevor es gefährlich werden könnte.«

»Aber, Sir ...«, protestierte Leif.

»Ihr habt mich verstanden. Ich halte euch auf dem Laufenden, was die Anwälte betrifft. Jetzt ruht euch etwas aus. Ihr seht aus, als bräuchtet ihr dringend Erholung.« Winters beendete die Verbindung.

Als das Bild verblichen war, sah Leif seine Freunde an. »Sollen wir uns wirklich zurückfallen lassen und aufgeben, wo wir schon so weit gekommen sind?«, fragte er.

Das Protestgeschrei, das sich daraufhin im Zimmer erhob, machte ihm klar, dass er nicht der Einzige war, der das für eine schlechte Idee hielt. »Also bleiben wir im Rennen, aber wir treffen jede Vorsichtsmaßnahme, die man sich nur vorstellen kann.«

»Was, wenn wir in Schwierigkeiten geraten?«, fragte David.

»Dann melden wir es sofort«, versprach Leif.

Falls wir dazu noch in der Lage sind, flüsterte eine düstere Stimme in seinem Kopf. Aber er hatte nicht die Absicht, wie ein geprügelter Hund den Schwanz einzuziehen. Das wollte keiner von ihnen.

Zunächst einmal hatten sie jedoch ein konkretes Problem.

»Morddrohungen oder nicht, wir sind die einzigen Wettbewerbsteilnehmer, die sich überhaupt in der Nähe der Thurianer befinden. Die anderen Schiffe liegen so weit zurück, dass sie erst einige Minuten nach uns aus dem Hyperspace austreten werden.«

»Und ihr wisst, was das heißt«, sagte Matt ernst. »Keine Zeugen.«

Habe ich das nicht gerade schon mal gehört?, fragte sich Leif, während er zum Kühlschrank ging, um sich Eis für seine Knöchel zu holen.

»Die *Constellation* und die anderen Schiffe dürfen nicht in das System eindringen, bevor nicht ein Rennschiff die Zielboje erreicht hat«, wiederholte David die Bedingungen.

»Was bedeutet, dass nichts und niemand die Thurianer daran hindern kann, uns mit ihren Lasern zu durchlöchern, wenn wir nur die leisesten Anstalten machen, die Boje als Erste zu erreichen.« Andy zuckte mit den Schultern. »Wofür brauchen sie dieses Killerprogramm dann noch?«

»Ich kann euch nicht mehr sagen als das, was Ludmila mir erzählt hat«, sagte Leif. »Sie hat Cetnik belauscht, als er über einen anderen Trumpf sprach, den sie noch im Ärmel haben. Etwas hundertprozentig Tödliches.«

»Was soll das sein?«, bohrte Matt nach.

Leif schüttelte hilflos den Kopf. »Sie weiß es nicht.«

David blickte seinen Freund an. »Glaubst du, sie ist ehrlich, oder ist das eine Art List, um an Informationen zu gelangen?«

»Nach dem, was unserem Freund Jorge aus Corteguay passierte, muss ich sagen, das ist tatsächlich eine gute Frage«, gab Leif zu. Er blickte seine Freunde an. »Aber ich würde sagen, sie hat es ernst gemeint – und war ehrlich. Schließlich hat das Team der K. A. bereits bewiesen, dass es recht einfallsreich ist – und hinterhältig.«

»Sie waren bereit, Menschen zu verletzen«, stimmte David zu. »Aber Mord?«

»He, bei einigen Anfallopfern stand es auf der Kippe«, sagte Andy. »Wo liegt da der Unterschied?«

»Also müssen wir uns tatsächlich Sorgen machen«, meinte Matt. »Vielleicht sollten wir uns diesen Notfallmodus, von dem David sprach, mal genauer ansehen.«

»Was meinst du?«, fragte Leif.

»Wenn du hier gewesen wärst, hättest du alles von Anfang an mitbekommen«, fuhr ihn Andy an.

»Selbst wenn ich hier gewesen wäre, hätte ich euch nur technische Tipps darüber geben können, ob es ein roter oder ein grüner Knopf sein soll«, erwiderte Leif. »Ihr seid doch die Programmier-Genies.«

»Also, es wird ziemlich viel Arbeit werden«, sagte David. »Es geht im Prinzip darum, dass ich mir einen Weg ausgedacht habe, wie wir aus der Simulation aussteigen können, aber uns trotzdem noch darin befinden.«

»Wie?«, wollte Leif wissen.

»Mit dieser kleinen Kiste hier.« David streichelte seinen Laptop. »Wir müssen ihn bei den Kabeln, die die Computer-Link-Stühle miteinander verbinden, zwischenschalten. Wir geben damit einiges an Steuerfreiheit auf, deshalb habe ich es nicht schon früher vorgeschlagen, doch ich hatte auch nicht erwartet, dass ein einfacher Wettbewerb so gefährlich werden könnte. Wenn ich die Wahl zwischen gewinnen und überleben habe, ist klar, wofür ich mich entscheide. Also, wenn wir alles über meinen Laptop laufen lassen, haben wir zwar nicht die vollen Möglichkeiten der Simulation, aber wir können Notfallmaßnahmen einprogrammieren. Ausweichen, volle Schubkraft …«

»Die Zielboje passieren«, schlug Andy vor. »Leider werden wir kompliziertere Manöver wie unser Projekt Blindflug nicht durchziehen können.«

Leif bemühte sich, sich nichts anmerken zu lassen. Er wollte Andy nicht schon wieder provozieren.

»Das ist eine der Gegenmaßnahmen, die wir das letzte Mal besprochen haben«, sagte Matt, dem sein Freund

Leid tat. »Dass wir ihre Scanner durch eine maximale Verstärkung unserer Kraftfeldsegel ausschalten.«

»Habt ihr einen Weg gefunden, wie man es bewerkstelligen kann?«, sagte Leif. »Super!«

»Damit haben wir uns die meiste Zeit beschäftigt, seitdem wir wieder hier sind«, sagte Andy ironisch. »Und was hast du so erreicht?«

»Na ja, ich habe das Auto voll getankt«, antwortete Leif. »Ich habe Ludmila dazu gebracht, mir Informationen zu geben. Und ich habe Kommandant Zoltan aus der thurianischen Kriegsflotte eins aufs Maul gegeben, als mich in der Garage überfallen hat.«

»Das musst du uns genauer erzählen«, sagte David im Tonfall eines Kommandanten. »Doch zuerst müssen wir die Notfallmaßnahmen programmieren. Hat noch jemand Vorschläge?«

Das Team war mit der Ausarbeitung der Notfallprogramme beinahe bis zur Abfahrt zur Aufzeichnung des großen Finales beschäftigt. Bei einigen der geplanten Gegenmaßnahmen war die Umsetzung schwieriger als erwartet. Die Jungen verbrachten Stunden mit der Programmierung entsprechender Tricks, wobei ihnen die einfachen Actionsimulationen der Spieledateien des Hotelsystems als Grundlage dienten.

Leif hatte das Spiel *Tail Gunner Mario* bald restlos satt. Doch als sie fertig waren, konnten sie das Spielzeugflugzeug über das Keyboard Loopings fliegen lassen und Zeichentrick-Pterodactylen abschießen.

Dann stiegen sie auf schwierigere Spiele und kompliziertere Simulationen um, bis David fand, sie wären nun bereit für die letzte Herausforderung. Über das Internet griffen sie auf die virtuelle Version der *Onrust* in

seinem Computer zu Hause zu. Sie ließ sich tatsächlich
steuern!

»Es wird trotzdem kein Kinderspiel«, warnte David.
»Denkt daran, wo sich die Zielboje befindet.«

Die Entwickler des Rennens hatte sich eine letzte Hür-
de für die Teilnehmer ausgedacht und die Zielboje als
sich bewegendes Objekt gestaltet. Sie mussten ihre Geschwindigkeit aber nicht nur an einen einfachen Orbit
anpassen. Nein, diese sadistischen Genies hatten die
Boje mitten in einem zertrümmerten Kometen platziert.
Die Teams mussten diese Masse pulverisierten Welt-
raumgerölls durchdringen und bis auf einhundert Kilometer an die Boje herankommen, um den Sieg zu erringen.

Doch dieses Problem lag noch vor ihnen. Leif hatte
im Moment damit zu tun, die menschlichen Bedürfnisse seiner Freunde zu befriedigen, während diese über
den noch zu lösenden Softwareproblemen brüteten. Er
kümmerte sich um die Wäsche, kaufte Snacks und ließ
sogar Essen aufs Zimmer bringen. Er sprach auch mit
einigen ausgeschiedenen Teams, weil ihm die Zeit, die
die Net Force Explorers in dieser Finalrunde in der
Veeyar verbringen würden, Kopfschmerzen bereitete.
Vielleicht waren ihre Körper in der realen Welt einem
Risiko ausgesetzt – Zoltan hatte schließlich keine Zurückhaltung an den Tag gelegt, als er ihn zu Brei schlagen wollte. Leif bat die Mitglieder zweier Teams, die
nicht mehr im Rennen waren, unauffällig vor ihrer Bürotür in der Villa Einsturz Wache zu halten. Vielleicht
wurde er ja paranoid, doch besser paranoid als Matsch,
beschloss er.

Unterdessen sorgte er sich um Ludmila. Er war während des Programmiermarathons vorübergehend zum

Sklaven geworden, doch sie wurde geradezu in Einzelhaft gehalten. Sie schien einen Großteil der Zeit in der Suite des K.A.-Teams zu verbringen. Bei den seltenen Malen, die sie herauskam, hatte ein vorsichtiger Mannschaftskollege immer ein wachsames Auge auf sie. Leif hoffte, dass sie über ihren gemeinsamen Ausflug zu wenig wussten, um sie dafür zu bestrafen.

Sie hat versucht, dich zu warnen, klagte Leif sich leise an. *Und du hast sie in große Schwierigkeiten gebracht.*

Konnte er ihr helfen? Sobald das Rennen vorbei war, würde sie in ihre *Domovina*, ihre Heimat, zurückkehren müssen. Er konnte ihr ja kein Asyl anbieten. Sie würde das auch nicht annehmen, denn das würde sie für immer von ihrer Mutter, ihrer Familie und allem, was sie kannte, trennen.

Es wäre schön gewesen, mit ihr sprechen zu können, nur um sich zu versichern, dass es ihr gut ging. Doch als sie auf den Bus warteten, der sie für den großen Showdown zu den Pinnacle-Studios bringen sollte, schien selbst dieser kleine Trost außer Reichweite.

In der Lobby waren bereits fast alle Teilnehmer versammelt. Selbst die Teams, die ihre Schiffe verloren hatten – zumindest diejenigen, die man nicht wieder nach Hause geschickt hatte –, wollten sich die finale Sequenz im Aufnahmeraum ansehen. Die Kids, mit denen Leif ausgemacht hatte, dass sie ihr Büro bewachten, nickten ihm zu. Das war das vereinbarte Zeichen, dass sie sich so bald wie möglich davonstehlen und ein Auge auf die Geschehnisse der wirklichen Welt haben würden. Nur ein sich noch in L.A. befindliches Team fehlte – die Parias aus der Karpatischen Allianz.

»Der Aufseher der Karpatischen Allianz, oder wie

auch immer man ihn nennen will, bringt sie mit dem Auto hin«, erklärte der dänische Kommandant den Net Force Explorers.

Leif zuckte mit den Schultern. *Hoffentlich ist das kein Vorzeichen für den Verlauf des Abends*, dachte er.

In den Gängen der Villa Einsturz roch es nach Desinfektionsmittel, doch trotzdem lag der säuerliche Geruch von Erbrochenem noch in der Luft. David stand im Eingang und rümpfte angeekelt die Nase.

»Egal wie es ausgeht, das ist unser letztes Mal hier drin«, sagte Leif. »Und wenn wir erst mal im virtuellen Modus sind, werden wir es nicht mehr riechen.«

David nickte, und sie machten sich auf den Weg in ihr Büro. Sobald sie drinnen waren, schloss Leif die Tür, soweit es die Kabelstränge zuließen. Matt und Andy stürzten sich auf die Computer-Link-Stühle, die man von der Tür aus am schlechtesten sehen konnte, rissen die Verbindungsstecker zu den Kabelsträngen heraus und setzten ein Zwischenstück ein. Sie arbeiteten flink und sauber. In kürzester Zeit war Davids Computer in den Schaltkreis eingebaut.

Im Moment arbeitete er im Passivmodus und zeigte nur, was die Abteilung für Spezialeffekte von der Simulation vorbereitet hatte. Das Display des Computers gab eine Miniaturansicht der Brücke der *Onrust* wieder. Es war viel zu klein, um genau zu erkennen, was auf dem Liliputaner-Bildschirm dargestellt war.

Das werden wir noch früh genug rausfinden, sagte sich Leif.

Sobald die Jungen ihre Verbindungen mit der Simulation kappten, würde der Laptop das Kommando übernehmen, sodass sie das Schiff über das Keyboard des kleinen Computers steuern konnten. Für die verschiedenen Manöver hatten sie eigene Hotkeys programmiert.

David war sich immer noch nicht sicher, ob sie damit nicht sofort in einen Klumpen Kometeneis krachen würden.

Besser, als dank eines karpatisch inspirierten Programmierstreichs wirklich zu sterben, dachte Leif. Er glaubte fest, dass das tödliche Ass in Cetniks Ärmel auf das Schiff gerichtet sein würde, das einem thurianischen Sieg am gefährlichsten werden konnte. Sie würden nicht alle Teilnehmer umbringen wollen. Die Mannschaft der *Onrust* war daher das logischste Ziel für Cetniks Plan, wie auch immer der aussah.

Aus diesem Grund kribbelte es in Leifs Magen, als er seinen Kameraden auf die Computer-Link-Stühle folgte und ins Netz einstieg.

Einen Augenblick später befand er sich auf der Brücke der *Onrust.* Das schummrige Grau des Hyperspace war auf dem Bildschirm eingefroren. Vor ihnen befand sich ein unbestimmter Umriss – das thuriansche Schwertschiff. Die Heckansicht zeigte keine Spur der sie verfolgenden Schiffe, so genau Leif den Bildschirm auch absuchte.

Endlich allein, dachte er. *Und sie haben die besseren Waffen.*

Die Lichter gingen aus, und Hal Fosdyke bat die Teilnehmer um Meldung. Er klang an diesem Abend etwas angespannt – vielleicht hatte er Angst vor weiteren unerfreulichen Überraschungen.

Der Count-down lief, der Bildschirm erwachte aus seiner Starre, und die Schiffe bewegten sich.

»Wir haben eine Chance, uns vor sie zu setzen«, murmelte David. »Wenn ich unseren Austrittszeitpunkt auch nur einige Millisekunden hinter den ihren legen kann ...«

»... dann sind wir tiefer im System und näher an der Zielboje«, beendete Andy den Gedanken für ihn. »Du hast den Austritt programmiert – glaubst du, wir schaffen es?«

»Das Problem ist, dass wir nicht wissen, wie ausgefeilt ihre Austrittssoftware ist«, sagte Matt. »Ich habe eine manuelle Steuerungsmöglichkeit offen gelassen, aber ich kann nicht vorhersagen, wo ihre Grenze liegt.«

»Das vielleicht nicht«, sagte Leif. »Doch die Corteguayaner hatten ein besseres System als sie – deshalb wurde Ludmila auf sie angesetzt. Also haben wir eine Chance.«

Sie rasten, mitgerissen von der Hyperspace-Strömung, tiefer in das System hinein. Als sie das Ende des Austrittsbereichs erreichten, verstummte die Unterhaltung. Aller Augen waren auf den unregelmäßigen Klumpen gerichtet, als der das thurianische Schiff im verschleiernden Grau des Hyperspace erschien.

»Das wird knapp«, murmelte Matt.

»Wir haben keine Zeit mehr.« Das kam von Andy.

Vor ihnen flackerte etwas im grauen Nebel. »Sie haben die Segel gesetzt!«, rief Leif.

Matt jauchzte. »Sie sind draußen!«

David starrte mit tödlicher Konzentration auf die Datenausgaben seiner Armlehnen. Der Computer zählte die letzten winzigen Nanosekunden herunter und initiierte dann die Sequenz. »Austritt!«, verkündete er.

Die Segel entfalteten sich und schickten sie auf einen neuen Kurs. Nun hieß es, Segelenergie herunterfahren, Triebwerksenergie steigern ...

Der gespenstische Kometenschwanz, den sie verfolgten, füllte fast den ganzen Bildschirm aus. Ein winziger Fleck in der Heckansicht zeigte das Schwertschiff, das sie gerade überholt hatten.

»Andy, Kurs setzen«, befahl David. »Manövergeschwindigkeit auf Unterlichtgeschwindigkeit setzen ...«

Bevor er den Satz beenden konnte, erschien zwischen Scanning- und Steuerkonsole ein leuchtender Fleck von der Größe eines Menschen, der immer heller wurde. Eine Energiekorona flackerte kurz auf, dann erschien die Gestalt von Commander Dominic. »Widerruft diesen Befehl!«, rief er. Auf seinem attraktiven Piratengesicht lag ein hämisches Grinsen.

Die Mannschaftsmitglieder starrten ihn an. »Was machen *Sie* denn hier?«, platzte es aus Andy heraus.

»Wer sind Sie wirklich?«, wollte Leif wissen.

»Oh, ich bin wirklich ich«, versicherte ihm Lance Snowdon. »Allerdings bin ich nicht als guter Commander hier, obwohl ich die Uniform trage. Nein, ich bin Lance Snowdon, Schauspieler – und Aktivist. Auf einer kleinen Mission für die Karpatische Allianz.«

Mit diesen Worten richtete er den Handpulser, den er bei sich hatte, auf Matt und drückte ab.

Der übliche blaue Funken trat aus der Mündung der Waffe aus. Er traf Matt, der gerade von seinem Sessel aufsprang.

Wie ein gefällter Baum stürzte der Junge quer über seine Konsole.

»Keine Sorge«, versicherte ihnen Snowdon, während er sich umwandte, um sie mit der Waffe in Schach zu halten. »Ich habe ihn nur mit dem Bewusstlosigkeitsstrahl des Pulsers getroffen. Er wird in einem Moment wieder bei uns sein.«

Der Schauspieler ließ sein schönes Grinsen aufblitzen. »Länger werden meine karpatischen Freunde nicht brauchen, um das Programm einzusetzen, das euch raushauen wird.«

Er nickte Leif zu. »Ich fürchte, es wird deine Schuld sein, Leif. Du wirst die Beschleunigung der Triebwerke nicht richtig ausbalancieren. Und obwohl du das Schiff vor dem Auseinanderbrechen retten wirst, indem du die ganze Energie auf die Rumpfstabilisationsfelder leitest, werdet ihr zu weit vom Kurs abgekommen sein, um etwas auszurichten. Der Preis gehört den Thurianern.«

Die Fassade des Schauspielers fiel rasch von ihm ab. Seine Augen leuchteten fanatisch. »Und *was* für einen Preis sie bekommen werden. Die beste weltweit erhältliche Computertechnologie – besser als alles, was selbst auf dem amerikanischen Markt heutzutage erhältlich ist!«

»Dazu wird es nicht kommen«, sagte Leif beiläufig. »Wir haben die Net Force bereits in Kenntnis gesetzt.«

»Dann müssen wir zu Plan B übergehen«, sagte Snowdon. »Wenn wir die Technologie nicht mitnehmen können, tragen wir sie in unseren Köpfen davon. Cetnik erzählte mir, dass seine kleinen Cyber-Spione wie Schwämme sind, die alles aufsaugen, was sie zu Gesicht bekommen. Vielleicht verstehen die Typen in Washington dann, dass man über Ideen keine Embargos verhängen kann!«

»Okay«, sagte Andy. »Wir haben das Was und das Wie besprochen, jetzt frage ich mich nur noch: warum?«

»Du meinst, warum ich mich gegen unsere ruhmvolle Regierung wende? Warum ich mich den Regeln nicht unterwerfen will, die von einer Hand voll machtgieriger Leute aufgestellt wurden?«

Andy schüttelte den Kopf. »Eigentlich habe ich an

weniger Hochtrabendes gedacht. Meine Frage war ganz konkret: Warum helfen Sie einer Meute von Nachwuchs-Kriegsherren, an Technologie zu kommen, mit deren Hilfe sie noch mehr Schwierigkeiten in ihrem Teil der Welt verursachen können – und vielleicht auch in unserem?«

Snowdon verwandelte sich wieder in sein höfliches Schauspieler-Ich. Er brachte es sogar fertig, verletzt auszusehen. »So, wie ihr Kerle redet, würde man denken, ich wäre der Böse in diesem kleinen Drama! Das stimmt nicht. Cetnik hatte einen alternativen Plan – mit einem fatalen Ausgang, der euch alle das Leben gekostet hätte. Er war sehr angetan von den Propagandamöglichkeiten – dekadenter Amerikaner tötet junge Leute, während die Vertreter der Karpatischen Allianz durch harte Arbeit den Preis erringen.«

Er legte die freie Hand auf sein Herz. »Ihr solltet mir danken! Ich habe es geschafft, ihn bei seinem Besuch bei Milos Wallenstein davon zu überzeugen, den Killerplan nicht auszuführen.«

David blickte den Schauspieler fest an. »Macht es Ihnen überhaupt nichts aus, mit einem Beinahe-Mörder zusammenzuarbeiten?«

Das saß. Snowdon sah eine Sekunde lang wirklich schuldbewusst aus, doch er zwang seine Gesichtszüge sofort wieder zur Härte. »Mr. Cetnik war ein Student mit sehr guten Karriereaussichten, als der letzte Krieg ausbrach. Er und seine Bewegung erlebten harte Zeiten – teilweise war das die Schuld unseres Landes. Auch wenn wir Leute wie Slobodan Cetnik nicht mögen, dürfen wir doch nicht vergessen, dass wir mitgeholfen haben, sie zu erschaffen.«

»Tja, das sagen Terroristen immer. ›Wir sind gute

Menschen – aber ihr bringt uns dazu, schreckliche Dinge zu tun«, spottete Andy. »Üblicherweise scheinen wir diese ganzen Probleme nur dadurch zu verursachen, dass wir atmen.«

Snowdons Finger auf dem Griff seines Handpulsers verfärbten sich weiß.

Leif beschloss, einzuschreiten und ihn abzulenken. »Eines wüsste ich gern: Wallenstein hatte doch nichts mit Cetnik und seinem Plan zu tun, oder? *Sie* waren der Kontaktmann, der im Studio alles organisierte.«

Snowdon sah angewidert aus. »Wallenstein ist ein fetter, alter Dinosaurier, der seit Jahren nichts Neues zu der Show beigetragen hat. Ich habe ihm Drehbücher angeboten! Ich wollte Regie führen …«

Glücklicherweise hielt der Schauspieler von selbst in seiner Tirade inne.

»Ich dachte, Wallenstein wäre ein Anhänger der anarchistisch-libertären Bewegung«, sagte Leif.

»Er redet darüber, weil es etwas Neues ist und er jeden glauben machen will, er wäre im Herzen jung geblieben. Vielleicht steuert er tatsächlich Geld bei, aber kämpft er wirklich dafür? Ist er bereit zu handeln?«

Die Sterne auf dem Frontbildschirm begannen, sich zu verschieben. »Ah, wir haben übernommen. Okay, solange ihr nicht versucht, über eure Konsolen irgendwelche Eingaben zu machen, können wir das Ganze zu einem schnellen und schmerzlosen Ende bringen.«

Er lächelte sie überlegen an. »Cetnik lässt eine Ansicht dieser Brücke ablaufen, die speziell animiert wurde, um zu den Aktionen des Schiffs zu passen. Ich muss nicht erwähnen, dass ich darauf nicht zu sehen sein werde. Entspannt euch und genießt die Fahrt. Ihr seid aus dem Rennen. Und wenn ihr versuchen solltet, euch im

Nachhinein darüber zu beschweren – Aufzeichnungen lügen niemals, oder?«

Snowdon lachte über seinen Witz, als plötzlich ein weiterer Beamerstrahl auf der bereits überfüllten Brücke erschien. Er verfestigte sich zu einer völlig unerwarteten Person – Ludmila Plavusa.

»Zoltan hat uns aus dem Schiff geholt! Es läuft ferngesteuert!«, schrie sie. »Er wollte uns nicht erklären, warum wir die Simulation verlassen mussten – aber als wir draußen waren, habe ich gehört, wie er über ein Mini-Telefon mit Cetnik sprach. Der tödliche Trick ist ein Defekt, der in dieses Programm eingebaut ist! Er kann euch jeden Moment töten!«

20

»Das ist lächerlich!«, knurrte Lance Snowdon und griff nach dem Handpulser. »*Ich* bin an Bord und habe alles ...«

»Ludmila! Raus mit dir!«, schrie Leif. Er sprang auf, um den Schauspieler daran zu hindern, auf sie zu schießen. Die Reaktionszeit des Darstellers war lächerlich lang. Offensichtlich wurden die Kämpfe Commander Dominics überarbeitet. Leif schlug zu, traf ihn und drückte die Hand mit der Waffe über seinen Kopf.

Sobald der Pulser niemanden mehr treffen konnte, rief David den Notfallcode, der sie aus der Simulation herausholte.

Leif fiel in der wirklichen Welt beinahe vom Stuhl, da sein Körper in der Realität noch die Bewegungen ausführte, mit denen er in der Veeyar gegen Lance Snowdon gekämpft hatte. Während er sich aufrichtete, flitzte David los und schnappte sich den Laptop. Er hämmerte auf einen der Hotkeys für Notfallmanöver.

»Hoffentlich schaltet das ihre Manipulation aus«, murmelte er. »Sonst fliegt das Schiff in die Luft.«

»Zumindest kriegen sie uns nicht«, sagte Andy und starrte auf das Display. »Scheint, als wären Snowdon und deine blonde Freundin auch rausgekommen.«

David vergrößerte das Display des Computers, sodass sie alle eine bessere Sicht darauf hatten. Der glühende Kopf des Kometen wurde langsam größer. »Ich glaube, das ist unser Programm!«, sagte er. »Wenn wir die Kontrolle über die Steuerung verloren hätten, würden wir mehr herumschlingern.«

»Ich frage mich, was sie in der Zentrale der K. A. gerade tun«, sagte Matt und verbog seinen Hals, um einen Blick auf das thurianische Schiff zu werfen.

Das Schwertschiff änderte plötzlich den Kurs und schoss auf die *Onrust* zu.

»Ich glaube nicht, dass das ferngesteuert ist«, sagte Andy angespannt.

»Wahrscheinlich hat Zoltan seine Crew zurückgeholt, als wir ihre externe Steuerung durchbrochen haben«, sagte David. Er biss sich auf die Lippen.

Leif konnte das Dilemma seines Freundes verstehen. Sollte er sie zurück in die *Onrust* bringen? Was, wenn Cetnik den tödlichen Befehl eingab?

»Sind sie nah genug, um auf uns zu schießen?«, fragte Leif.

Matt blinzelte auf die Bildschirme im Display. »Ohne die Datenausgaben meiner Konsole kann ich da nur raten. Nein, ich glaube nicht, dass sie schon nah genug sind.«

Leif wandte sich an David. »Versuch mal den Aus-
weichmanöver-Code. Dadurch hüpfen wir so herum,
dass sie uns nicht treffen können.«

David nickte und gab den Code ein, akzeptierte damit
Leifs unausgesprochenen Vorschlag: *Wir gehen nicht
wieder rein.*

Die Kometenmasse tanzte auf dem Frontbildschirm,
als die *Onrust* auf Korkenzieherkurs ging. Sie sauste im
Zickzack hin und her, als wäre sie ein Kampf- und kein
fragiles Rennschiff.

*Wir könnten uns mit dieser Luftakrobatik mitten im
Geröll selbst in Stücke reißen,* dachte Leif.

Auf Matts Konsole begann ein rotes Licht zu glühen.
»Schlechte Neuigkeiten«, sagte er. »Sie haben uns wahrscheinlich als Ziel erfasst.«

Sie beugten sich über das Display und warteten auf
den Laserstrahl, der alles beenden würde.

Doch er kam nicht.

»Ludmila!«, seufzte Leif. »Ich wette, sie weigert sich
zu feuern!"

Das thurianische Schiff schoss schließlich doch einen glühenden roten Strahl auf die *Onrust,* doch das
Rennschiff konnte ausweichen. Das Warnleuchten erlosch.

»Sie haben uns verloren!«, rief Matt.

»Vielleicht brauchen sie nicht mehr zu schießen«, sagte David und beobachtete, wie der Komet anwuchs. »Wir
kommen gefährlich nah dran. Ein falscher Sprung, und
wir krachen in das Ding da rein.«

»Wie sieht es mit den Thurianern aus?«, fragte Leif.
»Wie nah sind sie dran?«

»Sie konnten uns dank unseres Gehüpfes einholen«,

sagte Matt unglücklich. »Wenn sie uns noch mal ins Visier bekommen, können sie uns gar nicht verfehlen.«

Leif drehte sich zu David um. »Wir haben doch noch das vorprogrammierte Kommando für eine Vollbremsung, oder?«

David sah ihn an. »Ja.«

»Dann sollten wir es einsetzen.«

»Aber dann jagen sie uns in die Luft!«, protestierten Matt und Andy.

»Wir können Operation Blindflug nicht einleiten, solange wir nicht wissen, wo sich die Thurianer im Verhältnis zur *Onrust* befinden«, gab Leif zurück. »Wenn wir weiter so herumspringen, können wir die Segel nicht ausrichten.«

»Eins nach dem anderen«, murmelte David mehr zu sich selbst als zu den anderen.

»Am besten entscheidest du dich für einen vernünftigen Kurs und wartest, bis sie im richtigen Bildschirm auftauchen«, schlug Andy vor.

»Sie sind jetzt direkt hinter uns!«, warnte Matt eindringlich.

David drückte auf eine Taste. Der Komet fror plötzlich auf dem Frontbildschirm ein. Das Schwertschiff kam in der Heckansicht näher.

Er betätigte eine weitere Taste. »Das Netz ist ausgeworfen«, murmelte er.

»Kontakt!«, schrie Matt, als die Kraftfeldsegel das thurianische Schiff einfingen.

»Und schnapp!« David tippte auf eine weitere Taste.

Die Lichter der *Onrust* wurden noch dunkler als bei den Ankündigungen der Spezialeffekte-Crew.

»Dir fehlt es wohl an Energie, was?«, versuchte Andy zu witzeln.

Niemand schenkte ihm Beachtung. Sie starrten alle auf den Heckbildschirm. David hatte seine Sache gut gemacht, doch er hatte das Netz fast blind ausgeworfen.

Eine Sekunde lang sah das thurianische Schwertschiff aus wie ein modernistisches Schmuckstück, das hier und da mit Diamanten und Rubinen besetzt war. Doch im Moment waren diese kleinen, funkelnden Blitze wertvoller als jeder Edelstein. Sie zeigten Emitter an, die unter dem Energiestrahl, den David auf sie abgeschossen hatte, explodierten.

»Ich weiß nicht, ob wir sie geblendet haben«, sagte David und blickte mit einem leisen Lächeln in die Runde seiner Freunde. »Aber wir haben ihnen sicherlich einen Balken ins Auge gesteckt!«

David schien Recht zu haben. Das thurianische Schwertschiff drosselte die Geschwindigkeit und trieb im All. Inzwischen brachte David die *Onrust* langsam und vorsichtig an den Haufen Kometenbruchstücke heran.

Leif wurde das Herz schwer, als er das winzige Bild betrachtete, das den Frontbildschirm der *Onrust* darstellte. Der Kern des Kometen sah aus wie eine altmodische Darstellung eines Asteroidengürtels. Massen schmutzigen Eises in jeder Größe – von Geröllblöcken bis hin zu kleinen Bergen – flogen umher, taumelten gegeneinander und wurden wieder abgestoßen, wenn sich ihre Oberflächen durch Strahlung aufgeladen hatten.

Wenn das unser einziger Anhaltspunkt für die Navigation ist, sind wir wahrscheinlich fast genauso blind wie die Thurianer, dachte er. *Und wir haben nicht ihre Möglichkeiten, das Schiff zu steuern.*

Doch David war offensichtlich bereit, es zu versuchen. Mit wachsamem Blick und zusammengekniffenem Mund tippte er vorsichtig auf dem Keyboard des Laptops herum, um verschiedene einfache Manöver mit minimaler Geschwindigkeit durchzuführen. Langsam kroch die *Onrust* auf eine große Spalte im Chaos des Kometengerölls zu.

Von Leifs Standpunkt aus sah sie wie das aufgerissene Maul eines Ungeheuers aus.

Wie eine Fliege, die in den Schlund eines Riesen fliegt, dachte er. *Ich versuche lieber nicht, mir vorzustellen, was passiert, wenn der Riese uns verschluckt.*

Matt und Andy versuchten zu helfen, wo sie konnten, indem sie vor möglichen Gefahren warnten und ihn ermutigten.

»Das machst du toll, Kumpel«, sagte Matt fest. »Pass auf den Eisberg da links auf ...«

»Vorbei! Wie läuft's?«, fragte Andy.

Leif konnte sich vorstellen, dass David ihn frustriert angestarrt hätte, wenn er die Augen vom Bildschirm hätte wenden können. »Es ist wie ... eine F-18 bei voller Geschwindigkeit – o nein! Hah! Verfehlt! – mit einer Hantel als Steuerknüppel zu fliegen«, erwiderte der Kommandant abgehackt.

»Kurz gesagt, lasst ihn in Ruhe«, warnte sie Leif. »Er hat gerade genug im Kopf.«

Auch Leif hatte etwas im Kopf. Er zwang sich dazu, sich von der dicht um den Laptop gedrängten kleinen Gruppe abzuwenden und zog seine Brieftasche hervor. Er schaltete auf Telefonfunktion um und wählte die Net Force-Nummer auf der integrierten Tastatur.

Captain Winters konnte kaum glauben, wie weit die Karpatische Allianz gegangen war, um neue Technologien in die Finger zu bekommen. Doch als er von Lance

Snowdon und Slobodan Cetniks letztem Coup hörte – und davon, dass es möglicherweise Aufzeichnungen gab, die als Beweis für ihr Komplott dienten –, ließ er Leif einen Moment warten.

Einige Minuten lang hörte er nur die gedämpften Jubelschreie und Seufzer der Jungen hinter sich, dann war Captain Winters' Stimme wieder zu hören. »Ich glaube, nicht einmal die Net Force beeindruckt diese Leute, wenn sie gerade am Filmen sind, oder wie sie das auch nennen«, sagte Winters. »Ich konnte schließlich mit einem Typen namens Wallenstein sprechen. Er war ziemlich aufgebracht, als er von der Geschichte hörte, und schob die Verantwortung auf einen – Cosgrove?«

»Fosdyke?«, schlug Leif vor.

»Ja – jedenfalls haben sie die Sache überprüft. Es gibt definitiv Diskrepanzen zwischen dem, was euer Schiff machte, und dem, was angeblich auf der Brücke vor sich ging. Unser Büro in L.A. versucht jetzt, dem Agenten aus der K.A. auf die Schliche zu kommen. Wenn wir ihn auf frischer Tat ertappen ...«

Hinter Leif erhoben sich drei Stimmen zu frenetischem Jubel.

»Was geht da vor sich?«

Leif schnellte herum und warf einen ungläubigen Blick auf den Computerbildschirm.

»David hat es gerade gegen alle Widrigkeiten geschafft, die Zielboje zu erreichen«, antwortete er. »Wenn er uns noch ein paar Minuten am Leben erhalten kann, gewinnen wir das Rennen.«

Anstelle der empfindlichen Instrumente, die er in der Veeyar hätte benutzen können, um sie aus dem Kometenkern herauszubringen, stand David nur die Tastatur des Laptops zur Verfügung. Noch dazu donnerte während einiger der schwierigsten Manöver der Lärm eines landenden Hubschraubers durch die hauchdünnen Wände der Villa Einsturz.

»Was zum Teufel ist das?« Matt verdrehte den Hals und versuchte, aus dem verhängten Fenster zu sehen.

»Mich interessiert wirklich, wie irgendjemand hier drin schreiben kann«, grummelte Andy, der zwischen den Geschehnissen auf dem Bildschirm und dem wachsenden Tumult auf dem Flur hin- und hergerissen war.

Durch den Türspalt sah Leif, wie ein protestierender Slobodan Cetnik von Net Force-Agenten des FBI durch den Gang eskortiert wurde.

Einer der Beamten trug einen Laptop, der das genaue Ebenbild von Davids war.

Als die Net Force Explorers am nächsten Morgen zum Frühstück gingen, entdeckten sie einen Überraschungsgast in der Lobby – Captain Winters.

»Glückwunsch zu eurem Sieg«, begrüßte er sie. »Ich habe allerdings gehört, dass Pinnacle nun einiges an Arbeit vor sich hat.« Er seufzte. »Genau wie das Außenministerium.«

»Politik.« Leif sprach das Wort so aus, als wäre es etwas Schmutziges.

»Beide haben ein begründetes Interesse daran, die Geschichte nicht öffentlich werden zu lassen.«

»Ja, genau«, sagte Andy grimmig. »Auf keinen Fall die Karpatische Allianz verärgern. Die verhalten sich uns gegenüber ganz offen feindselig, und wir ertappen sie bei einer Aktion, die Cyber-Terrorismus sehr nahe kommt – aber sie zu beleidigen wäre gegen die Regeln der Diplomatie.«

Matt dagegen kam gleich auf den Punkt. »Was führt Sie her, Captain Winters?«

»Ich glaube nicht, dass Sie uns nur gratulieren wollten«, sagte Leif.

Winters schenkte ihm ein leises Lächeln. »Teilweise ist das deine Schuld, Anderson. Ich bin auf einer sehr kurzen Mission, die mit unserem Büro hier in L. A. zu tun hat. Schließlich war ich derjenige, der die Kollegen nach deinem Anruf auf das karpatische Problem gestoßen hat.«

»Was denken Sie, wie wird sich das alles auflösen?«, fragte Leif.

Der Captain zuckte mit den Schultern. »Ich nehme an, Pinnacle wird das Rennergebnis akzeptieren, obwohl der Schluss in der Holoversion ziemlich überarbeitet auf Sendung gehen wird. Dieser Schauspieler – Snowdon – war sehr wütend, als ihm bewusst wurde, dass Cetnik ihn ohne weiteres getötet hätte, um seinen Plan zu Ende zu bringen. Trotz des Einschreitens einer ganzen Horde von Pinnacle-Anwälten hat er beim FBI ausgepackt. Sie erstellen eine Akte darüber, welchen Einfluss die Karpatische Allianz auf anarchistisch-libertäre Splitterparteien hat.«

»Auf die politischen Chancen der Bewegung wird sich das nicht gerade positiv auswirken«, sagte Leif.

Winters zuckte mit den Schultern. »Das hängt ganz davon ab, wie viel nach außen dringt.« Dann sah er beinahe verlegen aus. »Ein ehemaliges hochrangiges FBI-Mitglied steht an der Spitze ihrer Strategieabteilung. Er war zeitlebens ein Frontie.«

»Also könnte Commander Dominic billig aus der Sache rauskommen«, sagte David. »Was ist mit Cetnik?«

»Wenn sein Staat für das einsteht, was er hier getan

hat, kommt er frei«, gab Winters zu. »Doch ich werde eine kleine persönliche Unterhaltung mit ihm führen. Ich werde ihm klar machen, dass es angesichts seines Versagens Dinge geben könnte, die er seiner Regierung lieber verschweigen möchte.« Er blickte Leif an. »Zumindest das können wir für das Mädchen tun, das dir geholfen hat.«

Das war das Stichwort …

»Danke für die Information. Ich werde versuchen, das an sie weiterzuleiten. Aber Captain … Jungs … jetzt müsst ihr mich entschuldigen. Ich habe eine Verabredung.«

Leif erhob sich von seinem Platz und nahm das schlicht verpackte Päckchen mit, das er an der Rezeption erhalten hatte. Es war von einem Boten des Büros seines Vaters in L. A. überbracht worden.

Er klemmte es sich unter den Arm und machte sich zum Außenpool des Hotels auf.

Ludmila Plavusa hockte im Badeanzug am Rand eines Liegestuhls und beobachtete die Menschen, die fröhlich im Pool herumplanschten. Obwohl sie in der Sonne saß, schien sie zu frieren.

»Ich dachte, du könntest sie brauchen«, sagte Leif und fasste in seine Hemdtasche. Er zog die Sonnenbrille heraus, die er während ihres allzu kurzen Ausflugs für sie gekauft hatte.

Sie lächelte kaum merklich, als sie sie aufsetzte. »Mein einziges Andenken an meine Zeit im sonnigen Kalifornien.« Dann rieb sie sich die Arme. »Ich fürchte, das wird ein langer, kalter Winter.«

Wenn das hier ein Holo-Drama wäre, dachte Leif, *würde ich ihr sagen, dass ich sie liebe und politisches Asyl für sie arrangiert habe. Sie würde in meine Arme fallen und ihre Familie und ihr Heimatland einfach vergessen.*

Doch das hier war das wirkliche Leben, und er musste realistisch bleiben. »So schlimm wird es nicht werden«, sagte er ruhig. »Mein Verbindungsmann zur Net Force ist hier und wird Cetnik einige wohl gewählte Worte ins Ohr flüstern. Er dürfte nicht sehr wild darauf sein, das ganze Fiasko zu offenbaren, wenn er in die K.A. zurückkehrt.«

Ludmila wirkte verblüfft. »Das tun sie für mich?«

»Du hast uns geholfen«, stellte Leif fest. »Deine Warnung hat uns das Leben gerettet – und vielleicht dabei geholfen, den Fall zu lösen. Wenn du mich fragst, ist das das Mindeste, was wir tun können.«

»Ach«, sagte sie und sah ihm in die Augen. »Der Fall. Natürlich.«

Leif fühlte, wie seine Wangen heiß wurden – und das nicht wegen der Sonne. »Meine persönlichen Gefühle natürlich nicht mitgerechnet.«

»Persönlich?« Einen Augenblick blitzte ein lachender kleiner Teufel aus ihren großen blauen Augen.

Leif sah sie an. »Hör auf, mich so zu quälen. Rutsch lieber ein bisschen zur Seite.«

Schweigend tat sie, worum er sie gebeten hatte. Leif setzte sich neben sie.

»Wir kennen uns erst einige Tage, doch es ist allerhand passiert«, sagte er. »Als ich dich richtig kennen gelernt habe, warst du ... na ja, anders als ich erwartet hatte.«

»Du auch«, gab sie zu.

»Jedenfalls dachte ich, du solltest als Andenken an unsere gemeinsame Zeit mehr bekommen als nur eine Sonnenbrille. Also habe ich das hier für dich organisiert.«

Er gab ihr das Päckchen. Ludmila entfernte die Verpackung und fing an zu lachen. Es war der Laptop, den Leifs Vater auf den Markt hatte bringen wollen.

»Leider hat er sich nicht gut verkauft«, sagte Leif. »Die Technologie scheint überholt zu sein. Sie haben hier ein ganzes Warenlager voll davon.« Er räusperte sich. »Ich habe auch Alex de Courcy einen Ersatz besorgt. Aber ich dachte, du hättest vielleicht gern einen für dich allein.« Er hob warnend den Finger. »Aber pass auf, dass er deiner Regierung nicht in die Hände fällt.«

Sie legte einen Arm um seine Schulter. »Schön gesprochen«, sagte sie lachend. »Dabei schenkst du mir ein altes Stück Schrott ...«

Ihre blauen Augen waren auf einer Höhe mit seinen. Einen Moment lang verstummte ihr Lachen. Beide sannen darüber nach, was hätte sein können.

»Uns bleibt immer noch Hollywood«, sagte Ludmila leise. Sie küsste ihn nach europäischer Art auf beide Wangen.

Dann küsste sie ihn auf den Mund.

Etwas später stieß David zu Leif. »Du weißt, dass du dich da ganz schön verbrennen wirst.«

Allerdings, wenn der Zoll den Laptop findet, dachte Leif. Er sah rasch auf. »Häh?«

»Ich sagte, wenn du noch länger so in der Sonne sitzt, verbrennst du dir kräftig das Fell.« David sah seinen Freund an. »Habt ihr euch voneinander verabschiedet?«

»Ja. Wenigstens gibt es *eine* schöne Erinnerung an die ganze Sache.«

»Hey, wir haben *gewonnen*«, stellte David fest. »Matt und Andy sind noch drinnen und diskutieren, wer was bekommt.«

»Lasst mich da raus. Ihr habt alles verdient, was ihr bekommt. Außerdem habe ich genug Spielzeug in meiner Wohnung«, sagte Leif.

David schüttelte den Kopf und grinste verschmitzt. »Willst du wirklich nichts?«

»Ich habe meine Erinnerung. Und ich bekomme ein Datenskript der Episode über das Große Rennen, wenn sie fertig ist.« Leif erwiderte das Lächeln. »Wir können froh sein, dass wir hier lebend rausgekommen sind.«

David lachte. »Amen«, sagte er. »Dieser Ort produziert große Träume ...«

»... doch das wirkliche Leben hier ist zu seltsam, um wahr zu sein«, beendete Leif den Satz.

Special Net Force - **Endspiel**

*Wir möchten folgenden Personen, ohne deren Mitarbeit
dieses Buch nicht möglich gewesen wäre, danken:
Diane Duane für ihre Hilfe bei der Bearbeitung des
Manuskripts; Martin H. Greenberg, Larry Segriff,
Denise Little und John Helfers von Tekno Books;
Mitchell Rubenstein und Laurie Silvers von
BIG Entertainment; Tom Colgan von Penguin Putnam
Inc.; Robert Youdelman, Esq., Tom Mallon, Esq.;
und Robert Gottlieb von der William Morris Agency,
unserem Agenten und Freund.
Wir wissen ihre Hilfe sehr zu schätzen.*

Prolog

Es war ein außergewöhnliches Haus – das sagte jeder, der es zu Gesicht bekam. Und die dunkel gekleidete Gestalt am Fuß der Mauer, die das Grundstück umgab, war genau derselben Meinung.

In dieser Nacht lag das Haus ruhiger da als sonst. Außer dem trockenen Rascheln des Windes in den Palmen war kein Laut zu hören. Die breite Auffahrt, die sich kreisförmig um den Brunnen vor dem säulenbestandenen Haupteingang wand, war leer bis auf ein kleines, dunkles Auto, das wie der Zweit- oder Drittwagen einer Familie aussah – kein Vergleich mit den teuren Überbleibseln einer von Verbrennungsmotoren bestimmten, inzwischen aber vergangenen Epoche, die hier bei Abendeinladungen gewöhnlich parkten. Hinter einigen Fenstern auf der Vorderseite des Hauses brannte Licht, und auch ein oder zwei Fenster auf den Seiten des gewaltigen, quadratischen Gebäudes waren hell erleuchtet. Aber die Gestalt in der Dunkelheit wusste, dass die Lampen an Zeitschaltuhren angeschlossen waren. Es war niemand zu Hause, genauer gesagt, fast niemand ... was aber keine Rolle spielte. Die einzige Bewohnerin des Hauses würde nie erfahren, dass er hier gewesen war.

Er sah auf die Uhr. Zwei Uhr vierzehn. Während sein

Blick noch auf den Ziffern lag, ging das Licht hinter einem der seitlich gelegenen Fenster aus. Der dunkel gekleidete Beobachter nickte zufrieden, da er damit gerechnet hatte. Das Licht hinter dem Fenster wurde über eine Zeitschaltuhr gesteuert. In den nächsten zehn Minuten wurde es hinter mehreren Fenstern in diesem Teil des Hauses dunkel, dann wurde das Licht in einem der nach vorn liegenden Zimmer ausgeschaltet, ganz so, als würde jemand zu Bett gehen.

Was natürlich nicht der Fall war. Die einzige Bewohnerin des Hauses schlief bereits. Der Mann wusste, hinter welchem Fenster ihr Zimmer lag. Er hatte das Licht dahinter ausgehen sehen. Und er wusste genug über ihre Schlafgewohnheiten, um eine Weile zu warten, bevor er zuschlug. Daher saß er jetzt einfach nur da und sah sich den Baustil des Hauses etwas genauer an.

Das Haus war Stein für Stein aus Venedig herübergebracht worden, vor zehn Jahren, als die Gegend um den Campo San Maurizio so schnell zu sinken begonnen hatte, dass nicht einmal mehr die damals dort stationierte technische Eingreiftruppe der UNO etwas dagegen unternehmen konnte. Es war eines der Ersten jener Projekte gewesen, die von anderen Ländern »vorübergehende Verlagerung ins Ausland« und von den Venezianern »legalisierter Diebstahl« genannt wurden. Die Casa dei Malipieri war ein baufälliger Palazzo an einem Kanal in unmittelbarer Nähe der Kirche von San Maurizio gewesen. Jetzt stand sie hier in all ihrer Pracht in einer sehr exklusiven und sehr teuren Wohnsiedlung in Miamis Stadtteil South Beach und fügte sich wie selbstverständlich in die Umgebung ein. Die Fassade aus sandfarbenem Kalkstein war auf Hochglanz poliert, und die Zitronenbäume aus dem alten, von Mauern umschlossenen Garten auf der Rückseite des Palazzos standen in geschmackvollen Arrangements auf den weitläufigen, perfekt manikürten Rasenflächen, von denen das Haus auf allen Seiten umgeben war. Natürlich hatte es die üblichen Probleme gegeben, als man die Baugenehmigung für einige Veränderungen beantragt hatte, die den Palazzo mit dem Komfort des einundzwanzigsten Jahrhunderts ausstatten sollten – die Automatisierung der Innenräume, Klimaanlagen, Sicherheitseinrichtungen und sogar die Restaurierung des Mauerwerks, das extrem gelitten hatte, da es mit den Jahren immer tiefer im schmutzigen Wasser der Lagune versunken und dem sauren Regen und der schadstoffbelasteten Luft der zunehmend von Industrie bestimmten Gegend Norditaliens ausgesetzt gewesen war. Die italienischen Behörden hatten darauf bestanden, dass die Casa dei Malipieri lediglich eine Dauerleihgabe an die derzeitigen Bewohner war und so gut wie nichts verändert werden durfte. Die amerikanischen Behörden hatten darauf bestanden, dass das Haus jetzt unter die Zuständigkeit eines anderen Landes fiel und trotz der historischen Bedeutung Abwasserleitungen und andere bauliche Veränderungen notwendig waren, damit der Palazzo – und sei es auch nur vorübergehend – nicht gegen örtliche Vorschriften verstieß. Der Besitzer des Hauses – dafür hielt er sich nämlich, das lächerliche Gezeter der italienischen Regierung war ihm egal – machte damit, was er wollte, und verkündete laut und deutlich, dass dies sein gutes Recht sei. Schließlich habe er den verdammten Palazzo vor dem Verfall gerettet. Wenn er nicht über drei Millionen Dollar investiert hätte, um das Haus über den großen Teich zu schaffen und es in einen Zustand zu versetzen, in dem Menschen darin leben konnten, würde es schon längst auf dem Grund des Kanals liegen.

Der dunkel gekleidete Mann vor dem Tor, der sich im Schutz einiger Büsche zusammengekauert hatte, lachte leise. Er hatte unzählige Male gehört, wie der reiche Besitzer diese Geschichte erzählt hatte, die mit jedem Mal lustiger geworden war. Jack Ariani hatte den Palazzo ohne jeden Zweifel hervorragend restaurieren lassen. Nachdem die Klimaanlagen installiert und die Klempnerarbeiten beendet waren, hatte er jedes Möbelstück und Kunstwerk aus der Renaissance gekauft – oder, wie er sich ausdrückte, »zurückgekauft« –, das man mit einiger Wahrscheinlichkeit der Blütezeit des Palazzos zuordnen konnte, als eine der bekanntesten Familien der La Serenissima genannten Stadt darin gelebt hatte. Damals hatten die Mitglieder dieser Familie aus dem Imperium Venedigs so viel Kapital wie möglich herausgepresst. Mit diesem Geld hatten sie eine verschwenderische Lebensweise finanziert, die einzige Art von Konsum, die man in diesem Land zu jener Zeit kannte.

Die Gestalt in der Dunkelheit wartete ab, bis auch die letzte Lampe gelöscht worden war, und schlich dann leise zu der kleinen Seitenpforte in der Mauer. Sie hatten jede Menge Bilder von Tizian, einen Malipieri und Gemälde von einem halben Dutzend weniger bekannten italienischen Malern besessen. Außerdem einige Michelangelos aus dessen »früher Periode« – sowohl Gemälde als auch Skulpturen –, Unmengen von edlen Hölzern und Vergoldungen, kostbare Wandteppiche und Keramiken und Meisterwerke der frühen venezianischen Glaskunst. Alle möglichen Kostbarkeiten. Das war vor einem halben Jahrtausend gewesen. Und die Hälfte der Sachen war heute Abend hier, in diesem Haus. Aber deshalb war die dunkle Gestalt nicht gekommen.

Der Mann blieb an der Pforte stehen und lauschte.

Keine Automotoren in der Nähe, keine Schritte, keine bellenden Hunde, denn manchmal waren Hunde im Palazzo – wenn auch keine Wachhunde. Der Boss nahm sie auf sämtliche Geschäftsreisen mit. Hier gab es andere Sicherheitsvorrichtungen ... aber der Eindringling wusste Bescheid und war darauf vorbereitet.

Als er sich vergewissert hatte, dass um ihn herum alles ruhig war, zog er einen kleinen schwarzen Kasten aus der Tasche und berührte damit das Schloss an der Pforte. Es sah mechanisch aus, als würde man einen großen, alten Schlüssel mit dickem Bart brauchen, um es zu öffnen. Aber der Eindruck täuschte – in diesem Schlüsselloch, das mit Sperrvorrichtungen gänzlich anderer Art voll gestopft war, würde sich ein Schlüssel gar nicht drehen. Der Infrarotvarianz-/Induktionsdetektor in dem kleinen Kasten suchte im Innern des Schlosses nach dem Chip, der sich dort befinden musste, fragte ihn kurz ab und schickte ihm den Befehl, der der am schwierigsten zu beschaffende Teil der ganzen Operation gewesen war, da die Firma, die die Schließanlage installiert hatte, vor einigen Jahren Bankrott gegangen war. Ohne einen Laut wurden die drei Riegel, die die Pforte verschlossen hielten, zurückgezogen. Das mit einem Gegengewicht versehene Tor öffnete sich von selbst.

Die dunkle Gestalt schlüpfte hindurch und berührte das Tor mit einem Finger. Es schwang zurück und schloss sich, dann schoben sich die Riegel von selbst wieder vor.

Der Mann tastete sich an der Mauer nach rechts und suchte nach einem zweiten Schaltkasten, der hier in der Nähe sein musste. Als er ihn gefunden hatte, veränderte er einige Einstellungen an dem schwarzen Kasten in seiner Hand und schickte eine zweite vorbereitete Signalfolge los. Dann ging er über den Rasen, unbehelligt von den passiven Infrarotlampen, die einem verirrten Spaziergänger oder potenziellen Dieb ansonsten ein dichtes Geflecht aus kreuz und quer verlaufenden Strahlen in den Weg gestellt hätten.

Bevor er die Auffahrt mit dem kreisförmigen Platz um den Brunnen erreicht hatte, wandte der Mann sich nach rechts. Auf dem Kies konnte man jeden Schritt hören, und es war einfacher, auf dem Rasen zu bleiben, da er unter diesen Umständen gar nicht erst versuchen würde, das Haus durch die Eingangstür zu betreten. Stattdessen ging er seitlich um den Palazzo herum, an drei Stockwerken mit Fensterreihen vorbei, und wich noch ein Stück nach rechts aus, um nicht auf den Kies zu treten und den Wintergarten zu umgehen. Was für ein Blödsinn, dachte er, einfach grauenhaft, so etwas an die Seite zu klatschen, obwohl es einen perfekt dimensionierten Innenhof gab. Manche Leute hatten eben keinen Geschmack.

Aber dann musste er schmunzeln, denn genau deshalb war er hergekommen.

Hinter dem Wintergarten standen Eiben und andere Zierbäume mit dichtem Blätterwuchs, die den Blick nach Osten auf eine Seitenstraße und einige andere Häuser versperren sollten. Die dunkle Gestalt schlich durch die Bäume, bis sie auf der Rückseite des Palazzos angekommen war, wo Blumenbeete und ein kleiner Kräutergarten angelegt worden waren. Der Mann steckte den schwarzen Kasten in die Tasche, griff in seine Jacke und holte einen zweiten, größeren Kasten hervor, dessen Touchpad in mehrere Abschnitte unterteilt war.

Vorsichtig trat er in eines der Blumenbeete, wobei er sich eine Stelle aussuchte, bei der er nicht mehr als einen Fuß auf den weichen Untergrund setzen musste. Ein zweiter Schritt brachte ihn auf einen mit Sandsteinplatten belegten Weg, der zwischen dem Blumenbeet und dem Kräutergarten verlief. Dort blieb er kurz auf einem Bein stehen und zog einen kleinen Pinsel aus der Tasche, mit dem er die Sohle des Schuhs, der im Blumenbeet gewesen war, abbürstete – er sah nicht ein, warum er den Spurentechnikern, von denen es hier in ein paar Stunden nur so wimmeln würde, das Leben einfacher machen sollte. Als kein Krümel Erde mehr am Schuh war, steckte er den Pinsel ein und ging auf das Haus zu.

Auf der Rückseite des Palazzos gab es zwei Eingänge: eine Doppeltür aus Glas, die auf eine mit hellen Sandsteinplatten gefliese Terrasse führte, und eine normale Tür zu einem Zimmer, das jetzt als Hauswirtschaftsraum im Erdgeschoss diente. Der dunkel gekleidete Eindringling lächelte, als er vor der Tür zum Hauswirtschaftsraum stand. Er richtete den schwarzen Kasten auf das elektronische Schloss neben der Tür und tippte eine Zahlenreihe ein.

Dies schien keine Reaktion hervorzurufen, aber der Schatten in der Dunkelheit streckte die Hand aus und drehte langsam den Türknauf herum.

Die Tür öffnete sich. Er ging hinein und ließ sie bei herumgedrehtem Knauf behutsam wieder ins Schloss fallen. Dann nahm er vorsichtig die Hand von der Klinke. Er richtete den schwarzen Kasten auf eine Steuereinheit an der Wand und gab wieder eine Zahlenreihe ein.

Einen Augenblick lang stand er regungslos da, dann griff er an den Schirm seiner Baseballkappe und klappte zwei Linsen nach unten. Durch die Linsen wirkte die Umgebung um ihn herum – Waschmaschine, Trockner, Schränke, zusammengeklapptes Bügelbrett – seltsam

unterbelichtet. Als er auf die Tür zur Küche zuging, änderte sich die Beleuchtung, da die Linsen als Lichtquelle
dienten. Sie reagierten hypersensitiv auf Infrarot, und
alles, was nicht selbst eine Hitzequelle war, reflektierte
die von seinem Körper ausgestrahlte Wärme und sandte
ein schwaches Leuchten aus.

Die Tür zur Küche stand offen. Er blieb auf der
Schwelle stehen und sah sich um. Die Einrichtung des
großen Raums war spektakulär und kombinierte Stilelemente der Renaissance mit Vorrichtungen, die durchaus aus jener Zeit hätten stammen können, aber auch
modernen Haushaltsgeräten, die eher an die Brücke eines Raumschiffs aus dem Fernsehen erinnerten. Glänzende Glasflächen und mattes Messing schimmerten im
schwachen Schein der winzigen Lämpchen an einigen
Geräten. An einer Wand ragte ein großes, rechteckiges
Metallgitter auf, das bei Tageslicht pechschwarz gewesen wäre, jetzt aber ein deutlich sichtbares Glühen aussandte – der senkrecht stehende Grillrost der gemauerten Kochstelle aus dem fünfzehnten Jahrhundert, deren
Schamottesteine nach einer Grillparty vor zwei Tagen
immer noch Hitze abgaben.

Die dunkle Gestalt schlich sich an der frei stehenden
Kochinsel vorbei bis zur nächsten Tür, die ins Esszimmer führte. Hier blieb sie stehen, um die Einrichtung zu
bewundern und kurz zu lauschen, aber es war kein Laut
zu hören. Sie war allein mit einem riesigen Esstisch von
Andrea della Robia, dessen verschwenderische Schnitzereien Obst und Blätter darstellten. Das Blattgold auf
dem Holz schimmerte in der Dunkelheit. An der Decke
hing ein Kronleuchter aus venezianischem Glas von der
Art, die heute aussah, als hätte man die Kristalle aus
billigem, gefärbtem Kunststoff gefertigt. Da er vor kur-

zem noch eingeschaltet gewesen war, glühte er im Schein der noch nicht verflogenen Hitze.

Falsche Epoche, dachte die dunkel gekleidete Gestalt missbilligend und ging in das angrenzende Wohnzimmer. Allerdings war *Zimmer* wohl nicht die richtige Bezeichnung für einen Raum, der die Ausmaße einer Bahnhofshalle hatte. Er nahm fast das gesamte Erdgeschoss des Palazzos ein und war mit Unmengen Möbelstücken dekoriert, von denen keines jünger als fünfhundert Jahre war. Der Mann schüttelte den Kopf. Hier sah es aus wie in einem Lagerhaus. Die ursprünglichen Besitzer wären schockiert gewesen, dachte er.

Er wandte sich nach links und ging vorsichtig auf die gewaltige Marmortreppe zu, die in einem weiten Bogen zum ersten Stock hinaufführte. Transport und Wiederaufbau der Treppe hatten vermutlich mehr gekostet als für jeden anderen Teil des Hauses. Ab hier musste er vorsichtig sein, da er für die Sicherheitseinrichtungen der Treppe und der meisten Räume im ersten Stock keine passenden Schlüssel zum Deaktivieren hatte finden können. Aber darüber machte er sich nicht allzu viele Sorgen. Wie bei den meisten Alarmanlagen für Privathäuser hatte die Firma, von der sie entwickelt worden war, sich zu sehr auf massive Sicherheitsmaßnahmen in der unmittelbaren Umgebung des Palazzos konzentriert – als wäre sie von einem Panzerangriff oder marodierenden Fußtruppen ausgegangen – und die Innenräume vernachlässigt. Schuld daran war die landläufige Meinung, dass die meisten Diebe schon von ausgefuchsten Warnsystemen an der Peripherie erwischt wurden und die Alarmanlagen in den Innenräumen eigentlich nur zur Beruhigung der Bewohner gedacht waren.

Und für Jack Arianis Sicherheitsberater war es natürlich ein Leichtes gewesen, ihren Kunden genau das denken zu lassen, um noch etwas mehr an dem Auftrag zu verdienen ... Denn Alarmanlagen für den Außenbereich waren erheblich teurer als jene für das Innere eines Hauses. Was die Kosten anging, war es für die Firma um einiges lohnender gewesen, IR-Interferenzmuster-Laser an den Wänden und der Tür und Einbruchsicherungen an den Fenstern zu installieren, als mit Drucksensoren und PIR-Bewegungsmeldern für die Sicherheit der Innenräume zu sorgen. Solche Alarmeinrichtungen waren weniger wartungsintensiv und machten einem das Leben einfacher, vor allem, wenn man es mit einem schlecht gelaunten Kunden zu tun hatte, der partout nicht einsehen wollte, dass die vielen Fehlalarme in seinem letzten Haus von seinen Hunden ausgelöst worden waren.

Und daher schlich der Eindringling vorsichtig die Treppe hinauf, deren geschnitztes Geländer wie der Esstisch über und über mit Obst und Blättern verziert war. Die Drucksensoren, die auf einigen Stufen unter dem speziell angefertigten Teppich installiert waren, bereiteten ihm keinerlei Probleme. Er wusste, an welchen Stellen sie waren, und selbst wenn er diese Information nicht gehabt hätte, konnte er sie sehen – da durch den Widerstand des Stroms in den Sensoren Wärme entstand, konnte er sie als helle Flecken durch den Teppich hindurch erkennen. Er brauchte nur einen Schritt zur Seite zu gehen oder auf den Rand des Teppichs zu treten, um den Sensoren auszuweichen.

Dann stand er auf dem ersten Treppenabsatz. Seinen Informationen nach war hier ein PIR-Bewegungsmelder installiert worden, am anderen Ende des langen Korridors, in dem er sich jetzt befand. Es war nicht notwendig, die Treppe weiter hinauf in das nächste Stockwerk zu gehen, was er sowieso vermeiden wollte, da dort der Housesitter schlief – in dem Gästezimmer, das dem Schlafzimmer des Hausherrn am nächsten lag. In diesem Schlafzimmer hingen die Gemälde von Tizian, außerdem zwei Michelangelos. Aber das, was den nächtlichen Besucher interessierte, befand sich hier, im ersten Stock.

Ohne einen Laut ging er den Korridor hinunter, immer am Rand des dicht gewebten Bodenbelags entlang, der aus einem exquisiten, echten Gobelin bestand – *wie konnte man nur so etwas Kostbares auf den Boden legen,* dachte er. *Banausen.* Ein- oder zweimal blieb ihm nichts anderes übrig, als auf den Gobelin zu treten, weil er einem Tisch ausweichen musste, aber er tat es nur sehr widerwillig und vorsichtig.

Als er in den Erfassungsbereich des PIR kam, blieb er stehen. Jetzt war der einzige unberechenbare Moment der gesamten Operation gekommen, und er hatte lange darüber nachgedacht, ob er es wagen sollte oder nicht. Er hatte die Alarmeinrichtungen für den Außenbereich, sämtliche Fenster und Türen und so weiter deaktiviert und zurückgesetzt, aber er war nicht sicher, ob dieser PIR über denselben Stromkreis lief. In letzter Zeit waren einige Wartungsarbeiten durchgeführt worden, und seine Quellen hatten ihm nicht sagen können, ob dieser Sensor manipuliert oder sonst wie verändert worden war. Wenn der PIR noch aktiv war, hatte er etwa eine Viertelsekunde Zeit, um sich etwas auszudenken.

Er steckte die Steuerkonsole weg und zog ein zweites Steuergerät aus der Tasche, den PIR-Killer. Der Apparat war recht einfach aufgebaut, aber wenn es sein musste, leistete er gute Dienste ... allerdings nur für ein paar Minuten. Wenn der PIR sich einschaltete, würde er um einiges schneller vorgehen müssen als geplant.

Der Eindringling holte tief Luft, trat einen Schritt vorwärts und blieb dann stehen.

Nichts.

Noch ein Schritt.

Immer noch nichts.

Noch einen ...

Er atmete aus. Der PIR war vorübergehend tot.

Trotzdem hatte sein Herz angefangen zu rasen – und plötzlich hielt er es für das Beste, so schnell wie möglich von hier zu verschwinden. Das ist nur das Adrenalin, dachte er, während er das größere Steuergerät wieder zur Hand nahm und am Ende des langen Korridors eine Tür auf der linken Seite öffnete. Aber selbst wenn die unvermittelte Nervosität nur ein Nebeneffekt seiner Blutchemie war, würde er sie nicht vollkommen ignorieren.

Er schlüpfte in das Zimmer und schloss leise die Tür hinter sich. Für einen flüchtigen Beobachter sah es aus wie ein Büro, und dieser Eindruck war auch beabsichtigt. Durch die IR-Linsen konnte er nur wenige warme Oberflächen erkennen. Die Lüftungsklappen der Zentralheizung leuchteten, außerdem der große Computer und der Implantatstuhl, die gestern Abend vor der Abreise Jacks in Betrieb gewesen waren, aber das war auch schon alles. Die Restwärme des menschlichen Körpers war inzwischen längst verflogen und nicht mehr zu erkennen. Doch der Eindringling wusste genau, wo in dem Raum Jack gestern gewesen war, und was er dort getan hatte.

Er ging an dem großen, alten Schreibtisch und den Aktenschränke aus Hartholz vorbei zu der Wand, an der eines der weniger bekannten Bilder hing, ein Tintoretto, den Jack gerade begutachten ließ, um herauszufinden, ob er tatsächlich eine Fälschung war. Sollte sich herausstellen, dass das Bild echt war, wäre das ein guter Witz. Jack mochte das Bild, weil es offenbar eine Fälschung war, eine Art Symbol für die Betrügereien, an denen er beteiligt war.

Der Einbrecher steckte das Steuergerät in die Tasche. Dann nahm er den Tintoretto von der Wand und lehnte ihn gegen einen Stuhl in der Nähe. Er drehte sich um und musterte die Wand. Sie war absolut glatt – zumindest auf den ersten Blick. Als er sich die Stelle durch die IR-Linsen ansah, konnte er einen schwachen Schimmer erkennen, der sich bewegte und eine Art Moirémuster ergab.

Die dunkle Gestalt zog das Steuergerät aus der Tasche, tippte eine lange Zahlenreihe ein und sah sich die Zahl einen Augenblick lang an. Dann richtete sie das Gerät auf die Wand und drückte auf eine Taste mit der Aufschrift »Aktivieren«.

Das Interferenzmuster veränderte sich. Der Mann atmete hörbar aus, griff in die sichtbar gewordene Aussparung in der Wand und gab über das Touchpad, das in der Dunkelheit kaum zu erkennen war, eine zweite lange Zahlenreihe ein. Er hörte ein kurzes, mahlendes Geräusch, dann ein dumpfes Knacken. Die Tür öffnete sich.

Der Eindringling griff mit seiner behandschuhten Hand hinein und fand das, was er gesucht hatte, sofort. Die Innenseite des Safes war feuersicher und daher sehr gut isoliert, sodass die Gegenstände darin ihre Wärmesignatur für lange Zeit behielten. Tief im Safe vergraben, auf einem Stapel mit Unterlagen, lag ein kleiner, brauner Beutel.

Und genau diesen Beutel wollte der Mann haben. Die Kunstgegenstände, Möbelstücke, teuren Gemälde und Keramiken unten waren für ihn nicht von Interesse. Er hatte es auf etwas abgesehen, das man unauffällig zu Geld machen konnte. Jack Ariani umgab sich zwar gern mit hübschen Sächelchen aus der Renaissance, aber er hatte auch ein Faible für harte Währungen, je härter desto besser, und das hier war so ziemlich das Härteste, was es gab ... Eine Zehn auf der Härteskala nach Mohs. Fünfzehn oder zwanzig der geschliffenen Diamanten rutschten aus dem Beutel heraus auf die Hand des Einbrechers, wo sie um die Wette glitzerten. Er lächelte und schob sie wieder in den kleinen Beutel zurück. Dann steckte er den Beutel in seine Jacke, schloss den Safe und hängte den Tintoretto wieder an die Wand.

Danach verließ er den Palazzo, wozu er etwa genauso lange brauchte wie für den Einbruch – ungefähr zehn Minuten. Im Haus rührte sich nichts, es war kein Laut zu hören, bis er wieder draußen auf der Terrasse stand und die Tür zum Hauswirtschaftsraum hinter sich schloss. Er benutzte sein Steuergerät, um die Alarmanlage wieder auf den ursprünglichen Status zurückzusetzen. Als er auf die kleine Pforte in der Mauer zuging, bellte irgendwo in östlicher Richtung ein Hund.

Zwanzig Minuten später hatte der Mann seine schwarze Kleidung ausgezogen. Er trug jetzt Shorts und ein T-Shirt, hatte sich eine Sporttasche über die Schulter gehängt und fuhr mit der Schnellbahn die Hauptstraße von South Beach hinunter – nur einer von vielen Menschen, die an diesem Samstagabend in die Bars und Restaurants strömten. An der nächsten Haltestelle stieg er aus und ging in das Shark's Tooth, wo er sich an die Theke setzte, ein Glas Weißwein trank und einen Teller

Flusskrebse aß. Dann ging er nach Hause und überlegte sich, was er mit unauffälligen und leicht veräußerbaren blauweißen Diamanten höchster Güte im Wert von vierzehn Millionen Dollar anstellen konnte. Und er fing an, seinen nächsten Coup zu planen, mit der beruhigenden Gewissheit, dass niemand ihn je erwischen würde ... Denn er hatte anderen Einbrechern gegenüber einen entscheidenden Vorteil.

Er *war* seine Opfer ... und der Einzige, der wusste, wie man so etwas machte.

I

Es war der Morgen des 31. Juli. Megan O'Malley saß auf einem der Saturnmonde und sah sich ein Baseballspiel an.

Die Landschaft um sie herum war schroff und von zahlreichen Kratern durchzogen, aber ungewöhnlich hell. Diese Helligkeit kam von dem blassblauen Methanschnee, mit dem die Oberfläche von Rhea bis hin zu dem viel zu nahen Horizont bedeckt war. Dort ging gerade der Saturn unter, was ungefähr zwölfmal am Tag geschah, sodass zurzeit nur der Rand der Ringe zu sehen war.

Megan saß auf der »Zuschauertribüne« eines steiner-.nen Amphitheaters aus dem klassischen Griechenland. Die klaren Linien des Amphitheaters hatten ihr gefallen, sodass sie es vor langer Zeit einmal in ihren virtuellen Arbeitsplatz importiert hatte, wo es als perfekte Umgebung für alle möglichen Aufgaben diente – funktional, einfach, elegant. Außerdem hatte es im Gegensatz zu manch anderen Stadien keine Stützpfeiler, die die Sicht versperrten und immer noch verwendet wurden, obwohl es durchaus technische Möglichkeiten gab, um diesem Problem zu begegnen. Das Amphitheater war ideal für Baseball. Aber leider konnte es die Qualität des Baseballspiels, das sie sich gerade ansah, auch nicht verbessern.

Auf der »Bühne« unten spielten die Chicago Cubs in Wrigley Field gegen die Pittsburgh Pirates. Es war gegen Ende des achten Innings, zwei Spieler waren aus, kein Läufer am Mal, und zurzeit stand gerade der einzige Schlagmann der Cubs an der Abschlagplatte, der in letzter Zeit auch manchmal Ziele getroffen hatte, die kleiner als ein Scheunentor gewesen waren. »Komm schon, Mikey. Tu was«, murmelte Megan.

Mike Rodriguez schwang am Abschlag seinen Schläger hin und her. Kashiwabara auf dem Wurfhügel holte aus und ließ den Ball fliegen. Rodriguez schlug daneben und hatte jetzt schon zwei Strikes. Megan wurde wieder einmal klar, dass Rodriguez nicht in der Lage war, etwas zu unternehmen. Das konnte wahrscheinlich nur Gott, aber der Herr schien das Stadion nach dem siebten Inning verlassen zu haben.

Die Zuschauer, von denen die meisten Einheimische waren, buhten den Schlagmann halbherzig aus. Megan, die mit hochgezogenen Beinen auf den kühlen Steinstufen saß und die Arme vor sich verschränkt hatte, stützte das Kinn auf die Knie und stieß vor Enttäuschung einen lauten Seufzer aus. Seit sie alt genug war, um sich für Sport zu interessieren, war sie ein Fan der Cubbies. Von ihren Brüdern wurde diese Begeisterung wahlweise als geschlechtsspezifisches, genetisches Problem – ihre Großmutter stammte aus Chicago – oder als persönliche Marotte beschrieben. »Sie hatte schon immer eine Schwäche für Verlierer«, mokierte sich ihr älterer Bruder, der damit einen unbedeutenden Fantasy-Schriftsteller aus dem letzten Jahrhundert zitierte.

Außer stöhnen konnte Megan nicht viel tun. Keine

Frage, die Cubbies waren am Verlieren. Dies schien Sinn und Zweck ihres Lebens zu sein. Offenbar waren sie von einer erzürnten Gottheit geschaffen worden, um die Menschheit daran zu erinnern, dass Erfolg ein flüchtig Ding war und gute Spielergebnisse nicht immer ein Indiz für das Potenzial der Spieler waren. Trotzdem mochte Megan die Mannschaft – sie gaben nie auf –, und was konnte sie schon dagegen machen? Die Begeisterung für die Cubs gehörte zu den Entscheidungen, die man in früher Kindheit traf und sein Leben lang nicht mehr loswurde – ähnlich der Prägung von Graugänsen auf menschliche »Ersatzmütter«.

Kashiwabara auf dem Wurfhügel sah zu seinem Fänger hinüber, schüttelte kaum wahrnehmbar den Kopf, schüttelte ihn noch einmal und nickte dann. Die Trainer am ersten und dritten Mal brachen in eine Flut von Signalen aus, die sie aussehen ließen wie vom Veitstanz geschlagene Reformkatholiken.

»Megs?« Die Stimme eines ihrer Brüder hing in der Luft. »Quälst du dich denn immer noch?«

Megan verdrehte die Augen. »Wenn du damit meinst, ob ich mir das Spiel von gestern Abend ansehe – ja«, antwortete sie.

»Wenn du so weitermachst, bleibst du klein.«

Sie zog eine Grimasse. »Hat dieser Besuch einen bestimmten Grund, oder willst du mich nur ärgern? Dann war das eben eine schwache Leistung.«

»Ich sage nur zwei Wörter«, erwiderte Sean. »Vierzehn null, Pirates.«

»Das sind drei Wörter. Du kannst ja nicht mal zählen.«

»Außerdem hat Dad gerade angerufen. Er wird in fünfzehn Minuten hier sein.«

»Klasse! Ich komme raus.« Megan sprang auf.

In diesem Moment lehnte Kashiwabara sich zurück und warf einen Ball, dessen Flugbahn eigenen physikalischen Gesetzen zu folgen schien. Mickey fixierte ihn und schlug zu – genau in dem Moment, in dem der Ball etwa dreißig Zentimeter senkrecht nach unten absackte und damit außerhalb des Bereichs war, den Rodriguez' Schläger traf. »Wie macht er das nur?«, murmelte Megan, als Mickey auf die Stelle starrte, an der der Ball wider Erwarten nicht mehr war. Gleich darauf warf er niedergeschlagen den Schläger zur Seite und ging auf die Spielerbank zu, um seinen Handschuh zu holen, während die übrigen Spieler der Pirates aus dem Außenfeld herangelaufen kamen.

Megan seufzte und stieg die Stufen des Amphitheaters hinunter auf die unterste Ebene zu, den Bühnenbereich, wo sie an ihrem Computer arbeitete und sich Spiele wie dieses ansah. Dort blieb sie einen Moment lang verärgert stehen und ging dann geradewegs durch die Schnittstelle auf das »Spielfeld«. Sie stellte sich neben Rodriguez, der auf dem Weg zur Spielerbank war, und stieß ihm ihre Faust mitten durch den Kopf.

Da Rodriguez nur ein verarbeitetes Bild aus der Holo-übertragung von gestern Abend war, spürte er davon nichts. »Warum kann ich das nicht mit dir persönlich machen, du Niete?«, murmelte Megan. »Aber wahrscheinlich würde das deine Kinder zu sehr mitnehmen. Sie sollten dir den Schläger wegnehmen und dich nach Iowa deportieren.«

Rodriguez lief ohne Reaktion traurig davon, genau wie gestern Abend. Megan seufzte und verließ das Spielfeld, während die Außenfeldspieler der Cubs an ihr vorbeieilten. »Für später speichern«, sagte sie zu ihrem Computer.

»Gespeichert«, antwortete die weiche, weibliche Stimme, die ihr Computer verwendete. Das Spielfeld verschwand und wurde ersetzt durch den weißen Marmorboden ihres Amphitheaters, den Stuhl, in dem sie bei der Arbeit am Computer normalerweise saß, und viele kleine farbige oder leuchtende Würfel, Kugeln und Pyramiden, die sich um die eigene Achse drehten und Dateien und Nachrichten darstellten. »Post jetzt bearbeiten?«

Megan warf einen Blick auf ihre Post und schüttelte den Kopf. *Wo war das alles hergekommen?* Jeden Morgen war ihre Mailbox bis zum Bersten voll mit Anzeigen, Cyberspam, virtuellen »Flugblättern« für örtliche Restaurants und Zeitschriftenabonnements, todsicheren Tipps zum Reichwerden, Kettenbriefen und Werbung ... und egal, welche Filter sie einsetzte, es schien immer schlimmer zu werden. Ihr war zwar bewusst, dass das Netz von Anfang an eine Art anarchistische Zone gewesen war, aber mit der Zeit schien sich dieser Trend immer mehr zu verstärken. *Bald werden wir überall auf der Welt Frieden haben, weil alle mit dem Leeren ihrer Mailbox beschäftigt sind und keine Zeit für Kriege mehr haben ...*

Sie musste lächeln, als sie an den rotierenden Festkörpern vorbeiging und nachschaute, ob einige Nachrichten eine ID hatten, die auf eine noch so geringe Wichtigkeit hindeutete. Manche betrafen Projektaufgaben für ihr letztes Jahr an der Highschool, aber darum brauchte sie sich jetzt noch nicht zu kümmern. Sie war fest entschlossen, diese Nachrichten erst Mitte August zu lesen. Der Unterricht würde viel zu schnell wieder beginnen, und es bestand keine Veranlassung, sich jetzt schon Gedanken darüber zu machen. Von den übrigen

Nachrichten war keine wichtig. »Nein«, sagte sie. »Alles für später speichern.«

»Schnittstelle jetzt unterbrechen?«

»Ja, bitte.«

Megan, die die übliche Reaktion ihres Körpers spürte, hatte das Gefühl, als müsste sie niesen und könnte es nicht. Dann war sie wieder in dem Arbeitszimmer, das von ihrem Vater und ihrer Mutter gemeinsam benutzt wurde, und sah den Universal-/Netzzugangscomputer vor sich.

Sie verließ den Implantatstuhl, streckte sich und lächelte, weil der Implantatzugangsport des Computers zur Abwechslung einmal nicht von einem gefährlich schwankenden Bücherstapel blockiert wurde. Auch auf den Schreibtischen herrschte Ordnung. Ihre Mutter räumte ihre Sachen nach der Arbeit immer auf, weil sie der Meinung war, dass Ordnung zum Handwerkszeug einer Journalistin gehörte. Ihr Vater dagegen vertrat steif und fest die Ansicht, dass er als Schriftsteller ein verfassungsmäßiges Recht auf Unordnung hatte. Wenn er arbeitete, lagen auf jeder verfügbaren horizontalen Fläche offene Bücher, geschlossene Bücher und aufeinander gestapelte Bücher, die sich gegenseitig offen hielten, und alle blieben genau so, bis er die Information, die er für einen Roman oder was auch immer suchte, gefunden hatte. Jetzt waren die Vorhänge offen, die Jalousien hochgezogen und die Schreibtische aufgeräumt. Das war schon seit einer Woche so, seit Megans Vater zu einer seiner Vortragsreihen abgereist war – ausgerechnet nach Xanadu. Aber wenn ihr Vater wieder zu Hause war, würde es nur wenige Stunden dauern, bis die Schreibtische unter Büchern vergraben, die Jalousien heruntergelassen und die Vorhänge geschlossen waren und aus dem

Arbeitszimmer wieder eine Höhle für einen grummelnden, dahinschlurfenden Bewohner geworden war – einen Schriftsteller auf der Jagd nach Beute.

Megan streckte sich noch einmal, dann verließ sie das Arbeitszimmer und ging durch den Korridor in die Küche. Sie war froh, dass ihr Vater gleich zurück sein würde. Sie vermisste ihn, vor allem zu dieser Zeit des Jahres, wenn ihre älteren Brüder aus dem College nach Hause kamen. Es konnte sehr lustig sein, alle Geschwister im Haus zu haben, aber der Einfluss ihres Vaters auf seine Söhne war ein stabilisierender Faktor für das Familienleben – was heißen sollte, dass er sie manchmal davon abhalten konnte, innerhalb von vierundzwanzig Stunden alles Essbare im Haus zu vertilgen. Die vier konnten eine Küche so schnell leer essen, dass Wanderameisen vor Neid erblassen würden.

Als Megan in die helle, sonnige Küche kam, steckten Sean und Paul tatsächlich schon wieder mit dem Kopf im Kühlschrank. Sean knabberte an einem Hühnerbein, während Paul in einer Schublade herumkramte und einen halben Salatkopf in der freien Hand hielt. Rory saß am Küchentisch und löffelte Haferbrei mit Speck in sich hinein, als würde gleich die Welt untergehen.

»Salat zum Frühstück?«, fragte Megan. »Paul, du machst dir doch nicht schon wieder Sorgen wegen deines Gewichts? Du bist verrückt.«

»Wenn ich du wäre, würde ich mich nicht trauen, die Zurechnungsfähigkeit anderer Leute zu beurteilen«, sagte Sean, der noch immer mit dem Kopf im Kühlschrank steckte. »Vierzehn zu null!«

»So, wie die Cubs gespielt haben, hätte es noch schlimmer kommen können«, warf Rory ein, während er einen Schluck Kaffee trank.

»Bitte nicht. Nicht, bevor ich mir etwas Koffein einge-flößt habe«, erwiderte Megan.

Sie holte den Wasserkessel vom Herd, füllte ihn am Spülbecken und stellte ihn wieder auf die Platte. Dann ging sie zur Theke, wo die Tee- und Kaffeeutensilien aufbewahrt wurden, fischte zwei Teebeutel mit Lapsang Souchong aus der Dose und ließ sie in eine Tasse fallen. Ein leises Rascheln kündigte ihren ältesten Bruder Mike an, der durch die Küche lief und zielstrebig auf die Hin-tertür zusteuerte, während er sich im Gehen in einen orangefarbenen Kajakoverall zwängte. Die reflektieren-den Sicherheitsstreifen und Leuchtsticker sorgten für ei-nen bemerkenswerten Effekt, aber Megan war trotzdem der Meinung, dass er in dem Overall wie ein Kleinkind in einem Schneeanzug aussah. Zudem machte er bei je-dem Schritt genau das gleiche Geräusch – *siffsiffsiff*.

»Morgen, Mike«, begrüßte Megan ihn.

»Mhm«, machte Mike. Als jemand vor dem Haus zu hupen anfing, ging er nach draußen und knallte die Kü-chentür hinter sich zu.

»Muss 'ne harte Nacht gewesen sein«, kommentierte Sean aus dem Innern des Kühlschranks.

»Als hättest du lange genug mit Essen aufgehört, um es zu bemerken.« Megan griff an ihrem Bruder vorbei in den Kühlschrank, um die Milch herauszuholen. Der Kes-sel fing an zu pfeifen. Als sie sich umdrehte, grinste Sean und machte eine Bewegung, die normalerweise eine äußerst wirkungsvolle Aikido-Technik – ein Bein-feger – gewesen wäre. Allerdings reagierte Megans Kör-per vor ihrem Gehirn, und plötzlich saß er mit einem halben Brathähnchen auf dem Schoß auf dem Boden.

»Netter Versuch«, sagte Megan ungerührt und stieg über ihn hinweg, um den Kessel vom Herd zu nehmen.

»Leg das besser wieder in den Kühlschrank, bevor Dad kommt und dich sieht.«

Sie goss das kochende Wasser in ihre Tasse und achtete darauf, dass die anderen ihr Grinsen nicht sehen konnten. Megan hatte fast zur gleichen Zeit mit Kampfsporttraining angefangen wie ihre Brüder, aber da sie viel jünger gewesen war, hatte sie schneller Fortschritte gemacht. Sie war besser als die Jungs ... allerdings gab sie sich Mühe, ihnen diese Tatsache nicht unter die Nase zu reiben. Es sei denn, sie wurde dazu gezwungen, aber das war natürlich etwas ganz anderes.

Auf der Einfahrt draußen, die sie sich mit dem Nachbarn teilten, war das durchdringende Summen eines Taxis zu hören. Ihre Brüder brachen in Hektik aus und räumten in Windeseile Lebensmittel und Geschirr weg. Megan suchte die Zuckerschale.

Draußen wurde eine Tür zugeschlagen, dann entfernte sich das Summen des Taxis, und die Hintertür öffnete sich. Einen Augenblick später stand ihr Vater in der Küche und stellte Koffer, Aktentaschen, Einkaufstüten und andere Reiseutensilien ab. Sah man ihn neben seinen Söhnen, war klar, von welcher Seite der Familie die Jungs das Gen für Körpergröße geerbt hatten. Mr O'Malley, der mit Anfang fünfzig schon etwas schütteres Haar hatte, aber immer noch sehr schlank war, trug bequeme Freizeitkleidung. Megans Brüder gingen zu ihm hinüber und umarmten ihn kurz. »Hallo, Jungs«, sagte er. »Alles in Ordnung? Oder habt ihr was angestellt?«

Er bekam »Ja« und »Natürlich nicht« als Antwort. Megan lachte nicht, jedenfalls nicht laut. Ihr Vater lächelte sie an. »Ist eure Mutter schon auf?«

»Noch nicht«, antwortete Paul, bevor Megan den

Mund aufmachen konnte. »Sie musste heute Nacht einen Artikel für die *TimeOnline* fertig schreiben und wollte ausschlafen.«

»Sehr vernünftig von ihr«, bemerkte Megans Vater. Er ließ sich auf einen der Küchenstühle fallen und gähnte herzhaft. »Ich weiß wirklich nicht, was ich mir dabei gedacht habe, als ich mich vom Reisebüro überreden ließ, den Flug um acht Uhr morgens zu nehmen. Zwei Stunden Check-in, dann endloses Herumstehen ... Nie wieder.«

Megan drückte ihm ihre Teetasse in die Hand und machte sich einen neuen, während ihre Brüder einer nach dem anderen die Küche verließen. »Du hast mich nicht gefragt, was ich dir mitgebracht habe«, sagte er.

Megan warf ihm einen belustigten Blick zu. Diese Frage war zu einer Art Ritual zwischen ihnen geworden, seit sie mit zwölf Jahren zum ersten Mal bemerkt hatte, wie die Fragerei ihrer Brüder nach Geschenken ihrem Vater auf die Nerven gegangen war. »Später«, sagte sie daher wie immer. »Wie war es auf Xanadu?«

»Na ja, ein wenig aus den Fugen geraten.« Ihr Vater trank einen Schluck Tee.

»Du hast doch wohl nicht schon wieder eine Revolte angezettelt?«

Ihr Vater blickte etwas schuldbewusst drein. Vor einigen Monaten hatte er bei einem Seminar über Bürgerrechte einen Vortrag mit unerwarteten Folgen gehalten. »Dieses Mal nicht. Die Probleme hatte jemand anders. Anscheinend gab es einen Einbruch im Haus eines Gastes. Jemand hat Wertsachen in der Größenordnung von zwanzig Millionen Dollar gestohlen ...«

Megan setzte sich ihrem Vater mit der Teetasse in der Hand gegenüber an den Tisch. »Wer bewahrt denn etwas für zwanzig Millionen Dollar bei sich zu Hause auf? Davon habe ich nichts in den Nachrichten gehört.«

»Na ja.« Ihr Vater sah etwas belustigt aus. »Es wurde auch nicht darüber berichtet. Ich war vorgestern zufällig im Büro der Geschäftsführung von Xanadu, und da habe ich etwas gehört, das ich eigentlich nicht hören sollte.«

Megan zog die Augenbrauen hoch, sagte aber nichts. In den letzten zehn Jahren war ihr langsam bewusst geworden, dass ihr Vater für einen Krimiautor und freischaffenden Schriftsteller ungewöhnlich viele wichtige Leute kannte – jedenfalls mehr wichtige Leute, als Krimiautoren normalerweise kannten. Er behauptete immer, dass er sie »bei Recherchen« kennen lernte, aber Megan war nicht so naiv, ihm immer noch zu glauben. Außerdem kannte er James Winters von der Net Force ... Allein dieser Umstand bedeutete, dass er Zugang zu gewissen Insiderinformationen hatte, was Megan selbst festgestellt hatte, nachdem sie Mitglied der Net Force Explorers geworden war und die Bekanntschaft von Winters gemacht hatte.

»Warum fangen wir nicht ganz von vorn an? War das Resort denn wirklich so luxuriös und dekadent? Gab es dort Hunderte von Milliardären?«, fragte Megan.

Ihr Vater verzog resigniert das Gesicht. »Mindestens ein Dutzend. Ja, es war ziemlich vornehm ... und das Essen war auch gut.« Er trank noch einen Schluck Tee. »Was die Gebäude angeht, war das Ganze wie ein tolles Sechs-Sterne-Hotel aufgebaut ... zog sich endlos hin. Überall wunderschöne Antiquitäten, drei Angestellte auf einen Gast, alle nur denkbaren Annehmlichkeiten. Riesige Parkanlagen, Golfplätze, gigantische Swimmingpools, Reiten, Schnorcheln, Tauchen, Privatstrand ...« Er gähnte. »Man kann im Luxus schwelgen. Schade, dass deine Mutter nicht mitkommen konnte. Ich wünschte, sie hätte sich die Zeit dafür nehmen können, aber ...«

»Hast du die virtuellen Angebote ausprobiert?«, rief Megan ein bisschen zu laut, denn genau das hatte sie am meisten interessiert, als sie erfahren hatte, dass ihr Vater dort einige Vorträge halten sollte. Es war eine unglaubliche Gelegenheit. Xanadu kannte jeder, es war berühmt, nicht nur wegen der luxuriösen Privatinsel und den vielen Annehmlichkeiten, sondern vor allem wegen der außergewöhnlichen virtuellen »Pavillons«, die es für seine millionenschweren Kunden baute. Xanadu war von einem begabten Programmierer gegründet worden, der die notwendigen Mittel und genügend Erfahrung besaß, um sein Talent in etwas sehr viel Wertvolleres als Gold zu verwandeln. In diesem Fall war das »Etwas« ein von ihm entwickeltes System, mit dem sich virtuelle Erfahrungen von einer emotionalen Intensität generieren ließen, die von nichts anderem – real oder virtuell – übertroffen wurden. Der Pavillon gehörte dem Gast – zu einem saftigen Preis und für eine begrenzte Zeit.

Die Zeit, die man in den virtuellen Pavillons von Xanadu verbrachte, war nicht gerade billig, und sie wurde sogar noch teurer, wenn man berücksichtigte, dass diese virtuellen Erfahrungen nicht wie fast alles heutzutage über das Netz übertragen wurden, sondern nur im Resort Xanadu östlich der Bahamas zu bekommen waren. Die Geschäftsleitung von Xanadu begründete dies damit, dass die firmeneigene Software mit einer Bandbreite lief, die so hoch war, dass sie nicht im Netz übertragen werden konnte. Megan hatte dies keine Sekunde lang geglaubt – die Bandbreite des Netzes verdoppelte sich alle paar Monate, und die auf dem Markt erhältliche Hardware wurde regelmäßig an die neuen Anforderungen angepasst. Sie hielt die Weigerung, firmeneigene Software und Routinen über ein öffentliches System zu übertragen, eher für eine recht effektive Sicherheitsmaßnahme. Alles, was im Netz landete, wurde früher oder später gehackt ... und Xanadus Erfinder lief Gefahr, Milliarden an potenziellen Lizenzgebühren und Gewinnen zu verlieren, wenn es einem Hacker tatsächlich gelang, die Software zu knacken.

»Wie kannst du um diese Zeit nur so viel Lärm machen?« Ihr Vater massierte sich die Stirn. »Also gut – ich habe einen der ›offenen‹ Pavillons ausprobiert.« Er streckte die Beine aus und lehnte sich zurück. »Nichts Unanständiges«, fügte er hinzu, als er den Blick bemerkte, den ihm seine Tochter zuwarf.

»Schade«, sagte Megan mit einem kleinen Lächeln.

»Das reicht jetzt, junge Dame.« Er lächelte ebenfalls. »Ich weiß, dass sie gerade wegen solcher ›Fantasien‹ berühmt sind, aber so etwas interessiert mich nicht besonders. Der Pavillon, in dem ich gewesen bin, hieß ›Flucht aus Pompeji‹. Grauenhaft.«

»Wie war der Vulkan?«

»Verheerend«, erwiderte ihr Vater. »Die Erde bebte. Vom Himmel regnete es Asche. Aber du weißt ja, wie es ausgegangen ist.«

Sie grinste. »Ja, aber schließlich geht es doch um die Dimension der Erfahrung, das behaupten sie jedenfalls in ihren Anzeigen, oder? ›Besser als die Realität.‹«

»Na ja, es war schon sehr intensiv«, sagte ihr Vater. Er kratzte sich abwesend am Kopf. »Es war sogar noch schlimmer als damals in Sizilien. Ich bin nur froh, dass die Verbrennungen nicht echt waren, obwohl ich es wirklich hätte schwören können.«

»Klasse. Und wer waren die Leute, die du unterrichtet hast? War jemand von ihnen berühmt?«

»Einige«, sagte ihr Vater. »Das heißt allerdings nicht, dass die Workshops dadurch interessanter geworden sind. Manche sind nur gekommen, weil sie sich nach dem Frühstück irgendwie beschäftigen mussten.« Er sah etwas verärgert aus. »Die wenigen Teilnehmer, die wirklich Interesse am Schreiben zeigten, hatten es entweder gar nicht nötig, sich mit etwas Derartigem den Lebensunterhalt zu verdienen, weil sie schon mehr Geld besaßen, als ich mir vorstellen konnte, oder sie waren völlig unbelehrbar.« Er seufzte.

»Du hast doch mal gesagt, dass niemand unbelehrbar ist.«

»Die Leute in meinen Workshops«, erwiderte ihr Vater zögernd, »haben mich dazu gebracht, diese Theorie noch einmal zu überdenken. Sie haben das, was ich dort getan habe, nicht als Unterrichten aufgefasst. Sie dachten, es wäre Unterhaltung. Und die anderen Teilnehmer hatten ein derart ausgeprägtes Selbstbewusstsein, dass es für einen normalen Sterblichen sowieso unmöglich war, ihnen etwas beizubringen, was sie nicht schon wussten. Daran ist, glaube ich, das Geld schuld.«

Megans Vater trank noch einen Schluck Tee, dann lachte er. »Sie haben mich sehr gut bezahlt, und die Umgebung war einfach herrlich ... Xanadu ist einer der Orte, an denen ich gern einmal mit deiner Mutter Urlaub machen würde.«

»Ohne uns.«

»Habe ich das gesagt?« Er warf ihr einen amüsierten Blick zu. »Jedenfalls nur, wenn ich es mir leisten könnte, und das dürfte wohl noch eine ganze Weile dauern. Aber die virtuellen Angebote des Resorts sind derart attraktiv, dass ich mich frage, warum sie sich noch die Mühe machen, den Leuten diese Art von Beschäftigungstherapie anzubieten ... Vorträge über Schreiben, Kochkurse, Aerobicstunden. Die meisten Menschen, sogar Milliardäre, bestehen doch darauf, etwas für ihr Geld zu bekommen ... und die Pausenfüller im Zirkus sind ihnen eigentlich egal. Die Pudeldressur, die ich anbiete, sowieso.«

Megan sah ihn missbilligend an. »Hör auf! Du bist ein guter Lehrer! Und du schreibst tolle Sachen. Für einen Vater jedenfalls.«

Er suchte in dem Durcheinander auf dem Küchentisch nach einem Notizblock. »Das muss ich mir aufschreiben«, sagte er. »Jedenfalls glaube ich nicht, dass ich es ein zweites Mal machen werde.«

Megan sah ihn neugierig an. »Du meinst, sie haben dich gefragt, ob du noch einmal kommst?«

»Nicht direkt. Sie haben angedeutet, dass sich die Frage vielleicht stellen wird. Megan, ich weiß nicht. Das viele Essen ...«

»Hummer und Kaviar in Hülle und Fülle!«, rief sie. »Dekadenz!«

»Dekadenz wird überbewertet«, erwiderte ihr Vater, »und enthält in der Regel zu viel Cholesterin.« Er gähnte schon wieder.

»Das sagst du nur, weil dein Blutzuckerspiegel gerade zu niedrig ist. Aber was war denn jetzt mit diesem Typ und seinen zwanzig Millionen Dollar?«

»Es war einer der neu eingetroffenen Gäste – sie kommen jeweils in kleinen Gruppen, die sich etwas überschneiden, offenbar damit die technischen Systeme des Resorts nicht überlastet werden.«

Oder um zu steuern, wie viele Leute jeweils Zugang zur Software haben, dachte Megan.

»Er kann nicht länger als ein oder zwei Tage auf Xanadu gewesen sein. Anscheinend ein Immobilienspekulant aus Miami. Er wollte irgendein spektakuläres Szenario aus der italienischen Renaissance abnehmen.« Er zog eine Grimasse. »Auf jeden Fall hat er gar nicht mehr aufgehört, davon zu reden. Er hätte bei den Olympischen Spielen in der Disziplin ›Langweiler‹ antreten können. Nur dummes Geschwätz über den historischen Moment, den er wiederauferstehen lassen würde – was war es noch mal ... Ah, ja. Ein Schwertkampf im Venedig von 1532. Oder war es Mailand? Frag mich nicht nach Details. Nach den ersten sechs Wiederholungen habe ich versucht, ihm aus dem Weg zu gehen. Also, während er uns gelangweilt hat, ist jemand in sein Haus in Miami eingebrochen – und niemand weiß, wie er das angestellt hat. Offenbar hat der Langweiler ein Vermögen ausgegeben, um das Haus zu einer Festung zu machen. Das hat ihm allerdings nichts genützt, denn der Dieb – oder die Diebe – ist mit einem Häufchen Diamanten entkommen, das der Hausbesitzer in einem Safe aufbewahrt hatte.« Megans Vater schüttelte den Kopf. »Warum hat er die Diamanten nicht zu einer Bank gebracht? Er hätte sie genauso gut unter der Matratze verstecken können. Sobald einmal bekannt geworden ist, dass man so etwas Wertvolles bei sich zu Hause hat, gibt es immer jemanden, der einen Weg findet, um es zu stehlen.«

»Was hat er gemacht?«

»Wie ein Müllkutscher geflucht und seinen Privathubschrauber kommen lassen.« Ihr Vater leerte die Teetasse. »Zehn Minuten, nachdem man es ihm gesagt hatte, war er auch schon verschwunden. Wir saßen gerade beim Frühstück.« Er lächelte. »Ohne ihn war es plötzlich ganz

ruhig und friedlich. Und ich konnte endlich meinen Räu-
cherlachs genießen.«

Megan verzog das Gesicht. Räucherfisch zum Frühstück war ganz und gar nicht ihr Fall. »Du bist schon
komisch. Hast du von dem Einbruch gehört, als du im
Büro der Geschäftsführung gewesen bist?«

»Heute morgen bist du aber besonders neugierig«,
sagte ihr Vater. »Ja, schon, aber offenbar ging es um
mehr als nur um den Skandal. Es sieht so aus, als hätte
der Dieb Zugang zu einem Teil von Mr Arianis – so heißt
der Bestohlene, Jack Ariani – Netz-ID gehabt. Passwörter, Verschlüsselungscodes, Informationen, die eigentlich geheim sein sollten. Über die Details wollte sich niemand so richtig auslassen. Aber die Geschäftsführung
wird wohl die Net Force hinzuziehen.«

Megan riss die Augen auf, sowohl wegen der Neuigkeit als auch, weil ihr gerade klar wurde, dass ihr Vater
ihr diese Information bis zum Schluss vorenthalten hatte. »Du meinst, dass die Geschäftsführung von Xanadu
glaubt, es könnte jemand von den Angestellten in die
Sache verwickelt sein? Dass einer der Mitarbeiter ... vielleicht virtuelle Zugangsdaten stiehlt und sie dann verkauft?«

»Als ich dabei war, haben sie nicht sehr viel über ihre
Vermutungen gesagt. Aber man kann sich das ja auch
leicht selbst ausrechnen. Ich könnte mir vorstellen, dass
die Geschäftsführung von Xanadu sich langsam Sorgen
darüber macht, dass sich die Sache mit der Sabotage
herumspricht und für negative Schlagzeilen sorgt, wenn
sie nichts dagegen unternimmt.«

Megan lehnte sich zurück und sah kurz auf, als Paul
durch die Küche stürmte und nach draußen ging. »Bis
später«, sagte er. Bevor Megan oder ihr Vater etwas sa-

gen konnten, war er auch schon verschwunden. Die Hintertür fiel mit einem lauten Knall ins Schloss.

»Wo will er hin? Ach, ist ja auch egal. Spielt er donnerstags nicht Fußball?« Er kratzte sich wieder am Kopf.

»Dad, bist du sicher, dass du nicht noch mal nach Xanadu willst?«, fragte Megan.

Er sah sie leicht verwirrt an. »Ich bin doch gerade erst gekommen. Willst du mich schon wieder loswerden?«

»Nein, natürlich nicht ...« Megan war etwas eingefallen, und sie wollte so schnell wie möglich wieder ins Netz. »Du siehst furchtbar müde aus«, sagte sie daher. »Warum legst du dich nicht für eine Weile hin?«

»Damit ich deine Mutter wecke, bevor sie ausgeschlafen hat? Du willst mich wirklich loswerden.«

Sean stürmte in die Küche. »Bis später«, sagte er zu den beiden am Tisch, dann war er weg.

»Football«, erklärte Megan.

»Allein der Gedanke daran lässt mich erschauern.« Ihr Vater stand langsam auf. »Ich glaube, ich werde mich zu deiner Mutter wagen. Ich habe ihr die Bernsteinhalskette mitgebracht, die sie im Katalog des Metropolitan Museum of Art gesehen hat. Vielleicht wird sie mich ja am Leben lassen.«

Megan grinste, als ihr Vater die Küche verließ. Sie wartete, bis die Tür zum Schlafzimmer ihrer Eltern geöffnet wurde, dann lief sie zurück ins Arbeitszimmer und ging wieder ins Netz.

Normalerweise hätte sie James Winters nie von sich aus angerufen. Als nomineller Leiter der Net Force Explorers gehörte er zu den Leuten, die sie auf keinen Fall verärgern wollte. Wenn es nach ihr ginge, würde sie eines Tages für die Organisation arbeiten. Für Megan gab es keinen anderen Beruf, der so interessant und modern war wie der, den sie anstrebte – die Untersuchung und Kontrolle der virtuellen Grenzen, die andauernd von allen möglichen Leuten missachtet und missbraucht wurden. Dazu brauchte es intelligente, gut ausgebildete Mitarbeiter, und Megan hatte fest vor, irgendwann einmal dazuzugehören. Allerdings wusste sie, dass die Entscheidung, ob sie nach ihren ersten Gehversuchen tatsächlich als vollwertiges Mitglied in die Organisation aufgenommen werden würde, zum größten Teil von James Winters abhing. Und daher wollte sie es auch vermeiden, dem Mann auf die Nerven zu gehen, von dem es abhing, ob sie den Beruf ergreifen konnte, den sie sich um alles in der Welt wünschte. Denn er würde entscheiden, ob sie nach ihrer Zeit in der Regionalklasse in die Bundesliga aufsteigen würde.

Aber sie wollte sich auch nicht vorwerfen lassen, ein Feigling zu sein. Wenn es um das Netz oder einen anderen wichtigen Teil ihres Lebens ging, kam man mit Zögern keinen Schritt weiter, vor allem, wenn einem eine Vermutung keine Ruhe ließ. Und diese Vermutung setzte Megan ganz gewaltig zu, aus Gründen, die ihr selbst nicht ganz klar waren. Sie glaubte nicht, dass es an den Attraktionen eines Sechs-Sterne-Resorts für Millionäre lag. Jedenfalls hoffte sie das.

Trotzdem musste sie erst einmal schwer schlucken und sich kurz räuspern, als sie sich in den großen Stuhl vor dem Computer setzte. Megan brachte ihr Zugangsimplantat unter der dünnen Haut seitlich am Hals in die richtige Position, schloss die Augen und führte die kleine mentale »Bewegung« aus, die ihren Netzzugang aktivierte. Ein Gefühl wie ein unterdrücktes Niesen ...

Sie stand wieder auf den oberen Rängen ihres Amphitheaters und sah auf die Bühne hinunter, die jetzt leer und weiß schimmernd vor ihr lag. An dem schwarzen, mit Sternen übersäten Himmel über dem Theater hing ein riesiger, golden glänzender Saturn, der sich im Methanschnee spiegelte. Sie ging die Stufen hinunter zu der Stelle, an der ihr Arbeitsstuhl stand – eine besser gepolsterte und bequemere Version des Implantatstuhls.

Um den Stuhl herum hingen die Würfel, Kugeln und Pyramiden mit ihrer E-Mail in der Luft. »Bereit?«, fragte Megan den Computer, während sie sich setzte.

»Bereit.«

»Mach mir eine Kiste und wirf die ungelesene Post hinein. Ich kümmer' mich später darum.«

Auf einer Seite des Stuhls erschien eine kleine Kiste. Die bunten Objekte schwebten darauf zu und stapelten sich dann wie Bauklötze darin.

»Live-Chat-Modus«, sagte Megan.

»Adresse?«

»James Winters.«

»Priorität?«

»Normal.« Wenn er zu tun hatte, würde sein System alle Anrufe mit normaler Priorität zurückweisen, um ihn nicht zu stören.

Megan setzte sich hin, während ihre Anfrage weitergeleitet wurde. Es fühlte sich immer ein wenig wie ein Niesen an – zunächst passierte gar nichts, aber dann – bum! – war sie plötzlich angekommen.

Ihre Umgebung flackerte, und plötzlich stand ihr Stuhl nicht mehr im Amphitheater, sondern im Büro von James Winters. Es sah wie alle anderen Regierungsbüros aus – nackte, blassgrün gestrichene Wände, an denen nur einige Flüssigkristall-Displays mit Notizen und Informationen hingen. Dazu der übliche Schreibtisch aus

Metall, auf dem sich Dokumente, Tabellen, CD-ROMs und Datenspeichermedien stapelten, von denen viele mit kleinen Haftzetteln oder Notizkristallen versehen waren. Hinter dem Schreibtisch saß der Leiter der Net Force Explorers. James Winters war groß und schlank, hatte scharf geschnittene Gesichtszüge und bemerkenswerte blaugraue Augen, die Megan jetzt leicht erstaunt ansahen. Sein Bürstenschnitt wirkte noch kürzer als sonst. Offenbar war er gerade beim Friseur gewesen.

»Megan? Guten Morgen. Warum bist du bei diesem schönen Wetter nicht draußen?« Er sah sehnsüchtig aus dem Fenster. »Ich wünschte, ich hätte Zeit dazu.«

Sie lächelte. Megan wusste von den anderen Net Force Explorers, dass Winters' Urlaub anscheinend schon zum dritten Mal in diesem Jahr verschoben worden war. Allerdings wusste niemand so genau, ob es von weiter oben angeordnet worden war oder ob Winters den Urlaub aus Rücksicht auf dringende Ermittlungen in seiner Abteilung von sich aus abgesagt hatte. Es war allgemein bekannt, dass er sein Büro nur höchst ungern verließ, wenn etwas Wichtiges vorlag ... und für ihn war so gut wie alles wichtig, was mit der Net Force zu tun hatte.

»Mir ist im Moment nicht nach Sonne«, erwiderte Megan. »Sollen meine Brüder doch den Tag draußen verbringen und Football und Fußball spielen, wenn sie wollen. Ich ziehe den Schatten vor.«

»Den Eindruck habe ich auch.« Er sah an ihr »vorbei« auf Megans virtuellen Arbeitsplatz. »Schnee ... ich hätte absolut nichts dagegen, wenn ich jetzt ein bisschen Ski fahren könnte.«

»Hier würde Ihnen das aber keinen Spaß machen«, sagte Megan mit einem Blick über die Schulter. »Wenn Sie auf diesem Schnee zu schnell werden, schmilzt er

Ihnen unter den Skiern weg, weil die Reibung zu viel Hitze erzeugt. Ich habe mal versucht, hier auf dem Gletscher Ski zu fahren.« Sie sah ihn bedauernd an. »Hat nicht sehr gut funktioniert. Außerdem sind die Gletscherspalten fast einen Kilometer tief.«

»Das sind ja schöne Aussichten. Dann sollte ich es wohl besser lassen«, sagte Winters. »Was kann ich für dich tun, Megan?«

»Ich würde Sie gern was fragen«, erwiderte Megan. »Wie Sie vielleicht wissen, ist mein Dad gerade aus Xanadu zurückgekommen ...«

Sie war sich nicht sicher, ob er darüber informiert war, aber bei Winters konnte man in der Regel davon auszugehen, dass er Bescheid wusste. Er verfolgte das Familienleben seiner Explorers sehr genau, zum einen aus echtem Interesse an seinen jugendlichen Mitarbeitern, zum anderen aus Sorge um deren Sicherheit.

»Ich habe davon gehört. Wie hat es ihm gefallen?«

»So und so«, antwortete Megan. »Ich hatte den Eindruck, dass die Schüler nicht ganz nach seinem Geschmack gewesen sind. Ansonsten hat er sich großartig amüsiert. Aber er hat mir erzählt, dass bei einem der Gäste eingebrochen wurde.«

»Hm.« Winters' Antwort war nichts sagend. Er legte den Stift weg, den er in der Hand gehalten hatte. Dann stützte er sich mit dem Ellbogen auf den Schreibtisch, verschränkte die Finger ineinander und stützte sich mit dem Kinn darauf.

Megan schluckte. Sie hatte nicht die geringste Ahnung, was Winters gerade dachte. Es war entmutigend. »Er hat erwähnt, dass in letzter Zeit mehrere Gäste von Xanadu Opfer eines Verbrechens geworden sind. Und bis jetzt deutet einiges darauf hin, dass sich jemand die vir-

tuellen Zugangsdaten der Gäste – elektronische Unter-
schriften und Ähnliches – besorgt und diese in der realen Welt oder anderen Bereichen der virtuellen Welt benutzt, um Verbrechen zu begehen.«

»Das hat dein Vater zu dir gesagt?«, erkundigte sich
Winters.

Megan musste wieder schlucken. »Na ja, so direkt
nicht. Einiges habe ich mir aus dem zusammengereimt,
was er im Büro der Geschäftsleitung gehört hat.«

Winters sah sie kurz an, dann nickte er. »Gut. Megan,
sei vorsichtig, wenn du so etwas sagst. Solche Verdächtigungen können manchmal auch ein Schuss nach hinten sein. Und jetzt weiter.«

»Na ja.« Es dauerte eine Weile, bis sie ihre Gedanken
gesammelt hatte. »Das Ganze hört sich ziemlich übel an.
Wenn jemand bei Xanadu virtuelle IDs verkauft, haben
wir es gleich mit zwei Problemen zu tun. Zum einen sind
alle wichtigen IDs für den Netzzugang angeblich fäl-
schungssicher. Schließlich basieren sie auf physikali-
scher ID wie DNA-Abgleich und Netzhaut-Scans oder
dem neuen, genauen Fingerabdruck-Scanning. Das
zweite Problem wiegt schwerer.« Megan sah durch Winters' Fenster einen kleinen, braunen Vogel, der auf das
Fensterbrett geflogen war und mit dem Schnabel gegen
die Scheibe pickte. »Wenn gefälschte oder echte Daten
für den Netzzugang – also Informationen, die eigentlich
sicher verschlüsselt und mit einer einzigen Person verknüpft sein sollten – herumgereicht werden ... ist es nur
noch ein kleiner Schritt bis zum Missbrauch. Man gibt
vor, jemand anders zu sein ... Man tut zum Beispiel so,
als würde der andere Kontenbewegungen durchführen
oder an einer virtuellen Geschäftsbesprechung teilnehmen. Es ist gar nicht so schwer, seine Persönlichkeit im

Netz zu verändern. Das tun viele Leute, aus Sicherheits-
gründen. Aber wenn man auch die zugehörige ID fäl-
schen kann ...«

Sie brach ab. Winters saß regungslos da. Der Vogel
hinter ihm pickte immer noch an die Scheibe.

»Das ist eine sehr gute Zusammenfassung«, sagte er.
»Sie spiegelt in etwa das wider, worüber ich gestern mit
den Leuten von Xanadu gesprochen habe.«

Sie seufzte erleichtert. So weit, so gut.

Er lehnte sich zurück und sah sie noch einmal an.
»Also gut«, sagte er dann. »Ich werde dir ein paar Hintergrundinformationen geben. Es war nicht der erste
Vorfall dieser Art, aber sicher der unverfrorenste. In letzter Zeit ist es bei mehreren Gästen Xanadus zu kleineren
Sicherheitsverletzungen gekommen, die zunächst nicht
sehr gravierend aussahen. Ihre Computer oder Systeme
für den Netzzugang wurden geknackt, jemand hat sich
Daten angesehen, manchmal auch gelöscht oder gestohlen ... das glauben wir jedenfalls. Die Geschäftsleitung
von Xanadu war der Meinung, dass diese Verstöße nicht
miteinander zusammenhängen, zum einen, weil es keine
entsprechenden Hinweise darauf gab, zum anderen, weil
es sozusagen Kleinigkeiten waren.« Winters zuckte mit
den Achseln. »In einem Fall wurde das Adressbuch eines
Gastes gelöscht. In einem anderen wurde das Verzeich-
nis mit den gespeicherten E-Mails eines weiblichen Gastes gelöscht. Sie sagte, es sei nichts Wichtiges dabei gewesen. Xanadu war der Meinung, es handelte sich um
einen Zufall, dass gleich mehrere Gäste von solchen
Vorfällen betroffen waren. Die Direktion glaubte, dass
ein gewöhnlicher Hacker dafür verantwortlich war.«

Winters schob seinen Stuhl ein Stück nach hinten.
»Mit der Zeit wurden die virtuellen Einbrüche jedoch im-

mer dreister. Die Bankkonten eines Gastes wurden gelöscht. Ein anderer Gast hat festgestellt, dass jemand virtuell in Geschäftsverhandlungen eingriff, die er gerade
führte. Jemand, der seine Persönlichkeit angenommen
hatte, schickte mehreren Beteiligten Nachrichten, die
sich gegenseitig widersprachen und dazu führten, dass
das Geschäft platzte. Offenbar ist ein Schaden von mehreren hunderttausend Dollar entstanden.«

Megan riss die Augen auf.

»Und dann natürlich der letzte Vorfall dieser Art. Der
Einbruch in Jack Arianis Haus. Du siehst, ich habe keine
Hemmungen, seinen Namen zu erwähnen. Ich fürchte,
der gute Jack hat selbst Schuld daran. Gegen ihn wird
gerade wegen Mitgliedschaft in einer kriminellen Verei-
nigung ermittelt. Ich habe meine Zweifel daran, ob es
dem FBI gelingen wird, die notwendigen Beweise zu beschaffen. Jack arbeitet sehr vorsichtig und ist ein Meister darin, seine Spuren zu verwischen. Aber dieses Mal
ist er wohl nicht vorsichtig genug gewesen. Es muss
duchgesickert sein, dass er die Diamanten bei sich zu
Hause aufbewahrt, und irgendjemand hat sich die Mühe
gemacht, Teile seiner Netz-ID und andere persönliche
Informationen zu stehlen, um unbehelligt in das Haus
hinein und dann mit den Diamanten wieder hinauszu-
kommen. Jack hatte die Steine noch nicht versichert,
weil die Versicherungsgesellschaft natürlich wissen
wollte, wo er sie herhatte ... und er war gerade erst damit fertig geworden, die entsprechenden Papiere zu fäl-
schen. Er hat die Diamanten mit ziemlicher Sicherheit
vom Oberhaupt eines großen kolumbianischen Verbre-
chersyndikats erpresst, was wir ihm natürlich nicht beweisen können. Jack ist so geschickt, dass ihm selbst die
Finanzbehörde nichts vorwerfen kann. Aber es sieht so

aus, als hätte Jack Ariani jetzt doch ein paar Fehler gemacht. Ich möchte nicht in der Haut des Diebes stecken,
wenn Jack ihn findet.«

Winters lächelte. »Angesichts der vielen Leute, die
Jack unseren Erkenntnissen nach bis jetzt ausgenom-
men hat, geschieht ihm der Einbruch eigentlich ganz
recht, aber es ist und bleibt ein Verbrechen. Wir gehen
davon aus, dass es noch viel schlimmer kommen wird.
Jemand, der sich geheime Daten aneignet und diese verwendet, kann immensen Schaden anrichten. Außerdem
sind die Kunden von Xanadu nicht gerade Durch-
schnittsmenschen, sondern Industriemagnate, bekannte
Persönlichkeiten und Milliardäre. Einige haben Verbindungen bis in die höchsten Regierungskreise verschiedener Länder. Und manche haben bei ihrer Arbeit Zugang zu Geheimmaterial. Wenn sich die Sicherheitslücke
herumspricht, könnte Xanadu Bankrott gehen, was natürlich sehr negative Folgen hätte. Aber wenn die Sache
unter Verschluss gehalten wird und ein bekannter Politiker oder eine andere Persönlichkeit das Resort besucht
und auf ähnliche Weise ausspioniert wird, könnte das
noch erheblich schlimmere Folgen haben. Es könnte sogar einen Krieg irgendwo auf der Welt auslösen.«

»Dann werden Sie also Agenten der Net Force nach
Xanadu schicken«, stellte Megan fest.

»Auf jeden Fall«, erwiderte Winters, »das ist in diesem
Fall sicher sinnvoll.«

Als er nicht weitersprach, zögerte Megan kurz. »Mr
Winters«, sagte sie schließlich, »könnte ich denn nicht
auch was Sinnvolles tun? Zumindest halte ich es für
sinnvoll.«

Er nickte ihr auffordernd zu.

Megan schluckte.

»Für Mitarbeiter der Net Force dürfte es recht schwierig sein, sich innerhalb so kurzer Zeit eine glaubwürdige Tarnung zurechtzulegen, mit der sie auf Xanadu nicht auffallen wie ein bunter Hund. Denn wenn einer von Xanadus Mitarbeitern der Übeltäter ist, wird er es vermutlich sehr schnell herausfinden. Was halten Sie davon, jemanden auf die Insel zu schicken, der nicht gleich auffällt? Jemanden, denn die bösen Jungs übersehen würden. Einen Jugendlichen zum Beispiel.«

Er sah sie an, sagte aber kein Wort.

Ich werde nicht um den heißen Brei herumreden. Mehr als Nein sagen kann er ja schließlich nicht ...

»Du meinst, ich soll ... dich hinschicken«, sagte Winters. Auf seinem Gesicht lag ein leicht amüsierter Ausdruck.

»Ich hätte schließlich eine gute Ausrede«, fuhr Megan fort. »Das heißt, nur, wenn mein Vater die Geschäftsleitung überreden kann. Er sagte, dass sie ihn vielleicht noch mal einladen. Und dann wäre es doch völlig normal, dass er seine Tochter mitbringt. Das letzte Mal hätte er fast meine Mutter mitgenommen – das Angebot war für zwei –, aber sie hatte dann doch keine Zeit. Der Artikel für *TimeOnline*. Der Chefredakteur ist der reinste Sklaventreiber.«

Winters grinste sie an. »Du hörst dich an wie Mark Gridley. Er sagt seinen Eltern immer, dass sie viel zu viel arbeiten. Analyse und Synthese sind schon immer deine starke Seite gewesen. Außerdem besitzt du die wichtigste Eigenschaft eines Analysten: Du bist ungeheuer neugierig.«

Megan wurde warm. Sie hoffte, dass sie nicht ganz so heftig errötete, wie es ihr gerade vorkam.

»Ich weiß nicht«, sagte Winters mit einem Blick zum

Fenster. »Bei einem solchen Einsatz könnte einiges schief gehen. Das größte Problem wäre wohl die technische Seite ... tut mir Leid, wenn ich das jetzt so sage, aber du bist nun mal keine Computerspezialistin.«

»Aber es geht doch nicht in erster Linie darum, was mit Xanadus Computern passiert«, wandte Megan ein. »Wenn es nur das wäre, würde ich ja vorschlagen, dass Sie Mark Gridley oder jemand anderen, der die Rechner genauer unter die Lupe nimmt, auf die Insel schicken. Die Frage ist aber, wer hinter den Vorfällen steckt. Und in diesem Fall kann ich genauso gut wie jeder andere nach Hinweisen suchen. Vielleicht sogar mit mehr Erfolg.«

Sie saß regungslos da, während Winters die Stirn runzelte. Plötzlich hatte sie Angst, vielleicht zu viel gesagt zu haben. *Sei still, sei still,* rief eine Stimme in ihrem Kopf, *du hast es verpatzt!*

Winters sah sie nachdenklich an. »Hast du schon mit deinem Vater darüber gesprochen?«, wollte er dann wissen.

»Noch nicht«, antwortete Megan. »Ich glaube, er weiß schon, dass mir die Sache im Kopf rumgeht. Aber normalerweise sagt er erst was, wenn ich ihn darauf anspreche.«

Winters zog die Augenbrauen hoch. »Dein Vater ist ein sehr kluger Mann, aber davon habe ich mich ja bereits bei anderer Gelegenheit überzeugen können.« Megan brannte darauf, ihn zu fragen, wann und wo das gewesen war – welche Verbindung es zwischen ihrem Vater und Winters gab, war ihr immer noch nicht klar. Aber sie wusste, dass jetzt nicht der richtige Zeitpunkt dafür war.

Captain Winters seufzte. »Megan«, sagte er dann. »Es

war gut, dass du mich auf diese Sache aufmerksam gemacht hast. Ich werde es mir durch den Kopf gehen lassen. Mehr kann ich im Moment nicht tun. Ich glaube, es
gibt eine Möglichkeit, deinen Vorschlag zu realisieren.
Aber zuerst müssen wir hier noch einige Ermittlungen
anstellen, was eine Weile dauern könnte. Außerdem
wäre ich nicht der Einzige, der dem Ganzen zustimmen
müsste. Natürlich müssten wir auch noch einige Sicher-
heitsbestimmungen berücksichtigen, wenn wir dich oder
einen anderen Jugendlichen an den Ermittlungen beteiligen. Und zudem müssten noch ein paar andere Leute
überzeugt werden. Sobald ich Genaueres weiß, werde ich
mich bei dir melden.«

Megan verließ der Mut. Sie hatte darauf gehofft, sofort ein klares »Ja« oder »Nein« zu hören. Dann wurde
sie wieder von dem kleinen Vogel am Fenster abgelenkt.
Winters drehte sich um und sah zu ihm hin. »Oh«, sagte
er, »mein Spatz ist wieder da.«

Wie bitte?, dachte Megan. Der kleine braune Vogel
hämmerte wieder gegen die Scheibe, als wollte er unbedingt hereinkommen. »Bitte?«

»Ich lasse dieses ›Fenster‹ als virtuellen Spiegel der
Futterstelle vor meinem Esszimmer zu Hause laufen,
wo ich im Winter die Vögel füttere. Einige von ihnen
sind der Meinung, dass der Winter schon im Sommer
beginnt«, erklärte Winters. Er seufzte. »So langsam
werde ich auch ungeduldig. Ich glaube, ich werde es
nie bis in den Skiurlaub schaffen ... auch nicht auf Methanschnee.« Nach einem kurzen Blick auf die Papierstapel auf seinem Schreibtisch sagte er: »Sonst noch
was?«

»Nein, das war alles«, erwiderte Megan.

Winters nickte. »Ich melde mich bei dir. Und, Megan ... danke. Ich freue mich, dass du so aktiv mitarbeitest. Wir müssen sehen, was aus der Sache wird.«

Winters und sein Büro flimmerten und verschwanden. Megan sah wieder den Saturn, der inzwischen am Untergehen war, ein Halbmond hinter Ringen, die im Schatten lagen und Sicheln ähnelten.

Puh, dachte Megan. Sie stand auf und ging die Treppe des Amphitheaters hinauf. Winters war wohl kein Vorwurf zu machen, weil er so vorsichtig war. *Aber wenn sie nicht schnell was unternehmen, wird es noch mehr Ärger geben*, dachte sie.

Dann werde ich jetzt wohl das tun müssen, was jedem Net Force Explorer am schwersten fällt, dachte sie, als sie die Verbindung zu ihrem virtuellen Arbeitsplatz unterbrach und sich im Arbeitszimmer wiederfand.

Warten ...

2

Harold Winston-Thomas saß in seinem Büro in einem großen, imposanten Bürogebäude in London, nicht weit vom Sitz des britischen Parlaments entfernt, und machte sich auf dem elektronischen Schreibblock auf seinem Schoß noch ein paar letzte Notizen. Von seinem mit Teakholz getäfelten Eckbüro im zweiten Stock des Gebäudes in der Old Church Street hatte man eine spektakuläre Aussicht auf den Fluss. Harold hatte fast zwanzig Jahre darauf warten müssen, bis einer der jüngsten Seniorpartner der Kanzlei so anständig gewesen war, auf einem Golfplatz in Schottland zu sterben. Seit damals

hatte er alles vermieden, was seine Daseinsberechtigung
in diesem Büro gefährden könnte, das ihm schließlich
nach langwieriger und »reiflicher Überlegung der übrigen Seniorpartner« – die er für kalkulierte Grausamkeit
hielt – überlassen worden war. Es war eine Initiation
gewesen, eine grausame noch dazu, wie das mitter-
nächtliche Ritual der Aufnahme in einen Geheimbund.

Aber er hatte diese Zeit, ohne mit der Wimper zu zu-
cken, überstanden, und schließlich hatten sie aufgegeben und ihm all das zugestanden, worauf er so lange
gewartet hatte – das Büro, die Aktienoptionen, die Mitgliedschaft im Klub und die rentablen Fälle, die aus ihm
einen Millionär machen würden, so wie sie im Laufe der
Zeit auch die anderen Partner zu Millionären gemacht
hatten.

Harold lehnte sich zurück und warf einen letzten Blick
auf den elektronischen Schreibblock. Als Seniorpartner
der Kanzlei Tollsworth, Barrington-Smythe und Hobart
konnte er davon ausgehen, nur die besten Fälle aus den
besten Kreisen der Gesellschaft zu bekommen, die der
Kanzlei vor allem wegen der ausgezeichneten Beziehungen ihres Gründers in den Schoß fielen. Der Gründer, Mr
Tollsworth, war zuerst nur ein einfacher Rechtsanwalt
gewesen, später dann auch vor den höheren Gerichten
zugelassen und noch viel später zum Kronanwalt ernannt
worden, sodass er seine Klientel auch vor dem High
Court, dem obersten Gerichtshof Englands, vertreten
konnte. Weitaus wichtiger als Tollsworths juristischer
Scharfsinn (der nur Durchschnitt war) und seine Fähigkeiten bei der Recherche (die zugegebenermaßen besser
als der Durchschnitt waren) war allerdings der Umstand
gewesen, dass er angeheiratete Beziehungen zu zwei
Baronets und dem Herzogtum von Lancaster pflegte, die

zusammen etwa die Hälfte der teuersten Immobilien Londons besaßen. Man hatte zu Recht angenommen, dass jemand, der zu der Familie gehörte, in die Tollsworth eingeheiratet hatte, ein gewisses Maß an Verständnis für die Bedürfnisse und Anliegen wohlhabender Adliger haben würde – sie wollten unter sich bleiben, ihren Reichtum mehren und ihr Geld so weit wie möglich vor dem Zugriff anderer schützen. Sie kamen zu ihm, wenn sie in Gerichtsverfahren verwickelt waren und die Gefahr bestand, dass sie ihr Geld an weniger illustre Personen und Institutionen – Geschäftsleute, Neureiche, die Finanzbehörde – verloren. Und Tollsworth wusste immer einen Weg, um den Prozess zu gewinnen. Egal, über welche anderen Qualitäten er auch verfügte, er hatte einfach das Glück, immer zu gewinnen.

Seine Partner und deren Nachfolger profitierten von diesem Ruf, und auch sie gewannen ihre Prozesse in der Regel immer, da eine sich selbst erfüllende Prophezeiung in der Juristerei genauso funktionierte wie in anderen Bereichen. Harold wusste selbst nur zu gut, wie er von dem Ruf der Kanzlei profitieren konnte. Und genau das würde er heute Nachmittag auch tun. Er lehnte sich zurück, sah den Block an und begann, im Kopf auszurechnen, wie viel er seinem Klienten für die Arbeit der nächsten sechs Monate in Rechnung stellen konnte. Sämtliche Summen wiesen viele hübsche Nullen auf. *Es wird langsam Zeit, den Immobilienteil der Zeitung etwas genauer zu lesen,* dachte er. *Marcia redet ständig darüber, dass wir mehr Zimmer brauchen. Mindestens zwanzig. Vielleicht eine hübsche Villa in den Cotswolds ...*

Harold wurde von einem leisen Klopfen an der Tür unterbrochen. »Herein«, sagte er.

Seine Sekretärin steckte den Kopf zur Tür herein. »Sir, Mr St. Regis wird in fünf Minuten auf der abhörsicheren Leitung anrufen«, informierte sie ihn.

»Danke, Carol.« Er stand auf. »Es wird nicht länger als zwanzig Minuten dauern. Rufen Sie bitte im Klub an, und sagen Sie George, dass er um halb zwölf mit mir rechnen kann.«

»In Ordnung, Sir.«

Sie hielt ihm die Tür auf, als er sein Büro verließ. Harold ging den mit dicken Teppichen ausgelegten Korridor hinunter, vorbei an den speziell angefertigten Bücherregalen, die Hunderte von Büchern mit Fallstudien enthielten, und den Türen zu den Büros der anderen Partner. Einige Büros waren noch schöner als seins. Aber darüber brauchte er sich jetzt noch keine Gedanken zu machen. Sein Büro war repräsentativ und groß genug für ihn, und schließlich würde keiner der Partner ewig leben. Er jedoch war jung und fit und achtete auf seine Gesundheit. *Eines Tages,* dachte er, *wird das alles mir gehören* ...

Die Geräte für die virtuelle Realität waren unauffällig in einen Sitzungssaal integriert, der aussah, als stammte er aus dem siebzehnten Jahrhundert. Der in den Computer programmierte Arbeitsplatz stellte eine genaue Kopie der prächtigen Holzintarsien dar, die vermutlich von Karl II. für eine seiner Mätressen aus Frankreich herübergeschafft worden waren. Als Harold die Tür hinter sich schloss und sicherte, wodurch der Raum schalldicht gemacht wurde und die Systemprotokolle aktiviert wurden, musste er lächeln, da ihm die Herkunft der Möbel als sehr passend erschien.

Er machte es sich in einem wuchtigen Ledersessel bequem und positionierte seinen elektronischen Schreibblock mit der Verknüpfung zum Computer des Raums so, dass er ihn gut sehen konnte. Dann richtete er sein Implantat auf die Master-Zugangskonsole aus, die im Innern einer Ludwig XIII.-Vitrine aus glänzendem Ebenholz verborgen war.

Howard spürte das übliche leichte Zittern, dann flackerte der Raum und stand gleich darauf wieder still. Er sah genauso aus wie vorher, aber das, was der Rechtsanwalt jetzt sah, war die Kopie des Raums im Netz, sein virtuelles Gegenstück. Die Tür öffnete sich, und sein Klient kam herein.

Harold stand auf und ging ihm entgegen. Es war eine Geste der Höflichkeit, die in Harolds Fall allerdings nicht ehrlich gemeint war. Sein Klient hatte sich selbst in eine äußerst unangenehme Situation gebracht, und die Presse war der Meinung, ihn ohne Konsequenzen angreifen zu können. Er war ein Musterbeispiel für die Redewendung »Er hat mehr Geld als Verstand« geworden. Offenbar konnten selbst die beste Erziehung und Ausbildung, die in diesem Land für Geld zu bekommen waren, nicht für Klugheit garantieren. Harolds Klient sah sehr gut aus, aber genau dieser Umstand hatte ihn in die Schwierigkeiten gebracht, in denen er momentan steckte.

Der große, schlanke Mann setzte sich in den Sessel auf der anderen Seite des Konferenztisches, zupfte die Manschetten aus den Ärmeln seines Fünftausend-Dollar-Anzugs und sagte: »Danke, dass Sie sich Zeit für dieses Gespräch mit mir genommen haben, Harold.«

»Es ist mir wie immer ein Vergnügen«, erwiderte Harold. Dies war insofern ehrlich gemeint, als dass ihm das Treffen Gelegenheit gab, wieder eine Stunde zu den üblichen Sätzen in Rechnung zu stellen. »Ich nehme an, es geht um etwas, das nicht auf unserem Terminplan für diese Woche steht.«

»Ja«, sagte der Mann. Er lehnte sich zurück und strich sich mit einer nervösen Geste die blonden Haare zurück. »Sehen Sie ... die Sache ist so. Ich habe lange darüber nachgedacht und mich dazu entschlossen ... die Klage zurückzuziehen.«

»Was?« Harold saß plötzlich kerzengerade in seinem Sessel. »Ich meine: Wie bitte?«

»Ich werde die Klage zurückziehen.«

»Aber ...« Harold brach ab und holte tief Luft, um sich etwas zu beruhigen. »Richard, wir haben drei Jahre gebraucht, um dahin zu kommen, wo wir jetzt sind. Die Zeitung hat Sie dazu gebracht, eine Menge Geld auszugeben, sie hat mit aller Macht versucht, Sie zum Aufgeben zu bewegen. Es ist erst einen Moment her, dass wir gegen die Entscheidung des Gerichts Revision eingelegt haben. Mit den neuen Beweisen, die zeigen, dass Sie hereingelegt worden sind, den Bildern, der dritten Frau ... haben Sie sie endlich da, wo Sie sie haben wollten. Noch ein paar Monate, und alles ist vorbei und Ihr guter Ruf wiederhergestellt.« *Ganz zu schweigen davon, dass das Gericht Ihnen vermutlich eine Kostenübernahme und Schadensersatz in beträchtlicher Höhe zusprechen wird. Vielmehr:* uns ...

»Ich weiß.« Richard sah verlegen aus. »Harold, ich kann einfach nicht mehr. Der Stress wird zu groß. Ich habe gesundheitliche Probleme ... Schmerzen in der Brust. Mein Arzt hat gesagt, dass der Stress aufhören muss, sonst könnte es zum Schlimmsten kommen. Ich glaube, es ist mir lieber, einigermaßen wohlhabend und verleumdet zu sein als reich, rehabilitiert und tot.«

Harold wusste kaum, was er darauf antworten sollte.

Die Weltanschauung Richards war ihm völlig unverständlich. Aber Klienten neigten nun mal dazu, merkwürdige Dinge zu tun, ohne jeden Grund in Panik zu geraten. Man musste sie beruhigen, sie wieder aufrichten ...

Harold fing an zu argumentieren, ruhig und besonnen. Zu seiner Bestürzung konnte er rein gar nichts damit ausrichten. Richard ließ sich nicht umstimmen. »Es ist mir ernst damit«, sagte er. »Schluss mit dem Prozess, Harold, ich ziehe die Klage zurück.« Egal, welche Argumente Harold auch vorbrachte, Richard wiederholte immer nur: »Wir ziehen die Klage zurück.«

So ging es fast eine Stunde lang hin und her. »Rufen Sie morgen wieder an, dann reden wir noch einmal über die Sache«, sagte Harold schließlich.

»Um es einmal mit den Worten meines Großvaters auszudrücken: Welchen Teil von ›Nein‹ haben Sie nicht verstanden? Wir ziehen die Klage zurück. Das ist mein letztes Wort. Wenn Sie diese Anweisung nicht akzeptieren wollen, werde ich Tollsworth anrufen.«

Harold schluckte.

»In Ordnung«, sagte er dann. »Sie müssten aber noch einige Dokumente unterzeichnen.«

»Das können wir gleich erledigen.«

Harold schluckte noch einmal. Er hatte gehofft, Richard unter dem Vorwand, noch etwas Zeit für die Erstellung der virtuellen Dokumente zu brauchen, abwimmeln zu können. Aber das würde wohl nicht funktionieren.

Er saß einen Augenblick lang wie erstarrt da, dann stand er auf und verließ den Raum. Er beauftragte seine Sekretärin, bei dem Mann in der virtuellen Suite jede Sicherheitsüberprüfung durchzuführen, die der Kanzlei zur

Verfügung stand. Und jedes Wort aufzuzeichnen, das im Sitzungssaal gesprochen wurde – es war ihm egal, dass es ungesetzlich war. Nachdem Harold die entsprechenden Dokumente selbst aus dem System abgerufen hatte, ging er wieder zu seinem Klienten. Seine Sekretärin hatte er damit nicht beauftragen wollen. Sobald ihr klar war, was er tat, würde es auch schon die ganze Kanzlei wissen – und innerhalb weniger Minuten würde Tollsworth in seinem Büro stehen. Richard musste mehrere Vollmachten und das wichtigste Dokument, die Verzichtserklärung für den obersten Gerichtshof, unterzeichnen. Bevor Harold die Papiere an seinen Klienten übergab, suchte er noch einmal nach einem Argument, das Richard dazu bringen könnte, seine Meinung zu ändern.

Richard zog seinen elektronischen Schreibblock aus der Tasche und nahm einen Stift aus Gold und Platin in die Hand. Harold zögerte. »Möchten Sie es sich nicht noch einmal überlegen?«, fragte er.

Richard tippte mit dem Stift auf seinen Block und schüttelte den Kopf.

Harold stieß einen Seufzer aus und übertrug die Dokumente. Richard unterschrieb das erste, blätterte zum nächsten, unterschrieb es, blätterte zum dritten, unterschrieb es. Dann tippte er noch einmal mit dem Stift auf seinen Block, und die Dokumente wurden wieder auf Harolds Block übertragen.

»Danke«, sagte Richard, während er aufstand. »Danke für alles, Harold. Ich weiß, dass Sie alles versucht haben, dass das ganze Team alles versucht hat. Aber ich bin froh, dass die Sache jetzt vorbei ist.«

Harold erhob sich ebenfalls. Richard kam um den Tisch herum und gab ihm die Hand, dann verließ er den Sitzungssaal und machte die Tür hinter sich zu.

Harold blieb nichts anderes übrig, als wieder in sein Büro zu gehen und die Übertragung der Dokumente vorzubereiten. Aber als Erstes musste er seinen Chef verständigen.

Als alles vorbei war, zog er es vor, nicht mehr an das Gespräch mit Tollsworth zu denken. Nachdem er einem zunehmend feindseliger werdenden Publikum das peinliche Gespräch mit seinem Klienten wieder und wieder vorgespielt hatte, wurden die Dokumente übertragen. Danach saß Harold lange in seinem Büro. Als die Stadt um ihn herum in der Dämmerung versank, schaltete er das Licht nicht ein. Die zunehmende Dunkelheit schien zum Ausdruck zu bringen, welchen Weg seine Karriere nahm, die noch vor ein paar Stunden so hell und strahlend vor ihm gelegen hatte.

Um einiges schrecklicher war dann allerdings der nächste Morgen, als er ins Büro kam – mit heftigen Kopfschmerzen wegen eines Katers, da er sich am Abend zuvor hatte voll laufen lassen – und den entsetzten Ausdruck auf dem Gesicht seiner Sekretärin sah. »Richard möchte auf der sicheren Leitung mit Ihnen reden«, sagte sie.

Harold ging in den Sitzungssaal und fluchte leise vor sich hin. Er machte die Tür hinter sich zu, setzte sich hin, schaltete sich über sein Implantat in das Netz ein und wartete auf das Flackern des Hintergrundes. Auf der anderen Seite des Konferenztisches erschien Richard.

»Haben Sie es sich schon anders überlegt?«, fragte Harold. Er versuchte, nicht allzu verbittert zu klingen.

»Was habe ich mir anders überlegt? Ich wollte mich nur bei Ihnen melden, da ich gerade aus dem Urlaub zurückgekommen bin. Wann gehen wir vor Gericht? Ist schon ein Termin festgelegt worden?«

Harold fiel die Kinnlade herunter.

In der nächsten halben Stunde nahm das Gespräch eine Wendung zum Surrealen. Nach einer Weile gesellte Tollsworth sich zu ihnen, und Harold hörte aus dem Mund seines Chefs Ausdrücke, die er noch nie gehört hatte. Er würde sie auch nie wieder hören, denn noch am selben Nachmittag wurde Harold gefeuert – als Sündenbock für ein Desaster mit gigantischen Ausmaßen. Offenbar hatte Richard am Tag zuvor gar nicht auf der sicheren Leitung angerufen, da er in einem Luxusresort in der Karibik gewesen war und dort virtuelle Aktivitäten vor so vielen Zeugen unternommen hatte, dass sein Aufenthalt dort nicht geleugnet werden konnte. Er war gerade erst zurückgekommen. Der Mann, der Richards Körper, Richards Stimme und Richards angeblich fälschungssichere Sicherheitscodes benutzt hatte, um sich Zugang zu Tollsworths virtuellen Büroräumen zu verschaffen, hatte der Kanzlei falsche Anweisungen gegeben. Und jetzt war Richards Prozess zu Ende, denn die Dokumente, mit denen auf eine Revision verzichtet wurde, konnten nicht mehr zurückgerufen werden. Sein Fall war – zumindest vorläufig – verloren. Die Kanzlei konnte ihn erst wiederaufnehmen, nachdem bewiesen worden war, dass die Anweisungen in betrügerischer Absicht gegeben worden waren. Nach Jahren juristischen Schlagabtauschs würde sie es auch schaffen, einen neuen Prozess anzusetzen. Aber Tollsworth, Barrington-Smyth und Hobart würden trotzdem zur Zielscheibe des Spotts werden. Und die große, landesweit erscheinende Zeitung, die seinen Klienten so übel verleumdet hatte, berichtete bereits in riesigen Schlagzeilen auf der Titelseite über ihren Triumph, denn natürlich gingen alle davon aus, dass er nach dem Verzicht auf einen Revisions-

prozess entweder schuldig war oder seine Anwälte der
Meinung waren, dass er keine Chance hatte, den Prozess
zu gewinnen. Richards Firma für Satellitenkomponen-
ten, deren Aktienkurs aufgrund zurückgegangener Ver-
teidigungsausgaben der Regierung und dann auch wegen der negativen Publicity um den Firmeninhaber in
den Keller gefallen war, musste nach drei Wochen Bankrott anmelden. Sein Privatvermögen, das er zum größten Teil in die Firma gesteckt hatte, löste sich innerhalb
weniger Tage in Luft auf.

Ein paar Monate später war Richard tot. Wer auch
immer sich als er ausgegeben hatte, der hatte auch seine
medizinischen Unterlagen eingesehen – zumindest die
Angaben über Richards Herzprobleme hatten der Wahrheit entsprochen.

Ein heftiges Beben suchte Tollsworth, Barrington-
Smythe und Hobart heim. Der gute Ruf der Kanzlei war
dahin. Viele Klienten suchten sich andere Anwälte. Es
lief das Gerücht um, dass die Kanzlei bald geschlossen
wurde. Tollsworth wurde langsam alt, die Seniorpartner
waren alle Millionäre. Man sehe keinen Sinn darin wei-
terzumachen, vor allem, da die Klienten scharenweise
zu jüngeren Kanzleien überliefen, Kanzleien, die weniger Probleme mit modernen Technologien hätten ...

Der Lordoberrichter stellte zusammen mit dem Innen-
ministerium Ermittlungen in dem Fall an. All das berührte Harold nicht mehr. Eine Woche nach dem Vorfall
verschwand er aus London und ließ nie wieder etwas
von sich hören. Es gab Gerüchte, dass er Familie, Haus
und Heimat verlassen und irgendwo in der Karibik eine
Tauchschule aufgemacht hatte. Die Tatsache, dass einer
Kanzlei wie Tollsworth, Barrington-Smythe und Hobart
so übel mitgespielt werden konnte, war das häufigste

Gesprächsthema, über das sich Männer in Maßanzügen überall auf der Welt mit einer gewissen Besorgnis in der Stimme unterhielten. Plötzlich fingen Rechtsanwälte in allen möglichen Ländern an, einen ängstlichen Blick über die Schulter zu werfen und nach der einen oder anderen Art Geist Ausschau zu halten ...

Seit Megans Gespräch mit James Winters waren fast eineinhalb Wochen vergangen, und so langsam wurde sie verrückt. Sie konnte sich kaum an einen Sommer erinnern, der so langweilig gewesen war. Das allein war schon höchst beunruhigend, denn Megan langweilte sich so gut wie nie – es gab einfach viel zu viel Interessantes, mit dem man sich beschäftigen konnte. Aber jetzt konnte sie sich nicht einmal mehr durch die Schule ablenken lassen. Ihre beste Freundin, Tina, war nach Europa in Urlaub gefahren. Ihre Brüder verbrachten den ganzen Tag damit, sich auf allen möglichen Spielfeldern blaue Flecken am ganzen Körper zu holen. Normalerweise hätte sie sich auch keine Gedanken darüber gemacht, wo sie tagsüber steckten, aber jetzt sehnte sie sich beinahe danach, von ihnen geärgert zu werden. Ihre Mutter war die Hälfte der Zeit unterwegs und recherchierte für einen weiteren Artikel für *TimeOnline*, der etwas mit der Ozonschicht und kommerzieller Luftfahrt zu tun hatte. Ihr Vater hatte sich in seinem Arbeitszimmer vergraben und arbeitete an einem Buch. Es gab nichts, was Megan lieber getan hätte, als die mysteriöse Geschichte auf Xanadu zu untersuchen. Stattdessen war das Interessanteste, das sie zurzeit tun konnte, in den Garten ihrer Mutter zu gehen und den Tomaten beim Reifen zuzusehen.

Es war Samstagnachmittag, als sie in das Arbeitszim-

mer ihres Vaters trat, einzig und allein, um ihn zu stören. Zu ihrer Überraschung war er gar nicht da. Sie sah
nur seine Bücher ... auf den Schreibtischen, auf dem
Stuhl, in den Regalen, wo er einige Exemplare halb he-
rausgezogen hatte, damit er sie schneller wiederfand,
wenn er sie brauchte. Auf der Sitzfläche des Implantatstuhls lag ein Buch mit aufgeschlagener Seite nach unten. Vor dem Implantatzugangsleser des Computers stapelten sich gleich mehrere Bücher, die ihn wie üblich
fast blockierten.

Megan ging zum Schreibtisch hinüber und sah sich
die Bücher an. Sie machte sich normalerweise einen
Spaß daraus, die Bücher so vorsichtig hochzuheben
und wieder hinzulegen, dass es ihrem Vater gar nicht
auffiel. Die Herausforderung bestand darin zu erraten,
was die Bücher mit dem Thema zu tun hatten, über das
er gerade arbeitete ... oder zunächst einmal herauszufinden, über *welches* Thema er arbeitete. Ihr Vater hielt
nichts davon, andere seine unfertigen Arbeiten lesen
zu lassen. »Würden Sie aus dem Haus gehen und sich
an der nächsten Straßenecke umziehen?«, hatte Megan
ihn einmal entsetzt zu einem anderen Schriftsteller
sagen hören, der seine Arbeit an »Leser« weitergab, bevor er damit fertig war, und diese um Verbesserungs-
vorschläge bat. Für seine Familie galt dieser Grundsatz
ebenfalls.

Megan hatte ihn einmal darauf angesprochen, und er
hatte zugegeben, dass jeder Schriftsteller in dieser Beziehung anders war, sie das Buch, an dem er gerade arbeitete, aber trotzdem erst lesen durfte, wenn er damit
fertig war.

Sie streckte die Hand aus und hob das erste Buch
hoch, wobei sie darauf achtete, es nicht aus Versehen

zuzuschlagen. Es stammte aus der Bibliothek der Georgetown University und war vermutlich von Paul ausgeliehen worden: *Kalendermythologie der Azteken.* Sie zog die Augenbrauen hoch, während sie das geöffnete Buch mit den Seiten nach unten über ihren Unterarm legte und nach dem nächsten griff. *Michelangelo – Inferno und Ekstase,* Irving Stones Biografie von Michelangelo. Auch dieses Buch wurde über den Arm gelegt. Das dritte war *Kim* von Rudyard Kipling. Das vierte *Fechtkunst der Renaissance* von John Clements, gefolgt von *Geschichte der Schusswaffen* von Hugh Pollard und *Das Guinness-Buch militärischer Schnitzer.*

Megan legte sich das letzte Buch auf den Arm, starrte auf *Der Märchenkönig: König Ludwig II. von Bayern* und fragte sich: *Was zum Teufel macht er da?*

In diesem Moment klingelte das Telefon auf dem Schreibtisch. Sie zuckte zusammen.

Hastig legte sie das oberste Buch auf ihrem Arm auf den Schreibtisch zurück, genau so, wie sie es gefunden hatte. Das Telefon klingelte noch einmal und hörte dann auf. Megan hört vom Korridor her eine gedämpfte Stimme und musste grinsen. Ihr Vater war im Bad und hatte dort abgenommen. Er behauptete immer, das Telefon im Bad, das auf Drängen ihrer Mutter installiert worden war, zu hassen – »Es klingelt immer erst, wenn man schon im Bad ist – ist euch das noch nie aufgefallen?« –, aber im Endeffekt benutzte er es häufiger als sie.

Das Gemurmel ging weiter. Megan schlich leise aus dem Arbeitszimmer und den Korridor entlang, bis sie vor der Tür zum Bad stand.

»Hm. Ja. Nein, noch nicht. Ich hatte eigentlich gehofft, dass sie es nicht tun. Der Workshop war nicht sehr erfolgreich, und so schön das Umfeld auch ist, ich sehe keinen Grund, warum sie ihr Geld oder meine Zeit verschwenden sollten.«

Megan ging noch einen Schritt auf die Tür zu.

»Also gut«, sagte ihr Vater. »Sie haben fünf Minuten, um mich zu überzeugen.« Er klang freundlich, aber Megan kannte den Ton in seiner Stimme. Wer auch immer am anderen Ende der Leitung war – und sie glaubte zu wissen, wer es war –, würde sich schon sehr anstrengen müssen.

Sie hörte ihr Herz klopfen und hoffte verzweifelt, dass keiner ihrer Brüder auftauchen würde. Nach etwa zwei Minuten sagte ihr Vater: »Wirklich?«

Es hörte sich nicht so an, als hätte er sich überzeugen lassen. Megan hielt den Atem an.

»Wie bitte? James, könnten Sie das wiederholen?«, hörte sie ihren Vater kurz darauf sagen.

Eine Pause. »Das würde natürlich ein vollkommen anderes Licht auf die Dinge werfen, nicht wahr?«

Noch eine Pause.

»Dazu müssten sie sich mit mir in Verbindung setzen. Das hätte eigentlich schon letzte Woche passieren sollen, aber ich habe noch nichts von ihnen gehört. Ich bin davon ausgegangen, dass es kein zweites Mal geben wird.«

Megan schluckte.

»Oh«, sagte ihr Vater. »Oh. Nein, ich glaube nicht ... Aber welche Rolle soll sie den bei der Sache spielen?«

Stille. Megan hielt wieder den Atem an.

»Sind Sie sicher? Denn wenn etwas passiert ...«

Wieder eine lange Pause.

»Nein, natürlich nicht. Aber beim letzten Mal war es sehr knapp. Ich glaube an die soziale Verantwortung des

Einzelnen ... aber schließlich geht es hier um meine Tochter.«

Stille. Eine ganze Weile. Megan atmete, aber nur, weil ihr langsam die Luft ausging.

Schließlich hörte sie einen tiefen Seufzer aus dem Bad. »In Ordnung. Wenn die Konditionen so sind wie beim letzten Mal. Meine Arbeit kann ich mitnehmen, aber es gibt dort so vieles, das einen ablenkt, daher werde ich wohl nicht viel zu Ende bringen können. Eigentlich müssten sie mich dafür auch entschädigen.«

Wieder war es still im Bad. »Ja. Ja, ich bin sicher, dass sie einverstanden ist. In Ordnung. Wann werden Sie – wirklich?« Er lachte. »Nein, aber es tut gut, wenn man so gefragt ist. In Ordnung, James ... Ja ... Danke für den Anruf. Bis dann.«

Die letzten Worte hatte Megan kaum noch verstehen können, denn als ihr Vater gelacht hatte, war ihr klar, um was es bei dem Gespräch ging. Sie war bereits wieder im Arbeitszimmer und legte die Bücher, die sie immer noch auf dem Arm hatte, an ihren Platz zurück. Als sie die Spülung der Toilette hörte und ihr Vater ins Arbeitszimmer kam, stand Megan neben dem Computerstuhl und sah sich das Buch an, das aufgeschlagen und mit der Seite nach unten auf der Sitzfläche gelegen hatte. Es war *Der Bierführer* von Michael Jackson. Sie hatte vorhin schon gerätselt, mit welchem Thema ihr Vater sich gerade beschäftigte, aber jetzt war sie vollkommen durcheinander.

Sie sah ihn an, das Buch in der Hand. »An was arbeitest du eigentlich gerade?«, wollte sie wissen. »Komm schon, Dad, sag es mir.«

Er zog die Augenbrauen hoch. »Weißt du, Megan, es ist schön, wenn man lange an ein und demselben Ort leben kann. Man hält dann alles für selbstverständlich. Die kleinen Marotten ... die Eigenheiten nimmt man gar nicht mehr wahr.«

Sie sah ihn etwas verwirrt an und fragte sich, wo das hinführen sollte.

Er lächelte, während er ihr den *Bierführer* aus der Hand nahm, sich in den Computerstuhl setzte und das Buch auf seinen Schoß legte. »Du hast dein ganzes Leben lang in diesem Haus gewohnt«, sagte er. »Und dir fällt gar nicht mehr auf, dass die Diele rechts von der Badezimmertür knarrt, wenn man sein Gewicht zu schnell verlagert.«

Megan wurde fast so rot wie die Tomaten ihrer Mutter im Garten draußen.

»Ich gehe mal davon aus, dass du hinter dem Anruf von eben steckst – es war übrigens James Winters, aber das weißt du ja schon –, obwohl er ausdrücklich gesagt hast, dass du nichts damit zu tun hast. Er hat es nicht nötig, mir etwas vorzumachen, daher bist du aus dem Schneider. Aber du hast offenbar kürzlich mit ihm gesprochen – über Xanadu.«

»Über die Probleme, die sie dort haben«, sagte sie zögernd. »Ja, stimmt.«

Ihr Vater seufzte und streckte die Beine aus. »Es ist nicht ganz ungefährlich für mich, eine solche Reise auf Staatskosten zu machen. Ich weiß, dass die Net Force in erster Linie eine Polizeibehörde ist, aber alle Polizeibehörden haben auch Verbindungen zur Politik. Und wenn du ...«

Das Telefon klingelte schon wieder, und dieses Mal zuckten beide zusammen.

Gerettet!, dachte Megan, die nicht gerade begeistert von der Aussicht auf eine Moralpredigt war – vor allem jetzt nicht, da sie vor Aufregung schier platzen wollte. Ihr Vater stand auf, ging zum Telefon und nahm den Hörer ab.

»Hallo«, meldete er sich.

Pause.

»Mr Halvarson, wie geht es Ihnen?«, sagte ihr Vater, während seine Augenbrauen in die Region schossen, wo vor zwanzig Jahren noch sein Haaransatz gewesen war. »Schön, dass Sie anrufen ... Nein, man hat mir gesagt, dass Sie geschäftlich unterwegs seien, tut mir Leid, dass wir uns nicht kennen gelernt haben ...«

Er winkte Megan aus dem Zimmer. Sie ging hinaus und widerstand dabei der Versuchung, vor lauter Freude auf und ab zu hüpfen. Ihr Vater machte die Tür hinter ihr zu.

Megan ging in die Küche, um Tee zu kochen. Sie hoffte, sich dadurch etwas beruhigen zu können. Als sie ihren Tee bereits zur Hälfte ausgetrunken hatte, kam ihr Vater in die Küche und setzte sich an den Tisch.

»Und?«, fragte Megan mit der Tasse in der Hand.

Er warf ihr einen halb verwirrten, halb verärgerten Blick zu. »Ich werde in dieses Paradies des Hedonismus zurückkehren und dort zwei Wochen bleiben – und das nur wegen dir.«

»Tut mir Leid, dass du wegen mir so leiden musst, Dad«, sagte Megan, die angestrengt versuchte, ein unbewegtes Gesicht zu machen.

»Darauf könnte ich wetten«, antwortete er. Aber dann verlor er die Beherrschung und musste lachen, wobei er aber immer noch etwas verwirrt aussah. »Mein Agent hätte mich sicher für verrückt erklärt, wenn ich ein Honorar abgelehnt hätte, das so hoch ist wie das für einen kleinen Roman. Und dafür muss ich lediglich zwei Wochen lang ein paar Seminare halten und ansonsten herumsitzen und so tun, als würde ich an einem Buch arbeiten.«

»Vorhin hast du etwas über die Gefahren einer Reise auf Staatskosten gesagt«, warf Megan ein, die sich inzwischen wieder in der Gewalt hatte.

Ihr Vater sah sie kurz an. »Darauf werde ich während unserer Reise in regelmäßigen Abständen zurückkommen. Denn wie du sicher schon erraten hast, wirst du auch dort sein und dich amüsieren. Oder so tun, als würdest du dich amüsieren.«

Megan grinste über das ganze Gesicht.

»Jetzt aber Spaß beiseite. Ich muss dich warnen. Ich weiß, wie ernst du deine Arbeit für die Net Force nimmst, und auch, dass du später einmal für sie arbeiten willst. Aber wenn es hart auf hart geht, wenn es vielleicht sogar gefährlich wird, dann möchte ich es als Erster erfahren. Nur unter dieser Bedingung werde ich zustimmen. Sobald ich den Verdacht habe, dass du leichtsinnig wirst und mir etwas verheimlichst, sitzen wir so schnell im nächsten Raumgleiter nach Hause, dass dir der Kopf schwirrt und jemand deine Wirbelsäule auseinander sortieren muss.«

Megan nickte. Darüber würde sie keine Witze machen. »Ich verspreche es, Dad. Das letzte Mal war mir eine Lehre.«

»Gut. Dann solltest du jetzt besser packen, denn für morgen früh um neun haben sie einen Wagen angekündigt.«

»Morgen schon!«

»Und ich muss jetzt deine Mutter anrufen«, sagte ihr Vater, während er sich am Kopf kratzte, »und herausfinden, wann sie nachkommen kann. Und deine Brüder ...

sie werden hoch erfreut sein, das Haus für sich allein zu haben. Ich hoffe nur, dass uns bei unserer Rückkehr kein qualmender Aschehaufen statt unseres Hauses erwartet. Und was die Tomaten deiner Mutter angeht ... vielleicht können ja die Nachbarn ...«

Den letzten Teil des Satzes hörte Megan nicht mehr, da sie bereits auf dem Weg in ihr Zimmer war, um ihren Koffer zu packen.

Um elf Uhr am nächsten Morgen befand sich ihr Raumgleiter bereits auf seiner Abwärtsflugbahn. Die Erdkrümmung war gerade aus ihrem Blickfeld verschwunden, was Megan sehr schade fand. *Das wird wahrscheinlich das einzige Mal sein, dass ich in die Nähe des Weltraums – des echten Weltraums – komme, jedenfalls für die nächste Zukunft ...* Aber was die Zukunft noch alles für sie bereithielt, war nicht vorherzusehen, und im Moment hatte sie genug damit zu tun, das blaue Meer der Nordkaribik zu bewundern, das jetzt in den Fenstern des Gleiters erschien. Sie sah auf eine Insel hinunter, die auf sämtlichen Atlanten als »Neue Bahamas-Insel« verzeichnet war, in den Werbeanzeigen jedoch nur »Xanadu« genannt wurde.

Bis auf die Tatsache, dass die Insel auf derselben geografischen Breite lag, hatte sie nichts mit den »alten« Bahamas zu tun. Xanadu war auf einem submarinen Vulkan erbaut worden, der mit der Inselkette der Bahamas in Verbindung stand, zurzeit aber noch keine Insel war. »Zumindest nicht im jetzigen Stadium der Vergletscherung«, wie der Gründer von Xanadu, Aaron Halvarson, in seinem Werbevideo sagte.

Die Insel war fast vollständig neu gebaut worden und zählte aufgrund ihrer technischen Konstruktion zu den ehrgeizigsten Ingenieurprojekten des Jahrhunderts. Der unterirdische Vulkan war mit zusammenge- schweißtem Lavagestein, Millionen Tonnen von be- arbeitetem Bauschutt vom Festland und noch mehr Millionen Tonnen Müllrückständen, die durch Plasma- verbrennung auf Duraglas reduziert wurden, um fast zweihundert Meter »verlängert« worden, bis sich ein nahezu einhundert Meter hoher »Berg« über dem Mee- resspiegel erhob und die Hänge des Inselberges in eine lang geschwungene Lagunenstruktur ausliefen, die je- ner auf Grand Bahama ähnelten. Die Bauarbeiten hat- ten in sicherer Entfernung zur 240-Kilometer-Fisch- zone der Bahamas stattgefunden, um jede Möglichkeit von Landstreitigkeiten mit anderen Ländern nach Ab- schluss der Arbeiten von vornherein auszuschließen. Zwar hatten einige der juristischen Fragen, die durch die Existenz neuen Landes mitten im Ozean aufgewor- fen wurden, zu so genannten »Atlantis-Prozessen« vor mehreren nationalen und internationalen Gerichten ge- führt. Aber zurzeit hatte die Gesellschaft, in deren Be- sitz Xanadu war, das alleinige Eigentumsrecht an dem Land, das sie auf einem nutzlosen Hügel auf dem Mee- resgrund aufgebaut hatte, und die Rechte eines unab- hängigen Staates, von denen sie bis jetzt allerdings kaum Gebrauch gemacht hatte. Xanadu war in erster Linie ein kommerziell orientiertes Unternehmen, hatte aber trotzdem »für den Notfall« ein Verteidigungs- abkommen mit der Schweiz abgeschlossen. Niemand wusste so genau, was außer einem kostenlosen Urlaub für Offiziere des Heeres und der Luftstreitkräfte der Schweiz darin noch vereinbart worden war. Aber es waren Gerüchte im Umlauf, nach denen Mount Xana- du – wie viele Berge in der Schweiz – hohl war und in seinem Innern etwas verbarg, das einem potenziellen Angreifer den Spaß an der Sache verderben würde.

Als Megan jetzt durch das Fenster des sinkenden Gleiters nach unten sah, konnte sie kaum glauben, dass die Insel nicht von der Natur geschaffen worden war. Mehrere Delfine schwammen in einem eleganten Bogen in einen der Häfen. An vielen Stellen reichte der tropische Regenwald bis fast ans Meer, wo die Strände kaum mehr als eine dünne Linie aus rosafarbenem oder weißem Sand waren. An der gekrümmten Innenseite der Insel, der Seite, die vor den hier herrschenden, östlichen Passatwinden geschützt waren, lagen endlose, breite Strände. Während der Gleiter an Fahrt verlor, sah Megan ab und zu Menschen, die sich auf Liegestühlen sonnten oder im erstaunlich blauen Wasser schwammen.

Sie lächelte wie schon den ganzen Morgen über. Ihre Aufgabe bestand zum Teil darin, hierher zu kommen und alles zu genießen: die Sonne, das Meer, einfach alles. Im Gegensatz zu virtuellen Reisen waren »echte« Reisen im Verlauf des einundzwanzigsten Jahrhunderts zunehmend zu einer Domäne der Superreichen geworden, und sie war fest entschlossen, diese unerwartete Chance auf einen Luxusurlaub unter karibischer Sonne so ausgiebig wie möglich zu nutzen. Allerdings hatte sie auch schon einiges für den anderen Teil ihrer Aufgabe vorbereitet. Gestern am frühen Nachmittag hatte Megan auf ihrem virtuellen Arbeitsplatz einen großen Stapel Informationen in Form von verschlüsselter E-Mail gefunden, mit einer Notiz von James Winters, auf der lediglich stand: »Lies das und vernichte es dann.« Es waren detailliertere Informationen zu sämtlichen bisher vorgekommenen Datendiebstählen und anderen Verbrechen, die man mit Xanadu in Verbindung brachte. Der letzte Bericht, den sie las – die Geschichte über den Rechtsanwalt in London – schockierte sie so, dass sie eine Weile regungslos dasaß und die Fakten verdaute, bevor sie in der Lage war, die Datei zu löschen und den entsprechenden Abschnitt auf dem Datenspeicher des Computers zu überschreiben. *Wer auch immer das ist,* dachte sie, *er ist gut. Und er schafft es, sich als jemand anders auszugeben.*

Wenn es nicht ein Computergenie aus den Hinterzimmern von Xanadu war, dann vielleicht jemand, der viel mit den Kunden zu tun hatte? Oder vielleicht zwei Personen, die eng zusammenarbeiteten? Einer, der vorgab, jemand anders zu sein, und einer, der sich um die Software und die Hardware kümmerte ...?

Während Megan und ihr Vater am nächsten Morgen eine Stunde vor der geplanten Ankunft des Wagens ihre Koffer zu Ende gepackt hatten, hatte sie versucht, mit ihm über ihre Vermutungen zu sprechen und herauszufinden, was er darüber dachte. Er hatte sich jedoch auf keine Diskussion mit ihr eingelassen.

»Vielleicht ist es klüger, wenn du mir – bis auf einen groben Überblick – gar nicht sagst, was du dort machst«, hatte er gesagt, während er einen Koffer zuklappte und ihn mit einem uralten Lederriemen zuschnürte. »Und für mich dürfte es auch besser sein, wenn ich nichts dazu sage. Aus drei Gründen. Erstens, ich könnte in den nächsten zwei Wochen versehentlich etwas sagen, das vielleicht deine Aufgabe gefährdet. Zweitens, ich könnte dir etwas einreden, das dich von einer besseren Idee, auf die du selbst gekommen bist, ablenkt oder abbringt. Und drittens könnte ich dabei etwas hören, über das ich mich so aufrege, dass ich dich packe, in einen deiner Koffer stecke und nach Hause verfrachte.«

Sie sah ihn überrascht an.

»Megan«, sagte ihr Vater kurz darauf, als die Limousine schon in der Einfahrt stand, »sei einfach vorsichtig und benutz deinen Kopf. Da muss etwas drin sein, denn sonst würde James Winters dir nicht einmal Guten Tag sagen. Ach, da fällt mir ein ...«

Er kramte die abgenutzte Tasche hervor, in der er seinen Laptop-Netzzugangscomputer aufbewahrte. Er nahm ihn immer mit, wenn er an einen Ort reiste, an dem es keine Standard-Implantatrechner gab.

Megan verdrehte die Augen. »Den wirst du auf Xanadu nicht brauchen!«

»Das ist doch gar nicht mein Rechner«, sagte ihr Vater. »Obwohl er genauso aussieht, nicht wahr? Das Gehäuse ist dasselbe. Aber innen ist ein Leihgerät.«

»Ein Leihgerät? Etwa von James Winters?«

»Fast. Er ist nicht für mich ... obwohl es so aussehen wird, als wäre es mein Gerät. Der Computer ist für dich.« Er steckte den Laptop wieder in die Tasche. »Er ist mit einer abhörsicheren Satellitenverbindung ausgestattet, damit du ins Netz kommst oder telefonieren kannst, ohne das lokale Netzsystem von Xanadu benutzen zu müssen. Anscheinend hat das jemand für eine gute Idee gehalten. Er ist mit deinem und meinem Implantat synchronisiert. Außer uns beiden kann ihn niemand benutzen.«

»›Fast?‹«, fragte Megan. »Du meinst, er ist nicht von James Winters?«

Ihr Vater grinste. »Ich will dich nicht weiter quälen. Er ist von Mark Gridley. James Winters sagte, dass Mark ein, äh, gewisses Interesse an dem Fall geäußert hat.«

Megan grinste jetzt auch. Sie konnte sich lebhaft vorstellen, dass lediglich Marks Vater in der Lage gewesen war, seinen Sohn davon abzuhalten, genau das zu tun, was Megan jetzt vorhatte – vermutlich, indem er ihn darauf hingewiesen hatte, dass verdeckte Ermittlungen kaum möglich waren, wenn der Sohn des Direktors der Net Force nach Xanadu kam. »Dann ist das also eine Möglichkeit, um Mark an den Ermittlungen zu beteiligen, ohne dass er tatsächlich anwesend sein muss?«

»Virtuelle Anwesenheit genügt vollkommen, wenn es um den jungen Gridley geht«, erwiderte Megans Vater. Er verzog das Gesicht. »Jedenfalls hat er sich bereit erklärt, bei Bedarf professionelle Hilfe zu leisten. Das scheint mir sehr vernünftig, denn bei den komplexen Systemen, die auf Xanadu verwendet werden, wirst du Hilfe gebrauchen können. Da wäre noch etwas ...«

Er zog einen länglichen, silbern glänzenden Gegenstand hervor, der etwa dreißig Zentimeter lang und fünfzehn Zentimeter breit war. Megan nahm ihm das Ding aus der Hand und untersuchte es von allen Seiten. Es war eine Boom-Box, allerdings keines der sperrigen, schweren Geräte, wie man sie noch im vorherigen Jahrhundert verwendet hatte, sondern eine mit den neuen Superlautsprechern, die einen perfekten Surround-Sound produzierten, der scheinbar von massivem Metall kam. Die Steuerung war erst zu sehen, wenn man an einer bestimmten Stelle über das Metall strich. Dann leuchteten auf der gebürsteten, matt schimmernden Oberfläche die Lämpchen des Bedienungsfelds auf.

Megan sah wieder ihren Vater an und widerstand der Versuchung, ihre Zunge heraushängen zu lassen. »Sag mir, dass das ein verfrühtes Geburtstagsgeschenk ist«, bettelte sie, »und nicht wieder ein Leihgerät. Bitte, bitte ...«

Er schüttelte bedauernd den Kopf. »Leider nicht, denn sonst würde ich es mir dreimal die Woche von dir ausleihen. Es ist das, wonach es aussieht, dient aber auch noch als Abhörsicherung und Scanschutz auf Breitspektrumbasis. Der dritte Schalter da« – er fuhr mit dem Finger über das Bedienfeld, bis die Lämpchen wieder aufleuchteten – »nicht der, das ist die Lautstärke. Dieser hier, auf dem ›Graphics-Equalizer‹ steht.« Ihr Vater sah leicht belustigt aus. »Einige Frequenzen sind gleicher als die anderen, wie die Leute feststellen werden, die versuchen, ein Gespräch von dir abzuhören, während das hier eingeschaltet ist. Wenn du über etwas Privates mit mir oder jemand anderem sprechen willst, solltest du das Gerät einschalten. Es generiert ein ›blaues Rauschen‹ und noch ein paar andere nützliche Sachen, die ich nicht verstehe. James Winters hat gesagt, dass deine Gespräche damit nicht abgehört werden können. Und um deine Gespräche geht es in erster Linie. Ich bin deine Tarnung bei dieser Operation und weiß von nichts. Die verdeckten Ermittlungen sind deine Sache. Sorg dafür, dass es auch so bleibt ... erzähl mir lieber nichts, jedenfalls nicht so lange, wie wir auf der Insel sind. Sie vertrauen dir. Ich vertraue dir auch, aber bitte sei vorsichtig.«

Dann packte er den Laptop und die Boom-Box ein und verlor kein Wort mehr darüber. Megan, die ihre Koffer und Taschen zusammensuchte, wunderte sich über die Einstellung ihres Vaters. *Könnte es sein,* dachte sie, *dass Eltern mit zunehmendem Alter ihrer Kinder immer klüger werden?*

Das Konzept von Xanadu war faszinierend, aber nur die Zeit würde zeigen, ob es Gültigkeit besaß. Inzwischen waren sie fast zum Stillstand gekommen. Der Gleiter zündete die Vektor-Steuertriebwerke für die Landung.

Der Landeplatz lag in sicherer Entfernung zu einem

Halbkreis aus riesigen Königspalmen, deren Blätter wie Staubwedel in einem Sturm hin- und hergerissen wurden, als der Gleiter auf seinen Federbeinen aufkam und noch einmal kurz vom Boden abprallte. Die Crew, die in der letzten Stunde um Megan und ihren Vater herumgeschwirrt war, machte sich daran, die Tür des Gleiters zu öffnen, wozu die Siegel für den Flug oberhalb der Atmosphäre entsichert werden mussten. Mit einem lauten Zischen öffnete sich die vordere Tür, die einige Sitzreihen von den beiden entfernt lag. Eine warme, tropische Sonne strahlte ins Innere und ließ den Flugbegleiter zusammenzucken. Von draußen wurde eine Gangway an den Gleiter geschoben, dann stiegen Megan, ihr Vater und die drei anderen Passagiere des kleinen Privatgleiters – alles Angestellte von Xanadu, die die in Karibikblau gehaltenen Uniformen des Unternehmens trugen – aus.

Als Megan die Gangway hinunterging, wäre sie fast gestolpert, weil sie damit beschäftigt war, sich die Umgebung anzusehen. Das gleißend helle Licht blendete sie, aber zwischen dem tropischen Grün der Palmen, von denen der Landeplatz umgeben war, konnte sie stellenweise das Meer sehen. Westlich von ihr ragte Mount Xanadu auf, dessen gigantische Wasserfälle aus dieser Entfernung nur als unbewegte, längliche Streifen aus Weiß zu erkennen waren. Der Landeplatz war mit Blumenbeeten eingefasst, und daneben lag ein Parkplatz mit kleinen Fahrzeugen, die flache Dächer und Räder hatten. Angestellte in den Uniformen von Xanadu kamen auf den Gleiter zu, um ihn zu entladen.

Megan verließ hinter ihrem Vater die Gangway, blieb stehen und atmete tief ein. Sie schmeckte warme, salzige Luft. *Klasse*, dachte sie – da wollte ihr jemand die

Tasche abnehmen, die sie an einem Gurt über der Schulter trug.

Megan schaffte es gerade noch, ihren Körper von seiner üblichen Reaktion abzuhalten, was für den, der an der Tasche zog, üble Folgen gehabt hätte. Sie drehte sich um und sah einen kleinen Mann in einer adretten blauen Uniform vor sich, auf deren Kragen zwei gekreuzte Schlüssel aufgestickt waren. Er lächelte sie an. »Ich nehme das für Sie, Miss O'Malley.«

»Äh, das ist schon in Ordnung, normalerweise ...«

»Miss O'Malley, unsere Gäste können ihr Gepäck doch nicht selbst tragen. Was würden da die Leute sagen?«

Er strahlte sie mit einem gewinnenden Lächeln an. Megan wusste, wann sie verloren hatte, und sie ging ein wenig in die Knie, damit ihr der Mann die Tasche von der Schulter nehmen konnte. Er eilte davon, und als sie sich umdrehte, um etwas zu ihrem Vater zu sagen, stellte sie fest, dass auch er ohne Gepäck dastand und leicht amüsiert aussah.

»Das ist mir schon beim letzten Mal passiert«, flüsterte er ihr zu, während sie einem der Angestellten folgten. »Ich habe das Gefühl, die meisten Leute, die hierher kommen, lassen einfach ihr Gepäck fallen und erwarten, dass es aufgefangen wird, bevor es den Boden erreicht hat.«

»Hm«, war alles, was Megan dazu sagte. Einer der Angestellten winkte sie durch eine Pergola, die durch eine mit weißen Kletterrosen bewachsene Mauer führte. Hinter der Mauer führten mehrere geschwungene Rampen zu einer weiten blauen Lagune, die von Stränden aus schwarzem Sand umgeben war. Anscheinend war in der Mitte der Lagune ein Wellengenerator in Betrieb, denn überall am Strand brachen sich kleine Wellen. Wenn sie

wieder ins Meer zurückwichen, wirkte der Sand silbern
unter der Sonne, gleich darauf war er wieder matt-
schwarz.

Die Rampen führten rund um die Lagune herum zu
einem Gebäude, das eine Art Empfangshalle zu sein
schien. Rechts davon parkten im Schatten von Königspalmen mehrere kleine Fahrzeuge, die wie Golfwagen
aussahen. Allerdings waren Golfwagen wohl nur selten
mit Sitzen aus feinstem Leder ausgestattet, die man eher
in einem Rolls-Škoda erwarten würde. Einer der Angestellten, die neben den Wägelchen standen, kam zu ihnen herüber und sagte: »Mr O'Malley, Miss O'Malley,
wenn Sie mir bitte folgen würden ...«

Sie setzten sich in einen der kleinen Wagen und wurden zu einem großen, mit Kies bestreuten Platz vor dem
Empfangsgebäude gefahren. Dann ging es weiter mit
»Ich bin Joel, Ihr Fahrer. Hier entlang bitte, Mr O'Malley«
und »In diese Richtung bitte, Miss O'Malley«, bis Megan
sich beherrschen musste, um nicht jedes Mal zu kichern,
wenn sie angesprochen wurden. Das Empfangsgebäude
war eine kreisrunde, luftige Halle mit griechisch anmu-
tenden Säulen, die nach oben offen war, aber Megan
sah einen breiten Schlitz in dem Giebel, den die Säulen
stützten. Vermutlich konnte das Dach ausgefahren werden, wenn es schlechtes Wetter gab.

»Hier können Sie die anderen Gäste kennen lernen
und sich mit ihnen unterhalten, wenn Ihnen nach Gesellschaft ist«, sagte Joel. »Kommen Sie einfach hierher,
wenn in Ihrer Unterkunft etwas nicht zu Ihrer Zufriedenheit ist oder Sie Probleme anderer Art haben. Oder
rufen Sie uns kurz an, dann schicken wir jemanden in
Ihre Villa. Die technischen Einrichtungen befinden sich
in dem Gebäude hinter dem Empfang. Sie können jeder-

zeit vorbeikommen – wir arrangieren gern eine Besichtigung für Sie, auch mehrmals, wenn Sie wollen. Sie brauchen nur anzurufen und zu sagen, dass Sie kommen. Es gibt zwölf Restaurants auf der Insel. Auf dem Weg zu Ihrer Villa kommen wir an dreien vorbei. Wenn Sie etwas essen möchten, können Sie sich beim Room-Service etwas bestellen, oder Sie rufen kurz an, dann kommen wir mit einem Wagen vorbei und bringen Sie zu einem Restaurant Ihrer Wahl. Alle Restaurants sind mittags und abends geöffnet, fünf servieren Frühstück, und zwei sind rund um die Uhr offen.« Joel grinste. »Ich persönlich würde Ihnen das Deli empfehlen. Dort bekommen Sie ausgezeichnete Sandwiches. Die mit mariniertem Lachs sind am besten.«

So ging es noch einige Minuten weiter, während sie um das 18. Loch eines außergewöhnlich schön gelegenen Golfplatzes fuhren und dann durch einen kleinen Wald rollten. Im Gegensatz zu vorhin interessierte Megan sich inzwischen etwas weniger für die Umgebung. Als Joel vorhin das Restaurant erwähnt hatte, war ihr Magen aufgewacht. *Ein Sandwich wäre jetzt genau das Richtige,* dachte sie. Sie war viel zu aufgeregt gewesen, um zu frühstücken, was vielleicht auch gar nicht schlecht gewesen war. Beim Fliegen war ihr früher schon ein- oder zweimal übel geworden.

Wann sind wir denn endlich da?, fragte sie sich. »Die Insel ist ganz schön groß«, sagte sie. »Ich habe sie mir viel kleiner vorgestellt.«

»Sie ist halb so groß wie Manhattan Island, Miss O'Malley«, erwiderte Joel. »Unter uns befindet sich sogar ein großer Teil von Manhattan. Wir haben ein halbes Jahr lang den Müll von New York gesammelt und ihn dann zu Duraglas und synthetischer Lava verarbeitet, aus denen das Trägermaterial für die Insel besteht. Die Unterkünfte der Gäste wurden allerdings in nächster Nähe zu den zentralen Gebäuden errichtet. Wir werden in etwa drei Minuten bei Ihrer Villa sein.«

Hat er etwa meinen Magen knurren gehört?, wunderte sich Megan. Es hätte sie nicht weiter überrascht, wenn ein Resort wie dieses seine Mitarbeiter dahingehend trainierte, auf solche Anzeichen zu achten.

Sie brauchten dann aber nicht länger als anderthalb Minuten, um die Villa zu erreichen, da ihr Fahrer offenbar ein wenig aufs Gaspedal getreten war. Als sie den Regenwald verließen, lag eine leicht hügelige Parklandschaft vor ihnen, mit kurz geschnittenen Rasenflächen und kleinen Grüppchen von Palmen und Nadelbäumen, die offenbar so gepflanzt worden waren, dass kleine, uneinsehbare Parzellen entstanden. Dahinter lag das strahlend blaue Meer, und durch die Bäume konnten sie den Strand erkennen, der an dieser Stelle aus weißem Sand bestand.

»Ihre Villa ist gleich da unten.« Joel lenkte den Wagen nach links in einen kleinen, asphaltierten Weg, der von großen, alten Eukalyptusbäumen gesäumt war. »Dies hier ist eine der schönsten Ecken der Insel ... sehr hübsch und ruhig. Wenn Sie keinen Wagen rufen wollen, um ins Innere der Insel zu gelangen, können Sie auch auf den Pendelbus warten, der alle zehn Minuten an dieser Abzweigung hier hält. Außerdem ist jede Villa mit Fahrrädern ausgestattet.«

Als sie die Eukalyptusbäume hinter sich gelassen hatten, erreichten sie eine kleine Lichtung, auf der ein großes, weißes Gebäude stand. Es war größer als das Haus der O'Malleys und offenbar von einem Architekten entworfen worden, der für Neo-Art-déco schwärmte. Die beiden Hauptflügel bestanden jeweils aus einem breiten Zylinder, auf dem ein von einer Reling umgebenes Aussichtsdeck thronte. Zwischen ihnen saß ein schlankerer, größerer Zylinder, der die Eingangstür enthielt und ebenfalls ein Aussichtsdeck trug. »Von dort oben hat man eine fantastische Aussicht«, informierte sie Joel.

»Das letzte Mal habe ich woanders gewohnt«, sagte Megans Vater. Er sah sich überrascht um.

»Wir sind bemüht, jedem Gast die Villa zu geben, die seinen Bedürfnissen am ehesten entspricht. Da Sie dieses Mal die junge Dame mitgebracht haben, dachten wir, diese hier würde Ihnen besser gefallen.«

Kurz vor dem kleinen Platz vor der Villa ging der schwarze Asphalt des Weges in weißen Kies über. Joel hielt vor der Eingangstür an. »Ich schließe auf und mache dann einen kleinen Rundgang mit Ihnen«, sagte er. »Ihr Gepäck müsste schon auf Ihren Zimmern sein. Rufen Sie mich bitte gleich an, wenn es ein Problem gibt. Ich werde mich dann sofort darum kümmern ...«

»Ich gehe schon mal ums Haus herum nach hinten«, sagte Megan beim Aussteigen. Sie hatte bereits den Privatstrand hinter dem Haus entdeckt und durch die Bäume hindurch noch etwas anderes gesehen – ein zweites weißes Gebäudes ganz in der Nähe.

»Das sind Ihre Nachbarn, Miss O'Malley«, rief Joel, der ihren Blick in Richtung des zweiten Hauses bemerkt hatte, hinter ihr her. »Es sind die Einzigen hier in der Ecke. Sie sind ein paar Tage vor Ihnen angekommen ... Wenn Sie möchten, können Sie sie heute Abend im Empfangsgebäude kennen lernen.«

Megan winkte ihm zu und ging den kleinen Pfad entlang, der um das Haus herumführte. Auf der Rückseite lag eine große Terrasse, die von tropischen Pflanzen in

Blumenbeeten und Gefäßen umgeben war. Ein zweiter mit Kies bestreuter Pfad führte an einem Swimmingpool mit Sonnendeck vorbei zum Strand.

Megan seufzte und ging an den Palmen entlang, die ihr teilweise die Aussicht versperrten. Sie hatte immer in Häusern gelebt, die in der Nähe eines Strandes lagen, aber hier war er wirklich nur ein paar Schritte von der Haustür entfernt. Der strahlend blaue Himmel traf auf ein leuchtend blaues Meer, sodass der Horizont keine klare Linie mehr war – nur an ein paar spärlichen weißen Wolken in weiter Ferne konnte man erkennen, wo der Himmel aufhörte und das Meer begann. Es war alles unglaublich schön und friedlich.

Und ich muss arbeiten. Das ist nicht fair! Aber dann lachte sie über sich selbst. Schließlich war sie nur hier, weil sie eine Aufgabe zu erledigen hatte.

Sie drehte sich um und ging zum Haus zurück. Die Terrassentüren auf der Rückseite standen offen. Als sie hineinging, stand sie in einem Wohnzimmer, das praktisch das gesamte Erdgeschoss des Hauses einnahm. Es hatte einen riesigen Kamin – allerdings konnte Megan sich nicht vorstellen, warum hier jemand einen Kamin brauchte, wo die Temperaturen das ganze Jahr über bei etwa siebenundzwanzig Grad Celsius lagen. Im Kamin wartete ein Stapel Brennholz, der so kunstvoll aufgeschichtet war, dass Megan den Verdacht hatte, er würde lichterloh brennen, sobald man mit einem Streichholz auch nur in die Nähe kam – vermutlich weil die Leute, die normalerweise hier herkamen, so etwas erwarteten, dachte sie. Rechts vom Wohnzimmer befand sich ein Esszimmer mit einem Marmortisch, an dem zwanzig Gäste Platz nehmen konnten. An der rückwärtigen Wand des Esszimmers sah sie eine Tür. *Die Küche?,* fragte sie sich.

Ihr Vater kam die Treppe herunter. »Joel ist wieder weg«, sagte er. »Ich glaube, bevor ich mir den Rest des Hauses ansehen kann, brauche ich erst einmal ein Glas mit etwas Kaltem und etwas zu essen.«

»Klasse Idee.« Megan ging auf die Tür im Esszimmer zu. Als sie den Kopf hindurchsteckte, sah sie einen Raum, der etwa so groß wie ihr Wohnzimmer zu Haue war. Die Küchengeräte waren in die Wand eingebaut oder hinter schwarzen Glastüren versteckt. Als sie sich die Bedienfelder der Geräte anschaute, kam sie zu dem Schluss, dass einige dieser Maschinen intelligenter waren als viele ihrer Mitschüler. »Sieh dir das an«, rief sie ihrem Vater zu, der hinter ihr in die Küche gekommen war. »Ich hätte Angst, hier zu kochen. Es ist alles so neu und sauber ...«

»Ich glaube nicht, dass sich hier jemand die Mühe macht zu kochen«, erwiderte ihr Vater. »Die Restaurants auf Xanadu haben einen hervorragenden Ruf. Im Moment will ich sowieso nur Mineralwasser haben.«

»Ich hole es dir.« Sie machte den Kühlschrank auf. »Das werden sie ja wohl im Kühlschrank haben. Ich würde alles darum geben, wenn ich mir jetzt ein Sandwich mit Mortadella machen könnte, aber es wäre wohl zu viel erwartet ...«

Megan fiel die Kinnlade herunter, als sie den Inhalt des Kühlschranks sah. Er enthielt genau die gleichen Sachen, die heute Morgen bei ihnen zu Hause im Kühlschrank gelegen hatten. *Bis auf die Tatsache, dass er noch nicht von einem meiner hungrigen Brüder geplündert worden ist,* dachte sie. »Daddy, ich glaub's nicht.«

Ihr Vater sah ihr über die Schulter, während er auf die Schränke zuging, um ein Glas zu suchen. »Oh. Interessant. Anscheinend haben sie den Inhalt von unserem

Kühlschrank und dem Vorratsraum bei uns zu Hause abgefragt.« Er grinste, während er ein Glas aus einem der
Schränke nahm. »Vielleicht sollten wir ihnen sagen, dass
sie die Mengen etwas reduzieren können, schließlich
sind die vier Reiter der Apokalypse ja nicht da, um uns
beim Essen zu helfen.«

»Daran habe ich auch gerade gedacht ...« Megan griff
in den Kühlschrank und holte die Mortadella und den
Senf heraus. Dann schloss sie die Tür und machte sich
auf die Suche nach Brot. Der »Brotkasten« war ein mit
Glastüren versehener Schrank neben dem Kühlschrank,
der nach dem Vorbild eines Humidors konstruiert zu sein
schien und die Innentemperatur und relative Feuchtigkeit in der Scheibe der Tür anzeigte.

Megan holte das Brot aus dem Schrank, nahm ein
paar Wurstscheiben aus der Packung und räumte das
Brot dann wieder auf. Prompt fing der Humidor an zu
arbeiten und die Feuchtigkeit im Innern zu regulieren.
Sie machte sich ihr Sandwich, fand einen Teller dafür –
dieser Raum war so schrecklich sauber, dass sie Gewissensbisse bekommen hätte, wenn sie das Sandwich einfach auf einen Tisch oder die Theke gelegt hätte – und
verließ die Küche.

Sie kehrte ins Wohnzimmer zurück und sah sich um.
Rechts lag ein schmaler Flur, der wohl zu einem Bade-
zimmer führte. Sie ging durch den Flur und machte die
Tür auf.

Megan fiel schon wieder das Kinn herunter. Das
musste sie sich abgewöhnen, denn sonst bekam noch
jemand den Eindruck, sie könnte nicht durch die Nase
atmen. *Oder dass ich an so was nicht gewöhnt bin,* dachte sie. *Badezimmer! Dass ich nicht lache!* Der Raum war
mit einer Toilette und einem Bidet in durchsichtigen

Glaskabinen ausgestattet, einer Badewanne, die groß genug für sie und ihre zehn dicksten Freunde war, einer Dampfsauna, einer Tür aus Holz, die vermutlich zu einer Sauna führte, einer Dusche, die so viele Düsen und Öffnungen hatte, dass sie wie eine Sanitäranlage für Außerirdische aussah, und einem Marmorboden – keine Fliesen aus Marmor, sondern eine einzige riesige, massive Platte.

Sie ging zu der Glaskabine mit der Toilette hinüber und fragte sich, welchen Zweck sie hatte. Die Tür stand offen. Als sie die Tür zumachte, klinkte sie sich ein ... und die Scheiben der Kabine wurden in Sekundenbruchteilen zu undurchsichtigem Milchglas.

Megan riss die Augen auf und öffnete die Tür. Das Glas wurde wieder klar.

Sie rannte hinaus und machte die Badezimmertür hinter sich zu. »Daddy?«, rief sie, während sie die Treppe hinauf in den oberen Stock stürmte.

»Ja, Megan?«, kam es aus der Küche.

»Ich gehe hier nie wieder weg.«

»Schön, dass es dir gefällt.«

Megan sah sich die fünf Schlafzimmer der Villa an. Sie hatte keine Ahnung, ob man ihnen die größere Villa gegeben hatte, weil sie im Auftrag der Net Force hier waren, oder weil die Geschäftsleitung der Meinung war, dass die Gäste mehrere Schlafzimmer brauchten, weil es ihnen zu langweilig war, immer nur in ein und demselben zu übernachten. Die Schlafzimmer waren, gelinde gesagt, feudal. Jedes besaß eine kleine Kochnische, einen Computer mit einem großen, bequemen Zugangsstuhl der neuesten Machart, ein Bad, das genauso kompliziert und luxuriös aussah wie jenes im Erdgeschoss, und hatte eine atemberaubende Aussicht auf die Lagune

und das Meer. Die Betten waren so groß, dass man sich
darin verlaufen konnte, der Teppich so dick, dass man
Gefahr lief, spurlos darin zu versinken, wenn man zu
lange an einem Fleck stehen blieb.

»Erstaunlich«, murmelte Megan, während sie ihr
Sandwich aß und von einem Raum zum anderen ging.
Am Ende des Korridors kam sie zu einer Tür, die sie zu-
erst für die Tür zu einem weiteren Schlafzimmer hielt.
Doch als sie sie aufmachte, stand sie einfach nur da und
starrte.

Dahinter befand sich die größte, eleganteste und mo-
dernste Computer-Suite, die sie je gesehen hatte.

Der ovale Raum war riesig, mit einem Zugangsstuhl
auf der einen und dem Zugangscomputer auf der anderen Seite. Megan ging zu dem Computer hinüber, musterte ihn und schüttelte den Kopf. Es war ein IndexBlue
Netset, eine Maschine, die leicht so viel kosten konnte
wie ein hochgezüchteter Rennwagen ... und so viel wie
einer der BodyMatch-Zugangsstühle, in dem man zu-
sätzlich zu der üblichen Muskelstimulation auch eine
Vollkörpermassage bekam, damit man während einer
langen virtuellen Sitzung keinen Krampf hatte.

Megan berührte das Abfrage-Pad des Netset und las
die Spezifikation, als ihr Vater heraufkam und sich die
einzelnen Schlafzimmer ansah. »Oh, das hier ist wohl
meins«, hörte sie ihn sagen. Dann wurden ein paar
Schubladen aufgezogen. »Meine Sachen sind schon ausgepackt. Ich hoffe, du hast nichts in deinem Koffer, das
du den Augen anderer nicht zumuten möchtest, Megan,
denn jetzt hat es mit Sicherheit jemand gesehen.«

Sie schüttelte wieder den Kopf, als ihr Vater in den
Korridor kam. »Sieh dir das hier an!«

Er steckte den Kopf durch die Tür. »Schön, nicht

wahr? Man könnte hier eine Menge Arbeit erledigen, wenn man es fertig bringen würde, nicht den ganzen Tag draußen zu sein ...«

»Ich kann einfach nicht widerstehen«, sagte Megan. Sie setzte sich in den Stuhl und aktivierte den Netzzugang ihres Implantats, weil sie herausfinden wollte, wie die Schnittstelle aussah. Das Gefühl, als müsste sie niesen ... und plötzlich stand sie auf den obersten Stufen ihres Amphitheaters.

Sie riss die Augen auf. *Sie haben alle meine Profile hier!* »Daddy«, sagte sie laut, »hast du ihnen meine Zugangscodes gegeben?«

»Nein«, erwiderte ihr Vater in der realen Welt. Offenbar war hier auch ein Zwischenverstärker installiert worden. »Das hast du getan, Megan, als du den Fragebogen ausgefüllt und unterschrieben hast, den sie dir geschickt haben. Man sollte immer das Kleingedruckte lesen.«

»Das habe ich ja. Aber ich dachte, sie würden nur meine E-Mails und die Virt-Mails hierher umleiten.«

»Ist alles nach deinem Geschmack?«

»Du meinst, ob es so ist wie zu Hause? Ja.«

Ich bin mir noch nicht sicher, was ich davon halten soll, dachte Megan. *Der Netzserver, auf dem ich meinen Arbeitsplatz habe, ist zwar öffentlich, aber ...* Sie ging aus der Schnittstelle und nahm sich vor, die Verschlüsselung der Dateien, die privat bleiben sollten, noch einmal genau zu untersuchen. Hier gab es jemanden, der sich sehr, sehr gut mit Computern, Virtualien und dem Netz auskannte ... und sie fragte sich langsam, ob es nicht dieser Jemand war, der hinter Xanadus Problemen steckte.

»Sie garantieren ihren Gästen einen Rundumservice«,

sagte ihr Vater. »Als ich das erste Mal hier war, hat es mich auch sehr überrascht, dass sie meine Lieblingssoftware einschließlich der individuellen Einstellungen und den Zugang zu meinem virtuellen Arbeitsplatz bereits installiert hatten. Aber dort habe ich sowieso nichts Wichtiges gespeichert.«

Megan seufzte. In mancher Hinsicht war ihr Vater hoffnungslos altmodisch. Das war auch der Grund dafür, warum er in seinem Arbeitszimmer immer unzählige kleine Notizzettel bekritzelte, die manchmal verloren gingen, anstatt alles in Dateien abzulegen, die er im Computer speichern und mit Sicherheit wiederfinden konnte. Außerdem war er ein Papierfanatiker und druckte alles aus. Die Aktenschränke in seinem Arbeitszimmer waren voll gestopft mit den Ausdrucken von alten Büchern, Artikeln, Recherchematerial und weiß der Himmel was noch. Der Gedanke an einen Speicherausfall kümmerte ihren Vater überhaupt nicht, während Megans Mutter blass wurde, wenn jemand eine verloren gegangene Datei oder einen Stromausfall beim Speichern erwähnte.

Jetzt wurde allerdings Megan blass, denn sie fragte sich, wann die Techniker von Xanadu ihr System angezapft hatten. Bevor sie die E-Mails von James Winters bekommen hatte? Oder danach? *Ich muss mir die Dateien später mal ansehen und herausfinden, ob ich anhand der Zeitstempel feststellen kann, wann sie sich meine Dateien geholt haben. Das war ganz schön raffiniert von ihnen ...*

»Dad, das ist alles ein bisschen viel auf einmal, und deshalb werde ich jetzt nicht weiter darüber nachdenken, sondern an den Strand gehen«, sagte sie.

Er schmunzelte. »In Ordnung. Ich könnte jetzt eine

Dusche vertragen. Und wie wäre es dann mit Mittagessen?«

»Gute Idee.«

Sie ging die Treppe hinunter, durch die Terrassentüren nach draußen und über den Kiespfad zum Strand. Beim Landeanflug hatte sie gesehen, dass es auf der Insel Strände von rosafarben über beige bis weiß gab. »Ihr« Strand bestand aus weichem, cremefarbenem Korallensand – nicht aus dem grellweißen Quarzsand, den man an den meisten Stränden in der Gegend von Washington fand. Er war vollkommen sauber und im Gegensatz zu den Stränden, die sie kannte, nicht durch zerbrochene Muscheln, Glassplitter und anderen Müll verunreinigt. *Wahrscheinlich kommt nachts jemand vorbei und sucht den Unrat zusammen, der angeschwemmt wurde,* dachte sie.

Sie ging am Strand entlang und starrte auf das blaue Meer hinaus. Es war alles sehr idyllisch hier, aber sie musste immerzu an diesen Rechtsanwalt aus London denken – Harold Bindestrich-Soundso –, dessen Leben ruiniert worden war und der alles im Stich gelassen hatte und verschwunden war. Und an seinen armen Mandanten, der jetzt tot und entehrt war. *Irgendjemand hier war dafür verantwortlich,* dachte sie. *Morgen früh, gleich als Erstes ... Es wird Zeit, dass ich an die Arbeit gehe.*

»Was machst du an unserem Strand?«, fragte plötzlich eine Stimme, die Megan nicht kannte.

Sie wirbelte herum und sah einen Teenager vor sich. Er war ungefähr so groß wie sie, ein bisschen übergewichtig, aber nicht fett. Zumindest ein Teil seiner Körpermasse waren Muskeln. »Tut mir Leid«, erwiderte Megan. »Das ist *unser* Strand. Wir sind direkt hinter unserer Villa.«

Der Junge öffnete den Mund, machte ihn gleich darauf aber wieder zu, als hätte er widersprechen wollen, dann aber doch kein stichhaltiges Argument gefunden. »Dann bleib aber von unserem weg«, sagte er schließlich.

»Ich habe nicht vor, euch zu stören. Warum sollte ich mir die Mühe machen?«

»Weil mein Vater der drittreichste Mann der Welt ist und das jeder tut. Was ist dein Dad?«

Großer Gott, dachte Megan, *so läuft das hier. Nicht »Ich heiße ... wie heißt du?«, nicht »Was machst du hier ...?«*

»Schriftsteller«, antwortete Megan.

»Oh«, sagte der Junge in einem Ton, der darauf schließen ließ, dass er Schriftsteller für Menschen zweiter Klasse hielt. »Wie heißt er?«

»R. F. O'Malley.«

»Nie gehört«, sagte der Junge.

Es hilft, wenn man lesen kann, dachte Megan. Sie sagte es aber nicht. Stattdessen verwendete sie eine Antwort ihres Vaters, die ironisch oder unhöflich sein konnte, wenn sie aus seinem Mund kam, jetzt aber ganz gut passte. »Du solltest ihn lesen, bevor du stirbst, denn sonst hast du den Sinn des Lebens nicht verstanden. Und wer bist du?«

»Wim Dorfladen.«

»Aha. Ist das gut oder schlecht?« Megan konnte durchaus einmal unhöflich sein, wenn es sein musste.

»Jedenfalls besser, als die Tochter eines Schreiberlings zu sein, den niemand kennt«, schlug Wim zurück.

»Das glaubst du vielleicht. Da wir die Sache nun geklärt hätten – runter von meinem Strand, bevor du im Sand landest.«

Er grinste sie höhnisch an und ging einen Schritt auf sie zu. »Das bringst du doch gar nicht ... aaah!«

Sie fällte ihn mit dem Fußfeger, den ihr Bruder an diesem Morgen bei ihr hatte anbringen wollen - so schnell, dass Wim nicht wusste, wie ihm geschah. Plötzlich saß er auf seinem Hinterteil im Sand. »Du solltest besser aufpassen. Der Sand ist hier manchmal recht rutschig. Alles in Ordnung?«

Er starrte überrascht auf die Hand, die Megan ihm hinstreckte, stand auf und sah sie völlig verwirrt an. Dann drehte er ihr den Rücken zu und stapfte davon.

Arroganter Kerl, dachte Megan. *Und der ist unser Nachbar? Das war's dann wohl mit dem Paradies.*

Sie ging wieder ins Haus, wo sie ihren Vater im Bad seines Schlafzimmers im ersten Stock fand. Er war immer noch vollständig angezogen und starrte verwirrt auf die Duschkabine. »Ich habe in Atomkraftwerken schon weniger komplizierte Anlagen gesehen«, beklagte er sich. »Das ist nicht die gleiche Dusche wie in der Villa vom letzten Mal. Was meinst du - aus wie vielen dieser Düsen kommt Wasser? Und welche sprühen Dampf und wollen mich kochen wie einen Hummer?«

»Das habe ich mich vorhin auch schon gefragt«, sagte Megan, aber sie dachte gerade über etwas ganz anderes nach. »Dad, glaubst du, dass sie uns eine andere Villa geben könnten ...?« Dann verzog sie das Gesicht, weil die Frage so dumm klang. *Als ob ich nicht mit ihm fertig werden würde! Ich hab's doch schon bewiesen.* »Ach, vergiss es.«

»In Ordnung. Aber warum fragst du?«

»Der Junge von nebenan ist eine freche Rotznase, und sein Vater ist der drittreichste Mann auf dem Planeten - behauptet er wenigstens. Bei den Nachbarn haben wir eindeutig eine Niete gezogen.«

»Oh, ja dann«, sagte ihr Vater, der mit seinen Gedanken ganz woanders war. »Wenn das alles ist ... Gibt es für dieses Ding hier eigentlich eine Gebrauchsanweisung?«

Megan kicherte und half ihm beim Suchen.

3

Während ihr Vater duschte, erkundete Megan noch einmal die Villa. Sie wusste, dass die Gästeinformationen für Xanadu online abrufbar waren, aber dann fand sie auf einem Nachttisch in seinem Schlafzimmer auch eine gedruckte Version davon. Obwohl inzwischen fast alle Texte in elektronischer Form vorlagen, hielt sie immer noch gern ein Buch in den Händen. Dieses war fast so dick wie einer der Romane ihres Vaters – in der gedruckten Version natürlich. Wie bei fast allen Schriftstellern erschienen die meisten Bücher ihres Vaters in elektronischer Form, aber er gab sich reaktionär und bestand darauf, dass seine Belegexemplare gedruckt und gebunden wurden. Das in feinstes Leder geschlagene, mit Goldschnitt versehene Buch enthielt alles, was man über das Resort wissen wollte, und besaß sogar einen Daumenindex, mit dem sich die alphabetisch sortierten Themen leichter finden ließen. Megan blätterte es durch und merkte sich ein paar Dinge.

Nach einer Weile kam ihr Vater aus dem Bad. Er trug den flauschigsten Bademantel, den sie je gesehen hatte, und war so rot wie einer der Hummer, von denen er vorhin gesprochen hatte. »Die Veranstaltung heute Abend ist so eine Art Captain's Dinner«, sagte Megan. Sie stand auf und legte das Buch wieder auf den Nachttisch. »Aber hier steht, dass man sich nicht in Schale zu werfen braucht, wenn einem nicht danach ist.«

»Gut, denn mir ist nicht danach.« Ihr Vater verschwand in dem begehbaren Schrank. »Aber vielleicht solltest *du* dir etwas Hübsches anziehen.«

»Ich? Warum?«

»Zur Tarnung vielleicht?«, schlug ihr Vater vor.

Megan dachte eine Weile darüber nach, dann ging sie in ihr Schlafzimmer, um den Vorschlag in die Tat umzusetzen. Etwa eine halbe Stunde später trafen sie sich unten. Ihr Vater musterte sie. Er trug eine beigefarbene Leinenhose und ein weißes Hemd, aber keine Krawatte. Megan hatte ein fließendes, weißes Kleid an, das vorn kurz und hinten lang war und ihren Körper fast völlig verhüllte, gleichzeitig aber (so dachte sie jedenfalls) dem aufmerksamen Beobachter signalisierte, dass Weiß nicht unbedingt die Farbe der Unschuld war.

Ihr Vater warf ihr einen strengen Blick zu, gab aber keinen Kommentar ab. Nachdem er die Villa zugesperrt hatte, gingen sie den kleinen Pfad entlang zur Straße. Die Luft war samtweich, und die Abendsonne ließ die Schatten immer länger werden. »Dorfladen?«, sagte er plötzlich. »War das der Name?«

»Ja.«

»Hat er auch einen Vornamen erwähnt?«

»Den seines Vaters nicht. Der Sohn heißt Wim«, erwiderte Megan, als sie die Straße erreicht hatten, die zum Empfangsgebäude führte.

Ihr Vater zog die Augenbrauen hoch. »Na ja«, sagte er dann nach einer Weile, »er ist vielleicht der viertreichste Mann der Welt. Es sei denn, die Rangliste hätte sich in den letzten Monaten geändert. Um solche Dinge kümmere ich mich nicht.«

Megan hatte dazu ihre eigene Meinung. »Was macht er?«

»Er macht Geld.«

»Das dachte ich mir schon. Sonst wäre er ja nicht hier.«

»Nein, so habe ich das nicht gemeint. Dorfladen ist im Grunde genommen Makler. Er kauft etwas sehr billig ein und verkauft es dann sehr teuer weiter. Firmen, Währungen, einfach alles. Angefangen hat er mit einer von ihm gegründeten Firma, dann hat er noch ein paar gegründet, sie verkauft und Firmenübernahmen in großem Stil aufgezogen. Manchmal waren es auch feindliche Übernahmen, wenn Firmen nicht gekauft werden wollten. Diese Firmen hat er dann mit großem Gewinn an die weiterverkauft, die sie haben wollten.« Megans Vater runzelte die Stirn.

»Er ist aber kein Gauner, oder?«, wollte Megan wissen.

»Bitte? O nein, Megan. Das, was er macht, ist vollkommen legal.« Ihr Vater ging ein paar Schritte und sagte dann: »Vielleicht ist es ein Vorurteil, aber wenn ich reich werden wollte, dann lieber, indem ich etwas erfinde oder tue, das den Menschen nützt ... etwas, das es vorher nicht gegeben hat. Aber nicht dadurch, dass ich das Ergebnis von anderer Leute Arbeit nehme – egal, ob die damit einverstanden sind oder nicht – und es an den höchsten Bieter verhökere. Leute wie Dorfladen – wenn er es tatsächlich ist – schaffen nichts Neues. Sie machen ein Vermögen, indem sie sich auf die Schultern anderer Leute stellen. Oder ihnen den Boden unter den Füßen wegtreten.«

Megan errötete, weil sie etwas Ähnliches mit Dorfladens Sohn gemacht hatte ...

»Wie ich schon sagte, ein Vorurteil. Auf meinen Vorwurf hin würde er mir vermutlich antworten: ›Wenn Sie sich für so viel besser halten, warum haben Sie dann noch keine moralisch einwandfreie Möglichkeit zum Reichwerden gefunden?‹ Und bei seiner Einstellung würde das auch einen Sinn ergeben.« Er zuckte mit den Achseln.

Sie hörten das leise Summen eines Elektrowagens hinter sich – es war einer der kleinen Pendelbusse, die den »öffentlichen Nahverkehr« von Xanadu bildeten.

»Möchtest du den Rest des Wegs fahren?«, fragte ihr Vater.

»Dieses eine Mal, ja, denn vermutlich werden alle anderen auch fahren, und wenn wir zu Fuß ankommen, geht das Gerede los.«

Als der Bus näher kam und sie sah, wurde er langsamer. »Fahren Sie in unsere Richtung?«, fragte Megans Vater den Fahrer.

»Aber natürlich, Mr O'Malley, Miss O'Malley«, antwortete dieser. »Steigen Sie ein.«

»Wahrscheinlich haben alle Angestellten Steckbriefe von uns gesehen«, murmelte Megan, die sich vom Sitz hinter dem Fahrer nach vorn beugte, um dessen Namensschild zu lesen. »Mihaul? Spricht man das so aus?«

»Fast.« Der Fahrer, ein schlanker, rothaariger Mann, sah Megan etwas belustigt von der Seite an. »Natürlich wissen wir alle, wie Sie aussehen. Das wussten wir schon vor zwei Tagen. Aber abgesehen davon – einige von uns lesen auch.« Er wurde langsamer, da eine Kurve vor ihnen lag.

»Aha«, sagte Megans Vater. »Freiwillig? Oder gehört das auch zu Ihrer Tätigkeit hier?«

Mihaul lachte. »Aber nein. *Die schwarzen Schatten der Nacht* habe ich zum ersten Mal mit elf gelesen.«

Megans Vater zuckte zusammen. »Bitte nicht, ich komme mir so alt vor.«

»Und seitdem etwa zwanzigmal.«

»Das ist ja alles sehr schön«, wandte ihr Vater ein, »aber haben Sie auch meine neuen Bücher gelesen?«

Megan lehnte sich zurück und ließ ihren Vater die Diskussion führen, die er als bekannter Schriftsteller öfter hatte, während sie versuchte, die mit dem Wagen zurückgelegte Entfernung abzuschätzen. Vermutlich würde sie etwa zehn Minuten brauchen, wenn sie zu Fuß von der Villa zum Zentralgebäude lief, und etwa sechs, wenn sie eines der Fahrräder benutzte. In den nächsten Tagen wollte sie sich mit den Mitarbeitern dort bekannt machen. Ihr größtes Problem war, dass Mr Winters gesagt hatte, sie solle den Grund für ihren Aufenthalt auf Xanadu geheim halten. Vermutlich wusste außer ihrem Vater niemand, warum sie hier war. Denn wenn es noch jemand wissen würde, wäre die Gefahr zu groß, dass die Person – oder die Personen –, die sie zu finden versuchte, etwas davon erfuhr. Sie musste sich vorsichtig umhören und herausfinden, wer sich zu sehr für sie interessierte – oder zu wenig. *Ich werde alle Hände voll zu tun haben. Aber schließlich ist das Ganze ja meine Idee gewesen ...*

Sie waren am Empfangsgebäude angekommen, das ganz anders aussah als noch vor ein paar Stunden – im Innern war alles hell erleuchtet, und Musik drang in die Abenddämmerung hinaus, eine Art Kammerorchester, das dezenten, aber schwungvollen Swing spielte.

Megan und ihr Vater stiegen aus. »Ich fahre diese Strecke regelmäßig, und falls Sie vor Mitternacht wieder nach Hause wollen, können Sie mit mir kommen«, sagte Mihaul.

Sie nickten, winkten ihm zu und gingen dann durch den säulenbestandenen Eingang. Die halbrunden Empfangstresen, die sie am Morgen in der Halle gesehen hatten, waren umgebaut worden. Aus einem hatte man eine etwa fünfzehn Meter lange Bar gemacht, aus einem anderen ein doppelt so langes Büfett. Hinter beiden standen Angestellte in weißen Jacken, die riesige Mengen an Getränken und Essen verwalteten.

Hinter den Tresen lag eine große, kreisrunde Tanzfläche, die von Tischen, Sofas und bequemen Sesseln umgeben war. Einige Paare tanzten, die meisten Gäste saßen jedoch an den Tischen und unterhielten sich miteinander. Ein Mann in einer weißen Smokingjacke mit langem, blondem Haar und einem kantigen, skandinavisch aussehenden Gesicht ging von Tisch zu Tisch und blieb zuweilen stehen, um sich mit den Gästen zu unterhalten. Er hob den Blick, sah Megan und ihren Vater an, und kam auf sie zu. »Mr O'Malley, Miss O'Malley ...«

Er gab zuerst Megans Vater die Hand. »Aaron Halvarson, wie ich annehme«, sagte ihr Vater.

Der Blonde lachte. »Halten Sie mich, für wen Sie wollen, aber *Halten Sie mich nicht für schuldig*«, sagte er. Megans Vater lächelte etwas gequält. Es war der Titel von einem seiner frühen Kriminalromane, für den er den »Edgar« bekommen und anschließend eine drei Jahre dauernde Fehde mit einem Rezensenten der *New York Times* geführt hatte.

»Tut mir Leid. Der Witz muss schon ziemlich alt sein«, sagte Halvarson.

»Ich habe ihn schon auf Höhlenmalereien gesehen. Mr Halvarson, meine Tochter, Megan.«

»Freut mich, Sie kennen zu lernen.« Halvarson beugte sich über ihre Hand und küsste sie. Megan lächelte und nickte kurz mit dem Kopf, um Halvarson zu verstehen zu geben, dass Sie sich sehr über diese Geste freute.

»Werden Sie Ihrem Vater bei seinen Seminaren assistieren?«, wollte Halvarson von ihr wissen.

»Nicht, wenn ich es vermeiden kann. Ich werde Ihren Mitarbeitern bei der Qualitätskontrolle assistieren, indem ich mir jedes Szenario anschaue, in dessen Nähe sie mich lassen.«

»Aha. Ist Software oder Hardware Ihr Spezialgebiet?«

»Software«, erwiderte Megan, »aber wenn es sein muss, teste ich auch Hardware.«

»Sehr interessant. Ich glaube, wir können da etwas für Sie arrangieren. Ich werde Ihnen einige unserer Mitarbeiter vorstellen. Und natürlich einige der anderen Gäste.«

»Wie viele sind denn diese Woche hier?«, fragte ihr Vater, während Halvarson sie in einen Teil des Gebäudes führte, in dem ein zweites Büfett und eine kleinere Bar standen.

»Zurzeit sind sechsundzwanzig Gäste da, von denen vierzehn Pavillons in unterschiedlichen Phasen der Konstruktion haben. Da dies unsere Hauptsaison ist, sind wir fast ausgebucht. Morgen kommen noch zwei Gäste, dann ein paar Tage niemand mehr. Kann ich Ihnen etwas zu trinken bringen? Oder eine Kleinigkeit zu essen?«

Megan warf einen Blick auf das Büfett zu ihrer Linken und sah eine Kristallschale von Lalique, die so groß wie ein Basketball war. Sie enthielt Eis und eine kleinere

Glasschüssel mit etwa einem Pfund Kaviar. Neben klein gehackten Zwiebeln, gewürfelten Eiern, Blinis und Sauerrahm stand eine Platte mit einem Hummer, der so groß wie ein Kleinkind war. Er war vollständig von seinem Panzer befreit, hatte aber noch seine ursprüngliche Form, bis hin zu den Spitzen der Scheren. »Wie machen die Köche das nur?«, fragte Megan.

Halvarson sah zu dem Hummer hinüber, als würde er ihn zum ersten Mal bemerken. »Sie meinen, wie sie den Panzer herunterkriegen, ohne den Rest zu beschädigen? Ich habe nie gefragt. Wenn Sie es wissen möchten, mache ich Ihnen gern einen Termin mit unserer Küche.«

»Das kann warten«, erwiderte Megan. »Ich hätte gern ein Mineralwasser.«

»Für mich Champagner. Gearbeitet wird erst morgen. Heute schwelge ich im Luxus«, sagte ihr Vater.

Er wird Sodbrennen bekommen, dachte Megan, aber sie sagte nichts. Nachdem die Gläser gebracht worden waren, prosteten sie ihrem Gastgeber zu und tranken einen Schluck.

»Die stellvertretende Managerin ist heute Abend auch da. Ich würde sie Ihnen gern vorstellen.«

Sie gingen zu einem Tisch, an dem sich drei Personen angeregt miteinander unterhielten, zwei junge Männer und eine kaum ältere, große blonde Frau. Alle drei hoben den Blick, als Halvarson auf sie zukam. Die Frau stand auf.

»Mr O'Malley, Miss O'Malley«, sagte Halvarson, »darf ich Ihnen Norma Wenders vorstellen, unsere stellvertretende Managerin.«

Miss Wenders nickte ihnen zu. »Freut mich sehr, Sie kennen zu lernen«, sagte sie mit einem kühlen, abschätzenden Lächeln in Megans Richtung. Megan glaubte, diesen Gesichtsausdruck zu kennen. Sie hatte Lehrerinnen gesehen, die so lächelten, wenn die Eltern eines Schülers in der Nähe waren. Zu bedeuten hatte es in etwa: Mach bloß keinen Ärger, denn sonst bekommst du es mit mir zu tun – und das wird dir gar nicht gefallen.

»Norma leitet die technische Abteilung und hält alles hier am Laufen, wenn ich unterwegs bin und Werbung für Xanadu mache«, sagte Halvarson.

»Er übertreibt etwas.« Miss Wenders warf Megans Vater einen amüsierten Blick zu. »Nicht ich, sondern unsere Mitarbeiter sorgen dafür, dass hier alles funktioniert. Ich ernte dafür nur die Lorbeeren – obwohl ich ihnen manchmal schon über die Schulter sehe.«

Ihre Miene ließ darauf schließen, dass es nicht unbedingt ein Vergnügen war, wenn einem dieser Eisberg über die Schulter sah. *Großartig*, dachte Megan. *Ausgerechnet an dieser Schreckschraube muss ich vorbei, wenn ich an die Techniker rankommen will.*

»Das sind die wirklichen Arbeitspferde hier.« Miss Wenders deutete auf die beiden jungen Männer, die an ihrem Tisch saßen. Sie trugen beide einen Smoking und bemühten sich sehr um Seriosität. Trotzdem sahen sie aus wie zwei Computerfreaks in Abendgarderobe. »Len MacIlwain ist für Sicherheit und Implementierung zuständig, und Nasil Rajasthani kümmert sich um die Programmierung der Pavillons.«

Die beiden nickten Megan und ihrem Vater kurz zu. »Mr O'Malley führt in den nächsten zwei Wochen einen literarischen Workshop für unsere Gäste durch. Und Megan interessiert sich für virtuelle Realisierung«, erklärte Halvarson.

»Kommen Sie einfach mal vorbei, dann zeigen wir Ihnen kurz, was wir so machen«, schlug MacIlwain vor.

»Sei großzügig«, warf Rajasthani ein. »Gib ihr die lange Tour.«

»Wie bitte? Während der Arbeitszeit?«, erwiderte MacIlwain. Die beiden grinsten sich an.

Miss Wenders warf ihnen einen strengen Blick zu. »Es würde mich freuen, wenn Sie diese löbliche Einstellung auch in Bezug auf Ihre anderen Aufgaben pflegen würden.«

»Kommen Sie mit, ich möchte Ihnen noch einige andere Leute vorstellen«, flüsterte Halvarson Megan zu.

Nachdem er Megan und ihren Vater bei seinen Mitarbeitern entschuldigt hatte, führte er die beiden herum. Megan tat ihr Bestes, um sich die Namen und Gesichter der Leute zu merken, die ihr vorgestellt wurden. Doch das war ein Problem – zum einen, weil sie noch nie besonders gut darin gewesen war, sich viele Namen auf einmal zu merken, zum anderen, weil Kleidung und Schmuck der Leute, die sie kennen lernte, zwar kostspielig und zuweilen sogar sündhaft teuer waren, ihren Gesichtern aber etwas zu fehlen schien. Megan hatte den Eindruck, als würden sich viele Gäste nicht sonderlich amüsieren. Sicher, sie lachten und machten Witze, und wenn man ihnen vorgestellt wurde, lächelten sie und waren erfreut, einen kennen zu lernen ... Aber ihr fiel auf, dass es nicht von Dauer zu sein schien. Wenn man ein Stück weitergegangen war und dann einen Blick zurückwarf, wirkten ihre Gesichter grimmig oder ausdruckslos, als wäre den Leuten alles egal. Dann kam jemand anders, sie hatten ein neues Stimulans, und schon strahlten sie wieder – aber es schien immer nur für kurze Zeit zu sein.

Das ergibt keinen Sinn. Die Leute haben Urlaub. Sie wollen sich amüsieren. Was stimmt hier nicht?, dachte

Megan. ›Geld allein macht nicht glücklich‹ ist sicher eine zu einfache Erklärung dafür. *Egal, ob der Satz stimmt oder nicht, Geld macht einem das Leben erheblich einfacher, und die meisten Gäste sollten eigentlich entspannter sein, als sie aussehen.*

Es war eine Frage, auf die sie in der nächsten Zeit wohl keine Antwort finden würde. *Vielleicht bin ich ja nur müde,* dachte sie. *Es war ein langer Tag.* Und in ihrem Kopf schwirrte der Gedanke herum, dass sie morgen mit ihrer Arbeit anfangen musste. Sie war sich nicht sicher, wo sie überhaupt beginnen sollte. *Ich muss mir langsam was einfallen lassen.*

Megan stand hinter ihrem Vater und sollte gerade einem weiteren Gast vorgestellt werden, als sich ihre Aufmerksamkeit schlagartig wieder ihrer Umgebung zuwandte, denn dieses Gesicht hatte sie schon irgendwo gesehen. Der Mann war nicht sehr groß – vermutlich nicht größer als Megan selbst –, ein wenig untersetzt und breitschultrig. Er hatte dunkles, von silbernen Strähnen durchzogenes Haar und ein Gesicht, das mit Lachfältchen übersät war. Die Augen standen an den Winkeln ein wenig nach unten. Bemerkenswert war, dass er aufstand, als sie näher kamen.

Halvarson lächelte leicht, als er dem Mann sagte, wer Megan und ihr Vater waren. »Mr O'Malley, Miss O'Malley«, sagte er. »Jacob Rigel.«

Megan hielt ihm die Hand hin. »Sagen Sie bitte Megan zu mir. Ich habe mich immer sehr für Ihre Arbeit mit den Space-Jeeps interessiert, und freue mich ganz besonders, Sie kennen zu lernen.«

»Dann nennen Sie mich bitte Jacob«, erwiderte er. Sie gaben sich die Hand, dann begrüßte Rigel auch Megans Vater. Er sah Megan interessiert an. »Ich bin es nicht gewöhnt, als Prominenter behandelt zu werden. Arbeiten Sie für die Medien?«

Megan lachte und setzte sich. »Nein. Oder vielleicht doch? Sowohl mein Vater als auch meine Mutter schreiben.«

»Und Sie – was machen Sie?«

»Ich bin von Berufs wegen neugierig«, antwortete Megan, da dies schließlich der Wahrheit entsprach.

»Das ist ein ehrenwerter Beruf. Alle wirklich guten Erfindungen wurden gemacht, weil jemand in den Tag hinein geträumt hat oder furchtbar neugierig war.« Rigel sah Megans Vater an. »Wenn Sie der O'Malley sind, für den ich Sie halte, wissen Sie das natürlich. Kriminalromane?«

»Genau.«

Rigel grinste. »Vielleicht können wir uns ja in dieser Woche noch etwas länger miteinander unterhalten. Heute Abend bleibe ich mit Sicherheit nicht lange. Mein Körper ist noch drei Zeitzonen weit weg.«

»Gern. Wann immer Sie wollen«, antwortete Megans Vater.

Halvarson begleitete sie zu einer Gruppe kleiner Tische in einen Teil des Empfangsgebäudes, der in den großen Garten auf der Rückseite der Halle führte. »Das sind die letzten Vorstellungen für heute Abend«, sagte er, als sie die Tische erreicht hatten. Dort saßen nur zwei Leute – ein großer, stämmiger Mann mit einem breiten Gesicht und schütterem Haar, dessen Smoking so eng war, als hätte man ihn darin eingenäht, und ein Junge im Teenageralter.

Megan schluckte und versuchte, ihr Unbehagen zu verbergen.

»Mr Dorfladen«, sagte Halvarson zu dem Mann, »darf

ich Ihnen Robert O'Malley und seine Tochter Megan vorstellen? Mr O'Malley ist ein bekannter Schriftsteller und
hat sich freundlicherweise bereit erklärt, einen Litera-
turworkshop für uns zu veranstalten.«

»Ah, ja? Ich werde wohl keine Zeit haben, daran teilzunehmen.« Der Mann nickte ihrem Gastgeber kurz zu,
dann musterte er Megans Vater von oben bis unten und
warf ihr einen Blick zu, mit dem er sie innerhalb einer
Sekunde einschätzte und als unwichtig abtat. Seine Augen blickten so kühl wie die von Norma Wenders, aber
ihr Gesichtsausdruck hatte wenigstens angedeutet, dass
Megan vielleicht gewisse Qualitäten haben könnte. Bei
Dorfladen war jedoch klar, dass er sie für ein *Unreifes
Weibliches Wesen Ohne Kommerziellen Wert* hielt.

»Grüß Gott, Herr Dorfladen«, sagte ihr Vater auf
Deutsch und verbeugte sich leicht. Megan sah ihn überrascht an.

»Grüß Gott.« Dorfladen sah ihren Vater mindestens
ebenso überrascht an wie Megan. »Herr ... O'Malley. Ist
mein Akzent denn so offensichtlich?«

»Für jemanden, der häufig in Süddeutschland gewesen ist, ja.« Ihr Vater sagte noch etwas, das Megan nicht
verstand. Er schien in einem deutschen Dialekt zu sprechen.

Dorfladen lachte. »Ah, ich verstehe. Freut mich, Sie
kennen zu lernen. Das hier ist mein Sohn Wim.« Er sah
erneut zu Megan hinüber, als wollte er sie ein zweites
Mal einschätzen. »Ihr könntet ja etwas gemeinsam unternehmen.«

Das hättest du gern, dachte Megan. »Wir kennen uns
schon«, sagte sie, wobei sie sich bemühte, jeden Unterton
zu vermeiden. Wim sah sie an und blinzelte überrascht,
als würde er sie nicht wiedererkennen. *Schließlich habe*

ich heute Morgen ja auch Jeans und ein T-Shirt getragen. Vielleicht erkennt er mich jetzt, wo ich den Prototyp weiblicher Schönheit verkörpere, wirklich nicht, dachte Megan.

»Oh, das ist schön«, sagte Dorfladen und drehte sich um, als hätte er entschieden, dass ihre Unterhaltung jetzt zu Ende war.

Megan riss verwundert die Augen auf und sagte keinen Ton. Ihr Vater wandte sich ebenfalls ab, aber sein Blick sprach Bände. Er ließ darauf schließen, dass er Dorfladen am liebsten über die Knie gelegt und Manieren in ihn hineingeprügelt hätte, wenn er damit durchgekommen wäre.

Halvarson ließ sich dadurch nicht aus der Fassung bringen. Er sagte nur: »Ah, da haben wir ja noch einen Gast ...«, und führte sie in die andere Richtung, als wäre nichts geschehen. »Tut mir Leid, aber das hat wohl etwas mit dem Kulturkreis zu tun. Die Leute dort benehmen sich alle so, das ist mir schon am Telefon aufgefallen«, fügte er dann hinzu, als sie außer Hörweite waren.

»Ich weiß«, bemerkte Megans Vater. Halvarson führte sie zu einem leeren Tisch in der Nähe der Band. Er bat sie, Platz zu nehmen, und fragte dann: »Wollen Sie statt der Snacks ein richtiges Abendessen haben? Oder soll es doch lieber das Büfett sein?«

»Ich hätte gern das Büfett«, sagte Megan.

»Ich auch«, stimmte ihr Vater zu.

»Dann werde ich Sie jetzt essen lassen«, sagte Halvarson. »Bitte entschuldigen Sie mich ... ich muss mich noch um einiges kümmern.«

Nachdem sie sich bei ihm bedankt hatten, eilte Halvarson davon und widmete sich – ganz der perfekte Gastgeber – wieder seinen anderen Gästen.

Megan seufzte. »Ziemlich bunt zusammengewürfelter Haufen«, sagte sie.

Ihr Vater nickte. »Da hast du Recht. Wer war denn dein Freund?«

»Wer? Meinst du Wim? Er ...«

»Nein, Megan. Der etwas zu kurz geratene Gentleman vorhin.«

»Oh! Daddy, machst du Witze? Das war Jacob Rigel!«

»Der Name sagt mir nichts. Vermutlich ist mein Blutzucker gerade zu niedrig.«

»Das wird es sein. Er leitet High Black Enterprises.«

Jetzt fiel es ihrem Vater wieder ein. »Oh! Der Mann mit den Space-Jeeps!«

Megan nickte. Rigel war ihr und vielen anderen gut bekannt. Er hatte ein Unternehmen gegründet, das kleine, wendige Raumfahrzeuge für den kommerziellen Einsatz und Privatleute, die sich ein solches Fahrzeug leisten konnten, entwickelte. Es gab Gerüchte, dass die Schiffe der nächsten Generation erheblich besser und billiger sein würden. Einige behaupteten sogar, dass die von Rigel verfolgte Strategie die Welt dramatischer verändern würde, als das Netz und der weit verbreitete virtuelle Zugang es getan hatten. Megan war sich da nicht so sicher, aber es stand außer Frage, dass Rigels Erfindung – unterstützt durch seinen Elan und seine Zielstrebigkeit – den »nahen Weltraum« auf eine Art und Weise erschließen würde, die die Bemühungen sämtlicher im Raum vertretener Länder in den Schatten stellen würde. *Ich bin froh, dass ich ihn kennen gelernt habe,* dachte Megan. *Es wäre schön, wenn ich mich mal eine Weile mit ihm unterhalten könnte ...* Aber der Gedanke daran machte sie nervös. Sie wusste nicht genau, was sie zu jemandem wie ihm sagen sollte ... einem Pionier, einem Genie.

»Megan, du starrst ins Leere. Ich glaube, wir sollten uns jetzt um *deinen* Blutzucker kümmern.«

»Einverstanden.«

Sie standen auf und plünderten das Büfett. Megan nahm sich Kaviar und Hummer und dann noch einmal Kaviar und aß Unmengen von Sauerrahm dazu. Das Büfett enthielt außerdem verschiedene, sehr gesund aussehende Salate, eine Art kalten Braten und ein Spanferkel, das ihr Vater mit einer derartigen Entschlossenheit in Angriff nahm, dass Megan anfing, Vegetarierwitze zu erzählen, die dann den Rest des Abends eines ihrer Gesprächsthemen waren. Auf dem Büfett stand auch ein Pfau – oder etwas, das wie ein Pfau aussah –, um den aber selbst Megan einen großen Bogen machte.

Gegen elf Uhr fiel ihr auf, dass ihr Vater ziemlich müde aussah. »Findest du allein zurück?«, fragte er.

»Kein Problem. Und falls nicht, wird mich jemand fahren.«

»Großartig.« Er gab ihr einen Kuss. »Amüsier dich gut. Wir sehen uns morgen. Mach dir keine Sorgen darüber, dass ich dich aussperren könnte. Die Tür kennt offenbar unsere Stimmen.«

»Das dachte ich mir schon.«

Er ging davon, verabschiedete sich kurz von Halvarson und verließ das Gebäude. Megan fragte sich kurz, ob sie es jetzt mit diesem Wim zu tun bekam. Sie sah zu dem Tisch hinüber, an dem die Dorfladens gesessen hatten, und stellte überrascht fest, dass die beiden schon gegangen waren. *Wie kann man es übersehen, wenn jemand geht, der so groß ist? Dick ist er ja eigentlich nicht, aber man hat irgendwie den Eindruck, dass er mehr Platz einnimmt, als ihm zusteht ...*

Sie zuckte mit den Achseln und aß noch etwas von dem Kaviar, der auf ihrem Teller lag. Mehr noch als Dorfladens Größe beschäftigte sie allerdings die Frage, ob jemand von den Mitarbeitern wusste, wer sie wirklich war und was sie hier vorhatte. *Vielleicht Halvarson?*, dachte sie. *Nein, er glaubt, mein Dad wäre sein Spion.* Was angesichts der Tatsache, dass ihr Dad wenige Minuten nach dem Gespräch mit Winters einen Anruf von Halvarson bekommen hatte, nicht weiter verwunderlich war. Trotzdem hatte er den ganzen Abend keine Bemerkung diesbezüglich gemacht. Aber vermutlich würde er wohl kaum darüber sprechen, wenn seine Mitarbeiter in der Nähe waren. *Wenders vielleicht?* Megan bezweifelte es. Wenders hatte mit keinem Wort und keiner Geste erkennen lassen, dass sie Bescheid wusste. *Vielleicht heißt das aber auch, dass sie über alles informiert ist ...*

Es gab keine Möglichkeit, das herauszufinden. Und jetzt konnte sie sowieso nichts tun. Am nächsten Morgen würde sie anfangen, Fragen zu stellen, und sehen, was sie in Erfahrung bringen konnte. In der Zwischenzeit blieb ihr nichts anders übrig, als die luxuriöse Umgebung zu genießen. *Wenn ich das hier nicht genießen kann,* dachte sie, *stimmt etwas nicht mit mir, egal, was sonst noch alles passiert.*

Sie holte sich noch einen Teller Kaviar und ein kleines Glas Champagner – nicht, dass ihr Vater ihr das nicht erlaubt hätte, aber ohne ihn Champagner zu trinken war irgendwie aufregender. Sie kam sich mit einem Mal viel erwachsener vor, seit sie so ganz allein dasaß im Paradies der Milliardäre mit Champagner und Beluga-Kaviar vor sich ... *Ja, das ist das Leben.*

Das ist ein *Leben,* sagte eine Stimme in ihrem Kopf.

Gefällt es dir? Dann gewöhn dich besser nicht daran, denn es ist bald wieder zu Ende.

Aber sich vorzumachen, dass es nicht bald zu Ende war, dass sie diesen Luxus für immer und ewig genießen konnte, war recht unterhaltsam. Sie trank das Glas Champagner aus und brachte Glas und Teller dann zum Büfett zurück – »Miss O'Malley, das brauchen Sie doch nicht!« –, dann winkte sie den noch anwesenden Gästen kurz zu, wobei ihr egal war, ob jemand es bemerkte oder nicht, und ging in den Vorhof des Empfangsgebäudes.

Der Pendelbus, in dem sie gekommen waren, stand bereits dort. Sie kletterte auf den Rücksitz und vergewisserte sich, dass wieder der Fahrer, der sie hergebracht hatte, am Steuer saß. »Nach Hause, Mihaul«, sagte sie mit einem Grinsen, »und geben Sie den Pferden die Sporen.«

Er warf ihr einen amüsierten Blick zu. »In welchem Jahrhundert sind Sie denn gerade, Miss O'Malley?«

Megan kicherte.

»Nach Hause. Sehr wohl.« Er fuhr sie zur Villa. Dort ging automatisch das Licht neben der Auffahrt an, und die Tür öffnete sich beim Klang ihrer Stimme. Sie winkte Mihaul zu, der gewartet hatte, bis die Tür aufging. Beim Anfahren gab er absichtlich zu viel Gas, sodass die durchdrehenden Reifen den Kies durch die Gegend spritzen ließen.

Megan lächelte und ging die Treppe hinauf in ihr Schlafzimmer, während das Licht hinter ihr aus- und vor ihr eingeschaltet wurde. Sie seufzte, ließ sich auf das Bett fallen und griff nach den Gästeinformationen für Xanadu, um herauszufinden, ob sie etwas übersehen hatte ...

Die Sonne schien ihr direkt in die Augen. Megan blinzelte und sah sich überrascht um.

Es war Morgen, und sie trug noch das Kleid von gestern Abend. Im Mund hatte sie einen Geschmack, der an den Grund eines Fischteichs erinnerte.

Ich werde nie, nie, nie wieder Kaviar essen und ins Bett gehen, ohne mir vorher die Zähne geputzt zu haben, dachte sie entsetzt. Sie stand auf und rannte ins Bad.

Nach eineinhalb Stunden kam sie wieder heraus, genauso rot wie ihr Vater am Tag zuvor, da sie jedes Gerät im Bad ausprobiert hatte und infolgedessen sehr, sehr sauber geworden war. Sie brauchte nur ein paar Minuten, um in den Schubladen zu kramen und sich für ein knappes T-Shirt, eine kurze Hose und Sandalen zu entscheiden – für alles andere war es zu heiß. Megan hatte den Eindruck, als herrschten draußen bereits an die achtundzwanzig Grad Celsius.

Sie ging nach unten in die Küche, um sich etwas zu essen zu suchen, und fand zu ihrer Überraschung einen Hummer im Kühlschrank. Er hatte keinen Panzer mehr, war aber bis hin zu den Spitzen der Scheren noch vollständig in Form. Daneben lag ein kleiner, versiegelter Umschlag mit dem blauen X-Logo des Resorts in einer Ecke.

Megan nahm den Umschlag, öffnete ihn und fand eine kleine Karte darin. Darauf hatte jemand mit einer kleinen, krakeligen Handschrift geschrieben:

Ich habe mich erkundigt, wie es gemacht wird, verstehe den Prozess aber immer noch nicht. Sie sollten mit Milish Endervy aus unserer Küche sprechen. Er lässt Sie herzlich grüßen und schickt Ihnen diesen Hummer. A.

»Daddy«, rief Megan, »ist heute Morgen jemand hier gewesen?«

Keine Antwort. Wenn man bei ihr zu Hause laut genug etwas rief, hörte es die Person, die man brauchte, früher oder später. Hier nicht. Die Akustik ließ sich eher mit dem New Yorker Hauptbahnhof vergleichen.

Megan sah sich den Hummer an. »Ist es unmoralisch, Hummer zum Frühstück zu essen?«, fragte sie sich laut.

»Wie bitte?«, sagte ihr Vater hinter ihr. Er sah etwas mitgenommen aus.

»Alles in Ordnung bei dir?«

»Mir geht es gut, ich habe nur ein bisschen Sodbrennen. Was ist das?«

»Frühstück«, erwiderte Megan. Sie zeigte ihm den Hummer und die Karte.

Er sah sich beides an. »Das muss gestern Abend geliefert worden sein, bevor wir zurückgekommen sind. Hummer zum Frühstück? Ist das dein Ernst? Und du wirfst mir vor, dass Räucherfisch morgens unmöglich ist.«

»Das stimmt ja auch. Hast du die Majonäse gesehen?«

»In dem Schrank da.«

Ihr Vater machte sich eine Tasse Tee, Megan suchte nach der Majonäse und einer Zitrone. »Wann musst du eigentlich anfangen?«, wollte sie wissen.

Er seufzte. »Sie wollen, dass ich heute Vormittag ein Einführungsseminar halte.«

»Das ist aber bald. Wollten sie dir nicht einen Tag zum Eingewöhnen geben?«

»Oh, das ist kein Problem. Du weißt ja, was ich machen werde.«

»Die übliche Schwarzmalerei, wie immer am ersten Tag.«

»So schlimm ist es nun auch wieder nicht. Aber du hast Recht, genau das werde ich tun. Und wenn am Nachmittag noch ein paar Teilnehmer übrig sind, die sich nicht haben abschrecken lassen, muss ich mir eben was einfallen lassen.«

»Dann nehme ich an der Tour für die Gäste teil«, sagte Megan. Sie hatte nicht vor, sich mit ihrem Vater darüber zu unterhalten, was genau sie vorhatte. Ihr war inzwischen mehr als einmal der Gedanke gekommen, dass jemand, der ihren virtuellen Arbeitsplatz ohne ihre ausdrückliche Genehmigung hierher importieren konnte, die standardmäßig in den Villen vorhandenen Überwachungseinrichtungen für Notfälle möglicherweise so verändert hatte, dass sie auch noch andere Funktionen übernahmen. *Hoffentlich hat es genügt, die von Winters geschickten Daten zu überschreiben. Das hätte gerade noch gefehlt, dass derjenige, der hinter der ganzen Sache steckt, die E-Mails in meinen Dateien entdeckt ...*

Megan seufzte. Darum würde sie sich später kümmern müssen. Aber jetzt hatte sie Wichtigeres zu tun. Sie setzte sich an den Tisch und aß den Hummer von Kopf bis Fuß auf, ohne auch nur die geringsten Gewissensbisse zu verspüren. Dann ging sie in den kleinen Lagerraum neben der Eingangstür, wo mehrere Fahrräder standen, holte eines von davon heraus und schob es über den Kies vor dem Haus bis zu der Stelle, an der die asphaltierte Straße begann. Dabei fiel ihr auf, dass der Kies über Nacht geharkt worden war. *Junge, Junge, hier nehmen sie den Dienstleistungsgedanken aber sehr ernst.*

Plötzlich hörte sie links von sich ein Geräusch. Sie blieb stehen und sah in die Richtung hinüber, aus der es kam. Es klang, als würde sich jemand fürchterlich aufregen und herumbrüllen: eine laute, tiefe Stimme, wie die eines Stiers. *Dem Stier möchte ich im Moment nicht über den Weg laufen,* dachte sie. Er war wütend. Vielleicht hatte Dorfladen gerade eine Konferenz mit jemandem. *Wenn das ein Beispiel für seinen Führungsstil ist, tun mir seine Angestellten aber Leid.*

Zum Glück war das kein Problem, um das sie sich kümmern musste. Megan stieg auf das Rad und fuhr zwischen den Bäumen hindurch zum Empfangsgebäude.

Wenn sie am Abend vorher nicht auf der Party gewesen wäre, dann wäre ihr gar nicht aufgefallen, dass sie überhaupt stattgefunden hatte. Jetzt sah das Gebäude wieder aus wie die große, elegante Lobby eines Hotels, in der es eine sehr lange und eine zweite, etwas kürzere Empfangstheke gab. Als sie hereinkam, traten zwei Mitarbeiter in den blauen Uniformen von Xanadu – in diesem Fall T-Shirts und kurze Hosen, die einen Ton heller waren – an die Theke. »Guten Morgen, Miss O'Malley.«

In zwei Wochen bin ich vermutlich so weit, dass mir »He, du« lieber ist ... »Gibt es demnächst eine Besichtigungstour für die technischen Einrichtungen?«, fragte sie.

»In zehn Minuten, wenn Sie auf ein paar andere Gäste warten möchten. Falls nicht, kann einer von uns sofort mit einer Tour für Sie beginnen.«

»Äh, nein, ich warte lieber«, erwiderte Megan. »Danke.« Sie ging in den Teil der Halle hinüber, in dem gestern Abend die Party stattgefunden hatte. Jetzt befand sich dort eine Sitzgruppe mit einem Tisch an der Seite, auf dem Obst und Snacks angerichtet waren.

Megan nahm sich nichts davon, da ein ganzer Hummer zum Frühstück mehr als genug gewesen war. In den nächsten Minuten kamen noch einige Gäste herein – zwei Teenager, ein schlanker, junger Mann und ein Gast, der Megan gestern Abend schon aufgefallen war, weil er sich anscheinend furchtbar gelangweilt hatte: eine groß gewachsene, gut gekleidete Frau mit silbernem Haar und einem Gesicht, das für ihr Alter zu wenig Falten hatte. Ihrem Gesichtsausdruck nach zu urteilen trank sie morgens Essig statt Kaffee. Megan begrüßte die anderen und schloss sich der kleinen Gruppe an, die von einem der beiden Angestellten – einem schlanken blonden Mann, auf dessen Namensschild MARK stand – zwischen den Theken hindurch zu einer Tür in der Holzverkleidung geleitet wurde.

Die Tür führte in einen langen Korridor, der vor einer Mauer endete. Sie bestand aus Glasbausteinen und enthielt eine Tür, die jener mit der variablen Glasscheibe ähnelte, die Megan im Bad im Erdgeschoss ihrer Villa gesehen hatte. Mark sagte etwas, woraufhin die Tür durchsichtig wurde und zur Seite glitt. »Hier entlang, bitte.« Er führte die kleine Gruppe in das Betriebsgebäude von Xanadu.

Während der Tour sagte Megan kaum ein Wort, sondern konzentrierte sich auf das, was man ihnen zeigte ... und das war im Grunde genommen sehr wenig. Als sie auf einer Art Galerie um den zentralen Bereich herumliefen, sah das Ganze für Megan so aus wie alle anderen technischen Betriebsgebäude heutzutage auch. Überall Computer für virtuellen und physischen Zugang, einige mit Netzanbindung, andere ohne, und große Bildschirme, auf denen die verschiedenen Logistiksysteme der Insel zu sehen waren, von der Temperaturkontrolle der technischen Einrichtungen und anderer Gebäude bis hin zur Flugsicherung. Marks Erläuterungen waren interessant, aber Megan erfuhr wenig, was sie nicht schon in den Gästeinformationen gelesen hatte. Als die Tour vorbei war und Mark sich erkundigt hatte, ob noch jemand eine Frage habe, gingen die übrigen Gäste in Begleitung eines anderen Angestellten auf die Tür nach draußen zu. Megan blieb zurück und sagte: »Mark?«

Er nickte. »Was kann ich für Sie tun?«

Sie grinste. »Etwas mehr ins Detail gehen. Ich habe gestern Abend mit Len MacIlwain und Nasil Rajasthani gesprochen. Sie haben angeboten, mir etwas mehr über die technische Seite Xanadus zu erzählen.«

»Ja, sicher. Kommen Sie bitte mit.«

Er führte sie über eine Treppe in das unterhalb der Galerie gelegene Gewirr aus Computermonitoren, virtuellen Boxen und Arbeitsplattformen. Hier unten konnte sie schon genauer beobachten, wie an einer Workstation ein Techniker eine Animation optimierte und an einer anderen Material für Holofilme vergrößert oder bearbeitet wurde, bevor es in ein Szenario kam. Es schien alles bemerkenswert schnell zu gehen, aber das war auch notwendig, wenn hier wirklich so viele Pavillons pro Jahr fertig gestellt wurden, wie ihr Führer vorhin gesagt hatte. »Len?«, rief Mark. »Oh, Nasil. Hast du Len gesehen?«

Hinter den Lautsprecherflügeln eines Stuhls zur Prüfung von Virtualien erschien ein Kopf. »Er wollte sich gerade etwas zu trinken holen. Oh, hallo, Megan. Langweilt Sie die reale Welt schon?«

Sie verzog das Gesicht. »Mein Vater behauptet, sie würde mich seit meiner Geburt langweilen.«

»Dann ist das genau der richtige Ort für Sie. Setzen Sie sich. Danke, Mark. Ach, wo bleiben die Snacks aus der Küche? Sie sollten schon vor zehn Minuten hier sein.«

»Ich glaube, sie sind gerade beim Kühe melken, weil

die Schlagsahne oder irgendwas anderes ausgegangen ist.« Mark grinste.

»Dann sag ihnen, sie sollen sich beeilen.«

Nasil setzte sich wieder in den Zugangsstuhl, während Megan näher trat, um zu sehen, an was er gerade arbeitete. Er hatte einen großen »Verstärker«-Monitor vor sich, auf dem komplexe, bunte Pläne in drei Dimensionen zu sehen waren, aber Megan hatte nicht die geringste Ahnung, um was es dabei ging. Es hätte alles sein können, von einem Schaltplan bis hin zur Darstellung eines Abwassersystems. »Danke, dass Sie sich Zeit für mich nehmen«, sagte sie zu Nasil.

In einem Xanadu-T-Shirt und bequemer Hose fühlte er sich anscheinend wohler als in dem Smoking von gestern Abend. »Gern geschehen«, sagte er. »Zurzeit läuft alles ganz normal, jedenfalls bis jetzt. Wir haben mehrere Gäste, die heute Nachmittag ihren Pavillon übernehmen wollen, aber das ist ... oh ... noch volle drei Stunden hin. Was das bedeutet, überlege ich mir allerdings erst, wenn der Junge mit dem Kaffee da war.«

»Sie sind gar nicht nervös deswegen?«

»Nervös? Warum sollte ich? Es ist ja nicht so, dass wir den Pavillon in einem Tag bauen und den Auftraggeber erst in die Nähe lassen, wenn er fast fertig ist. Das wäre eine todsichere Methode, um bei der Übernahme einen Rüffel vom Kunden zu bekommen und gleich darauf gefeuert zu werden.« Er grinste. »Die Auftraggeber haben in der Regel mehrere schnelle ›Anproben‹ hinter sich, bevor sie hierher fliegen und den Pavillon zum ersten Mal ausprobieren. Wir fliegen sie ständig ein und aus. Deshalb brauchen wir auch eine eigene Flugsicherung, und angesichts der Arbeitsüberlastung der staatlichen Fluglotsen übernehmen wir die Sache lieber selbst.

Wenn einer unserer Kunden im Wasser landen würde, gäbe es so viele Prozesse, dass man auf den Unterlagen trockenen Fußes von hier bis aufs Festland laufen könnte.«

Megan nickte und sah sich noch ein wenig um. In diesem Moment kam Len die Treppe zur Galerie herunter. Er hielt eine Tasse mit einer dampfenden Flüssigkeit in der Hand und wirkte heute sogar noch chaotischer als gestern. Auch er trug jetzt ein T-Shirt, eine weite Hose und wie Nasil eine Brille mit kleinen, runden Gläsern. Die beiden sahen aus wie Brüder. »Aha, Sie konnten sich also doch nicht von der Hardware fern halten«, sagte er mit einem Blick auf Megan.

Sie schüttelte den Kopf. »Keine Chance. Ich bin Ihnen sehr dankbar dafür, dass ich hier sein darf. Kommt eigentlich jeder hier rein, der Ihnen über die Schulter sehen möchte? Schließlich ist das hier ja alles geheim, vom Inhalt bis hin zu den Übertragungssystemen. Haben Sie denn keine Angst vor Industriespionen?«

»Wir haben ständig welche hier«, sagte Len. »Die meisten erledigen wir durch pure Freundlichkeit. Wir überschwemmen sie mit Daten, bis sie nicht mehr wissen, was wichtig ist und was nicht.«

»Außerdem haben Sie bis jetzt noch nichts gesehen, mit dem Sie viel anfangen könnten«, warf Nasil ein. »Hinter allem, was hier ganz offen gezeigt wird, stecken Millionen von Codezeilen. In einigen Fällen sind es sogar Milliarden. Wir könnten Ihnen sogar sagen, wie es gemacht wird, und trotzdem hätten Sie noch Schwierigkeiten, die wichtigsten Prozesse zu kopieren.«

»Dann sagen Sie mir doch, wie es gemacht wird«, erwiderte Megan.

Nasil und Len warfen sich einen amüsierten Blick zu.

»Wir sind am Ende von einem dieser alten Thriller-Videos, stimmt's?« Len grinste. »Der Böse hat den Guten zu einem Paket verschnürt und wirft ihn gleich den Krokodilen zum Fraß vor ...«

»... oder lässt ihn von Lasern in Stücke schneiden ...«

»... und deshalb verrät er dem Armen alles, was er vorhat.«

Megan lachte. »Die Krokodile können Sie gern reinbringen. Geben Sie mir ein paar Informationen. Ich hatte noch keine Zeit, die Pressemitteilungen zu lesen, aber dass alle glauben, Sie hätten ein neues Hintertürchen ins Gehirn gefunden, weiß ich schon. Oder eine Möglichkeit, ein altes auf eine neue Art zu nutzen. Spielen Sie hier etwa mit dem Mittelhirn rum?«

Len hob in gespieltem Entsetzen die Hände. »Dann könnte man den Leute ja genauso gut Stricknadeln in den Kopf rammen.«

»Das ist ziemlich gefährlich«, sagte Nasil. »Von Gehirnbereichen, von denen wir noch nicht genau wissen, was sie eigentlich machen – oder warum sie es machen –, sollte man besser die Finger lassen.«

»Dann also das Hinterhirn?«, schlug Megan vor.

»Schon wärmer«, sagte Len.

»Aber die selbständigen Gehirnbereiche würden Sie doch sicher auch in Ruhe lassen«, wandte Megan ein. »Dann kann es nicht das Kleinhirn sein. Das steuert nur Atmung, Herzschlag und solche Sachen ...«

»Noch wärmer«, sagte Nasil. Er und Len warfen sich verschmitzte Blicke zu. Die beiden amüsierten sich glänzend.

Megan verzog das Gesicht. Die »Kluges-Kind-stellt-kluge-Fragen-Masche« war zwar recht effektiv, aber bei diesen beiden überlegte sie langsam, wer eigentlich das

Kind war. »Jetzt bleibt nicht mehr viel übrig.« Sie stellte sich im Geist die »Gehirnkarte« aus dem Biologieunterricht vor. Dann schüttelte sie den Kopf, weil sie einfach nicht wusste, worauf die beiden hinauswollten.

»Das limbische System«, sagte Len nach einer kurzen Pause.

Megan sah ihn etwas unschlüssig an. »Ich dachte, das wäre ein ziemlich alter Bereich des Gehirns, der für den Geruch zuständig ist.«

»Wie sich herausgestellt hat, kann dieser Bereich noch erheblich mehr«, sagte Len. »Alle anderen füttern das Gehirn über Schädelnerven mit sensorischen Informationen. Große, schnelle Nervenstränge, über die eine große Bandbreite laufen kann.«

»Aber auf dieser Bandbreite gibt es Einschränkungen. Der Körper selbst gibt vor, wie viele Informationen über die Nervenstränge kommen können. Sie behaupten also, der Zugang über das limbische System sei schneller?«, wollte Megan wissen.

»Schneller nicht. Aber breiter«, sagte Nasil. »Diese Bereiche des Gehirns mögen zwar recht primitiv sein, und es stimmt auch, dass sie außer dem Geruchsinn und ein paar einfachen Prozessen nicht sehr viel steuern, aber mit ihnen können wir virtuellen Inhalten eine ganz besondere Qualität verleihen.«

»Was meinen Sie mit ›ganz besonders‹?«

Die beiden warfen sich einen Blick zu. »Warten Sie's ab.«

Megan musste wieder lachen. »Uuuh, das wird ja immer geheimnisvoller. Ich hoffe, Sie beide haben Ihre Schäfchen schon ins Trockene gebracht, denn nachdem Sie mir die Firmengeheimnisse verraten haben, wird man Sie wohl feuern!«

Jetzt lachten die beiden. »Um den limbischen Zugang zu implementieren, müssten Sie jetzt nur noch nach Hause gehen und fünfzig Milliarden Codezeilen schreiben«, sagte Nasil.

»Siebzig«, korrigierte ihn Len.

»Pedant.«

»Ich kann wenigstens zählen ...«

»Ist ja gut!«, warf Megan ein. »Ich werde wohl selbst herausfinden müssen, ob dieser Effekt wirklich so speziell ist. «

»›Ob‹?«

»Ich habe den Eindruck, sie glaubt uns nicht.«

Beide prusteten gleichzeitig los.

»Kann ich mir einen der Pavillons ansehen?«

»Ja, sicher«, sagte Len. »Wir haben einige Beispielinstallationen, die man sich jederzeit ansehen kann. Mondlandung, Ermordung von Kennedy, Weltausstellung im Kristallpalast, Flucht aus Pompeji ...«

»Das klingt gut«, unterbrach ihn Megan. Ihr Vater hatte von dieser Simulation gesprochen. Sie würde sich den Mond und den Kristallpalast für später aufheben, da es Simulationen waren, mit denen sie sich vielleicht länger beschäftigen wollte. Ein Szenario mit einem explodierenden Vulkan konnte aus nahe liegenden Gründen nicht sehr lange dauern.

»In Ordnung. Das haben wir gleich.« Len griff nach einem kurzen, schwarzen Stab, der auf einem Tisch in der Nähe lag. »Wo sitzt Ihr Implantat?« Megan deutete auf eine Stelle an ihrem Hals. »Oh, gut, ein Oberflächenimplantat.« Er hielt Megan den Stab an den Hals, dann warf er ihn wieder auf den Tisch.

»Das war's?«, fragte Megan.

»Das war's. Nur eine Softwarelösung. Wir sagen dem

Implantat, zu welchen Bereichen Sie Zugang haben, und geben ihm Anweisungen für ein leicht anderes Routing in bestimmte Gehirnbereiche ...« Er grinste. »Das reicht jetzt aber, sonst kommt gleich jemand mit den Krokodilen herein und benutzt mich als Abendessen für sie. Wenn Sie wollen, können Sie zu den Pavillons dort drüben gehen« – er deutete nach rechts zur Ausgangstür – »und den Angestellten sagen, dass Sie Pompeji sehen möchten.«

»Das ist alles?«

»Das ist alles. Warum sollten wir es unseren Kunden schwer machen? Wie sollen wir Sie sonst dazu bringen, die nächsten zehn Jahre zu sparen, damit Sie wieder herkommen können, um sich von uns einen Pavillon konstruieren zu lassen?«

Megan nickte. »Aber den ersten gibt's umsonst, oder?«

»Wir sind ein kommerzielles Unternehmen. Was hier auch ständig wiederho

t wird.« Len verdrehte die Augen. »Budgets. Bilanze . Wenn sie uns endlich ein bisschen Geld geben würden, könnten wir hier was ganz Großes hinkriegen.«»Überpr fen Sie ruhig, was wir gesagt haben«, warf Nasil ein. »Finden Sie heraus, was wir mit einem Minibudget alles anstellen können.« Dann schien er kurz nachzudenken. »Sie haben keine Herzprobleme, oder?«

»Wie bitte? Nein.«

»Eigentlich sollte das überprüft werden, bevor jemand auf die Insel kommt, aber ich frage immer noch mal nach. Man kann nie vorsichtig genug sein. Okay. Viel Spaß in Pompeji.« Er sah sich um. »Wo ist der Junge aus der Küche?«

»Er war draußen beim Empfang und hat sich mit Milish unterhalten.«

»Der Name kommt mir irgendwie bekannt vor«, sagte Megan.

»Milish? Milish Endervy. Das ist unser Chefkoch. Die meisten Chefköche verlassen ihre Küche so gut wie nie, aber das scheint ihm noch niemand gesagt zu haben.«

»Milish ... Er hat mir einen Hummer geschickt«, fiel Megan plötzlich wieder ein.

»Das ist typisch für ihn. Passen Sie bloß auf. Er raspelt Süßholz.«

Megan musste schmunzeln.

»Das können Sie auch gleich überprüfen«, sagte Len. »Besuchen Sie ihn doch. Durch die Seitentür. Sie sind vermutlich immer noch da.«

»Okay«, sagte Megan. »Vielen Dank! Kann ich später noch mal kommen?«

»Ja, sicher. Sagen Sie uns, wie es ausgeht«, erwiderte Nasil.

Megan winkte ihnen zu und ging auf die Tür zu. Als sie wieder im Empfangsgebäude war, sah sie tatsächlich einen Angestellten in der blauen Xanadu-Uniform mit einem Servierwagen, auf dem sich ein Kaffeekessel und eine Platte mit Gebäck befanden. Neben ihm stand ein junger, breitschultriger Mann mit leichtem Bauchansatz. Er trug eine zweireihig geknöpfte Kochjacke, eine Hose mit Pepitamuster und einen weißen Hut, der aussah wie die eng anliegenden Käppchen, die bei einigen asiatischen Eingeborenenstämmen üblich waren. Beide sahen neugierig zu Megan hinüber, als sie auf sie zuging.

»Da drin warten sie schon ganz ungeduldig auf Verpflegung«, sagte Megan zu dem Angestellten mit dem Servierwagen. »Sie sollten besser hineingehen, bevor ein Unglück geschieht.«

»Alles Koffeinsüchtige«, murmelte der Angestellte und setzte sich in Bewegung.

Der Chefkoch sah Megan an und sagte: »Wie war der Hummer?«

»Köstlich. Vielen Dank.« Megan gab ihm die Hand.

»Sie müssen ziemlich hungrig gewesen sein, als Sie gestern Abend nach Hause gekommen sind«, sagte Milish.

»Nein, ich habe ihn zum Frühstück gegessen.«

Er warf ihr einen ungläubigen Blick zu. »Das nenne ich Engagement.«

»Ich würde gern wissen, wie Sie den Panzer herunterkriegen, ohne den Hummer zu zerlegen.«

Milish nickte. »Kommen Sie mit.«

Er ging mit ihr am Empfang vorbei und führte sie dann nach rechts zu einer schlichten Glastür. Plötzlich waren sie von weißen Kacheln und gebürstetem Edelstahl umgeben – sie standen in einer makellos sauberen Küche, in der gerade die schweren Küchengeräte gereinigt wurden. »Das hier ist die Küche für die Abendveranstaltungen«, erklärte Milish. »Mittags haben wir hier nicht viel zu tun. Die meisten Gäste gehen lieber in die Restaurants. Manchmal reichen die Bestellungen von Gästen, die in ihren Pavillons essen wollen, schon nicht aus, um mehr Aufwand als eine Platte mit Sandwiches zu rechtfertigen.« Er sah nicht sehr glücklich aus. »Aber das kann man leider nicht voraussehen. Wenn es so ruhig zugeht wie jetzt, kann ich mich um die weniger hektischen Bereiche meines Aufgabengebiets kümmern, den Kräutergarten oder die Molkerei. Diese Woche allerdings nicht. Wir sind ausgebucht.«

»Die Molkerei?«, fragte Megan erstaunt. »Moment mal! Nasil hat vorhin was über Kühe melken gesagt. Ich dachte, das wäre ein Witz.«

Milish nickte. »Milch und Schlagsahne gehören zu den Dingen, die man nicht wirklich frisch bekommt, wenn man wie wir fast fünfhundert Kilometer vom Festland entfernt ist. Wir haben zwar gute Liefermöglichkeiten, aber was mit der Ware passiert, bevor sie hier ankommt, wissen wir natürlich nicht. Und da wir hier auf einer Insel sind, glauben die Lieferanten anscheinend, es würde nicht auffallen, wenn sie uns minderwertige Ware liefern. Deshalb haben wir einige Milchkühe hergebracht, die jetzt an den Berghängen leben. Es sind Jerseys – denen macht es nichts aus, wenn die Weiden nicht so groß sind. Sie sind vor vierhundert Jahren entsprechend genetisch manipuliert worden.« Er blinzelte Megan zu. »Jeden Morgen und Abend frische Milch, ganze Eimer voll Schlagsahne, ganz zu schweigen von Jogurt und Hüttenkäse. Außerdem machen wir unseren eigenen Schimmelkäse.«

»Schimmelkäse?« Megan rümpfte die Nase.

»Er schmeckt hervorragend. Kommen Sie doch später in die Molkerei, dann zeige ich Ihnen, wie er gemacht wird.«

»Ich weiß nicht, ob ich heute Zeit dazu habe. Vielleicht morgen?«

»Sicher, kein Problem. Ach, und die Hummer ... die züchten wir auch auf der Insel.«

Er führte sie an das andere Ende der Küche, wo die Aquakulturtanks standen, und zeigte ihr, wie der Panzer von einem Hummer entfernt wurde. Die Methode war nicht besonders blutig, für zart besaitete Seelen allerdings nicht geeignet. Das Wichtigste dabei war, dass man genau wusste, an welcher Stelle des Hummers das Messer angesetzt werden musste, und sich nicht vom Gezappel des Tiers ablenken ließ, dessen Nervensystem noch nicht wusste, dass das Gehirn tot war. Der Rest war Feinarbeit mit einer stabilen, sehr scharfen Schere. »Vor dem Kochen ist der Panzer noch flexibel«, erklärte Milish. »Der chemische Prozess, durch den der Panzer brüchig wird, beginnt erst beim Kochen. Der Hummer muss dann nur noch in Gemüsebrühe mit Weißwein gekocht und gekühlt werden. Dann kann er serviert werden.« Er warf die Schere in ein mit Seifenwasser gefülltes Spülbecken. »Möchten Sie den hier haben?«

»Nachdem ich schon einen zum Frühstück gegessen habe? Danke, aber im Moment nicht ...«

»Ein bisschen Hummer wird Ihnen schon nicht schaden. Sie können ihn ja heute Abend essen. Wollen Sie etwas Limonenmajonäse dazu?«

»Äh, ja, danke«, sagte Megan. »Aber jetzt muss ich wirklich gehen.«

Milish lächelte. »Und vergessen Sie nicht, in der Molkerei vorbeizukommen.« Dann brachte er sie zur Tür.

Megan verließ das Empfangsgebäude und nahm ihr Fahrrad, während sie sich fragte, welcher logistische Aufwand notwendig war, wenn man nicht nur ein Luxushotel, sondern ein Resort wie dieses führte, das fast fünfhundert Kilometer vom Festland entfernt lag. *Das kostet richtig Geld,* dachte sie. *Milliarden Dollar.*

Wer würde davon profitieren, wenn ein Unternehmen wie dieses Bankrott anmeldete? Wenn ein Luxusresort mit virtuellen Unterhaltungsangeboten Pleite ging?

Megan war gerade dabei gewesen, ihr im Schatten geparktes Fahrrad auf den Weg zu schieben, aber jetzt blieb sie stehen und sah zu Mount Xanadu hinüber, der angeblich hohl war.

Jetzt denk mal nicht an das Unterhaltungsangebot, dachte sie. *Die Insel wäre doch ein perfekter Standort ...*

Für jemanden, der die herrschenden Mächte in Nordamerika nicht sonderlich mochte ... oder jene in Süd- oder Mittelamerika. Oder in Europa. Die Lage war ideal. Für einige Schulterwaffen waren fünfhundert Kilometer heutzutage keine Entfernung mehr. Es gab viel zu viele Organisationen auf der Welt, die eine solche Insel gern als perfekten Standort für einen Angriff auf den Feind haben oder sie für eine Erpressung des einen oder anderen Nachbarn nutzen würden.

Leide ich jetzt schon unter Verfolgungswahn?, dachte Megan. *Vielleicht hat es gar nichts mit Geopolitik zu tun. Die Überfälle auf die Kunden dürften jemanden sehr reich machen. Zwanzig Millionen Dollar von dem armen Kerl aus Miami. Für den Anfang gar nicht schlecht.* Denn sie konnte nicht glauben, dass die Raubzüge schon zu Ende waren.

Irgendetwas sagte ihr, dass der Gauner noch einiges vorhatte.

Sie überlegte hin und her, während sie mit dem Fahrrad zur Villa fuhr. Es war Zeit, die Gegend zu genießen und etwas nachzudenken, bevor sie Pompeji testete.

Eine Dreiviertelstunde später stand Megan wieder vor dem Empfangsgebäude und schritt durch den langen Korridor zum Computerzentrum. Der zweite Computerraum, der von diesem Korridor abging, wirkte erheblich eleganter und ruhiger als der riesige, offene Bereich, in dem sie sich mit Nasil und Len unterhalten hatte. An der Decke war eine indirekte Beleuchtung installiert, und der Teppich war so dick wie der in ihrem Schlafzimmer. Die Angestellte hinter der Empfangstheke sah ihr entgegen.

»Megan O'Malley?«, fragte sie.

»Genau.«

»Sie wollen sich ›Flucht aus Pompeji ansehen‹?«

»Ja, bitte.«

Die Angestellte warf einen Blick auf eine in der Theke installierte Konsole. »Einen Moment, bitte – ja, die elterliche Erlaubnis für die öffentlichen Simulationen ist bereits gespeichert. Würden Sie sich bitte kurz umdrehen? Danke. Das war's schon. Der Scan hat gezeigt, dass Ihr Implantat bereits richtig eingestellt ist. Sie können jetzt hineingehen – der Raum am Ende des Korridors, die letzte Tür, auf die Sie zugehen. Machen Sie es sich bequem, und wenn Sie so weit sind, sagen Sie einfach ›Start‹. Wenn Sie aufhören möchten, sagen Sie ›Stopp‹. Sie wissen ja sicher, was passieren wird. ›Flucht aus Pompeji‹ ist eine sehr intensive Erfahrung. Wenn es Ihnen zu viel wird, können Sie das Szenario ganz einfach beenden.«

Megan nickte und ging den Korridor hinunter. Hier war die Beleuchtung noch gedämpfter als vorn an der Theke. Der Korridor war offenbar schalltot, und das Gefühl von Dunkelheit und Stille ließ eine beklemmende Enge entstehen, die so ganz anders war als die Stimmung in den lichtdurchfluteten, luftigen Räumen, die Megan bis jetzt auf der Insel gesehen hatte.

Die schwere, holzgetäfelte Tür schob sich zur Seite, als Megan sich ihr näherte. Die gedämpfte Beleuchtung schaltete sich ein. Der Raum war wie eine Kugel mit abgeflachtem Boden geformt, und die Wände hatte man mit einem dunkelblauen, schalldämpfenden Material verkleidet. In der Mitte des Raums stand ein sehr einfach aussehender Zugangsstuhl, der die einzige Hardware war. Das Ganze hatte etwas Unheilvolles, Bedrohliches an sich, als würde sich das, was jetzt kam, grundlegend von der üblichen virtuellen Erfahrung unterscheiden. Megan setzte sich in den Stuhl und musste erst einmal schlucken. Ihr Mund war mit einem Mal trocken.

»Start«, sagte sie.

Es wurde dunkel. Megan hatte plötzlich den Eindruck, als würde etwas brennen.

Als sie die Augen aufmachte, stand sie in einem Zitronenhain auf einem Hügel. Die Farbe des Himmels sah irgendwie merkwürdig aus, nein, es war das Licht: ein schweres, bleiernes Grau, wie das Licht kurz vor einem heftigen Gewitter. Megan drehte sich um und sah sich die Umgebung an. Sie war auf drei Seiten von Bäumen umgeben, deren dicke, fleischige Blätter herabhingen, als hätten sie in letzter Zeit keinen Regen mehr bekommen. Der saure Duft der Zitronen umgab sie, aber auch der Gestank nach Verbranntem. Am Fuß des Hügels, wo die Bäume weniger dicht standen, konnte Megan die Ursache des Brandgeruchs erkennen.

Der Vesuv. Der Vulkan spuckte riesige Wolken aus schwarzem Rauch und heller Asche aus, und durch die dichte Wolkendecke hindurch konnte sie das Glühen der Lava sehen, die über die Hänge nach unten kroch. *Kriechen ist wohl der falsche Ausdruck,* dachte sie. Die Lava floss mit einer Geschwindigkeit von fünfzig Kilometern pro Stunde nach unten, und sie hatte Glück, dass sie weit weg war.

Der Boden unter ihren Füßen fing an zu zittern. Das Erdbeben war nicht sehr stark, aber es genügte, um Megan den Hügel hinunterlaufen zu lassen – der höchste Punkt einer Erhebung war eindeutig der falsche Ort für ein Erdbeben. *Die Erde könnte unter mir wegrutschen. Aber wenn ich weiter unten bin, werde ich vielleicht unter den Erdmassen begraben.* Doch der Hügel machte sie nervös. Sie konnte sich undeutlich daran erinnern, dass auf einem der anderen Hügel in der Nähe etwas Furchtbares passiert war.

Herculaneum, fiel es ihr ein, als sie aus dem nach Thymian riechenden Gebüsch am Fuß des Hügels auf eine Straße rannte. Es war eine römische Straße, nagelneu – eng aneinander gesetzte, runde Pflastersteine, sehr eben, mit einem höher gesetzten Randstein, der links und rechts davon entlanglief. Links von ihr lag eine kleine Stadt, rechts die Straße zu einer größeren Stadt, die auf beiden Seiten von hohen, spitz zulaufenden Pappeln gesäumt war. Pompeji ...

Sie drehte sich um und lief in die Richtung von Pompeji, da sie dort vielleicht überleben würde. Aus Herculaneum war fast niemand entkommen. Der Boden schwankte wieder, und dieses Mal war es ein starkes Erdbeben. Nicht das gleichmäßige Schlingern, das sie bei einem kurzen Besuch in Los Angeles ein- oder zweimal miterlebt hatte, sondern eine heftige, quer verlaufende Bewegung, die einem den Boden unter den Füßen wegriss. Megan stockte der Atem. Sie fiel auf die Straße und sah, wie keine drei Meter vor ihr die römische Straße wie ein Blatt Papier auseinander gerissen wurde und sich verschob. Das weiter entfernte Stück rutschte über die andere Hälfte, sodass Megan den aus fünf Schichten bestehenden Unterbau der Straße erkennen konnte, der gleich darauf in Stücke gerissen wurde.

Das Stück Straße, auf dem sie lag, kippte zur Seite weg. Megan sprang auf und versuchte, ihr Gleichgewicht wiederzufinden. Als der Boden unter ihr erneut zu schwanken begann, wäre sie fast wieder gestürzt. Mit einem lauten Knall riss die Straße hinter ihr auf, aber dieses Mal verlor Megan nicht den Halt und fing an zu rennen.

Sie kletterte auf den Randstein, um den zerstörten Teil der Straße zu umgehen, und sprang nach ein paar hundert Metern wieder auf die Straße, da hier der Belag noch intakt war. Die Wolke vom Berg wurde immer größer und breitete sich in ihre Richtung aus. Megans Lungen brannten und sie keuchte schwer beim Laufen. *Was ist mit mir los?*, dachte sie. *So weit sollte ich doch laufen können, ohne ...* Aber der Brandgeruch war schon da gewesen, als sie gekommen war, und sie schluckte, als sie sich daran erinnerte, dass bei dem Vulkanausbruch viele unsichtbare Gase freigesetzt worden waren. Sulfide, Cyanophosphate – *alles Giftgase,* dachte sie. *Renne ich darauf zu oder davon weg?*

Die Wolke kam immer näher. Die Welt hier war in zwei Teile gespalten – in die mediterrane, sonnenbeschienene Welt mit ihrem dunkelblauen Meer, das sich vor dem blauen Horizont abzeichnete, den mit weißen Villen und Sommerhäusern der Reichen gesprenkelten Hügeln und Berghängen und dem gelegentlichen Farbtupfer eines bunten Gartens. Und die Welt unter der Wolke, die im Schatten lag, unter einem Schleier aus Grau und Mauve, der immer größer wurde und von den Rauchschwaden aus dem wütenden, aufgebrachten Berg genährt wurde.

Megan rannte und sagte sich dabei immer wieder, dass diese Erfahrung nur virtuell war, aber es war trotzdem eine Überraschung für sie, dass alles so real und Furcht einflößend war. Sie musste ständig schlucken, und ihre Kehle wurde immer ausgedörrter und trockener, obwohl es virtuell war. Das hatte nichts mit der Atmosphäre zu tun ... es war nackte Angst. Ein Teil ihres Gehirns eharrte weiterhin hartnäckig darauf, dass die Landschaft mit der heißen Sonne, dem Hügel und den schwarzen

Rauchschwaden, die vom Vulkan herüberzogen, ganz real war ... und dass es normal war, plötzlich in Lateinisch zu denken. Latein spielte für Megan sonst nur in der Schule oder bei den Hausaufgaben eine Rolle. Sie führte daheim einen kontinuierlichen Kampf mit dieser Sprache, obwohl sie wusste, dass es eine der beiden Sprachen war, die in den Naturwissenschaften gebraucht wurden, und dass es ihr irgendwann einmal nützlich sein würde, selbst wenn sie die Deklination zurzeit noch als Quälerei empfand. Aber jetzt schien Latein nahe liegend zu sein, wie eine Muttersprache, die man verloren und wiedergefunden hatte.

Megan versuchte, das Gefühl der Vertrautheit mit der Sprache und den Ereignissen näher zu untersuchen, und fragte sich, ob es ihr vielleicht nützlich sein könnte.

Leider schien es sich nicht in eine konkrete Richtung lenken zu lassen. Sie würde den Weg zum Hafen allein finden müssen. Die Straße in die Stadt führte geradeaus, kreuzte sich aber mit mehreren kleinen Straßen. Megan blieb stehen und sah sich um, dann entschied sie sich für die Straße, die am steilsten den Hügel hinunterführte. Der Belag bestand jetzt aus kleineren, feiner gearbeiteten Pflastersteinen, und auf einer Seite verlief eine Abflussrinne, mit der der Unrat beseitigt wurde. Megan lief die Straße hinunter, an den hohen Mauern der Häuser vorbei, deren Tore geschlossen waren. Aus keinem war auch nur ein Laut zu hören. In dem schwächer werdenden Licht sah alles kahl und fremd aus. Schreie drangen aus einiger Entfernung zu ihr herüber.

Der Boden unter ihr bewegte sich wieder. Megan schluckte. Sie wollte nicht in dieser engen Straße gefangen sein, vor Mauern, die damals noch niemand auf ihre Erdbebensicherheit überprüft hatte, wenn ein zweites starkes Beben kam. *Lauf auf den Platz und dann zum Hafen ...*

Auf dem Platz wimmelte es vor Leuten, die kopflos in alle möglichen Richtungen rannten und sich mit vor Angst heiserer Stimme etwas zuriefen. Sie wankten unter der Last ihrer Habe, die sie jedoch auf die Straße warfen, als der Dunst zu Ascheregen wurde, der dicht und weich wie Schnee vom Himmel fiel. Die Asche türmte sich erstaunlich schnell auf der Straße auf, verstopfte die Abflussrinnen und machte das Gehen zuerst schwierig und dann gefährlich, da die Asche in sich zusammenfiel und Megan darauf wegrutschte. Die Schreie wurden immer lauter, und ihr Magen krampfte sich vor Angst zusammen. Sie unterdrückte den Schrei, der ihr in der Kehle aufstieg, holte tief Luft und musste dann den Atem anhalten, um einen zweiten Schrei zu verdrängen. Die Menschen um sie herum strauchelten und stürzten zu Boden, fielen in die Asche, die über ihnen zusammenschlug und ihre gellenden Schreie erstickte, um dann gleich darauf hustend und keuchend wieder aus der grauen Masse aufzutauchen und zu versuchen, auf die Beine zu kommen und zu atmen, was manchmal nicht gelingen wollte. Die Panik legte sich Megan wie eine Schlinge um den Hals, sie schnürte sie ein und machte sie bewegungslos. Megan versuchte, sich davon zu befreien, sich zu zwingen, einen Fuß vor den anderen zu setzen und sich durch die Asche hindurch nach unten vorzukämpfen, einfach weiterzugehen, obwohl die Ascheberge immer höher und die Sicht immer schlechter wurde. Trotz der Asche und der vielen Hindernisse, die sich ihr in den Weg stellten, war das größte Problem jedoch ihre Angst, die sie lähmte und es ihr unmöglich machte, schnell zu handeln oder klar zu denken. Aber sie kämpfte weiter.

Schließlich musste sie seitlich auf die Straße ausweichen, damit sie sich an den Häusermauern entlang den Hügel hinuntertasten konnte. Obwohl sie sich mit den Händen an den Mauern abstützte, stolperte und stürzte sie immer wieder, aber sie gab nicht auf und lief weiter. Ihre Lungen brannten. *Es ist nicht gesund, diese Asche einzuatmen,* sagte sie sich. *Aber stehen zu bleiben und darin begraben zu werden ist auch nicht gerade gut. Oder ein paar Minuten später von einem glühenden Lavastrom verschluckt zu werden ...* Sie hatte solche Angst, dass sie beinahe wieder stehen geblieben wäre.

Doch sie eilte weiter. Die graue Asche war jetzt mit schwarzen Flocken durchsetzt, und einige davon waren nicht schwarz, sondern rot. Zu ihrem Entsetzen roch und spürte Megan, wie die Haare auf ihrem Kopf zu brennen begannen. *Das dürfte nicht sein!,* dachte sie. Megan schaltete ihre Standardschmerzeinstellungen während einer virtuellen Erfahrung immer aus, weil sie der Meinung war, dass das Leben so viele echte Schmerzen mit sich brachte, dass sie keine »Unterhaltungsschmerzen« mehr brauchte. *Aber hier bist du in Xanadu! »Besser als die Realität.«* So real, dass sie Megans persönliche Einstellungen überschrieben hatten ... Wie im richtigen Leben. Megan blieb stehen und schlug sich verzweifelt auf den Kopf, um die glühende Asche zu ersticken, die ihr Haar in Brand gesetzt hatte. Sie spürte, wie sie sich die Hände verbrannte. Nach Luft ringend stolperte sie weiter, und in ihrem Kopf begann jemand zu Göttern zu beten, die vermutlich nicht sehr viel ausrichten konnten. Der einzige Gott, der heute Dienst zu haben schien, war der, von dem man sich erzählte, dass er im Innern des Vulkans wohnte und Donnerkeile schmiedete. Er machte heute bestimmt Überstunden.

Die Asche reichte ihr inzwischen fast bis an die Knie, und sie war schwerer, als sie aussah. Megan hatte gedacht, sie wäre leicht und pudrig und ließe sich leicht zur Seite schieben, aber je höher sie wurde, desto mehr schien sie die Eigenschaften von Gestein anzunehmen. Megan vermutete, dass die Asche die Feuchtigkeit aus der Luft saugte und nach einiger Zeit hart wie Beton werden würde. Ihr Kopf schmerzte, ihre Lungen brannten noch schlimmer als vorhin. Vielleicht sollte sie sich einen Moment unter den Überhang eines Hauses stellen und ein wenig ausruhen, bevor sie weiterging ... Aber sie wusste sehr gut, dass sie nicht wieder aufstehen würde, wenn sie sich jetzt hinsetzte. Sie wollte nicht zu einem jener bedauernswerten, von Asche definierten Umrisse werden, die Jahrhunderte später von den Archäologen ausgegraben worden waren. Ein Junge, der zusammengekrümmt in der Nähe einer Straßenecke lag, ein verzweifelter Hund, der an der Kette lag und sogar noch im Tod versucht hatte, sich loszureißen, ein Mann, der sich schützend über einen Korb mit Brot gebeugt hatte, vielleicht, weil er gehofft hatte, dass der Ascheregen wieder aufhören würde ...

Aber dieses Pompeji war doch virtuell ...

Als wenn ich das nicht wüsste, dachte sie.

Sie lief weiter, erfühlte sich ihren Weg, Haus um Haus, und stolperte immer wieder über kleine Hügel am Boden. Sie wusste, was die Hügel waren, aber sie würde sie sich auf keinen Fall ansehen. Megans Augen brannten und schwollen langsam an wegen der kleinen Aschepartikel, die ihr ins Gesicht geweht wurden. Angst und Hoffnungslosigkeit nebelten sie ein, so unerbittlich und unvermeidbar wie die Asche in der Luft. Sie würde es nicht schaffen. Es war aussichtslos. Bei dieser verhee-

renden Katastrophe waren tausende Menschen umge-
kommen. Warum sollte es ihr anders ergehen?

Trotzdem lief sie weiter. Sie hatte den Eindruck, als
würde es jetzt steiler nach unten gehen. Plötzlich verlor
sie das Gleichgewicht und fiel hin. Harte Steinkanten
trafen auf ihre Schulter, den Rücken und den rechten
Oberarm. Sie richtete sich auf, spuckte die Asche aus
dem Mund und versuchte, die Nase frei zu bekommen.
Sie war eine Treppe hinuntergefallen – eine der breiten
Treppen, die zu den Docks führten. Megan stand auf und
versuchte, die Treppe hinunterzugehen, nur um gleich
darauf wieder zu stürzen. Aber dabei fiel ihr auf, dass
sich der graue, immer dichter werdende Dunst, durch
den sie sich jetzt scheinbar schon seit Ewigkeiten voran-
kämpfte, direkt vor ihr etwas lichtete. Die Luft wurde
klarer. Sie hörte Schreie, aber sie schienen von sehr weit
weg zu kommen. Vom Wasser her ...?

Sie ging auf das Licht zu. Um sie herum wurde es immer heller, aber es war nicht das düstere, fahle Asche-
licht, das sie die ganze Zeit über begleitet hatte, sondern
ein warmes Leuchten – die Sonne, die sich auf dem Wasser spiegelte. Noch ein paar Schritte, und sie wurde vom
gleißenden Licht der Sonne geblendet, die durch den
Ascheregen brach wie durch Nebel. Zum ersten Mal spürte Megan einen Windhauch. *Der Wind, er dreht sich ...*

Sie stolperte nach unten, wo die Luft klarer war und
die Sonne schien. Die Schreie kamen von den wenigen
Schiffen, die noch an den Docks lagen. Menschen klet-
terten über Leitern und Taue an Bord. Megan rannte, so
schnell sie konnte, zu dem Boot, das ihr am nächsten
war, sah eine Leiter, die an der Seite lehnte, und kletterte
so behände wie eine Ratte hinauf, wobei sie nicht ohne
einen Anflug von Lächeln die zahllosen Ratten bemerk-

te, die sich über die Taue, die das Schiff mit den Marmorpfosten am Kai verbanden, auf das Schiff hangelten. Kaum hatte sie die Beine über die Reling geschwungen und war keuchend auf den Planken zusammengebrochen, packte jemand neben ihr das Tau und warf es über Bord, wo es mit zahlreichen Ratten auf dem Wasser aufschlug.

»Rudert!«, schrie jemand. »Rudert um euer Leben!« Das Schiff entfernte sich von der Küste, als die ersten Ascheflocken auf das Deck fielen ...

Es dauerte eine Weile, bis Megan sich so weit erholt hatte, dass sie das tun konnte, was die etwa hundert anderen Menschen an Bord des Schiffes taten: sich an die Reling klammern und einen Blick auf die Stadt zu werfen, die dem Untergang geweiht war. Sie war verschwunden, eingehüllt in eine silbern schimmernde Todeswolke. Der Vesuv spuckte immer noch riesige schwarze und graue Rauchwolken aus, und die glühenden Lavaströme wälzten sich wie im Zeitlupentempo die Hänge hinunter. Viele Menschen auf dem Schiff weinten. Auch Megan weinte, obwohl die Tränen in ihren gereizten Augen brannten wie Feuer. Eine ganze Stadt, ausgelöscht zwischen Frühstück und Mittagessen. »Warum haben sie es getan?«, flüsterte sie.

Ein neben ihr stehender Mann sah sie erstaunt an. »Wer? Die Götter?«

»Nein, ich meine, die Menschen, die hier gewohnt haben. Sie wussten doch, dass der Vulkan aktiv war. Warum sind sie trotzdem geblieben?«

Der Mann schüttelte den Kopf und zuckte mit den Achseln. »Das Wetter war gut«, sagte er dann.

Megan musste an ihren Besuch in Los Angeles denken. Sie lächelte etwas angestrengt. »Stopp«, sagte sie ...

... Und plötzlich saß sie wieder auf dem Stuhl in dem düsteren, kugelförmigen Raum, umgeben von Stille.

Sie stand auf und klopfte ihre Kleidung ab.

Dann lachte sie, aber es war kein frohes Lachen. *Ich habe zwar die ganze Zeit über versucht, mich daran zu erinnern, dass es nicht real war, aber es war so real, dass es mich immer wieder abgelenkt hat,* dachte sie. *Ich hatte Angst. Und egal, wie oft ich mich daran erinnert habe, dass alles virtuell war, habe ich immer wieder geglaubt, es wäre real. Ich habe noch nie so stark auf eine virtuelle Erfahrung reagiert ... Das hier ist wirklich etwas völlig Neues.*

Megan verließ den Raum und ging den Korridor hinunter bis zum Empfang, wo sie stehen blieb. Die Angestellte hinter der Theke sah sie an.

»Wie geht es Ihnen?«, fragte sie.

»Es war unglaublich«, erwiderte Megan.

»Nebenwirkungen?«

Megan schüttelte den Kopf. »Danke«, sagte sie. Dann ging sie den Weg zurück, den sie gekommen war. Sie bewegte sich langsam, zum einen, weil ihr die Umgebung noch etwas sonderbar vorkam – kein Ascheregen, keine Schreie –, zum anderen, weil sie darüber nachdachte, welche Gefahren die gerade gemachte Erfahrung in sich barg.

Kein Wunder, dachte sie. *Kein Wunder, dass die Leute so viel Geld dafür bezahlen.* Es lag nicht nur an der virtuellen Erfahrung, die konnte man auch anderswo bekommen, überall dort, wo gute Programmierer im Netz am Werk waren. Aber das hier – es war nicht nur so, als würde man etwas miterleben, es war, als würde man zum ersten Mal wirklich »fühlen«. Als würde man Gefühle als etwas völlig Neues erfahren, als würde man diese Gefühle über ganz andere Nervenbahnen als sonst erleben ... uns sei es nur für eine Stunde, einen Abend, einen Tag. *Das ist der Reiz an dem Ganzen,* dachte sie. *Wenn man einen anstrengenden Job mit viel Stress hat, einen Job, der einem das normale Leben überdrüssig macht, sehnt man sich nicht nur danach, den Alltag zu vergessen, nein, man will auch wieder erfahren, wie sich beispielsweise »Freude« anfühlt, wenn sie über völlig »neue« Nervenbahnen erlebt wird. Komm her, zahl den Preis dafür – und dann kannst du Gefühle erleben, als wären sie vollkommen neu. Für eine Weile.*

Das konnte sehr viel wert sein. Mehr als nur sehr viel ...

Als sie in das Empfangsgebäude kam, stellte Megan zu ihrer Überraschung fest, dass die Halle inzwischen schon wieder anders aussah und an einer Seite ein Mittagsbuffet aufgebaut war. Aber sie hatte keinen Appetit. Das viele Essen kam ihr jetzt, nachdem sie den Tod so vieler Menschen miterlebt hatte, irgendwie unangebracht und übertrieben vor. *Später,* dachte sie. *Vielleicht.*

Draußen wurde sie von strahlendem Sonnenschein empfangen. Sie nahm ihr Fahrrad und überlegte, ob sie zu ihrem Vater fahren sollte, um zu sehen, wie das Seminar lief. Es müsste gerade angefangen haben. *Nein,* dachte sie dann. *Ich brauche jetzt eine Dusche.* Noch ein ungewöhnliches Symptom. Sie konnte sich an keine virtuelle Erfahrung erinnern, die sie physisch derart beeinflusst hatte. Ihr ganzer Körper juckte wie bei jemandem, der vor kurzem wiederholt in Bimssteinasche gefallen war.

Sie dachte darüber nach, während sie mit dem Rad zur Villa fuhr. Das limbische System im Gehirn, hatten sie gesagt. Ein sehr alter Gehirnbereich, der auch den Geruchsinn steuerte. Sie erinnerte sich daran, wie intensiv die Gerüche gewesen waren, fast das Erste, was ihr aufgefallen war. Aber Grundgefühle – Angst, Freude, Wut – ließen sich im limbischen System angeblich auch »lokalisieren«. Software und Hardware von Xanadu stellten mit diesem Bereich irgendetwas an, das bis jetzt noch niemandem gelungen war. Etwas, das ihr mehr als unheimlich war ...

Plötzlich hatte sie das Bedürfnis nach ein paar beruhigenden Worten. Sie bog in die kleine Seitenstraße ein, die zum »Veranstaltungscenter« führte, wo das Seminar ihres Vaters stattfand, ein kleineres Gebäude im selben Stil wie ihre Villa. Megan stellte das Rad im Schatten eines Baums ab und ging hinein. Im Eingangsbereich hing ein Flüssigkristall-Display, auf dem die für diesen Tag geplanten Veranstaltungen aufgeführt waren. Da stand es: O'MALLEY, SCHREIBEN ALS HOBBY / SCHREIBEN ALS LEBENSAUFGABE – FLÜGEL B.

Sie folgte den dezenten Hinweisschildern für Flügel B und stand schließlich vor einem großen Raum, der wie eine Mischung aus Hörsaal und Wohnzimmer aussah. Jeweils zehn Tische mit bequemen Stühlen waren kreisförmig auf vier Ebenen angeordnet. Unten in der Mitte stand noch ein Tisch, an dem ihr Vater mit seinen Notizen saß.

»Komme ich zu spät?«, fragte Megan, als sie zu ihm nach unten ging.

»Nein, zu früh«, sagte er. »Sie haben das Seminar verlegt. Ich bin dem Mittagessen im Weg gewesen. Heute findet offenbar das Muschelfestival statt.«

Morgan verdrehte die Augen. »Ich kann mir schon denken, wessen Idee das gewesen ist.«

»Ja? Wo warst du eigentlich?«

»In Pompeji.«

Er sah sie etwas besorgt an. »Du hast also einen Pavillon ausprobiert«, stellte er fest. »Bist du in Ordnung?«

Eine ausführliche Antwort auf diese Frage hätte Stunden gedauert, daher nickte sie nur. »Ich muss aber gleich unter die Dusche. Vorher wollte ich nur kurz vorbeischauen und sehen, ob bei dir alles gut läuft.«

Ihr Vater lächelte. »Bis jetzt gab es noch keine Probleme. Bis auf mein labiles Ego, wie du siehst.«

Megan kicherte. Das Ego ihres Vaters war alles andere als labil. »Du nimmst diesen Kritiker viel zu ernst. Ich weiß, er hat behauptet, dass er bei deinem letzten Roman nach zwanzig Seiten gewusst hat, wie es ausgeht. Er hat gelogen. Dieser miese alte ...«

»Megan!«, warf ihr Vater entsetzt ein. Trotzdem wurde sein Lächeln breiter. »Loyalität ist eine noble Eigenschaft, selbst wenn man sie nicht unbedingt verdient hat.« Er küsste sie auf den Scheitel. Normalerweise wich sie ihm dabei immer aus, aber heute ließ sie sich gern von ihm trösten.

Megan erwiderte die liebevolle Geste, indem sie kurz über die kahle Stelle auf seinem Kopf strich. »Bis später.« Dann ging sie auf dem gleichen Weg hinaus, den sie gekommen war.

Sie fuhr zur Villa zurück, stellte das Rad vor dem Eingang ab und blieb einen Moment stehen. Das gedämpfte Rauschen der Wellen drang durch die Bäume. *Wann habe ich diesem Geräusch je widerstehen können?*, dachte Megan. Sie ging um das Haus herum und betrat den kleinen Pfad, der zum Strand führte. Als sie am Pool vorbeikam, blieb sie kurz stehen, um einem kleinen, tropischen Vogel zuzusehen, der immer wieder im Sturzflug auf das Wasser zuflog. Zuerst dachte sie, er würde Insekten von der Wasseroberfläche aufschnappen, aber dann stellte sie fest, dass es gar keine Insekten im Pool gab. Der Vogel trank; er flog immer wieder zum Wasser, um winzige Schlückchen aus dem Pool zu nehmen.

Ich muss eine Schale mit Wasser für ihn rausstellen, dachte sie, dann ging sie den Pfad weiter zum Strand hinunter. Das leise Rauschen der Brandung, die gegen den Strand prallte und wieder ins Meer zurückfloss, übertönte alle anderen Geräusche, selbst die Schreie in ihrem Kopf.

Sie betrat den weißen Sand und schüttelte den Kopf, weil die virtuelle Erfahrung in Pompeji sie derart verfolgte. *Limbisch ...,* dachte sie. Sie wusste etwas über dieses Wort, etwas, das ihr vielleicht weiterhelfen konnte, aber es fiel ihr im Moment nicht ein.

Megan seufzte und spazierte eine Weile am Strand entlang, um zu sehen, ob sie sich vielleicht doch noch daran erinnerte. Nichts. Ihre Gedanken wanderten nach Hause, und sie fragte sich, was ihre Brüder wohl gerade machten. Vermutlich nahmen sie gerade das Haus auseinander. Und dann war da natürlich noch ihre Mutter. *Wo sie wohl gerade ist?,* fragte sie sich. *Der Strand hier würde ihr gefallen.* Megans Mutter beklagte sich ständig darüber, dass es zu wenig Ruhe in ihrem Leben gab. Dieses leise, beruhigende Rauschen, die Sonne, die alles überstrahlte, das blaue Meer – es würde ihr gefallen. Ein schöner, einsamer Strand ...

Nein, einsam nicht, korrigierte Megan sich, als sie um eine Kurve bog und jemanden sah, der ein paar hundert Meter von ihr entfernt auf sie zukam. Doch jetzt drehte er sich um und entfernte sich von ihr. Er hatte sie nicht gesehen.

Sie glaubte zu wissen, wer es war. *Soll ich mich umdrehen und weglaufen wie ein Feigling? Oder soll ich weitergehen, bis ich ihn eingeholt habe, und ihn noch mal Sand schlucken lassen?*, fragte sie sich.

Ihr Mund wurde zu einer schmalen Linie. *Ich lasse es darauf ankommen,* dachte sie. Sie hatte heute gesehen – oder besser gesagt, gespürt –, wie mehr als hunderttausend Menschen gestorben waren. Ein verwöhnter Balg mehr oder weniger machte diesen Tag auch nicht besser oder schlechter.

Also ging Megan weiter und hatte ihn nach etwa zehn Minuten eingeholt.

Wim hatte sie die ganze Zeit über nicht bemerkt. Er lief ständig hin und her wie ein Tier, das man in einen Käfig gesteckt hatte. Als Megan auf ihn zukam, hob er plötzlich den Blick und sah sie. Er hörte auf zu laufen und blieb regungslos stehen.

Megan sah ihn an und fragte sich, ob er jemandem – seinem Vater zum Beispiel – von ihrem kleinen Zusammenstoß gestern erzählt hatte. Es war allerdings wenig wahrscheinlich. Megan war aufgefallen, dass Jungen normalerweise nicht darüber sprachen, von wem sie gerade zusammengeschlagen worden waren, vor allem dann nicht, wenn der Gegner weiblich gewesen war.

Ihr fiel nichts anderes ein, als auf ihn zuzugehen und dann aufs Meer hinauszustarren. »Hallo, Wim«, sagte sie, »wie geht's?«

Er starrte sie an. »Du weißt es nicht?

Sein scharfer Ton überraschte sie ein wenig, zum einen, weil er nicht gegen sie gerichtet war, zum anderen, weil Wim offenbar wirklich davon ausging, dass sie Bescheid wusste. »Äh, nein, tut mir Leid, ich war den ganzen Tag unterwegs.«

Er starrte auf das Meer hinaus. »Jemand hat gestern Nacht eine der Firmen meines Vaters zerstört«, sagte er. »Eine von den großen. Sie wurde in Hongkong an die Börse gebracht, und jemand hat den Aktienkurs so tief in den Keller getrieben, dass sie so gut wie nichts mehr wert ist. Auch die anderen Firmen sind davon betroffen. Ich weiß nicht genau, wie es gemacht worden ist. Seine Angestellten versuchen herauszufinden, was passiert ist, aber sie verstehen es einfach nicht.« Wim hatte die Hände geballt. »Wenn ich wüsste, wer das getan hat, würde ich ihn suchen und in die Mangel nehmen.«

Das Ausmaß seiner Wut war erstaunlich. Megan sah ihn an und musste plötzlich an ihren Vater denken. Loyalität, hatte er gesagt ... eine noble Eigenschaft. Sie stellte fest, dass sie Wim zum ersten Mal ein anderes Gefühl als Mitleid oder Ärger entgegenbrachte. Und dann hatte sie eine Idee.

»Wim, ich habe noch nicht Mittag gegessen. Was hältst du davon, wenn wir ein Sandwich oder was anderes zusammen essen? Dann kannst du mir erzählen, was passiert ist ... und wir können uns was ausdenken.«

»Und was sollte das wohl sein?«, fragte Wim mit einem Anflug seiner üblichen Arroganz.

Megan warf ihm einen viel sagenden Blick zu. »Rache?«

Wim sah sie nachdenklich an, aber dann erschien auf seinem Gesicht ein breites Grinsen, das einem weißen Hai alle Ehre gemacht hätte. »Was für ein Sandwich?«, fragte er.

Megan lächelte. Dann gingen die beiden zusammen zu den Villen zurück.

4

Etwa fünfzehn Minuten später hatten sie die »Hauptstraße« erreicht, und keine fünf Sekunden danach flitzte Mihaul mit dem kleinen Pendelbus um die Ecke und hielt vor ihnen an.

»Soll ich euch irgendwo absetzen?«, fragte er mit einem breiten Lächeln.

»Mittagessen«, erwiderte Megan. »Und geben Sie ruhig Gas, wir haben Hunger.«

Mihaul fuhr so schnell, dass Wim sich an das Geländer des Sitzes vor ihm klammern musste. »Was für ein Mittagessen soll es denn sein?«, fragte er. »Heute findet das Muschelfestival statt ...«

»Ich esse keine Meeresfrüchte und keinen Fisch«, warf Wim ein.

Megan zog die Augenbrauen hoch. Eine Karibikinsel war sicher nicht der ideale Urlaubsort für jemanden, der keine Meeresfrüchte und keinen Fisch aß, aber vermutlich war Wim nicht gefragt worden, als sein Vater Xanadu ausgesucht hatte. »Sie haben gestern ein Restaurant erwähnt, in dem man Sandwiches bekommt«, sagte sie.

»Das Deli. Ich schätze, das ist genau das Richtige für euch. Große Sandwiches?«

»Ja«, antwortete Megan.

Wim nickte. Nach fünf Minuten Fahrt durch die tropische Landschaft hielten sie vor einem Gebäude an, das ganz und gar nicht tropisch wirkte. Es sah aus wie ein Reihenhaus aus rötlich-braunem Sandstein, das man direkt aus New York hierher geschafft hatte. Im Erdgeschoss lag ein Restaurant mit einer Markise davor.

Megan stieg aus und sagte zu Mihaul: »Sie haben gestern was von Lachs gesagt.«

»Marinierter Lachs. Aber sie machen auch noch viele andere. Probiert es einfach aus.«

Megan nickte, und Mihaul fuhr davon. Wim ging auf die Tür zu, aber sie ergriff ihn am Arm und gab vor, die hinter dem Fenster angebrachte Speisekarte zu lesen. »Ist dir eigentlich schon aufgefallen, dass man nicht lange an der Straße warten muss, bis einer dieser kleinen Busse vorbeikommt?«, sagte sie leise zu Wim.

»Service«, antwortete Wim. »Schließlich zahlen wir ja auch dafür.«

»Ja, vielleicht. Und wo sind die Kameras?«

Er sagte nichts, sondern sah sie nur nachdenklich an.

»Vielleicht sollten wir ein bisschen vorsichtig sein mit dem, was wir da drin sagen«, meinte sie. »Mit den pikanten Details solltest du warten, bis wir am Strand sind. Oder in einem Badezimmer.«

Wim sah sie entgeistert an. »Du glaubst doch wohl nicht, dass ich mit dir zusammen in ein Badezimmer gehe ...«

Megan verdrehte die Augen. »Das ist einer der wenigen Räume in den Villen, die mit Sicherheit nicht überwacht werden, also entweder das Bad oder der Strand. Und selbst der Strand ...« Sie unterbrach sich. »Was für eine Art von Musik magst du?«

»Ich mag gar keine Musik.«

Das hat mir gerade noch gefehlt, dachte sie. *Noch ein Grund, ihn nicht sympathisch zu finden.* »Ich habe ein schönes Radio«, sagte sie. »Wir können später damit an den Strand gehen. Nach dem Mittagessen holen wir es.«

Wim sah sie etwas verwirrt an, aber dann nickte er. Sie betraten das Restaurant.

Kurze Zeit später war Megan klar, warum Mihaul so begeistert vom Deli war. Das Restaurant war mit dem für das letzte Jahrhundert typischen Resopal eingerichtet, und die meisten Einrichtungsgegenstände schienen nicht nachgemacht, sondern original zu sein. Die Sandwiches und Salate auf der Speisekarte auf ihrem Tisch, die in einem hölzernen Klötzchen steckte, waren nach Filmstars benannt. Die Speisekarte war ein Stück laminiertes Plastik, das schon bessere Tage gesehen hatte.

»Sieht alles so alt aus«, bemerkte Wim.

Megan zog die Augenbrauen hoch. Offenbar hatte Wim keinen Sinn für die Feinheiten gut gemachter Retroarchitektur. »Ist doch egal«, sagte sie. »Das Essen ist sicher sehr gut.«

Eine Kellnerin in einer rosa-gestreiften Uniform mit weißer Schütze kam an ihren Tisch. »Was kann ich Ihnen bringen?«

»Ein Schinkensandwich auf Weißbrot, bitte«, sagte Megan. »Ein großes.«

Die Kellnerin sah sie freundlich an. »Das ist unser bestes. Etwas zu trinken?«

Megan warf einen Blick auf die Karte. »Sel-Ray?«, wunderte sie sich. »Was ist das denn?«

»Soll ich es Ihnen sagen, oder soll ich es einfach bringen, und Sie finden es selbst heraus?«, wollte die Kellnerin wissen.

»Nein, bringen Sie mir zuerst ein Glas«, warf Wim ein. »Und dann sagen Sie ihr, was es ist.«

Megan sah ihn überrascht an. *Das wäre doch gelacht, wenn er mich bei so was ausstechen würde!* »Bringen Sie mir auch ein Glas, und erklären Sie keinem von uns, was es ist«, sagte sie zur Kellnerin.

Die Kellnerin lächelte. »Für Sie auch ein Sandwich?«, fragte sie Wim.

»Schinken auf Roggenbrot. Ein großes.«

Die Kellnerin nickte und ging davon. Megan und Wim sahen sich etwas verlegen an.

»Ich kann einfach nicht glauben, dass du nicht weißt, was passiert ist«, sagte Wim dann. »Ich dachte, alle hätten es mitbekommen – zumindest hier. Hast du denn den Lärm nicht gehört?«

»Äh, ja, schon.« Sie würde ihm allerdings nicht sagen, dass sie es für normal gehalten hatte, dass sein Vater so brüllte. »Jetzt erzähl schon, was passiert ist.«

Das dauerte allerdings eine Weile, denn Wim erzählte ihr erst einmal von einer Reise in die Schweiz, die dann abgebrochen werden musste, weil sie mit dem Privatgleiter seines Vaters nach Australien geflogen waren und danach einen Abstecher nach New York zum Einkaufen gemacht hatten, bevor sie sich mit den Buchhaltern in Liechtenstein treffen konnten ... So ging es weiter. Megan verstand nicht, was für einen Sinn das Ganze haben sollte – außer, sie zu beeindrucken.

Als er die Poloponys erwähnte, konnte sie es nicht mehr ertragen. Sie legte eine Hand über die Augen und sagte: »Wim, würdest du mir bitte einen Gefallen tun? Ich bin jemand, der für dich vermutlich sehr arm ist, und das wird langsam langweilig. Ich weiß, dass du in Geld schwimmst, aber ich wäre dir wirklich dankbar, wenn du es nicht alle fünf Sekunden erwähnen würdest.«

Er sah sie entrüstet an. »Ich rede nicht alle fünf Sekunden von Geld.«

»Doch, das tust du. Du erzählst mir, was du alles damit kaufen kannst. Das sind alles Dinge, die für dich
ganz selbstverständlich sind, die Leute wie ich aber nie
haben werden, und wenn, dann nicht sehr oft. Reisen
und Kleidung und Poloponys und Privatgleiter und Limousinen und was weiß ich noch alles. Es hört sich so
an, als würdest du die ganze Zeit über damit prahlen,
aber ich weiß, dass du das nicht tust, und ich weiß, dass
du an all das gewöhnt bist, aber es ist langweilig. Hör auf
damit.«

»Du bist nur eifersüchtig!«

»Und du bist schwer von Begriff«, sagte sie verächtlich. »Es gibt auch Leute, die ein schönes Leben führen,
ohne eine zigstellige Summe auf dem Bankkonto zu haben. Wenn das für dich ein Problem ist, musst du eben
damit fertig werden. Wir sind sechs Milliarden und dir
zahlenmäßig also weit überlegen. Würdest du mir jetzt
um Himmels willen bitte erzählen, wie sie deinen Dad
ausgeraubt haben?«

Sie starrten sich trotzig an, mussten ihr Duell dann
aber kurz unterbrechen, weil die Kellnerin in der rosafarbenen Uniform mit zwei hohen Gläsern an ihren
Tisch trat, die Eiswürfel und eine fast durchsichtige, per-
lende Flüssigkeit enthielten.

»Zweimal Sel-Ray«, sagte sie und stellte die Gläser
auf den Tisch. »Meldet euch ruhig, wenn ihr wissen
wollt, was ihr da trinkt. Die Sandwiches kommen
gleich.«

Sie ging wieder. Megan und Wim sahen etwas unsicher zu den Gläsern hin. *Ich werde auf keinen Fall auf
ihn warten,* dachte Megan und griff nach ihrem Glas. Im
selben Moment streckte Wim die Hand nach seinem aus.
Sie sahen sich an.

Megan sah ihn herausfordernd an. »Auf ex.« Dann hob sie ihr Glas und roch daran.

Ein sonderbarer, sehr aromatischer Geruch. Sie zog die Augenbrauen hoch und trank fast zur gleichen Zeit einen Schluck wie Wim. Dann riss sie die Augen auf.

»Uuiiiiih!«, sagten beide gleichzeitig.

Megan konnte sich nicht mehr beherrschen und lachte laut, als sie das Glas absetzte. »Was ist *das* denn?«

»Nichts, was ich noch mal trinken werde«, sagte Wim. Er schob das Glas von sich und musterte es argwöhnisch. »Wenn sie zurückkommt, bestelle ich mir was Normales.«

»Ich auch«, sagte Megan. »Wim ... es tut mir Leid. Vertragen wir uns wieder, sonst erreichen wir nämlich gar nichts. Was genau ist mit deinem Dad passiert?«

»Eigentlich gar nichts. Er ist auf einer Vorstandssitzung aufgetaucht und hat seinen Direktoren gesagt, sie sollen eins seiner Unternehmen verkaufen. Er sei in den letzten Jahren sehr unzufrieden mit den Umsätzen gewesen, und jetzt wolle er die Verluste begrenzen. Also haben sie sich an die Arbeit gemacht und nach einem Käufer gesucht.« Wim sah trotz des wütenden Gesichtsausdrucks irgendwie zufrieden aus. »Sie sitzen nicht einfach herum und drehen Däumchen, wenn ihnen mein Dad etwas sagt. Die Aktienmärkte haben Wind von der Sache bekommen. Sie haben es für einen Hinweis darauf gehalten, dass es Probleme mit dem Konzern gibt, und daraufhin sind die Aktienkurse sämtlicher Konzerntöchter in den Keller gefallen.«

Wim schlug doch tatsächlich für einen Moment die Hände vors Gesicht. »Das war am Donnerstag. Aber am Donnerstag ist mein Dad gar nicht bei der Sitzung gewesen. Wir waren auf dem Weg hierher. Er wollte seinen neuen Pavillon übernehmen.«

Megan nickte langsam. »Wer hat gewusst, dass ihr herkommt?«

Wim zuckte mit den Achseln. »Ungefähr fünfzig Leute. Und natürlich alle Angestellten hier.«

»Richtig«, stimmte ihm Megan zu. »Warte mal – wirklich alle?«

»Bist du blind? Hier weiß jeder, wer wir sind.«

»Jetzt ja. Aber wer hätte wissen können, wo dein Dad sein würde? Und wann? Mit wem hat er geredet?«

Wim überlegte kurz. »Mit Halvarson. Ein paar Technikern, die den Bau des Pavillons überwacht haben. Den Leute von der Reisestelle.«

»Mit welchen Technikern?«

»Ich weiß nicht ... ich müsste erst nachsehen. Aber mein Vater hat in dem Monat, bevor wir nach Xanadu gekommen sind, ziemlich oft mit ihnen gesprochen. Er musste auch ein paarmal für eine Anprobe kommen.«

»Eine Anprobe?«

»Ja, so stellen sie sicher, dass der Pavillon so wird, wie man es gern hätte. Einmal sind wir von Zürich aus eingeflogen, mitten in einer Einkaufstour ... ein anderes Mal aus Stockholm. Virtuelle Checks reichen nicht. Man muss persönlich hier erscheinen. Sie lassen absolut nichts hier raus.«

»Es wäre gut, wenn du die Namen der Techniker wüsstest«, sagte Megan.

Wim zuckte mit den Achseln. »Das kann ich rausfinden. Aber warum interessierst du dich eigentlich so für die Sache? Es kann dir doch egal sein.«

Sie warf ihm einen drohenden Blick zu, weil die alte Feindseligkeit wieder in seiner Stimme lag. »Es könnte ja sein, dass mir langweilig ist. Oder dass ich mich über solche Sachen aufrege. Ich kenne deinen Dad nicht mal, aber vielleicht hat er es ja nicht verdient, dass ihm so was passiert, und vielleicht ärgere mich darüber, dass es ihm passiert ist.«

Wim sah schockiert aus, weil er gerade gehört hatte, dass es tatsächlich jemanden gab, der seinen Vater nicht kannte.

Die Kellnerin in der rosafarbenen Uniform kam mit einem Tablett an ihren Tisch, auf dem zwei große Teller standen, die fast völlig von den turmartig aufgeschichteten Sandwiches bedeckt waren, und stellte es vor die beiden hin. Auf dem Tablett standen auch zwei große Gläser, die offenbar eine Art Fruchtsaft enthielten. »Nur für den Fall«, sagte sie. »Guten Appetit. Ruft mich, wenn ihr noch etwas braucht.«

Als sie weg war, starrte Megan ungläubig auf die Sandwiches. Sie sahen aus, als hätte man ein ganzes Schwein für den Schinken darin gebraucht. »Das kriegst du nicht runter!«

»Und ob ich das runterkriege«, sagte Wim. »Ich habe schließlich Wichtigeres zu tun, als mir Sorgen um mein Gewicht zu machen.«

Sie warf ihm einen wütenden Blick zu. »Ich mache mir keine Sorgen um mein Gewicht.«

»Doch, natürlich. Du hättest dich mal gestern Abend am Büfett sehen sollen. Hier ein bisschen, da ein bisschen, fünf Minuten überlegen, bevor man noch eine Gabel davon isst ...«

Megan rümpfte die Nase und überlegte, ob sie ihn dezent darauf hinweisen sollte, dass sie ihr Essen wenigstens nicht so in sich hineinschlang wie er – und nicht dabei redete. Aber dann beschloss sie, es einfach zu übersehen, und aß zuerst die Gurkendekoration, weil ihr die immer am besten schmeckte. Dann nahm sie beherzt das Sandwich in Angriff und verschlang zunächst die Teile davon, die über den Brotrand hinaushingen. Ihr ältester Bruder hatte ihr vor langer Zeit einmal beigebracht, wie man mit einem Riesensandwich fertig wurde, und erklärt, dass Schinken – genau wie Spaghetti und ein Hotdog mit richtig viel Sauerkraut – eine genaue Strategie erforderte. »Entweder du machst ihn fertig«, hatte er gesagt, »oder er macht dich fertig.«

Megan gab sich Mühe, ihr Sandwich zu besiegen. Wim war in einen ähnlichen Kampf verwickelt, aber er schien eher ein Anhänger des taktischen Ansatzes zu sein. Daher sah es zurzeit so aus, als würde das Sandwich gewinnen.

»Warum ist dein Dad eigentlich hergekommen?«, fragte Megan, nachdem sie ein gutes Stück ihres Sandwiches gegessen hatte.

»Urlaub«, murmelte Wim mit vollem Mund.

Megan schüttelte den Kopf. »Ich kann mir nicht vorstellen, dass dein Vater jemals Urlaub macht.«

Wim sah sie über das Sandwich hinweg an, dann legte er es aus der Hand. »Fällt es wirklich so auf?« Es klang niedergeschlagen. »Na ja, der Urlaub war eigentlich meine Idee.«

Dieses Mal konnte sie ein Lachen nicht unterdrücken. Wim starrte sie böse an.

»Nein, nein«, protestierte Megan, die jetzt auch ihr Sandwich aus der Hand legte. »Das hat nichts mit deinem Vater zu tun. Ich hatte die gleiche Idee für meinen Dad.«

»Und wo ist deine Mutter? Sind deine Eltern geschieden?«

»Gott, nein. Meine Mom ist unterwegs. Sie ist Journalistin und wird ständig ohne Vorwarnung an ziemlich merkwürdige Orte geschickt.«

»Das macht bestimmt Spaß.«

»Überhaupt nicht. Wenn sie meine Mutter wieder mal ohne ersichtlichen Grund in ein abgelegenes Land schicken, können wir schon fast darauf wetten, dass dort ein Krieg ausbricht oder jemand einen Staatsstreich anzettelt. Und wenn sie zur Abwechslung mal zu Hause ist, bringt sie Politiker in Verlegenheit oder warnt alle möglichen Leute davor, dass die Welt zugrunde geht, wenn sie jetzt nicht endlich aufhören, sich gegenseitig die Köpfe einzuschlagen. Ihr gefällt es, aber ich glaube, sie arbeitet zu viel.«

»Mein Dad auch«, sagte Wim. »Er fliegt ständig in der Gegend herum, die ganze Zeit, weil er bei einer Firma nach dem Rechten sehen muss, eine andere verkaufen will und dann vielleicht noch irgendwo eine kauft. Ich dachte, wenn ich ihn für ein paar Wochen auf diese abgelegene Insel bekomme, wird er vielleicht etwas langsamer treten. Aber ich habe mich geirrt. Er hat sich die Arbeit einfach mitgebracht.«

»Mein Dad auch«, tröstete ihn Megan.

Sie aßen wieder eine Weile schweigend.

»Aber deine Idee war zumindest teilweise erfolgreich, denn schließlich seid ihr ja hier«, sagte Megan dann. »Was für eine Art Pavillon lässt er sich eigentlich bauen?«

»Dieses Mal ist es eine römische Orgie.«

Megan starrte ihn entgeistert an. Wim fing an zu lachen. »Ehrlich«, sagte er. »Nein, nicht direkt. Mein Dad hat mir gesagt, dass es eigentlich nichts mit Sex zu tun hat. Es ist ein Bacchanal. Das war mal in einer Oper, die ihm gefällt.«

»In welcher?« Megan interessierte sich sehr für klassische Musik.

»Wagner. Äh ...« Er versuchte, sich daran zu erinnern. »*Tannhaser.*«

Kein Sex?, dachte Megan. *Beim »Bacchanal«? Wim hat wohl die zensierte Fassung zu sehen bekommen.* »*Tannhäuser*«, korrigierte sie ihn. »Hast du Zugang dazu?«

»Auf Teile davon. Das meiste ist allerdings für meinen Dad gedacht.«

»Können wir uns reinschleichen?«

Wim überlegte kurz. »Hast du Implantate?«

»Die gängigen, ja.«

»Ich weiß nicht, ob sie funktionieren. Alle Implantate für die individuell gebauten Pavillons müssen integrierte Passwörter enthalten.«

»Hm. Okay ... ich glaube, darüber unterhalten wir uns besser auch am Strand.«

Wim nickte und setzte die systematische Demontage seines Sandwiches fort. Megan tat das Gleiche.

Sie brauchten eine halbe Stunde, um zu Ende zu essen und den angebotenen Nachtisch abzulehnen. Dann allerdings tat Megan etwas, das sie selbst erstaunte. Sie trank den Rest des merkwürdigen Getränks und das Glas Fruchtsaft. Wim, der sich nicht von ihr ausstechen lassen wollte, machte es ihr nach. Als die Kellnerin kam, um ihre Teller mitzunehmen, warf sie einen Blick auf die leeren Gläser und zog die Augenbrauen hoch. »Man kann sich daran gewöhnen, stimmt's?«

»Was ist es?«, wollte Wim wissen.

»Sel-Ray. Selleriesaft mit Tonic.«

Das also war der merkwürdige Geschmack gewesen. Aber es war erstaunlich, wie gut es zu den Sandwiches passte. Die beiden schüttelten den Kopf und standen auf. »Ich glaube, das nächste Mal bestelle ich es noch mal ...«

»Das werde ich mir merken«, sagte die Kellnerin. »Einen schönen Tag noch.«

Sie gingen nach draußen in den tropischen Sonnenschein. Kaum standen sie an der Hauptstraße, rollte ihnen auch schon Mihaul entgegen. »Soll ich euch mitnehmen?«

»Dieses Mal nicht«, antwortete Megan schnell. »Wir laufen.«

Mihaul winkte und fuhr davon. Die beiden liefen zu dem Weg, der zu den Villen führte, und gingen dann um Megans Villa herum auf die Rückseite des Hauses.

»Warte hier«, sagte Megan. Sie rannte in die Villa. Ihr Vater war nirgends zu sehen, was ihr im Moment auch sehr recht war. Sie fand die Boom-Box und schaltete sie ein, wobei sie sich vergewisserte, dass der Graphics-Equalizer aktiviert war. Dann ging sie zu Wim auf die Terrasse hinaus.

Sie liefen zum Strand, während die Boom-Box aufdringlichen Third-Stream-Jazz von sich gab, der zurzeit eine Art Renaissance erlebte. Wim sah etwas gequält aus, als er die Musik hörte, aber er sagte keinen Ton.

Megan und Wim blieben kurz vor dem Meer stehen.

»Okay«, sagte Megan. »Die Sache mit deinem Dad. Wir werden nie herausfinden, was passiert ist, wenn wir bloß in der Gegend rumlaufen und dumme Fragen stellen. Wenn hier jemand clever genug ist, um virtuelle Überfälle durchzuführen, ist er auch clever genug, wie die Unschuld in Person auszusehen, während er alles abstreitet und seine Spuren verwischt.« Sie seufzte. »Es muss eine Möglichkeit geben, um in die Systeme von

Xanadu zu gelangen und dort ein bisschen herumzu-
schnüffeln.«

Wim sah sie skeptisch an. »Wenn du das schaffst, bist
du gut. Schließlich haben sie hier das am besten gesi-
cherte System der Welt.«

»Behaupten sie jedenfalls.« Megan dachte darüber
nach, dass man in der Werbung vieles erzählen konnte ... und dass jedes System eine Hintertür hatte, egal,
wie oft die Vordertür abgeschlossen war.

Und sie fragte sich auch, wie viel sie Wim erzählen
sollte. Jetzt würde sie ihm mit Sicherheit noch nicht sagen, dass die Net Force Ermittlungen in der Sache an-
stellte ... *Und was soll ich ihm dann sagen? Dass ich
freischaffende Ermittlerin bin? Megan O'Malley, Privat-
detektivin? Das glaubt er mir nie ...*

»Das Problem ist der Zugang zum System«, fuhr Megan fort. »Ich bin sicher, dass er Implantat-basiert ist,
die gleiche Technologie wie bei den Pavillons. Es muss
eine Möglichkeit geben, um sie für einen breiteren Zugang reprogrammieren zu können. Vielleicht, wenn man
einen dieser kleinen ›Zauberstäbe‹ manipuliert.« Sie
seufzte. »Damit muss ich mich etwas näher beschäftigen. Aber wenn ich mir einiges angesehen habe ... Hast
du heute Abend Zeit?«

Wim überlegte kurz. »Das dürfte kein Problem sein.
Zurzeit sind alle so durcheinander, dass sie wie kopflose
Hühner in der Gegend rumrennen. Es wird keinem auf-
fallen, wenn ich beim Abendessen nicht da bin.«

»Gut. Dann komm rüber in unsere Villa. Wir klinken
uns ins lokale Netz ein und spielen ein bisschen herum ... ganz harmlos. Es besser, wenn du dabei bist.«

Er sah sie argwöhnisch an. »Warum sieht es harmlo-
ser aus, wenn wir es zu zweit machen?«

»Weil« – sie hätte fast »du Blödmann« gesagt – »sie, wenn sie uns zu zweit dabei erwischen, denken werden, dass es etwas mit erwachender Leidenschaft unter Teenagern zu tun hat. Wenn einer von uns allein im System herumwühlt, würde das ziemlich verdächtig aussehen. Aber die Tropen machen ja jeden ein bisschen verrückt. Das ist unsere Tarnung.«

»Oh«, meinte Wim. »Okay.« Er sagte es derart unbekümmert, dass Megan zu ihrer Erleichterung feststellte, dass es ihm nicht einmal im Traum einfallen würde, eine erwachende Leidenschaft in ihre Richtung zu lenken. Bei jedem anderen hätte Megan sich jetzt gefragt, ob sie nicht vielleicht beleidigt sein sollte. Aber nicht bei Wim. Er hatte über solche Sachen mit Sicherheit noch nicht nachgedacht.

»Großartig. Dann treffen wir uns also heute Abend hier. Gegen neun? Dann dürfte es dunkel genug sein.«

»In Ordnung.« Er nickte und ging einfach davon, ohne sich zu verabschieden. Megan fragte sich, ob das in Wims Familie lag oder ob es doch etwas mit dem Kulturkreis zu tun hatte. *Gott sei Dank ist das nicht mein Problem. Sobald wir die Sache aufgeklärt haben, verschwinden wir von hier.*

Dann hatte sie mit Sicherheit genug von Wim und Konsorten. Poloponys!

Sie nahm die Boom-Box und ging in die Villa zurück, um sich frisch zu machen. Dieses Mal traf sie zu ihrer Überraschung ihren Vater an. »Was machst du denn hier? Was ist aus deinem Seminar geworden?«

»Sie haben es auf morgen verlegt«, erwiderte ihr Vater, der in der Küche herumwerkelte. »Ein halber Tag vergeudet. Einige Leute hier wissen einfach nicht, was sie wollen. Die Gäste, meine ich. Den Leuten von Xanadu war es sichtlich peinlich, aber ...« Er zuckte mit den Achseln. »Oh, für dich wurde etwas geliefert.«

»Für mich? Was denn?«

Er griff in den Kühlschrank und drückte ihr einen Teller in die Hand, auf dem ein runder, weißer Käse mit einem kleinen Kärtchen daneben lang.

Kommen Sie vorbei, dann zeige ich Ihnen, wie wir den Käse machen. Milish

»Ist das ein heimlicher Verehrer?«

»Das bezweifle ich. Nur ein Koch. Er schätzt meinen Appetit.« Sie schmunzelte und stellte den Käse wieder in den Kühlschrank. »Ich esse ihn vielleicht heute Abend.«

»Nicht wieder Hummer?«

Megan winkte ihm zu, antwortete aber nicht. Dann lief sie durch die Terrassentüren nach draußen, um wieder an den Strand zu gehen. *Wenn man so viel Hummer haben kann, wie man möchte, hat er plötzlich keinen Seltenheitswert mehr.* Und das war schade. Sie würde einen Hummer vielleicht nie wieder so ansehen können wie vorher.

Vielleicht ist das der Grund, warum ich hier so viele traurige Gesichter sehe, dachte sie, als sie an den Strand kam und von den Villen weg nach Westen spazierte. *Wenn man alles haben kann, was man möchte, immer und jederzeit, gibt es nichts Besonderes mehr. Vielleicht kommen einige Leute deshalb nach Xanadu. Die Exklusivität der Insel, die Tatsache, dass hier alles so unglaublich teuer und auch noch schwierig zu bekommen ist, wird zum Sinn und Zweck. Und die virtuellen Erfahrungen werden zur Nebensache ...*

Der Gedanke machte sie nur noch trauriger. Sie seufzte, verdrängte ihn und zog die Schuhe aus, um in der Brandung zu laufen. Es wurde ein langer Spaziergang. Megan wollte wissen, wie lang der Strand war, und sie brauchte Zeit, um ihre Gedanken zu ordnen. Darüber zu reden, in fremde Computersysteme einzubrechen, war eine Sache, es dann tatsächlich auch zu tun eine ganz andere. Aber falls es ihr tatsächlich gelang, musste sie genau wissen, wonach sie suchen sollte. Wie sie in das System kommen sollte, wusste sie auch noch nicht. *Ich glaube, darüber werde ich mich mit Mark Gridley unterhalten müssen. Wenn ich wieder in der Villa bin, werde ich den Laptop benutzen und sehen, was ich tun kann ...*

Sie war fast fünf Kilometer gegangen und hatte dabei Pläne geschmiedet und wieder verworfen, neue Pläne überlegt und auch diese für schlecht befunden, als sie einige hundert Meter vor sich eine einsame Gestalt in einem schwarzorange gestreiften Taucheranzug aus dem Meer kommen sah. Der Strand verlief an dieser Stelle leicht gekrümmt. Zwei lang gezogene Felsvorsprünge aus schwarzem Stein bildeten eine kleine, geschützte Bucht. An einem Ende der Klippe stand etwas, das wie ein kleines Strandzelt aussah.

Warum trägt jemand in diesem warmen Wasser einen Taucheranzug?, fragte sich Megan. Sie war jetzt schon eine ganze Weile barfuß darin gelaufen und ab und zu stehen geblieben, um kleine Fische zu beobachten, die sie bisher nur in tropischen Aquarien gesehen hatte. Hier kamen sie mit jeder Welle an den Strand und schwammen dann interessiert an den Stellen herum, wo eben noch ihre Fußabdrücke im Sand zu sehen gewesen waren. Neugierig ging sie auf das Zelt zu.

Neben einem Stapel Ausrüstung stand zu ihrer Überraschung Jacob Rigel. Sein Haar – oder das, was noch davon übrig war – stand in alle Richtungen ab, weil er gerade Schnorchel und Maske abgenommen hatte. In der Hand hielt er eine Dose. Als Megan etwas genauer hinsah, stellte sie verblüfft fest, dass es ganz normaler Streichkäse war.

Sie brach in lautes Gelächter aus. »Mr Rigel, hallo! Wozu brauchen Sie denn das?!«

»Sagen Sie bitte Jake zu mir«, erwiderte er. »Sonst komme ich mir so alt vor.« Er sah die Dose an. »Die Fische sind ganz wild darauf.«

»Sie nehmen mich auf den Arm.«

Rigel schüttelte den Kopf und ließ die Dose neben einen wasserfesten Notizblock aus Plastik auf den Sand fallen. Dann setzte er sich und zog die Flossen aus. »Ich weiß noch nicht genau, warum sie den Käse mögen. Vielleicht haben sie einen schlechten Geschmack«, sagte er. »Oder vielleicht mögen sie Sachen, die stark riechen und komisch schmecken. Wenn man innerhalb kurzer Zeit ganze Schwärme tropischer Fische anlocken will, ist das genau das Richtige. Man wirft einfach eine kleine Menge davon ins Wasser – und plötzlich hat man Hunderte von kleinen Freunden.«

Megan setzte sich neben ihn. »Kleine Auszeit?«, fragte sie.

»Von meinem Leben, ja.« Rigel seufzte und streckte sich. »Von der Arbeit in meinem Leben. Oh, Sie meinen, von den Aktivitäten hier? Nein. Genau deswegen bin ich hergekommen.«

»Schnorcheln? Das könnten Sie anderswo viel, äh ...«

»... billiger? Natürlich. Aber nur ein Teil davon« – er deutete auf das Meer hinaus – »ist echt.«

»Vom Meer?«

»Ja. Sehen Sie, dort ...« Rigel wies auf die kleine Bucht hinaus. »Die Bojen, die Segler von der Bucht fern halten sollen. Sie sind zu ihrem und meinem Schutz installiert. Die Lagune besteht teilweise aus dem Holomodell eines Korallenriffs, das extra für mich gebaut und nach meinen Wünschen besiedelt wurde – dort unten sind Tiere, die in dieser Hemisphäre normalerweise gar nicht zu finden sind. Und da oben« – er deutete auf das »Strandzelt« – »ist eine Erweiterung der Lagune in ein anderes Riff, das sie für mich gebaut haben. Dieses Riff ist vollkommen virtuell. Das ist mein Pavillon.« Er lächelte und sah auf die Bucht hinaus.

Megan riss die Augen auf. »Ich dachte, die Pavillons sind alle im Hauptgebäude.«

»O nein. Na ja, meiner jedenfalls nicht. Was die anderen Pavillons angeht – sie haben gar nicht so viel Platz, um alle Kunden im Hauptgebäude unterzubringen, außerdem gibt es immer Gäste, die völlig ungestört sein möchten. Daher wird in der Regel auch ein Zugang in den Villen installiert. Man kann sich bei voller Bandbreite ins Vergnügen stürzen, ohne das Haus verlassen zu müssen.« Er schüttelte den Kopf. »Für mich klingt das ziemlich langweilig. Aber das, was sie mir da ins Meer gebaut haben ...« Er sah aufs Wasser hinaus. »Vom Pavillon aus kann ich hinausschwimmen und in die Virtualität wechseln. Von einem Moment zum anderen bin ich über einem Riff oder an Unterwasserschauplätzen, die eigentlich tausende Kilometer weit weg sind. Und einige davon sind echt.«

Rigel stützte sich auf einen Ellbogen. »Ich sollte vielleicht dazu sagen, dass ich mich mit Korallen beschäftige. Viele Korallen, für die ich mich interessiere, beispielsweise die Felder vor dem Great Barrier Reef, sind inzwischen so stark geschützt, dass niemand mehr dort schwimmen darf, damit sich die Riffe von den Schäden aus dem letzten Jahrhundert erholen. Dort kann ich also nicht hin – aber ich kann mir die Riffe da draußen ansehen.« Er deutete mit der Hand auf die Bucht. »Ich kann in Riffen schnorcheln, die nicht einmal tausend Jahre alt sind ... oder mehr als eine Million. Sie haben mir ein Riff aus dem Ordovizium nachgebaut. Heute Morgen habe ich meinen ersten Trilobit gesehen.« Er strahlte wie ein kleiner Junge an Weihnachten. »Deshalb trage ich auch den Neoprenanzug. Ich könnte natürlich auch den ganzen Tag ohne Anzug im Wasser bleiben, aber wenn ich das ohne einen Schutzanzug mache, sehe ich irgendwann aus wie eine vertrocknete Pflaume. Aber das tue ich sowieso. Und ich muss aufpassen, dass ich nicht austrockne. Da wir gerade davon sprechen ...« Er kramte in seiner Ausrüstung und zog zwei Wasserflaschen heraus, von denen er Megan eine anbot.

Megan bedankte sich und nahm einen Schluck. Rigel trank seine Flasche mit einem Zug leer.

»Ich wusste, dass einige Pavillons sehr komplex sind«, sagte Megan, während sie sich die Arme rieb. Der Wind vom Meer hatte aufgefrischt, und es wurde langsam kühl. »Aber das hier ist wirklich toll.«

»Sie hätten die Rechnung dafür sehen sollen«, meinte Rigel trocken. Er sah wieder auf die Bucht hinaus. »Eigentlich sollte ich ein schlechtes Gewissen haben«, sagte er nach einer Weile. »Ein Land der Dritten Welt könnte einen Monat von dem leben, was ich hier für eine Woche bezahle. Aber manchmal brauche ich eine Pause von meiner Arbeit, damit ich diese Arbeit dann besser machen kann ... Und das Projekt, an dem ich gerade arbeite, wird vielleicht entscheidend dazu beitragen, dass

einige Länder der Dritten Welt sich zu Ländern der Zweiten oder sogar der Ersten Welt entwickeln können.« Er
sah Megan an. »Sie wissen, woran ich arbeite?«

»So ungefähr. Am Space-Jeep.«

Er nickte. »Es hört sich ziemlich einfach an«, sagte er.
»Ich habe gar nicht glauben können, dass vor mir noch
niemand auf diese Idee gekommen ist ... Denken Sie mal
darüber nach. Mit das Wertvollste, was ein Land überhaupt besitzen kann, ist der Luftraum darüber. Und der
Weltraum. Jenes Stückchen Weltraum hoch oben, in dem
ein geosynchroner Satellit platziert werden kann. Dieses
Stückchen ist eine Menge Geld wert. Und ein Land, das
in der Lage ist, es zu nutzen, kann damit sehr schnell
sehr reich werden.«

»Wie Tonga«, warf Megan ein, »vor der Jahrhundertwende. Sie haben ihre Rechte am Weltraum an Satelli-
tenunternehmen verkauft, ein Stück nach dem anderen.«

»Genau. In der Zwischenzeit liegen die Verhältnisse
allerdings etwas anders. Heute besteht das Problem darin, dass die großen Firmen und die großen Länder immer noch eine Art Monopol auf die Verwaltung des
Weltraums haben. Zumindest, was die erdnahen Um-
laufbahnen und die geosynchronen Positionen in etwa
28 000 Kilometern Höhe angeht. Wenn man einen Satelliten dorthin bringen will, muss man den Shuttle der
Nasa, die Ariane der ESA, die Energiya der Russen oder
eine der neueren Firmen benutzen, die sich in den letzten zehn Jahren gebildet haben und die großen Unternehmen bedienen. Wenn man nur ein kleines Land ist,
kommen diese Firmen entweder gar nicht in Frage, weil
sie viel zu teuer sind, oder sie verlangen neben horren-
den Preisen auch noch ein Stück der Weltraumrechte für
sich selbst. Diese großen Firmen können sehr clever

sein – und sehr skrupellos. Die soziale und geopolitische Entwicklung eines kleinen Landes ist ihnen völlig egal. Sie wollen nur die Kontrolle über eine wertvolle Ressource an sich reißen und behalten, und wenn man nicht nach ihrer Pfeife tanzt, hat man eben Pech gehabt.«

Rigel lehnte sich zurück. »Aber wenn man die Erdanziehungskraft überwunden hat, sind alle wieder gleich, und siegen wird nicht der Größte und Stärkste, sondern der Beweglichste und Wendigste. Mit einer kleinen Flotte aus Space-Jeeps – selbst wenn es nur ein paar sind – ist ein kleines Land bei der Wartung seiner Satelliten nicht mehr auf die großen Firmen oder Länder angewiesen. Man bringt die Techniker auf die zweite Weltraumstation – die, die von internationalen Unternehmen finanziert wurde –, und repariert und wartet seine Satelliten einfach selbst. Der Mittelsmann fällt weg. Und wenn man mit den Jeeps ein bisschen Geld verdient hat, kann man sein eigenes kleines Weltraumprogramm starten. So schwer ist das heute gar nicht mehr. Die Technologie dazu ist seit dreißig Jahren verfügbar. Sicher, die großen Firmen versuchen, Neuentwicklungen in diesem Bereich zu unterdrücken. Aber der Space-Jeep ist der erste große Schritt in diese Richtung. Das wissen sie, und deshalb ist McDonnell-Boeing auch so böse auf mich.« Rigel grinste. Er sah aus, als ob ihn das freute.

»Für einige der ärmsten Länder der Welt«, fuhr er fort, »vor allem im mittleren und südlichen Afrika, ist das der Beginn eines neuen Lebens. Diese Länder besitzen Unmengen von ›Raumrechten‹, die ihnen die großen Unternehmen und Weltraumorganisationen abnehmen wollen. Aber jetzt, wo der Jeep verwirklicht werden kann, wollen sie ihre Ressourcen zusammenlegen und möglicherweise eine eigene Weltraumstation mit einer Reparaturanlage bauen. Ein Land dort unten plant bereits die Installation eines acht Kilometer langen Induktionskatapults, genau auf dem Äquator, das Nutzlasten ohne Trägerrakete in eine erdnahe Umlaufbahn bringen kann ... Lasten, die in eine höhere Umlaufbahn müssen, könnten dann mit den Jeeps dorthin gebracht werden. Die afrikanischen Länder werden in der Lage sein, ihre eigenen und die Satelliten anderer zu warten, und damit genug Geld verdienen, um preisgünstige, wiederverwendbare Trägerraketen zu entwickeln. Und dann werden sie nicht mehr von anderen Ländern oder Unternehmen mit anderer Zielsetzung abhängig sein. Sie können ihre Ressourcen nutzen, um die Lebensbedingungen der Menschen zu verbessern. Wettersatelliten können helfen, Missernten vorherzusagen. Anhand von Zielverfolgungsgeräten, die in der Erdumlaufbahn stationiert sind, lässt sich herausfinden, welche nutzbaren Mineralressourcen vorhanden sind und wo man Grundwasser finden kann. Und einige dieser Länder werden eine Überraschung erleben«, sagte er leise. »Sie werden nämlich feststellen, dass sie viel zu erfolgreich und zu beschäftigt sind, um die seit Jahrhunderten andauernden Kriege mit alten Stammesfeinden fortzuführen.«

Megan dachte darüber nach. Die meisten Politiker, die sie in ihrem kurzen Leben bisher kennen gelernt hatte, waren der Meinung gewesen, dass es den Menschen in die Wiege gelegt worden war, aus ziemlich dummen Gründen aufeinander wütend zu werden und sich jahrhundertelang die Köpfe einzuschlagen. »Es wäre schön, wenn es so sein könnte«, sagte sie.

Rigel sah sie mit hochgezogenen Augenbrauen an. »Skepsis bei der Jugend soll ja sehr gesund sein. Aber lassen Sie sich dadurch nicht die Hoffnung nehmen. Ich

weiß, dass die Kämpfe jederzeit wieder losgehen können, wenn sie sich über etwas Neues streiten oder über
die Verteilung der Ressourcen uneins sind. Aber wenigstens besteht jetzt ein bisschen Hoffnung darauf, dass
für neue Streitigkeiten konstruktivere Lösungen gefunden werden. Die Menschen verrennen sich in etwas. Sie
vergessen, einen Blick über den Tellerrand zu werfen,
und nach Neuem zu suchen.«

Megan lehnte sich zurück und sah zu Rigel hin, während dieser auf den Horizont starrte. Da war er, jener
entrückte Blick, über den ihr Vater manchmal sprach –
der Blick des Visionärs. Es war ein bisschen unheimlich.
Megan fröstelte.

»Sie frieren ja«, sagte Rigel. »Warten Sie, ich gebe Ihnen meinen Pullover.«

Er fischte ihn aus dem Stapel mit Ausrüstung und gab
ihn ihr. Megan zog ihn an. »Wenn ich daran denke, was
meine Arbeit alles bewirken könnte, habe ich keine Gewissensbisse mehr. Und es gibt noch so viele andere
Möglichkeiten, nicht nur für Afrika. Einige klingen heute noch ziemlich weit hergeholt, aber in zehn oder fünfzehn Jahren wird es so weit sein. Mit diesen Jeeps können wir zum ersten Mal über eine kosteneffektive
Bearbeitung des Mars nachdenken, um ihn für Menschen bewohnbar zu machen. Auf dem Mars gibt es so
gut wie keine Infrastruktur.« Er grinste. »Keine Straßen,
keine Start- und Landebahnen, keine Landeplätze. Wir
arbeiten gerade an Systemen mit Brennstoffzellen, mit
denen die ersten Siedler auf dem Mars Wasser zur Ener-
giegewinnung spalten können. Wenn wir die Boden-
schätze auf dem Mars nutzen könnten – oder vielleicht
auch die kalten Kometen, die auf ihrem Weg zur Sonne
am Mars vorbeikommen –, hätten wir riesige Brenn-

stoffvorräte, die man nicht erst von der Erde herüberbringen muss.«

Sie nickte und kuschelte sich in den großen, weiten Pullover. »Aber wenn Sie träumen wollen, fliegen Sie nicht ins All. Sie kommen hierher.«

»Im All arbeite ich nur. Soll ich mich etwa die ganze Zeit mit dem Weltraum beschäftigen? Das ist der schnellste Weg, um keine Ideen mehr zu haben ... alle Ideen an einem Fleck entwickeln. Man muss raus aus der vertrauten Umgebung, um erkennen zu können, wo man ist.«

»Die Dinge aus einem anderen Blickwinkel sehen«, warf Megan ein.

»Eine beidäugige Vision der Seele«, sagte Rigel mit einer gewissen Befriedigung. »Und im Land der Einäugigen hat man eindeutig einen Vorteil, wenn man räumlich sehen kann. Außerdem kann man dann versuchen, denn anderen das räumliche Sehen beizubringen.«

»Ich würde mir gern einmal ansehen, wo Sie träumen«, sagte Megan mit einem Seufzer.

Rigel lächelte. »Was spricht dagegen? Gehen Sie morgen beim Computerzentrum vorbei. Ich werden den Angestellten sagen, dass sie Ihr Implantat für meinen Pavillon autorisieren sollen. Das Azoikum-Riff müssen Sie sich unbedingt ansehen ... es ist einfach unglaublich. Haben Sie eigentlich einen Tauchschein?«

»Ja. Meine Brüder und ich haben letztes Jahr bei einem Schulausflug auf die Florida Keys einen Tauchkurs gemacht und dabei auch einige Wracks gesehen, die *USCG Jackson* und noch ein paar andere. Ich müsste allerdings zu Hause anrufen und mir die Angaben auf dem Tauchschein durchgeben lassen ... ich habe ihn nämlich nicht dabei.«

»Tun Sie das. Nein, nein, behalten Sie den Pullover. Sie können ihn mir ja morgen zurückgeben.«

Er stand auf, streckte sich und sah aufs Meer hinaus. »Sie werden mich jetzt vielleicht auslachen, aber ich glaube, so glücklich war ich nicht mehr, seit ich an Weihnachten meine erste elektrische Eisenbahn bekommen habe.«

Megan glaubte ihm aufs Wort. »Um welche Zeit passt es Ihnen?«

»Nach Sonnenaufgang, egal, wann«, antwortete Rigel. »Ich werde hier sein. Oder da draußen.« Er deutete auf die Bucht.

»In Ordnungen. Vielen Dank, Mr ... Jake.«

»Ich danke *Ihnen*.« Als Megan anfing, den Pullover auszuziehen, protestierte er wieder. »Nein, nein, morgen reicht. Oder Sie lassen ihn in der Villa und heften eine Notiz dran, dann bringt ihn einer der Angestellten zurück.« Er winkte ihr zu. »Bis morgen.«

Nachdem Megan sich verabschiedet hatte, griff er nach seinem Block und fing an, sich Notizen zu machen. Sie war schon ein ganzes Stück am Strand entlanggelaufen, als sie sich umdrehte und einen Blick zurück warf. Rigel saß vornübergebeugt da und schrieb eifrig wie ein Schulkind, das Hausaufgaben machte, völlig konzentriert und blind für seine Umgebung. Megan konnte gerade erkennen, dass er immer noch lächelte.

Das ist jemand, dem das viele Geld nicht geschadet hat, dachte Megan. *Warum entwickeln sich Menschen so verschieden, wenn man ihnen ein paar Milliarden Dollar in die Hand drückt? Hat es was mit dem zu tun, wovon Dad gesprochen hat? Dass Jake etwas Neues schafft und Wims Vater nur etwas benutzt, das es schon gibt?*

Sie beobachtete ihn noch einen Moment, dann verdrängte sie diesen Gedanken, drehte sich um und ging den Weg, den sie gekommen war, zurück zu den Villen. Viel wichtiger war jetzt ein genauer Plan für heute Abend. Als Erstes musste sie allerdings ein paar Anrufe machen ...

Als Megan wieder in der Villa war, kramte sie in den Sachen ihres Vaters herum, bis sie den Laptop gefunden hatte, und nahm den Rechner mit in das Bad im oberen Stockwerk. Dann fiel ihr noch etwas ein. Sie holte die Boom-Box, stellte sie ins Bad und schaltete sie ein, während sie die Wasserhähne über der Badewanne aufdrehte. *Sollen sie doch denken, dass ich beim Baden gern Musik höre,* dachte sie, während sie die Wände des Badezimmers mit den Augen absuchte. Es war erstaunlich, wie schnell man in einer solchen Situation Verfolgungswahn entwickelte. Trotz der Angaben in den Gästeinformationen, nach denen die Badezimmer der Villen eine absolute Privatzone waren und nicht überwacht wurden, war sie sich inzwischen nicht mehr so sicher, ob nicht doch irgendwo ein Monitor oder ein anderes Überwachungsgerät installiert war.

Als das Wasser lief, setzte sich Megan auf das Sofa, das in einer Ecke des Badezimmers stand, schaltete den Laptop ein und aktivierte die Satellitenverbindung. Es war alles sehr dezent getarnt. Offenbar war die Satellitenantenne in das Gehäuse des Laptops integriert worden – nichts zum Ausklappen, nichts, das einen verraten würde. Das »Auge«, das mit ihrem Implantat kommunizierte, war ebenfalls im Gehäuse verborgen. Sie beugte sich vor, hob das Kinn ein wenig nach oben ...

Es wurde dunkel, sie hatte den Eindruck, gleich niesen zu müssen, und plötzlich hing sie wie ein körperloses Geistwesen in einem dunklen, unkonfigurierten virtuellen Raum. »Netzkontakt«, sagte Megan zum Computer.

»Name?«, fragte das Kommunikationssystem.

»Mark Gridley.«

»Sie werden verbunden.«

Plötzlich sah sie Mark – ein schlanker Vierzehnjähriger mit dunklem Haar und dunklen, intelligenten Augen – in einem Stuhl sitzend vor sich. Megan konnte keinen Hintergrund erkennen, nur eine tiefschwarze Fläche. Mark verschwendete seine Zeit nicht gern mit ausgeklügelten virtuellen Arbeitsplätzen – ihm war eine ausgeklügelte Programmierung wichtiger.

»Megan! Das ist aber eine Überraschung. Ich dachte, du isst dich noch durch die diversen Büfetts.«

Megan schnitt eine Grimasse. »Mit der Zeit wird es langweilig.«

Der Blick, den er ihr zuwarf, gab deutlich zu verstehen, dass er es für schlechte Manieren hielt, einen anderen so unverhohlen anzulügen. Dann zog er die Augenbrauen hoch. »Sie haben dein Implantat reprogrammiert«, sagte er.

»Woher weißt du das?«, fragte Megan überrascht.

»Ich habe den Laptop mit den Standardeinstellungen deines Implantats synchronisiert, bevor du abgereist bist«, erklärte Mark. »Die Live-Verbindung jetzt bestätigt es.« Er drehte den Kopf weg und sah sich etwas an. »Nicht schlecht«, sagte er dann. »Sie haben es so eingestellt, dass jeder Kontakt außerhalb des Xanadu-Netzwerks das Implantat auf seine Standardeinstellungen zurücksetzt.«

Megan wurde rot. »Oh, verdammt! Hab ich's vermasselt?«

»Normalerweise schon«, sagte Mark, »wenn du es nicht mit mir zu tun hättest. Zum Glück ist das kein großes Drama. Heutzutage verwenden viele Programme und Anlagen eine Live-Verbindung, um die Implantate der Nutzer für die Dauer des Kontakts geringfügig zu ändern, so ähnlich wie bei den alten Cookies, die altmodische Websites früher auf die Computer der Leute übertragen haben, um sie zu identifizieren und die Einstellungen anzupassen. Ich kann verhindern, dass deine Einstellungen zurückgesetzt werden.«

Megan riss die Augen auf, als sie das hörte. »Kannst du mein Implantat auch reprogrammieren? Ich brauche einen breiteren Zugang.«

»Und wo willst du rein?«

»Na ja – in das ganze System.«

Er wandte wieder den Kopf ab und sah sich etwas an. »Das dauert jetzt ein bisschen«, sagte er. Einen Augenblick lang sah Megan das, was er sah – Millionen von Codezeilen, die über einen Bildschirm rollten. Mark verzog das Gesicht. »Ziemlich unschön.«

»Bitte?«

»Der allgemeine Autorisierungscode hat jede Menge Lücken«, erklärte er. »Vermutlich, weil sie dann später noch ein paar Sachen einfügen können. Das war keine gute Idee. Es braucht zu viel Speicherplatz.« Er hielt den Code an. »Und es macht es einem ziemlich einfach, herauszufinden, wo die verschlüsselten Teile des Codes sind. Ich lasse jetzt eine Routine laufen ...«

Der Code fing wieder an zu rollen, und Mark wandte den Blick vom Bildschirm ab. »Fünf Minuten. Es ist ein 24-Bit-Paket, aber durchaus zu knacken. Es reicht, um einen Amateur abzuschrecken. Aber schließlich bin ich ja kein Amateur.«

Megan schluckte. Wenn Mark Gridley »durchaus zu knacken« sagte, konnte das alles Mögliche bedeuten. Der Sohn des Net Force-Direktors war inzwischen als eine Art »höhere Gewalt« in die Organisation aufgenommen worden, nachdem man erfolglos versucht hatte, ihn an einer Mitarbeit zu hindern. Gescheitert war der Versuch daran, dass niemand wusste, wie man ihn von Informationen fern halten sollte, für die er sich interessierte. Eine Freundin Megans, die ebenfalls bei den Net Force Explorers war, behauptete, Mark sei nicht der biologische Sohn von Jay und Anna Gridley, sondern von diesen adoptiert worden, nachdem er von einem Rudel wilder Cray 8000 Supercomputer im Urwald aufgezogen worden war. Das war natürlich Unsinn, aber für Megan trotzdem die einleuchtendste Erklärung dafür, warum Mark sich in jeden Computer hacken konnte, der je gebaut worden war.

Mark grinste. »Und – hast du schon was rausgefunden?«

»So schnell? Unmöglich. Aber vielleicht finden wir ja heute Abend eine erste Spur.«

»Ist das der Pluralis Majestatis oder ist noch jemand an den Ermittlungen beteiligt?«

Megan erzählte ihm kurz von Wim und dem Problem seines Vaters. Mark stieß einen leisen Pfiff aus. »Dieser Anlass ist so gut wie jeder andere, um die Sache ins Laufen zu bringen. Ich werde heute Abend eine kleine Aktion starten.« Das Wort »Einbruch« brachte sie nicht über die Lippen.

Mark zog die Augenbrauen hoch. »Ich glaube nicht, dass du gleich beim ersten Mal an interessante Informationen rankommen wirst.«

Megan seufzte. »Ich weiß, aber ein Testlauf ist vielleicht ganz nützlich. Wie schnell man uns erwischt, wird uns etwas darüber sagen, wie gut ihre Sicherheit ist. Meine Tarnung wird sicher nicht darunter leiden. Ich werde ihnen vormachen, es wäre so eine Art ›jugendliche Indiskretion‹, zu der Wim mich verleitet hat.«

»Du meinst, du lässt sie denken, dass du in Wim verknallt bist?«, fragte Mark in demselben nüchternen Ton, in dem er auch einen Softwarefehler beschrieb.

Megan schnitt eine Grimasse. »Sie sollen glauben, was sie sehen, dann werden sie sich nämlich nicht mehr die Mühe machen, nach etwas anderem zu suchen. Und wenn wir Glück haben und etwas finden ...« Sie zuckte mit den Achseln.

Mark grinste. »Hoffentlich versteht er unter ›Glück haben‹ nicht was anderes als du.«

»So viel Glück kann er gar nicht haben. Außerdem glaube ich nicht, dass er jemals in diese Richtung gedacht hat.«

Mark schwieg. »Aha«, sagte er dann. »Ich hab's. Du meine Güte! Das soll eine Verschlüsselung sein? Oh, dieses Bit hat er auch noch bearbeitet, darum kann sich der Computer kümmern.«

»Hast du gefunden, was du gesucht hast?«

»Ich habe ein Bit gefunden, bei dem ›Zugang zu allen Bereichen‹ steht. Das habe ich für dich aktiviert. Oh, was haben wir denn da?« Er unterbrach sich und sah sich einen Teil des Programmiercodes von Megans Implantat an, der sich in grellroten Buchstaben vor ihm in der Luft entschlüsselte. »Das ist ja interessant. Sie haben deine Standardschmerzeinstellungen verändert.«

»Das habe ich gemerkt. Manchmal glaube ich, dass meine Kopfhaut immer noch juckt, weil ich in die Vulkanasche gefallen bin.«

»Limbischer Flashback oder etwas in der Art«, sagte Mark, der jetzt wieder sehr sachlich klang. »Das vergeht bald wieder. Aber wir sollten wieder deine Standardeinstellungen aktivieren – so, das war's. Ziemlich simpel, das Ganze. Niemand sollte sich so sehr auf seine Verschlüsselung verlassen, dass er Optionen für die Befehlssyntax in Klartext im Code stehen lässt.« Er machte ein ungläubiges Gesicht. »Was bringen sie den Programmierern auf diesen Schulen eigentlich bei ...? Ach, ist ja auch egal. Soll ich sonst noch ein Problem für dich lösen?«

»Den Welthunger?«, schlug Megan vor. »Den Sinn des Lebens?«

Mark zog die Augenbrauen hoch. »Das löse ich zurzeit lokal«, sagte er. »Die globalen Lösungen kommen später. Ruf mich an und lass mich wissen, wie es gelaufen ist.«

»In Ordnung«, sagte Megan und beendete die Verbindung. Sie klappte den Laptop zu, hob den Blick ...

... und sah, dass das Wasser über den Rand der Badewanne auf den Boden lief.

Sie schrie auf.

Viele Badetücher später war Megan mit dem Wischen fertig. Sie schaltete den Laptop und die Boom-Box aus, räumte die beiden Geräte auf, nahm zur Tarnung ein Bad und ging dann nach unten, um mit ihrem Vater Abend zu essen. Er hatte gekocht, nachdem er im Kühlschrank einige ausgezeichnete Rinderfilets gefunden hatte. »War das dein Fan?«, hatte er Megan gefragt. Sie dachte an Milish. Ja, es würde zu ihm passen, ihnen so etwas zu schicken. Das Fleisch war eine willkommene Abwechslung nach dem vielen Fischzeug in der letzten Zeit. Nach dem Essen informierte sie ihren Vater, dass sie eine Weile am Strand spazieren gehen werde, und verließ gegen acht Uhr dreißig die Villa. Ihr Vater fing schon an zu gähnen und sagte, dass er früh zu Bett gehen wolle, was ihr mehr als nur recht war.

Der Sonnenuntergang war prachtvoll, aber danach wurde es so schnell dunkel, dass sie ganz überrascht war. Megan hatte vergessen, wie schnell in der Karibik die Nacht hereinbrach. Sie wusste, dass die Dämmerung immer kürzer wurde, je näher man an den Äquator kam. Aber als die Sonne untergegangen war, war die Dämmerung im Vergleich zu Washington so schnell vorüber, als hätte jemand einen Vorhang zugezogen. Das Licht veränderte sich von einer Sekunde zur anderen. Der Himmel, der gerade noch blutrot gewesen und an einigen Stellen von Blau durchzogen war, verwandelte sich plötzlich in ein silbern schimmerndes, gräuliches Beige, über das sich dort, wo die Sonne eben im Meer versunken war, ein rosafarbener Streifen legte. Und dann war er auch schon dunkelblau.

Wenn es hier genau so ist wie bei meinem letzten Urlaub in den Tropen, kommen jetzt gleich die Insekten, dachte Megan. Aber nichts geschah. Wenn sie fragte, würde man ihr vermutlich sagen, dass die Erbauer der Insel darauf geachtet hatten, keine Insekten einzuschleppen. *Allein diese Tatsache,* dachte Megan, *wäre für mich Anlass genug, für den Rest meines Lebens zu sparen, um noch einen Sommer hier zu verbringen.* Sie hasste Insekten.

Sie musste ziemlich lange in der Dunkelheit warten, bis Wim kam, der nur ein Schatten unter vielen war.

»Megan, bist du das?«

»Ja«, antwortete sie. »Warum kommst du erst jetzt?«

»Abendessen mit den Buchhaltern.«

»Klingt wahnsinnig spannend.«

»Das reicht«, beschwerte er sich. »Wo gehen wir jetzt hin?«

»Nach oben. Wir können unsere Netz-Suite benutzen.«

Sie gingen leise ins Haus und die Treppe hinauf. Megan konnte ihren Vater schnarchen hören, der bei offener Tür in seinem Schlafzimmer lag und schlief. Sie und Wim schlichen auf Zehenspitzen an der Tür vorbei und gingen in die Netz-Suite, wo sie die Tür hinter sich zumachten.

In einer Wandnische stand ein zweiter Zugangsstuhl. Megan zog ihn heraus und schob ihn in die Mitte des Raums, damit Wim sein Implantat auf das Netz-Center ausrichten konnte. »Glaubst du, jemand hat gemerkt, wie du das Haus verlassen hast?«, fragte sie Wim.

»Nein. Mein Vater kümmert sich sowieso nicht um mich ... Er hat alle Hände voll zu tun, um den Schaden bei seinen Firmen zu begrenzen.«

»Warum das?«

»Das weiß ich nicht so genau. Ich habe ja schon gesagt, dass ein paar Buchhalter eingeflogen sind, um sich mit ihm zu treffen. Ich glaube, sie hatten solche Angst, dass sie die Besprechung nicht einmal über eine abhörsichere Leitung führen wollten. Wenn das, was sie vorhaben – ihre Ideen, um den Konzern zu retten, meine ich – an die Öffentlichkeit dringt, könnte es noch mehr Schaden anrichten, weil die Börsengurus zurzeit alle sehr nervös sind.«

»Bevor ich es vergesse – hast du eigentlich herausgefunden, wer die Leute waren, die deinem Vater bei den Anproben geholfen haben?«

»Der eine hatte einen indisch klingenden Namen. Der andere hieß MacIlwain.«

»Könnte es Nasil gewesen sein?«

»Ich glaube, ja.«

Megan überlegte kurz.

»Und was machen wir jetzt?«, fragte Wim etwas nervös, als er sich in den Stuhl setzte.

»Was jeder normale Teenager in unserer Situation tun würde«, sagte Megan. »Herumschnüffeln.«

Sie setzte sich, aktivierte den Netzzugang und wartete auf das »Niesen« ...

Als sie drin waren, sah sich Megan etwas erstaunt um, denn sie saßen immer noch in der Suite – besser gesagt, sie waren auf drei Seiten von den Wänden der Suite umgeben. Sie stand auf und sah zur vierten Wand hinaus, hinter der eine weite, dunkle Ebene lag, die langsam heller wurde. Dann verwandelte sie sich in eine Reproduktion von Xanadu zur Nachtzeit, die über den virtuellen Versionen der verschiedenen Gebäude an einigen Stellen mit leuchtenden »Etiketten« markiert war. Verwaltung ... Sport ... Allgemeine Informationen ... Gastronomie ... Unterhaltung ...

»Verwaltung?«, sagte Wim leise.

»Könnte hinhauen.«

Sie fingen an zu laufen. Die Entfernung zwischen ihnen und den Gebäuden war virtuell, sodass sie sehr schnell vorankamen und nach kurzer Zeit vor einer Reproduktion des Empfangsgebäudes standen, das hell erleuchtet war und sich vor dem Nachthimmel abhob. Die Reproduktion wies an der Front und an den Seiten zahlreiche Türen auf, die beim Original nicht vorhanden waren und mit den gleichen Leuchtetiketten wie die Reproduktion auf der »Landkarte« markiert waren: KASSE, FAKTURIERUNG, VILLENABRECHNUNG, RESTAURANTRESERVIERUNG, PAVILLONKONSTRUKTION ...

Megan wusste, dass es virtuelle Eingänge zu den verschiedenen Abteilungen der Verwaltung waren. Sie fing an, um das Gebäude herumzugehen, als ihr etwas sehr Merkwürdiges auffiel – sie hörte plötzlich Musik von einer Karibikband mit Steeldrums. »Was ist das denn?«, sagte Megan, während sie das Gebäude umrundeten.

»Hast du das Programm für heute nicht gelesen? Heute Abend spielt ein Orchester, das sie ›Limboband‹ nennen.«

»Hört sich eher an wie Oldies aus den Siebzigern. Vermutlich benutzen sie eine Menge Hall, damit es besser klingt ...«

Megan und Wim waren inzwischen auf der Rückseite des Gebäudes angekommen. Links und rechts von den großen Panoramafenstern, die auf den tropischen Garten hinausgingen, gab es noch mehr Türen: GARTEN-PFLEGE, EINKAUF, WARTUNG und REPARATUREN ... und mitten im Fenster eine Glastür mit der Aufschrift NUR FÜR PERSONAL.

Megan sah die Glastür nachdenklich an und fragte sich, was sie jetzt tun sollte – bis Wim zu ihrer Überraschung einfach auf die Tür zuging und sie aufriss, als wäre es sein gutes Recht, hier zu sein. Megan zögerte noch ein wenig, die Tür zu berühren. *Und wenn durch den Kontakt mit der Tür herauskommt, dass mein Implantat manipuliert worden ist?,* dachte sie. Aber Wim hielt ihr die Tür auf – ein plötzlicher Anfall altmodischer Höflichkcit, der Megan aus ihren Gedanken riss und sie bewegte, ihm zu folgen.

Es gab keine Anzeichen dafür, dass außer ihnen noch jemand in dem großen Raum hinter der Tür war, der eine Kopie der Computerzentrale zu sein schien. »Es ist niemand da ...«

Auch Megan wunderte sich darüber.

»Wieso ist hier niemand?«, murmelte Wim. »Das darf doch nicht wahr sein. Was ist, wenn jemand spät abends in seinem Pavillon ist und etwas kaputt geht?«

»Genau«, stimmte ihm Megan zu. Gleichzeitig fragte sie sich, ob Wim den Raum auf die gleiche Art und Weise sah wie sie. Sie bezweifelte es, denn sonst hätte er nicht zuerst eine Bemerkung darüber gemacht, dass hier niemand war. Als sie sich die Computer ansah, die gestern noch völlig normal gewesen waren, stellte sie fest, dass sie durch einige hindurchschauen konnte. Sie sah aber nicht die Hardware der Rechner, sondern ihren virtuellen Inhalt: Umrisse mit durchlaufenden Codezeilen, die für die Aufgaben standen, welche die Konsolen und Computer in der virtuellen Welt gerade ausführten.

Wim wanderte mit der für ihn typischen arroganten Selbstsicherheit zwischen den Computern herum, ignorierte sie aber, da er nach Menschen suchte. Megan ging langsam hinter ihm her und sah sich die Rechner an. Wenn sie sich konzentrierte, konnte sie noch mehr als die spezifischen Aufgaben sehen. Sie erkannte die Verbindungen zwischen ihnen, in Form von gedämpften oder hellen Lichtstrahlen, die das Master-Netzwerk darstellten. Die Lichtstrahlen wurden heller, wenn Daten flossen, und dunkler, wenn keine Übertragung stattfand. Es war, als würde sie durch ein Spinnennetz gehen, dessen Fäden nicht zerrissen waren und das zum Zentrum hin immer dichter gewebt war und nur noch aus Licht bestand.

Megan blieb einen Moment stehen und ließ Wim weitergehen. Sie konnte das Netzwerk jetzt auch hören – es war ein tiefes Summen, wie von einem Bienenschwarm. Die Lichtstrahlen liefen in alle Richtungen, brachen sich an den Wänden der virtuellen »Computerzentrale« und kamen wieder zurück ...

Das Summen wurde lauter, als Megan den Kopf drehte und sich umsah, völlig fasziniert von dem Anblick, der sich ihr bot. Die Lichtstrahlen waren rot, golden, grün, blau, und sämtliche Linien folgten einer gewissen Ordnung. Sie gingen vom Zentrum aus, brachen sich irgendwo und führten wieder zurück ...

... *bis auf den Lichtstrahl da drüben.* Megan war plötzlich aufgefallen, dass ein dunkelblauer, gedämpfter Lichtstrahl, den sie fast übersehen hätte, vom Zentrum des Netzwerks wegführte, wie alle anderen Lichtstrahlen die Wände des Raums erreichte, dann aber nicht zurückgeworfen wurde. Er ging mitten durch die Wand hindurch und verschwand in ...

»Wim!«, sagte Megan. »Siehst du den ...«

In diesem Moment ging der Alarm an.

Megan und Wim blieben wie angewurzelt stehen und sahen sich entsetzt an. *Großer Gott, was haben wir gemacht?*, dachte Megan. *Vielleicht haben wir einen Alarm ... ein Timer oder etwas in der Art ...*

Wim rannte auf die virtuelle Tür zu, durch die sie hereingekommen war, aber dafür war es zu spät. Die Glastür schloss sich und wurde mit einem Geräusch verriegelt, das sich anhörte, als würde ein gepanzerter Raumgleiter versiegelt werden.

»Vielleicht würde mir jetzt mal einer von euch beiden erklären, was hier los ist?«, sagte eine Stimme hinter ihnen – weiblich, eiskalt und sehr wütend.

Es war Norma Wenders. Sie stand plötzlich vor ihnen, in einem fließenden weißen Abendkleid, das von schwarzen Streifen durchzogen war. Trotz des Kleides und des Schmucks sah sie aus wie eine silberblonde

Walküre – nur die Streitaxt fehlte. Allerdings schien sie wild entschlossen zu sein, dieses Manko im Ernstfall mit bloßen Händen wettzumachen ... und der Ernstfall war soeben eingetreten.

»Äh«, sagte Megan, aber dann fand sie, es wäre besser, erst einmal abzuwarten, wie sich das Ganze entwickelte, und gar nichts zu sagen.

»Äh«, murmelte Wim. »Mein Vater sagte ...«

»... mit Sicherheit nicht, dass Sie die virtuelle Computerzentrale durch eine Tür mit der Aufschrift ›Nur für Personal‹ betreten sollen«, fuhr Miss Wenders ihn an. »Reitet euch bloß nicht noch tiefer rein. Und erwartet nicht von mir, dass ich beide Augen zudrücke, nur weil euer Vater Gast hier ist. Und was Sie betrifft«, sagte sie mit einem Blick auf Megan, »ich wusste von Anfang an, dass Sie Ärger machen würden. Dass ihr durch die Tür da gekommen seid, ist der beste Beweis dafür. Die haben wir nämlich eigens für so neugierige kleine Nasen wie euch eingebaut. Habt ihr das denn nicht gewusst? Es erstaunt mich, wie jemand so dumm sein kann, aber die Welt steckt ja voller Ironie. Und jetzt könnt ihr mir erklären, was ihr hier macht.«

»Wir wollten nur nachsehen ...«, sagte Megan.

»... wie weit der Pavillon meines Vaters ist«, warf Wim ein.

»Aha. Und dazu müsst ihr durch die Hintertür kommen?«, fragte Wenders.

»Wenn ich durch die Vordertür kommen würde, könnte ich ihn nicht sehen – er will ihn mir nämlich nicht zeigen«, sagte Wim ziemlich trotzig.

»Und dafür habe ich vollstes Verständnis«, sagte Miss Wenders. »Man hat schließlich das Recht auf seine Privatsphäre, selbst in der eigenen Familie. Oder hat das auch etwas mit dem Kulturkreis zu tun? Selbst wenn – es wäre mir egal.«

Sie sah Megan und Wim mit einem Blick an, der ihnen durch Mark und Bein ging. »Geht jetzt in eure Villen. Jeder in seine. Und bleibt dort. Ich werde bei der nächsten Gelegenheit mit euren Eltern reden.«

Die Umgebung wurde schwarz.

Einen Augenblick später saßen sie wieder in der Netz-Suite. Wim starrte Megan wütend an. »Großartig. Jetzt haben wir richtig Ärger.« Er stand auf, riss die Tür auf und stürmte hinaus.

Megan blieb regungslos sitzen. *Mann, das habe ich vermasselt. Was wird wohl Mr Winters dazu sagen ...?*

Nach einer Weile stand sie auf und ging schnurstracks ins Bett, aber es dauerte sehr, sehr lange, bis sie einschlafen konnte.

Als sie am nächsten Morgen aufwachte, war ihr Vater nirgendwo zu finden, doch auf dem Küchentisch lag eine ziemlich steif klingende Nachricht von ihm:

> *Komm heute Vormittag in den Seminarraum. Wir müssen miteinander reden. Dad*

Ich kann mir schon denken, worüber du mit mir reden willst, dachte Megan niedergeschlagen. *Das hat mir gerade noch gefehlt. Ich komme hierher und soll arbeiten ... und dann verpfusche ich alles, noch bevor ich überhaupt angefangen habe. Das ist einfach nicht fair ...*

Sie steckte den Kopf in den Kühlschrank und wollte die Milch herausholen, weil sie keinen richtigen Appetit hatte und nur etwas Müsli essen wollte. Dabei fand sie einen Teller mit einer kleinen Karte daneben. Auf dem

Teller lag mit Schlagsahne übergossener Frischkäse, der von einem Berg kleiner, perfekt geformter, wilder Erdbeeren umgeben war. Auf der Karte stand:

Essen Sie doch wenigstens die Erdbeeren, M.

»Ist ja gut, ist ja gut«, murmelte sie. Dann setzte sie sich mit der Milchflasche und einer Schale Müsli, über das sie die Erdbeeren gestreut hatte, an den Tisch. Sie gab sich alle Mühe, so langsam wie möglich zu essen, aber irgendwann war ihr klar, dass es ihr nicht besser ging, wenn sie das Gespräch mit ihrem Vater aufschob. *Dann kann ich es auch gleich hinter mich bringen,* dachte Megan. *Er wird mir vermutlich eine gesalzene Strafpredigt halten, aber Warten macht es auch nicht besser.*

Sie aß zu Ende, ging nach draußen und fand ihr Rad an der Stelle, an der sie es gestern geparkt hatte. Es sah verdächtig sauber aus – jemand hatte es über Nacht geputzt. *Großer Gott ...,* dachte sie. Wenn es zum Reichsein gehörte, dass man mit solchen Dienstleistungen verwöhnt wurde, wollte sie lieber nicht reich werden. Im Leben sollte auch Platz sein für ein bisschen Unordnung. Sie brauchte das Gefühl, mal etwas liegen lassen zu können, ohne dass gleich jemand kam und hinter ihr herräumte.

Als Megan das Rad über den Kies vor der Villa schob und sich auf den Sattel schwang, hörte sie wieder eine laute Stimme aus der Villa der Dorfladens. Dorfladen senior regte sich furchtbar über etwas auf. Wieder konnte sich Megan denken, um was es dabei ging. *Ich hoffe, Wim bekommt keinen Hausarrest oder etwas in der Art,* dachte sie. *Schließlich war das Ganze ja nicht seine Idee. Ich habe ihn dazu überredet ...*

Sie seufzte und fuhr den Weg entlang, wobei sie versuchte, ein wenig auf die Umgebung zu achten. Die Landschaft sah aus wie gemalt, aber allmählich ging Megan diese sterile, sorgsam gepflegte Schönheit auf die Nerven. Kein Grashalm tanzte aus der Reihe. Die Palmen sahen viel zu symmetrisch aus. Sie verspürte plötzlich den Drang, vom Rad zu steigen, zu einer der Palmen zu gehen und kräftig daran zu rütteln, um herauszufinden, ob sie etwas durcheinander bringen konnte ... und sich dann im Gebüsch zu verstecken und abzuwarten, wie lange es dauerte, bis jemand kam und die Blätter wieder so hindrehte, »wie sie sein sollten«.

Seufzend radelte sie durch die samtweiche Morgenluft. Als sie das Seminargebäude erreicht hatte, ging sie ganz leise hinein, weil sie dachte, der Workshop wäre bereits in vollem Gange. Als sie jedoch die Stimme ihres Vaters durch die geöffnete Tür des Seminarraums hörte, stellte sie zu ihrer Überraschung fest, dass er wohl gerade erst angefangen hatte. Angestellte rollten Servierwagen mit Kaffee und Snacks in den Eingangsbereich, als würde ihr Vater seinen »Schülern« gleich eine Pause gönnen. Anscheinend war das Seminar schon wieder verschoben worden. *Das wird seine Laune nicht gerade heben ...*

Sie schlich sich in den hinteren Teil des Raums und setzte sich. Es waren nicht sehr viele Leute da, was gar nicht schlecht war. Sie wusste, dass ihr Vater bei dieser Art Workshop etwas gegen große Gruppen hatte, da dann die Hälfte der Zuhörer schon nach fünf Minuten die Aufmerksamkeit verlor. Normalerweise zog er es auch vor, im Kreis oder an einem großen Tisch zu unterrichten, manchmal auch liegend auf einer Couch, während die anderen die Sitz- oder Liegeposition einnahmen, die einer entspannten Unterhaltung am förderlichsten war. So etwas konnte er hier nicht machen, aber wenigstens waren die Teilnehmer erschienen.

Es war eine bunt gemischte Gruppe: zwei gelangweilt aussehende junge Männer in den zwanzigern, einige sehr gut angezogene, mit Schmuck behangene Damen mittleren Alters – für Megans Geschmack allerdings zu viel Schmuck, schließlich war es erst kurz nach dem Frühstück – und einige ältere Leute, die etwas dezenter gekleidet waren, mehrere Männer und noch eine Frau. Zurzeit redete gerade eine der schmuckbehangenen Damen, die dabei heftig mit einer Hand gestikulierte, als würde es ihr überhaupt nicht auffallen, dass diese Hand mit mehreren Diamanten geschmückt war, die halb so groß wie ein Golfball waren.

»Oh, aber Sie verstehen doch sicher, was ich damit sagen will«, zwitscherte sie, »dass jeder von uns ein Buch in sich trägt.«

»Das mag sein«, sagte Megans Vater freundlich. »Aber dann hat jeder von uns auch einen Holzsplitter in sich. Das erste Problem besteht darin, diesen Holzsplitter in einem Stück aus sich herauszubekommen. Und dann muss man sich Gedanken darüber machen, ob es nicht besser gewesen wäre, ihn dort zu lassen, wo er war.«

Megan musste ein Kichern unterdrücken. Die Leute in der ersten Reihe starrten ihren Vater entgeistert an.

Die Dame mit den Diamanten gab ein ersticktes »Hahaha« von sich. Offenbar hatte ihre Mutter ihr beigebracht, unter keinen Umständen mit offenem Mund zu lachen. »Oh, Mr O'Malley, Sie sind ja so witzig, genau wie in Ihren Büchern. Es muss wundervoll sein, so ein Leben führen zu können. Wenn ich in meiner jetzigen

Position nicht so viel zu tun hätte, würde ich auch gern schreiben.«

O je, dachte Megan. *Das war's ... auf diesen Satz hat er gewartet.*

Ihr Vater lächelte traurig. »Wissen Sie, wie ich mich jetzt fühle?«, sagte er. »Ich fühle mich, als hätten Sie gerade verkündet, dass Sie ab jetzt Kanalarbeiterin sein wollen.«

Durch den Raum ging ein Raunen, als könnten die Teilnehmer einfach nicht glauben, was sie da eben gehört hatten. »Der Vergleich stimmt«, fuhr ihr Vater fort. »Schreiben ist ein grauenhafter Beruf. Ich rede jetzt gar nicht vom Geld, denn das dürfte für keinen von Ihnen ein Problem sein, aber es sollte Ihnen allen klar sein, dass Schriftsteller in der Regel viele Jahre lang miserabel bezahlt werden. Die Arbeit in diesem Metier ist schwierig, häufig unangenehm, meist einsam, viele Male sinnlos, egal, wie sehr man sich anstrengt, oft negativ für das Familienleben. Außerdem ist sie anderen Menschen nur schwer zu erklären, egal, ob einem das Schreiben Spaß macht oder nicht, und das Ergebnis wird fast immer verkannt und ist selbst in besten Zeiten von fraglicher Qualität. Und daher fehlt dem Schreiben als Beruf fast alles von dem, was die meisten Menschen in ihrer Arbeit suchen.«

Er sah zufrieden in die schockierten Gesichter seiner Zuhörer. »Sie sagen sich jetzt bestimmt: ›Er will uns das Schreiben ausreden.‹ Sie haben Recht. Genau das will ich! Ich versuche, allen Teilnehmern meiner Workshops das Schreiben auszureden, weil ich weiß, dass sie genau das durchmachen werden, was ich durchgemacht habe, es in etwa neun von zehn Fällen nicht schaffen und sich dann für nichts und wieder nichts abgearbeitet haben.

Das würde ich Ihnen gern ersparen, und deshalb sage ich Ihnen, wie es ist ...«

Megans Vater musterte die Teilnehmer, als würde er nach einer bestimmten Reaktion suchen ... Dann fing er leise an zu lachen. »Und wissen Sie was? Keiner hat mir geglaubt. Und Sie glauben mir auch nicht.« Er schüttelte den Kopf. »Bei Signierstunden und anderen Veranstaltungen lerne ich viele Leute kennen. Eine statistisch bedeutsame Anzahl von ihnen sagt zu mir: ›Ich will auch Schriftsteller werden.‹ Die meisten von ihnen denken dabei an die angenehmen Seiten des Schreibens. Eine Menge Geld (glauben sie!), ein ›bequemer‹ Lebensstil, bei dem man zu Hause arbeiten und sein eigener Chef sein kann, Autogrammstunden ... aber die vielen Stunden, die man arbeiten muss, die Frustration, die einen selbst bei einem Erfolg noch überfällt, den ständigen Kampf mit dem Alltag, um trotz zahlloser Unterbrechungen ein paar Seiten oder Sätze fertig zu bekommen, das sehen sie nicht. Ganz zu schweigen davon, dass man einen solchen Lebensstil seiner Familie gegenüber rechtfertigen muss, die fast immer der Meinung ist, man hätte den »normalen« Beruf nie aufgeben dürfen. Ich versuche, den Leuten diese Probleme zu ersparen. Die meisten allerdings denken, dass ich versuche, mir unliebsame Konkurrenz vom Hals zu schaffen.« Er lachte, aber es klang etwas hilflos.

»Die übrigen zehn Prozent geben Anlass zur Hoffnung. Das sind die Teilnehmer, die einfach sagen: ›Ich will schreiben.‹ Und genau das tun sie dann auch. Ich brauche sie gar nicht zu ermutigen. Sie könnten selbst dann nicht mit dem Schreiben aufhören, wenn sie wollten. Und sie würden sich von mir auch nie entmutigen lassen. Sie gehen nach Hause und schreiben.«

Seine Zuhörer rutschten unruhig auf ihren bequemen Stühlen hin und her. Megan lächelte und lehnte sich zurück, weil sie wusste, was jetzt kam. »Im Endeffekt läuft es auf Folgendes hinaus«, sagte ihr Vater. »Falls ich Sie vom Schreiben abbringen *kann*, sollten Sie sich von mir auch wirklich entmutigen lassen, denn das wird Ihnen sehr viel Leid ersparen, und davon haben wir ja weiß Gott schon genug auf der Welt. Und falls Sie denen, die das alles schon durchgemacht haben, nicht glauben, falls Sie sich *nicht* vom Schreiben abbringen lassen, dann sollten Sie nach Hause gehen und schreiben. Und dabei wünsche ich Ihnen viel Glück. Und Erfolg.«

Seine Zuhörer sahen zu ihm hinunter. Einige wirkten etwas nervös, vielleicht, weil sie nicht wussten, was jetzt kommen würde.

»Das waren die schlechten Nachrichten«, sagte Megans Vater fast fröhlich. »Machen wir eine kleine Pause. Draußen warten Kaffee und Snacks auf Sie. Wenn wir uns gestärkt haben und Sie dann immer noch entschlossen sind zu schreiben, treffen wir uns wieder hier und reden darüber, für welches Genre Sie sich interessieren. Wir werden uns ein wenig der handwerklichen Seite widmen und über die typischen Anfängerfehler sprechen. Es geht weiter in ... zwanzig Minuten? In Ordnung. Der Letzte, der hinausgeht, macht bitte die Tür zu ...«

Megan sah zu, wie die »Studenten« an ihr vorbei hinausgingen. Einige sahen amüsiert aus, ein Pärchen wirkte aufgebracht, und bei manchen war am Gesichtsausdruck abzulesen, dass sie verwirrt waren. Sie hatte diese Verwirrung bei Teilnehmern an Workshops ihres Vaters schon häufig gesehen und wusste, was es bedeutete. Etwa ein Zehntel würde es bis zum dritten Tag schaffen.

Vielleicht auch keiner. Und wenn jemand von ihnen den Fehler machte und ihren Vater dazu brachte, echte Kritik zu üben, würde Pompeji im Vergleich dazu vermutlich seinen Schrecken verlieren.

Er stand unten im Zentrum des Raums und sah den Teilnehmern nach, dann warf er Megan einen Blick zu und setzte sich.

Megan erhob sich und ging zu ihm hinunter. »Na, wie läuft's?«, fragte sie.

Er sah sie mit hochgezogenen Augenbrauen an, was kein gutes Zeichen war. »Nicht so gut, wie ich gehofft hatte. Insbesondere nicht, was dich betrifft.«

O je. »Daddy, ich ...«

»Komm mir bloß nicht damit. Megan, du hast mich in eine sehr peinliche Lage gebracht. Wirklich. Ich hatte heute Morgen Besuch. Von einer sehr wütenden Norma Wenders.«

Oh, Mist. Sie ist tatsächlich in die Villa gekommen? »Was hat sie gesagt?«

»Sie hat erzählt, dass du und – wie heißt er noch mal? – dieser Wim gestern Abend einen sehr ernsten Verstoß gegen die Sicherheitsvorkehrungen begangen habt. Megan, was hast du dir nur dabei gedacht?«

»Dad, wir waren doch nur neugierig. Wir wollten nur ...«

»Ich möchte jetzt nichts darüber hören! Du hast sehr wohl gewusst, dass du dort nichts zu suchen hast. Und das, obwohl du es der Geschäftsleitung von Xanadu zu verdanken hast, dass du hier sein kannst. Du trittst ihre Gastfreundschaft mit Füßen. Ich war eigentlich der Meinung, deine Mutter und ich hätten dich besser erzogen.«

Ihr Vater wusste doch genau, weshalb sie es getan hatte! War er wütend, weil sie sich hatte erwischen lassen? Megan blieb nichts anderes übrig, als die reuige Tochter zu spielen. »Es tut mir Leid.«

»Ich wünschte, ich könnte dir das glauben. Die Geschäftsleitung ist wirklich sehr, sehr großzügig zu uns gewesen. Unter normalen Umständen könnte sich keiner von uns beiden zwei Wochen Aufenthalt an einem Ort wie diesem leisten. Nicht einmal zwei Tage. Diese Leute waren mehr als freundlich, als sie mir angeboten haben, dich mitzubringen – und dann machst du so etwas! Es ist mir furchtbar peinlich. Nur der Himmel weiß, ob sie mich noch einmal zu einem Seminar einladen werden. Dich werden sie hier mit Sicherheit nicht mehr haben wollen.«

Megan wurde blass. *O nein, sie werden mich doch nicht nach Hause schicken! Ich habe noch keine einzige Spur. Mr Winters wird …*

»Wenn sie wollten, könnten sie dich sofort nach Hause schicken«, sagte ihr Vater. »Zum Glück habe ich Miss Wenders das ausreden können. Sie war dafür, aber nach einer Weile war sie dann doch der Meinung, dass man das Ganze als jugendlichen Übermut entschuldigen könnte. Außerdem war noch jemand dagegen, dass du die Insel verlässt – Jacob Rigel.«

»Oh«, sagte Megan. *Wozu zufällige Begegnungen am Strand doch gut sein können …!*

»Rigel scheint dich aus irgendwelchen Gründen für eine interessante Gesprächspartnerin zu halten. Er hat die Geschäftsleitung gebeten, dein Implantat für seinen Pavillon zu aktivieren. Darüber wollte Miss Wenders übrigens auch mit mir sprechen. Ich habe ihr gesagt, es ist in Ordnung. Solange du dich ordentlich benimmst«, sagte ihr Vater, als Megan ihn unterbrechen wollte. »Ich möchte nicht, dass du dich noch einmal bei einer derartigen Sache erwischen lässt. Haben wir uns verstanden?«

Megan fand die Formulierung etwas sonderbar, aber jetzt wollte sie ihren Vater nicht darauf ansprechen. »Äh, ja, Dad.«

»Gut. Und jetzt umarmen wir uns, und du sagst mir, dass du ab jetzt ein braves Mädchen bist.«

Megan trat zu ihm und umarmte ihn, obwohl sie sich über den zweiten Teil des Satzes schon sehr wunderte. So etwas hatte sie von ihrem Vater schon lange nicht mehr gehört, weil er es schon vor Jahren aufgegeben hatte, sie erziehen zu wollen. Während sie ihn umarmte, flüsterte er ihr etwas ins Ohr, so leise, dass sie es kaum verstehen konnte. »Glaubst du, das hat sie überzeugt?«

Megan riss die Augen auf. »Ja«, flüsterte sie genau so leise. Wieder einmal war ihr klar geworden, dass ihr Vater mit zunehmendem Alter seiner Tochter immer klüger wurde. Es reichte, um ihren Glauben an die Menschheit wiederherzustellen.

»Gut«, sagte er laut und tätschelte ihr den Rücken. Dann löste er sich aus ihrer Umarmung, ergriff sie an den Schultern und schüttelte sie. »Und du bist jetzt brav?«

»Versprochen, Dad.« Sie musste sich beherrschen, um nicht zu grinsen. *Schriftsteller ist der falsche Beruf für ihn. Er hätte Schauspieler werden sollen.*

»Und? Was hast du heute noch vor?«, wollte er wissen.

»Ich weiß nicht genau.« Megan überlegte. »Ich glaube, ich lasse das Implantat aktivieren ... und dann werde ich wohl den Koch besuchen. Er schickt mir all diese leckeren Sachen, und es wäre unhöflich, wenn ich mich nicht bei ihm bedanken würde.«

»Dann lauf. Aber stell nichts an.«

Sie verließ den Seminarraum noch nachdenklicher, als sie sonst war.

Megan ging zum Empfangsgebäude und durch den Korridor in die Computerzentrale hinüber. Sie hatte ein schlechtes Gewissen. Die Angestellten starrten sie zwar nicht an, aber ab und zu bemerkte sie doch einige missbilligende Blicke, während sie die Entwicklungsabteilung suchte. Als sie dort war, stellte sie sich ans Geländer der Galerie und sah nach unten, um nach einem bekannten Gesicht zu suchen.

»Hallo, Megan«, sagte jemand hinter her. »Wie geht's?«

Sie drehte sich um. Es war Len, der gerade mit einem Paket Speichermedien in der Hand auf dem Weg hinunter war. »Oh, hallo«, erwiderte Megan. Sie überlegte fieberhaft, was sie zu ihm sagen sollte, aber ihr fiel nichts ein, was heute witzig gewesen wäre. »Ich, äh, ich ... suche Ms. Wenders.«

»Sie ist nicht da«, sagte Len. »Mittagspause.«

»Oh.« Megan war erleichtert. »Len ... also ... ich wollte noch sagen, dass mir das wegen gestern Abend Leid tut.«

Len sah sich kurz um, als müsste er sich vergewissern, dass niemand in der Nähe war. »Es ist doch nichts passiert. Schon in Ordnung. Hier kann es einem manchmal ziemlich langweilig werden.«

Nasil kam auf die Galerie und warf Megan einen amüsierten Blick zu. »Oh, die Täterin kehrt an den Ort des Verbrechens zurück ...«

»Es tut mir wirklich Leid.«

»Megan, vergessen Sie's«, sagte Nasil. »Es ist unwichtig. Aber ich glaube nicht, dass Sie nur deswegen hergekommen sind.«

»War da etwa noch was?«, warf Len ein.

Nasil stieß ihm den Ellbogen in die Seite. »Sadist. Wir müssen doch noch ihr Implantat aktivieren. Das Riff.«

Megan schluckte. Sie wollte nicht, dass die beiden sich ihr Implantat jetzt ansahen. Wer wusste schon, was Mark damit angestellt hatte? Und wie offensichtlich die Änderungen für jemanden waren, der es für einen Pavillon aktivierte? »Oh, dafür habe ich jetzt keine Zeit. Ich wollte mich entschuldigen und dann mit Milish sprechen.«

»Der ist dort, wo er immer ist. Er spielt Chefkoch, rennt in der Gegend herum und brüllt die Leute in der Küche an.«

Megan nickte. »Ich habe gestern doch den Musterpavillon ausprobiert ...«

»Ja, Pompeji. Wie war's?«

»Äh, sehr eindrucksvoll.« Sie schluckte und faltete die Hände, um sich nicht unbewusst zu kratzen. »Ich habe mich nur gefragt ... gibt es Leute, die dabei durchdrehen?«

»Warum? Weil das Szenario so überwältigend ist?«

Sie nickte.

Nasil sah sie an, antwortete aber nicht. »Normalerweise nicht«, sagte er dann etwas leiser als eben. »Halten Sie das für ein potenzielles Problem?«

»Nein, eigentlich nicht. Nicht in meinem Fall, jedenfalls. Aber es könnte doch sein, dass einige Leute, na ja, eine sehr starke Reaktion zeigen, wenn die Realität so perfekt nachgeahmt wird. Perfekter, als sie es sich vorgestellt haben.«

Nasil schüttelte den Kopf. »Was ich Ihnen jetzt erzähle, wissen nicht viele Leute. Der Fragebogen, den ein Gast erhält, wenn er das erste Mal einen Aufenthalt auf

Xanadu bucht, enthält einen sehr dezenten psychologischen Test. Die Leute müssen ihn wegen der Versicherung ausfüllen, und bis jetzt hat noch niemand protestiert. Der Test hat gelegentlich dazu geführt, dass wir ... Wir lehnen natürlich keine Kunden ab, aber wir lenken sie manchmal in eine andere Richtung. Und wenn ein Kunde sich nicht lenken lässt, sind wir eben nicht in der Lage, einen für beide Seiten passenden Termin zu vereinbaren. Sie verstehen, was ich meine?«

»Ich glaube schon«, sagte Megan.

»Beantwortet das Ihre Frage?«

»Mehr oder weniger. Ich glaube, ich gehe jetzt bei Milish vorbei ... Danke.«

Sie ging hinaus und fand den Korridor, der zu Milishs Küche führte. Dort war nichts mehr von der entspannten Atmosphäre zu spüren, die Megan bei ihrem ersten Besuch aufgefallen war. Es war der reinste Albtraum. Angestellte in weißen Hosen und Kochjacken trugen Töpfe und Tabletts durch die Gegend und brüllten sich gegenseitig an – offenbar auf Französisch –, während eine Stimme aus einem Lautsprecher noch mehr Anweisungen auf Französisch gab, die den Lärm übertönten.

Megan wollte sich gerade umdrehen und wieder gehen, als eine Stimme aus den Tiefen der Küche rief: »Haltet das Mädchen auf! Lasst sie nicht weg!«

Sie war so verblüfft, dass sie einfach stehen blieb und fest damit rechnete, dass gleich Miss Wenders vor ihr auftauchen und von einer Dampfwolke heruntersteigen würde. Aber es war nur Milish, der kurze Zeit später zu ihr kam. Er trocknete sich die Hände an einem Handtuch ab und nahm seine Kochmütze herunter, um sich den Schweiß von der Stirn zu wischen. »Großartig«, sagte er. »Sie sind meine Entschuldigung, um aus diesem Loch herauszukommen. Sie machen gerade das Mittagessen fertig, aber das können sie auch ohne mich. Kommen Sie. Heute machen wir Käse.«

»Was für Käse?«

»Cheddar, Frischkäse, Hüttenkäse und Schimmelkäse«, antwortete er. »Auf geht's, die Molkerei ist am anderen Ende des Gebäudes.«

Sie verließen die Küche und gingen einen Korridor hinunter, bis sie einen Raum erreicht hatten, an dessen Wänden große Bottiche aus Edelstahl aufgereiht waren, in denen der Käse schwamm.

»Ich zeige Ihnen den Reiferaum«, sagte Milish. Am Ende des großen Raums öffnete er die Tür zu einem kleineren Raum, der für Megan auf den ersten Blick wie ein Kühlraum für Fleisch aussah, und winkte sie hinein. »Wir müssen die Temperatur hier drin konstant auf zehn Grad Celsius und die Feuchtigkeit genau auf vierzig Prozent halten, sonst verderben die Käse innerhalb weniger Minuten. Nur sehr wenige Betriebe haben es geschafft, in den Tropen Käse herzustellen – Schimmel und Insekten fühlen sich bei hohen Temperaturen und hoher Feuchtigkeit sehr wohl und würden den Geschmack ruinieren ... oder tödlich sein.«

Er schloss die Tür und deutete auf die Wände des Kühlraums, an denen Drahtgitter montiert waren. Auf den Gittern lagen hunderte Käselaibe in unterschiedlicher Größe. »Da wir nun allein sind, kann ich Ihnen endlich ausrichten, was Mr Halvarson mir aufgetragen hat. Er möchte sich bei Ihnen dafür bedanken, dass Sie hergekommen sind, um an der Lösung des Problems mitzuarbeiten.«

Megan starrte ihn entgeistert an.

Milish lächelte. »Das hier ist einer der wenigen Orte

auf der Insel, an denen die Sicherheitsabteilung weder eine Kamera noch eine Audioüberwachung installiert hat. Sie haben es zwar versucht, aber nach einem meiner Wutanfälle gleich wieder aufgegeben. Ich habe behauptet, dass die Überwachungssysteme Staubfänger sind und alle möglichen schädlichen Bakterien und Schimmelpilze enthalten, die den Käse verderben.«

»Soll das etwa heißen, Sie haben mir die vielen leckeren Sachen geschickt, weil ...«

»Megan – ich darf Sie doch Megan nennen, ja? –, ich versuche jetzt seit drei Tagen, Sie in diesen Raum zu bekommen. Ich dachte schon, ich wäre am Ende meiner Weisheit. Die meisten Leute fangen regelrecht an zu fressen, wenn sie herkommen. Es kommt sehr selten vor, dass jemand Essen ablehnt. Ich habe mich schon gefragt, ob Sie eine psychologische Störung entwickeln.«

Sie kicherte. »Nein, das war vermutlich nur eine Reaktion auf den Luxus hier.«

Auch Milish fing an zu lachen. Dann musterte er die Ecken der Decke. »Die Sicherheitsleute haben mir jedenfalls geglaubt. Sie wissen offensichtlich nicht, dass die meisten Käser die lokalen Hefepilze und Bakterien für die Käseproduktion brauchen. Einige Käsesorten können ohne die lokale Flora gar nicht hergestellt werden – früher hat man verschimmeltes Pferdegeschirr durch Bottiche mit Schimmelkäse gezogen, um das Zeug zu impfen.«

Megan rümpfte die Nase.

»Vielleicht ist es ja auch nur eine Legende. Außerdem werden Sie vermutlich nie Gelegenheit haben, einen echten Schimmelkäse zu essen, denn heutzutage sind neunzig Prozent gefälscht. Aber lassen wir das jetzt. Ich kann Ihnen endlich die Informationen geben, die Mr

Halvarson für Sie hat. Wir sind abhörsicher – allerdings sollten wir uns beeilen, denn wenn wir zu lange hier drin bleiben, wird derjenige, der den Küchenbereich überwacht, glauben, dass etwas faul ist, und Alarm auslösen. Jedenfalls bin ich froh, dass Sie endlich gekommen sind. Wenn Sie es etwas früher getan hätten, hätte ich Ihnen viel Ärger ersparen können.«

Megan schnitt eine Grimasse.

In den nächsten paar Minuten redete Milish dann tatsächlich sehr schnell. »Sie scheinen aber ganz gut zurechtzukommen für jemanden, der keine Hilfe hat – oder nicht wusste, wo er Hilfe bekommen konnte. Nutzen Sie den Moment, meine Liebe, nutzen Sie den Moment.« Er legte Megan verschwörerisch die Hand auf den Arm. »Aber lassen Sie sich bitte nicht mehr erwischen, ja? Dann wird denen nämlich nichts anderes übrig bleiben, als sie von hier wegzuschicken.«

»Miss Wenders ...«, sagte Megan. »Sie ist ziemlich streng, nicht wahr?«

Milish nickte. »Sie hätten sie mal sehen sollen, bevor sie umgänglicher geworden ist.«

Megan schluckte. »Hat es Überfälle gegeben, von denen ich noch nichts weiß?«

»Ich glaube nicht. Die Sache mit Dorfladen war der letzte. Der Mann ist zwar ein Rüpel, doch das haben seine Aktionäre nun wirklich nicht verdient. Aber Sie werden sicher schon einen Plan haben, um herauszufinden, wer dahinter steckt ...«

»Ich habe ein paar Ideen, aber dazu muss ich noch mal ins System.«

»Da sind Sie auf sich allein gestellt. Bis auf die Zubereitung einer Hollandaise habe ich mit Technik überhaupt nichts am Hut. Die physikalischen Zusammenhänge dieses Prozesses kann ich herunterbeten, bis Ihnen die Augen zufallen. Aber Computer ...« Er schüttelte den Kopf. »Der Chef ist ein Freund von mir ... das ist der einzige Vorteil, den ich habe. Wenn das Essen zu spät auf den Tisch kommt, hilft mir das allerdings auch nicht viel. Was mich daran erinnert, dass wir besser wieder gehen. Wenn ich um diese Zeit zu lange von der Küche weg bin, fällt das vielleicht jemandem auf. Nehmen Sie sich einen Käse. Irgendeinen.«

Sie ergriff einen Laib, der wie ein Brie aussah. »Lassen Sie ihn noch eine Stunde reifen«, sagte Milish mit geübtem Auge, »aber nicht länger, sonst bläht er sich auf und läuft davon. Wenn Sie etwas brauchen, werde ich versuchen, Ihnen zu helfen. Aber seien Sie vorsichtig. Es ist noch völlig unklar, wer in die Sache verwickelt ist.«

Megan nickte. Sie verließen den Reiferaum, während sie sich darüber unterhielten, dass Toast Melba am besten schmeckte, wenn man dafür einen richtig weichen Käse verwendete. »Das nennt man *coulant*, meine Liebe«, sagte Milish, als sie wieder in der Küche waren und sich verabschiedeten.

Megan kicherte noch, als sie mit dem Käse in der Hand in die Halle des Empfangsgebäudes ging. Das Lachen blieb ihr jedoch im Hals stecken, als plötzlich eine Tür aufging und Norma Wenders herauskam. Sie warf Megan im Vorbeigehen einen eisigen Blick zu. Als sie den Käse in Megans Hand sah, bedachte sie sie mit einem sehr kühlen Lächeln.

»Ich sehe, dass Sie endlich brav sind.«

»Ja, Miss Wenders«, antwortete Megan.

»Gut. Das soll auch so bleiben.«

Megan fing erst an zu grinsen, als sie schon auf dem Weg zur Villa war.

In der Villa stellte Megan fest, dass sie einen Riesenhunger hatte. Sie plünderte den Kühlschrank und überprüfte, ob das, was Milish über den Käse gesagt hatte, stimmte. Es war tatsächlich so. Nachdem sie genug Cholesterol verspeist hatte, nahm Megan sich etwas Kaltes zu trinken mit nach oben, suchte den Laptop ihres Vater und die Boom-Box und ging damit ins Badezimmer, um noch einmal zu »baden«.

Sie sperrte die Tür ab und sah sich nachdenklich um. Dann drehte sie den Hahn auf – allerdings nicht mehr so weit wie beim letzten Mal – und machte es sich wieder auf der Couch bequem. Sie führte die kleine, mentale Geste aus, die ihr Implantat online brachte.

Plötzlich war alles um sie herum dunkel.

»Arbeitsplatz, bitte«, sagte sie.

Sie stand auf der obersten Reihe ihres Amphitheaters. In einiger Entfernung ging gerade der Saturn auf. Links von ihr bewegte sich einer der kleineren inneren Monde über den Himmel, der blitzschnell die Phasen wechselte, während sie zusah, von Sichel zu Halbmond. Megan stand eine Weile regungslos da und dachte an Jacob Rigels Traum. In Richtung Sonne, jenseits der Umlaufbahn des Jupiters, hinter der nur undeutlich zu erkennenden Ansammlung von Sternen im Asteroidengürtel, lag der Mars. *Die Besiedlung des Mars,* dachte sie, *vielleicht erlebe ich das ja noch. Wenn das, was er entwickelt, funktioniert ...*

Warum nicht? Es funktionierte. Genau deshalb, hatte Jacob gesagt, waren McDonnell-Boeing und die anderen großen Raumfahrtunternehmen ja so wütend auf ihn.

Megan ging die Stufen des Amphitheaters hinunter zur Bühne, wo ihr Stuhl stand. *Sie sind sauer,* dachte sie. *Und wer weiß ... vielleicht wäre es jemandem sogar sehr recht, wenn Jacob einen kleinen Unfall hätte ...*

Megan schüttelte den Kopf. Der Verfolgungswahn der letzten Tage hinterließ seine Spuren. Trotzdem wollte der Gedanke nicht so einfach aus ihrem Kopf verschwinden ...

Sie setzte sich und dachte einen Moment nach. »Mark Gridley«, sagte sie dann. Sie wollte gerade »verschlüsselt« hinzufügen, aber dann fiel ihr etwas ein. »Pause«, sagte sie.

»Wartemodus«, sagte die Stimme ihres Computers.

Wenn es jemand geschafft hat, meinen virtuellen Arbeitsplatz zu importieren ... kann er doch sicher auch meine Verschlüsselungsroutinen manipulieren? Es wäre eine hässliche, kleine Überraschung. Sie würde glauben, ihre Verbindung war abhörsicher, obwohl jemand mithörte.

»Verbindung herstellen«, sagte Megan.

»Verbindung wird hergestellt.«

Plötzlich sah sie Mark vor sich, der wie immer auf seinem Stuhl saß. *Verlässt er eigentlich jemals sein Zimmer?*, fragte sich Megan nicht zum ersten Mal. Dann verdrängte sie den Gedanken, unter anderem, weil sie befürchtete, die Antwort auf diese Frage zu finden.

»Megan«, sagte Mark. »Was ist los? Ich habe gerade viel zu tun.«

»Können wir uns unterhalten?«

Er sah sie amüsiert an. »Ich glaube nicht, dass es schon jemand geschafft hat, dich davon abzuhalten.«

»Vielen Dank.«

»Aber zuerst schicke ich dir eine Datei. Speicher sie in diesem Ordner auf dem Netzcomputer der Villa, wenn unser Gespräch beendet ist.« Er zeigte ihr ein Baumdia-

gramm und deutete auf einen Ordner. »Es ist ein Programm. Starte es.«

»Es wird doch nichts in die Luft sprengen, oder?«

Mark überlegte. »Das wird sich zeigen. Es könnte sein,
dass ich ins System von Xanadu muss, ohne dass es jemand merkt – weder die Sicherheitsabteilung noch der,
den du aufspüren willst. Und wenn ich dieses Programm
zum Laufen bekomme, wird es mir einen Hinweis darauf
geben, wie ich das anstelle. Ich muss trotzdem noch über
die Satellitenverbindung ins System – es gibt keine
Möglichkeit, sich über die ›normalen‹ Netzzugangspfade
hineinzuschleichen, dazu sind sie viel zu gut gesichert.
Aber wenn das Programm funktioniert, dürfte es kein
Problem sein, dich durch die ›Hintertür‹ ins System zu
bekommen.«

»Okay.« Megan sah sich das kleine, rotierende Objekt
an, das gerade vor ihr in der Luft erschienen war. »Aber
wie kriege ich das Programm in den Hauptrechner?«

»Ich habe mir noch eine Reprogrammierung für dein
Implantat ausgedacht«, sagte Mark. »Ich kann es so programmieren, dass es als Verteiler fungiert – eine Brücke
zwischen den beiden Systemen. Dein Implantat wird auf
beide gleichzeitig Zugang haben und jedes System glauben lassen, seine Firewall zum anderen wäre aktiv, daher wird kein Alarm ausgelöst.«

Irgendetwas in seiner Stimme ließ Megan aufhorchen.
»Du bist dir aber nicht sicher, stimmt's?«

»Wir werden es früh genug herausfinden«, sagte
Mark.

Megan seufzte. Wenn Mark Dinge, die ihr wie Zauberei vorkamen, als Realität beschrieb, blieb ihr nichts
anderes übrig, als ihre Zweifel zu ignorieren und abzuwarten, was passierte. Bis jetzt hatte er sich noch nie

geirrt ... was sie irgendwie beunruhigte, denn Megan glaubte nicht, dass es dem Gesetz der Serie sonderlich gefiel, regelmäßig missachtet zu werden.

»Worüber wolltest du mit mir reden?«, fragte Mark.

»Du hast doch mein Implantat verändert ....« Sie rief sich das Spinnennetz aus Licht ins Gedächtnis. Die Lichtstrahlen, die alle zurückgeworfen wurden ... bis auf einen. »Das ist doch ein abgeschlossenes System, oder?«

»Das Pavillonsystem? Ja. Eine Anbindung nach außen würden sie nicht wagen. Dann würde das Konzept keinen Sinn mehr machen.«

»Ich habe eine Leitung gesehen, die nach draußen führt.«

»Wirklich? Das könnte ein Diagnoseprogramm gewesen sein. Vermutlich gibt es auch Kommunikationsleitungen nach draußen, die für die Verwaltung gebraucht werden. Die sind aber sicher nicht mit dem Hauptsystem verbunden.«

Megan schüttelte den Kopf. »Es hat aber nicht so ausgesehen, als ginge es um viel Bandbreite.«

»Nur ein dünner Strahl?«

»Nicht mehr als ein Faden.«

Mark überlegte. »Ein Stolperdraht ... Oder eine Verbindung zu etwas, das versteckt wurde. Ich frage mich, ob hier jemand unvorsichtig geworden ist.«

»Das ergibt keinen Sinn«, sagte Megan. »Wenn du mir Zugang zu allen Bereichen verschafft hast, muss jemand anders doch auch in der Lage sein, das Gleiche zu sehen wie ich. Warum ist es ihnen noch nicht aufgefallen? Wenders oder so jemandem?«

»Vielleicht haben sie nicht zur richtigen Zeit am richtigen Ort gesucht. Oder ...« Er überlegte wieder, dann fing er an zu grinsen. »Einige Systeme haben Ebenen für

Systemadministratoren, die nie benutzt werden. Super-
sysadmin-Ebenen. Sie werden nicht benutzt, weil die
meisten Leute, die mit dem System arbeiten, keine Ahnung haben, dass es sie überhaupt gibt, oder weil die
Verwaltung unterhalb dieser Ebene durchgeführt wird.
Vielleicht habe ich dir Zugang zu einer Ebene verschafft,
die sonst nur vom Chef höchstpersönlich benutzt wird.
Das musst du ausprobieren. Aber vergiss diese Verbindung nicht. Wenn wir tatsächlich noch mal reingehen,
möchte ich sie mir ansehen. Ich glaube, sie könnte wichtig sein.«

Megan nickte.

»Bring doch jetzt den Laptop zum Netzcomputer,
dann können wir ausprobieren, ob mein Trick funktioniert.«

Megan beendete den Implantatkontakt mit dem Laptop, stand auf und drehte das Wasser ab. Dann ging sie
mit dem Laptop und der Boom-Box in die Netz-Suite.
Nachdem sie die Tür abgesperrt hatte, setzte sie sich in
den Implantatstuhl und aktivierte den Zugang zum
Netzrechner.

Das Implantat hatte Kontakt. Einen Augenblick später saß sie in ihrem virtuellen Arbeitsplatz, in der Version, die im Netzrechner gespeichert war. Sie sah auf
den Laptop hinunter, der noch auf ihrem Schoß lag ...

Plötzlich schwebte ein harmlos aussehender, kleiner
Würfel in der Luft vor ihr, die grafische Darstellung des
Programms, das sie im Netzrechner speichern sollte.
»Zieh es einfach aus dem Laptop und leg es dann im
großen Rechner ab ...«

Sie nickte, rief das Baumdiagramm des Rechners auf,
in dem die Hierarchie der Dateiordner angezeigt wurde,
und suchte den Ordner, in dem Mark das Programm

speichern wollte. Megan stand auf und nahm den Würfel in die Hand. Dann ging sie zu dem Baum und steckte den Würfel seitlich in den Ordner.

Der Ordner wurde dicker und kehrte dann zu seiner ursprünglichen Größe zurück, um zu signalisieren, dass das Programm erfolgreich gespeichert worden war. Außerdem zeigte er ihr eine Liste mit den anderen Dateien in diesem Ordner. Sie waren alle mit Symbolen versehen, die Megan nicht kannte, daher ignorierte sie sie. Dann legte sie den Finger auf die Darstellung der Datei, die sie gerade im Ordner gespeichert hatte, und sagte: »Starten.«

Sie zuckte zusammen, als sie plötzlich ein unangenehm hohes, durchdringendes Kreischen hörte. Gleich darauf flackerte die Struktur der Umgebung, als würde man sie durch Wasser sehen. Megan schluckte. So etwas hatte ihr Arbeitsplatz noch nie gemacht. Nach ein paar Sekunden beruhigte sich das Bild wieder, und alles sah wieder so aus wie vorher. Aber im Hintergrund hörte sie immer noch einen leisen Niederfrequenzton, ein weißes Rauschen, das nicht verklang.

Plötzlich erschien Mark in Megans Arbeitsplatz und sah sich um. »Das gefällt mir so an dir«, sagte er. »Andere Leute ändern ihren Arbeitsplatz alle halbe Stunde. Auf dich kann man sich verlassen. Deiner bleibt immer gleich.«

Megan beschloss, seine Bemerkung als Kompliment aufzufassen. »Was ist das für ein Geräusch?«, wollte sie wissen.

»Mein Zerhacker.« Mark ging zur Baumstruktur des Netzcomputers und sah sie sich kurz an. Am oberen und unteren Ende wurde die Anzeige ausgeblendet. Wenn

der gesamte Baum angezeigt worden wäre, hätte er mit
Sicherheit bis zum Saturn gereicht. »Ich habe das System ein bisschen manipuliert, damit niemand merkt,
dass ich hier bin. Ich muss es nachher vielleicht noch
etwas verstärken, damit es Unsichtbarkeitsmuster wiederholt, wenn ich mehrmals komme.« Er grinste. »Aber
ich glaube nicht, dass ich öfter kommen muss.«

Er berührte das Baumdiagramm, das wie ein Bohnen-
stängel nach oben schoss. Dann packte er es und zog
daran, als würde er eine Flagge an einem Fahnenmast
aufziehen. Plötzlich hörte er auf und starrte auf einen
Ordner des Computers. »Hast du was gehört, während
das Programm gelaufen ist?«, fragte er Megan.

»Ja. So eine Art Kreischen.«

»Dachte ich mir. Das ist nicht dein eigener Arbeitsplatz, sondern ein Klon, habe ich Recht?«

»Ja.«

»Jemand hat beim Klonen was hinzugefügt. Ein paar
Hilfsprogramme zum Abhören. Ziemlich übel.«

»Sind sie jetzt offline?« Wenn Mark die Abhörpro-
gramme deaktiviert hatte, wusste der große Unbekannte
vielleicht, dass man ihm auf der Spur war.

»Nein, sie laufen in einer Schleife. Vielleicht brauchst
du sie später noch zur Desinformation. Sie werden wieder aktiviert, wenn ich die Verbindung unterbreche.« Er
sah sich einige Bereiche des Verzeichnisbaums an, den
er dazu immer weiter aufklappte, dann hielt er wieder
inne.

»Aha.« Er legte einen Finger auf einen Order, der sich
in einen Baum von beträchtlicher Größe verwandelte.

»Das ist das Gateway zu den Hauptrechnern«, sagte er.
»Den Rechnern, über die der Zugang zu den Szenarien
erfolgt, die von den Xanadu-Leuten konstruiert werden.«

»Die Pavillons.«

»Genau. Millionen von Dateien. Ein hübscher Spielplatz.« Er lächelte. »Darum werde ich mich später kümmern.«

Er tippte einen anderen Ordner an. Dieser dehnte sich in der Luft zu einer Art Rahmen aus, der ein schwarzes Rechteck umgab. Mark starrte in die Schwärze, und Megan sah ihm dabei über die Schulter.

Sie konnte in dem Rahmen nur kleine, spitze Symbole in Form einer Pyramide sehen – vielleicht ein paar hundert –, die über eine im Dunkeln liegende Landschaft verteilt waren. »Was ist das denn?«, fragte sie.

Mark schmunzelte. »Die Pavillons. Schließlich waren Pavillons ursprünglich nur Zelte ...«

»Können wir von hier aus hineingehen und sie uns ansehen?«

»Nicht direkt. Es sei denn, du willst etwa achttausend Alarme auslösen. So sieht das System die Pavillonstrukturen von außen. Wenn wir uns ohne entsprechende Zugangsberechtigung in diese Landschaft wagen würden, würde sich das Ganze sofort abschalten.« Mark schüttelte den Kopf. »Aber es dürfte nicht lange dauern, bis wir sie haben.«

»Mark, komm schon! Wie willst du die Zugangsberechtigungen stehlen? Xanadu hat angeblich das beste Sicherheitssystem der Welt.«

Mark lächelte sie nur an. »Behaupten kann man viel.«

Megan schüttelte den Kopf, denn dieser Gedanke war ihr auch schon durch den Kopf geschossen. »Nur Werbung ...?«

»Nein, ich könnte wetten, dass ihre Sicherheit sehr gut ist. Aber niemand ist perfekt. Zum einen hatten sie mich nicht als Berater engagiert. Und zum anderen kann kein

System, das so komplex ist wie dieses, einbruchsicher sein. Es ist einfach zu viel Code vorhanden. Und selbst wenn man Fehler und Schlupflöcher gar nicht nutzt ...« Mark grinste noch etwas breiter als sonst. »Es gibt immer eine Hintertür.«

Megan sagte nichts dazu. Ihr war gerade eingefallen, dass man beim Bau von Xanadu einigen Regierungsvertretern auf den Bahamas, die genügend Macht hatten, um das Projekt zu fördern oder zu verhindern, mit Sicherheit »Anreize« in beträchtlicher Höhe angeboten hatte. Vermutlich hatten sie auch einige Vorteile für sich selbst verlangt. Und niemand wollte ein derart komplexes und leistungsfähiges Computersystem vor der Haustür haben, das man bei einem Notfall nicht still und heimlich infiltrieren konnte ...

»Okay, du hast jetzt das Implantat, und der Verteiler funktioniert auch«, sagte Mark. »Wenn wir reingehen, wird es keine Probleme mehr geben.«

»Vergiss Wim nicht«, erinnerte ihn Megan. »Ich habe dir doch erzählt, dass sein Vater von unserem großen Unbekannten reingelegt worden ist. Er hat mir geholfen, zu der ›Verbindung‹ zu kommen, die ich gestern Abend entdeckt habe, und zurzeit muss er gerade dafür büßen. Ich glaube, er hat ein Recht darauf mitzukommen.«

»Kann er uns helfen?«

Megan wusste nicht genau, was sie antworten sollte. »Vielleicht«, sagte sie. »Aber immerhin hat er mir schon geholfen. Indirekt. Ohne ihn wären wir nicht so weit gekommen.«

»Na schön. Aber er wird sich ganz schön beeilen müssen, wenn er mithalten will. Und du übrigens auch.«

Megan gab Mark einen leichten Schlag auf den Kopf. »He, du Angeber, ich kann schon mithalten. Sorg du dafür, dass alles gut geht. Schließlich steht die Ehre der Net Force auf dem Spiel. Abgesehen davon müssen wir verhindern, dass noch Schlimmeres geschieht.«

»Gehst du davon aus, dass es noch schlimmer wird?«

Megan nickte. »Ich glaube schon. Es eskaliert. Zuerst ist es nur Diebstahl gewesen. Dann sind Menschen dabei verletzt worden. Ein Mann, der in einen der Vorfälle verwickelt war, ist an einem Herzanfall gestorben. Viele Leute haben alles verloren, weil sie in ein Unternehmen von Wims Vater investiert haben. Innerhalb weniger Stunden war ihr Erspartes weg. Ich glaube nicht, dass wir abwarten sollten, was als Nächstes geschieht. Wir sollten uns den, der für das alles verantwortlich ist, schnappen.«

»Genau«, sagte Mark. »Hat Wim eigentlich das gleiche Implantat wie du?«

»Soweit ich weiß, ja.«

»Ich werde seins auch manipulieren müssen. Sonst ist er taub und blind, wenn er versucht, mit uns mitzuhalten ... und wir werden nicht auf ihn warten können. Dieses System hat ein paar sehr raffinierte Sicherheitsvorkehrungen, das kannst du mir glauben.«

Megan überlegte kurz. »Es könnte eine Weile dauern. Wir hören jetzt besser auf. Und abends dürfte es sowieso besser sein. Ein großer Teil der Gäste trifft sich dann im Empfangsgebäude und feiert, und der Bereich, in dem die Partys stattfinden, liegt direkt neben der Computerzentrale. Der Lärm könnte uns nützlich sein.«

»In Ordnung«, sagte Mark. »Wann?«

Megan war versucht, »spät« zu sagen. Falls man sie dann wieder beim Einbrechen erwischte, würden nicht allzu viele Leute davon erfahren. Aber irgendein Gedanke ging ihr im Kopf herum und sagte: nicht warten, lieber früher als später. »Zehn Uhr meine Zeit«, sagte sie dann.

»Alles klar. Stell über den Laptop eine Verbindung her, genauso wie eben. Du musst online sein und den Verteiler aktiviert haben. Wim muss zur gleichen Zeit an seinem Rechner sitzen. Gib ihm eine Kopie des Verteilers – schick ihm das Programm einfach als E-Mail rüber, aber verschlüsselt, und erklär ihm, wie er es installieren soll. Wenn der große Unbekannte im System unterwegs ist, wird es nicht lange dauern, bis er merkt, dass wir drin sind, daher werden wir sehr schnell sein müssen, um das zu kriegen, was du haben willst. Du wirst die Verbindung für mich lokalisieren müssen, damit ich sie untersuchen kann. Wenn wir rauskriegen, wer hinter der Sache steckt, dürfte es hier drunter und drüber gehen.«

Mark sah sich noch einmal um. Zu Megans Überraschung erschien plötzlich ein Staubwedel, mit dem er in der Luft herumfuchtelte.

»Ich lösche die Daten, damit keine Spur von mir zurückbleibt«, erklärte Mark. Er steckte den Staubwedel auch in seine Tasche. »Und zur Sicherheit überschreibe ich noch das Medium.«

Megan schüttelte den Kopf. »Sie hätten dich herschicken sollen«, sagte sie. »Du hättest sicher längst rausgefunden, wer dahintersteckt.«

Mark schüttelte ebenfalls den Kopf. »Das hätte nicht funktioniert. Jeder weiß, wer meine Eltern sind. Sie hätten mich gar nicht erst in die Nähe eines Computers gelassen. Du dagegen kannst im Hintergrund bleiben ... und bis jetzt läuft es doch sehr gut.« Das Lob kam etwas widerwillig, war aber ehrlich gemeint. »Du hast gute Vorarbeit geleistet. Und jetzt bauen wir auf dem Fundament auf, das du gelegt hast. Genau das tun die Leute von der Net Force. Nur die Zusammenarbeit zählt. In einem Team gibt es keine Helden ...«

Megan konnte sich denken, wo Mark das aufgeschnappt hatte. »Okay«, sagte sie. »Ich kümmere mich darum, dass Wim die Software bekommt.«

»Großartig. Der Laptop reicht vollkommen aus, und die Routine für den Zugangsklon lasse ich weiterlaufen ... Setz ihn einfach davor. Er bekommt eine Kopie der Änderungen, die ich bei deinem Implantat durchgeführt habe.«

»Gut. Und, Mark ...« Sie machte einen Vorschlag zu den Standardeinstellungen der Implantate. »Sie sollten so sein, dass die Einstellungen in regelmäßigen Abständen synchronisiert werden ... und zwar alle. Insbesondere das Niveau für das limbische System.«

»Äh, okay.« Er sah etwas verblüfft aus. »Ich kümmere mich darum.«

»Gut«, sagte Megan.

»Wenn ich weg bin, solltest du vielleicht ein kleines Ablenkungsmanöver starten.«

»Ich werde zu Hause anrufen und jammern, wie öde es hier ist«, sagte Megan. »Und dass mich hier jeder hasst und ich heute Abend zu Hause bleiben und den Kühlschrank plündern werde.«

»Klingt gut«, erwiderte Mark. »Dann bis zehn.«

Er verschwand aus ihrem Arbeitsplatz.

Megan hörte, wie das rosafarbene Rauschen immer leiser wurde. »Anruf nach Hause«, sagte sie zu ihrem Arbeitsplatz.

Ihr Gespräch dauerte fast eine Stunde. Natürlich hatten ihre Brüder kein großes Interesse an ihrer Meckerei, sondern wollten nur hören, wie es auf Xanadu war. Und ihre Mutter, die gerade nach Hause gekommen war, wollte wissen, wie es ihrem Vater ging. Sie vermisste ihn sehr und war gar nicht glücklich, als sie hörte, dass er im Moment nicht mit ihr sprechen konnte. »Ich muss seine Stimme hören«, beklagte sie sich. »Ich halte es hier nicht mehr aus. Vier Kinder, die sich dauernd beschweren, dass niemand sie liebt, weil sie nicht in das teuerste Resort der Welt dürfen, sondern zu Hause bleiben müssen ...«

Megan musste lachen. Trotzdem achtete sie darauf, die notwendigen »Desinformationen« loszuwerden. Als das Gespräch zu Ende war, schlich sie aus der Villa und ging zum Strand hinunter. Sie war nicht überrascht, auf Wim zu treffen, der hin- und herlief und sehr unglücklich aussah. Sobald er Megan sah, kam er mit dem Kopf-nach-unten-Schultern-vor-Gang auf sie zugestürmt, der normalerweise für seinen Vater reserviert war und einen denken ließ, dass man gleich von ihm umgerannt wurde.

»Geht's dir gut?«, fragte Megan schnell, bevor Wim zu schimpfen anfangen konnte.

Er öffnete den Mund und machte ihn gleich wieder zu. Sie hatte ihn überrascht. »Äh, ja.« Als wäre das etwas völlig Neues für ihn, fügte er hinzu: »Und wie geht's dir?«

Megan war etwas erstaunt. »Ganz gut«, sagte sie. »Glaube ich zumindest. Wenigstens wurde ich nicht ganz so heftig angebrüllt, wie ich erwartet hatte.«

»Ich schon«, sagte Wim niederschlagen. »Um einiges heftiger sogar.«

»Tut mir Leid«, sagte Megan. Sie meinte es wirklich so, da sie sich gut vorstellen konnte, wie sein Vater sich aus der Nähe angehört hatte. »Hör zu. Du musst mit in unsere Villa kommen und meinen Rechner benutzen.«

»Was hat dein Rechner, was meiner nicht hat?«

»Frag jetzt nicht. Komm einfach mit.«

»Ich kann nicht. Ich habe Hausarrest.«

»Wer weiß, dass du Hausarrest hast? Ich meine, hier bei den Villen? Wer würde deinem Vater sagen, dass er dich aus dem Haus hat gehen sehen?«

»Äh ...« Wim überlegte. »Weiß nicht.«

»Es spielt auch keine Rolle«, sagte Megan. »Komm einfach mit, denn wenn wir jemals herausfinden wollen, wer deinen Dad reingelegt hat, müssen wir dein Implantat manipulieren. Meins ist schon fertig. Ich habe jetzt Zugang zu sämtlichen Systembereichen ... und mein Helfer will dein Implantat so verändern, dass du auch rein kannst.«

Wim starrte sie an. »Warum sollte er das tun?«

»Das kann ich dir jetzt nicht sagen. Und später vielleicht auch nicht. Jetzt komm endlich!«

Er starrte sie an und nickte dann. Sie rannten zusammen in die Villa, und Megan holte den Laptop ... dann führte sie Wim nach oben ins Bad.

»Oh, nein«, sagte er.

Megan sah ihn wütend an. »Stell dich nicht so an. Los jetzt!«

Wim sah sie an, dann ging er ins Bad. Megan schloss die Tür. »Da.« Sie hielt den Laptop hoch. »Und jetzt rein mit dir.« *Wenn sie hier wirklich Abhöreinrichtungen installiert haben, werden sie sich über meinen letzten Satz ziemlich wundern,* dachte sie nicht ohne eine gewisse Befriedigung.

Wim schluckte, dann warf er Megan einen fragenden Blick zu. »Ist was in Planung ...?«

»Ja. Aber darüber wollen wir jetzt nicht reden, okay? Mach schon.«

Auf dem Weg nach draußen legte Megan den Laptop aus der Hand und holte schnell die Boom-Box. »Was macht dein Vater heute Abend?«, fragte sie, als sie wieder am Strand waren und die Boom-Box lief.

»Er nimmt seinen Pavillon ab. Endlich.«

Großer Gott, Wims Dad wird auch im System sein. Womit habe ich das verdient? Die Antwort darauf kannte Megan bereits. »Wim, heute Abend steigt die Sache. Halt dich bereit.«

Wim sah etwas verwirrt aus, nickte dann aber. »Wann gehen wir rein?«

»Um zehn. Du musst zehn Minuten vorher in deiner Netz-Suite sein und meine Suite anrufen. Der Code dürfte in dem kleinen Telefonbuch stehen, das unten in der Küche liegt. Du weißt schon, wo. Die Schubladen neben dem Kühlschrank.«

»Äh ... ich bin noch nie in der Küche gewesen. Wir haben eine Köchin.«

Megan legte kurz die Hand über die Augen. »Gut, dann kannst du gleich was lernen. Halt dich vom Kühlschrank fern, das könnte schlecht für dich sein. Und egal, was du tust, sei pünktlich. Lass dich von nichts und niemandem ablenken. Ich werde dir eine Datei rüberschicken. Entschlüssle sie, installier sie und starte sie, wenn wir anfangen. Und wenn es sein muss, schließt du dich in der Netz-Suite ein.«

»In Ordnung«, sagte Wim. Dann drehte er sich um und lief davon.

Megan wollte in die Villa zurück, sah dann aber zu ihrer Überraschung, dass ihr Vater zum Strand kam, zwischen den Palmen hindurch, die den Garten der Villa vom Sand trennten. Sie setzte sich an eine Stelle, wo sie keine nassen Füße bekam, und wartete auf ihn.

Er hatte es nicht eilig. Ein paar Minuten vergingen, bevor er neben ihr stand und auf das Meer hinaus sah. »Es ist wirklich wunderschön hier«, sagte er.

»Ja. Wie ist der Rest des Seminars gelaufen?«

»Ganz gut. Die Gruppe ist gar nicht schlecht. Das übliche Problem – Egos, die schwer am Geld leiden ... aber die Arroganz bröckelt schon ein bisschen. Wir werden sehen, wie sie sich morgen benehmen.«

Megan nickte.

»Und wie war dein Tag?«, fragte ihr Vater. »Nach diesem denkbar schlechten Start.«

Megan lächelte. »Ich habe mich heute Morgen mit jemandem unterhalten, der von Halvarson zu mir geschickt worden ist.«

»Hat es etwas genützt?«

»Ein bisschen schon.« Megan schluckte, weil sie sich daran erinnerte, dass ihr Vater vor der Abreise gesagt hatte, er wolle nicht alles wissen, was sie tat. Damals war sie sich sehr erwachsen und wichtig vorgekommen. Aber jetzt fühlte sie sich, als würde sie auf einem Ast sitzen, den vielleicht jemand absägen würde. »Dad, glaubst du, dass du mich heute Abend bei den anderen entschuldigen kannst?«

»Kein Problem«, sagte er, während er sich in den Sand neben sie setzte. »Du hast genug von dem vielen Essen. Oder den vielen Partys. Oder vielleicht ist dir das, was gestern Abend passiert ist, so peinlich, dass du beschlossen hast, zu Hause zu bleiben.«

Megan wurde rot. Sie sah Miss Wenders' Blick vor sich, der sie mit kühler Missbilligung gestraft hatte. Sie konnte gut darauf verzichten, das noch einmal zu erleben.

»Wie lange soll ich denn wegbleiben?«

»Lange«, sagte Megan. »Auf jeden Fall bis Mitternacht. Aber du solltest um zehn schon weg sein.«

»Das schaffe ich. Und du ... wo wirst du sein?«

»Oben in der Villa. In der Netz-Suite. Ich muss ein bisschen surfen.«

Ihr Vater nickte. »In Ordnung«, sagte er. »Ich glaube, heute steht ein Walzerabend auf dem Programm. Einige meiner ›Studenten‹ können sicher Walzer tanzen ... und nach dem Seminar heute werden sie sich die Gelegenheit nicht entgehen lassen, mir auf die Füße zu treten.«

»Du bist großartig.« Megan umarmte ihren Vater.

Er sah auf sie herunter. »Ja, das habe ich schon einmal gehört. Megan ... könnte das für dich gefährlich werden?«

Sie zögerte. »Ich glaube nicht.«

»Gut. Aber sei vorsichtig. Und übrigens ... Weidmannsheil.« Nur der Anflug eines Lächelns. »Komm, wir gehen rein, damit ich dich noch ein bisschen anschreien kann.«

Er stand auf und stapfte durch den Sand in Richtung Villa. Nach einer Weile folgte Megan ihm. Sie brachte es sogar fertig, ein bisschen deprimiert auszusehen.

5

Der Rest des Nachmittags war für Megan nicht gerade einfach. Sie versuchte, sich zu entspannen, aber das war unmöglich. Sie wäre gern am Strand spazieren gegangen, hatte aber Angst, dass sie Jacob Rigel traf und er vielleicht fragte, warum sie noch nicht an seinem virtuellen Riff Tauchen gewesen war. Obwohl sie nichts lieber getan hätte, als sich das Riff anzusehen, wollte sie es nicht ausgerechnet an diesem Nachmittag tun, an dem sie sich vor lauter Nervosität wegen des bevorstehenden Überfalls auf das System von Xanadu auf rein gar nichts konzentrieren konnte. Daher versteckte sie sich in der Villa und plünderte den Kühlschrank, in dem wieder ein Hummer aufgetaucht war.

»Immer, wenn ich nicht hinsehe, wird etwas geliefert«, sagte ihr Vater gegen sieben, während er seinen Schrank nach der geeigneten Kleidung für einen Walzerabend durchsuchte. »Ich frage mich, ob es hier so etwas wie einen stummen Diener und einen unterirdischen Tunnel mit einem Fließband zur Küche gibt.«

Megan schüttelte den Kopf, während sie das kleine Glas mit Limonenmajonäse aufschraubte, das mit dem Hummer gekommen war. »Nein, das machen die Angestellten«, sagte sie. »Sie sind Experten darin, alles so unauffällig wie möglich zu erledigen. Wie die Leute, die den Kies harken oder ständig mein Fahrrad putzen.«

»Bist du sicher? Hast du schon einmal einen dieser dienstbaren Geister gesehen?«

Er scherzte, aber in seiner Stimme lag ein warnender Unterton, der Megan sofort auffiel, obwohl sie bezweifelte, dass jemand, der ihren Vater nicht gut kannte, es bemerkt hatte. Auch ihm war aufgefallen, dass dieser diskrete, perfekte Service nur eines bedeuten konnte – die Gäste auf Xanadu wurden ständig überwacht. Selbst wenn man davon ausging, dass dies aus lauteren Motiven geschah, war es doch nur schwer zu ertragen. *Aber ich vermute mal, dass reiche Leute es sowieso gewöhnt sind, die ganze Zeit beobachtet zu werden,* dachte Megan. *Oder bewacht zu werden, weil jemand sie entführen oder ihr Eigentum stehlen will ...* Bei dem Gedanken daran verlor Reichtum für sie einiges an Attraktivität. *Was auch immer man mit Geld kaufen kann,* dachte sie, *Freiheit und Privatsphäre gehören offenbar nicht dazu ...*

Gegen acht war ihr Vater, der einen Smoking trug und blendend aussah, ausgehbereit. »Schließ hinter mir ab. Ich werde vermutlich erst nach Mitternacht wieder hier sein«, sagte er, als er hinausging.

»Okay. Viel Spaß.«

Sie winkte ihm nach, während er über den Kies schlenderte und den Pfad zur Straße hinaufging, dann schloss sie die Tür, sperrte ab und vergewisserte sich, dass alle anderen Türen ebenfalls abgeschlossen waren.

Jetzt hat er mich mit seiner Bemerkung über einen unterirdischen Tunnel ganz nervös gemacht. Vielen Dank, Daddy, dachte Megan.

Sie seufzte und ging nach oben in die Netz-Suite, wo sie einen Moment in der Tür stehen blieb und den wunderschönen, exorbitant teuren Computer ansah. *Ich habe gesagt, dass ich surfen will. Vermutlich schadet es nichts, wenn ich jetzt online gehe und die Spam-Mails lösche, die in meinem virtuellen Arbeitsplatz auf mich warten,* überlegte sie. *Wenn mich jemand dabei beobachtet, wird er sich fürchterlich langweilen.*

Genau das tat sie dann auch. Sie setzte sich, ging ins Netz und war kurz darauf in ihrem Amphitheater mit Blick auf den Saturn. Sie ging die Stufen hinunter zu der Bühne, wo ihr Stuhl stand. »Okay«, sagte sie zu ihrem System. »Aufräumen ...«

Gehorsam gab die Kiste, in die sie den Cyberjunk gestopft hatte, ihren Inhalt frei, der daraufhin in der Luft schwebte. Innerhalb kurzer Zeit hatte sich die Bühne ihres Amphitheaters in einen Spielplatz für psychokinetische Kleinkinder verwandelt: Überall flogen grellbunte Würfel, Kugeln und Pyramiden herum. Einige, die bereits mehrere Tage gespeichert waren, fingen mit leisen Piepsstimmen an zu rufen: »Lies mich zuerst! Lies mich zuerst!«

Megan verdrehte die Augen und machte sich an die Arbeit. Sie rief eine Uhr auf, die ihr Gesellschaft leisten sollte. Die Uhr schwebte in der Luft und zeigte die Zeit an, während Megan eine Nachricht nach der anderen las und gleich darauf löschte – Fragebögen, die sie ausfüllen sollte, das beste Käsekuchenrezept der Welt für fünf Dollar, eine Methode, um sofort reich zu werden. Bei dieser E-Mail musste sie schmunzeln. *Wenn Reichwerden wirklich so einfach ist, warum macht sich der Absender dann die Mühe, mir eine Werbemail zu schicken?*, wunderte sich Megan.

Sie löschte die E-Mail mit großer Befriedigung, genau wie die vielen anderen, in denen ihr Immobilien, Schlankheitspillen und Diäten, mit denen sie in nur sechs Wochen ihr Körpergewicht um die Hälfte reduzieren konnte, angeboten wurden. Nach einer Weile machte ihr diese Arbeit sogar so viel Spaß, dass sie nicht mehr auf die Zeit achtete. Als sie plötzlich einen Glockenschlag hörte – das Signal, das sie vorhin eingestellt hatte –, bemerkte sie überrascht, dass es schon zwanzig vor zehn war.

Megan nahm den Laptop, den sie neben ihren Stuhl gelegt hatte, und verließ den virtuellen Arbeitsplatz. Dann startete sie das Zerhackerprogramm, aktivierte die Verbindung zum Laptop und zum Netzcomputer, rief wieder ihren virtuellen Arbeitsplatz auf, der jetzt abhörsicher war ... und wartete.

Drei Minuten später kam Mark, der Jeans und ein

T-Shirt mit der Aufschrift DIE GUTEN WERDEN DIE ERDE ERBEN – WIR ANDEREN WANDERN AUF DIE STERNE AUS trug. Er sah sich die Überbleibsel von Megans E-Mails an – auseinander gebrochene, leere Hüllen der geometrischen Objekte, die auf dem Marmorboden lagen – und sagte: »Mann, du hast vielleicht Nerven ...«

Megan stand auf und streckte sich. »Dass ich nicht lache«, sagte sie. »Wenn ich es mir nicht schon längst abgewöhnt hätte, würde ich mir jetzt vor Nervosität die Fingernägel abbeißen. Das hier ist ein guter Ersatz dafür. Bist du so weit?«

Mark klopfte auf die Taschen seiner Jeans. »Das schwere Geschütz habe ich dabei«, sagte er. »Sie werden natürlich eine ganze Armada an Sicherheitsvorkehrungen auffahren, wenn man sich von innen in ihre Systemprotokolle hacken will ... aber gegen das, was ich dabei habe, werden sie nichts ausrichten können. Glaube ich zumindest.«

»*Glaubst* du?«

Er zuckte mit den Achseln. »Wie soll ich es wissen, bevor wir es ausprobiert haben? Wir müssen die Gunst der Stunde nutzen.« Er sah sich um. »Wo ist dein Freund?«

»Er hat noch nicht angerufen.«

Mark nickte und ging zum Rand der »Bühne«, wo er stehen blieb und zum Saturn sah, der gerade aufging. »Ich habe mir überlegt, dass es vielleicht klüger ist, den Einbruch von seinem Arbeitsplatz aus durchzuführen, wenn er einverstanden ist. Bei deinem hat es bereits eine Unterbrechung der Abhöreinrichtungen gegeben, die unser großer Unbekannter reingeschmuggelt hat. Wer auch immer hinter dieser Sache steckt, wenn er dich scharf beobachtet, hat ihn das vielleicht aufgeschreckt.

Aber Wims Arbeitsplatz ist noch nicht manipuliert worden und wird daher völlig unverdächtig aussehen.«

»In Ordnung«, sagte Megan. »Er wird gleich da sein. Dann können wir ihn fragen.«

Megan griff in die Luft und holte den Besen, der für das Programm stand, mit dem sie die Platte ihres Computers aufräumte. Sie fegte damit die auseinander gebrochenen Hüllen der gelöschten E-Mails zusammen, die beim Kehren verschwanden. Mark sah ihr belustigt zu. »Wie drollig.«

Sie kicherte. »Das könnte ich von deinem Staubwedel auch behaupten.« Wieder ertönte ein Glockenschlag. Megan hob den Blick. »Akzeptieren ...«

Wim kam herein. Er war zur Abwechslung einmal lässig gekleidet – Jeans, T-Shirt und Schuhe, alles schwarz, was in starkem Kontrast zu dem »Urlaubslook« in schreiend bunten Farben stand, den er die letzten Tage getragen hatte. Er sah sich um, warf einen Blick auf den Saturn und ging dann bis zum Rand der Bühne, wo er ins All starrte. »Sehr beeindruckend«, sagte er nach einer Weile.

»Danke.« Megan warf den Besen in die Luft, wo er verschwand. »Wim, das ist Mark Gridley. Er wird uns helfen ... das zu tun, was wir heute Abend vorhaben. Er hat auch dein Implantat manipuliert.«

Wim ging zu Mark hinüber und gab ihm die Hand. Megan riss die Augen auf. Sie fragte sich, ob das noch der Junge war, den sie vor ein paar Tagen kennen gelernt hatte und der es bis vor Kurzem fertig brachte, einen nach zwei Sekunden schon zu beleidigen. »Megan hat gesagt, dass du dich gut mit Computern auskennst.«

Mark nickte. »Wie gut, werden wir gleich feststellen können. Ich habe gerade zu ihr gesagt, dass es besser wäre, von deinem Arbeitsplatz aus zu arbeiten.«

»Kein Problem. Brauchst du die Adresse?«

»Hast du sie dabei?«

»Ja. Zumindest die lokale Version davon.« Wim griff in die Tasche und zog eine leuchtende Textzeile heraus.

Mark nahm sie ihm aus der Hand und sah sie sich an. »Sie haben deine beiden Arbeitsplätze hinter einer Firewall platziert, die den Hauptrechner von Xanadu absichert.«

»Ist das ein Problem?«, fragte Wim.

»Das werden wir sehen, wenn wir dort sind. Machst du ihn auf?«

Wim nickte und fuhr mit dem Finger über einen kleinen Kreis, der etwa in Bauchhöhe in der Luft schwebte.

In der gedämpften Beleuchtung von Megans Arbeitsplatz öffnete sich eine Tür, hinter der es sehr hell war. »Kommt mit«, sagte Wim und ging durch die Tür. Megan und Mark folgten ihm.

»Himmel, was ist das denn, Wim?«, fragte Megan, als sie auf der anderen Seite herauskam. Sie stand auf einem alten Kopfsteinpflaster und sah sich verwundert um. Über einem Innenhof, der von einem drei- oder vierstöckigen Gebäude mit Buntglasfenstern umgeben war, wölbte sich ein blauer, mit Rot und Orange überzogener Himmel, an dem gerade die Sonne unterging. Über ihnen ragten zu beiden Seiten hohe Türme mit Kegeldächern auf, die ebenfalls mit Buntglasfenstern versehen waren. Die weißen Mauersteine der mit blauen Dachziegeln gedeckten Türme schimmerten im Licht des Sonnenuntergangs.

»Das ist ein Schloss von König Ludwig irgendwo in

den Bergen, stimmt's?«, sagte Mark, während er sich umsah. »In Bayern.«

»Neuschwanstein«, erwiderte Wim ein wenig verlegen. »Wir haben ein Haus in der Nähe. Mein Vater hat mal versucht, das Schloss zu kaufen ...« Er lachte, als wäre es ihm peinlich. »Die Regierung wollte es nicht verkaufen. Aber mir hat es gefallen. Daher habe ich es mir virtuell geliehen, und bis jetzt hat noch niemand was dagegen gehabt.«

Megan war beeindruckt. Am virtuellen Arbeitsplatz konnte man in der Regel erkennen, ob der Besitzer sich um Details kümmerte oder nicht. Einige Arbeitsplätze – wie Marks zum Beispiel – waren spartanisch gestaltet, weil ihre Besitzer der Meinung waren, sie hätten Wichtigeres zu tun, als sich Gedanken wegen der Inneneinrichtung zu machen, oder nur das Ergebnis ihrer Arbeit im Auge hatten. Für solche Leute hatte der virtuelle Arbeitsplatz nicht mehr Bedeutung als ein ganz normales Büro. Aber hier stimmte alles bis ins Detail. Jeder Stein in den Mauern saß am richtigen Platz, jeder Pflasterstein im Innenhof sah echt aus und fühlte sich auch so an.

»Das hast du ganz fantastisch gemacht«, sagte sie. »Ich würde gern mal wiederkommen, wenn wir mehr Zeit haben.«

»Wenn du möchtest – gern.« Wim hörte sich überrascht und etwas steif an. »Aber was müssen wir jetzt eigentlich machen?«

Mark griff in die Tasche seiner Jeans und zog ein Programmsymbol heraus, das so ähnlich aussah wie jenes, das er Megan für ihr System gegeben hatte. »Wim, kannst du den Verzeichnisbaum für deinen Arbeitsplatz aufrufen?«

Wim griff in die Luft und zog ihn wie ein altmodisches Springrollo herunter. »Danke«, sagte Mark. Dann öffnete er die Verzeichnisse des Baums, bis der Ordner angezeigt wurde, nach dem er gesucht hatte. »Da haben wir ihn ja ...«

Mark schob das Programm hinein. Wieder setzte das hohe, kaum zu ertragende Kreischen ein, dieses Mal aber lauter und länger, als Megan es in Erinnerung hatte. Nach einer Weile pendelte es sich auf ein tiefes rosafarbenes Rauschen ein.

Mark schüttelte den Kopf. »Hier hatten sie eine Menge zusätzliche Abhöreinrichtungen installiert«, sagte er. »Wird dieser Arbeitsplatz auch von deinem Dad benutzt?«

»Ja. Ich kann ihn nur benutzen, wenn er gerade nichts zu tun hat.« Wim sah verwirrt aus. »Aber als wir hergekommen sind, hat er die Suite und den Arbeitsplatz auf Wanzen untersuchen lassen, das macht er immer ...«

»Natürlich. Das ist ja auch vernünftig. Und wie oft ist er seitdem überprüft worden?«

Wim machte den Mund auf und gleich wieder zu.

»Siehst du. Wie oft sind die Angestellten hier in der Villa gewesen? Haben die Bettwäsche gewechselt, die Badezimmer geputzt, all das gemacht, was zum Service gehört ... Ich glaube, seit ihr hergekommen seid, sind hier so viele Wanzen platziert worden, dass man fast schon von einer Insektenplage sprechen könnte. Aber das spielt jetzt keine Rolle mehr ... wir haben Wichtigeres zu tun.« Mark wandte sich an Megan. »Du musst die Verbindung wiederfinden, die dir gestern Abend aufgefallen ist.«

»Wir können in etwa zehn Sekunden in der virtuellen Computerzentrale sein«, sagte Megan. »Es spricht nichts dagegen, die Abkürzung zu nehmen.«

»Die Computerzentrale wird gut gesichert sein«, sagte Mark. »Das werden wir einfach ignorieren und weitergehen. Vermutlich kann ich uns mit den normalen Blanker-Codes für das Betriebssystem des Hauptrechners Zugang verschaffen. Die habe ich mir schon besorgt. Aber wahrscheinlich sind damit Adressen verknüpft, die unser großer Unbekannter mit Stolperdrähten gesichert hat. Sobald eine davon aufgerufen wird, weiß er, dass ihm jemand auf der Spur ist ... und ich könnte wetten, dass er für seine vertraulichen Informationen noch ein paar zusätzliche Sicherheitsvorkehrungen eingebaut hat. Damit könnte es Probleme geben. Seid darauf gefasst, dass ihr unter Umständen schnell verschwinden müsst, und vergewissert euch, dass der Zerhacker aktiviert ist. Wir wollen schließlich keine Spuren hinterlassen.«

Megan und Wim nickten.

»Dann los«, sagte Mark. »Megan?«

Sie nickte und starrte in die Dunkelheit. Vor ihr erschien die Landschaft, die sie und Wim schon einmal gesehen hatten, die virtuelle Reproduktion von Xanadu. Dieses Mal wollte Megan allerdings nicht bis zum Empfangsgebäude laufen. Sie stürzte sich kopfüber in die Finsternis und flog. Wim und Mark folgten ihr, während sie im Sturzflug auf das Empfangsgebäude zuschoss, an dessen Rückseite manövrierte und ohne zu zögern durch die Tür mit der Aufschrift NUR FÜR PERSONAL stürmte.

Mcgan wusste, dass die Tür für Gäste von Xanadu verschlossen war, aber für jemand mit den Zugangsberechtigungen, die die drei jetzt hatten, stand sie weit offen. Dank Marks Manipulationen an ihren Implantaten würden sie vermutlich auch keinen Alarm auslösen. Als sie in der Computerzentrale waren, stand Megan wieder mitten in dem Spinnennetz aus Licht, dessen Fäden vom Zentrum wegstrebten und dann zurückgeworfen wurden, bis auf einen ...

... der aber nicht da war.

Megan stockte der Atem. Wütend drehte sie sich um und suchte nach der Verbindung.

»Beruhig dich, Megan«, sagte Mark. »Atme! Sie haben doch nur die Frequenz geändert ...«

Die Frequenz. Höher oder tiefer? Sie sah sich um und zwang sich, normal zu atmen und das Netz anders zu sehen. Blauer, eine höhere Frequenz ...

»Nichts.« Sie schüttelte den Kopf, holte noch einmal tief Luft und zwang ihre »Augen« in einen tieferen Frequenzbereich, der die Rottöne enthielt, damit sie nach langsameren, weniger energiegeladenen Datenströmen suchen konnte. Sie drehte sich einmal um sich selbst ...

Da! Schwach. Schwach, aber vorhanden. Ein dünner, blassroter Faden, der durch eine Wand führte.

»Dort!« Sie zeigte auf den Lichtstrahl.

Mark rannte an ihr vorbei, stürzte sich auf die Verbindung und hielt sich daran fest.

Um sie herum wurde es noch dunkler, bis die drei in einem Kreis aus Licht standen, der von tiefster Schwärze umgeben war. »Ich installiere das Fluchtprogramm«, sagte Mark, »damit wir schnell von hier wegkommen, wenn es sein muss. Ihr braucht nur ›nach Hause‹ zu rufen, dann wird es aktiviert. Wir werden sofort zu Wims Arbeitsplatz transportiert, und der Zerhacker löscht alle Spuren, die darauf hinweisen, dass wir hier gewesen sind. Fertig?«

»Ja«, sagte Megan.

»Fertig«, kam es von Wim.

»Dann alle raus aus dem Licht ...«

Sie traten zusammen aus dem Lichtkreis heraus. Hinter ihnen wurde es schlagartig dunkel.

Megan roch es zuerst. Essen. Jemand brutzelte gerade etwas. Sie nahm auch einen süßlichen Duft wahr und einen Geruch, der sie an gerade ausgeblasene Kerzen erinnerte. Es war nicht vollkommen dunkel. Ein gedämpftes rotes Licht breitete sich immer mehr aus, und in einiger Entfernung hörte sie Musik – Hörner, Violine und Gesang. Ein Schauer lief ihre Nervenbahnen entlang und ließ sie Vorfreude und Nervosität empfinden. Mehr Nervosität, als sie erwartet hätte.

Limbisch, dachte Megan, und plötzlich machte es in ihrem Kopf »Klick« – das Puzzleteil, das ihr gefehlt hatte, die Tatsache, an die sie sich schon seit Tagen zu erinnern versuchte. Das limbische System verarbeitete nicht nur Geruch. Es verarbeitete auch Angst.

Megan rieb sich nachdenklich den Nacken. *Wenn man ein Implantat entsprechend manipuliert,* dachte sie, *kann man jemandem Angst machen, wann immer man will ...*

Natürlich wurden Xanadus Protokolle wieder aus den Implantaten der Gäste gelöscht, wenn diese die Insel verließen. *Aber wenn ein cleverer Techniker ... jemand, der es arrangieren kann, dafür sorgt, dass einige Codierungen der Implantate nicht gelöscht werden? Damit man im entscheidenden Moment ... in Angst und Schrecken versetzt werden kann, so, wie es mir in »Pompeji« ergangen ist? Man wird von dem Gefühl überwältigt ... und kann nichts dagegen tun. Man spürt die Angst ... und tut dann vielleicht das, was einem die Stimme befiehlt.* Für Menschen, die Macht wirklich genossen, ergaben sich dadurch viel zu viele beängstigende Möglichkeiten ...

Der Gesang wurde immer lauter. »Ist das der Pavillon von deinem Dad?«, flüsterte Mark.

»Ein Teil davon«, antwortete Wim genauso leise. Er klang ziemlich nervös. »Was ist mit den Sicherheitsvorkehrungen?«

»Für den äußeren Bereich? Die haben wir schon hinter uns.«

»Einfach so?«

»Nicht ›einfach so‹«, fuhr Mark ihn an. »Das war ganz schön schwierig. Zum Glück haben wir Hilfe von ganz oben. Die Net Force und mein Dad haben ihre Verbindungen spielen lassen. Aber beim inneren Bereich können sie uns nicht helfen, und wir haben noch keine Ahnung, wie es dort aussieht. Kommt jetzt.«

Sie gingen durch die Dunkelheit. Als sich ihre Augen daran gewöhnt hatten, wurde es langsam heller. Die drei waren in einer riesigen, gemauerten Halle, an deren Wänden Pechpfannen angebracht waren. Das Feuer, das in den Pfannen brannte, spendete nur sehr wenig Licht. Hier und da waren ein paar Möbelstücke auf dem Steinboden der Halle verteilt – Tische, Stühle und Liegen in römisch-antikem Stil –, aber sonst gab es hier nichts.

»Ich glaube, an diesem Szenario hat unser großer Unbekannter vor kurzem noch gearbeitet«, sagte Mark. »Deshalb hat uns der ›Faden‹ auch direkt hierher gebracht.«

»Es könnte gut sein, dass er immer noch daran arbeitet«, warf Wim ein. »Die Übergabe des Pavillons steht unmittelbar bevor.« Er sah sich um.

»Wenn wir noch eine Weile warten, findet hier vielleicht eine Party statt«, sagte Megan.

»Dann sollten wir besser verschwinden«, murmelte Wim.

»Ich nehme an, du bist nicht sonderlich versessen darauf, deinem Vater hier über den Weg zu laufen«, sagte Mark, als sie auf eine zweite Lichtquelle zugingen, die eine Tür zu sein schien.

»Darauf kannst du wetten.« Wim klang wieder sehr nervös.

»Ich habe Neuigkeiten für euch. Da wir die exakte Position oder Adresse für den ›Vordereingang‹ des Pavillons nicht kennen, müssen wir vielleicht ... hoppla.«

»›Hoppla‹?«, wunderte sich Wim, als Mark sich gegen die Wand neben der Tür presste. Megan tat das Gleiche und drückte Wim mit der Hand gegen die Mauer.

Die Musik und der Lärm waren schlagartig näher gekommen. Plötzlich trat eine Gruppe fröhlicher Leute durch die Tür links von ihnen, von denen manche mehr, manche weniger und manche gar nichts anhatten. Sie schwenkten Weinpokale und hielten die Reste eines Festmahls in den Händen. Unter den Feiernden war Arnulf Dorfladen, der ungewohnt glücklich aussah und eine Toga trug. Auch er hatte einen Weinpokal und war von einigen sehr attraktiven Frauen umgeben. Danach kamen noch mehr Leute herein – Musiker, Jongleure und ein Dompteur mit mehreren Leoparden an der Leine. Die Musik folgte den ausgelassenen Teilnehmern des Gelages, als würde jemand die Wiener Philharmoniker in einem Schubkarren hinterherschieben. Die Entourage verteilte sich in der Halle, und die Musik wurde immer wilder.

»Das ist tatsächlich *Tannhäuser*«, flüsterte Megan kopfschüttelnd, während sie einen Blick auf das Gelage warf. Die Erbauer des Pavillons hatten ziemlich genau eine schlüpfrige Szene aus einer Wagneroper kopiert – zumindest war sie 1892 noch schlüpfrig gewesen –, die berühmte Szene im »Venusberg«, in der die Göttin Venus den in Ungnade gefallenen Ritter Tannhäuser wieder in ihren Zauberberg zu locken versuchte. Was das Ganze mit Zauberei zu tun hatte, wusste Megan nicht mehr so genau. Bei dieser Version hatte der »Regisseur« eine schummrige Beleuchtung eingesetzt, die eher an einen etwas schmuddeligen Nachtklub erinnerte, und viele schöne Menschen, die tanzten, aßen, tranken und sich gegenseitig verführerische Blicke zuwarfen, auf die »Bühne« geschickt. In der Luft lag der Geruch nach Schweiß, Wein, Weihrauch und Essen, das plötzlich auf den Tischen aufgetaucht war. Dank Xanadus Software roch alles sehr verführerisch. Megan warf Mark einen warnenden Blick zu, um ihn darauf hinzuweisen, dass es keine gute Idee wäre, sich jetzt über die Fantasien von Wims Vater lustig zu machen, vor allem deshalb nicht, weil sie ein bisschen geschmacklos waren.

Wim starrte den Teilnehmern des Gelages nach.

»Wie war das? Kein Sex?« Megan konnte es sich einfach nicht verkneifen, aber das war der einzige Kommentar von ihr.

Wim sah etwas betreten drein und sagte keinen Ton.

»Ich glaub's einfach nicht«, staunte Mark.

»Was ist denn?«, wollte Megan wissen.

»Der Typ da drüben hat einen Hamburger in der Hand.«

Megan verdrehte die Augen. »Das ist vermutlich ein Scherz des Programmierers. Irgendwie müssen sie sich ja beschäftigen. Wo gehen wir jetzt hin?«

»Zum Vordereingang, das wollte ich ja gerade sagen. Dort sind die ›Indicia‹ – die Notizen und Anmerkungen der Programmierer und das Gateway zum Basiscode des Pavillons, falls wir wirklich so tief reinmüssen.«

Sie schlichen sich durch die Tür und gingen durch den nur schwach beleuchteten Korridor. »Alles in Ordnung?«, fragte Megan Wim.

Sein Gesichtsausdruck war im Halbdunkel nur schwer zu erkennen. »Mir ging's schon schlechter.«

Sie eilten durch einen Raum, der bis auf einige am Boden liegende Weinpokale und Unmengen Rosenblätter leer war. Am anderen Ende lag ein riesiger Bogengang. Er war mit einer Inschrift versehen, die in großen, fremd aussehenden Schriftzeichen tief in den Stein gehauen worden war. Mark lachte, er sie sah.

»Was ist denn so lustig?«, wollte Megan wissen.

»Wer sind Nasil und Len?«

»Zwei von den Programmierern.«

»Sie haben ihre Arbeit signiert. Da oben auf dem Bogen.« Mark ging zu dem Mauerbogen und fuhr mit den Händen am Rand entlang. »Ich hatte Recht. Hier ist der Eingang zu den Indicia ...«

Er zog einen Bund mit Schlüsseln aus der Tasche – die Symbole für verschiedene Programmier- und Entschlüsselungsroutinen – und machte sich an die Arbeit. Megan glaubte, in einiger Entfernung eine Alarmglocke zu hören, die so ähnlich klang wie der Feueralarm in ihrer Schule – in dieser Umgebung ein sehr unpassender Ton. »Mark ...!«

»Ja, gleich ...« Er probierte einen Schlüssel nach dem anderen aus: große aus Eisen, kleine, zierliche, mit denen man altmodische Hängeschlösser öffnen konnte, lange mit vielen Zähnen, die so aussahen, als gehörten sie zu einem Bankschließfach ...

Auf einer Seite des Bogens öffnete sich plötzlich ein schwarzes Loch. »Hier rein«, sagte Mark. »Schnell!«

Sie schlüpften hindurch. Das gedämpfte rote Licht hinter ihnen verschwand, und das Läuten der Alarmglocke hörte auf. Von oben fiel ein helleres goldenes Licht auf sie herab, dessen Quelle nicht auszumachen war.

Mark sah sich zufrieden um. »Sie müssen erst vor kurzem hier gewesen sein«, sagte er.

»Ja, du hast Recht«, bestätigte Megan. Der virtuelle Raum, in dem sie jetzt standen, war ungefähr so groß wie das Wohnzimmer ihrer Villa und voll gestopft mit allen möglichen Symbolen in Objektform, von denen einige ordentlich aufeinander gestapelt und andere nur zu Haufen zusammengeschoben waren.

»Die hier werden sie löschen, wenn sie sicher sind, dass der Pavillon funktioniert«, sagte Mark. »Aber das da sind sämtliche Quelldateien, mit denen er gebaut wurde. Alle Grafiken, die Bewegungs- und Farbdateien, die Referenzdateien, ihre Anmerkungen ...« Er warf einen kurzen Blick darauf. »Die Software von Xanadu ist gar nicht so innovativ, wie sie einem immer vormachen«, sagte er. »Okay, die Bandbreite ist höher als üblich, und es gibt ein paar zusätzliche ›Frequenzen‹. Aber die Struktur ist die gleiche ...«

»Was ist das?«, fragte Megan, die zu einem Stapel aus Symbolen gegangen war, die wie kleine Bücher aussahen.

Mark sah sich die Symbole an. »Dateien für Zeitpläne oder so was Ähnliches ...«

»Die gehören meinem Dad«, sagte Wim plötzlich.

»Wie bitte?«, fragte Megan erstaunt.

Wim nahm eines der Objekte in die Hand, steckte den Daumen hinein und tippte ein paarmal mit dem Finger darauf. »Ich kenne die Passwörter für diese Dateien«, sagte er. »Mein Dad hat sie mir gesagt. Es sind nur Seiten aus seinem Terminkalender.«

Das Objekt in seiner Hand fing zu leuchten an. Vor ihm in der Luft erschien plötzlich Text. Mark kam herüber und sah ihn sich an. »Anprobe Szenario«, las er. »Donnerstag, 20.10 Uhr ...« Er tippte auf die Seite, die vor ihm in der Luft hing, und mehr Text wurde angezeigt. »Und eine ganze Menge weitere Termine. Konferenzen, Abendessen ...«

»Da sind noch ziemlich viele von diesen Dateien«, sagte Megan, die sich den Stapel aus Symbolen ansah. Sie nahm eines der Objekte und drehte es herum. »Jemand hat Kopien vom Terminkalender deines Vaters gemacht. Konferenzen, reale und virtuelle ...«

»Mein Vater hat Auszüge aus seinen Dateien nach Xanadu geschickt«, sagte Wim. »Sonst wären sie nicht in der Lage gewesen, einen Termin für die Anproben zu finden.«

»Das sind keine Auszüge«, sagte Mark, der ein anderes Symbol in die Hand nahm und es genauer untersuchte. »Das sind die vollständigen Dateien. Ganze Monate mit Konferenzen, Notizen und privaten Informationen. Sie sind verschlüsselt gewesen ... früher mal.«

»Er hat sich irgendwie die Verschlüsselungscodes beschafft«, sagte Megan, »und alle Dateien kopiert. Er wusste, wo Wims Dad sein würde ... was er tun und mit wem er sich treffen würde.«

»Wen meinst du mit ›er‹?«, fragte Wim.

»Ich könnte wetten, dass einer der beiden Programmierer, die den Pavillon für Wims Dad gebaut haben, unser großer Unbekannter ist«, sagte Mark. »Aber dafür haben wir noch keine Beweise. Bestenfalls Indizienbeweise, und die haben vor Gericht keinen Bestand. Wir haben mindestens einen Hinweis darauf, wie die Person wissen konnte, an welcher virtuellen Besprechung dein

Vater teilnehmen und wann sie stattfinden wird. Wenn er noch andere Unterlagen deines Vaters in die Finger bekommen hat, wusste er genau, was er bei solchen Besprechungen sagen musste, um den gewünschten Eindruck entstehen zu lassen. Vermutlich hatte er sogar die Protokolle der vorherigen Besprechungen, damit er bei einer eventuellen Diskussion weiß, um was es geht, und niemandem auffällt, dass er gar nicht Wims Vater ist.«

»Übel«, sagte Megan.

»Aber die Dateien helfen mir nicht weiter.« Mark warf das »Buch« weg, das er gerade in der Hand hielt. »Ich brauche Verbindungen zum Arbeitsplatz des Programmierers. Er muss irgendwo im System eine Art Raum haben, in dem er die brisanten Sachen speichert.«

»Ein Keller für die Leichen«, warf Wim ein.

Mark grinste ihn an. »Wenn *ich* so was durchziehen würde, würde ich mein Material nicht in meinem Hauptsystem aufbewahren. Es sei denn, ich wäre sehr sicher, dass es niemand findet.« Sein Grinsen wurde breiter. »Aber in dieser Hinsicht haben sich Programmierer nicht zum ersten Mal geirrt ... Vielleicht haben wir damit Erfolg.«

Mark griff in die Tasche und zog einen kleinen schwarzen Kasten heraus, das Symbol für einen anderen Satz von Verarbeitungsroutinen, vermutlich solche, über die er nicht so gern sprach. »Darstellungen in diesem Bereich scannen. Gemeinsame Verbindungen anzeigen«, sagte Mark zu dem Symbol.

Er richtete den Kasten auf die Symbolstapel und führte einen Scan durch. Plötzlich leuchteten viele Symbole in verschiedenen Farben.

»Das dachte ich mir schon«, murmelte er. Er veränderte etwas an den Einstellungen des kleinen Kastens und richtete ihn noch einmal auf das Symbol, das er gerade auf den Boden hatte fallen lassen, die Datei mit den Terminen von Wims Vater. »Hier. Fang.« Mark warf das Symbol zu Wim hinüber. »Kannst du den Eintrag für die Besprechung finden, an der dein Vater nicht wirklich teilgenommen hat?«

»Das dürfte kein Problem sein«, murmelte Wim. Er berührte das Symbol, um die Codierung zu öffnen, dann verdrehte er es so lange, bis die richtige Seite des Terminkalenders als Text in der Luft hing. »Genau hier ...«

»Danke.« Mark richtete seinen schwarzen Kasten auf den Text. »Datenstrom und Unterschrift einlesen«, sagte er. Dann drehte er sich wieder zu den anderen Symbolen hin. »Gemeinsame Verbindungen anzeigen ...«

Aus einem der Symbole am Boden schoss plötzlich ein dünner Lichtstrahl, der zu dem schwarzen Loch führte, durch das sie in diesen Teil des Pavillons gelangt waren, und darin verschwand.

»Externe Verbindung anzeigen«, sagte Mark.

Der dunkle Raum, in dem sie standen, löste sich auf und war plötzlich nicht mehr so klein. Megan konnte erkennen, dass der dünne Lichtstrahl sich noch weiter ausdehnte und zwischen die vielen kleinen Zeltsymbole führte, die sie bereits früher gesehen hatte und jetzt als Systemdarstellung der Pavillons erkannte.

»Volltreffer«, freute sich Mark. »Wir folgen dem Lichtstrahl. Er führt uns zum Arbeitsplatz des großen Unbekannten – oder zumindest zu seinem öffentlichen Arbeitsplatz in diesem System.«

»Bist du sicher, dass es sein Arbeitsplatz ist?«, fragte Wim.

»Warum sollte er sonst diesen einen Termin markiert haben?«

»Aber die Geschäftsleitung von Xanadu hat doch alles untersucht«, wandte Wim ein, »und sie hat gesagt, dass sie keine direkte Verbindung zwischen ihrem System und dem virtuellen Besprechungssystem, das unsere Firma verwendet, finden konnte ...«

»Keine direkte Verbindung«, antwortete Mark. »Ich wette, dass diese Verbindung alles andere als direkt ist. Außerdem ist dieses System riesig. Es würde Monate dauern, um es bis in den letzten Winkel zu durchsuchen. Und selbst wenn sie ein Schnüffel- oder Scanner-Programm auf das Gesamtsystem angesetzt hätten, wäre er mit ziemlicher Sicherheit gewarnt worden und hätte alles an einen anderen Ort bringen können. Außerdem ...« Mark grinste selbstgefällig. »Diesen Bereich haben sie doch schon durchsucht, oder?«

»Ja.«

»Dann wäre hier doch das perfekte Versteck, oder? Vor allem, wenn man keine Zeit hat, um die Dateien ordentlich zu löschen. Man kehrt sie einfach in eine Ecke, wo schon eine Menge anderer Müll liegt. Abfall von einem Projekt, das gerade fertig geworden ist. Man versteckt sie da, wo jeder sie sehen kann. Kommt mit!«

Mark rannte dem gelben Lichtstrahl nach, der in die Dunkelheit führte. Megan und Wim folgten ihm, so schnell sie konnten. Die flache Ebene, die den Boden unter ihren Füßen darstellte, bewegte sich unnatürlich rasch unter ihnen. Megan hatte fast das Gefühl, als würde sie nicht laufen, sondern gleiten. Die drei näherten sich den Zelten, die die Pavillons darstellten ...

Plötzlich schlug vor ihnen ein Blitz ein. Megan, die von dem grellen Licht geblendet wurde und wegen des lauten Knalls nichts mehr hörte, wusste erst gar nicht, was eigentlich passiert war. Sie verlor das Gleichgewicht, fiel beinahe hin, fing sich wieder – und stand vor Norma Wenders.

Bei ihrem Anblick wäre Megan fast in Panik geraten, denn ihr Eindruck von der stellvertretenden Managerin als Walküre schien nicht allzu weit hergeholt gewesen zu sein. Miss Wenders trug nämlich eine schimmernde Ritterrüstung und hielt ein Schwert in der Hand. Megan wusste, dass die Rüstung ein Symbol für die Sicherheitsroutinen war, die Wenders verwaltete. Aber das schmälerte keineswegs die Wirkung, die der zielstrebige, mordlustige Gesichtsausdruck auf sie hatte. Das finstere Lächeln von Wenders löste bei Megan ein sehr beklemmendes Gefühl aus.

»Ich habe schon auf euch gewartet«, sagte Wenders.

Megan schluckte. »Wir, äh ...«

Miss Wenders hob das Schwert. »Aber noch nicht lange«, sagte sie. »Eigentlich bin ich ja hergekommen, um euch festzusetzen, und das hätte ich auch mit Freuden getan. Aber man hat mir gesagt, dass das zurzeit nicht ratsam wäre. Ich werde mich vorläufig fügen, da diese Bitte von sehr weit oben kommt.«

»Soll das heißen, Sie wissen ...?«

Miss Wenders beugte sich ein wenig vor. »Wir glauben, dass heute Abend noch etwas passieren könnte. Die Analyse der Überfallmuster lässt darauf schließen, dass sie in immer kürzeren Abständen erfolgen. Ihr drei geht weiter. Ich werde hier Wache halten, und ihr bringt das, was ihr vorhabt, zu Ende. Aber trödelt nicht herum. Während ihr dort drin seid, wird der, der hinter der ganzen Sache steckt, vielleicht einen Fluchtversuch unternehmen, wenn er euch sieht. Doch dieses System verlässt keiner, ohne dass ich es bemerke ... und glaubt mir, wenn er hier vorbeikommt, mache ich ihn fertig.«

Megan nickte. »Seien Sie vorsichtig«, sagte sie.

»Danke. Beeilt euch. Die Uhr läuft.«

Sie rannten an ihr vorbei in die Dunkelheit.

»Eine Freundin von dir?«, sagte Mark, während er etwas aus der Tasche zog – offenbar einen kleinen Spiegel. Zum ersten Mal klang er nicht mehr ganz so selbstbewusst.

»Ja«, antwortete Megan. »Wenn du nett zu mir bist, mache ich dich mit ihr bekannt.«

»Ich freue mich schon.« Seine Stimme klang etwas erstickt.

Sie folgten dem Lichtstrahl durch die virtuelle Landschaft, an einigen Zelten vorbei. Er schien in eines der weiter entfernt stehenden Zelte zu führen, war dort aber nicht zu Ende – er führte durch das Zelt hindurch und kam auf der anderen Seite wieder heraus. Sie rannten zu dem Zelt, aber als sie es fast erreicht hatten, blieb Mark mit dem Spiegel in der Hand stehen. Megan und Wim hielten ebenfalls inne.

»Warum bleibst du stehen?«, fragte Wim aufgeregt.

»Einen Moment.« Mark zog etwas aus der Tasche. Überrascht sah Megan, dass es ein altmodisches Hörrohr war, eine Hörhilfe, die Schwerhörige vor zwei Jahrhunderten benutzt hatten. Er presste das Rohr gegen die Zeltwand, dann hielt er vorsichtig sein Ohr ans Endstück und lauschte.

Aus dem Rohr kam ein gedämpftes Blöken, aber es war trotzdem noch so laut, dass Mark zurückzuckte. »Au!«

»Was ist denn?«, wollte Megan.

Mark schüttelte den Kopf. »In unserem zentralen Nervensystem wäre das eben nicht so glimpflich abgelaufen. Aber genau dort wäre der Ton gelandet. Das hat unser Freund arrangiert. Aber nicht mit mir ...« Er zog am oberen Ende des Hörrohrs, so lange, bis es einmal um das Zelt herumreichte. Dann beugte er sich wieder vor.

Megan hörte ein leises Kreischen, das aber sofort aufhörte. Mark schmunzelte. »Ich glaube nicht, dass er das so schnell wieder versuchen wird«, sagte er. »Rückkopplung. Wenn er gerade zugehört hat, tut er mir Leid. Und jetzt weiter ...«

Sie machten einen Schritt vorwärts und betraten das Zelt ...

... in dem anscheinend gerade ein Theaterstück aufgeführt wurde. Um sie herum ragte eine große, kreisrunde Tribünenkonstruktion aus Holz auf. Im Zuschauerbereich, der um die Bühne herum lag, drängten sich Menschen in Kostümen, die offenbar aus der elisabethanischen Zeit stammten. Sie schrien und lachten über etwas, das auf der Bühne gezeigt wurde, aber dann verstummte der Lärm plötzlich, und alle starrten auf die drei sonderbar gekleideten Jugendlichen, die quer durch das Theater rannten und auf der anderen Seite wieder verschwanden. Es gab ein paar erstaunte Rufe, die jedoch verstummten, als die drei wieder draußen in der Dunkelheit waren.

»Das war interessant«, sagte Wim.

»Ich muss unbedingt fragen, was das war«, keuchte Megan.

»Beeilt euch!«, rief Mark.

Sie rannten wieder los. Vor ihnen ragte das nächste Zelt auf. »Weiter!«, sagte Mark, der den Spiegel vor sich hielt. »Die Luft ist rein, keine Fallen ...«

Sie liefen in das Zelt ...

... und gegen eine Wand.

»Aha«, sagte Mark, nachdem er sich wieder aufgerappelt hatte. »Jetzt kommen wir der Sache schon näher.«

»Keine Falle«, sagte Megan und stand auf. »Aber eine Sackgasse, die du nicht bemerkt hast.«

»Nicht ganz. Eine Passwordsperre.« Mark kramte wieder in seiner Tasche. »Wo habe ich denn ... ah, hier.«

Er zog wieder etwas aus der Tasche, dieses Mal aber keinen schwarzen Kasten und auch keinen Spiegel, sondern ein kleines, spiralförmig gewickeltes Objekt, das offenbar aus Glas gemacht war.

»Was ist das denn?«, wollte Wim wissen.

Mark knallte das kleine Glasobjekt gegen die massive Zeltwand. »Ein Passwordknacker. Er enthält mit freundlicher Genehmigung von Xanadus Geschäftsleitung die kompletten Personalakten sämtlicher Angestellten, die hier auf der Insel arbeiten. Spitznamen, Adressen, Kommunikationsnummern und andere Kleinigkeiten von jedem Einzelnen. Wenn wir Glück haben, hat der Kerl ein Passwort aus seinem persönlichen Umfeld verwendet, was sich relativ schnell feststellen lässt. Wenn nicht, versucht es der Knacker mit verschiedenen Sprachen, und dann arbeitet er sich durch jede mögliche Kombination von Buchstaben und Ziffern. Falls es so weit kommt, werden wir allerdings eine Weile hier sein.«

»Hoffentlich bleibt uns das erspart«, stöhnte Megan.

Der Knacker flackerte leicht. Mark lächelte. »Wetten werden noch entgegengenommen«, sagte er.

Megan schüttelte nur den Kopf.

Plötzlich blinkte der Knacker weiß.

»Das war's schon.« Mark warf einen Blick auf den Knacker. »Die lateinische Bezeichnung des Monatssteins von seinem Geburtsdatum. Ich glaub's einfach nicht. Das ist das Problem bei Programmierern. Sie haben einfach zu wenig Fantasie.«

»Du bist doch auch Programmierer«, wandte Wim ein.

Mark grinste. »Ja, aber ich habe Fantasie.«

Er griff nach oben, um den Knacker von der Zeltwand zu nehmen. »Sobald ich ihn entfernt habe, müssen wir sehr schnell sein. Die Chance, dass unser Freund gerade im System ist, ist ziemlich groß, und wenn wir jetzt einbrechen, geht ein Alarm los, falls wir nicht alle Fallen gefunden und umgangen haben. Er könnte uns innerhalb weniger Minuten erwischen. Ich habe zwar ein paar üble Absperrungen programmiert, mit der wir ihn aufhalten können, aber er ist wirklich gut und wird sie vermutlich umgehen, wenn er auf uns aufmerksam geworden ist. Fertig?«

»Ja«, sagte Megan. Wim nickte.

»Los ...«

Sie gingen durch die Zeltwand.

Das Innere sah aus wie ein riesiges, mit allem möglichen Plunder gefülltes Lager: halb fertige Strukturen, ordentliche und unordentliche Stapel aus Symbolen, aus virtuellem Papier, die Textdateien darstellten, kleine Zahnräder, die für verschiedene Programme standen.

»Was für ein Chaos«, sagte Mark. »Ich wette, der Typ lässt seine Klamotten noch von seiner Mutter waschen.«

Sie gingen eilig zwischen Symbolen, Müll, Regalen, halb fertigen Dateien, unvollständigen Bäumen, Bögen und leeren Türrahmen hindurch.

»Aha«, sagte Mark, als er eine auf einem Stativ montierte Satellitenschüssel fand.

Sie sahen sich die Schüssel an. »Bisschen klein, oder?«, meinte Wim.

»Es ist ein Symbol.« Mark nahm die Schüssel in die Hand und hob sie vom Stativ. »Jaaaaa ...!«

Plötzlich schwebten Diagramme, Uhrzeiten und Daten von Satellitenverbindungen, Winkel und Positionen auf dem Clarke-Gürtel über der Krümmung einer unsichtbaren Erde in der Luft. »Ein paar von denen sind ziemlich kompliziert. Viel zu umständlich. Warum macht sich jemand die Mühe, so umständliche Kommunikationswege zu benutzen, wenn er nichts zu verstecken hat? Unser Mann – ich glaube, wir können davon ausgehen, dass es einer der beiden Programmierer ist – hat diesen einen Anruf durch drei verschiedene Kommunikationssatelliten geschickt ... und dafür kann es nur einen Grund geben. Er will seine Spur verwischen ... Seht mal, wo der Anruf hingegangen ist.«

Er deutete mit dem Finger auf eine Linie, die von Xanadu zu einem geosynchronen Satelliten über der Karibik führte, von dort zu einem zweiten Satelliten über Westafrika, zu einem dritten im Fernen Osten, dann zu einer Bodenstation und wieder zu einem Satelliten, der Europa bediente. »Der Anruf wurde mehrfach umgeleitet«, sagte Mark. »Und hier. Seht euch die Verbindungsdaten an. Das ist der Anruf nach London, Megan. Der arme Kerl, der später verschwunden ist. Wim, das da ist die Verbindung, die uns hierher geführt hat. Die Besprechung deines Vaters.« Mark sah die beiden aufgeregt an. »Volltreffer. Das ist es ...«

Megan drehte sich um und sah in die Dunkelheit hinaus, von der sie umgeben waren. Auf einer Seite konnte sie etwas erkennen, das nicht so heruntergekommen wie alles andere hier drin aussah, ein großes, dunkles Objekt. »Mark«, sagte sie.

»Megan, wir haben genug Beweise, wir sollten jetzt gehen und die Geschäftsleitung informieren, bevor ...«

»Nein.« Megan rannte zu dem dunklen Objekt hinüber. Ein kurzer, fast gedrungen wirkender Korpus in Form eines Zylinders, drei lange ionische/chemische Wechseltriebwerke, das große, breite Cockpitfenster, das schon fast zum Markenzeichen der Konstruktion geworden war.

»Was zum Teufel ist das denn?«, wollte Mark wissen.

»Der Space-Jeep«, antwortete Wim.

»Aber nicht der, der schon auf dem Markt ist«, sagte Megan. »Mark, sieh dir das an. Sieh dir die Triebwerkeinheiten an. Das sind nicht die üblichen Triebwerke. Sie sind viel größer.«

»Ich verstehe es immer noch nicht«, murmelte Mark.

Megan fuhrt mit der Hand über den glänzenden Rumpf des Korpus. »Das ist etwas vollkommen Neues. Ein neuer Prototyp ...«

»Was es auch ist, jemand hat ganz konkrete Pläne damit«, sagte Mark. Er ging zu einem Stapel Papier, wieder ein Symbol für etwas, das im System versteckt war.

Er deutete auf den Stapel und schnippte mit den Fingern. Es war ein Symbol, wie Megan erwartet hatte – plötzlich hing Text in der Luft, der herunterrollte, und ab und zu ein paar Fenster mit Bildern. Auf fast allen Bildern waren Menschen zu sehen, die in Implantatstühlen oder vor Holokameras saßen und offenbar während der Arbeit aufgenommen worden waren.

»Jemand hat sich in das System von High Black Enterprises gehackt«, sagte Wim. »Mit der gleichen Methode, mit der er auch meinen Dad ausspioniert hat.«

»Und dabei hat er das hier gefunden«, ergänzte Mark. »Vermutlich hat er auch bei Rigel so getan, als würde er nach einem geeigneten Termin für die Anproben suchen. Die gesamte Hardware. Sämtliche Entwicklungsunterlagen ... es ist alles da.«

Megan drehte sich um und nahm sich noch einen Stapel Papier vor, der sich prompt in Text verwandelte. »Boeing, fünfzig Milliarden ... AST, fünfundsechzig Milliarden ...«, las sie überrascht. »Das sind Gebote. Jemand will den Prototyp kaufen. Aber nicht die Leute, für die er gedacht war. Nicht die kleinen Unternehmen, die kleinen Länder.« Sie las weiter. »Hier sind noch ein paar – sie wollen die Hardware für andere Projekte ausschlachten ...« Megan war entsetzt.

Auch Wim nahm sich jetzt einen der Stapel – und hätte ihn beinahe fallen gelassen. »Auf dem hier stehen Zahlen«, sagte er.

»Was?«

Mark ging zu ihm und nahm ihm den Stapel aus der Hand. Er schüttelte das Symbol. Neben Text erschien auch eine Stoppuhr in der Luft, deren digitale Anzeige bei einer Hundertstel Sekunde stehen geblieben war. Etwa eine halbe Stunde war noch übrig. »Was passiert, wenn die Uhr weiterläuft?«, wollte Megan wissen.

»Das werden wir gleich herausfinden.« Mark griff in den Text und tippte mehrere Zeilen davon an, dann zog er die Zeilen wie ein langes Band aus dem Text heraus.

»Und? Wovon redest du eigentlich?«, rief Megan.

»Du verstehst es immer noch nicht.« Mark klang wütend. »Bis jetzt haben wir nur Indizienbeweise. Sicher, wir haben elektronische Spuren. Aber das reicht nicht ... vor einem Gericht werden sie keinen Bestand haben. Und was hat unsere ganze Aktion für einen Sinn, wenn es einfach weitergeht?« Er zog immer noch Text heraus. »Das muss aufhören. Wir müssen diesen Verbrecher stellen und ihn dazu bringen, sich selbst mit den Beweisen in Verbindung zu bringen. Sonst ist alles umsonst gewesen ...«

Mark sagte eine Weile nichts mehr. Megan und Wim sahen sich nervös um.

Schließlich seufzte Mark und setzte das lange Textband wieder in den Papierstapel ein.

Die Stoppuhr, die jetzt auf fünfzehn Minuten eingestellt war, fing an zu laufen.

»Wir haben noch ein paar Sekunden«, sagte Mark. »Aber länger nicht. Ihm wird auffallen, dass die Zeit falsch ist. Er muss reagieren. Und das sollte er auch. Denn das hier ...« Er schluckte. »Es sieht so aus, als wollte er in Rigels System gehen und einen Crash auslösen. Ganz zu schweigen von den Computern selbst. Diese Routine hier löst einen Hardwarebrand aus. Und dann beginnt ein zweiter Zeitzyklus. Ein paar Tage, in denen die anderen Unternehmen ihre Angebote noch einmal nachbessern können ... oder auch nicht. Einige Variablen sind immer noch leer oder es sind Bedingungen damit verknüpft. Wenn kein Angebot hoch genug ist ...« Er zog an den Daten und hatte plötzlich ein Knäuel aus Licht in der Hand, einen großen, komplexen Knoten aus Logik und Programmierung, der in sich selbst verschlungen war. Mark stöhnte. »Dann wird er das Space-Jeep-Projekt zerstören. Und zwar so gründlich, dass es nicht mehr rekonstruiert werden kann.«

Und Rigels Traum ist zerstört, dachte Megan. *Er hat verloren. Wir haben alle verloren.* »Das müssen wir verhindern«, sagte sie.

»Der Kerl ist gefährlich«, sagte Mark. »Aber wahrscheinlich werden wir nicht lange auf ihn warten müssen. Es gibt noch etwas, das ich überprüfen möchte ...«

Er ging an etwas vorbei, das auf den ersten Blick wie einer jener fahrbaren Kleiderständer aussah, auf die man im Sommer die Wintermäntel hängte, um sie in den Keller zu bringen.

Wim blieb stehen und starrte den Kleiderständer an. »Schaut euch das hier mal an«, stöhnte er.

Megan trat zu ihm. Ihr Herz raste. An dem Ständer hingen Masken. Leere menschliche Häute – so sah es jedenfalls aus –, auf Kleiderbügel gehängt, wie Kleidung, die darauf wartete, angezogen zu werden. Auf dem Boden lagen zusammengefaltete Anzüge.

»Identitäten, die darauf warten, benutzt zu werden«, erklärte Mark hinter ihnen, während er nach etwas anderem suchte. Die aufgehängten Häute waren männlich und weiblich, alt und jung, Menschen jeder Nationalität und jeden Alters. »Der Kerl hat sich Leben verschafft.«

»Schaut euch das an«, sagte Megan. Sie ging zu einem dunklen Fenster, das in der Luft hing, und sah hindurch. Auf der anderen Seite konnte sie einen Bauplan sehen, der offenbar zu einem Herrenhaus aus der Renaissance gehörte. Helle Linien zeigten etwas an, das für Megan wie Zugangsrouten aussah. An einigen Stellen waren Codes eingezeichnet, elektrische oder numerische »Schlüssel«, mit denen man Türen oder Tore öffnen konnte.

»Das ist der Raub in Miami«, sagte Megan. »Der, von dem mir James Winters erzählt hat.«

»Er bewahrt Souvenirs von seinen Verbrechen auf. Serienmörder tun das doch auch, oder?«, sagte Wim.

»Ja.« Mark sah angewidert aus. »Mit dem Unterschied, dass er mehr ist als nur ein Serienräuber. Aber die Motivation dürfte so ziemlich die gleiche sein. Während er seine nächsten Verbrechen plant, kann er die, die er bereits begangen hat, noch einmal durchleben. Und ...«

Er griff nach einem sehr großen Papierstapel, der in der Nähe lag. Aus dem Stapel kam eine zweite Stoppuhr heraus, die keine Anzeige hatte, aber jederzeit losgehen konnte. »Das dachte ich mir schon«, sagte Mark, der plötzlich sehr beunruhigt klang. »Das ›kleine‹ Problem, nach dem ich gesucht habe. Eine logische Bombe ...«

Wim wirbelte herum. »Eine Bombe? Wo?«

»Nicht so eine Bombe. Programmieranweisungen, die im System zurückgelassen wurden. In der Regel in böswilliger Absicht. Damit – beispielsweise, wenn ein Programmierer entlassen wird – sämtliche Daten im System verstümmelt oder manchmal sogar zerstört werden. So kann man ein System komplett löschen. Natürlich lassen sich damit noch andere Ereignisse auslösen ...«

Bei dem Gedanken daran musste Megan schlucken. Bis jetzt war ihr großer Unbekannter äußerst skrupellos vorgegangen. Wer wusste schon, was er vorhatte, und wie viele Unschuldige er dabei verletzen würde?

»Mark, lass das jetzt. Wir haben Wichtigeres zu tun. Geh wieder zurück und lös diesen Knoten!«

Sie rannten zurück. »Ich werde ihn vielleicht durchschneiden müssen.«

»Meinetwegen kannst du ihn auch essen. Hauptsache, die Prototypen werden nicht zerstört!«

Plötzlich kam jemand durch die Wand und starrte sie überrascht an.

Len MacIlwain, dessen immer leicht zerstreut wirkender Gesichtsausdruck sich jetzt zu einer wütenden Grimasse verzerrte.

»*Wir haben ihn!*«, rief Mark triumphierend. Len

rannte sofort wieder hinaus und verschwand in der Dunkelheit.

Aus dem Papierstapel, den sie gerade untersucht hatten, sprang die Stoppuhr heraus und fing an abzulaufen – in einer beängstigenden Geschwindigkeit.

»Ihm nach!«, schrie Wim. »Er war's!«

»Ich schnapp ihn mir«, sagte Megan. »Wim, du kommst mit mir. Mark ...!«

»Wartet nicht auf mich!«, rief Mark ihr zu. »Ich komme gleich nach! Verliert ihn nicht, er wird versuchen, irgendwo unterzutauchen!«

»Aber wenn er umkehrt!«

»Das kann er nicht, ich habe den Netzwerkpfad hinter uns blockiert! Lauf, Megan, und verlier ihn nicht aus den Augen!«

Megan rannte los, aus dem zum Teil fertig gestellten Pavillon hinaus in die Dunkelheit. In der virtuellen Welt siegte immer der Verstand, und Megans Verstand wusste, dass sie fit war und Len zur Strecke bringen konnte. Was Wim hinter ihr machte, kümmerte sie nicht. Sie konzentrierte sich nur auf Len, der vor ihr davonlief, aber nicht so schnell war wie sie. Er rannte auf einen Pavillon zu und verschwand darin. Megan raste ihm nach. Plötzlich waren sie in einer Art Wüste. Der Boden bebte, als würde sich etwas Großes unter dem Sand fortbewegen. Len rannte vor ihr hinaus in die Dunkelheit, und Megan folgte ihm aus dem Pavillon heraus.

Wieder Dunkelheit. Vor ihnen befanden sich in einiger Entfernung die Zeltwände eines anderen Pavillons. Direkt durch den Pavillon, in dem es nur einen sternenübersäten Nachthimmel gab, unter dem Len auf die andere Seite rannte. Megan war dicht hinter ihm. Durch die Zeltwand und wieder in die Dunkelheit zwischen den Zelten. Jemand lief hinter ihr. Wim. Gut ...

Megan bekam Seitenstechen, aber sie ignorierte es. Vor ihnen ragte wieder ein Zelt auf. Sie rannten hinein. Ein Szenario in einem Urwald, in dem sich eine Art Primaten durch die Bäume schwang und hysterisch heulte. Len lief über den weichen, mit vermoderten Blättern bedeckten Boden. Megan folgte immer noch dicht hinter ihm. Auf der anderen Seite wieder hinaus. Megans Seitenstechen wurde schlimmer, aber es waren nur virtuelle Schmerzen. Selbst wenn sie real gewesen wären, hätte sie sich dadurch nicht aufhalten lassen. Sie wusste, wie man mit solchen Schmerzen umging, hatte es oft genug erlebt. Ignorieren, in die Schmerzen hineinlaufen, dann waren sie bald vorbei ...

Len vor ihr wurde langsamer. Sie rannten in das nächste Zelt – wieder das Shakespeare-Stück – und unter dem Gejohle des Publikums auf der anderen Seite hinaus, wobei Megan fast von einer Orange getroffen worden wäre, die jemand knapp an ihrer Nase vorbeiwarf. Eine zweite Orange verfehlte Wim, der immer noch dicht hinter war. *Erstaunlich, ich hätte nicht gedacht, dass er dazu fähig ist.* Wieder ein Urwald, dieses Mal auf einem fremden Planeten mit drei Monden. Auf der andere Seite hinaus. Dann das Tiefblau von Jacob Rigels Riff. Wieder durch das Bacchanal aus *Tannhäuser*, ein Inferno aus Wein, Weib und Gesang. Und dann durch zehn oder fünfzehn andere Pavillons, die Megan kaum bemerkte, weil sie sich auf den flüchtenden Mann vor sich konzentrierte und furchtbar wütend war. *Er hat in jeden Pavillon eine Hintertür eingebaut! Wie lange hat er die Kunden wohl ausspioniert und anhand der privaten Informationen, die sie den Programmierern vertrau-*

ensvoll gegeben haben, nach Schwächen in ihrem Leben gesucht? Nach Möglichkeiten, sie um ihren Reichtum und ihre Macht zu bringen, sie zum Opfer zu machen, sie für ihren Erfolg zu bestrafen?

Die Umgebung änderte sich schon wieder, aber Megan wusste, dass jetzt etwas anderes geschehen würde. In diesem Pavillon gab es nichts, nur die nackten Zeltwände. Sie sah ein paar unfertige Programmstrukturen, halb Drahtmodell, halb fertiges Objekt mit Oberflächenstruktur. Nichts, was fertig konstruiert war. Len rannte auf die Zeltwand auf der anderen Seite zu ...

... und prallte davon ab.

Schwer atmend kam er auf die Beine und stellte fest, dass er in der Falle saß.

»Zwingen Sie mich nicht, Ihnen wehzutun«, sagte er, als Megan vor ihm stehen blieb, während hinter ihr Wim den Pavillon erreicht hatte und fast in sie hineingerannt wäre. Die Worte des Programmierers waren fast nicht zu verstehen, so hasserfüllt waren sie.

»Etwa so, wie sie den anderen wehgetan haben?«, schrie Megan. »So, wie Sie den vielen Menschen wehtun wollen, denen Jacob Rigel helfen könnte? Aber das können Sie jetzt vergessen, das Spiel ist aus.«

»Wie Sie wollen«, sagte Len MacIlwain.

In diesem Moment traf die Angst Megan wie ein Vorschlaghammer und zwang sie in die Knie.

Sie riss den Mund auf und rang nach Atem, bekam aber keine Luft. Sie fühlte sich, als würde etwas Großes, Furchtbares auf sie niederstarren und ihr gleich etwas Grauenhaftes antun.

Aus den Augenwinkeln sah sie, dass auch Wim auf die Knie fiel. »Nein«, stöhnte er, »bitte nicht ...«

Megan keuchte und versuchte aufzustehen, aber ihre

Beine wollten ihr nicht gehorchen. Plötzlich hörte sie hinter sich Schritte und dann eine Stimme. »Megan!«, rief Mark. »Was ist los?«

Megan konnte kaum sprechen, so sehr schnürte ihr die Angst die Kehle zu. *Es ist wie ein Herzanfall,* dachte sie. *Ich sterbe ...* Aber gleichzeitig sagte eine wütende Stimme in ihrem Hinterkopf: *Nein, das ist kein Herzanfall. Es ist das Implantat! Er benutzt es, um ...*

»Limbisch«, stieß Megan hervor. Dann konnte sie nicht mehr sprechen.

Es gelang ihr nur noch, den Kopf so weit zu drehen, dass sie Mark sah. Er starrte sie entsetzt an und brach dann ebenfalls zusammen.

Oh, nein. Nein.

Megan sah, dass Len auf sie zukam. Er hatte jetzt nichts mehr von dem freundlichen Computerfreak an sich. Der Programmierer warf einen Blick auf Mark, dann kam er zu ihr. »Arme Megan«, sagte er. »Der Ärger mit der Wenders gestern hat Ihnen noch nicht gereicht. Aber das ist nichts im Vergleich zu dem, was jetzt mit Ihnen geschehen wird. Man wird sich fragen, warum Sie so plötzlich einen Herzanfall hatten. Jemand, der so jung und fit ist wie Sie. Oder einen Gehirnschlag.« Len ging zu Wim hinüber und trat ihm in die Seite. Wim stöhnte und krümmte sich hilflos auf dem schwarzen Boden. »So was passiert schon mal, wenn man die sonst üblichen Untersuchungen verpasst, die wir bei allen unseren Gästen durchführen, bevor sie in einen Pavillon dürfen.«

Er drehte sich zu Mark. Darauf hatte Megan gewartet. Langsam stützte sie sich auf den Ellbogen auf. *Ich werde nicht ... ich werde nicht ... das bin nicht ich. Ich habe keine Angst. Es ist nur das Implantat!*

»Und was Ihren Freund hier angeht«, sagte Len, »den

hat sich wohl die Wenders einfallen lassen. Er hat leider Pech gehabt, und seine Eltern werden sehr traurig sein, wenn ...«

Das Nächste, was ihm über die Lippen kam, war ein ersticktes *Ggk!* Dann verzog Len MacIlwain vor Schmerzen das Gesicht, als er so reagierte wie alle, die von Megan O'Malley in den Solarplexus getreten wurden. Er krümmte sich zusammen und fiel zu Boden.

»Nein, werden sie nicht«, sagte Megan, die immer noch vor Angst keuchte und direkt neben Len war, bereit, ihn noch einmal zu treten.

»Zum Glück hat man das schon mal bei mir versucht. Das letzte Mal konnte ich meine Angst besiegen, daher wusste ich, was ich zu tun hatte – mein Implantat auf die Standardeinstellungen zurücksetzen. Die Einstellung für das Schmerzniveau auf normal setzen. Und Angst ...«

Sie wischte sich den Schweiß aus den Augen. »Kommt schon, Jungs«, sagte sie zu Mark und Wim. »Steht auf. Ihr habt nur Angst. Aber nicht mal richtige Angst – nur gefälschte Angst. Die Einstellungen eurer Implantate werden gerade zurückgesetzt. Steht auf und kämpft dagegen an.«

Und das taten sie. Mark erhob sich, während Wim auf Händen und Knien lag und versuchte, die Angst zu unterdrücken.

»Das war's«, sagte Mark zu Len. »Für Sie und für Ihre logische Bombe – die habe ich nämlich gerade auseinander genommen. Jacob Rigels Prototypen für den Space-Jeep werden an den ausgeliefert, für den sie gedacht waren. Sie dagegen werden mitsamt ihrer hässlichen Pläne ins Gefängnis wandern und künftig als Musterbeispiel dafür dienen, wie man virtuelle Verbrechen *nicht* begeht. Sie waren ja so freundlich, uns die Beweise dafür höchstpersönlich und sozusagen in Fleisch und Blut zu liefern.«

Len krümmte sich und hielt sich den Bauch, dann stieß er einen Schrei aus – einen furchtbaren, erstickten Schrei. »Ich hasse sie!«, brüllte er. »Warum haben sie so viel und wir anderen nichts? Warum können wir es uns nicht nehmen, wenn wir schlau genug sind? Das ist nicht fair! Warum können wir nicht auch reich sein? Warum können wir nicht berühmt sein? Warum können wir nicht glücklich sein?«

Megan ging zu Wim, um ihm beim Aufstehen zu helfen, aber er brauchte ihre Hilfe nicht, obwohl er noch etwas wacklig auf den Beinen war.

»Len scheint es nicht so gut zu gehen«, sagte er.

»Das freut mich, es geschieht ihm nämlich ganz recht«, meinte Megan.

Mark sah etwas belustigt auf Len hinunter.

»Da kann ich leider nichts für Sie tun«, sagte er im Plauderton. »Aber ich kann Ihnen zumindest verraten, dass Sie es nie zu etwas bringen werden, wenn Sie private Daten wie einen Monatsstein als Password verwenden. Wissen Sie eigentlich, wie kurz der Algorithmus ist, mit dem man ein Password auf Basis ...«

Len fing wieder an zu schreien, rasend vor Wut.

»Kommt, wir gehen«, sagte Mark. »Mit dem kann man sich ja nicht unterhalten. Den Weg, den wir gekommen sind, in einem Sprung. Habt ihr die Adresse? Eins, zwei, drei ...«

»Megan?«, schrie ihr Vater. »Megan! Megan!«

Die Tür. *O Gott, ich habe sie abgesperrt.* Megan taumelte benommen zur Tür und ließ ihren Vater herein. Ihr taten sämtliche Muskeln weh – vermutlich eine Überdosis Adrenalin. Sie hatte sich nach einer VR-Sitzung noch nie so schlecht gefühlt, aber schließlich hatte sie die VR auch noch nie so erlebt. Ihr Kopf fühlte sich an, als hätte jemand mit einem Vorschlaghammer auf ihn eingeschlagen.

»Megan, ist alles in Ordnung?«, fragte ihr Vater. Er musste sie stützen. »Megan!«

»Mir geht es gut«, sagte sie. »Mir geht es gut. Ich hatte Angst, aber jetzt ist alles vorbei.« Sie lehnte sich an ihn und barg ihr Gesicht an seiner Schulter. »Mann«, sagte sie, »hatte ich Angst.«

Aber gleichzeitig war sie sehr stolz auf sich. *Ich habe gewonnen,* dachte sie. *Ich wusste, dass ich es nicht wirklich war.* »Wir haben gewonnen«, sagte sie zu ihrem Vater.

»Ihr habt den Mann erwischt?«

»Wir haben ihn erwischt.« Sie holte tief Luft und richtete sich auf. »Dad, du musst mir was versprechen.«

»Alles, was du willst.«

»Ich möchte nie wieder in *Tannhäuser* gehen.« Megan klopfte ihm auf den Rücken und taumelte durch den Korridor in ihr Schlafzimmer. »Wieder?«, wunderte sich ihr Vater. »In dieser Oper waren wir doch noch nie.«

Megan lachte. Dann ließ sie den Kopf aufs Bett sinken und fiel sofort in tiefen Schlaf.

Am nächsten Tag schlief Megan lange. Und als sie dann nach unten in die Küche ging, war das Erste, was sie hörte, die Stimme ihrer Mutter. »Liebling, warum liegen denn plötzlich so viele Hummer im Kühlschrank?«, sagte sie zu Megans Vater. Dann hörte sie die Stimmen ihrer Brüder, die angesichts des vollen Kühlschranks in Freudenschreie ausbrachen. Sie konnte sich lebhaft vorstellen, was es für einen Jubel geben würde, wenn sie feststellten, dass er alle fünfzehn Minuten aufgefüllt wurde.

»Das war's dann wohl mit Ruhe und Frieden«, sagte sie. Aber nach dem gestrigen Abend hatte Halvarson darauf bestanden, dass die ganze Familie nach Xanadu kam. Und daher trampelten jetzt ihre Brüder durch die Villa und redeten pausenlos über Windsurfen und Schnorcheln und alle möglichen anderen Sportarten.

»Es war so schön ruhig hier«, sagte Megan kurz darauf zu ihrem Vater.

»Ich weiß«, erwiderte er. »Aber du hast es dir selber eingebrockt. Zu viel Erfolg ....«

Megan schüttelte den Kopf. »Dankbarkeit sollte Grenzen haben«, sagte sie, aber dann musste sie lachen.

Am späten Vormittag ging sie zum Strand, um ihn zum ersten Mal richtig zu genießen – und nicht nur als Anti-Abhöreinrichtung zu missbrauchen. Zu ihrer Überraschung traf sie dort nicht nur Wim, der friedlich im Sand saß und aufs Meer hinausstarrte, sondern auch seinen Vater, der auf dem Rücken auf einer Schaummatratze lag und langsam eine sehr unvorteilhafte Farbe annahm.

Sie trat zu Dorfladen senior, sah auf ihn hinunter und sagte: »Hallo.« Vor ein paar Tagen war sie noch etwas ratlos gewesen, wie sie sich ihm gegenüber verhalten sollte, aber jetzt, nachdem sie ihn nur mit einer Toga bekleidet gesehen hatte, berauscht von Wein und Fantasien, ließ sie sich von dem, was er tat oder sagte, nicht mehr irritieren.

Er sah sie aus seinen kleinen, kalten Augen an und sagte: »Junge Dame, man hat mir gesagt, dass ich Ihnen für sehr vieles danken muss.«

»Bedanken Sie sich bei Wim«, erwiderte Megan. »Wenn er nicht gewesen wäre, hätte ich mich nicht darum gekümmert.«

Dorfladen zog die Augenbrauen hoch. »Sie werden

später einmal einen grauenhaften Führungsstil haben«, sagte er. »Aber gut. Danke schön, mein Sohn.«

Wim sah seinen Vater entgeistert an. »Bitte.«

Arnulf Dorladen grunzte und drehte sich auf den Bauch.

Es muss doch was mit dem Kulturkreis zu tun haben, dachte Megan, *aber ich weiß nicht, was.* »Wie lange bist du denn noch da?«, fragte sie Wim.

»Noch ein paar Tage.« Sie entfernten sich ein paar Schritte von Dorfladen senior. »Wir müssen bei den internationalen Behörden, die gegen MacIlwain ermitteln, Anklage erheben ... Und dann müssen wir uns natürlich um den Konzern meines Vaters kümmern.«

»Er hätte sich auch etwas überschwänglicher bei dir bedanken können. Schließlich hast du eine Menge für ihn getan«, sagte Megan leise.

»Dafür, dass er sich in Gegenwart eines anderen noch nie bei mir bedankt hat, war das eben gar nicht schlecht«, antwortete Wim genauso leise.

Megan sah ihn lange an und nickte dann.

»Wann fliegt ihr?«, wollte Wim wissen.

»Wir haben noch eine Woche. Erholung.«

Wim nickte. »Wenn du wieder zu Hause bist, musst du mich unbedingt anrufen. Dann zeige ich dir das Schloss.«

»Das werde ich«, sagte Megan.

Wim nickte. »Und danke, dass du mich in den Sand geworfen hast.«

Er drehte sich um und kehrte zu seinem Vater zurück.

Megan lächelte.

Bei der üblichen Veranstaltung im Empfangsgebäude am selben Abend nahm Halvarson Megan beiseite, während ihre Mutter und ihr Vater tanzten und ihre Brüder versuchten, das Büfett auseinander zu nehmen, und bedankte sich persönlich bei ihr. »Natürlich können wir mit dem, was Sie erreicht haben, nicht an die Öffentlichkeit gehen. Das wäre höchst unklug«, sagte er.

»Der Meinung bin ich auch«, stimmte sie ihm zu.

»Aber wir würden uns freuen, wenn Sie wiederkommen, wann immer es der Terminplan Ihres Vaters erlaubt. Er müsste natürlich Ihre Tarnung sein. Andernfalls würde es ... etwas sonderbar aussehen.«

»Natürlich«, erwiderte sie.

»Wir werden die Sicherheitsüberprüfungen bei der Auswahl unseres Personal verschärfen. Und wir untersuchen bereits Möglichkeiten, die Einstellungen der Implantate zu verändern. Dann können sie nicht mehr dazu verwendet werden, jemanden zu Tode zu ängstigen.«

»Freut mich zu hören.« Megan rieb sich den Nacken.

Halvarson nickte, klopfte ihr auf die Schulter und ging, um einen gerade angekommenen Gast zu begrüßen.

Megan griff nach dem Glas Champagner, das Halvarson ihr mitgebracht hatte. Ihre Eltern strahlten sich auf der Tanzfläche an, und ihre Brüder flirteten. Ihr ältester Bruder lächelte Norma Wenders auf eine Art und Weise an, die darauf schließen ließ, dass er sie für die schönste Frau hielt, die heute Abend anwesend war. Megan sah zu Miss Wenders hin, die ihren Blick bemerkte, den Kopf wandte und ihr – wenn auch etwas herablassend – mit einem Glas in der Hand zuprostete.

Megan lächelte und trank einen Schluck Champagner.

Es ist schön, reich zu sein, dachte sie, *zumindest vorübergehend.* Dann ging sie zum Büfett hinüber, um sich einen Hummer zu holen – bevor ihre Brüder das letzte Exemplar gegessen hatten.

Am nächsten Morgen konnte sie endlich James Winters Bericht erstatten. Mark hatte ihm bereits einiges erzählt, und inzwischen hatte die Net Force fast alle Informationen, die sie brauchte, um herauszufinden, was Len MacIlwain geplant hatte, obwohl es noch einige Wochen dauern würde, bis sie sämtliche Dateien des Programmierers im System von Xanadu gefunden hatten.

»Er hat es offenbar schon längere Zeit in kleinem Maßstab betrieben«, sagte Winters. »Seiner Familie ist es nie sonderlich gut gegangen, und angefangen hat er mit dem Diebstahl von Kreditkarten. Damit verdienen sich viele ihr Geld, aber da die meisten nicht gerade Experten sind, werden sie früher oder später erwischt. Unser Freund Len dagegen ist zum Experten geworden. Er hat klein angefangen, hat Geburts- und Sterberegister und ähnliche Unterlagen abgefragt, um Leuten, die untertauchen wollten, eine neue Identität zu beschaffen. Dann ist er mutiger geworden. Er hat angefangen, die Identität von Menschen zu stehlen, die noch am Leben waren.«

Winters lehnte sich zurück. »Dieses Spiel war schon etwas gefährlicher. Es ist zwar nicht selten, aber man wird schneller erwischt. Die Welt ist heutzutage viel zu gut vernetzt. Man trifft immer jemanden, der einen irgendwo gesehen hat, wo man eigentlich nichts zu suchen hatte. Aber Len war clever. Er beobachtete seine Zielpersonen sehr genau, kannte ihren Alltag und ihre Freunde, sogar Orte – off- und online –, an denen das Opfer häufig war. Er fing an, Konten und Eigentum anderer Leute zu plündern. Bei seinen virtuellen Raubzügen hatte er genauso viel Erfolg wie bei denen in der realen Welt, außerdem war er sehr geschickt darin, seine Identität zu verschleiern. Wenn er der Meinung war, dass ihm die Polizei zu dicht auf den Fersen war, fabrizierte er sich einfach eine neue Identität und zog weg. Er war wirklich gut.«

»Gut genug, um von Xanadu angestellt zu werden«, sagte Megan.

»Genau. Sie haben zwar die üblichen Sicherheitsüberprüfungen durchgeführt, aber nichts Auffälliges gefunden. Natürlich hat er die meisten Empfehlungen gefälscht und auch einige der darin genannten Personen. Als die Mitarbeiter von Xanadu einige Referenzen überprüft haben, war es immer Len, mit dem sie geredet haben ... allerdings haben sie das nicht gewusst. Andere Referenzen dagegen waren echt. Er hatte die Leute getäuscht«, fuhr Winters fort.

»Und dann war er plötzlich im Paradies. Er saß mitten in einem der leistungsfähigsten privaten Netzwerke der Welt und hatte zu allem ungehinderten Zugang. Und eine Menge Informationen über die Kunden Xanadus.«

Winters nickte. »Er wurde gierig. Das ist ihm schließlich zum Verhängnis geworden. Dorfladen war der Schlüssel – der einzige Fall, in dem MacIlwain nicht nur gierig, sondern auch nachlässig war. Er war so erfolgreich gewesen, dass er dachte, er bräuchte sich um nichts mehr Gedanken zu machen. Seine Programmierungen waren von Norma Wenders und ihrem privaten Sicherheitsteam bereits unter die Lupe genommen worden, und er glaubte, dass er von ihrer Seite nichts zu befürchten hatte, solange er seine Passwordgruppen nur häufig genug im System verschob. Dann schlug er zu und löschte alle Hinweise darauf, damit bei der Prüfung nichts gefunden wurde. Aber ihr habt am richtigen Ort gesucht .... in den bereits geprüften Unterlagen. Damit hat er nicht gerechnet.«

Megan nickte. »Das war Marks Idee.«

»Aber du hast ihn auf die richtige Spur gebracht. Du hast gute Arbeit geleistet, Megan. Stell dein Licht nicht unter den Scheffel.«

»In Ordnung«, sagte sie. »Aber ich hätte da noch eine Frage.«

»Ich bin ganz Ohr.«

»Ich dachte, Sie wollten auf der Insel auch Mitarbeiter der Net Force einsetzen?«

»Das habe ich«, erwiderte Winters.

Megan grinste. »Ich meine, erwachsene Mitarbeiter der Net Force.«

»Das habe ich.«

»Wen?«, wollte Megan wissen.

Winters lächelte. »Das werde ich der Schülerin als Hausaufgabe mitgeben«, sagte er. »Einige unserer Mitarbeiter arbeiten auch verdeckt. Zum Beispiel an Orten, an denen sie ihre Koffeinsucht ausleben können. Die Schule fängt bald wieder an ... und für zukünftige Mitarbeiter mit schlechten Noten haben wir leider keine freien Stellen.«

Sie seufzte. »Mr Winters ... Sie sind schlimmer als mein Vater.«

»Ich fasse das mal als Kompliment auf«, sagte James Winters. »Und jetzt raus mit dir. Genieß den Rest deiner Ferien. Ich wünschte, ich käme endlich einmal dazu, Urlaub zu machen.«

Megan verabschiedete sich von ihm. Nachdem Winters' Büro verschwunden war, stand sie auf.

Dann ging sie zu dem Mann, mit dem sie sich über Trilobite unterhalten konnte.

Special Net Force – Cyber-Spion

*Wir möchten folgenden Personen, ohne deren Mitarbeit
dieses Buch nicht möglich gewesen wäre, danken:
Martin H. Greenberg, Larry Segriff, Denise Little und
John Helfers von Tekno Books; Mitchell Rubenstein
und Laurie Silvers von BIG Entertainment; Tom Colgan
von Penguin Putnam Inc.; Robert Youdelman, Esq.,
und Tom Mallon, Esq.; und Robert Gottlieb von der
William Morris Agency, unserem Agenten und Freund.
Wir sind ihnen allen zu aufrichtigem Dank verpflichtet.*

1

Leif Anderson blinzelte, und die Welt um ihn herum gestaltete sich buchstäblich neu. Mit diesem Blinzeln stieg
er ins Netz ein, das Cyberreich weltweit vernetzter Computer. Der Raum voller Menschen um ihn herum war
nur ein virtuelles Konstrukt. Sein Körper befand sich
nach wie vor auf seinem Computer-Link-Stuhl in New
York City.

Und doch nahm er an einem Treffen der Net Force
Explorers teil, das irgendwo im Großraum Washington
per Computer abgehalten wurde.

An diesem Dienstag hatte er sich etwas früher dorthin
begeben – vielleicht *zu* früh, wie Leif plötzlich bemerkte, denn der Raum füllte sich erst mit Menschen. Dieses
Treffen fand in der für offizielle Anlässe typischen virtuellen Realität statt. Vier schmucklose Wände, ein Fuß-
boden und eine unauffällige Deckenfläche – kein Firle-
fanz, doch es erfüllte seinen Zweck. Leif wurde auf einen
cleveren Programmiertrick aufmerksam – die Wände
schienen sich unmerklich auszudehnen, sodass die Explorers trotz ihrer wachsenden Anzahl immer ausreichend Platz hatten.

Leif begann, seine Aufmerksamkeit der wachsenden
Gruppe zuzuwenden. Er schätzte, dass nun etwa die bei

solchen Treffen übliche Anzahl von Teilnehmern versammelt war. Doch es kamen immer mehr Kids hinzu. Inzwischen befanden sich wohl einige tausend Menschen im Raum, die aus dem ganzen Land hierher ins Netz gekommen waren.

Viele seiner Bekannten verpassten keines der Treffen auf nationaler Ebene – besaß man einen mit dem Netz verbundenen Computer, konnte man immer teilnehmen. Man brauchte nur Zeit.

Und genau das fehlte Leif oft – *Zeit*. Als 16-jähriger Sohn eines mega-erfolgreichen Geschäftsmagnaten musste er sowohl die Anforderungen einer strengen Schulerziehung erfüllen als auch an Geschäftsreisen und Besprechungen seines Vaters teilnehmen. Dieser fand nämlich, sein Sohn sollte das Familienunternehmen gründlich kennen lernen. Und dann musste Leif natürlich seinem Ruf als angehender junger Playboy gerecht werden.

Doch als er gestern Abend in seiner Mailbox eine Nachricht von Mark Gridley vorgefunden hatte, der ein außergewöhnliches Treffen ankündigte, hatte Leif sofort seinen Terminplan umgestellt.

Der noch immer wachsenden Menschenmenge nach zu urteilen, hatten auch andere davon gehört.

Leif richtete sich zu voller Größe auf und begann, in der Menge nach bekannten Gesichtern zu suchen. Normalerweise wurde er als Erster entdeckt. Das war der Vorteil – und das Problem, wenn man einen feuerroten Haarschopf hatte.

Während er versuchte, mit zusammengekniffenen Augen Bekannte zu erspähen, fiel ihm eine elegantere Methode ein. Schließlich fand dieses Treffen in der virtuellen Realität statt. Mit verschmitztem Lächeln holte er seine Brieftasche hervor. Er schob Kreditkarten und Ausweise beiseite und kam schließlich zu den Symbolen, die er in der virtuellen Brieftasche aufbewahrte. Jedes Symbol repräsentierte ein von ihm gebasteltes oder gekauftes Computerprogramm, das sich hin und wieder als nützlich erwies, wenn es darum ging, ihm das Leben im Netz zu erleichtern. Er wählte einen kleinen Blitz aus, visualisierte die Person, nach der er suchte, und warf das Symbol in die Luft. Während es durch den Raum schoss, nahm es an Größe und Leuchtkraft zu, bis es einen strahlenden Schweif hinter sich her zog. Schließlich hielt es über einer kleinen Gruppe Jungen an und deutete nach unten, wobei es gleichzeitig ein grünliches Licht verströmte.

Ein großer farbiger Junge aus der Gruppe blickte auf. Als er den Blitz über seinem Kopf entdeckte, verfolgte er dessen Spur mit den Augen bis zu seinem Ausgangspunkt zurück.

Er winkte. Weiße Zähne blitzten auf, als er lächelte.

»Komm rüber«, rief David. »Ich versuche gerade, unsere Leute zu sammeln.«

Leif griff nach dem leuchtenden Strahl, den sein Programm hinterlassen hatte, und zog daran. Im nächsten Augenblick stand er neben seinem Freund. Er ließ das strahlende Symbol an seinem Platz. Dies war nicht das erste Mal, dass er das kleine Programm verwendet hatte, deshalb kannten seine Freunde die Bedeutung des Blitzes: »Hierher, Jungs.« Er erkannte einige andere vertraute Gesichter, die sich ihren Weg durch die Menschenmenge bahnten. Andy Moores blonder Haarschopf war beinahe so auffällig wie sein eigener – manchmal sogar noch auffälliger, da er immer einen Kamm und eine Haarwäsche zu benötigen schien. Als Andy auf sie zukam, leuchteten seine Haare im blendenden Licht des Blitzes. Matt Hunter kam zusammen mit P. J. Farris. Beide winkten. Megan O'Malley kümmerte sich nicht um die Benimmregeln der virtuellen Realität. Sie stellte sich einfach neben Leif und deutete auf den Blitz.

»Ich denke, dein Spielzeug hat seinen Zweck erfüllt«, sagte sie. »Willst du es nicht wieder einstecken, bevor wir alle blind werden?«

Leif zuckte mit den Schultern und griff nach dem Symbol. Er musste zugeben, dass das Blitzlicht störte. Bei der Berührung schrumpfte der Blitz, erlosch und wurde wieder zu einem Symbol von Brieftaschengröße. Er steckte das Programm ein, sodass er es beim nächsten Mal wieder verwenden konnte.

»He, Jungs, wartet auf mich«, sagte eine bekannte Stimme.

Leif hatte Mark Gridley nicht bemerkt, bis er die Stimme erhob. Mark war gut drei Jahre jünger als die anderen – und klein für sein Alter.

»Oh, hallo, Zwerg«, sagte Leif.

»Ich bin *so* froh, dass du es geschafft hast zu kommen«, sagte der Junge mit einem Hauch Ironie. Marks Gesicht, das von der Sonne Washingtons gebräunt war, färbte sich dunkelrot. Er hasste es, ›Zwerg‹ genannt zu werden. Alle wussten das – doch sie nannten ihn seit neuestem trotzdem so. Der Name passte einfach perfekt.

Der Zwerg war eine gefährliche Mischung – ein frecher kleiner Kerl, der auch noch über Zauberkräfte am Computer verfügte. Gab man ihm einen, konnte er beinahe alles damit anstellen.

Doch Leif machte sich keine Sorgen. Mark war ziemlich gutmütig, was Spitznamen anging. Er hatte sich noch nicht gerächt ... bisher.

»Also, was ist an diesem Treffen so cool?«, fragte ihn Leif. »Ich erwarte etwas mehr als nur eine Cyber-Show. Der sich ausdehnende Raum ist ja ganz nett, aber nicht so wichtig, dass man alles dafür liegen und stehen lassen müsste.«

»Wie findet ihr das?« Mark stellte sich mitten zwischen seine Freunde und wirbelte herum wie ein Model auf dem Laufsteg.

Über Shorts und T-Shirt trug er eine Weste in Erwachsenengröße, die ihm beinahe bis zu den Knien hing. Leif konnte den Blick nicht von den schillernden, funkelnden Lichtern wenden, die auf dem Kleidungsstück glitzerten.

Es war anders als von Perlen reflektiertes Licht. Das Leuchten schien aus dem Material selbst zu kommen. Strahlende goldene, grüne, rote und blaue Punkte bewegten sich seltsam harmonisch und erinnerten an aus der Luft betrachtete Straßen bei Nacht. Je länger Leif hinsah, desto mehr Farben konnte er erkennen. Sie rasten herum, veränderten sich, bildeten kaleidoskopische Muster und lösten sich dann anscheinend in Chaos auf.

»Na, was meint ihr?« Mark blickte mit Befriedigung in ihre erstaunten Gesichter.

»Bist du im Theaterklub?«, fragte Matt. »Das ist wirklich ein *schillernder* Mantel.«

»Nein, es ist eine Mehrzweck-Campingausrüstung«, zog ihn Andy auf. »Man kann sie während der Jagdsaison als Mantel tragen, als Zelt verwenden oder damit im Verkehr spielen, ohne dass die Mami sich Sorgen macht.«

Mark sah sich in der Gruppe um, wütend und ungläubig zugleich. »Ihr nehmt mich auf den Arm, oder? Ihr müsst doch wissen, was das ist.« Er klopfte auf die Weste, die an ihm herunterhing. »Das ist das schärfste Teil moderner Technologie: Hard*weare* – der Computer, den man anzieht!«

Natürlich wussten sie das. Sie machten sich nur etwas lustig über den Zwerg. Hardweare war in diesem Sommer überall in den Medien – das heißeste neue Techno-Spielzeug der schicken Reichen und der Unternehmens-mogule. Jeder Produzent von Holo-Nachrichten, Filmen oder Fernsehserien trug so eine glitzernde Weste. Sie wurde als ultimativer tragbarer Computer angepriesen.

Leif hatte Mitleid mit Mark. »Mein Dad hat sich nach dem Preis von diesen Dingern erkundigt und fand ihn zu hoch.« Obwohl sein Vater überlegte, sich in das Unternehmen einzukaufen ... »Hast du dein Sparschwein geschlachtet, oder gab es Rabatt, weil sie keine finden konnten, die dir passt?«

Mark sah leicht verlegen aus. »Eigentlich gehört sie meinem Dad – er wertet sie aus.« Leif nickte. Das machte Sinn. Marks Vater war der Kopf der Net Force. Da er Verbrechen im Netz bekämpfte, musste er mit jeder neuen Technologie vertraut sein. Und das kleine Genie der Familie durfte offensichtlich damit herumspielen.

»Wie steuert man sie?«, wollte Megan wissen.

»Am einfachsten mit Gedankenkraft«, erwiderte Mark. »Aber man kann auch damit sprechen. Das Ding nutzt die natürliche elektrische Leitfähigkeit der Haut. Die Weste greift auch direkt auf die Schaltkreis-Implantate zu, man muss also nicht über Laser verbunden werden. Sie schließt sich einfach von allein an, als säße man auf einem Computer-Link-Stuhl.«

Die Kids nickten. Es war einer der Meilensteine des Erwachsenwerdens, neurale Schaltkreis-Implantate eingesetzt zu bekommen – es bedeutete, dass man schulreif war. Die meisten Computer verbanden sich mit diesen Schaltkreisen, indem sie das Implantat über einen Laser kontaktierten. Dazu setzte man sich auf einen speziellen Computer-Link-Stuhl. Doch da der Hardweare-Computer bereits über die Haut mit dem Nervensystem in Verbindung trat, war das alles nicht mehr notwendig.

»Im Moment bin ich über eine schnurlose Benutzeroberfläche hier«, prahlte Mark. »Ich stehe frei wie ein Vogel in unserem Wohnzimmer und bewege mich ohne Computer-Link-Stuhl, Bildtelefon oder sonst was im Netz. Der Hardweare-Computer stellt die Verbindung mit dem Netz einfach über meine Implantate her und leitet die Signale an einen Satelliten weiter.«

»Du stehst wo? In eurem Wohnzimmer? Und bist zur selben Zeit mit uns verbunden?«, fragte Megan.

Mark nickte stolz.

»Du stehst da einfach so herum, ohne Computer-Link-Stuhl, mitten in der Wohnung.« Megan runzelte die Stirn. »Habt ihr nicht eine Katze? Ich wette, sie liebt diese tanzenden Lichter auf deiner Weste.«

Mark blickte plötzlich in die Ferne, als hätte er ein nur für ihn wahrnehmbares Geräusch gehört. »Theo!«, schrie er verzweifelt und verschwand.

Leif fing an zu lachen. Er war bereits bei den Gridleys zu Besuch gewesen und hatte Theos Bekanntschaft gemacht: Theo war ein großer, jaulender Siamkater mit blauen Augen ... der noch alle Krallen besaß.

Als Mark zu ihnen zurückkehrte, sah er völlig verändert aus. Sein Haar war zerzaust, seine Kleider in Unordnung, und die Hardweare-Weste hing nicht mehr an seinem Körper. Sein Gesicht war gerötet, als hätte er etwas gejagt – oder wäre selbst gejagt worden. An seinem rechten Arm waren vier schmale weiße Kratzer zu sehen, die sich vom Handgelenk bis zum Ellbogen zogen.

»Wie siehst du denn aus – oder ist das ein neuer Modetrend?«, fragte Leif. »Der Nadelstreifen-Teint?«

Mark wirkte verlegen. »Als ich zurückging, hing Theo an meinem Ellbogen. Ich schätze mal, das ist eine Art Katzen-Kampftrick.«

»Das sieht man, Zwerg«, sagte Andy. »Wirklich ein toller Trick. Ich nehme an, das hier ist dein reales Erscheinungsbild? Wie kann dein Computer-Proxy Echtzeit-Veränderungen deines Aussehens wiedergeben, ohne dass du sie erst programmieren musst? Ich kann nicht glauben, dass du absichtlich alle von deinem peinlichen Erlebnis wissen lassen willst ...«

Mark sah an seinem unordentlichen Aufzug herunter. »Es ist nicht ganz so gelaufen wie geplant«, gab er zu. »Vor einigen Monaten habe ich unseren Hauscomputer so programmiert, dass er mein Computerabbild fortlaufend aktualisiert. Wir haben in beinahe jedem Zimmer Sicherheitssysteme mit Holo-Monitoren, die mich ständig aufnehmen. Bin ich also zu Hause und im Bereich einer solchen Kamera, entspricht mein Aussehen in der virtuellen Welt dem der Wirklichkeit. Werde ich von keiner Kamera erfasst, wird mein bis dahin aktuellstes Erscheinungsbild dargestellt.«

»Ich weiß nicht, ob ich das wollen würde«, sagte Megan. »Es ist schlimm genug, mal in der wirklichen Welt einen schlechten Tag zu haben. Aber dann auch noch in der Veeyar dementsprechend auszusehen!«

»Ich bin an einer Kopie interessiert, wenn du nichts dagegen hast«, sagte Leif.

»Ich werde meine Ideen kaum deinen schmierigen Griffeln überlassen«, sagte Mark und grinste. »Du würdest sie doch nur deinem Vater geben, der sie dann kommerziell vermarktet.«

»Jetzt habt ihr mir fast die Schau gestohlen«, sagte David. »Ich habe Neuigkeiten: Es sieht so aus, als würde ich demnächst für Hardweare arbeiten.«

»Ist nicht wahr!«, rief Matt aus.

»Der Typ, der die Firma gegründet hat, ist gerade neunzehn geworden«, antwortete David. »Er will jungen Programmierern eine Chance geben.«

»Man nennt sie ja auch die Firma der jungen Genies.« Mark konnte den Neid in seiner Stimme nicht verbergen. »Aber man muss mindestens fünfzehn sein, um sich bewerben zu können.«

David zuckte verlegen mit den Schultern.

Als wäre er selbst kein junges Genie, dachte Leif und lächelte.

»Sie sind über meine alten Raumschiff-Simulationen auf mich gekommen«, fuhr David fort. »Die Programmierer der frühen Missionen mussten ihre Codes auf Stecknadelköpfen unterbringen. Die Computer in ihren Sonden waren – na, das netteste Wort ist wohl *begrenzt*.«

»Ich nehme an, die Codes für diese Hardweare-Computer sind auch nicht gerade riesig«, sagte Matt.

»Das ist toll«, gratulierte Leif. »Dafür hat es sich wirklich gelohnt herzukommen!«

»Aber ich habe dich nicht deswegen hergebeten«, legte Mark los. »Es ist ...«

Bevor er das weiter ausführen konnte, fing das Treffen an. Gerade war an den Wänden des Raums noch nichts Auffälliges gewesen. Jetzt schob sich eine Wand nach hinten, um Platz für eine kleine Bühne zu machen – und für den großen, hageren Mann, der dort auf seinen Auftritt wartete. Selbst in ziviler Kleidung sah man

Captain James Winters an jedem Zentimeter seines Körpers an, dass er einst Offizier bei den Marines gewesen war.

»Willkommen zum nationalen Treffen der Net Force Explorers am 12. August 2025«, erhob der Captain seine Stimme. Das war die offizielle Eröffnung. Von nun an wurde alles aufgezeichnet.

Nach den üblichen organisatorischen Punkten wich der Captain vom typischen Ablaufplan des Treffens ab. »Ich habe eine Ankündigung zu machen«, sagte er. »Vielleicht haben einige von euch schon gehört, dass bei der Net Force in letzter Zeit vermehrt Beschwerden über Hacker-Probleme eingegangen sind.«

»Das ist ja wohl nichts Neues«, murmelte Andy. »Die Erbsenzähler wollen für Sicherheitsvorkehrungen nichts blechen, also dringen die Leute in ihre Systeme ein. Und dann jammern sie, der Staat soll sie beschützen.«

Leif zuckte nur mit den Schultern. Er gab Andy Recht. Firmencomputer waren am sichersten, wenn sie ausreichend geschützt waren. Andererseits war es nun mal die Aufgabe der Net Force, Verbrechen im Netz zu verhindern. Wenn es Hacker-Probleme gab, musste die Net Force – und die Explorers – Untersuchungen anstellen.

»Ich erwähne das bei diesem allgemeinen Treffen, da es sich hierbei um eine spezielle Art des Hackens handelt«, fuhr Winters fort. »Das Ziel scheinen Firmengeheimnisse zu sein. Wir erhielten heute den Anruf eines Limonaden-Herstellers ... dessen Namen ich hier nicht nennen will. Er hat entdeckt, dass das Geheimrezept seines bekanntesten Softdrinks – das seit über 130 Jahren streng gehütet wurde – im Netz veröffentlicht worden ist. Nicht zu vergessen die Fastfood-Kette, deren Geheimsaucenzutaten weltweit bekannt gemacht wurden.«

Die Explorers lachten, doch der Captain blieb ernst. »Was schlimmer ist, durch Insiderinformationen aus einer Investmentbank wurde eine groß angelegte Übernahme vereitelt. Etliche Leute aus der Versicherungsbranche könnten im Gefängnis landen, da bestimmte geheime Daten ans Licht kamen. Diese Daten beweisen, dass einige Unternehmen die Öffentlichkeit betrogen haben.«

Er blickte sich unter den jungen Leuten um. »Sieht jemand eine Verbindung? Offensichtlich ist ja nur, dass jemand Geheimnisse aufdecken will.«

Leises Murmeln erfüllte den Raum, doch keiner der Net Force Explorers hatte einen Vorschlag. Captain Winters nickte. »Für mich besteht das Muster in der Wahllosigkeit der Enthüllungen. Hier geht es nicht um Journalismus, Verbraucherschutz oder andere politische Ziele. Es ist völlig ziellos. Jemand ist hinter Dingen her, an die schwer heranzukommen ist, und veröffentlicht sie dann, um seine oder ihre Cleverness zu beweisen. Vielleicht steckt jemand dahinter, der Ähnlichkeit mit den Leuten hat, mit denen ich die letzten Jahre zusammengearbeitet habe.« Winters sah die Kids im Raum streng an. »Jedenfalls habe ich ein derartiges Verhalten identifiziert.«

Er wartete einen Augenblick. »Mir scheint, wir haben es hier nicht mit einem Erwachsenen zu tun. Ich bin davon überzeugt, dass der Hacker *ein Jugendlicher* ist – ein junges Genie, dem es nicht so wichtig ist, was es da findet. Es will einfach seine Überlegenheit beweisen.«

Leif konnte nicht anders und blickte verstohlen zu Mark Gridley hinüber. Doch der Zwerg stand auf den Zehenspitzen, versuchte, einen Blick auf Captain Winters zu erhaschen, und folgte eifrig jedem seiner Worte.

»Da der Hacker meiner Meinung nach ein Jugendlicher ist, habe ich um Erlaubnis gebeten, die Net Force

Explorers auf den Plan zu rufen. Ich möchte euch um Hilfe bei der Spurensuche bitten.« Captain Winters' Miene wurde ernst. »Wer auch immer dahinter steckt, hat nicht nur das Gesetz zu fürchten. Diese Versicherungsleute, die Strafen wegen Betrugs fürchten müssen, würden den Verantwortlichen liebend gern unter der Erde sehen. Viele andere Firmen haben ähnlich schmutzige Geheimnisse – sie würden potenzielle Plaudertaschen mit allen Mitteln zum Schweigen bringen.«

Er sah sich unter seinen schweigenden Zuhörern um. »Ich muss euch nicht daran erinnern, dass die Explorers eine Jugendorganisation sind – ihr habt keine Polizeivollmacht.«

Leif grinste. Obwohl sie offiziell keine Agenten waren, waren er und seine Freunde des Öfteren sehr aktiv in Fälle verwickelt worden.

»Ich bitte euch nur um Informationen – also *keine Ermittlungen!* Es könnte euch das Leben kosten.«

Sah der Captain tatsächlich zu ihrer kleinen Gruppe herüber? Etwas sagte Leif, dass er sich Winters' Blick nicht nur einbildete. Als sie das letzte Mal in einen Fall verwickelt waren, *hatte* es sie beinahe das Leben gekostet ...

2

Junges Genie ...

Die Worte hallten in Davids Gedächtnis wider, während er aus dem Rückfenster der Limousine auf die Landschaft Marylands starrte. Diese Bezeichnung schien für Luddie MacPherson, den Gründer und Präsidenten von Hardweare, Inc., geradezu erfunden worden zu sein.

MacPherson hatte die Computer-Westen nicht nur entwickelt, sondern seinen Entwurf auch erfolgreich patentiert, was das weitaus Schwierigere war. Um von der Regierung ein Patent zu erhalten, musste man präzise Erläuterungen und schematische Zeichnungen der betreffenden Erfindung vorlegen. Die Unterlagen mussten genau genug sein, um einen Prototypen der neuen Technologie herstellen zu können. Das Problem bestand für den Erfinder darin, dass patentierte Ideen sehr leicht von neugierigen Konkurrenten gestohlen werden konnten, wenn diese die Patentunterlagen in die Finger bekamen. Und das war nicht so schwierig, da die Dokumente öffentlicher Natur waren. Der eigentliche Erfinder konnte natürlich prozessieren und tat das gewöhnlich auch, doch Patentfälle zogen sich vor Gericht ewig hin. Letztendlich wurden sie dann oft von demjenigen gewonnen, der die besseren Anwälte hatte, und nicht von dem tatsächlichen Erfinder. Es kam also darauf an, genug Informationen zu veröffentlichen, um das Patent zu erhalten, ohne so viel preiszugeben, dass jeder anhand der Unterlagen das fertige Produkt perfekt nachbauen konnte. Heutzutage behielt ein cleverer Erfinder stets einige Details für sich, wenn er sich um ein Patent bemühte. Natürlich waren die Bestandteile, die nicht in der Patentanmeldung auftauchten, auch nicht im Patent eingeschlossen – doch manchmal musste man Risiken eingehen, um geschäftlich erfolgreich zu sein. Luddie MacPhersons Patentanmeldung stellte sicher, dass seine Technologie in seinen Händen blieb, und hatte Nachahmern zumindest bisher nur Kopfzerbrechen bereitet.

Mit siebzehneinhalb hatte MacPherson bewiesen, dass er ein unglaublich schlauer Geschäftsmann und ein Zauberer auf dem Gebiet der Technologie war. In knapp zwei Jahren war er zu einem der wichtigsten Akteure in der Computerwelt geworden.

Mehr hatte David im Netz über seinen möglicherweise zukünftigen Arbeitgeber nicht in Erfahrung bringen können. Er war etwas nervös, weil er für das entscheidende Bewerbungsgespräch nicht mehr in der Hand hatte.

Doch eines musste er Luddie MacPherson lassen. Wie viele Unternehmen schickten wohl Chauffeure mit Limousinen, um die Bewerber abzuholen, die in die letzte Runde gekommen waren?

Die ersten Auswahlgespräche waren von Hardweare-Angestellten durchgeführt worden. Das waren Typen Mitte zwanzig gewesen, die David mit ihrem technischen Know-how und der beinahe fanatischen Hingabe an die Firma und ihren Chef beeindruckt hatten. Wie heutzutage üblich, waren diese Kontakte über das Netz abgelaufen. Offensichtlich bevorzugte Luddie MacPherson bei den letzten Runden jedoch persönlichen Kontakt.

David schloss aus den Andeutungen, die der Assistent bei der Terminvereinbarung hatte fallen lassen, dass er einer der ›leichteren‹ Fälle war. Die meisten anderen Bewerber mussten extra eingeflogen werden.

Er lehnte sich an das viel zu vornehme Sitzpolster. Leif Anderson konnte mit so etwas umgehen. Doch für ihn, den Polizistensohn aus Washingtons Innenstadt, war dieser Luxus einfach zu viel. Für Luddie MacPhersons junge Genietruppe schien jedoch nichts zu gut zu sein.

Junges Genie ... da war der Ausdruck wieder.

David Gray fühlte sich nicht wie ein junges Genie. Er gab zu, dass er ein Händchen für Computer hatte und Programmierprobleme lösen konnte, die anderen, selbst professionellen Programmierern, Kopfzerbrechen bereiteten. Doch wenn das Bewerbungsgespräch gut lief, würde er mit einigen der hellsten Köpfchen und gewitztesten Hacker seines Alters zusammenarbeiten.

Allein schon die Auswahl dieser Gruppe zeigte Luddie MacPhersons unorthodoxes Denken. Einige Unternehmen, besonders solche, die etwas mit Computersicherheit zu tun hatten, nahmen die Hilfe stadtbekannter Hacker in Anspruch, um die Sicherheitsprobleme ihrer Kunden zu untersuchen und Schwächen in den eigenen Sicherheitssystemen zu finden. Doch sie baten sie nicht, in ihrem Unternehmen mitzuarbeiten.

Hardweare tat das. Das Programm für Mitarbeiterwerbung ließ ausgewählte junge Programmierer ihre Fähigkeiten an der neuesten Technologie erproben. Die Firma erhielt im Gegenzug exzellente Programmierarbeit – und eine Chance, den nächsten Luddie MacPherson ausfindig zu machen.

Entweder ist der Kerl unfassbar großzügig, dachte David, *oder er will mögliche Konkurrenz schon im Ansatz ersticken.*

David wusste noch nicht genau, was er mit seinem Talent anfangen sollte. Er hatte an ein Jurastudium gedacht, doch er war auch vom Weltraum fasziniert. In Veeyar-Simulationen hatte er die nötigen körperlichen und flugtechnischen Fähigkeiten bewiesen, Raumschiffe zu steuern. Und erst kürzlich hatte er sein Interesse am Ermitteln entdeckt. Vielleicht regte sich da sein Polizisten-Erbe; jedenfalls konnte die Net Force fähige Technologie-Experten immer gut gebrauchen.

Doch diese Entscheidung konnte warten. Er war jung und hatte noch Jahre Zeit, bevor er sich festlegen musste. In der Zwischenzeit konnte er sich mit den besten und hellsten Köpfen messen. Bekam er einen Beraterjob angeboten, würde Hardweare ihn erstklassig bezahlen. Und das war sicherlich hilfreich, sollte er kein Stipendium erhalten. Was er auch mit seinem Leben vorhatte, das College kostete eine Unmenge Geld. Und das Polizistengehalt seines Vaters würde dafür nicht ausreichen.

Er seufzte und drückte sich tiefer in den zu weichen Sitz hinein. Für solche Gedanken war jetzt nicht der Augenblick. Er wollte nicht mit dem Gefühl in dieses Treffen gehen, schon halb geschlagen zu sein.

Einen Augenblick lang dachte David, er sähe den Fahrer im Rückspiegel grinsen. Doch unter der dunklen Sonnenbrille konnte er die Augen des Mannes nicht erkennen, und vielleicht hatte er sich geirrt.

Der Kerl kutschiert bestimmt eine Menge hoffnungsvoller Jugendlicher ins Büro des Chefs, dachte David. *Wer weiß? Vielleicht ist diese ganze superluxuriöse Aufmachung eine Art Test. Sie wollen mich weichklopfen, bevor ich an das große Stück Kuchen darf.*

David wandte sich wieder der Aussicht zu. Sie schienen Lichtjahre von Washingtons Innenstadt entfernt zu sein. Das hier war völlig anders als die Gegend innerhalb der Ringstraßen. Für Davids Geschmack standen die Gebäude zu weit auseinander. Es gab zu viel Grün, zu viele Bäume.

Die Limousine wurde langsamer und verließ die Hauptstraße. Auf der gewundenen Landstraße fühlte er sich in die Vergangenheit zurückversetzt. Auf der einen Seite sah er einen weißen Lattenzaun, hinter dem sich ein Feld erstreckte. Auf der anderen Seite war außer einer hohen Steinmauer nichts zu erkennen.

Auf der grünen Weide trabten Pferde. Ein neugieriges Fohlen galoppierte den Zaun entlang und nahm das Rennen mit der Limousine auf. Es gab so viel zu sehen, dass David überrascht war, als der große Wagen langsamer wurde und von der Weide weg auf die Steinmauer zufuhr. Woher kamen plötzlich die großen Eisentore?

Der Fahrer bremste scharf und hielt neben einer der riesigen Steinsäulen, die den Eingang mit den massiven Toren flankierten. In den Stein war ein Metallkasten eingelassen, über dem ein großer Holo-Empfänger hin und her fuhr. Der Empfänger hielt an und richtete sich prüfend auf das Auto. Bei genauerem Hinsehen entdeckte David zahllose Kameras, die, so weit das Auge reichte, in die Mauer eingesetzt waren. Sie waren so gut versteckt, dass sie beinahe unsichtbar waren, wenn man nicht danach suchte. Er stellte sich vor, dass überall in der Umgebung weitere Sicherheitsvorrichtungen integriert waren – Bewegungssensoren, Druckmesser und Hightech-Zeug, von dem er noch nie gehört hatte. Deshalb hätte er auch gar nicht gewusst, wonach er suchen sollte. Diese Vorrichtungen übertrafen eine gewöhnliche Einbrecher-Alarmanlage bei weitem.

Der Fahrer nahm die Brille ab und lehnte sich aus dem Fenster, um dem Holo-Empfänger einen ausführlichen Blick auf sein Gesicht zu ermöglichen. »Sie bitte auch, Mr. Gray.«

David rutschte über den Sitz zum linken Fenster, das bereits herunterfuhr. Er streckte den Kopf heraus und beobachtete, wie der Fahrer die Hand auf eine Glasscheibe an dem Kasten legte.

Visuelle Identifikation und Handabdruck.

Dann war David an der Reihe. Er präsentierte den Scannern seine Hand und sein Gesicht, obwohl er nicht wusste, womit sein potenzieller Chef in spe die Ergebnisse vergleichen wollte. Dann setzte der Fahrer den Wagen zurück und zeigte sich den Scannern erneut. Was wollten sie jetzt?

Der Fahrer lehnte sich hinaus und murmelte etwas in ein in den Kasten integriertes Gitter. Ein Password? Ein Stimmvergleich? Eine DNS-Analyse der Moleküle in seinem Atem?

David blickte nervös umher. Was war die nächste Stufe in Luddie MacPhersons ausgetüfteltem System? Bewaffnete Wachen? Computergesteuerte Geschütze?

Die großen schwarzen Eisengitter schwangen lautlos auf. Als die Limousine hindurchfuhr, sah sich David die Tore genauer an. Aus der Entfernung hatten sie wie hochwertiges Schmiedeeisen ausgesehen. Doch aus der Nähe erkannte er durch einige kleine Kratzer und Splitter in der Farbe den Schimmer erstklassigen Metalls und wusste sofort, dass es sich um massiven Edelstahl handelte. Um da hindurchzukommen, benötigte man eine beträchtliche Menge C4 oder viel Zeit und ein erstklassiges Schweißgerät.

Die Tore schlossen sich so leise, wie sie sich geöffnet hatten. David wurde das Gefühl nicht los, hinter Gittern zu sitzen. Entweder war Luddie MacPherson sehr auf seine Privatsphäre bedacht, oder er fühlte sich ernsthaft bedroht.

Die Limousine fuhr eine Schottereinfahrt hinauf, die über einen gepflegten Rasen zu einem Gutshaus führte. Die riesige Grünfläche war offensichtlich sorgfältig gepflegt. Doch das völlige Fehlen von Landschaftsgärtnerei stach David sofort ins Auge. Innerhalb der Mauern wuchs nichts, das höher als fünf Zentimeter war. Beim Anblick der ebenen Grünfläche musste er an Captain Winters' Ausführungen über militärische Taktik und Gefechtszonen denken.

Der Fahrer brachte den Wagen sanft zum Stehen und sprang heraus, um David die Tür zu öffnen. Als er sich den Mann genauer ansah, bemerkte David eine Ausbeulung in der Anzugjacke des Fahrers – unter der linken Armbeuge. Der Kerl trug eine Waffe!

Er stieg aus dem Wagen. »Vielen Dank für die ... interessante Fahrt«, sagte er.

Der Fahrer grinste nur kurz. Dann blickte er zum Haupteingang des Gebäudes, und David wandte sich um. Die massive Eichentür mit den schwarzen Eisengittern passte eher zu einer mittelalterlichen Burg. Doch sie öffnete sich so lautlos wie die Tore, und ein dunkelhaariges, zierliches Mädchen in Davids Alter erschien. Ihre exotische Schönheit erinnerte David an Holo-Net-Schauspielerinnen, die französische Mädchen darstellten. Sie war mit einer perfekt sitzenden Hardweare-Weste bekleidet.

Das Mädchen nickte ihm zu. »Ich bin Sabotine Mac-Pherson«, sagte sie. »Luddie wird in einer Minute bei dir sein.«

David trat ein. Die Tür fiel hinter ihm zu, ohne dass sie jemand berührt hatte. Sabotine zuckte mit den Schultern. »In irgendeiner alten Flachbildschirm-Fernsehserie beherrschten die Türen diesen Trick«, sagte sie. »Als Luddie eine Firma fand, die die Vorrichtung kopieren konnte ...« Sie schüttelte den Kopf. »Mein Bruder deckt sich mit den seltsamsten Technologien ein.«

Sabotine führte ihn von der steinernen Eingangshalle

durch einen Säulengang, der wie ein bewölkter Himmel bemalt war.

David bewunderte die Gemälde, die Skulpturen und die Kunstobjekte in den Nischen. Alles schien in der Luft zu schweben. Er wusste nicht, wie sie beleuchtet waren – das übertraf selbst die neuesten Hightech-Standards. Doch die Kunstwerke waren Meisterstücke ... alles Handarbeit.

Sie erreichten ein Wohnzimmer oder einen Salon – David wusste nicht, wie er es bezeichnen sollte. Sabotine setzte sich auf einen trügerisch schlicht aussehenden Holzstuhl und deutete auf eine Ledercouch. Sobald die Kissen Davids Gewicht fühlten, wurden irgendwelche Mechanismen in dem Möbelstück aktiviert. Es war so, als wäre die Couch ein riesiges Tier, das ihn in die bequemste Position kuschelte.

David verspannte sich. Er fühlte sich ganz und gar nicht wohl, doch dann fing er Sabotines entschuldigendes Lächeln auf. »Noch eine Technologie, mit der sich dein Bruder eingedeckt hat.«

Sie nickte. »Ich versuche, ihn davon abzuhalten, unser Zuhause völlig in ein Geisterhaus zu verwandeln.«

Das Zimmer litt unter demselben Widerspruch wie der Rest des Hauses: einzigartige, handgefertigte Möbelstücke neben Zeug, das beinahe auf bizarre Weise Hightech war. Sabotine fuhr mit der Hand über ihre blitzende Hardweare-Weste, und die Beleuchtung im Raum verdunkelte sich. Nur ein Lichterkranz über ihnen strahlte weiter.

David wurde auf den Rest ihres Outfits aufmerksam. Es bestand aus irgendeinem Naturstoff, vielleicht Seide, und offensichtlich hatte Sabotine es nicht von der Stange gekauft. Dem perfekten Sitz nach war es maßgeschneidert.

»Versuchst du, die Technologie mit den ganzen Kunstwerken aufzuwiegen?«, fragte er.

Sie nickte. »Maschinell produzierte Sachen sind so ...
seelenlos. Früher habe ich meine Kleider selbst gemacht
– bevor Luddie mich für seine Software-Abteilung an-
geworben hat.« Sie lachte über Davids Gesichtsausdruck.
»O ja, ich wäre dein Boss. Gut gemacht! Du stellst genau
die richtigen Fragen.«

David verdrehte die Augen. »Bis auf die Wichtigste:
Warum hast du mich empfangen?«

»Entschuldigt die Verspätung«, unterbrach ihn eine
Stimme.

David drehte sich um und sah Luddie MacPherson das
Zimmer betreten. Sabotines älterer Bruder sah völlig anders aus als sie. Er war groß, blond und bullig. Auf Fotos trug Luddie MacPherson bei seinen spärlichen öffentlichen Auftritten selten eine Krawatte. Doch als er
auf David zutrat und sein Gesicht mit einem Handtuch
abwischte, schien das junge Genie den lässigen Look auf
die Spitze treiben zu wollen.

Luddie MacPherson trug kein Hemd. Er hatte nur eine
verschwitzte Trainingshose an ... und die scheinbar un-
verzichtbare glitzernde Hardweare-Weste. Das funkeln-
de Design dieser Weste schien aus besonders viel Rot zu
bestehen, bemerkte David.

»Mein Workout hat etwas länger gedauert als erwartet«, sagte Luddie. »Hoffentlich macht dir das nichts
aus.« Er klopfte sich auf den Bauch. »Vor zwei Jahren
habe ich mich nur von Keksen und Limonade ernährt.
Es war ein langer Weg ...« Er grinste und zupfte an der
Computerweste. Die Farben schienen sich zu beruhigen.
»Das hier ist mein persönlicher Trainer. Sabotine hat alles programmiert, was ich über Fitness wissen muss. Ich

muss nicht mal drüber nachdenken. Während der Computer mich durch die Übungen führte, war ich in der virtuellen Realität und habe mir Shakespeare angesehen – auf der Bühne!«

Er warf sich in eine dramatische Pose. »»Aber ach! welch bittres Ding ist es, Glückseligkeit nur durch anderer Augen zu erblicken!‹ Orlando in *Wie es euch gefällt.*« Er grinste und wirkte plötzlich befangen. »Ich hatte der Technologie so viel Platz eingeräumt, dass kaum Raum für anderes war. Jetzt habe ich die Möglichkeit, während meiner Übungen auf allen möglichen Gebieten aufzuholen. Da die Weste sowieso mit meinem Nervensystem verbunden ist, überwacht sie meinen Puls, meinen Blutdruck, die Atmung ... sie kann sogar feststellen, ob ich dabei bin, zu übertreiben und mir einen Muskelkater oder eine Verletzung zu holen. Bevor ich mir wehtue, stoppt sie mich. Wie viele persönliche Trainer können das schon – *und* gleichzeitig noch klassische Bildung vermitteln?«

»Ja, ja, es ist wunderbar.« Sabotine winkte ab. »Nur schade, dass sie während des Hanteltrainings nicht für dich auf die Ereignisse in deiner Umgebung achten kann ...« Sie rümpfte die Nase und wedelte schneller mit der Hand. »Oder dir sagen, wann du dich duschen solltest.«

Luddie MacPherson wischte sich mit dem Handtuch über die Arme. »Einmal ein Freak, immer ein Freak.« Er schien verlegen. »Nur mit Computern kann man in ein paar Jahren wohl doch keinen Renaissance-Menschen erschaffen.«

David grinste. »Ich war schon mal in einer Turnhalle. Ich kenne den Geruch.«

»Aber in einem eleganten Salon sollte es nicht so riechen.« Sabotine schüttelte den Kopf und lächelte. »Das kommt dabei raus, wenn man versucht, Privatleben und Geschäft im selben Haus zu betreiben.«

»Kommt mit«, sagte Luddie und führte sie aus dem Raum. Am anderen Ende mussten sie um eine lebensgroße Skulptur herumgehen. Eine weibliche Figur, die Sabotine bemerkenswert ähnlich sah, schien sich buchstäblich selbst aus dem Fundament aus rauem Stein zu ziehen. Luddie bemerkte Davids Blick. »Sie wirft eine Menge Geld für Kunst hinaus«, murmelte er, während er ihn den Gang hinunterführte. Zwei Türen schwangen auf, als sie sich näherten. Dahinter wurde ein beinahe formloser Raum sichtbar. Boden, Wände und Decke waren mit einem seltsamen silbergrauen Material ausgekleidet, das unter ihren Füßen nachgab.

»Willkommen in der Gummizelle«, verkündete Luddie fröhlich und ging auf eine kleine Nische zu, die David zuvor nicht aufgefallen war. Von einer Stange hingen mehrere Hardweare-Westen. »Die Wirkung ist am besten, wenn sie gut sitzt.« Er schätzte David mit geübtem Auge ein. »Ich würde sagen, du brauchst Größe 50.«

David nickte wortlos.

Luddie grinste. »Wenn diese Computersache schiefläuft, kann ich immer noch in der Herrenbekleidung arbeiten.«

David zog seine Jacke aus, schlüpfte in die Weste und knöpfte sie zu. Dort, wo die Weste seine Haut berührte, lief ihm ein unheimlicher, kitzelnder Schauer über den Nacken, als würden ihm die Haare zu Berge stehen. »Der Computer stellt nur die Verbindung her«, beruhigte ihn Luddie. »Noch ein paar kleine Überarbeitungen, dann werden Implantate hoffentlich überflüssig. Ich habe lieber ein kleines Frösteln im Nacken als dieses Gefühl der statischen Ladung zwischen den Ohren.«

Er hielt eine weitere Weste in seiner Hand und warf sie jetzt auf den Boden. »Komm«, sagte er. »Du kriegst eine Führung.«

Plötzlich begann die Weste zu wachsen – nein, *sie schrumpfte*! Dieses kleine Frösteln hatte nicht nur die Verbindung mit seinem Implantat hergestellt, es hatte ihn in die virtuelle Realität versetzt!

3

Nun verstand David, was es mit dem gepolsterten Raum auf sich hatte. Sein Körper sank wahrscheinlich auf die elastische Oberfläche, während sein virtuelles Selbst Luddie MacPherson nacheilte.

»Komm schon«, sagte der junge Erfinder. »Ich hab es so eingestellt, dass es schneller von einem Maulwurfshügel zu einem Berg wird, als du dir vorstellen kannst – und ich will mich nicht abseilen müssen, nur weil du nicht schnell genug bist.«

Während Luddie sprach, waren sie weiter geschrumpft. David erkannte, was er meinte. Von hier aus erschien ihm das zerknüllte Kleidungsstück auf dem Boden eher wie ein Hügel. David versuchte, sich selbst auf der Spitze vorzustellen, ein bekanntes Mittel, um in der virtuellen Realität weite Entfernungen schnell zu bewältigen. Doch er kam nicht vorwärts. Er versuchte, ans Fliegen zu denken – eine weitere Methode, um in der Veeyar rasch voranzukommen. Nichts. Und die Weste wurde immer größer. Da dies Luddies Szenario war, musste David Luddies Regeln befolgen. Offensichtlich hatte Luddie keine Abkürzungen einprogrammiert. Wahrscheinlich war es eine Art seltsamer Test für potenzielle Mitarbeiter. Nun, David würde den Test bestehen. Er beschloss, sich lieber etwas zu beeilen und mit dem Erfinder mitzuhalten, um nicht einen sehr langen Marsch vor sich zu haben.

Luddie rannte auf die gigantische Weste zu und kletterte los, David dicht auf den Fersen. Der Erfinder schien ein bestimmtes Ziel vor Augen zu haben. David war froh, dass sich zumindest einer auskannte. Während der Besteigung des Mount Hardweare schrumpften sie selbst immer weiter. Sie hatten nun definitiv einen Berg vor sich.

Nach einer Weile wurde das Klettern jedoch seltsamerweise einfacher. David war auf eine Größe geschrumpft, wo er sich an die Glasfasern klammern konnte, die die Weste zusammenhielten. Erst hatten sie den Umfang von Fäden, dann von Schnüren, dann von Kabeln ... dann wurden sie so dick wie die Rohre eines Klettergerüsts.

Luddie MacPherson erklomm einen steilen Abhang – eigentlich eine Falte im Stoff –, bis er nahe an ein großes rundes Gebilde herankam. David brauchte wieder einen Moment, bis ihm der Maßstab klar wurde. Bei dem Gebilde handelte es sich offensichtlich um einen der Knöpfe vorn an der Weste.

Dort schien Luddies Ziel zu liegen. Er kletterte nicht mehr weiter und zog David auf einen bestimmten Faden – der für die Jungen nun groß genug geworden war, dass sie darauf wie auf einem Pferd sitzen konnten. Der junge Erfinder grinste David an. »Nicht schlecht«, lobte er ihn. »Manche sind zwar Kanonen im Netz, aber nur, wenn sie auf ihrem Computer-Link-Stuhl sitzen. Als ich sie auf diese Tour mitnahm, hatten sie Höhenangst, konnten sich nicht schnell genug bewegen und wollten kein Risiko eingehen – der Trip brachte sie beinahe zum Durchdrehen.«

David zuckte mit den Schultern. »Ich habe zwei kleine Brüder. Mit denen mache ich jeden Sonntagmorgen Schlimmeres durch.«

Luddie zog eine Grimasse wie ein Geschöpf einer billigen Horror-Show. Grünes Licht flackerte von der Glasfaser unter ihnen auf – einer der Millionen Lichtpunkte, die in der Hardweare-Weste umherflossen. Er lachte, und dieses alltägliche Geräusch stand in krassem Kontrast zu seiner gespenstisch grünen Hautfarbe. »Entspann dich. Ab hier fahren wir.«

Sie schrumpften noch immer. Die Faser unter ihnen war so groß wie ein riesiges Rohr geworden und hatte nun etwa die Größe eines Bürgersteigs. Dann schien sie unter ihren Füßen ihre Rundung zu verlieren – und nahm die Breite einer Straße an. Jetzt war sie beinahe flach. David konnte nicht mehr erkennen, wo sie endete.

Wir müssen jetzt mikroskopisch klein sein, dachte er. *Hoffentlich hat Luddie keine Amöben oder Bazillen in diese Simulation eingefügt!*

Die Jungen wurden so winzig, dass sie in die Substanz der Faser einsanken. In diesem Augenblick näherte sich ein weiterer Lichtfleck, diesmal in Rot.

»Hier ist unsere Mitfahrgelegenheit«, sagte Luddie.

David schrie vor Überraschung fast auf. Sie wurden in eine Wolke glühender scharlachroter Energiepunkte eingehüllt und auf der Welle davongetragen.

Er musste kurz mit sich ringen, doch er schaffte es,

sich wieder zu beruhigen. »Jetzt sind wir also Teil der Lightshow.«

»Die Lichtperlen sind nicht nur zur Show da, obwohl sie die Weste sehr hübsch aussehen lassen«, belehrte ihn Luddie. Sie sausten mit enormer Geschwindigkeit davon. »Sie stellen Informationspakete dar, die zwischen verschiedenen Prozessorpunkten rangieren.«

»Dekorativ und nützlich«, sagte David.

Luddie lachte. »Genau.«

»Das sind ja Tonnen von Prozessorpunkten.« David sah seinen zukünftigen Arbeitgeber intensiv an. »Wie groß ist das Computernetzwerk, das du in dieser Weste aufgebaut hast?«

»Sehr gut«, lobte Luddie MacPherson. »Natürlich kann ich dir das nicht beantworten – es ist vertraulich. Aber ich kann dir versichern: Egal wie komplex das Problem oder das Programm eines Benutzers ist, die Prozessoren werden damit fertig. Die Herausforderung war, alles biegsam zu gestalten – die physikalischen Komponenten, verstehst du –, damit sich das System bequem an den Körper des Benutzers anschmiegt. Trotzdem müssen Hardware und Software flexibel und anpassungsfähig alle Aufgaben, die der Benutzer stellt, verarbeiten können. Dieses Netzwerk ist trotz seiner Komplexität dicht und schnell genug, um rasch Ergebnisse zu liefern.«

Sie kamen an ein labyrinthähnliches Gebilde, und die Fahrt wurde holpriger. »Ein Mikrochip?«, tippte David.

»Einer der Hauptprozessoren«, bestätigte Luddie. Sie wurden mit Gewalt durch die Leiterplatte geschleust. Das rote Glühen um sie herum hatte sich während des Rüttelns fast schmerzhaft verstärkt.

»Ich weiß, dass ich dir ein bisschen viel zumute, aber

das ist vertrauliche Technologie. Ich möchte nicht, dass sich jemand ein Bild von der wirklichen Architektur machen kann.«

David fand diese Sicherheitsvorkehrungen etwas übertrieben. »Könnte die Konkurrenz nicht einfach eine Hardweare-Weste kaufen und in die notwendige Technologie investieren, um sie auseinander zu nehmen und das Design zu klauen?«

»Nicht, wenn sie ein funktionstüchtiges System will«, versicherte Luddie ernst. Sie durchquerten eine weitere hell leuchtende Passage, in der man keine Details ausmachen konnte. »Ich nenne das unseren Sicherheitsschaltkreis. Entdeckt er, dass jemand an der Weste herumbastelt, zerstört er das gesamte System.«

»Dann kann man die Computer aber nur schwer reparieren.«

»Wenn es ein Problem gibt, liefern wir Ersatz. Wir handeln mit einem Luxusgerät und nicht mit einem alltäglichen Computer, den man im Supermarkt kaufen kann. Das ist wie der Unterschied zwischen Kaviar und Butterkeksen. Die Systeme werden in automatisierten Fabriken hergestellt. Sie sind zu keinem Zeitpunkt mit Menschen in Kontakt. Niemand weiß genau, wie die Teile aufgebaut sind – außer mir.«

Er grinste und tippte sich an den Kopf. »Und einige Details sind nie auf Papier oder einem Datenträger festgehalten worden.«

»Das erklärt wohl, warum du so gut geschützt bist.«

»Der Großteil der Anlagen wurde erst wegen dieses Mists mit den Sicherheitslücken notwendig«, sagte Luddie schroff. »Ich *weiß*, dass das Problem nicht bei unseren Computern liegt. Ich habe die Sicherheitsvorrichtungen zwischen unserem System und dem Netz selbst entworfen. Es gibt ein physikalisches Schloss, Software und Schaltkreise.«

»Ein Schloss? Meinst du eines dieser mikroskopischen Vorhängeschlösser, die sie früher für die alten Floppy-disks verwendet haben?«

Luddie sah David überlegen an. »Was Besseres.«

David fragte nicht nach. Was auch immer sie um-gab – ein Energiefeld, ein Lichtpaket, ein Lichtstrahl – beschleunigte plötzlich auf Warpgeschwindigkeit. »Was ...?«, fing David an.

»Dieser Teil der Tour ist vorbei«, erklärte Luddie. »Wir kommen jetzt zu einem der Schnittstellenschaltkreise.«

»Dadurch werden Computer-Link-Stühle zu einer Sache der Vergangenheit?«

»Sie sind bidirektional und biologisch. Input und Output erfolgen sowohl über die natürliche elektrische Leit-fähigkeit der Haut als auch über Benutzerimplantate. Schon seit zwanzig Jahren wurde versucht, so etwas herzustellen. Ich habe es zum Laufen gebracht.«

Die mikroskopische Szenerie um sie herum war nun ein formloser Schatten, als sie hindurchrasten. Vor ih-nen lag ein riesiges weißes Feld. David erinnerte sich plötzlich an einen Satz, den er in so gut wie jeder Be-schreibung von Nahtoderlebnissen gelesen hatte: *»Ins Licht gehen!«*

Er erwähnte es nicht, da er nicht wusste, wie der Scherz aufgefasst werden würde – und ehrlich gesagt war sein Mund zu trocken, um zu sprechen. Sie flitzten auf die viereckige Öffnung zu, die David als eine Art Rezeptor erkannte. Ein perlendes, diffuses Licht hüllte sie ein.

David erinnerte sich an einen Flug, auf dem der trans-kontinentale Jet eine riesige Wolkenbank durchquert hatte. Hinter dem Bullauge war die Welt ohne Gestalt gewesen, glühendes Weiß, das Sonnenlicht durch Millionen winziger Eiskristalle gefiltert.

Als sich der Nebel lichtete, fragte er sich, ob die Simulation seine Gedanken gelesen hatte. Sie *waren* in einer Wolke, oder besser gesagt, sie waren es gewesen. Nun waren sie hindurch und steuerten auf den Boden zu – ohne Flugzeug, sogar ohne Fallschirm.

Aus einigen tausend Metern frei herabzufallen erhöhte jedermanns Adrenalinspiegel. Doch David stellte fest, dass er während des Falls von Angst und Schrecken beinahe überwältigt war. Sein Herz hüpfte wild, als wollte es aus seiner Brust springen ... oder einfach platzen.

Es ist nur eine Simulation, sagte er sich wieder und wieder. *Das ist Veeyar!* Doch als sich der Boden näherte, konnte er die irrationale Panik nicht mehr unterdrücken.

Jede kommerzielle virtuelle Simulation verfügte über eingebaute Sicherheitsvorkehrungen, die die Menschen davor bewahrten, sich zu verletzen. Man konnte nackt in einem virtuellen Blizzard Skifahren, ohne sich über Frostbeulen oder Beinbrüche Gedanken machen zu müssen – dank automatischer Schmerzblocker. Einige Veeyar-Operatoren bestraften simulierte Fehltritte allerdings aus Überzeugung. Man konnte stechende Schmerzen empfinden, vielleicht sogar einen Schlag spüren. David setzte das selbst ein, seine Weltraumsimulationen waren dafür berüchtigt. Schlimmere Schmerzen wurden jedoch von den Sicherheitsvorkehrungen im Netz und den individuellen Schmerzeinstellungen in den jeweiligen Systemen der Benutzer herausgefiltert.

Doch Luddie MacPherson war ein Computergenie. Und sie waren *nicht* über Davids eigenes System in das Netz eingestiegen. All das war mit großer Wahrscheinlichkeit private, vertrauliche Software, die in einem geschlossenen System ablief. Wer wusste schon, was Luddie für ihren Aufschlag am Boden in seine Simulation eingebaut hatte?

David wollte fragen, irgendeine Bemerkung machen. Seine Freunde zogen ihn immer auf, weil er oft *zu* cool war. Doch im Moment konnte er kaum denken, geschweige denn sprechen.

Moment mal, da war etwas im Gange! David fühlte, wie sich sein Körper auseinander zog und ausdehnte. Sein Kopf hielt in etwa dreißig Meter Höhe über dem Boden an, während seine Füße nach unten wuchsen und bei dem sanften Aufprall sogar ein bisschen in die weiche Erde einsanken.

David versuchte blinzelnd, sich an den Wechsel der Perspektive zu gewöhnen. Er war gerade von der Mikrobe zum Riesen geworden. Luddie MacPherson deutete mit einer weit ausholenden Geste auf die Felder und Wiesen um sie herum. »Das ist eine Aussicht, was?«

»Vor wenigen Augenblicken war der Eindruck noch ... intensiver«, antwortete David.

»Tut mir Leid.« Der Erfinder sah ihn entschuldigend an. »Es war eine Art psychologischer Test – um zu sehen, wie du mit Stress umgehst.«

David blickte an sich herunter. »Na, meine Hose sieht jedenfalls nicht nass aus.«

MacPherson lachte. »Sehr gut.« Er deutete nach unten. »Das ist eine meiner Fabriken.«

David blinzelte hinab. »Keine Fenster?« Der Hardweare-Produktionskomplex sah aus, als hätte jemand Betonwürfel auf das grüne Feld gekippt.

»Nicht nötig. Die ganze Einrichtung ist automatisiert.« Luddie zog das Dach eines Blocks zurück. Darunter arbeiteten Maschinen fleißig wie Ameisen und produzierten am laufenden Band Westen, die wie Punkte aussahen. Eventuelle Produktionsgeheimnisse waren bei dieser winzigen Darstellung nicht zu entdecken.

Das muss man dem Kerl lassen, er weiß, was er tut, dachte David. *Erst lässt er mich so schrumpfen, dass ich zu klein bin, um zu verstehen, wie die Weste funktioniert. Dann bläst er mich auf und hält mich so vom Produktionsprozess fern.*

Ihm fiel noch etwas auf. »Wie dick sind diese Mauern?«, fragte er. »Wenn Hitler in der Normandie solche Festungen gehabt hätte, würden wir immer noch versuchen, in Frankreich Fuß zu fassen.«

Die Fabrikgebäude waren von kleineren Würfeln umgeben. Diese hatten Fenster, die jedoch eher wie Bullaugen wirkten. »Sicherheitsanlagen?«, fragte David.

»Ich habe Konkurrenten, die liebend gern sehen würden, dass meinen Fabriken ... etwas zustößt. Die Vorrichtungen entsprechen in etwa denen, die unser Haus umgeben – wobei dort die Gestaltung raffinierter ist.«

Er schnippte mit den Fingern, und die weitläufige Landschaft verwandelte sich in die silber-grau bezogene Gummizelle zurück. David fühlte ein Kribbeln im Nacken.

Die Tür sprang auf, und David blickte argwöhnisch hinaus. Das hier entsprach exakt dem Zimmer, aus dem sie gestartet waren. Waren sie in die Realität zurückgekehrt? War die Simulation tatsächlich beendet? Oder befanden sie sich noch in der Veeyar, und MacPherson plante eine weitere überraschende Wendung?

Ein sonnengebräunter Typ, der in etwa so alt war wie David, schlenderte mit einem fragenden Ausdruck auf dem hübschen Gesicht in das Zimmer. »Wie ist es gelaufen?«

»Das ist der Kerl, dem du den wilden Ritt zu verdanken hast«, sagte Luddie. »David, das ist Nick D'Aliso.«

David war erstaunt, dass Nick ganz gewöhnlich aussah.

»Ich nehme an, du kennst meinen Spitznamen, so wie du mich anstarrst – nein, er hat nichts mit meinem Äußeren zu tun«, erklärte Nick.

Keinem, der etwas mit Computern zu tun hatte, konnte der Name Nick D'Aliso alias ›Nicky das Wiesel‹ entgangen sein. Der Spitzname klang zwar, als käme er aus einem schlechten Mafia-Film, doch er bezog sich auf D'Alisos Hacker-Fähigkeiten. Er schaffte es, sich wie ein Wiesel in die unzugänglichsten Systeme einzuschleichen. Wurde er geschnappt, entledigte er sich wieselflink aller Probleme, indem er sich als neuer Computer-Sicherheitsexperte anbot.

Wenn MacPherson diesen Typen eingestellt hat, muss er es wirklich ernst damit meinen, seine Geheimnisse unter Verschluss zu halten, dachte David. In Anbetracht der zweifelhaften Geschäftsmoral des Hackers fragte er sich, wer die Geheimnisse vor Nicky dem Wiesel schützen würde.

»Nick hat alles programmiert, was du gerade in dieser Simulation erlebt hast«, erklärte Luddie MacPherson. »Es kam alles aus der Weste, die du trägst – wir waren nie mit dem Netz verbunden.«

»Stand-alone Computer – was für ein Konzept«, sagte David.

»Unsere Kunden sind bereit, für den Schutz ihrer Privatsphäre zu zahlen – selbst wenn sie nur eine Simulation laufen lassen.«

Eine weitere Methode für reiche, gelangweilte Manager, ihre Zeit zu verschwenden, dachte David. Er rief sich die Einführungstour noch einmal ins Gedächtnis und wandte sich dann an Nick D'Aliso. »Es muss interessant gewesen sein, sich das Zeug auszudenken. Ich war ein paarmal ... wirklich beeindruckt.« David konnte nicht vergessen, wie sein Herz während der Simulation vor Angst fast zersprungen wäre. Die Gefühle waren unangemessen heftig gewesen.

»Du selbst erregst aber auch einige Aufmerksamkeit«, erwiderte Nick. »Ist es wahr, dass du das Raumschiffrennen in Hollywood gewonnen hast, indem du die Schlusssequenz der Simulation über einen Laptop laufen gelassen hast?«

Bevor David antworten konnte, brachte Luddie die Unterhaltung auf das Geschäftliche zurück. »Wir brauchen kreative Programmierer. Unsere Kunden zahlen für das Beste und erwarten von uns auch das Beste. Kein Computer verfügt über die Kapazitäten, unendliche reale Welten in einer Simulation darzustellen. Also müssen wir die Leute täuschen – auch emotional. Sagt dir das Wort *Gestalt* etwas?«

»Das ist Deutsch, oder?«, fragte David. »Ich habe es im Zusammenhang mit Psychologie gehört. Man fasst Dinge und Symbole nicht nur als die Summe ihrer Bestandteile auf.«

Luddie nickte. »Nah dran. Wir machen unsere Simulationen zu mehr als nur zur Summe ihrer Bestandteile. In dieser Tour zum Beispiel war die Landschaft nicht so bemerkenswert. Ebenso wenig wie die Systemarchitektur.«

»Aber du hast mich in die eine Landschaft hineinfallen lassen und durch die andere hindurchgejagt.« David dachte an die plötzliche Panikattacke. »Das war noch nicht alles, oder?«

»Das war mein Werk«, sagte Nick. »Ich habe daran gearbeitet, Stimmungen in der Veeyar durch unterschwellige Reize zu manipulieren.«

»Wohl eher Emotionen auszulösen«, warf David ein und erinnerte sich daran, wie er sich gefühlt hatte. »Das war mehr als nur eine Stimmung.«

»Es ist wie die kreischende Geige in einem Horrorfilm.« Nick zuckte mit den Schultern. »Sie leitet die erschreckenden Szenen ein. Hier erfasst du es nicht mit deinem Bewusstsein. Wir lassen einfach dein Herz schneller klopfen und deine Handflächen schwitzen. In jeder Veeyar-Simulation passiert das bis zu einem gewissen Grad. Deshalb machen sie ja Spaß. Ich bin nur etwas besser darin, als die meisten anderen Programmierer, Emotionen über unterbewusstes Einwirken zu manipulieren. Viel besser.«

»Das gibt uns den Kick«, sagte Luddie.

David fand, dass das einer Gehirnwäsche gefährlich nahe kam, doch er sagte nichts.

»War nett, dich kennen zu lernen«, meinte Nick. Er blieb an der Tür stehen. »Ach, Luddie, Sabotine wollte euch bei der Simulation nicht stören. Sie lässt fragen, ob es dir was ausmacht, wenn es heute Abend das Gleiche gibt wie gestern. Ich glaube, wir haben ziemlich viele Reste.«

Nick D'Aliso lebte bei den MacPhersons?

Die Überraschung war David anscheinend anzusehen.

»Der größte Teil der Arbeit wird freiberuflich oder in Telearbeit erledigt«, sagte Luddie. »Aber wenn wir ein heißes Projekt laufen haben, ist es einfacher, wenn derjenige bei uns einzieht. Wir haben viel Platz, vor allem, weil wir ohne Bedienstete auskommen.«

Oder er will den wieseligen Mr D'Aliso einfach nur im

Auge behalten, fügte David lautlos hinzu. *Ich würde das auf jeden Fall wollen.*

»Das ist ein recht großes Haus für eine Familie«, sagte David.

»Es gibt nur meine Schwester und mich«, erwiderte Luddie kurz angebunden. Er sah auf die Uhr. »Mist, ich muss mich beeilen. Nick, kümmerst du dich um David?«

Und schon war er verschwunden. Ohne David die Hand zu schütteln.

Nick D'Aliso bedachte ihn mit einem hämischen Lächeln. »Du hast dich ganz gut gehalten, bis du seine Familie erwähnt hast.« Er schüttelte den Kopf. »Luddies Familie ist sein wunder Punkt. Natürlich ist das nicht allgemein bekannt. Die Akten liegen alle im Jugendgericht unter Verschluss. Ich merke schon, du hackst nicht viel, was? Du hast doch sicher Informationen über die MacPhersons eingeholt, bevor du hergekommen bist.«

»Tja, ich bereite meine Bewerbungsgespräche eben mit legalen Mitteln vor. Aber ich bin mir bewusst, dass das nicht jeder so hält.« Nicky das Wiesel zum Beispiel, wenn die Gerüchte stimmten.

»Es hätte dich hier vor echten Schwierigkeiten bewahrt. Luddie hat sich zu einem emanzipierten Minderjährigen erklärt. Er ließ sich von seiner Familie scheiden – das musste er, um sich voll und ganz auf Computer konzentrieren zu können. Sein Vater ließ das nicht zu.«

»Ließ es nicht zu?«

»Sein Vater ist Führer der Manual Minority. Du hast bestimmt schon davon gehört.«

»Das ist eine Antitechnologie-Bewegung.«

»Verrückte, die uns in die Steinzeit zurückversetzen wollen. Einige von denen sind erst glücklich, wenn wir alle in Höhlen leben. Sie scheinen zu glauben, dass sie zu den zehn Prozent der Bevölkerung gehören, die von einer natürlichen Ökologie leben könnten.«

»Computer haben unsere Welt in nur einer Lebensspanne völlig verändert. Arbeit, Kommunikation, Freizeit ... an vieles muss man sich erst gewöhnen.«

»Muss man deshalb gleich Computer als den Teufel bezeichnen? Battlin' Bob MacPherson benutzte diesen Vergleich bei der letzten Versammlung seiner Kämpfer.« Nick begleitete David zum Haupteingang. Sein Gesichtsausdruck ließ darauf schließen, dass David sich nicht um die Familienprobleme der MacPhersons zu kümmern brauchte.

Er würde sowieso nie für Hardweare arbeiten.

4

Leif Anderson sah David Gray mitfühlend an. Besser gesagt das holografische Abbild Davids, das über seinem Computersystem schwebte. »Also ist das Gespräch nicht so gut gelaufen?«

»Oh, es lief toll – bis auf den Schluss.« David erzählte Leif von Luddie MacPhersons seltsamem Verhalten – und Nick D'Alisos Erklärung dafür.

»Nicky das Wiesel?«, unterbrach ihn Leif. »Dieser MacPherson wagt sich aber ganz schön hoch hinaus ... oder ist das Teil einer gerichtlichen Strafauflage für ihn?«

David zuckte mit den Schultern. »Wie ich es verstanden habe, ist er für die Computersicherheit zuständig und programmiert auch ein bisschen.«

»Der Kerl hat den Ruf, immer auf den Füßen zu landen«, sagte Leif. »Hat er dich mit dieser Geschichte vielleicht nur auf den Arm genommen?«

David verzog das Gesicht. »Genau das wollte ich herausfinden. Nick deutete an, dass auf legalem Weg keine Informationen erhältlich sind. Da Luddie und sein Vater Personen des öffentlichen Lebens sind – wenn Nick die Wahrheit sagt und Battlin' Bob wirklich Luddies Vater ist –, kam mir das sehr seltsam vor. Aber bisher hatte Nick Recht. Ich bin nirgendwo durchgekommen!«

»Ach komm.« Leif klang leicht gereizt. »Luddie MacPherson ist eine richtiggehende Berühmtheit. Die einfachste Netz-Suche ...«

»... hat kein Wort über sein Privatleben ergeben«, beendete David den Satz frustriert.

»Das ist ...« Leif schluckte das Wort »lächerlich« herunter. David nahm seine Computer sehr ernst und würde keine lächerlichen Behauptungen aufstellen. »Erzähl«, sagte er schließlich.

David beschrieb ihm, wie er zunächst eine allgemeine Datenanfrage gestartet hatte. Dann war er zu einer sehr viel gründlicheren Suche mithilfe von Hochleistungssuchmaschinen übergegangen. »Massenhaft Infos über seine Geschäfte, Pressemitteilungen, Kommentare über Firmenaktionen und die Zukunft der Technologie – doch nichts über ihn, nichts über seine Schwester und nichts über eine Beziehung zu Battlin' Bob MacPherson.«

»Aber jedes vernünftige Zeitungsarchiv müsste diese Hintergrundinformationen auf Lager haben«, warf Leif ein.

David blickte ihn ärgerlich an. »*New York Times, Washington Post* und *Wall Street Journal* – überall hieß es nur 'Informationen nicht verfügbar'. Also dachte ich, ich spreche mal mit dir.«

»Oho.« Leif grinste seinen Freund an. »Jetzt wird mir alles klar. Du willst gar kein Mitgefühl. Du willst, dass dir jemand die Informationen ergaunert. Tja, ich bin kein Nick D'Aliso.«

»Aber du hast Beziehungen. Außerdem dachte ich, dass dich diese Art mysteriöser Fall interessieren würde.«

»Die Katze lässt das Mausen nicht.« Leif fuhr sich durch sein leuchtend rotes Haar. Er grinste breit. »Allerdings sagt man mir immer, ich sähe eher aus wie ein Fuchs. Ich werd's versuchen. Wenn sich was Interessantes tut, melde ich mich.«

Nachdem David die Verbindung beendet hatte, saß Leif lange schweigend da und betrachtete sein Netz-Setup. Er war kein brillanter Programmierer wie Nick D'Aliso – er war nicht einmal so gut wie David Gray. Doch er hatte Geld, genug Geld, dank seines Vaters. Auf gemeinsamen internationalen Geschäftsreisen und bei seinen eigenen Unternehmungen hatte Leif einige der besten käuflichen Geschütze des Programmhandels in die Finger bekommen. Er hatte auch ein paar kuriose Informationen gehamstert. Sein Interesse an guten, sorgfältig verarbeiteten Programmen war bekannt. So gelang es Leif immer, eine oder zwei Überraschungen in der Hinterhand zu haben.

Er setzte sich auf den Computer-Link-Stuhl und zuckte zusammen, als er mit dem Computer verschmolz. Ein paar Cyber-Gangster hatten Leif vor einiger Zeit in der Veeyar angegriffen. Seitdem litt er an einer Überempfindlichkeit seiner Schaltkreisimplantate. Hatten die anderen beim Einstieg ins Netz ein Gefühl mentaler statischer Ladung, so fühlte er ein unangenehmes Stechen.

Als der Schmerz nachließ, saß er an seinem virtuellen Arbeitsplatz. Vor ihm lag ein Wirrwarr dreidimensionaler Symbole, die bestimmte Programme darstellten. Er nahm drei geometrische Formen in die Hand und fügte sie in einer bestimmten Reihenfolge zusammen, um eine der Schubladen des Tischs zu öffnen. Dann murmelte er ein Passwort, und die Schublade sprang auf. Nur so ließ sie sich öffnen.

Darin hob er die Symbole auf, die er als sein »cooles Zeug« bezeichnete – schwer erhältliche Zugangscodes, unveröffentlichte Beta-Test-Programme, inoffizielle Software und halblegale Hackerware, die er teilweise selbst in Auftrag gegeben hatte. Er durchsuchte sein Lager, nahm eine Software nach der anderen heraus ... und legte dann die meisten wieder zurück. Nur eine behielt er in der Hand. An diese Datenkette aus Zugangscodes war er über eine etwas zwielichtige Bekanntschaft gekommen. *Informationen nicht verfügbar, was?*

»Das werden wir ja sehen«, murmelte er. Er schloss die Schublade und sperrte sie wieder ab.

Nun nahm er einige Suchprogramme und ein Symbol in Blitzform von seinem Arbeitsplatz und begab sich ins Netz. Nach einem kleinen Umweg erreichte er die Seite der *Washington Post*. Sie stand wie ein Wolkenkratzer aus Neonlicht vor ihm. Das Logo der Zeitung prangte an ihrer Spitze. Da dies eine beliebte Netz-Seite war, sausten winzige Figuren wie Eintagsfliegen umher: Leute, die Fakten überprüften, Jugendliche, die Schularbeiten erledigten, Historiker ... Es sollte hier sogar eine Gruppe von Fans geben, die uralte Comics von vor achtzig oder neunzig Jahren las. Er betrat das virtuelle Gebäude und durchquerte überfüllte Korridore. Hier lagen die Zugänge zu den öffentlichen Datenarchiven. Je näher er seinem Ziel kam, desto leerer wurde es, bis er schließlich einen neonbeleuchteten Gang ganz für sich allein hatte. An diesem Korridor befanden sich keine Türen – besser gesagt, sie waren ohne den richtigen Zugangscode nicht zu erkennen.

Leif holte das Schlüsselsymbol hervor und drückte es gegen die Wand. Als der Eingang sichtbar wurde, seufzte er erleichtert auf. Die Codes waren nicht geändert worden. Er trat in einen Raum, der wie ein stilisiertes Archiv aussah. An den vier Wänden standen leuchtende Datenschränke. Er war in die zugangsbeschränkte Datenbank der Zeitung eingedrungen – obwohl diese hier noch am unteren Ende der Sicherheitsstufen der *Post* lag. Es war unwahrscheinlich, dass Leif über so pikante Informationen wie den wahren Namen von Deep Throat, jenem Kerl, der den Watergate-Skandal aufgedeckt hatte, oder Fehltritte von Kongressmitgliedern stolpern würde.

Doch er war sich beinahe sicher, dass man hier nicht ganz so heiße Gerüchte überprüfen konnte – wer Luddie MacPhersons Eltern waren, zum Beispiel. Leif aktivierte eines seiner Suchprogramme und wies es an, nach Informationen über Luddie MacPherson zu suchen.

Doch sobald er das Programm an einen der Datenschränke geheftet hatte, ging um ihn herum ein nervenaufreibender Alarm los. Das Leuchten der Neonlichter wurde quälend grell, und die Datenschränke verschwanden. Die Wände des Archivs waren leer. Am Schlimmsten war, dass auch die Tür verschwunden war. Er konnte natürlich aus dem Netz aussteigen, doch dann würde er zweifellos aufgespürt werden. Dagegen hatte er keine Vorkehrungen getroffen – er hatte gedacht, das wäre bei einer so einfachen Aufgabe nicht notwendig. *Falsch, Leif.* Und er hatte keine einzige nützliche Information gefunden.

Aufgeflogen, dachte er. *Und ich weiß nicht einmal, warum.*

Leifs Vater informierte die Anwälte und organisierte ein rasches Gespräch mit der Zeitung. Es war nicht billig, doch die Zeitung ließ sich davon abbringen, Leif für seinen Versuch, die zugangsbeschränkten Daten einzusehen, zu bestrafen. Dann musste er sich noch ein paar wohlgewählte Worte seiner Eltern anhören.

Schließlich saß er allein in seinem Zimmer und blickte nachdenklich auf die Computerkonsole. Seine Eltern hatte ihm nach dieser Geschichte nahe gelegt, sie in nächster Zeit nur noch für seine Hausaufgaben zu benutzen. Doch er nahm auf seinem Computer-Link-Stuhl Platz, betrat die Veeyar ... und ging sofort auf die Schublade mit dem »coolen Zeug« zu.

Eines der Programme ließ ihn wie einen hyperaktiven Gummiball durch das Netz flitzen. So war sichergestellt, dass er nicht verfolgt werden konnte. Er landete schließlich bei einem kleinen, durchschnittlichen Bürogebäude. In solchen Gebäuden waren Millionen von Netz-Seiten zu Hause, die von der göttlichen Erlösung bis hin zu Reizwäsche alles anboten. Leif trat ein und ging nach oben. Die meisten Büroräume waren öffentlich zugänglich, doch Leif steuerte auf ein etwas wählerischeres Etablissement zu.

Am Ende des Gangs zog er ein anderes Programmsymbol hervor, das ihm die Tür öffnete. Er betrat ein kleines Büro, das bis obenhin mit einer supermodernen Computerkonsole gefüllt war. Natürlich war das hier ein virtuelles Gerät. Doch es stellte fast exakt ein Duplikat des Computers dar, mit dem Leif ins Netz eingestiegen war.

»Schon wieder ein *Déjà-vu*«, murmelte er und schaltete die virtuelle Maschine ein.

Der Hologramm-Projektor des Computers begann zu arbeiten. Ein Gesicht, das aussah, als stammte es aus der Feder eines Dreijährigen, wurde sichtbar.

»Hab' gehört, dich hat's bei der *Post* erwischt.« Die Stimme war mechanisch verzerrt.

»Ich habe ihnen gesagt, ich hätte die Zugangscodes von einem öffentlichen schwarzen Brett, das es nicht mehr zu geben scheint.«

»Na, zumindest sind sie dir nicht bis hierher gefolgt.« Das Strichgesicht wirkte gereizt.

»Kommunizierst du immer über Figuren zum Ausschneiden?«

»Ist sicherer. Vor allem, wenn man Dinge verkauft, die anderen Leuten vielleicht nicht gefallen.«

Wie Proxies, die jemandem die virtuelle Party verderben können, dachte Leif. *Oder Zugangscodes zu gesicherten Zeitungsarchiven.*

»Du hast eigentlich kein Recht, dich über irgendwas zu beschweren. Dein kleiner Stunt hat *mich* Geld gekostet. Alle Codes der *Post*-Seite wurden geändert. Ich habe ein Produkt verloren. Warum hast du nach Material über MacPherson gesucht? Was diese Daten angeht, sind die Zeitungen super-paranoid, seitdem das Killbot-Ding passiert ist.«

»Das Killbot-Ding?« Leif wusste, was Killbots waren – Programme, die ins Netz geschickt wurden, um Daten über bestimmte Themen oder Leute zu finden und zu löschen. »Luddie MacPherson hat Killbots eingesetzt, um sein Privatleben aus dem Netz zu radieren?«

Das Strichgesicht nickte. »Es wurden viele Daten vernichtet – selbst in Holo-Nachrichten. Die Zeitungen und Nachrichtenstationen verfügen nur über Informationen über seine geschäftlichen Belange. Ich habe gehört, dass irgendwo MacPherson-Daten als Hardcopy aufbewahrt werden und trotzdem etwas verloren ging. Die Datenbereiche, die den Weg zu diesen Informationen wiesen, wurden gelöscht.«

»Ist das legal?«

»Wenn man bereit ist, für dieses Privileg genug zu bezahlen. Oder wenn man einen Prozess anstrengt, um die Informationen aus den Zeitungen zu halten. Luddie war bereit dazu. Man findet auf dem ganzen Planeten kein einziges inoffizielles Wort über ihn.«

»Und das nur wegen ein bisschen Privatsphäre.«

»Es ist Luddies wunder Punkt. Er musste prozessieren, um aus seiner Familie herauszukommen. Als ich ihn kennen lernte, schuftete er wie ein Hund, um Geld zusammenzubekommen und seine Schwester loszueisen. Sein Vater war wirklich ein Sturschädel – er ließ seinen Kindern keine Neuralimplantate einsetzen, als sie in die Schule kamen.«

Leif erinnerte sich an das Formular, das seine Eltern unterzeichnen mussten – er hatte immer gedacht, das wäre nur eine Formalität. »Also ist Luddies Vater wirklich Battlin' Bob MacPherson?«

Das Strichgesicht nickte. »Oberhaupt der Manual Minority. Sieh dir nur mal an, wie er seine Kinder genannt hat! Luddie ist nach den Ludditen benannt, einer Antitechnologie-Bewegung des frühen neunzehnten Jahrhunderts. In ihr vereinigten sich Weber, die aus Protest die neuen Webstühle zerstörten. Sabotine hat ihren Namen von den Saboteuren.« Der maskierte Hacker machte eine Pause. »Ihre Mutter ist Battlin' Bobs zweite Frau, eine Französin. Er heiratete sie, weil er dachte, die Europäer wären weniger technologiebesessen. Doch auch sie verließ ihn.«

Leif hakte bei dem Satz nach, der ihn interessierte. »Du kennst Luddie MacPherson persönlich?«

»Ich *kannte* ihn«, erwiderte der Hacker. »Wir sind damals mit noch ein paar anderen Hackern in einem Chatroom abgehangen. Wir dachten, wir wären Genies, aber MacPherson war wirklich eines. Kennst du diesen Trick?«

Es erschien ein aus zwölf Punkten aufgebautes Gitter auf dem holografischen Bildschirm:

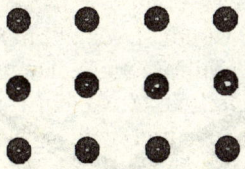

»Jetzt musst du die Punkte mit durchgehenden Linien verbinden, von denen eine zur nächsten führt.«

»Okay.« Leif starrte einen Moment darauf und fuhr dann mit einem Finger von Punkt zu Punkt. Dabei hinterließ er eine feurige Linie.

»Das ist eine Möglichkeit«, bestätigte der geheimnisvolle Hacker. Dann verschwanden die Verbindungslinien, die Leif gezogen hatte, und nur die Punkte blieben zurück. »Kannst du jetzt nach denselben Vorgaben das Gleiche tun und nur fünf Linien verwenden?«

Leif runzelte die Stirn und starrte fester auf das Muster. Er zog im Geiste Linien von hier nach dort. »Das ist nicht machbar«, sagte er.

»Doch, ist es.« Plötzlich zeigte sich eine Feuerlinie, die durch die obere Punktreihe schnitt, über das Gitter hinausfuhr, umknickte, um noch ein paar Punkte mehr zu erwischen, das Gitter erneut verließ und wieder zurückfuhr. Als der Hacker fertig war, waren tatsächlich nur fünf Linien zu sehen, doch sie bildeten ein seltsames Muster:

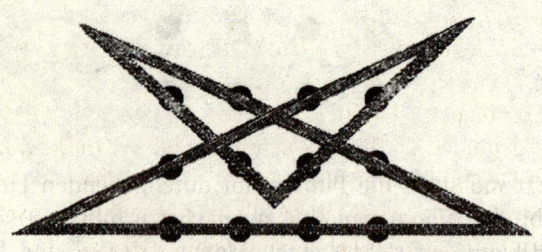

»Ich hätte gleich darauf kommen müssen, als du sagtest, es wäre ein Trick«, sagte Leif genervt.

»Es illustriert nur eine Art zu denken. Ich kann ein paar ziemlich coole Sachen mit einem Computer anstellen. Genau wie die anderen Typen aus dem Chatroom. Wir konnten die Punkte verbinden. Aber Luddie – er dachte über die Punkte *hinaus*. Und das führte zu wirklich erstaunlichen Dingen.«

Der Hacker seufzte. »Schon damals waren die Ideen, die aus seinem Kopf kamen ... Wir sind herumgesessen, haben geredet, einfach heiße Luft von uns gegeben. Luddie spielte mit einer Idee und dachte dabei laut. Ein paar andere Jungs nahmen seine Äußerungen auf, verwerteten sie und machten damit ein Heidengeld. Ich glaube, ab diesem Zeitpunkt verwandelte sich Luddie in Mr. Halsabschneider. Vielleicht war es auch der Kampf um seine Schwester. Er machte plötzlich ein Heidengeld, und je mehr es wurde, desto geheimnisvoller gab er sich.«

Die bisherigen Verhandlungen mit diesem Strichmännchen-Typen waren rein geschäftlich gewesen. Dabei hatte er immer einen knallharten Eindruck gemacht. Deshalb war Leif überrascht, jetzt einen wehmütigen Unterton in seiner Stimme zu hören.

»Ich vermisse es, mich mit einem echten Genie auszutauschen. Wenn man sich überlegt, was Luddie alles durchmachen musste ... was hätte aus ihm werden können, wenn er normal aufgewachsen wäre ...«

Leif lächelte. »Vielleicht wäre er in der Manual Minority gelandet. Du hast es selbst gesagt – Kinder werden zum Gegenteil ihrer Eltern.«

So wie ein Self-Made-Millionär einen Playboy zum Sohn hatte, der im Leben kein festes Ziel hatte.

Doch diesen Gedanken behielt Leif für sich.

Zum Schluss wurde der Hacker wieder geschäftsmäßiger. Leif willigte ein, ihn für sein verlorenes Produkt zu entschädigen, doch der Betrag, auf den sie sich einigten, war nicht sonderlich hoch. Beide wollten in Zukunft wieder Geschäfte miteinander machen.

Leif verließ die Veeyar und fand sich in seinem Zimmer wieder.

Tja, dachte er, *dank dieser Killbots werde ich offensichtlich nicht mehr viel über Luddies Familienleben im Netz finden, solange ich das Gesetz nicht brechen will. Und ich will es höchstens beugen. Aber vielleicht kann ich etwas über seinen Alten herausfinden ...*

Er machte sich an die Arbeit.

Leif fand in seiner Netz-Suche eine Menge Informationen über MacPherson Senior. Battlin' Bob hatte als professioneller Wrestler angefangen, den Unterhaltungssport jedoch für eine anfänglich erfolgreiche politische Karriere hingeworfen. Er hatte begonnen, vehement den Schutz der Privatsphäre zu verfechten, und sich dann gegen die Medien, Computer und letztendlich gegen Technologie im Allgemeinen gewandt. Für den Feldzug gegen die Maschinen setzte MacPherson seine ganze Bekanntheit, seine farbenfrohe Persönlichkeit sowie seinen unermüdlichen Kampfgeist ein.

All das benötigte er auch, um die Witze zu überleben, die über ihn gemacht wurden. Er wurde politisch durch Sprüche wie ›Springt auf den Wagen von MacPherson auf – es ist der mit den Steinrädern‹ außer Gefecht gesetzt.

Battlin' Bob hatte nie viele Wähler, doch er wurde von der Manual Minority mit offenen Armen empfangen. Über die Jahre hatte er einige wichtige Fragen angesprochen, viele Demonstrationen geleitet, einige Gesetze gebrochen – und ein paar Köpfe zerschmettert.

Leif stellte überrascht fest, dass das nationale Hauptquartier der Gruppe in New York City lag. Er hatte eher erwartet, sie in einem ländlichen Paradies zu finden. Doch andererseits war New York das Medienzentrum. Leif notierte sich die Adresse. Es konnte nicht schaden, einen kurzen Spaziergang in diese Richtung zu machen.

Am nächsten Nachmittag nach der Schule schlenderte Leif die Sixth Avenue hinunter. Die Büros der Manual Minority befanden sich in einem Hochhaus, das vor zwanzig Jahren eines der höchsten der Stadt gewesen war. Nun würde es ausbluten. Das war heutzutage das Schicksal vieler Bürogebäude, da die meisten Menschen von Zuhause aus an ihren Computern arbeiteten.

Als er in den Aufzug stieg, fragte er sich, wie viele Etagen leer standen oder nur noch Netz-Server beherbergten. Während der Aufzug zum 23. Stock hinaufruckelte, überlegte er, ob es eine bessere Idee gewesen wäre, sich die Gruppe im Cyberspace anzusehen.

Andererseits glaubte er nicht, dass eine Gruppe, die die Abschaffung der Computer proklamierte, im Netz vertreten war.

Die Türen des Aufzugs öffneten sich. Dahinter wurde eine Empfangshalle sichtbar, deren hölzerne Vertäfelung bereits bessere Tage erlebt hatte. Die unzähligen Bohrlöcher und Klebstoffspuren in der Wand hinter der Empfangsdame wiesen auf die zahlreichen Firmen hin, die hier bereits ihren Sitz gehabt hatten. Im Moment war dort kein Schild angebracht. Offensichtlich hielt die Manual Minority es nicht für nötig, Werbung zu machen.

Am Empfang saß eine rassige Schönheit. Hellbraune Locken rahmten ihre glühenden braunen Augen ein. »Kann ich Ihnen helfen?«, fragte sie.

»Bin ich hier bei der Manual Minority?« Leif ließ seine Stimme furchtsam und zögerlich klingen. »Ich habe einiges über diese Gruppe gehört und möchte gern mehr wissen. Kann mir jemand meine Fragen beantworten?«

»Ich denke, Mr. MacPherson ist gerade frei«, sagte das Mädchen. »Er spricht gern mit jungen Leuten. Warten Sie einen Augenblick.« Sie stand tatsächlich auf, um nachzusehen. Auf ihrem Tisch stand nicht einmal ein altmodisches Telefon oder eine Gegensprechanlage.

Als die junge Frau einen Augenblick später zurückkehrte, konnte Leif sein Glück nicht fassen. Er wurde einen Gang entlanggeführt. »Er wird sofort bei Ihnen sein«, sagte sie, während sie eine Tür öffnete.

Das Büro war leer, der Teppich abgenutzt und verblichen. Rechteckige Flecken, auf denen einst Tische oder Computerkonsolen gestanden waren, zeichneten sich darauf ab. In den Wänden waren Löcher, aus denen Drähte oder Leitungen ragten.

Als sich die Tür öffnete, unterbrach Leif seine Inspektion. Ein großer, stämmiger Mann trat ein, dessen blondes Haar bereits dünner wurde.

»Was kann ich für Sie tun, Mr. Anderson?«, fragte er.

Leif starrte in MacPhersons knorriges Gesicht. Er hatte seinen Namen noch nicht genannt!

Er trat einen Schritt vor – und fiel auf die Knie, die Hände an die Schläfen gepresst.

5

Leif war von den Schmerzen so überwältigt, dass er kaum bemerkte, wie sich der Mann in der Tür umwandte. »Kathy! Mach die Induktionsschaltkreise aus!«

Die lähmenden Qualen ließen nach, und Battlin' Bob MacPherson half ihm auf die Beine. »Wie geht's Ihnen?«

»Hervorragend, bis auf das Gefühl, dass jemand versucht hat, meine Schädeldecke mit einem Buttermesser abzutrennen«, erwiderte Leif. »Was war das denn?«

»Man könnte es ein Cyber-Feed-back nennen«, sagte MacPherson. »Dieses Büro ist so vernetzt, dass es mit Schaltkreisimplantaten interagiert. Wird es aktiviert, gibt es jedem Metallschädel im Raum einen heftigen Stoß statischer Ladung.«

Leif zog eine Grimasse. »Metallschädel? Wie nett, dass Sie einen Schimpfnamen für die computerisierte Mehrheit der Menschen verwenden. Und die Datenbank, die Sie über mich zu Rate gezogen haben, hätte vollständiger sein können. Ich habe mir bei einem Angriff in der Veeyar ein ernsthaftes Implantattrauma zugezogen.«

»Tut mir Leid, wenn wir Ihnen Schmerzen zugefügt haben.« Battlin' Bob hob eine buschige Augenbraue. »Aber lässt Sie diese Erfahrung nicht an Ihrer geliebten Technologie zweifeln?«

»Meine momentane Erfahrung lässt mich eher stutzig werden, weil die Manual Minority viele der Technologien verwendet, die sie angeblich ablehnt«, sagte Leif grimmig.

»Wie furchtbar.« MacPhersons Stimme klang nun eindeutig spöttisch. »Wir verfolgen mit, wer sich in Manual-Minority-Netzseiten aufhält oder eine Datensuche betreffend unserer Mitglieder durchführt. Wir überprüfen diese neugierigen Leute. Besonders, wenn sie reich oder berühmt sind.« Er machte eine Pause. »Und wenn wir auf jemanden stoßen, der bei der Net Force den Junior-Ermittler spielt, heißen wir ihn herzlich willkommen.«

»Und dafür benutzen Sie Computer, Maschinen, die Sie für Instrumente des Teufels halten.« Leif sah dem großen Mann in die Augen. »Sie verwenden sie, um in die Privatsphäre der Leute einzudringen – finden Sie das nicht ... abscheulich?«

MacPherson hob die schweren Schultern. »Unglücklicherweise ist dies ein Kampf, in dem man die Waffen des Feindes gegen ihn einsetzen muss. Sie beschweren sich darüber? Meine Aktionen wurden dank einer Gesellschaft möglich, die Sie und der Rest der so genannten Mehrheit geschaffen haben.«

»Ich denke, es ist ein bisschen zu spät, um alle Maschinen zu entsorgen und wieder als Jäger und Sammler anzufangen«, sagte Leif sarkastisch.

»Das wollen nur wenige radikale Mitglieder der Manual Minority. Sie bilden sozusagen eine Minderheit innerhalb der Minderheit. Die meisten von uns vertreten einfach die Meinung, dass wir nicht nur mit Technologie bombardiert werden – wir werden von ihr überrannt. Sie sind technisch auf dem neuesten Stand. Bei der Firma Ihres Vaters und den Net Force Explorers kommen Sie wahrscheinlich überdurchschnittlich viel mit der aktuellsten Technologie in Berührung. Finden Sie das Ganze nicht auch manchmal ein bisschen überzogen?«

Von Zeit zu Zeit empfand Leif es tatsächlich so. Zum Beispiel, wenn die Geräte vom vergangenen Jahr völlig unbrauchbar geworden waren, da es neue Entwicklungen gegeben hatte. Er sagte nichts, doch der große Mann musste die Antwort in seinen Augen gelesen haben.

»Wissen Sie, vor nur einem Jahrhundert konnte der Großteil der Technologie von einem leidlichen Heimwerker repariert werden. Der Modell-T-Ford, das Transistorradio, die elektrischen Lampen. Dann wurden die Maschinen dem durchschnittlichen Menschen aus der Hand genommen: Die nächste Generation konnte nur von ausgebildetem Servicepersonal repariert werden. In den Achtzigerjahren des 20. Jahrhunderts wurde die Technologie schließlich so kompliziert, dass die Menschen die Geräte daheim kaum noch bedienen konnten. Haben Sie je von den alten Videorekordern gehört?«

»Magnetische Aufnahmegeräte für das Flachbildschirmfernsehen.«

»Die Benutzer mussten in jeder Kiste eine Uhr einstellen, wenn sie Sendungen automatisch aufnehmen wollten. In vielen Haushalten blinkten die Uhren endlos auf vierundzwanzig Uhr, da ihre Besitzer nicht herausbekamen, wie man sie einstellte.«

»Der Beginn der Manual Minority.«

»Die damals eher noch eine Mehrheit war. Dann kamen Computer und ein irrwitziger Boom von Handbüchern, die für Laien bestimmt waren. Dasselbe setzt sich heute in der Software fort.«

Leif nickte. Ein Teil des Vermögens seines Vaters stammte aus der Vermarktung von Anleitungsprogrammen für Laien. »Technologie verursacht das Problem, also wird es durch Technologie gelöst.«

»Oder betrachten Sie es einmal so: Wir werden von Technologie überflutet, ohne die Chance zu haben, anzuhalten und uns zu überlegen, wie das unsere Zukunft verändert. Hätten die Menschen die Erfindung des Autos freudig begrüßt, wenn sie gewusst hätten, wie sich die Existenz von Vororten auf die Städte und Kleinstädte auswirken würde? Oder dass viele Familien eigentlich nicht mehr existieren, weil die Mitglieder über das ganze Land verteilt und auseinander gerissen sind? Das Fernsehen hat den Stubenhocker erschaffen, und mit Computern und der Veeyar wird es nur noch schlimmer

– von den Entwicklungen in der Privatsphäre der Menschen ganz zu schweigen.«

»Wäre es besser, wir würden Pferde und Bücher benutzen?«, schoss Leif zurück. »Das Auto wurde einst als Lösung für die Verschmutzung der Städte gepriesen. Überlegen Sie mal, was mit den Straßen und der Luft in den Städten passieren würde, wenn wir den heutigen Transportanforderungen mit Pferden gerecht werden müssten ... Und wissen Sie, wie viele Wälder in den letzten zwei Jahrhunderten abgeholzt wurden, um Bücher, Zeitungen und Kataloge zu drucken? Die virtuelle Realität machte den Druck auf Papier zum größten Teil überflüssig. Technologie ist nicht *nur* schlecht. Und wissen Sie, wir sind nicht das einzige Land auf der Welt, das sie benutzt.«

»Oh, ja. Wenn man vor einer harten Entscheidung steht, schiebt man es einfach auf die Weltwirtschaft.«

Leif begann zu verstehen, woher Battlin' Bob seinen Namen hatte – er konnte kämpfen.

Der große Mann fuhr fort: »Dieses Argument hat den großen Unternehmen immer mehr Macht verliehen. Nicht nur über unsere Wirtschaft, über unser ganzes Leben. Besonders jetzt, da wir Informationen zu einem Handelsprodukt gemacht haben. Die Leute machten sich einst Sorgen über Kredite und Regierungsanleihen, da sie dachten, wir würden unsere Zukunft verpfänden. Doch wir liefern diese Zukunft großen Unternehmen aus. Sie bestimmen, was wir hören, was wir wissen, und sie pfuschen an den Nahrungsmitteln, die unsere Bauern produzieren, herum, nur um ein Patent zu erhalten und ihr Logo draufpappen zu können.«

»Ihr Sohn schreibt ein ganz neues Kapitel der Computertechnologie – und er hat bestimmt kein *Groß*unternehmen«, wandte Leif ein.

Bob MacPhersons Gesicht versteinerte. »Luddie Mac-
Phersons Erfindung ist weitaus subversiver als die meisten anderen Technologien. Ich fürchte, er ahnt gar nicht,
welche Durchschlagskraft sie besitzt. Ich kann nur hoffen, dass er nicht auf der Strecke bleibt, wenn die großen Fische versuchen, alles an sich zu reißen.«

Dazu fiel Leif nichts ein. MacPhersons Worte hatten
den bitteren Beigeschmack der Wahrheit.

*Vielleicht hat David Glück, dass er sein Einstellungs-
gespräch vermasselt hat,* dachte er. *So langsam glaube
ich, dass diese Familie ein lebendes Beispiel dafür ist,
wie eng Genie und Wahnsinn beieinander liegen.*

David Gray starrte Luddie MacPherson auf seinem Holo-
Empfänger verwundert an.

»Jetzt bist du dran«, drängte Luddie. »Ich habe dir gerade einen Job angeboten.«

»D-das habe ich nicht erwartet«, gestand David.

»Sagen wir mal, du bist etwas leichter zu durchschau-
en als ich. Ich finde es gut, dass du ein Net Force Explorer bist. Obwohl Nick D'Aliso das anders sieht.«

»Warum?«

»Es gibt ein riesiges Geschrei wegen der Geheimnisse,
die im Netz durchgesickert sind. Mir sitzen Leute im
Nacken, die die ganze Schuld auf Hardweare schieben
wollen. Entweder versuchen sie, ein Produkt schlecht zu
machen, das ihnen zu erfolgreich ist, oder sie versuchen,
mehr Informationen aus uns herauszuquetschen, damit
sie die Westen kopieren können ... oder sie wollen uns
für eine Übernahme weichklopfen.« MacPherson blickte
finster drein. »Ich *weiß*, dass wir nicht verantwortlich
sind für diese Cyber-Lecks.«

»Das hast du schon mal gesagt.«

»Ich habe die Babys entworfen. Ich habe sie gebaut und zum Laufen gebracht. Ich kenne sie wie niemand sonst. Was diese Leute behaupten, ist auf keinen Fall möglich.«

Vertrau mir, ich bin der Erfinder, dachte David wenig überzeugt.

»Die Leute würden dir vielleicht eher glauben, wenn du sie sehen lassen würdest, wie die Westen funktionieren. Vielleicht kann die Net Force ...«

»Auf keinen Fall«, unterbrach Luddie. »Das ist nicht wie bei einer akademischen Wissenschaft, wo man sein ganzes Wissen preisgibt, um zu sehen, ob die anderen vergleichbare Ergebnisse erzielen. Wenn ich das täte, würde ich mit Imitationen bombardiert.«

Das junge Genie schüttelte den Kopf. »Ich werde unsere technologische Überlegenheit nicht preisgeben, nur um zu beweisen, dass wir unschuldig sind. Doch eine auch noch so dürftige Verbindung zur Net Force dürfte unsere Glaubwürdigkeit bei den Beamten wiederherstellen. Ich meine, die Leute müssen uns doch eine Chance geben zu beweisen, dass wir die Guten sind.« Luddie grinste plötzlich. »Selbst wenn das bedeutet, dass wir jemanden aufnehmen, der nach Nicks Geschmack etwas zu moralinsauer ist.«

David lachte. »Tja, was Nicky dem Wiesel nicht gefällt, kann nicht allzu schlecht sein.«

»Also nimmst du den Job?«

David durchdachte die Situation. Wollte er an der heißesten Computertechnologie der kommenden Jahre mitarbeiten? Selbst wenn es nur eine Geste für die Öffentlichkeit war? Dumme Frage! »Okay, heiß den Tugendbolzen willkommen«, sagte David. »Aber du weißt, dass die Net Force von allen Problemen, auf die ich stoße, erfahren wird.«

»Du wirst nichts finden«, sagte Luddie zuversichtlich. »Aber ich werde das gern in den Vertrag aufnehmen. Du musst ein paar Vertraulichkeitserklärungen unterzeichnen, bevor du an Bord kannst. Ich werde auch sicherstellen, dass du der Net Force jederzeit Bericht erstatten kannst. Ich sage Sabotine, dass du dabei bist. Sie wird sich mit dir in Verbindung setzen.«

Richtig, dachte David. *Sabotine ist für das Programmieren zuständig.*

Luddie MacPherson beendete die Verbindung. Noch lange danach saß David einfach nur da und genoss den süßen Geschmack des Erfolgs. Dann wurde erneut ein eingehender Anruf gemeldet. Er hob ab und sah sich dem genervten Gesicht Nick D'Alisos gegenüber.

»Die Bezahlung ist nicht so toll«, höhnte der Hacker. »Also war es die göttliche Technologie oder die Herausforderung im Allgemeinen. Warum hast du zugesagt?«

»Was für ein Problem hast du mit mir, D'Aliso? Du hast mich angegriffen und hintergangen, seit wir uns das erste Mal getroffen haben. Ist meine Hautfarbe eine Beleidigung für dein Ethos? Ich dachte, dieser Müll wäre vorbei und gegessen.«

D'Aliso verzog den Mund. »Sei nicht blöd.«

»Ich merke doch, dass es dir die Schaltkreise rauszuhauen scheint, wenn du mich siehst. Und ich weiß wirklich nicht, warum – es sei denn, meine Gegenwart beunruhigt dich irgendwie.«

Nick D'Aliso fixierte David. »Du verstehst es wirklich nicht, oder? Vielleicht kannst du das nicht, wenn man bedenkt, wo du herkommst.«

»Weil ich ein Net Force Explorer bin? Ein Tugendbolzen?«, schoss David zurück.

Die Augen des Wiesels verengten sich. »Ja. Es ist egal,

wie viele Computerschlaumeier ihr habt. Hier geht es ums Geschäft.« Er wartete eine Sekunde. »Ums schmutzige Geschäft.«

»Hast du was zu verbergen, Nicky?«

»Dir Frage ist ... wie sieht's mit *dir* aus?« D'Aliso war nun völlig im eiskalten Wieselmodus. »Du kommst in eine Firma, von der viele Leute gern ein Stückchen hätten. Das bedeutet, alle werden dich beobachten und einen Schalter finden wollen – einen Weg, um dich zu benutzen, um dich für sie arbeiten zu lassen.«

Er atmete tief ein und versuchte, sein Gesicht weicher werden zu lassen. »Ich weiß, wovon ich rede, David. Ich habe es gesehen, mitgespielt, es zu meinem Geschäft gemacht.« D'Aliso sah ihn ernst an. »Und es gibt Typen da draußen, die mich zum Frühstück essen könnten. Es ist nicht zu spät, David. Du kannst noch aussteigen.«

»Und den ganzen Spaß verpassen?«

Jetzt wurde D'Aliso wütend. »Sieh mal, Blödmann, ich will dir einen Gefallen tun ...«

Seine Stimme brach ab. Er wandte sich um und sagte über seine Schulter: »Ich hänge gerade im Netz, Sabotine. Einen Moment.«

David wurde sofort an Mark Gridley auf dem Treffen der Explorer erinnert. Auch er war in der Veeyar durch etwas aus der wirklichen Welt abgelenkt worden. Er sah an den Schultern des Wiesels herab. Der Hacker trug eine Hardweare-Weste.

D'Aliso wandte ihm das Gesicht wieder zu. Sein Blick war listig. »Ich hab' dich gewarnt.« Dann verschwand er.

David lehnte sich zurück, doch er war keineswegs entspannt. Zum Glück befand sich niemand im Haus, der hätte hören können, was D'Aliso gesagt hatte. Es hätte seine kleinen Brüder erschreckt, seine Mutter beunruhigt und seinen Vater, den Polizisten, wütend gemacht.

Luddie MacPherson würde es sich vielleicht noch einmal überlegen, jemanden einzustellen, der eine Ermittlung der Washingtoner Polizei bei Hardweare veranlassen konnte.

Aber da war noch etwas anderes ... David atmete tief ein und versuchte, seine Emotionen lang genug unter Kontrolle zu halten, um klar denken zu können. Nick D'Aliso hatte nicht mit einer Katze gesprochen, als er abgelenkt wurde. Er hatte mit Sabotine MacPherson gesprochen.

Aber das ist keine Überraschung, dachte David. *Er lebt mit Luddie und Sabotine im gleichen Haus.*

Da traf es ihn wie ein Blitzschlag – der Zeitpunkt des Anrufs. *Er wusste, dass ich den Job angenommen habe!*

Woher?

David erinnerte sich an Luddies Abschiedsworte. »Ich sage Sabotine, dass du dabei bist. Sie wird sich mit dir in Verbindung setzen.«

Wenn Luddie Sabotine informiert hatte, hatte Nick erstaunlich schnell von ihr erfahren, was los war. Entweder zapfte er den Computer des Mädchens irgendwie an, doch das war bei Hardweare-Computern so gut wie ausgeschlossen ...

Oder Sabotine steckte mit ihm unter einer Decke.

David fühlte sich plötzlich, als hätte er sich in einem stockfinsteren Zimmer verlaufen. Er wusste nicht, ob er beim nächsten Schritt auf dem Boden aufsetzen oder zwanzig Stockwerke tief abstürzen würde.

Die letzten Worte des Wiesels kreisten in seinem Kopf.

Ich hab' dich gewarnt.

6

David hieß die Gruppe, die um seinen virtuellen Arbeitsplatz versammelt war, willkommen. »Danke, dass ihr gekommen seid, Leute. Ich brauche euren Rat.«

Die Net Force Explorers-Freunde saßen wieder einmal zusammen.

»Vergiss sie«, riet Andy Moore und lachte. Er schwebte im Cyberraum.

Matt Hunter starrte ihn ungläubig an.

»Warum denkst du, ich hätte dieses Treffen wegen eines Mädchens einberufen?«

Andy zuckte mit den Schultern. »Wofür sonst könnte das Superhirn unseren Rat brauchen?«

Megan O'Malley verdrehte die Augen. »Moore, du bist sooo widerlich!«

»Ist dir das jetzt erst aufgefallen?«, fragte P. J. Farris.

Leif Anderson schüttelte nur den Kopf.

»Meinst du, ich sollte sie *nicht* vergessen?«, fragte David.

»Du musst wohl verrückt sein, diese Clowns um irgendeinen Rat zu bitten«, erwiderte Leif.

»Es geht um eine berufliche Frage, nicht um eine persönliche«, sagte David.

»Noch eine Absage?«, fragte Leif.

Jetzt musste David den Kopf schütteln. »Eine Zusage. Von Hardweare.«

Daniel Sanchez brauchte ein bisschen, bis er kapierte. »Du hast den Job?«

»Fantastisch!«, freute sich Caitlin Murray, die von allen Catie genannt wurde.

Der virtuelle Raum war vom Jubel der Freunde erfüllt.

Nur Leif war etwas zurückhaltender. »Wer hat dir den Job angeboten?«

»Luddie MacPherson selbst«, antwortete David. »Er sagte, dass für seinen Entschluss, mich einzustellen, im Endeffekt meine Verbindungen zur Net Force entscheidend gewesen seien. Sein Unternehmen leidet unter einer enorm schlechten Publicity – es wird behauptet, dass die Sicherheitslecks auf die Hardweare-Westen zurückzuführen seien.«

»Und keiner kann sie so weit durchchecken, dass eine definitive Antwort gefunden werden könnte.« Matt Hunter durchblickte das Problem rasch.

»Ich bin erstaunt, dass du das zulässt. Diese Leute benutzen dich als Strohmann«, sagte P. J.

»Ich werde an der Programmierung arbeiten«, sagte David rasch. »Mit der Vereinbarung, dass ich die Net Force auf den Plan rufen kann, wenn mir etwas nicht koscher vorkommt.«

»Du solltest besser die Finger davon lassen«, sagte Leif schroff. »Ich kenne Luddie MacPherson nicht, aber ich bin mit seinem Vater aneinander geraten. Das hat gereicht, um mich vom Rest der Familie für immer abzubringen.«

»Klingt, als würdest du übertreiben, Leif«, sagte Megan.

Leifs Augen funkelten. »Dieser Antitechnologie-Fuzzie hat versucht, mein Gehirn zu rösten, indem er an meinen Schaltkreisimplantaten herumgepfuscht hat. Und sein Sohnemann ist dafür bekannt, seinen eigenen Weg zu verfolgen und unangenehme Fakten unter den Tisch zu kehren. Damit habe ich auch so meine Erfahrungen gemacht. Jeder sagt ihm, er sei ein Genie. Vielleicht hat Luddie David angeheuert, weil er denkt, er kann ihn an der Nase herumführen.«

Leif wandte sich an seine Freunde und breitete die Arme aus. »Ich glaube, dieser Job könnte mehr Schwierigkeiten verursachen, als uns lieb ist.«

»David, wenn du den Job absagst, könntest du mich dann empfehlen?«, piepste eine junge Stimme.

Alle im Raum fixierten Mark Gridley.

»Hast du uns überhaupt zugehört, Zwerg?«, fragte Andy eindringlich.

Mark zuckte mit den Schultern. »Dieser MacPherson hält sich vielleicht für ein Genie, aber ich schwöre euch, ich bin schlauer.«

»Darauf würde ich nicht wetten«, sagte David. »Außerdem laufen bei Hardweare genug junge Genies herum.«

David berichtete seinen Freunden von Nick D'Aliso und dessen Drohung.

Megan sah David an. »Also, du hast diesem Luddie gesagt, dass du die Net Force informierst, wenn du was Seltsames feststellst. Worauf wartest du?«

»Und was soll ich Captain Winters erzählen?«, platzte David heraus. »›Ich brauche die Hilfe der Net Force! Ein böser Hacker war gemein zu mir!‹«

Megan war nicht seiner Meinung. »Aber dieser Wiesel-Typ hat doch so schnell herausgefunden, dass du eingestellt wurdest. Offensichtlich hat er Sabotines Computernachrichten angezapft.«

»Dafür habe ich keinen Beweis. Sabotine kann die Information persönlich an Nick weitergegeben haben. Und bevor du mit großen Verschwörungstheorien daherkommst, solltest du in Betracht ziehen, dass es sich bei der Weitergabe dieser Informationen um harmlosen Büroklatsch gehandelt haben könnte. Wir wissen nicht genau, was Nickys Aufgaben bei der Firma sind. Vielleicht wusste er ja mit vollem Recht über meine Einstellung Bescheid.«

Leif blieb skeptisch. »D'Alisos Warnung muss man ernst nehmen. Battlin' Bob MacPherson erzählte mir, dass einige der ganz Großen im Geschäft sich um Hardweare streiten werden. MacPherson ist vielleicht ein Spinner, aber er gehört zu den Verrückten, die die Wahrheit sagen. Und jetzt behauptet Nicky das Wiesel dasselbe.« Er schüttelte den Kopf. »David, wenn ich du wäre, würde ich mich von der Firma fern halten.«

»Aber du bist nicht ich.« David versuchte, seine Bestürzung zu verbergen, als er sich an den Rest seiner Explorer-Freunde wandte. »Was meint ihr, Leute?«

»Spring ab«, sagte Mark Gridley sofort.

»Du Ratte«, rief Andy Moore. »Das sagst du nur, weil *du* dir den Job unter den Nagel reißen willst.« Er sah David an und sagte: »Ich würde dabei bleiben.« Er grinste. »Aber ich stehe ja auch auf Ärger.«

»Ich denke auch, dass du bleiben solltest«, sagte Matt Hunter etwas ernsthafter. »Ich glaube zwar nicht, dass es Spaß machen wird. Aber jemand sollte ein Auge darauf haben, was bei Hardweare vor sich geht. Und du sitzt direkt an der Quelle.«

»Raus mit dir, Kumpel«, riet P. J. Farris. »Du kennst zu wenige Karten in dem Spiel. Du weißt nicht, wie es ausgehen wird, aber es wird bestimmt furchtbar enden. Es gibt einfachere Wege, sein Studiengeld zu verdienen.«

»Hört, hört, der Politikersohn«, spottete Megan und warf ihr Haar zurück. »Du musst drin bleiben, David. Hardweare leitet die Computertechnologie in eine völlig neue Richtung. Wenn jemand damit Unheil anrichten will, muss die Net Force informiert sein – je früher, desto besser.«

»Diese Familie klingt echt höllisch – und ich muss es wissen. Meine Familie ist schrecklich genug.« Daniel zog die Stirn in Falten, während er sprach. »Wenn du dich bei ihnen einmischst, bekommst du Ärger. Es wäre mir egal, was für eine Chance das ist – ich würde aussteigen.«

»Es ist eine *einmalige* Chance«, erwiderte Caitlin. »In ein paar Jahren wirst du dir in den Hintern beißen, wenn du jetzt aussteigst – und das weißt du, Gray.«

David lächelte selbstironisch. »Vier Stimmen für Bleiben, vier für Gehen. Sieht aus, als hinge es von mir ab.« Er atmete tief ein. »Ich werde nicht kündigen. Ich habe die Chance, eine interessante Arbeit zu machen und dabei meine College-Rücklagen aufzupolstern. Es gibt zwar tatsächlich eine Reihe von Ungereimtheiten bezüglich Hardweare, doch ob das ein Fall für die Net Force ist, können wir noch nicht sagen.«

Er breitete die Arme aus. »Eins ist aber klar: Ich gehe nicht blind in die ganze Sache. Ich werde mich mit Captain Winters in Verbindung setzen. Vielleicht kann er mir helfen, einige der Gerüchte über Hardweare aufzuklären.«

Als sich die Freunde verabschiedet hatten, war es fast schon Zeit fürs Abendessen. David hörte es an der Tür klopfen.

»Bist du noch nicht fertig?«, wollte sein kleiner Bruder James wissen. »Ich muss Hausaufgaben machen.«

»Nur noch ein paar Minuten«, sagte David. Er setzte sich wieder auf den Computer-Link-Stuhl. Dann durchlief er das statische *Schnapp-Knister-Plopp* der Verbindung, trat ins Netz ein und wählte Captain Winters' Netzadresse.

Er fand sich in einem virtuellen Duplikat des Büros des Captains wieder. Am Schreibtisch saß eine virtuelle Version von Winters.

»David!«, sagte Winters. »Was kann ich für dich tun?«

David brachte vor Erstaunen keinen Ton heraus. »Ich – äh – dachte nicht, dass Sie so spät noch arbeiten würden«, sagte er etwas zögerlich.

»Zeit, Ebbe, Flut und Papierkram warten auf niemanden.« Der Captain grinste. »Das hier mögen virtuelle Daten sein, doch für mich ist und bleibt es Papierkram.«

David war platt. Die Vorstellung, dass ein tapferer Kämpfer wie der Captain sich mit Akten herumschlug, war zu viel für ihn. »Mir war nicht bewusst, dass Sie sich mit so etwas beschäftigen müssen«, sagte David. »Das erscheint mir nicht richtig.«

»Oh, es war schon schlimmer. Bei den Marines zum Beispiel. Da gab es Anforderungsformulare für alles, von Rationen bis zur Munition, eine Unmenge von Berichten, die geschrieben werden mussten ...« Winters wurde mit einem Mal ernst. »Und die weniger erfreulichen Dinge, wie den nächsten Angehörigen unangenehme Mitteilungen machen zu müssen.« Seine Miene heiterte sich auf. »Das blieb mir bei euch Net Force Explorers bisher erspart. Wenn ihr Burschen weiterhin auf euch aufpasst, muss ich nie wieder einen solchen Brief schreiben. Das ist ein gutes Gefühl.«

»Ich hatte nicht erwartet, Sie im Büro anzutreffen, Sir. Wenn Sie etwas zu erledigen haben, will ich nicht stören. Sie können mich einfach an die Nachrichtenstelle weiterleiten, und ich hinterlasse ...«

»David, ein wichtiger Bestandteil meines Jobs ist es, als Verbindungsmann zu den Explorers zu wirken. Also, verbinden wir uns.« Winters zog einen Augenblick die

Stirn in Falten. »Sagt man das? Und immerhin ist es besser, als weiterhin heldenhaft über den Akten zu brüten. Was ist los?«

David erzählte von dem Jobangebot von Hardweare. Dann erläuterte er etwas stockender die seltsamen Dinge, die Leif und er über die Firma und die MacPhersons herausgefunden hatten.

»Ich weiß nicht, ob es da um Verstöße gegen das Gesetz geht«, beendete er den Bericht. »Doch bevor ich den Job annehme, wollte ich mehr über Hardweare herausfinden.«

»Dazu kann ich dir einiges aus dem Gedächtnis sagen. Luddie MacPherson ist der Prototyp eines jungen Genies. Die Net Force erhielt Beschwerden über Killbots, die in den Mediendatenbanken alles über MacPhersons Privatleben löschten. Doch als wir den Beschwerden nachgingen, hatte Luddie den Firmen anscheinend genug Geld gezahlt – jedenfalls hat nie jemand eine Bestrafung gefordert. Diesen Fall möchten wir nicht gern öffentlich werden lassen, um nicht auch anderen denselben klugen Einfall zu vermitteln. Bei *den* Anwälten, die MacPherson beschäftigt, könnte wahrscheinlich auch niemand eine Klage durchsetzen, selbst wenn er wollte.«

Winters lehnte sich in seinem virtuellen Sessel zurück. »An Hardweare haben wir aus nahe liegenden Gründen Interesse.«

David nickte. »Ich weiß, dass die Gridleys eine der Westen untersuchen.«

»Ich habe einen vorläufigen Bericht gelesen«, sagte Winters. »MacPherson hat einige bemerkenswerte Neuerungen in dieses kleine Ding eingebracht. Und es ist ihm in einem eigentlich sehr transparenten Business gelungen, viele dieser Neuerungen unter Verschluss zu halten.«

»Er hat einen Schaltkreis eingebaut, der die Weste unbrauchbar macht, sobald man versucht, ihre Funktionsweise herauszufinden. Das dürfte bei der Geheimhaltung sehr geholfen haben.«

Winters blickte säuerlich drein. »Ein weiterer Beweis für die Paranoia des jungen Genies.«

»Luddie hat mich ausgewählt, weil ich Verbindungen zur Net Force habe. Er denkt, dass meine Einstellung dem Unternehmen wieder Glaubwürdigkeit verleihen kann und vielleicht einige der Leute zum Schweigen bringen wird, die Hardweare die Schuld an den Problemen mit der Geheimhaltung geben.«

Diese Neuigkeiten erfreuten Winters nicht sehr. »Das junge Genie verlegt sich auf die Öffentlichkeitsarbeit. Hast du Angst, als Alibi missbraucht zu werden?«

»Im Moment interessiert mich mehr, ob an den Anschuldigungen was dran ist. Stehen die Westen wirklich mit den Enthüllungen in Verbindung? Gab es bereits offizielle Beschwerden?«

»Noch nicht. Die Hardweare-Anwälte sind ziemlich dahinter und würden sofort einschreiten. Doch die Net Force hat einen begründeten Verdacht – inoffiziell. Die Manager der betroffenen Firmen trugen alle Hardweare-Westen.«

»Aber überall tragen Manager diese Dinger. Es ist eines der neuen firmeninternen Statussymbole. Ich wette, sie trugen auch alle Rolex-Uhren und hatten Mont-Blanc-Stifte.«

Winters zuckte mit den Schultern. »Aber eine Rolex oder ein Mont Blanc enthalten nicht ganz so viele Daten. Sie fliegen nicht in die Luft, wenn man sie öffnen will. Die meisten großen Firmen glauben, sie wären hervorragend gesichert. Einige sind es sogar. Und dann darfst du nicht vergessen, dass die Lecks erst zu einer Seuche wurden, als die Westen auf den Markt kamen.«

»Wer erhebt die Anschuldigungen ... ganz inoffiziell? Sie haben uns von Lecks erzählt, die einen Limonadenproduzenten, eine Fastfood-Kette und eine Investmentbank getroffen haben. Ich interessiere mich für die Bank. Könnte jemand versuchen, Hardweare für einen Übernahmeversuch weichzuklopfen?«

»Das wäre eine Möglichkeit.« Winters dachte einen Moment nach. »Es gibt ein Medienkonglomerat, dessen Hollywood-Abrechnungen im Detail veröffentlicht wurde. Sie wurden dadurch ziemlich bloßgestellt. Sie haben auch einen Fuß im Software-Geschäft. Die Sicherheitsleute der Investmentbank waren ziemlich sauer, dass der Schutz der Privatsphäre bei den Westen so mangelhaft war. Sie hatten sich bereits an Angestellten die Finger verbrannt, die ihr eigenes Süppchen kochten.« Er blickte David an. »Was mir zu denken gibt, ist die Firma, die sich nicht beschwert hat.«

David lehnte sich vor. »Und welches Unternehmen ist das?«

»Die Forward Group.«

David setzte sich etwas aufrechter hin. »Das sollen ja ziemlich gefährliche Typen sein.«

»Die neue Supermacht, wenn man den Nachrichtenmagazinen glaubt. Ein internationales Konglomerat, das seine eigene Außenpolitik betreibt. Die sollen ihnen unliebsame Regierungen zu Fall gebracht haben, um der Firma gewogenere Machthaber einzusetzen.«

David nickte. »Ich habe gehört, dass sie die Junta in Corteguay bei ihrem Putsch finanziell unterstützt haben sollen. Doch dieses Geschäft entwickelte sich nicht ganz wie erwartet. Die neue Regierung warf alle ausländischen Firmen aus dem Land.« Er zog die Stirn in Falten. »Die Forward Group fing als Hightech-Unternehmen an ...«

»Ich kannte Jeffrey Forward, den Kerl, der das Ganze gründete«, sagte Winters. »Er war ein echter Visionär. Doch als er starb, übernahmen die Haie seine Firma.«

»Sie haben wirklich nicht den besten Ruf.« David klang nachdenklich. »Doch das alles sind nur Gerüchte und Unterstellungen, ähnlich wie bei Hardweare.«

Winters blickte ernst. »Das sind nicht nur Gerüchte. Managern von Firmen, die Forward in die Quere kamen, stießen praktischerweise ... Unfälle zu.«

David versuchte, etwas aus dem Gesicht des Captains herauszulesen. »Aber Sie haben nichts davon gehört, dass Forward Hardweare im Visier hätte.«

»Vielleicht werden wir nie etwas davon hören. Die Forward Group gibt Unmengen von Geld für Firmensicherheit aus. Ganze Länder könnten ihre Geheimdienste von diesem Budget bezahlen.« Winters machte eine Pause. »Oder ihre Armeen.«

»Vielleicht ist die Sicherheit so gut, dass es keine Lecks gibt«, sagte David. »Dann wäre Hardweare aus dem Schneider.«

»Dazu kann ich nichts sagen. Doch andererseits geht die Person, die hinter den Lecks steht, irgendwie ... planlos vor. Manchmal tauchen Dinge in Newsgroups auf. Und du kennst Newsgroups. Einige sind gesetzeskonform, andere total durchgedreht. Nicht alle Informationen werden an die Medien weitergegeben. In diesem Fall hören wir vielleicht nie eine Beschwerde. Auch Forward hat Anwälte.«

»Und Killbots, kann ich mir vorstellen«, sagte David zynisch.

»Ein paar Fälle wurden an Informanten der Polizei weitergeleitet«, schloss Winters. »Bisher haben auch die nichts gehört.« Er machte eine kurze Pause. »Noch nicht.«

David verbrachte eine unruhige, schlaflose Nacht, denn er fragte sich, ob er das Richtige tat. Am nächsten Tag nach der Schule war der Zeitpunkt einer Entscheidung jedoch gekommen. Sabotine MacPherson meldete sich bei ihm.

Sie wirkte im Holo-Empfänger etwas niedergeschlagen. »Tut mir Leid, dass ich dir das antun muss, David. Ich hatte gehofft, dir zum Einstieg ein einfaches Projekt zuteilen zu können. Doch wir haben gerade eine kleine Krise. Der Typ, der das hier eigentlich bearbeiten sollte, hat eben gekündigt.«

Sie schüttelte den Kopf. »Junge Genies, weißt du.«

Sie wollte ihm eine Limousine schicken, die ihn abholen und zu ihrem Anwesen bringen sollte. Dort wollte sie ihm dann die betreffenden Dateien übergeben und ihn kurz einweisen. »Es ist eine lange Fahrt für eine kurze Besprechung«, entschuldigte sich Sabotine. »Aber solange du die Software für einen sicheren Link auf deinem Computer noch nicht installiert hast, können wir nichts über das Netz senden.«

David lachte. »Einschließlich der Software, die einen sicheren Link ermöglichen würde.«

»Jedenfalls schicke ich den Wagen jetzt los.« Sabotine blickte auf ihre Uhr und wirkte bedrückt. »Ich muss um fünf weg – das wird ziemlich knapp ...« Sie seufzte. »Komm einfach so schnell wie möglich her, okay?«

Doch Sabotines Bitte konnte im Washingtoner Berufs-
verkehr nicht entsprochen werden. Obwohl das Chaos
dank Netz, Telearbeit und Computerleitsystemen keine
Ähnlichkeit mehr mit den legendären Staus des späten
20. und frühen 21. Jahrhunderts hatte, bewegte sich die
Blechlawine nur mit maximal dreißig Stundenkilome-
tern. Während die Limousine über die Umgehungsstraße
schlich, kochte David auf dem Rücksitz vor Wut.

Ich hinterlasse ja einen tollen Eindruck, dachte er be-
trübt. *Wollte Sabotine mir etwa eine unlösbare Aufgabe
stellen?*

Es war schon weit nach fünf Uhr, als sie die Landstraße erreichten, die zum Anwesen der MacPhersons führte. David hatte den Fahrer der Limousine bei ihrem
ersten unfreiwilligen Halt gebeten, dort anzurufen. Sabotine hatte gesagt, dass sie versuchen würde, so lange
wie möglich zu warten und ihm das Päckchen persönlich zu übergeben. Sollte er sich sehr verspäten, wollte
sie die Materialien am Wachhaus hinterlegen. Die Besprechung musste dann warten, bis er die Sicherheits-
programme auf seinem Computer installiert hatte.

David lehnte sich auf seinem Sitz vor, als wollte er
die Limousine mit Gedankenkraft zu größerer Eile antreiben. Da war die Steinmauer ...

Ihm entfuhr ein ärgerlicher Seufzer, als er die Limousine entdeckte, die gerade aus dem Haupttor fuhr.

Auf dem Rücksitz saßen zwei Personen – Sabotine
und Nick D'Aliso. Beide hatten sich schick gemacht.

David fragte sich, ob die beiden ein Rendezvous hatten. *Habe ich mich wie ein Wahnsinniger beeilt, nur damit ihre Verabredung nicht platzt?*

Plötzlich wurde er aus seinen Gedanken gerissen. Ein
alter Dodge schlitterte um die Ecke und steuerte gerade-

wegs auf die abfahrende Limousine zu. Davids Fahrer wich ruckartig aus, als der Dodge ihm den Weg abschnitt und die andere Limousine am Weiterfahren hinderte.

Ein großer, knorriger Mann stieg aus dem Wagen. »Sabotine!«, rief er. »Du nimmst meine Anrufe zwar nicht an, aber du wirst trotzdem mit mir sprechen. Ich bin dein *Vater*.«

Battlin' Bob MacPherson ging mit einem flehenden Gesichtsausdruck auf die Limousine zu. Doch als er Sabotines Begleiter erkannte, veränderte sich seine Miene.

»Abschaum!«, grollte der große Mann und rammte seine fleischige Faust gegen die Scheibe. »Ich habe dir gesagt, du sollst dich von meiner Tochter fern halten!«

7

Davids Wagen blieb abrupt stehen. Der Fahrer stieg aus und zog eine Maschinenpistole aus dem Halfter unter seinem Jackett. Auch Sabotines Chauffeur richtete eine Waffe auf den Mann, der behauptete, Sabotine MacPhersons Vater zu sein.

Battlin' Bob MacPherson, wenn er es denn war, mochte Bärenkräfte besitzen, doch nicht einmal er konnte die kugelsichere Verglasung einer gepanzerten Limousine durchbrechen. Er versuchte es jedoch und hämmerte zielstrebig auf die Scheibe neben Nick D'Alisos Kopf ein.

Sabotines Fahrer hielt die Pistole in beiden Händen und zielte auf Battlin' Bobs Brust. »Weg vom Wagen, Freundchen. Sofort.« Er war offensichtlich nicht zum Spaßen aufgelegt. David kannte das – sein Vater war bei der Mordkommission. Diesen Tonfall hatte er, wenn es wirklich ernst wurde.

Der große, knorrige Mann nahm den Chauffeur jedoch nicht ernst. Er schlug weiter mit der Faust auf das Panzerglas ein.

»Wir werden schießen, wenn Sie nicht aufhören«, drohte der andere Fahrer. Er hatte sich so platziert, dass er den breiten Mann selbst dann noch treffen konnte, wenn Battlin' Bob hinter dem Auto in Deckung ging. David war angesichts der Größe des ehemaligen Wrestlers nicht überrascht, dass keiner der Bodyguards versuchen wollte, es unbewaffnet mit ihm aufzunehmen.

Sabotine MacPherson kletterte aus der Hintertür der Limousine heraus. Ihr Gesicht war tränenüberströmt. »Daddy, hör auf! Hör auf!«

Der Fahrer erbleichte, als sich die Person, die er beschützen sollte, plötzlich in seiner Schusslinie befand. »Miss MacPherson! Treten Sie zurück!«, rief er verzweifelt.

Sabotine sah aus, als wollte sie sich in die Arme ihres Vaters stürzen, doch sie blieb auf ihrer Seite des Wagens stehen. Battlin' Bob bewegte sich nicht auf sie zu.

Ihm blieb auch keine andere Wahl. Ein Trupp bewaffneter Wachen kam aus dem Tor gestürmt, gefolgt von einem finster dreinblickenden Luddie MacPherson. Als sie sich gegenüberstanden, entdeckte David einige Ähnlichkeiten zwischen Vater und Sohn. Luddie hatte den breiten Körperbau geerbt, und sein Gesicht war eine weichere Ausgabe des Gesichts seines Vaters.

Im Moment jedoch blickte dieses Gesicht höchst düster drein, und Luddies Augen funkelten wie Blitze. »Das Gericht hat eine Schutzverordnung verhängt«, fauchte er. »Du darfst dich diesem Anwesen nicht weiter als bis auf achthundert Meter nähern.«

»Du kannst mit deinen Anwälten einen Richter übers Ohr hauen«, schrie Battlin' Bob zurück. »Du hast sicher genug gezahlt, um meine Tochter zu stehlen. Aber du und deine hoch bezahlten Rechtsverdreher irrt euch, wenn ihr glaubt, ein Stück Papier könnte mich von Sabotine fern halten!«

»Ich hatte nicht erwartet, dass dich die Verfügung des Gerichts aufhalten würde«, erwiderte Luddie gelassen. »Das ist einer der Gründe, warum ich diese Männer – mit ihren Waffen – eingestellt habe.«

Er starrte seinen Vater an, als wäre der ein gefährliches und Ekel erregendes Insekt. »Schade, dass du dich nicht auf unser Grundstück gewagt hast. Dann hätten wir dich als Eindringling erschießen können.«

Battlin' Bob öffnete den Mund, um eine entsprechende Antwort zu geben, doch er wurde von Sabotines Aufschrei unterbrochen. »Hört ... hört endlich auf, ihr beiden!«

Die Schönheit des Mädchens erschien David zerbrechlich wie nie zuvor. Sie blickte abwechselnd Vater und Bruder an und sah aus, als würde sie im Sturm hin- und hergebeutelt. Die Tränen flossen unaufhaltsam über ihre Wangen. »Wie lange ist es her, dass ihr beide im selben Zimmer sitzen konntet, ohne euch anzuschreien?«

Stockend brachte sie ihre Anschuldigungen hervor. »Ich dachte ... dass wenigstens ... das Gericht die Sache geklärt hätte. Aber jetzt kommst du« – sie deutete wütend auf Battlin' Bob – »hier angestürmt und bist zu einem neuen Kampf bereit. Und du« – sie wirbelte zu Luddie herum – »du würdest ihn erschießen lassen!«

»Liebling ...«, sagte MacPherson senior.

»Sabotine ...«, fing Luddie an.

»Es macht mich krank, versteht ihr? Krank!«, kreischte Sabotine. »Ihr behandelt mich wie den Hauptgewinn eines abartigen Spiels. Aber ihr könnt ohne mich weiterspielen. Ich verschwinde!«

Sie griff nach dem Arm des Chauffeurs. »Steigen Sie ein, und fahren Sie los.«

Der Mann sah Luddie an, doch von dort war kein Rat zu erwarten. Sabotines Bruder starrte auf den Boden.

Battlin' Bobs große Hände hingen herab, und er sah eigenartig hilflos aus, als Sabotines Limousine zurücksetzte und um seinen Dodge herumfuhr. Sekunden später brauste der große Wagen um die Ecke und verschwand. David und die anderen sahen, dass Sabotine sich nicht umdrehte. Nick D'Aliso legte einen Arm um ihre Schulter.

MacPherson senior wandte sich um und bedrängte seinen Sohn. »Hast du das gesehen? Du hast sie mir weggenommen, sie in deiner Burg hier eingesperrt ... und sie endet bei Nicky dem Wiesel.« Er spuckte angewidert vor sich auf den Boden. »Dem Wiesel, verdammt! Der Mann ist eine menschliche Ratte.«

Luddie schien selbst nicht allzu glücklich über diese Wendung. Doch bevor er antworten konnte, heulte über dem ländlichen Virginia eine Sirene auf.

»Ach ja, wir haben die Polizei gerufen.« Luddie fand zu seiner gewohnten Kälte zurück. »Warum verschwindest du nicht und ersparst deinem ruhmreichen Verein die Kaution?«

Battlin' Bob machte auf dem Absatz kehrt und setzte sich ans Steuer des alten Dodge. Er brauste die Straße hinunter, fort vom Tor – und von den näher kommenden Sirenen.

Luddie wandte sich an einen der uniformierten Wachmänner. »Wenn die Polizei hier ist, entschuldigt euch –

sagt, wir hätten das Problem selbst gelöst.« Seine Schultern sackten nach unten. »Das stimmt ja auch fast.«

Dann winkte er Davids Fahrer heran. »Bringen Sie den Wagen auf das Grundstück, bevor die Polizei Sie für den Eindringling hält und das Feuer eröffnet.«

David verlor den jungen Erfinder aus den Augen, als der Fahrer den Wagen ins Anwesen brachte. Die Tore schlossen sich hinter ihnen.

Luddie tauchte in dem steinernen Wachhaus neben dem Tor auf. Er hatte ein kleines Päckchen bei sich und sah die Inhaltsbeschreibung durch. »Datenskripts«, sagte er und überreichte sie David. »Sabotine hat jedes gekennzeichnet. Installier unser Kommunikationssicherheitsprogramm und sieh dir das mit der Aufschrift ›Hintergrund‹ an, wenn du willst. Sabotine meldet sich bei dir, wenn ... äh ...«

»... wenn sie zurückkommt?«, schlug David vor.

Luddie sah ihn an. Der gewohnte Schalk blitzte aus seinen Augen. »Ich wollte sagen, wenn sie sich beruhigt hat.« Er seufzte. »Na, zumindest weißt du jetzt, warum ich meine Familie unter Verschluss halten möchte.«

So plötzlich, wie er nach dem Bewerbungsgespräch verschwunden war, wandte sich Luddie auch jetzt um und ging zum Haus zurück.

David saß in der Limousine und wartete, bis die Polizei am Haupttor fertig war. Dann wendete der Fahrer den Wagen und brachte ihn nach Hause.

Leif Anderson lachte über das perplex aussehende Hologramm-Abbild seines Freundes. »Das ist vielleicht eine Geschichte, David«, sagte er und lehnte sich zurück. »Doch da ich nicht annehme, dass du deine eigene

Klatsch-Newsgroup eröffnen willst, vermute ich, dass du einen Grund hast, mir das Ganze zu erzählen.«

»Nein.« David sah ihn genervt an. »Ich wollte dir nur eine Möglichkeit geben zu sagen: ›Ich hab's doch gewusst!‹«

»Ooh! Das ist gemein!« Leif griff sich theatralisch an die Brust. »Aber im Ernst, was kann ich für dich tun?«

»Du kannst mir helfen, das alles einzuordnen!« David schüttelte den Kopf, als hätte er Kopfschmerzen. »Ich fühle mich, als wäre ich in einer Holo-Net-Seifenoper gefangen. Geschäftsintrigen, zerbrochene Familien, verbotene Liebschaften ...«

»Ach, ich verstehe«, unterbrach ihn Leif. »Du willst, dass ich dir das seltsame Verhalten der Reichen erkläre.« Er starrte kurz an die Decke und sah David dann an. »Die meisten sind genau wie wir. Vor allem, wenn sie nicht glücklich sind. Aber sie haben die Kohle, um zu handeln oder verrückt zu spielen, während der Rest der Welt dasitzen und sich mit den Gegebenheiten abfinden muss.«

»Diese Leute heute waren völlig außer Kontrolle.«

David erhielt als Antwort nur ein Schulterzucken. »Damit muss man bei den Neureichen fast rechnen. Meine Eltern sind eine seltene Ausnahme.« Leif lächelte David verschmitzt an. »Ich muss es wissen – ich gehöre ja selbst dazu.«

»Und welche Entschuldigung hat Battlin' Bob? Er schwimmt doch nicht gerade in Geld. Oder ist er als Mitglied der Manual Minority an kriminelle Aktivitäten gewöhnt?«

»Einige Leute, die mit der Manual Minority in Verbindung stehen, wurden wegen terroristischer Aktivitäten angeklagt – und verurteilt. Sprecher der Bewegung bezeichnen so was immer als ›Aktionen extremistischer Splittergruppen‹.«

»Klingt gut, aber nicht überzeugend«, sagte David.

Leifs Antwortgrinsen hing ihm etwas schräg im Gesicht. »Andererseits steht in Battlin' Bobs Polizeiakte nichts über Cyber-Terrorismus – gewöhnlich wurde er wegen Verprügelns von Zwischenrufern bei Veranstaltungen verhaftet.«

»Du hättest sehen sollen, wie er auf die Scheibe der Limousine eingeschlagen hat.« David lief ein Schauer über den Rücken, als er sich die Szene ins Gedächtnis rief. »Nick D'Aliso hatte Glück, dass das Panzerglas war. Der alte MacPherson sah aus, als wollte er ihn umbringen.«

»Wie würdest du dich fühlen, wenn du ein Mädchen, das dir viel bedeutet, auf dem Rücksitz eines Autos neben Nicky dem Wiesel sehen würdest? Multiplizier das mit hundertdreißig, dann näherst du dich etwa dem, wie ein Vater reagiert, wenn es um seine Tochter geht.« Leif schnitt eine Grimasse. »Ich war einige Male selbst solchen elterlichen Reaktionen ausgesetzt.«

David grinste. »Bei deinem Ruf völlig übertrieben.«

Leif fuchtelte hilflos in der Gegend herum. »Meistens schon.«

Davids Grinsen verschwand. »Hat irgendjemand dabei versucht, dich umzubringen?«

Nach einer kurzen Pause sagte Leif schließlich: »So weit ist es nie gekommen.«

»Denkst du ...«, fing David an, unterbrach sich und versuchte es erneut. »Denkst du, dass dieses ganze Problem mit den Lecks persönliche Gründe haben könnte?«

Leif blinzelte überrascht angesichts des plötzlichen Themawechsels. »Ich weiß nicht ...«

»Nimm mal an, jemand möchte Hardweare zerschlagen. Eine Unmenge von Geschäftsinformationen sickert durch. Und wer bekommt die Schuld? Der Computer, der zum Lieblings-Modeaccessoire jedes Vorstandsmitglieds geworden ist.«

»Und wer sollte so was tun?«

»Battlin' Bob MacPherson.« David redete rasch weiter, um seinen Verdacht zu begründen. »Er hat die Mittel – er und seine Leute sind dazu bereit, Technologie zu verwenden, um ihre Forderungen durchzusetzen. Wusstest du das?«

Leif zuckte bei der Erinnerung an den Angriff auf seine Schaltkreisimplantate zusammen. »Ja, das ist mir aufgefallen.«

»Und er hat ein Motiv. Für einen Antitechnologie-Aktivisten gibt es doch nichts Schlimmeres als einen Sohn, der sich als Computergenie entpuppt, oder?«

»Einen Sohn, der sich von seiner Familie scheiden lässt – und dann vor Gericht zieht, um auch noch seine Schwester zu entführen.« Leif schüttelte den Kopf. »Du hast Recht, das ähnelt einer Holo-Net-Seifenoper. Ich hatte es anfänglich für einen Spionagethriller gehalten.«

Sie lachten und verwarfen Davids Theorie – zumindest für den Moment. Als David die Verbindung beendete, war Leif wieder allein in seinem Zimmer und blickte auf ein leeres Holo-Display.

Ihm war langweilig! Seine Eltern hatten seinen Netz-Zugang nach dem missglückten Abenteuer bei der *Washington Post* eingeschränkt. Leif wanderte unruhig in seinem Zimmer auf und ab. Die Bewegung half, doch nicht genug. Vielleicht war es Zeit, etwas Druck abzulassen. Er zog ein Sweatshirt und Laufschuhe an und ging den Gang bis zu dem riesigen Salon hinunter, den seine Eltern für Empfänge nutzten. Seine Mutter saß auf der Couch und sah sich eine Tanzaufführung als Hologramm an. Sie hatte diesen Raum gewählt, da hier die Tänzer in Lebensgröße dargestellt werden konnten.

»Darf ich ein bisschen rausgehen?«, fragte Leif, als die Tänzer einmal kurz innehielten.

Seine Mutter blickte ihn nachdenklich an. Sie musste beschlossen haben, dass ihm in der Welt da draußen nicht so viel passieren konnte, denn sie gab ihm die Erlaubnis.

Nachdem Leif mit dem Aufzug von der Wohnung nach unten gefahren war, durchquerte er die Lobby und ging durch die Tür zur Park Avenue hinaus. Er nahm einen tiefen Atemzug New Yorker Luft, winkte dem Türsteher, der vor dem Gebäude stand, zu und startete die Straße hinunter. Wohin? Er hatte keinen genauen Plan. Er konnte zur Sporthalle gehen. Oder seine Runden im Central Park drehen. Es war völlig gleichgültig. Das Laufen war nur ein Vorwand, um von zu Hause wegzukommen. Leif fühlte sich, als wäre er gerade aus dem Gefängnis geflohen. Er war einfach glücklich, draußen auf dem Bürgersteig zu sein.

Dann bemerkte er, dass jemand neben ihm ging. Als er hinüberblickte, lief ihm ein Frösteln den Rücken hinunter. Dem Mann, der sich dem Rhythmus seiner Schritte angepasst hatte, war er unter nicht gerade angenehmen Umständen schon einmal begegnet. Er hatte gehofft, er würde ihn nie wiedersehen.

Der Name des Mannes war Slobodan Cetnik. Er war Spion – oder zumindest Geheimpolizist – einer Balkan-Diktatur, die sich Karpatische Allianz nannte. Der Balkan war nach wie vor eines der größten Sorgenkinder der Erde. Jahrhunderte lang war er eine Brutstätte tödlicher Fanatiker gewesen, die blutige Kriege austrugen. Die Verlierer der letzten Kampfrunde repräsentierten so ziemlich jeden scheußlichen »-ismus« des 20. Jahrhunderts. Die Karpatische Allianz war ein Paria-Staat und hatte momentan unter einem Technologie-Embargo zu leiden.

Cetnik war Teil eines Plans gewesen, diese Beschränkungen zu umgehen und über Hollywood an amerikanische Technologie zu kommen. Ein großes Holo-Studio, das eine bekannte Science-Fiction-Serie produzierte, hatte einen Wettbewerb für die jugendlichen Zuschauer ausgerufen und das Publikum weltweit Rennschiffe für das so genannte ›Große Rennen‹ entwerfen lassen. Der Preis war eine Schatzkiste von Computer-Zauberwerken gewesen, Geräten, die es der Karpatischen Allianz ermöglicht hätten, viel verlorenen Boden wettzumachen.

Cetnik war als Betreuer des Teams der K. A. die Macht hinter den Kulissen gewesen. Er war fest entschlossen gewesen, den Sieg mit Hilfe von Lügen, Betrügereien und sogar Mord zu erringen.

David, Leif, Andy und Matt – die vier Net Force Explorers – hatten am Rennen teilgenommen, es gewonnen und somit den Plan der Allianz durchkreuzt. Cetnik war unter schmachvollen Umständen in sein Land zurückgekehrt. Was hatte er also hier zu suchen?

Leif fielen einige Veränderungen an dem Mann auf. In seiner Erinnerung war Cetnik geschmeidig wie eine Wildkatze gewesen. Jetzt sah er gestresst und schäbig aus – wie ein Hund auf dem Schrottplatz. Doch er war immer noch sehr gefährlich.

»Ich sollte nicht hier sein«, sagte Cetnik im Plauderton. »Eigentlich sollte ich mit einer Delegation bei einem eurer schwachköpfigen Senatoren in Washington sein.

Ich musste jeden erdenklichen Gefallen einfordern, um dabei sein zu können. Seit meinem Versagen in Kalifornien bin ich ... in keiner guten Position.«

Seine dunklen Augen bohrten sich hasserfüllt in Leif. »Aber als ich einen bestimmten Namen in einem Bericht über eventuelle Sicherheitslücken in Amerika entdeckte, musste ich alles riskieren. Dein Freund David Gray arbeitet für Hardweare. Wir glauben, dass diese tragbaren Computer es irgendwie ermöglichen, Firmengeheimnisse zu knacken. Er soll herausfinden, wie das funktioniert – und uns die Informationen übergeben.«

»Sie können sich wünschen, was Sie wollen, aber warum sollte David das für Sie tun?«

Cetnik zuckte mit den Schultern. »Er wird es für dich tun«, sagte er mit weicher Stimme. »Und du für ... Ludmila Plavusa.«

8

Der Name Ludmila Plavusa war des Letzte, das Leif zu hören erwartet hätte. Er hatte Ludmila – sie war ein Hacker aus der Karpatischen Allianz – in Hollywood kennen gelernt, wo sie ihrem Team dadurch zum Sieg verhelfen wollte, dass sie konkurrierende Rennteilnehmer becircte und ihnen Informationen entlockte. Doch als Menschen zu Schaden kamen, half sie den Explorers dabei, Cetnik und seine Helfer aufzuhalten.

Leif erinnerte sich voller Zuneigung an sie. Dabei störte es keineswegs, dass sie blond und atemberaubend schön war.

»Was ist mit Ludmila?« Leifs Mund war plötzlich trocken.

»Ich habe nur gedacht, wie schade es doch wäre, wenn Ludmila und ihrer Mutter etwas zustoßen würde – nur weil du unkooperativ warst.«

Leif blitzte ihn an. »Wenn du es wagst, du Bas...«

Cetnik unterbrach ihn. »Ja, du Sohn eines reichen Mannes. Seit meiner Rückkehr in die Heimat sind mir einige unangenehme Dinge passiert. Deine Einmischung hat meine Regierung um eine wichtige Informationsquelle gebracht.«

Cetniks Plan, das Rennen zu gewinnen, war aus einer sehr seltsamen Richtung unterstützt worden – von einer neuen politischen Partei, der anarchistisch-libertären Bewegung. Sie trieb normale Politiker und Unternehmer zum Wahnsinn, indem sie gegen das so genannte ›Monopol der staatlichen Regeln‹ vorging. Dabei wurde die Betonung gesellschaftlicher Freiheiten – wie Führerschein ab 16 – mit einem erschreckenden Verständnis sozialer Verantwortung verbunden. Fahrer, die in Unfälle verwickelt waren, mussten teuer dafür bezahlen. Als politische Modeerscheinung hatten die Anarchistisch-Libertären eine Menge Interesse auf sich gezogen. Doch Leif konnte mit ihrer zweifelhaften Sicht der Vergangenheit nichts anfangen. Sie nahmen bestimmte Persönlichkeiten der Geschichte als Idole und nannten sie ›Meister‹, da sie den Ereignissen den Stempel ihres persönlichen Willens aufgedrückt hatten. Bedauerlicherweise waren viele dieser Meister in Leifs Augen skrupellose Diktatoren und Massenmörder.

Dieses perverse Verständnis der Geschichte führte einige Menschen dazu, die Karpatische Allianz, eine Nation, die von allen ehrbaren Ländern geschnitten wurde, als eine Art heldenhaften ›Einer-gegen-alle‹-Staat zu sehen. Und die Allianz war nicht dumm. Sie manipulierte diese Spinner zu ihrem Vorteil und sammelte durch eine Reihe von Organisationen harte Währung. Die Geheimdienste der K. A. nutzten die Anarchistisch-Libertären auf andere Weise – sie verschafften sich Unterstützung, Geld und Informationen für ihre Spione.

Leider war diese kuschelige Vereinbarung offen gelegt worden, als ein radikaler Hollywood-Sprössling der anarchistisch-libertären Bewegung mit seinem Versuch, das Große Rennen für die Helden aus der K. A. zu entscheiden, zu weit ging. Diese Geschichte war noch nicht vergessen. Aus diesem Grund versuchte eine Delegation der Allianz wahrscheinlich auch, sich beim Kongress einzuschmeicheln. Zweifellos beschwerte sie sich auch über diese oder jene ungerechte Behandlung.

Na toll, dachte Leif. Er hatte angenommen, es wäre für Ludmila am sichersten, in die Karpatische Allianz zurückzukehren. Cetnik konnte ihr nichts anhaben, wenn er nicht zugeben wollte, dass er diese Mission vergeigt hatte. Doch Leif hatte nie in Erwägung gezogen, dass Cetnik Ludmila als Druckmittel benutzen könnte, um ihn zu zwingen, der K. A. einen Gefallen zu erweisen.

»Ich erwarte nicht sofort eine Antwort«, sagte der Agent der K. A., als wäre Leif plötzlich sein bester Freund. »Du solltest dir ein paar Tage Zeit nehmen, um die ... Möglichkeiten abzuwägen.« Cetnik wurde sehr geschäftsmäßig. »Ich will bis zum Ende des Wochenendes eine Antwort.« Er gab Leif ein Stück Papier. »In diesem Hotel bin ich erreichbar. Du kannst dich für Igor Lachavsky ausgeben, der nach seiner Cousine Ludmila sucht. Ich muss dich sicher nicht davor warnen, eine öffentliche Netz-Verbindung zu benutzen.«

Leif sagte nichts. Bei Anrufen, mit denen man jemanden verulken wollte, kam es darauf an, Netz-Verbindungen zu verwenden, die nur schwer zurückzuverfolgen waren – offenbar galt diese Regel auch für Spionage.

Dennoch riskierte Cetnik einiges. Die Delegation der K. A. musste die Aufmerksamkeit der Geheimdienste auf sich gezogen haben. Ein Alleingang barg für Cetnik einige Risiken.

Wenn Leif doch nur einen Weg finden könnte, das zu seinem Vorteil zu nutzen! Doch sein Gehirn schwieg stur, bis Cetnik ihr kleines Treffen beendete.

»Ich erwarte deinen Anruf.« Der Agent lächelte, doch es lag ein eiskalter Unterton der Überzeugung in seiner Stimme. Es war der Ton, den ein Fischer verwenden mochte, wenn er überzeugt war, dass der Haken fest und sicher im Schlund seiner Beute steckte.

Leif war sich nicht sicher, ob Cetnik noch eine Weile herumlungern und seinen Erfolg genießen oder sich rasch entfernen würde. Er selbst verbrachte die nächste Stunde damit, wie blind in gehetztem Tempo durch den Central Park zu laufen, als könnte er der kalten Umklammerung der Angst, die sein Herz ergriffen hatte, entkommen.

Ludmila ... Leif erinnerte sich an seinen Ärger – der eigentlich Eifersucht war –, als er beobachtet hatte, wie sie mit Jungen aus anderen Teams flirtete. Obwohl er genau wusste, dass sich das im Verlauf des Rennens für sie wahrscheinlich katastrophal auswirken würde. Er erinnerte sich an ihr Gesicht, als Cetnik sie angebrüllt hatte, nachdem sie Leifs Leben und das seiner Mannschaftsmitglieder gerettet hatte. Er sah ihr Lächeln vor sich, als in einem entspannten Moment die wahre Ludmila zum Vorschein gekommen war. Nach einer langen, schlaflo-

sen Nacht war sie erschöpft an seiner Schulter eingeschlafen. Doch am besten erinnerte sich Leif an Ludmilas tonlose, beinahe traurige Stimme, als sie ihr alltäg-
liches Leben in einer fanatischen Diktatur beschrieben
hatte. Es war nicht wirklich grauenvoll; die Menschen
waren nicht außer sich vor Angst. Sie mussten nur immer ... vorsichtig sein. Bei Millionen von Details mussten sie darauf achten, was sie taten und sagten.

Sie hatte ihm nie erzählt, was geschah, wenn jemand
bei diesem behutsamen Tanz um den Krater des Vulkans
einen Fehler machte. Doch Leif konnte es sich vorstellen. Und er konnte sich vorstellen, was Ludmila und ihre
Mutter erleiden würden, wenn Cetnik seine Drohung
wahr machte. Das Mädchen hatte den Vater vor Jahren
beim letzten Kriegsausbruch in diesem problematischen
Teil der Welt verloren.

Leif zitterte. Er war kein Feigling. Er hatte schwierige
Skiabfahrten nur des Nervenkitzels wegen gewagt, Ab-
fahrten, bei denen sich regelmäßig jemand Arme und
Beine brach. Er war in Partys geplatzt, die als nicht zu
stürmen galten, er hatte sogar Zeit in einem Cockpit verbracht und das Privatflugzeug eines Freundes gesteuert.
Etwas war in ihm, das Spaß daran hatte, Regeln so weit
wie möglich zu beugen, ohne sie zu brechen.

Im Moment kämpften in seiner Brust zwei Seelen miteinander. Die eine wollte Cetnik sagen, er solle es vergessen, wollte ihn aufhalten, notfalls mit Gewalt. Doch
das würde Ludmila in Gefahr bringen. Ein Wort von Cetnik, und die Maschinerie wäre in Gang gesetzt. Und die
K. A. hatte eine schreckliche Effizienz darin, Leute zum
Wohl des Staates zu opfern.

Tu ihm den Gefallen, drängte Leifs furchtsamere Seite. Halt ihn hin. Wie ich David kenne, wird er wahr-

scheinlich herausfinden, ob – oder wie – die Geheimnisse der Leute, die Hardweare-Westen tragen, an die Öffentlichkeit kommen. Vielleicht werde ich ihn so wieder los.

Nein. Wenn er nachgab, würde Cetnik ihm ewig auf den Fersen bleiben. Leif wusste, dass er zu einer ... wie hatte Cetnik es genannt? ... einer ›Informationsquelle‹ werden würde. Wenn er Cetnik gab, was der wollte, hatte der Spion der K. A. letztendlich zwei Druckmittel, um ihn in Zukunft zu erpressen.

Und wenn er nicht nachgab ...

Leif sah Ludmilas lachendes Gesicht vor sich. Es war ein Augenblick gewesen, in dem sie ihre Zurückhaltung kurz aufgegeben hatte. Dann dachte er an den Ausdruck der Furcht auf ihrem ebenmäßigen Gesicht, als sie ihn gebeten hatte, sie vor ihrem Beschützer zu verstecken – vor Slobodan Cetnik.

Leif Anderson rannte weiter. Sein Körper war leicht gekrümmt, als hätte ihn jemand in die Magengrube geschlagen, seine Hände waren in seinen Taschen vergraben. Er konnte keine Wahl treffen. Was auch immer er tat, die Konsequenzen waren ... undenkbar.

Denk nach, befahl er seinem sonst so flinken Verstand. Meter um Meter flog unter seinen Füßen dahin. Du denkst dir doch sonst immer Pläne und Tricks aus. Finde eine Lösung für dieses Problem!

Doch allein fand er keinen Weg – und wen sollte er um Hilfe bitten? Seine Mutter und sein Vater liebten ihn, doch Leif glaubte nicht, dass sie verstehen würden, was er mit Ludmila zu tun hatte, geschweige denn, warum er sie beschützen wollte.

David kannte Ludmila und mochte sie sogar. Doch Leif konnte seinen Freund da nicht mit hineinziehen.

Das wäre erstens, als würde er ihn bitten, sich an seiner Stelle den Kopf zu zerbrechen. Und zweitens wären sie dann beide in Cetniks Netz gefangen.

Das ist es, was dieser K. A.-Spinner will, realisierte Leif plötzlich. Ludmila war das Druckmittel, das bei Leif funktionierte, und er war wiederum der Schlüssel zu David. Dieser würde die Hardweare-Geheimnisse preisgeben – und dann ständig weiter ausgehorcht werden.

Das war Erpressung ... und Spionage, ganz einfach. Leif wusste, wem er dieses Problem vorlegen sollte: Captain Winters. Die Net Force war für Fälle von Computerspionage zuständig.

Doch Leif konnte auch dort nicht um Hilfe bitten. Er vertraute dem Captain zwar, aber Winters würde die Verantwortung für diesen Fall nicht übertragen werden. Der Agent, der diesen Job übernehmen würde, würde nur daran interessiert sein, Cetnik festzunehmen – und nicht daran, Ludmila zu helfen.

Leif fand sich auf einer Rasenfläche im Central Park wieder und wusste nicht genau, wie er dort gelandet war. Komm schon, komm schon!, rief er sein zunehmend verwirrtes Gehirn zur Ordnung.

Doch jedes Mal, wenn er dachte, er hätte einen halbwegs vernünftigen Plan gefunden, endete es damit, dass er ihn wieder auseinander nahm. Er suchte sogar nach zusätzlichen Haken bei Plänen, die er eigentlich schon längst verworfen hatte. Wenn er zum Beispiel zu Captain Winters ging, wie konnte er dann sicher sein, dass Cetnik nicht herausfinden würde, wer ihn verraten hatte?

Er verfolgte seine Schritte durch das Gras zurück, rannte beinahe. Vielleicht kann ich das durchziehen, dachte er, aber ich muss von zu Hause aus anrufen. Das ist kein Job für ein Brieftaschen-Telefon. Ich muss jeden möglichen Vorteil nutzen – Gesichtsausdruck und Reaktionen im Detail beobachten. Also brauche ich mein Holo-System zu Hause.

Kurze Zeit später saß Leif wieder in seinem Zimmer und war dem Holo-Empfänger seines Systems zugewandt. Er überlegte, ob er in die Veeyar gehen sollte, um diesen Anruf zu tätigen, beschloss aber, dass er das unbestimmbare Gefühl der Realität benötigte. Außerdem würde ihn so der schmerzvolle Einstieg ins Netz nicht ablenken können. Er bellte dem Computer beinahe seine Befehle zu und wartete dann mit angehaltenem Atem auf das Zustandekommen der Verbindung. War es zu spät? War er noch im Büro? Würde er abheben?

Leif kämpfte darum, einen ruhigen Gesichtsausdruck zu erlangen, und seufzte erleichtert auf, als Captain Winters auf dem Display über dem Computer erschien.

Der Captain blickte eher skeptisch, als er Leif sah.

»Nanu, Leif, das ist eine Überraschung. Was kann ich für dich tun?«

»Das klingt ja so, als würde ich immer etwas von Ihnen wollen.« Leif ließ seine Stimme etwas beleidigt klingen.

»Vielleicht weil du auf mir wie auf einer Geige spielst, wann immer wir miteinander sprechen.« Winters klang misstrauisch.

»Ich will gar nichts. Ich mache mir Sorgen um David.« Eines musste er Winters lassen: Der Captain hatte ein gutes Gespür.

»Wegen der Hardweare-Sache?«

Leif nickte. »Ich glaube, David hat Ihnen ein bisschen über die Firma und diesen Familienzirkus erzählt.«

Winters lachte kurz und laut auf. »Das ist eine liebevolle Beschreibung der MacPhersons.«

»Jedenfalls, der Zirkus hat nun auch eine Tiernummer. Battlin' Bob MacPherson entdeckte seine Tochter in einem Auto mit Nicky dem Wiesel – Entschuldigung, Nick D'Aliso. Und Daddy hat sich zum Affen gemacht.«

»Das ist mir neu.« Winters lehnte sich über seinen Schreibtisch.

»David fragt sich, ob es eine Verbindung zwischen den Familienproblemen und der Rufmordkampagne gegen Hardweare gibt. Mich interessiert, ob da mehr dahinter steckt«, sagte Leif. »Nick D'Aliso versuchte, ihn davor zu warnen, den Job bei Hardweare anzunehmen. Zu dem Zeitpunkt dachten wir, er will sich eines potenziellen Konkurrenten entledigen. Nachdem ich darüber nachgedacht habe, bin ich mir nicht mehr so sicher. Vielleicht wusste er mehr, als er sagte.«

»Und vielleicht sollten wir an ein paar Käfigen rütteln und abwarten, was wir hören.«

Leif nickte stumm. Er hatte genau das erreicht, was er wollte.

»Wer auch immer es ist, mach es kurz«, sagte Davids Mutter, als ein Anruf das Haus der Grays erreichte. »Das Abendessen ist gleich fertig.«

David beantwortete den Anruf vom System des Wohnzimmers aus.

»Captain Winters!«, rief er überrascht.

Der Captain wirkte irgendwie unschlüssig. »Ich bin hin und her gerissen. Du weißt, dass ich alle Net Force Explorers davor gewarnt habe, sich bei diesem Problem mit den Lecks zu sehr einzumischen.«

David nickte. »Wir sollen nur Informationen weitergeben und vorsichtig sein.«

»Nun, es sieht so aus, als hättest du dich ins Zentrum

des Falls begeben«, sagte Winters. »Wir haben beschlossen, ein Auge auf Hardweare zu werfen – und auf die Hauptpersonen, die mit der Firma zu tun haben. Vor ein paar Stunden stieß einer unserer Agenten auf eine ernsthafte Entwicklung. Er beobachtete Nick D'Aliso dabei, wie er das Hauptquartier der Forward Group betrat.«

9

David versuchte, die Flut von Gedanken, die ihm durch den Kopf schoss, unter Kontrolle zu bringen. »Hat D'Aliso für die Forward Group gearbeitet?«

»Deren Firmenpolitik lehnt frei arbeitende Hacker eigentlich ab – das gilt allerdings nicht für die Abteilung für schmutzige Tricks.« Winters schüttelte den Kopf. »Jeff Forward dreht sich wahrscheinlich in seinem Grab um. Der Kerl war ein junges Genie, wie dein neuer Freund Luddie MacPherson. Forward fing als Hacker an und behielt diese Lebenseinstellung bis zu seinem Tod bei.«

Der Captain lächelte bei der Erinnerung. »Weißt du, er tat alles, um die Entstehung der Net Force zu verhindern. Wir waren für ihn die Cyber-Gedankenpolizei. Jedes Fehlverhalten im Netz sollte seiner Meinung nach von Hackervereinigungen bestraft werden, die die betreffenden Seiten einfach ausradieren.« Winters lachte über Davids Gesichtsausdruck. »Er nannte das die ultimative Freiheit von Informationen – dieselbe Art Wohltätigkeit, die schon von den Hackern der Achtzigerjahre des letzten Jahrhunderts idealisiert worden ist.«

»Klingt nicht nach einem Typen, der ein monolithisches Unternehmen als Vermächtnis hinterlässt«, sagte David.

»Das war auch nicht sein Plan. Er mochte Firmen nicht. Deshalb heißt sein Unternehmen auch Forward *Group.* Ursprünglich war es nur ein Zweckverband von Hackern, deren Fachgebiete sich ergänzten. Sie übernahmen Projekte, die ein einzelner Hacker nicht durchführen konnte. Die Jobs wurden größer und größer, bis Forward sich Partner suchen und einen professionelleren Stil akzeptieren musste. Selbst dann trieb er die Erbsenzähler noch zum Wahnsinn, da er einige Jobs nicht annehmen wollte. Forward fand Hightech-Antworten auf jedes Problem – doch er wollte nichts mit militärischen Angelegenheiten zu tun haben.«

»Wie wurde die Forward Group zu dem, was sie heute ist?«

»Forward starb. Die Geschäftsleute übernahmen sein Erbe. Sie zwangen die Spezialisten in Anzüge und hämmerten ihnen ein Unternehmensbewusstsein ein. Und sie feuerten die Hacker, die nicht dazu passten.«

»Und damit ging wohl auch ein großer Teil Kreativität verloren.«

Winters nickte. »Doch bald sahen sie sich an den Schulen um, fingen die jungen Talente ein und begannen, die Besten und Gescheitesten zu indoktrinieren – oder sie mit Geld zu locken. Sie versorgten sich mit kreativem Potenzial, indem sie entweder kreative Firmen aufkauften oder deren Ideen stahlen und sie dann zum Schweigen brachten.«

»Ist es das, was sie auch bei Hardweare versuchen?«

»Wie es aussieht, fließt der Großteil ihres Budgets für Sicherheit – und ein erstaunlicher Anteil des Geldes, das

für ›Forschung‹ ausgeschrieben ist – in Unternehmensspionage. Wenn sich eine solche Flut von Geheimnissen
ins Netz ergießt und sich alle Verdächtigungen gegen
Hardweare richten, merkt doch keiner, wenn sich die
Forward Group heimlich bedient.«

»David!« Die Stimme seiner Mutter brachte ihn aus
der düsteren Welt der Wirtschaftskriminalität zurück zu
Alltäglicherem – wie dem Abendessen.

Winters hatte den Ruf anscheinend auch gehört.
»Geh nur«, sagte er. »Aber denk daran, was immer die
Net Force auch mit Hardweare und Forward vorhat, ich
will nicht, dass du in die Ermittlungen eingreifst.«

»Aber Sie haben selbst gesagt, wenn ich auf Informationen stoße ...«

Winters sah wieder hin- und hergerissen aus. »Ja,
dann werden sie sicherlich nicht zurückgewiesen. Doch
ich persönlich wäre glücklicher, wenn du da aussteigst.«

David war das Abendessen über so in Gedanken versunken, dass sich seine Brüder über ihn lustig machten. »Ich
sagte, ›Die Kartoffeln, bitte‹, du Schlafmütze«, kicherte
Tommy.

Ihre Mutter rügte den Achtjährigen, doch David bemerkte, dass sie etwas besorgt aussah. Er bemühte sich,
seiner Umwelt mehr Aufmerksamkeit zukommen zu lassen, doch das war nicht so einfach. Alle möglichen Fragen schossen ihm durch den Kopf, Dinge, die er Captain
Winters noch gern gefragt hätte.

Gab es einen Beweis dafür, dass die Forward Group
Luddie MacPhersons Erfindung als eine Art Spionage-
staubsauger benutzte, um sich Geschäftsgeheimnisse
anzueignen? Was hatte Nick D'Aliso damit zu tun? War
er einer von Forwards Informanten? Hatte er das Leck

irgendwie in die Computerwesten, die alle für manipulationssicher hielten, programmiert?

Doch eine Frage beschäftige David mehr als die anderen. Was hatte Nicky das Wiesel in den Büros der Forward Group zu suchen? Die offensichtliche Antwort war, dass er für sie arbeitete ... als Unternehmensspion. Doch ein Undercover-Agent hatte viele andere Möglichkeiten – unauffälligere Möglichkeiten – zur Weitergabe von Informationen. Er würde nicht durch den Haupteingang spazieren.

Er musste wissen, wie man Nachrichten durch das ganze Netz springen ließ. Er konnte inaktive Netz-Seiten infiltrieren, um sie als Datenablage zu benutzen – bei seinem Talent konnte das Wiesel wahrscheinlich sogar aktive Seiten so manipulieren und programmieren, dass sie seine Nachrichten aufnahmen.

Also, warum latschte er durch die Firmentüren der Forward Group, wo man ihn entdecken konnte? Wo man ihn entdeckt *hatte*?

Dachte die Forward Group, sie wäre so sehr von allem isoliert, was Hardweare betraf, dass man keine Verbindung herstellen würde?

Vielleicht war es nur ein Fall von typischer Firmenarroganz. Diese Typen hatten so ziemlich überall ihren Willen durchgesetzt – sie hatten Unternehmen aufgekauft, Konkurrenten zerschlagen und fremde Regierungen beeinflusst, um Geschäfte zu machen.

Doch diesmal hatten sie es mit der amerikanischen Regierung zu tun. David fröstelte plötzlich. Wer weiß, vielleicht dachten sie, dass sie mit ihren Spionen und Attentätern nun einen Punkt erreicht hatten, an dem sie gewinnen konnten.

Slobodan Cetnik schlenderte den Gang seines Washingtoner Hotels hinunter. Doch hinter seinem scheinbar so leichten Schritt verbarg sich die vorsichtige, nervöse Suche nach versteckten Beobachtern. Von dem Moment an, als er die Lobby betreten hatte, hatte er jedem, der dort herumlungerte, saß oder die Zeitung zu lesen schien, besondere Aufmerksamkeit geschenkt ... und vor allem auf Neuankömmlinge geachtet. Hatte er die Leute bereits zuvor gesehen?

Auf dem Weg nach oben überprüfte er die Hotelangestellten – Pagen, Gepäckträger, Reinigungskräfte. Gab es Gesichter, die er hier noch nie gesehen hatte?

In einem Hotel ließ sich Überwachungspersonal am ehesten auf diese Weise einschleusen. Cetnik hatte beide Möglichkeiten bei verschiedenen Gelegenheiten bereits selbst genutzt.

Als er seine Zimmertür erreichte, entspannte er sich jedoch etwas. Er war sicher gewesen, dass ihm niemand folgte, als er sich für seine Privatmission abgesetzt hatte. Zur Sicherheit hatte er jedoch die üblichen Vorsichtsmaßnahmen getroffen. So konnte er jetzt davon überzeugt sein, dass ihm niemand nach New York gefolgt war.

Und offensichtlich erwartete kein Agent der Spionageabwehr seine Rückkehr.

Das war nur ein weiteres Beispiel für das verweichlichte, dekadente, verspielte amerikanische Leben. Die Gesetzgeber, die seine Delegation besuchte, waren überrascht gewesen, dass sie tatsächliche Meetings abhalten sollten. Sie hatten mit einem Treffen in der Veeyar gerechnet. Nachdem Cetnik sich dann abgesetzt hatte, hatte er einen Zug nach New York genommen und mit amerikanischen Dollars gezahlt, sodass die Transaktion nicht verfolgbar war. Dann war er die wenigen Kilometer vom Bahnhof zu Leif Andersons Wohnung gelaufen. Und nun, zwölf Stunden später, war er zurück, und niemand hatte etwas bemerkt.

In seiner Heimat hätte er Identitätsüberprüfungen durchlaufen müssen, wenn er eine große Stadt verlassen, eine andere betreten oder ein Transportmittel benutzen wollte. Als offensichtlicher Fremder wäre er von der Polizei mindestens einmal um seinen Pass gebeten worden.

Dort hätte ich mich nicht frei bewegen und meinen Plan entwickeln können, ich wäre hilflos gewesen, dachte Cetnik. *Hier sind die Amerikaner hilflos, nutzlos ...* Wie hieß die Wendung, die sie immer benutzten? Sie hatten keinen Schimmer!

Cetnik steckte den digitalen Kartenschlüssel in den Schlitz der Tür und öffnete sie. Er war bereits drei Schritte im Zimmer, bevor er bemerkte, dass er nicht allein war.

»Was ...?« Er schüttelte sein Handgelenk, sodass das keramische Messer, das für Röntgenstrahlen unsichtbar war, in seine Hand fiel. Doch während er zustach, strömte Aerosolspray in seine Lungen und seine Augen. Sogar über die Haut drang es in seinen Körper ein ...

Der Mann im dunklen Anzug wurde zunächst grotesk groß, dann unwahrscheinlich klein, als würde Cetnik ihn durch ein verzerrtes Kameraobjektiv sehen. Das Messer fiel aus seinen plötzlich bleiernen Fingern. Etwas Seltsames passierte mit dem Boden. Er schien heftig nach rechts zu kippen.

Cetnik streckte einen Arm aus und versuchte, das Gleichgewicht zu halten. Statt eines Hilfeschreis drang aus seinem Mund nur ein dünnes Wimmern.

Der Boden neigte sich tückisch zur anderen Seite, und bevor er etwas dagegen tun konnte, war er gestürzt.

Arme und Beine schienen seinem Gehirn nicht mehr zu gehorchen, sein Herz zersprang in der Brust fast vor Wut und Schrecken.

Der Mann im dunklen Anzug beugte sich über ihn. Cetnik sah sein völlig ausdrucksloses Gesicht, ein so gewöhnliches Gesicht, dass sich niemand daran erinnern würde.

Bis auf die Tatsache natürlich, dass das Gesicht grau war. Nein, die Welt war grau. Cetnik blinzelte und konnte dann seine Augen nicht mehr öffnen.

Alles wurde schwarz.

Leif Anderson saß schweigend in seinem Zimmer und ging das Gespräch mit Captain Winters etwa zum hundertsten Mal durch. Er glaubte nicht, dass er zu viel preisgegeben hatte. Der Captain war bei Leifs Anruf wie immer vorsichtig geworden, da er ahnte, dass wieder etwas im Busch war.

Doch Captain Winters konnte Leifs wahre Motive für den letzten Anruf auf keinen Fall durchschaut haben. Seine Sorge um David war echt, auch wenn das nicht der Hauptgrund gewesen war, weshalb er den Captain vor den neuen Problemen bei Hardweare gewarnt hatte. Vielleicht dachte Winters, der verzogene Playboy hätte ein neues Leben begonnen.

Leif war egal, was die Net Force von ihm hielt, solange sie dafür sorgte, dass Davids Umgebung für fremde Spione zu heiß war. Vielleicht war der Captain so weit gegangen, David den Ausstieg bei Hardweare zu befehlen, bevor es wirklich Ärger gab.

Das wäre sowieso das Beste, sagte sich Leif. David

wäre zwar sauer, wenn er wüsste, dass ich Winters auf ihn angesetzt habe ...

Leif schüttelte diesen Gedanken ab. *Keiner darf wissen, was ich getan habe,* sagte er sich, *nicht mal gerüchteweise. Wenn Cetnik vermutet, dass ich dafür verantwortlich bin, wird er Ludmila das Leben zur Hölle machen.*

Er atmete tief ein und versuchte, sein plötzlich heftig klopfendes Herz zu beruhigen. So habe ich mich noch nie gefühlt, dachte er voll Elend. Wegen dieser unendlichen, unerbittlichen Furcht kann ich nicht mal richtig denken ...

Er blickte sehnsüchtig auf seine Computergeräte, vor allem auf den Holo-Empfänger. Vielleicht sollte er David anrufen und nachsehen, was los war. Hatte Winters schon mit ihm gesprochen? David hatte Leif ja um Rat gebeten, als die ganze Sache anfing.

Vielleicht sollte ich ihm jetzt einen Rat geben, dachte Leif. *Ich sage ihm, er soll so schnell wie möglich da raus. Notfalls flehe ich ihn an.*

Doch genauso schnell wandte er sich wieder ab. Es wäre verrückt gewesen, das zu versuchen. Schließlich war es möglich, dass Cetnik seine Kommunikationsverbindungen abhörte. Wahrscheinlicher war jedoch, dass er – und vielleicht eine Menge anderer Leute – Davids Stimm- und Datenverkehr belauschten.

Nein, sagte sich Leif entschlossen, *ich kann nur abwarten und schwitzen, bis David sich mit neuen Informationen meldet. Und dann muss ich schockiert und überrascht klingen. Nicht nur wegen David, sondern wegen all der anderen, die unser Gespräch mithören.*

Er zwang sich zu einem Lächeln. *Hoffentlich hört Cetnik zu. Ich werde ihn davon überzeugen, dass ich damit nichts zu tun hatte.*

Es sei denn ... was, wenn Winters meinen Anruf David gegenüber erwähnt? Was, wenn David mich anruft, um mir den Marsch zu blasen, wenn er seinen Job verliert?

Dann wäre alles umsonst gewesen. Ludmila und ihre Mutter hätten die schlimmste Rache zu befürchten, die sich Cetnik ausdenken kann.

Leifs Gedanken kamen wieder auf die Unterhaltung mit Captain Winters zurück. *Hätte ich dem Captain sagen sollen, er soll meinen Namen aus der Sache herauslassen?*

Das hätte den ohnehin misstrauischen Winters allerdings mit Sicherheit veranlasst, nach dem wirklichen Grund für deinen Anruf zu suchen, erwiderte ein anderer Teil seines Gehirns.

Leif schaukelte in seinem Sessel unbewusst vor und zurück.

Ich mach's wieder gut, versprach er David im Geiste. *Dad hat bestimmt irgendeinen Job für dich. Er ist zwar immer noch ein bisschen sauer auf mich wegen dieser Zeitungsgeschichte, aber wer weiß? Wenn ich mir für dich ein Bein ausreiße, ist er vielleicht so überrascht, dass er dir den Job gibt. Er wird glauben, ich wäre weniger selbstsüchtig geworden.* Er schob diesen Gedanken beiseite. *Egal, was Dad denkt. Ruf nur einfach nicht an, um dich zu beschweren, dass ich dir das mit dem Job versaut habe. Nicht wegen mir. Wegen Ludmila.*

Als das System eine eingehende Holo-Verbindung meldete, fiel Leif dank seiner überstrapazierten Nerven beinahe vom Stuhl.

Er gab sich nicht mit Stimmkommandos ab, sondern stocherte mit den Fingern auf der Tastatur herum. Seine Anspannung erreichte den Höhepunkt, als er Davids Gesicht auf dem Display erkannte.

»Jetzt geht's richtig los«, sagte David ohne Einleitung. »Winters hat sich entschieden, die Net Force bei Hardweare einzuschalten. Rate mal, wer bei einem Besuch bei der Forward Group beobachtet wurde. Nicky das Wiesel!«

Davids überraschende Neuigkeiten machten es für Leif einfacher, seine Erleichterung darüber zu verbergen, dass sein Plan funktioniert hatte. Der Captain hatte offensichtlich nicht erwähnt, wer ihm die Idee, sich Hardweare genauer anzusehen, in den Kopf gesetzt hatte.

Doch David hatte noch eine Überraschung auf Lager. »Und dann hat mein Vater mit einer eigenartigen Nachricht angerufen. Ich frage mich fast, ob es da irgendwie einen Zusammenhang gibt. Erinnerst du dich an diesen Spion der K.A., dem wir in Hollywood begegnet sind? Er war aus irgendeinem Grund in Washington. Wir werden wohl nie erfahren, warum. Jedenfalls ist er aus seinem Hotelzimmerfenster zwölf Stockwerke in die Tiefe gestürzt. Der Manager rief die Polizei, und der Fall wurde dem Morddezernat übergeben. Dad hält die Todesursache für mehr als fragwürdig – wahrscheinlich war es Mord.«

10

Leif konnte es nicht glauben. Er stammelte: »Was ... Wie? ...«

David sah ihn besorgt an. »Wo ist das Problem? Ich weiß, dass du den Kerl nicht mochtest. Er hat uns damals an der Westküste beinahe umgebracht. Also, warum macht es dich so fertig zu hören, dass er vom großen Datenskript des Lebens gelöscht wurde?«

»Bist du dir sicher, dass es sich um Cetnik handelt?«, fragte Leif eindringlich.

»Am Anfang war das noch nicht so klar. Der Typ reiste mit einem gefälschten Pass und trug sich im Hotel unter diesem Namen ein. Als der Manager die Polizei rief, stellten sich die anderen Mitglieder der K. A.-Delegation dumm – ›Wirr wissssen vonn nichtz!‹«

Leif zuckte zusammen, als er den nachgeahmten Akzent hörte.

»Dad sagte, dass einige Leute an der Botschaft Angst zu haben schienen, sich mit der Polizei einzulassen«, fuhr David fort.

»Wahrscheinlich haben sie die Washingtoner Bullen mit ihren Sturmtruppen zu Hause verwechselt.« Leifs Stimme wurde fordernd. »Wie hat dein Vater Cetniks Identität herausgefunden?«

»Über die Fingerabdrücke«, sagte David. »An den Schauplätzen möglicher Verbrechen werden grundsätzlich Abdrücke genommen. Der Bundescomputer hat Cetniks Namen und seine Akten ausgespuckt.« Er lächelte finster. »Abdrücke und Fotos sind zwei der effektivsten Waffen gegen Spione. Als Cetnik beim Großen Rennen aufflog, wurden ihm von der Net Force Fingerabdrücke abgenommen. Außerdem fotografierte man ihn.«

Er wirkte etwas geknickt. »Da Dad wusste, dass ich den Kerl kenne, zeigte er mir ein Foto des Toten. Es war Cetnik, wenn er auch nicht besonders gut aussah.« Er starrte Leif an. »Was ist mit dir?«

Leif sank mit geschlossenen Augen in seinen Stuhl zurück. »Er hat das allein durchgezogen.« Die Worte strömten wie ein Seufzer aus ihm heraus. »Sie ist in Sicherheit.«

»Wer ist in Sicherheit?«, wollte David wissen. »Wer war allein?«

»Ludmila Plavusa beziehungsweise Slobodan Cetnik«, erwiderte Leif. »Ich erzähle dir alles.«

Er erklärte, wie er von Cetnik in New York angesprochen worden war. Dann fuhr er fort, den scheinbar perfekten Erpressungsplan des Agenten zu schildern. Leif vermied zwar die Worte herzlos und unmenschlich, doch David verstand ihn auch so.

»Was für ein schleimfressender Köter«, sagte er knapp.

»Ja. Aber er hatte seine Zähne in mein Bein geschlagen, und es war offensichtlich, dass er nicht loslassen würde.«

»Du hättest damit zu mir kommen sollen«, beschwerte sich David. »Oder noch besser zu Captain Winters.«

»Was hättet ihr denn tun können? Cetnik hätte dich dann auch in seinen Krallen gehabt. Und wenn Winters eingegriffen hätte, wäre Cetnik zwar vielleicht ausgeschaltet worden – doch wer weiß, was dann mit Ludmila geschehen wäre.«

»Cetniks Tod war die einzige Lösung«, stimmte David zu. Sie starrten sich schweigend an.

»He, ich war es nicht!«, beteuerte Leif. »Und die Net Force kann es auch nicht gewesen sein. Mit solchen Mitteln arbeitet sie nicht. Wenn Agenten hinter Cetnik her gewesen wären, dann hätten sie ihn verhaftet – davor hatte ich Angst. Doch das hier ist nicht die Karpatische Allianz. Unangenehme Leute fallen nicht einfach auf Befehl tot um.«

»Solange sie nicht der Forward Group im Weg sind«, sagte David plötzlich.

Die Blicke der beiden Jungen trafen sich erneut, doch sie sagten nichts. Leif wurde von einem Schauer erfasst, als wehte ein Hauch kalter Luft durch sein sonst so gemütliches Zimmer.

Schließlich seufzte er. »Willst du Winters anrufen?«, fragte er. »Oder soll ich das tun?«

»Vielleicht solltest du eine Konferenzschaltung organisieren, damit wir zusammen mit ihm sprechen können.«

Captain Winters war noch in seinem Büro. Seine Hände auf dem Schreibtisch ballten sich zu Fäusten, als er hörte, was Leif und David ihm zu sagen hatten.

»Na, das ist ja eine nette Geschichte«, sagte der Captain sarkastisch. David bemerkte, mit welcher Anstrengung er seine Finger entspannte und die Hände flach auf die Schreibtischunterlage legte. »Ich denke, ich sollte dir für die rasche Warnung danken, David, obwohl ich früher oder später wohl sowieso einen Bericht erhalten hätte.«

David nickte. »Dad sagte, die Regierung wird sich zweifellos einmischen, weil es um den Tod eines ausländischen Agenten geht.«

Winters wandte sich an Leif. »Was dich angeht, Anderson, ich weiß nicht, was du dir dabei gedacht hast. Hast du zu viele alte Spyboy-Comics gelesen und beschlossen, ein Superheld zu sein? Angesichts deines Hintergrunds ist es mir unbegreiflich, wie du dich in eine solche Lage bringen lassen konntest ...«

»Ich habe mich in nichts bringen lassen«, protestierte Leif. »Cetnik hat mich vor eine unmögliche Wahl gestellt. Was ich auch getan hätte, jemand wäre verletzt worden.«

»Du hast zugelassen, dass er dich unter Druck setzt und deine Möglichkeiten – und deine Gedanken – kontrolliert. Es klingt so, als hättest du nicht nachgedacht, sondern nur emotional reagiert. Deshalb konnte Cetnik dich steuern.«

»Ich habe getan, was ich tun konnte, als ich mit Ihnen gesprochen habe.« Leif klang hilflos. »Hätte Cetnik Net Force-Agenten bei Hardweare – in Davids unmittelbarer Umgebung – ausschwärmen sehen, dann hätte er aufgeben müssen. Und da er mir nicht die Schuld dafür geben konnte, wäre niemand verletzt worden.«

»Doch es wurde jemand verletzt«, stellte Winters fest. »Cetnik wurde ermordet.«

»Vielleicht war es ein Unfall.« Leif klang nicht sehr überzeugend.

»Oder Cetnik war plötzlich davon überzeugt, fliegen zu können«, sagte der Captain trocken. »Spione sterben selten auf natürliche Weise ... vor allem, wenn sie undercover in einem feindlichen Land unterwegs sind. Und das sind die USA für die Karpatische Allianz nun einmal.«

Leif erbleichte. »Sie wollen doch nicht sagen ...«

»Nein, es war keine Sanktion, kein Auftragsmord, keine Liquidation oder mit welchem Schlagwort die Autoren von Spionageromanen es heutzutage auch bezeichnen mögen.«

»Eliminierung«, sprudelte David gedankenlos heraus. Er klappte den Mund rasch wieder zu und schien unter Winters' Blick zu schrumpfen.

»Mr. Cetnik wurde nicht eliminiert – zumindest nicht durch Agenten der US-Regierung«, versicherte Winters ihnen.

Er muss es ja wissen, dachte David.

»Aber offensichtlich spielen wir dieses Spiel nicht allein«, fuhr der Captain fort. »Bevor ihr uns von unserem fremden Besucher berichtet habt, hatten wir keine Kenntnis von einer Verwicklung der K. A. in diese Geschichte. Es gibt vielleicht noch andere Regierungen, die ein Interesse daran haben – terroristische Gruppen oder Unternehmen nicht zu vergessen.«

Das Gesicht des Captains versteinerte. »Was mir Sorgen macht, ist der Zeitpunkt der Ermordung. Jemand – eine unbekannte Person oder mehrere Personen – hat einen Konkurrenten im Kampf um eine reichlich sprudelnde Informationsquelle, die momentan mit Hardweare und den tragbaren Computern in Verbindung gebracht wird, ausgeschaltet.«

Er hielt einen Moment inne und sagte dann: »Wenn ich wie ein Anwalt klinge, dann nur, weil die Existenz dieser Informationsquelle nicht bewiesen ist – es sind nur Gerüchte, die durch ein paar Lecks im Netz entstanden sind.«

Leif hatte jedoch ebenso wie David den Juristenjargon durchschaut. Sein Gesicht, das nach Winters' scheltenden Worten bereits Farbe verloren hatte, wurde aschfahl. »Sie denken, Cetnik wurde meinetwegen umgebracht – weil ich die Net Force dazu gebracht habe, sich Hardweare genauer anzusehen.« Er schluckte laut – es klang eher wie ein Würgen, dachte David. »Cetniks Mörder wollten den Ermittlern zuvorkommen.« Leif wurde noch blasser. »Das heißt, sie wussten, dass die Net Force ein Auge auf die Sache haben würde. Also haben sie entweder meinen Anruf belauscht oder Ihr Büro abgehört ... oder es gibt irgendwo in der Net Force einen Maulwurf.«

Winters nickte kurz zur Bestätigung. »Was auch im-

mer die Killer vorhatten, sie haben die Rahmenbedin-
gungen drastisch verschärft. Wir sehen den Hardweare-
Fall nun nicht mehr nur als geschäftliches Ärgernis,
sondern als mögliche Bedrohung der nationalen Sicherheit.« Er seufzte. »Ich möchte nicht sagen, dass ein Mord
jemals eine gute Seite hat, doch in diesem Fall könnte er
sich für uns als nützlich erweisen. Und da Cetnik ausgeschaltet ist, bist du auch aus der Schusslinie.«

Der Captain deutete mit einem holografischen Finger
auf Leif. Dann wandte er sich mit sorgenvollem Blick an
David. »Du steckst zwar nicht zu tief in dieser ganzen
Sache drin – zumindest noch nicht. Doch deine Tätigkeit
bei Hardweare beunruhigt mich.«

»Ich bin doch nicht mal da draußen«, protestierte David. »Alles was ich tue, ist Programmiercodes zu bearbeiten und ab und zu eine E-Mail zu hinterlassen.«

»Trotzdem hat Cetnik dich als den magischen Schlüssel gesehen, um die Informationsschleusen zu öffnen.«

David schüttelte den Kopf. »Wie es aussieht, sollten
sie lieber hinter Nicky dem Wiesel her sein.« Er zögerte
einen Augenblick. »Wie viel kann ich den Leuten bei
Hardweare erzählen?«

»Du kannst ihnen alles erzählen«, antwortete Winters.
»Ihre Anwälte wissen sowieso schon das meiste. Im Moment blockieren sie die Durchsuchungsbefehle der Re-
gierungsbehörden. Die Net Force hat bereits mit den Ermittlungen begonnen.«

Bald darauf saß David wieder in einer Dreier-Bespre-
chung. Diesmal befanden sich die Zuhörer jedoch in ein
und demselben Raum – im luxuriösen Salon des Mac-
Pherson-Anwesens. Luddie saß auf – oder in – der sich
anpassenden Couch. Sabotine hatte sich für einen höl-

zernen Stuhl entschieden, der in Handarbeit wie ein Kunstwerk gestaltet worden war. Bruder und Schwester blickten aus dem Holo-Empfänger auf einen zögernden David Gray.

»Als ich den Job annahm, habe ich euch gewarnt, dass ich der Net Force Bericht erstatte, wenn ich auf etwas stoße, das ihre Aufmerksamkeit verdient. Na ja, ich denke, das sollte auch andersrum so laufen, wenn möglich, und ich habe jetzt die Zustimmung der Net Force dafür. Ihr wisst, dass sie wegen dieser Lecks gegen Hardweare ermitteln.«

Luddie nickte. »Meine Anwälte sind damit beschäftigt, die Regierung zum Einlenken zu bewegen. Schlimmstenfalls, sagen sie, müssen wir vielleicht einige Erklärungen abgeben.«

»Es wird noch schlimmer werden«, sagte David. »Es hat sich zu einem Fall der nationalen Sicherheit entwickelt. Ein ausländischer Agent wurde unter, man muss sagen, verdächtigen Umständen tot aufgefunden. Er wollte einen meiner Freunde unter Druck setzen und mich dadurch zwingen, den angeblichen Hardweare-Zugang zu den Geheimnissen der Menschheit zu finden.«

»Verdächtige Umstände«, sagte Sabotine langsam. »Meinst du, diese Person wurde ... umgebracht?«

»Ich hätte nie gedacht, dass es so weit kommen würde.« Luddie kämpfte sich aus dem Sofa frei und begann, auf und ab zu gehen. »Bei jeder Information ist ein gewisser Anteil Schrott enthalten. »Er verzog das Gesicht. »Im Moment ist der Name Hardweare so mit Müll zugepflastert, dass wir die Fliegen nur so anziehen. Weiß die Net Force, woher dieser Spion stammte?«

»Aus der Karpatischen Allianz.«

»Diese Idioten haben doch kaum Computer!«, platzte

Luddie heraus. »Natürlich glauben sie diese ... diese Lügen, die über uns verbreitet werden!«

»Die Regierung behauptet doch genauso verrückte Sachen«, meldete sich Sabotine zu Wort. »Sie sagen, dass Nick D'Aliso für die Forward Group arbeitet.«

»Ich weiß nicht, ob sie ohne Ermittlungen so weit gehen würden«, sagte David. »Doch ich habe gehört, dass Nick dabei beobachtet wurde, wie er das Forward-Büro betrat.«

»Aber das ergibt keinen Sinn!«, platzte Sabotine heraus.

Luddie nickte mit ernster Miene. »Nick sollte am besten wissen, dass diese Gerüchte, unsere Westen gäben Informationen preis, Blödsinn sind. Schließlich habe ich ihn eingestellt, um die Sicherheit zu überprüfen – und er schaffte es nicht, bei Hardweare einzubrechen. Er ist der Beste, und die Westen waren selbst für ihn nicht zu knacken.«

Er stolzierte auf und ab und murmelte dabei gedankenverloren vor sich hin. »Das Ganze ist ein Versuch, uns zu zwingen, die Systemarchitektur der Westen offen zu legen. Und dann kommt irgendein mexikanischer Produzent und stellt sie billiger her, oder ein Unternehmenskoloss wie Forward besticht ein paar Schwachköpfe und stiehlt mein Patent. Diese Schleimkugeln haben sich ja bekanntlich auf so was spezialisiert.«

Er blieb stehen und nahm eine trotzige Pose ein. Die Nähte der Jacke spannten sich über den kräftigen Muskeln seiner Schultern. »Na, das hier ist ein freies Land – unsere Konkurrenten können es versuchen. Und vor allem Nick D'Aliso kann machen, was er will. Wenn er sich bei Forward einschleimen will, braucht er hier nicht länger zu arbeiten.« Er wandte sich an seine Schwester.

»Ich sage den Wachen, dass er hier nicht länger er-
wünscht ist. Sabotine, sperr seine Zugangscodes – einschließlich der persönlichen. Lass jemanden die privaten
Sachen in seinem Zimmer zusammenpacken. Wir schaffen sie an jeden von ihm gewünschten Ort.«

Sabotine starrte ihren Bruder an, als hätte er sie gerade geohrfeigt. »Luddie ...«, begann sie mit zitternder
Stimme.

Luddie MacPherson mochte sich zwar im selben
Raum aufhalten wie seine Schwester, doch er hätte sich
ebenso gut auf einem weit entfernten Berggipfel befinden können. »Ich habe mich nicht darüber beklagt, dass
ihr viel Zeit miteinander verbracht habt«, sagte Luddie,
obwohl David erkannt hatte, dass Luddie darüber nicht
glücklich gewesen war.

»Das war persönlich, doch hier geht's ums Geschäft.
Wenn Hardweare zugrunde geht, ist alles, was wir besitzen, weg.« Seine Geste umfasste den eleganten Salon mit
seinen einzigartigen Kunstwerken. »Solange wir die Sache nicht bereinigt haben, kann ich Nick D'Aliso nicht
trauen – und nicht zulassen, dass er in deiner Nähe ist.«

»Du hast Nick nie gemocht«, grollte Sabotine. »Ich
glaube, du hörst mehr auf den Müll als auf die Wahrheit,
wenn es um ihn geht!« Sie stürmte aus dem Bereich des
Empfängers – wahrscheinlich zur gegenüberliegenden
Seite des Anwesens, vermutete David.

Luddie wandte sich zu David um. Sein hilfloser Gesichtsausdruck wechselte rasch zu Abscheu und Scham.
»Ich weiß nicht, warum du so viel Glück hast, David«,
sagte er. »Aber irgendwie schaffst du es jedes Mal wieder, uns von unserer besten Seite zu erleben.« Er sah
Sabotine nach. »Beinahe so gut wie eine Holo-Net-Seifenoper, nur ohne Werbeunterbrechungen.«

Und die Bettszenen haben hinter der Bühne stattgefunden, dachte David, doch er hielt den Mund.

»Aber es gibt auch Langweiligeres, wie das richtige Leben«, fuhr Luddie fort. »Ich habe mir angesehen, wie du mit den Programmiercodes vorankommst. Deine Arbeit ist ziemlich sorgfältig und gewissenhaft. Du kannst eine neue Ladung erwarten, vielleicht schon heute Abend.«

David war etwas überrascht. »*Die* Wette hätte ich verloren«, sagte er. »Nach diesem Gespräch dachte ich, das wäre es bei Hardweare.«

Luddie schüttelte den Kopf. »Weil du ehrlich warst? Ich wünschte mir, alle unsere Mitarbeiter wären wie du.«

Er sagte nichts mehr, doch David konnte das Echo von Luddies Gedanken klar und deutlich vernehmen: vor allem Nick D'Aliso.

Später an diesem Abend saß David in seinem virtuellen Werkraum. Er hatte den Rest der Codes, die er von Hardweare bekommen hatte, fertig gestellt und überprüfte nun, ob man ihm etwas übertragen hatte. Waren die versprochenen Programme schon da?

David sah unter den Eingängen nach und seufzte – leer.

Dann blinzelte er. Nein, da war doch etwas. Er hatte ein großes, umständliches Behelfs-Programmsymbol erwartet – wer verschwendete schon Zeit damit, ein Icon für ein noch unfertiges Programm zu entwerfen?

Doch dieses Icon war winzig, ein Wunder der Miniaturisierung, ein Kunstwerk. Aus irgendeinem Grund musste er an Sabotine MacPherson denken.

Vielleicht sehen so die fertigen Hardweare-Produkte

aus, dachte er. Das entspricht genau Sabotines Geschmack – vielleicht ein bisschen morbid.

Das Symbol war ein winziger Grabstein, der aus noch
kleineren menschlichen Knochen bestand. Vielleicht
eine Art Horror-Simulation für gelangweilte Vorstands-
typen.

David nahm das Symbol in die Hand, um es durch
seinen Zerleger laufen zu lassen und dann am nackten
Code arbeiten zu können.

Doch anstelle dessen verwandelte sich der Werkraum
um ihn herum in eine öde, schmutzige Gasse.

David runzelte die Stirn. Toll, dachte er. Das blöde
Programm hat sich einfach selbst aktiviert. Doch er
musste zugeben, dass er neugierig war.

»Simulation laufen lassen«, rief er. Zunächst geschah
nichts – dann fing er an, die dunkle Gasse entlangzu-
laufen.

David versuchte, seinen Veeyar-Charakter zu übernehmen. Doch nichts, was er tat, hatte auf die offenbar
vorprogrammierte Handlung Einfluss. Er hatte absolut
keine Kontrolle über die Simulation. Wie geht man mit
diesem Ding um? Er rief die üblichen Computerbefehle.
Keiner davon zeigte Wirkung. Er lief einfach weiter. Seine Lungen begannen zu brennen, Panik bemächtigte
sich seines Gehirns.

Er erkannte das Gefühl wieder – es war wie der plötzliche Überfall von Furcht, als er in Luddie MacPhersons
Einführungssimulation aus den Wolken gefallen war.

Nick D'Aliso hatte gesagt, er habe daran gearbeitet,
intensive Emotionsauslöser in Hardweare-Unterhal-
tungsprogramme einzufügen, erinnerte sich David plötzlich. War dies ein weiteres Beispiel von Nicks Arbeit?

Ist es purer Zufall, dass Hardweare mir eins von Nicks

Programmen zur Bearbeitung geschickt hat? Oder ist das eine Art Rachefeldzug des Hackers?

Das war kein angenehmer Gedanke. Die programmierte Panikattacke wurde durch seine eigenen realen Befürchtungen noch stärker. David hetzte wild weiter, stolperte über verstreute Mülltüten und Abfall. Als er einen hohen Holzzaun erreichte, zermatschte etwas feucht unter seinem linken Fuß. Farbsplitter hingen von den verzogenen Brettern. Vor Jahren hatte jemand etwas darauf geschrieben.

»Hier starb Willie-Boy«, verkündeten die verblichenen Buchstaben.

Selbst als er über den Zaun kletterte und gegen den unkontrollierbaren Adrenalinstoß ankämpfte, musste David das handwerkliche Geschick bewundern, mit dem diese Simulation erstellt worden war. Er hatte sich an einem der krummen Bretter einen Splitter eingezogen.

David wollte sich nach seinem Verfolger umsehen. Doch das ließ das Programm nicht zu. Er schwang sich über den Zaun, stürzte beinahe auf den Bürgersteig, der auf der anderen Seite lag, rappelte sich auf und nahm den irren Spurt wieder auf.

Irgendetwas lief ihm vor die Füße – eine kleine Katze oder eine riesige Ratte. Er stolperte wieder.

Dann bemerkte er den leuchtend roten Punkt, der auf der Mauer neben seinem Kopf erschien.

Das Kennzeichen eines Laser-Zielfernrohrs. David taumelte davon, seine rationalen Gedanken wurden von einer neuen Welle der Furcht überrollt. Sollte das eine Horror-Simulation sein?

Er machte noch einige Schritte und schlingerte von Seite zu Seite. Plötzlich prallte etwas in seine Schulter, und ein schrecklicher Schmerz überkam ihn.

Ich wurde angeschossen!, realisierte David. Aber das hier ist doch VR! Ich weiß, dass meine Schmerzschwelle niedriger liegt als bei den meisten Leuten, doch das hier sollte gar nicht möglich sein! Die Sicherheitsprotokolle meines Computers ...

Er lag mit dem Gesicht im säuerlich riechenden Abfall auf dem verdreckten Teer. Das, was sich wie ein rot glühender Dorn anfühlte, der in seine Schulter gestoßen wurde, hatte seinen rechten Arm nutzlos gemacht. Sein linker Arm bewegte sich jedoch. Er krallte die Fingernägel in den Bürgersteig und strampelte mit den Beinen, um sich einige Zentimeter nach vorn zu ziehen.

Er schien nicht mehr zu Atem zu kommen. Seine Muskeln gehorchten ihm nicht. Er konnte sich nicht aufrichten. Er konnte nur verzweifelt versuchen weiterzukriechen. Da hörte er hinter sich Schritte näher kommen.

Schluchzend stöhnte er und wollte den Kopf drehen, um seinen Verfolger anzusehen und ihm entgegenzutreten. Doch das Programm ließ das nicht zu. Er lag mit dem Gesicht auf den kalten Teer gepresst. Ein heißer Metallring – die Mündung einer frisch abgefeuerten Waffe – wurde gegen seinen Nacken gedrückt.

Dann brach das System zusammen.

II

In seinem Schlafzimmer hing David gekrümmt auf dem Computer-Link-Stuhl. Es schien, als hätte sein Körper in dieser Simulation des Grauens auf die panisch abgegebenen Befehle, sich umzudrehen, in der wirklichen Welt reagiert.

Es war furchtbar unbequem, doch er bewegte sich nicht – er traute seinen zitternden Muskeln nicht. Die Adrenalin-Überlastung schien auch in der Wirklichkeit Auswirkungen zu haben. Das war der schlimmste Computer-Absturz, den er je erlebt hatte. Neben den üblichen Kopfschmerzen, die durch einen Absturz ausgelöst wurden, war sein Mund staubtrocken. Sein Magen fühlte sich an, als wollte er aus ihm herauskriechen. David schluckte Unmengen von Speichelflüssigkeit hinunter und versuchte verzweifelt, sich nicht zu übergeben. Jeder Muskel in seinem Körper schien vor Erschöpfung zu zittern, sein Herz raste, und seine rechte Schulter tat weh – eine Art Phantomecho des Schmerzes, der mit der Schussverletzung aus der Veeyar verbunden war. Sehr seltsam.

Schließlich brachte David seine Atmung wieder unter Kontrolle. Welche Säfte Nick D'Alisos unterschwellige Reize auch in Gang gesetzt hatten, sie hatten eine unglaublich starke Wirkung. Er zitterte immer noch vor Angst.

So eine Simulation kann Herzinfarkte auslösen, dachte er. Wie konnte D'Aliso erwarten, so was unter verhätschelten Firmenbossen vermarkten zu können? Er musste die Sicherheitsblockaden der virtuellen Realität mit Siebenmeilenstiefeln umgangen haben, um solche Effekte erreichen zu können.

David kannte sich mit den Sicherheitsbeschränkungen in der Veeyar aus. Wenn er eine Simulation entwarf, vor allem, wenn es eine Weltallsimulation war, erwartete er von den Usern – auch von sich selbst –, dass sie sich intelligent verhielten. Mangelnde Aufmerksamkeit im All konnte fatale Auswirkungen haben, also programmierte David ein gewisses Maß an Schmerz ein, das ein Versagen zur Folge haben sollte. Über diese Signale konnte sich natürlich jeder, der die Simulation benutzte, hinwegsetzen. In jedem VR-System konnten Einstellungen für das Maß der erlaubten oder erwünschten Stimulation vorgenommen werden. Die Benutzer konnten dies je nach ihrer persönlichen Toleranzgrenze einstellen, von der völligen Vermeidung von Schmerz bis hin zum erlaubten Maximum für die Möchtegern-Machos. Es lag in der Hand des Users. Davids Freunde vertrauten ihm gewöhnlich genug, um seine Einstellungen beizubehalten, wenn sie seine Simulationen laufen ließen. Sie kannten ihn und wussten, wofür sie sich entschieden.

Doch ich hatte keine Wahl, dachte David. *Es war, als wäre mein Körper nur eine Marionette, die vorprogrammierte Bewegungen ausführt. Nick D'Aliso ist ein erstklassiger Programmierer. Das ist für seine Arbeit, die sich normalerweise durch eine Schwindel erregende Anzahl von Wahlmöglichkeiten auszeichnet, eigentlich untypisch.* Diese Simulation war streng linear, der Benutzer steckte während des Ablaufs als Gefangener der vorbestimmten Ereignisse darin fest. Was nicht heißen sollte, dass die Simulation einfach und ohne Kunstfertigkeit war.

Während er sich an die unglaublich realistischen Details erinnerte, untersuchte David seine Hände. Eine Handfläche schien gereizt – an der Stelle, wo er sich beim Klettern über den Zaun den Splitter eingezogen hatte.

Details, die realistisch genug waren, um Spuren zu hinterlassen – und ein eindimensionaler Handlungsstrang. Das ergab keinen Sinn.

Es sei denn, es war eine Simulation, die dafür entworfen worden war, den Beobachter nicht entfliehen zu lassen – eine Art bösartiges Abschiedsgeschenk vom Wiesel persönlich. David zitterte wieder. Vielleicht konnte er sich glücklich schätzen, dass das System an jener Stelle zusammengebrochen war. Er wünschte sich nur, seine Netz-Sicherheitsvorrichtungen hätten sich etwas früher aktiviert. Zugegebenermaßen ließ er sie eigentlich immer so eingestellt, dass sie die maximale Gefühlsintensität erlaubten, doch das eben Erlebte war einfach zu heftig gewesen.

Wacklig kam David auf die Beine und befahl dem Computer herunterzufahren. Er schlotterte etwas, als sich das Holo-Display selbst abschaltete. Das kleine Programm würde er sich später ansehen – viel später, und von außerhalb.

Plötzlich schlug er die Hand vor den Mund und spurtete ins Bad.

Im Moment hatte er Dringenderes zu erledigen.

Am nächsten Morgen war Samstag. David blieb so lange im Bett, wie seine kleinen Brüder es zuließen. Als er verschlafen den Gang hinunterging, um sich zu waschen, fragte seine Mutter: »Geht's dir besser, Schatz?«

David dachte einen Moment nach. Es schien, als hätte ihn eine Nacht Schlaf die schlimmsten Auswirkungen seines Veeyar-Abenteuers überwinden lassen. »Sieht so aus«, sagte er. »Ich weiß nicht, was plötzlich mit mir los war.« Er würde keinesfalls zugeben, dass ein Computerprogramm ihn so geschwächt hatte.

David wusch unter der Dusche rasch die letzten Spuren von Hirngespinsten und Kopfschmerzen weg und machte sich dann gleich wieder zu seinem Zimmer auf. Die Kleinen waren im Wohnzimmer und sahen sich

Samstags-Holos auf dem großen System an. David schaltete seinen Computer an und gab die Befehle nur mündlich. Er wollte keinesfalls in die Veeyar zurückkehren, bevor er nicht wusste, was ihn erwartete. Er führte einige Diagnosen durch, nur zur Sicherheit, falls D'Alisos Simulation als Trojanisches Pferd für schlimmere Überraschungen fungiert haben sollte, und rief dann das Dateiverzeichnis auf.

Als er auf das Holo-Display sah, runzelte er die Stirn. Von der Übertragung des letzten Abends fehlte jede Spur. Offensichtlich war sie bei dem Absturz, der seine gestrige Computersession beendet hatte, gelöscht worden. David rief die Memory-Datenbanken auf und versuchte herauszufinden, ob in seiner Inbox noch Spuren zu finden waren. Keine Chance. Wenn er das direkt nach dem Absturz versucht hätte ...

David schüttelte den Kopf. Nein. Er war zu beschäftigt gewesen, sich die Seele aus dem Leib zu kotzen. Programmieren hatte nicht zur Debatte gestanden.

Er zog eine Grimasse. Na, wenn er keine Kopie hatte, brauchte er sich nur mit Hardweare in Verbindung zu setzen und eine neue anzufordern.

Oder herausfinden, woher sie kam, wenn nicht von Hardweare, stellte eine zynische Stimme in seinem Hinterkopf fest.

Sabotine MacPherson schien über seinen Anruf etwas überrascht zu sein. »Ich bin mit dem letzten Datensatz fertig«, erklärte David. »Ich schicke ihn dir gerade rüber.«

Normalerweise hätte er seine Arbeit nur übertragen und eine E-Mail hinterlassen. Doch David brannte eine Frage unter den Nägeln, und er wollte sie möglichst bald beantwortet haben. »Was soll ich mit dem Spiel, oder was das war, anfangen, das du mir gestern Abend geschickt hast? Scheint ja ziemlich abartig zu sein.«

»Welches Spiel? Ich wollte dir gerade eine E-Mail schicken. Das Zeug, das du für Luddie bearbeiten sollst, wird frühestens morgen so weit sein.« Sie lächelte säuerlich. »Diese Ermittlung bringt alles durcheinander.«

»Du hast mir also nichts geschickt?«, hakte David nach. »Ich habe ein Programm mit angeblichen Hardweare-Protokollen bekommen.«

Obwohl er darauf zugegebenermaßen nicht besonders geachtet hatte, als er das Symbol aufgerufen hatte.

»Ich habe es nicht geschickt, und ich bin mir ziemlich sicher, dass Luddie es auch nicht war. Er ist die ganze Zeit mit unseren Anwälten beschäftigt.« Sie sah ihn neugierig an. »Was war es denn?«

»Eine ziemlich fiese Simulation, die sich selbst gestartet, mich durch den Fleischwolf gedreht und dann das System in die Luft gejagt hat«, sagte David ernst. »Hackerarbeit.«

Sabotine sah schockiert aus. »Willst du damit sagen, Nicky ...«

»Na ja, er hat mich nicht so gern gemocht wie dich. Und dass Luddie ihn gefeuert hat, nachdem er mit mir gesprochen hat, macht das Ganze auch nicht gerade besser. Vielleicht dachte er, ich verdiene ein Abschiedsgeschenk.«

»So ist Nicky nicht! Ich möchte mir das Programm ansehen.«

»Das möchte ich auch. Aber es wurde gelöscht – oder hat sich selbst gelöscht –, als mein Computer abstürzte.«

»Also hast du es gar nicht mehr?«

»Nein. Es gibt aber nicht viele Leute, die mir so etwas schicken würden.«

»Ich kann dir sowieso nicht weiterhelfen. Ich habe mit Nick nicht mehr gesprochen, seit Luddie ihn fallen gelassen hat.« Sie wirkte ziemlich unglücklich. »Aber der Nick, den ich kenne, würde niemals ...« Sie zögerte einen Moment, und David konnte sich vorstellen, was sie sagen wollte – dass Nick seine Zeit nicht auf billige Racheaktionen verschwenden würde. Doch sie beendete den Satz mit: »... so etwas tun.«

David dankte ihr und beendete die Verbindung. *Der Kerl, den du kennst, hat sich bei euren Verabredungen von seiner Schokoladenseite gezeigt,* dachte er. Eine kleine Simulationsbombe auf jemanden zu werfen, der ihm in die Quere gekommen ist, klingt eher nach dem Wiesel, das man mir beschrieben hat.

Der Empfänger piepste erneut, und er stellte die Verbindung in der Annahme her, Sabotine hätte vergessen, ihm etwas zu sagen.

Doch stattdessen erschien Leif Anderson und sah ihn mit ernster Miene an. »Hast du Zeit für einen kleinen Veeyar-Besuch?«

»Das klingt ja, als müssten wir vor Gericht«, witzelte David.

Leif lachte nicht. »Auf gewisse Art müssen wir das auch. Ich muss meinen Leuten erklären, was los war. Ich hätte aber gern meinen verlässlichsten, respektabelsten Freund dabei.«

David wollte sich gerade eine höfliche Ausrede einfallen lassen, als er Leifs bittenden Blick bemerkte. »Okay«, sagte er und seufzte. »Ich versuche es.«

Sein Besuch fand im virtuellen Äquivalent des Wohnzimmers der Andersons statt. Es war weder so groß, noch so technisiert, noch so mit Kunst vollgestellt wie der Salon der MacPhersons, doch es war ohne Zweifel ein sehr teures Zimmer.

Ich schätze, das kommt dabei heraus, wenn man Innenarchitekten, Hausangestellte und keine kleinen Brüder hat, die immer auf der Couch herumhüpfen, dachte David.

Mr. und Mrs. Anderson waren sehr höflich, begrüßten David und boten ihm einen Stuhl an, der bequemer war, als er aussah. Dann wandten sie sich an ihren Sohn.

»Es ist einiges passiert, das ich euch erzählen muss«, fing Leif an. David stellte fest, dass die Andersons über Hardweare und die Lecks im Netz teilweise schon Bescheid wussten. Doch sie waren schockiert, von Cetniks Erpressungsversuch und seinem Tod zu erfahren.

»Es mag zwar furchtbar klingen, aber ich bin froh, dass der Mann tot ist«, sagte Mrs. Anderson.

Leifs Vater schaute seinen Sohn mit schmerzerfülltem Blick an. »Wenn du zu uns gekommen wärst ...«

Leif sah genauso unglücklich aus. »Ich konnte es euch ebenso wenig sagen wie David.« Nach Bestätigung suchend, wandte er sich an seinen Freund. »Sonst hätte eine unschuldige Person – eine Person, die mir am Herzen liegt – leiden müssen. Und ich wäre dafür verantwortlich gewesen.«

Magnus Anderson seufzte. »Gott weiß, dass wir oft genug mit dir über Verantwortung gesprochen haben. Ich dachte, wenn du mit den Net Force Explorers in Kontakt kämst, hätte das einen positiven Effekt.« Anderson senior sah David an, der seine Andeutung verstand. Freundliche, bodenständige, vertrauenswürdige Kids, die als Vorbild fungieren sollten.

»Doch nein, wir stellen fest, dass Leute dich in der

Veeyar umbringen wollen und Spione dich und deine Freunde bedrohen.« Leifs Vater schüttelte den Kopf. »Und ich dachte, *mein* Leben wäre aufregend!«

David erhob plötzlich die Stimme. »Aber Leif stellt sich der Verantwortung, Mr. Anderson. Er erzählt Ihnen die ganze Geschichte – und übernimmt Verantwortung dafür.«

»Im Nachhinein«, stellte Mrs. Anderson fest.

»Ich weiß, dass du es gut meinst, David«, sagte Mr. Anderson. »Und du auch, mein Sohn. Ich weiß nicht, was wir gesagt hätten, wenn du zu uns gekommen wärst. Wir haben hier definitiv ein Problem, und ich weiß nicht, wie wir es lösen sollen.«

Leif zog die Schultern hoch und wandte sich an David. »Danke, dass du mir beim Erklären geholfen hast.«

David nickte. Offensichtlich war es Zeit für ihn zu gehen. Von hier an würde es wahrscheinlich sehr persönlich werden. Leifs Vater war sehr cool, sehr ruhig gewesen. Völlig anders als Davids Dad, der wohl erst in die Luft gegangen wäre und ihm dann ausführlich das Gesetz erklärt hätte.

Nachdem er die Veeyar-Verbindung beendet hatte, fand sich David in dem Wirrwarr des Schlafzimmers wieder, das er mit seinen Brüdern teilte. Er konnte sie selbst bei geschlossener Tür hören, denn sie rannten wegen eines ihrer verrückten Spiele den Gang auf und ab.

Leif hatte viel Kohle, ein schönes Apartment mit seiner eigenen Privatsuite und Eltern wie aus einer dieser gebildeten, sehr zivilisierten europäischen Holo-Serien.

Also, warum tut er mir dann Leid?, fragte sich David.

Später ging er hinaus zu seiner Familie. Die computeranimierten Samstagmorgen-Kindersendungen waren inzwischen beinahe zu Ende. Robo-Maus machte irgendeiner Panzerkatze Feuer unter dem Hintern. Helden und Schurken sahen wie echte Tiere aus, nur dass David noch kein echtes Tier gesehen hatte, das so süß war oder so große Augen hatte.

Von Tommy und James – Davids kleinen Brüdern – angefeuert, packte Robo-Maus Panzerkatze am Schwanz und wirbelte sie mit einem zischenden Geräusch über dem Kopf herum. Die Maus ließ los, und die Katze pflügte sich mit lautem Krachen durch mehrere Wolkenkratzer hindurch.

Manche Dinge ändern sich nie, dachte David. Als ich klein war, habe ich denselben Zeichentrickfilm mit ein paar anderen Charakteren und einer primitiveren Computergrafik gesehen. Die Geschichte ändert sich nicht.

Die Episode kam zu ihrem üblichen Ende, und die Kinder eilten mit begierigem Gesicht auf ihren Vater zu.

»Kommst du mit uns raus, Daddy?«

»Wir spielen was!«

Martin Gray war nur zu glücklich, seinen freien Tag als Daddy und nicht als Detective der Mordkommission verbringen zu können. Davids Mutter lächelte liebevoll, als die Jungen ihren Vater davonführten. Jeder hielt eine Hand.

»Soll ich ausschalten?« David deutete auf den Holo-Bildschirm.

»Nein, ich wechsle nur auf einen anderen Kanal«, antwortete seine Mutter. »Ein bisschen was von den Mittagsnachrichten kriegen wir noch mit.«

Sie schaltete auf den Holo-Nachrichtensender um. Zwei künstlich aussehende Moderatoren mit perfekten Frisuren lächelten ihrem Publikum entgegen.

Wundert mich, dass sie diese Typen nicht durch Com-

puteranimationen ersetzt haben, dachte David, als die Nachrichtenleute laut über einen schlechten Witz lachten. *Sie sind wie die menschliche Version von Robo-Maus und Panzerkatze, mit perfekteren Haaren als normale Menschen – und mit größeren Augen.*

Der Moderator sah in den Holo-Empfänger, und sein breites Grinsen wandelte sich zu einer ergriffenen Miene. »Danke, Leslie-Anne«, sagte er mit sonorer Stimme.

Okay, wir haben's verstanden, dachte David angewidert. *Jetzt kommen ernste Nachrichten.*

Das konnte vom Tod eines beliebten Stars bis zu den neuesten Schreckensmeldungen über die Krankheit des Monats alles sein. Doch hinter dem Moderator erschien ein bekanntes Logo, auf dem »Verbrechen auf unseren Straßen« zu lesen war.

»Bei der ansonsten positiven Entwicklung der Verbrechensstatistiken im District of Columbia trifft uns gewaltsamer Tod wie ein Schock«, leitete der Moderator ein. »Gestern hatten wir einen verdächtigen Todesfall ... und heute einen tatsächlichen Mord. Jay-Jay McGuffin berichtet.«

Das Bild schwenkte auf einen geföhnten Sprecher-Azubi, der vor einer Steinmauer stand und einen völlig unnötigen Trenchcoat trug.

Damit wirkt er wie ein Holo-Net-Detektiv, dachte David. *Ich frage mich, ob sie unter den Zuschauern Umfragen darüber durchführen, wie Nachrichtenleute auszusehen haben.*

Jay-Jay war damit beschäftigt, die Flucht eines Menschen durch die schaurigen Seitenstraßen wie die Odyssee klingen zu lassen. »Vielleicht«, sagte er dramatisch, »hätte sich das noch nicht identifizierte Opfer retten können, wäre es nicht diese Gasse hinuntergelaufen ...«

Die Kamera folgte dem Sprecher eine schmutzige Gasse entlang. David fühlte einen kalten Schauer seinen Rücken hinunterlaufen, als er an die unerfreuliche Simulation des vergangenen Abends erinnert wurde.

»Eine Gasse, die von diesem Überbleibsel eines längst vergessenen Gang-Mordes versperrt ist«, fuhr Jay-Jay in den schwülstigsten Tönen fort, doch David hörte ihm nicht mehr zu.

Voller Schrecken starrte er auf den über zwei Meter hohen Zaun aus verwitterten Holzbrettern, an denen alte Farbsplitter wie der Schorf an einer Wunde hingen.

Die Farbe war bei Tageslicht sogar noch ausgeblichener, doch David konnte die Buchstaben unter dem beinahe verloschenen Bild entziffern.

»Hier starb Willie-Boy.«

Das war der Schauplatz seiner Albtraum-Simulation!

12

David wandte sich auf dem Absatz um und raste vom Holo-Bildschirm weg, als hätten seine Kleider Feuer gefangen. Er hechtete in sein Zimmer und bellte dem Computer Befehle zu.

»Netzsuche. Nachrichten, alle größeren Medienquellen. Alles über Morde, mysteriöse Todesfälle, Leichen, die im Gebiet von Washington D. C. innerhalb der letzten ... zwölf Stunden gefunden worden sind.«

»Verarbeitung läuft«, erwiderte der Computer.

David tigerte im Raum auf und ab und wartete darauf, dass der Computer die angeforderten Daten heraussuchte und auflistete. »Computer, Ergebnisse zusammenstellen. Die aktuellsten zuerst anzeigen.«

Vor Jahren noch hätte ihn eine Lawine von Daten über Morde überrollt. Doch Washington war heutzutage, wie viele andere große Städte auch, zu einem sehr viel friedlicheren Ort geworden. David war stolz darauf, dass sein Vater und Männer wie er viel dazu beigetragen hatten. Er musste sich nur durch einige Verweise auf andere Fälle arbeiten, bis er die gesuchten Informationen in Händen hatte.

Es war nicht viel. Die Leiche eines jungen Mannes – ohne Ausweise und mit leeren Taschen – war in einem verfallenen Armenviertel in Washington aufgefunden worden. Da das Gebiet abgerissen und neu aufgebaut werden sollte, war die Umgebung praktisch menschenleer.

Die Polizei war Anrufen nachgegangen und hatte die Leiche daraufhin gefunden. Bei der Überprüfung der näheren Umgebung war sie auf ein verfallenes Gebäude gestoßen, in dem offensichtlich jemand gehaust hatte. Dem Bericht zufolge war es kein Obdachloser, der dort sein kärgliches Leben führte. Die Polizei entdeckte einen Schlafsack, Lebensmittel, Wasservorräte und einen Laptop mit gründlich verschlüsselten Dateien.

Eine Überprüfung der Fingerabdrücke hatte ergeben, dass der Tote keine polizeilichen Eintragungen hatte – und es somit keine Hoffnung gab, ihn rasch zu identifizieren. Der verschlüsselte Computer und der Standort Washington ließen vermuten, dass eine Verbindung ins Ausland bestand. War der Mann ein Spion?

Davids Gedanken schwenkten zu Slobodan Cetnik. Hing das hier irgendwie mit ihm selbst zusammen?

Lächerlich, meldete sich eine nervöse Stimme in seinem Kopf. *Das hat nichts mit dir zu tun.*

Bis auf die Tatsachte, dass ich das alles gestern Abend schon gesehen habe. Ich bin hier entlanggelaufen und wurde erschossen ...

Am liebsten hätte er die Horrorbilder, die in seinem Kopf herumschwirrten, einfach als schlechten Traum abgetan. Konnte er sich das Programm, die ganze quälende Episode mit der Verfolgungsjagd nur eingebildet haben? War er vielleicht auf seinem Computer-Link-Stuhl eingenickt?

Oder hatte jemand die letzten Sekunden des Toten irgendwie aufgenommen und ihm überspielt? Die Angst, als er den roten Punkt gesehen hatte ... Der Sturz ...

David las weiter und fand eine Aussage der Polizisten, die das Versteck gefunden hatten. »Der Platz war für ein Rattenloch ganz passabel. Der Typ hatte es sogar geschafft, sich bei den Elektrizitätswerken einzuhacken und Strom abzuzapfen.«

Hacken. Ein verschlüsselter Computer. Der Tote war ein Hacker.

Davids Magen fing wieder zu rebellieren an. Er schaltete den Computer aus und ging ins Wohnzimmer zurück. »Ich bin kurz weg, Mom«, sagte er. »Ich muss mit Dad reden.«

Er ging nach unten und verließ das Apartmentgebäude in Richtung des benachbarten Parks. Er war sicher, dass Martin Gray dort mit James und Tommy Ball spielte. Das Spiel diente nicht zur Vorbereitung auf eine Karriere in der oberen Liga. Es war einfach eine Chance für die Kleinen, hin und her zu laufen und zu rufen: »Zu mir, Dad!«, »Nein, zu mir!«

Doch stattdessen schoss sein Vater den Ball in hohem

Bogen in Davids Richtung. David fing ihn und ging zu seinem Vater, um ihn zurückzugeben. »Dad, hast du kurz Zeit? Ich muss mit dir reden.«

Martin Gray nahm den Ball und warf ihn James zu. »Ihr zwei spielt kurz allein weiter – nicht streiten!«

Dann wandte er sich an seinen ältesten Sohn. »Was ist los, David?«

»Als du gestern Abend gearbeitet hast ...« David unterbrach sich und versuchte es anders. »Heute war eine Meldung in den Nachrichten, dass irgendwo im Südosten der Stadt eine Leiche gefunden wurde. Warst du dort?«

»Nicht mein Fall. Warum?«

»Kann sein, dass ich ihn identifizieren kann.« David atmete tief ein. »Ich denke, es könnte sich um Nick D'Aliso handeln.«

Martin Gray hob überrascht die Augenbrauen. »Der Typ, mit dem du bei Hardweare zusammengearbeitet hast?« Er dachte einen Moment nach und schüttelte dann den Kopf. »Du sagtest, er hat Schwierigkeiten mit der Polizei gehabt. Wir haben seine Fingerabdrücke überprüft. Sie hätten in der Datenbank sein müssen.«

David nickte. »Das habe ich gelesen. Aber Dad, D'Aliso war ein Hacker. Wenn er gewollt hätte, hätte er sich in das Bundesarchiv schleichen und die Daten austauschen können.«

Es lief ihm erneut kalt den Rücken hinunter, als ihm ein unliebsamer Gedanke in den Sinn kam.

Oder jemand anderes hat sich an den Daten zu schaffen gemacht, um die Identität des toten Wiesels zu verschleiern.

Sein Dad zog seine Brieftasche hervor und tippte auf der folienverpackten Tastatur herum, um den Telefon-Modus aufzurufen und eine Nummer einzugeben. »Hey,

Des, Marty Gray hier. Gibt es was Neues über den Mord in der Gasse? Mhm. Noch keine Identifizierung? Ich habe da einen Namen, den du überprüfen solltest. Nick – ich nehme an Nicholas – D'Aliso.« Er buchstabierte den Namen. »Ja, ich bleib' dran.«

David fühlte sich wie in einer gespenstischen Halbwelt gefangen. Er stand neben seinem Vater und sprach mit ihm über einen Mord. Hinter ihnen liefen seine kleinen Brüder herum, kicherten, hatten Spaß ...

Sein Vater wartete. Dabei wechselte seine Miene von »Wenn du mir meinen freien Tag umsonst ruiniert hast ...« zu »Bitte lass ihn nicht Recht haben«.

»Ich bin noch dran«, sagte er plötzlich. Er verspannte sich leicht. Mit jedem Wort, das er hörte, verwandelte sich Martin Gray mehr und mehr in einen Polizisten.

Er legte die Hand über das Telefon und wandte sich an David. »Die Fingerabdrücke in D'Alisos Akte stimmen mit denen der Leiche nicht überein. Doch über den Namen konnten sie auch die zahnärztlichen Unterlagen einsehen – und die passten perfekt.« Er wandte seine Aufmerksamkeit wieder dem Telefon zu.

»Des, ich muss mit meinem Informanten noch ein bisschen darüber reden – nein, ich melde mich dann bei dir – bald.«

Er beendete die Verbindung, warf einen Blick auf Tommy und James, die versuchten herauszufinden, wer den Ball härter treten konnte, und sah dann wieder David an. »Weißt du, die meisten Väter fühlen sich geschmeichelt, wenn sich ihre Söhne für ihre Arbeit interessieren.« Er seufzte. »Aber ich kann nicht behaupten, dass es mich freut, wenn du mit meinem Job in Berührung kommst.«

David nickte. Er war auch nicht gerade glücklich darüber, in einen Mordfall verwickelt zu sein.

Martin Grays Augen verengten sich. David hatte das schon früher beobachtet. Sein Dad nannte es »Polizisten-blick«.

»Dir ist doch klar, dass ich dich fragen muss, woher du wusstest, dass es D'Aliso war?«

»Das wusste ich nicht«, sagte David. »Ich hatte eigent-lich gehofft, dass er es nicht ist.« Er begann mit seinen Ausführungen über das von selbst ablaufende Pro-gramm, die eigenartige Jagdsequenz, den Mord und den Systemabsturz.

»Auf dem Computer ist keine Spur mehr von der Übertragung«, schloss er. »Ich habe heute Morgen nach-gesehen. Dann habe ich in den Nachrichten den Schau-platz ... meines Albtraums, wollte ich sagen, gesehen. Aber das war kein Traum. Als ich dann von dem Mord-opfer hörte, das ein Hacker zu sein schien – na, da muss-te ich zu dir kommen.«

Martin Gray schüttelte den Kopf. »Wenn es nicht mein Sohn wäre, der mir das erzählt, würde ich – sehr daran zweifeln«, sagte er.

David dachte einen Augenblick nach. »Weiß jemand, wann D'Aliso umgebracht wurde?«

Sein Vater ging zu seinem Brieftaschen-Telefon zu-rück und drückte die Wahlwiederholung. »Des, ich muss da noch was überprüfen. Haben wir einen Todeszeit-punkt?« Er hörte zu und wandte sich dann an David. »Jemand hat wegen einer Schießerei die Polizei angeru-fen – das war kurz vor zehn.«

David nickte. »Gehen wir meinen Computer überprü-fen. Selbst wenn wir das Programm nicht mehr untersu-chen können, können wir zumindest den Zeitpunkt des Absturzes feststellen.«

Martin Gray rief die Kleinen, und gemeinsam kehrten

sie zum Wohnblock zurück. Davids Mutter verspannte sich etwas, als sie den Gesichtsausdruck ihres Mannes sah. Ohne Fragen zu stellen, nahm sie James und Tommy zu einem Imbiss in die Küche mit. David und sein Vater gingen unterdessen in Davids Zimmer. Ein paar wenige Befehle brachten die Antwort auf ihre Frage. Laut der Aufzeichnungen des Computers hatte der Absturz um 21.57 Uhr stattgefunden.

»Wir müssen in die Stadt«, sagte Martin Gray.

Etliche Stunden später saß David noch immer in einem Vernehmungsraum und ging mit einigen Kollegen seines Vaters seine Geschichte durch.

Kopfschüttelnd gab Des O'Connor, der für den Fall zuständige Detective, die Informationen auf einem Datenserver ein. »Die Geschichte klingt, gelinde gesagt, recht seltsam, und dabei drücke ich mich aus Respekt vor deinem Dad noch zurückhaltend aus. Wir haben alles überprüft. Aufzeichnungen der öffentlichen Benutzerübertragung bestätigen, dass zum fraglichen Zeitpunkt etwas über das Netz zu eurer Wohnung übertragen wurde.«

Der Detective sah David forschend an. »Offensichtlich warst du am Tatort nicht physisch anwesend. Deine Mom und deine Brüder können das bezeugen. Sie sahen, wie du aus deinem Zimmer gestürmt kamst, nachdem dieser D'Aliso seinen Teil abbekommen hatte, um die Toilette mit deinem Abendessen zu schmücken. Es wäre interessant, woher dieses Programm kam, doch es steckt leider eine Scheinadresse dahinter. Vielleicht finden wir eine Lösung für dieses Mysterium, wenn wir uns zu D'Alisos Computer Zugang verschaffen können, ohne ihn zu zerstören.«

O'Connor war von Davids Geschichte offensichtlich

nicht sehr beeindruckt, was keine Überraschung war. Polizisten waren große Anhänger des so genannten ›Ockam'schen Rasiermessers‹, jenes wissenschaftlichen Prinzips, das besagte, die sich aus den Fakten ergebende unkomplizierteste Theorie war mit größter Wahrscheinlichkeit die zutreffende. Für O'Connor waren daher Dinge wie außersinnliche Wahrnehmung, Erfahrungen außerhalb des Körpers oder ein Phantom-Download als Erklärung für Davids Wissen ausgeschlossen.

Hätte David das Programm nicht selbst durchlebt, wäre er auch skeptisch gewesen.

Detective O'Conner zuckte erneut die Achseln. »Wie es im Moment aussieht, hast du nur deinem Vater und uns über dieses Programm berichtet. Bitte belass es dabei. Keine Äußerungen gegenüber der Presse und keine Interviews in den Holo-Nachrichten. Wir wollen deine Geschichte unter Verschluss halten – und dass wir die Leiche identifiziert haben.«

»Selbstverständlich«, sagte David. Er hatte von seinem Vater bestimmte Polizeitaktiken gelernt. Hielt man Details vor den Medien zurück, konnte man leichter entscheiden, ob die Zeugenaussagen wahrheitsgemäß waren.

David fing einen weiteren abschätzenden Blick O'Connors auf. Es gab noch einen weiteren Grund, einige Dinge nicht preiszugeben – dadurch konnte man Spinner davon abhalten, sich Geschichten auszudenken. Außerdem wurde der Täter im Unklaren darüber gelassen, wie nah die Polizei der Auflösung des Falls war.

»Gibt es sonst noch etwas, das Sie momentan zurückhalten wollen? Etwas, das ich durch das Programm erfahren haben könnte und das nicht an die Öffentlichkeit dringen soll?«, fragte David.

»Nichts, bei dem du uns weiterhelfen könntest. Nur etwas, was sich durch gesunden Menschenverstand von selbst erklärt. Der Tote – D'Aliso – trug unter seinem Pullover eine Hardweare-Weste.« Der Detective hob die Schultern. »Sein Versteck war in einer Drecksgegend – verlassene Gebäude, defekte Straßenlaternen. Auf so dunklen Straßen musste er wie ein Weihnachtsbaum hervorstechen, wenn er das Ding nicht getarnt hat.«

O'Connor lächelte David schräg an. »Und es ist nicht gerade ein Viertel, in dem man damit angeben möchte, dass man einen Kamm besitzt, geschweige denn ein teures Computer-Spielzeug.«

Leif Anderson saß in seinem Zimmer und las ein Buch – ein wirkliches Buch, bei dem man die Seiten umblättern musste, keinen Holo- oder Hypertext mit musikalischer Untermalung oder Soundeffekten. Na ja, das System in seinem Zimmer spielte ein wenig Hintergrundmusik. Doch ansonsten hätte er so auch einhundert Jahre früher leben können. Bisher war er zu dem Schluss gekommen, dass die gute alte Zeit vor allem leiser gewesen sein musste.

Sein Leben spielte sich immer noch innerhalb gewisser Grenzen ab, obwohl es besser geworden war, seitdem er sich mit seinen Eltern ausgesprochen hatte. Leif bemühte sich darum, nicht wieder in etwas verwickelt zu werden, das den Familienfrieden erneut beeinträchtigen konnte.

Dann ging Davids Anruf ein.

Leif erkannte auf den ersten Blick, dass sein Freund beunruhigt war.

»Was geht ab?«, fragte er und hoffte, ein Lächeln auf das allzu ernste dunkle Gesicht zu zaubern.

»Was abgeht?«, erwiderte David. »Im Moment fühlt es sich so an, als ginge es schnurstracks in den Abgrund.«

David wollte definitiv nicht aufgeheitert werden.

»Okay«, sagte Leif und wurde ebenfalls ernst. »Erzähl mir, was passiert ist.«

»Ich komme gerade von der Polizeiwache.« David zögerte einen Augenblick. »Es gab hier in Washington einen Mord. Ich nehme nicht an, dass sich das bis New York rumsprechen wird – ich darf darüber nicht reden, zumindest nicht mit den Medien.«

»Ich sage alle meine Pressekonferenzen ab«, versprach Leif.

»Leif, es war Nick D'Aliso. Ich habe ihn identifiziert.«

Leif klopfte auf seinen Holo-Bildschirm. »Habe ich das versehentlich auf schnellen Vorlauf gestellt? Scheint so, als hätte ich da was nicht ganz mitbekommen.«

David nickte ernst. »Ich erzähle dir die ganze Geschichte, dann kannst du entscheiden, ob noch etwas fehlt – zum Beispiel ein paar Tassen bei mir im Schrank.«

Leif erfuhr, was David am vorherigen Abend und diesen Nachmittag erlebt hatte. Er hatte ein ziemlich gutes Pokerface, und doch kostete es ihn einige Anstrengung, seinen instinktiven Unglauben zu verbergen.

Andererseits war es David Gray, der ihm diese unglaubliche Geschichte auftischte – Mr. Geradeheraus, der ernsthafte Schüler. Sie machten oft Witze darüber, dass David mit vollständigen Holo-Aufzeichnungen und einer spektrografischen Analyse zurückkommen würde, sollte er jemals von einem UFO gekidnappt werden.

Leif lehnte sich zurück, weil er plötzlich merkte, dass er während der Schilderung seines Freundes geradezu am Holo-Display geklebt hatte. »Das ist eine ziemlich wilde Geschichte«, gab er schließlich zu. »Ich bin froh, dass ich das meinen Leuten nicht beibringen musste – von der Polizei ganz zu schweigen.«

David nickte mit versteinertem Gesicht. »Tja, das war wirklich ein Spaß. Ich glaube nicht, dass mir der Detective, mit dem ich gesprochen habe, die Geschichte abgekauft hat.«

»Hey, wenn du nicht zufrieden bist, können wir sie ja an Hollywood verkaufen«, schlug Leif grinsend vor. »Ich kann den Holo-Spielfilm schon vor mir sehen.« Er hob die Hände und breitete sie vor sich aus. »Auf einer wahren Begebenheit beruhend.«

»Verdammt, Leif, das ist ernst!« David drohte die Beherrschung zu verlieren. »Nicky D'Aliso ist tot. Und er hat mich irgendwie durch eine eigenartige Übertragung mit hineingezogen. Und dann ist da unser verblichener Freund Cetnik. Weißt du noch? Ich kann jetzt keine Scherze darüber vertragen.«

»Ich sage ja nicht, dass du keinen Grund hättest, dir Sorgen zu machen. Aber Panik hilft jetzt auch nicht weiter. Ich würde sagen, deine Coolness ist gerade ziemlich im roten Bereich. Sprich dich aus, Kumpel.«

»Ich muss mit jemandem reden, der weiß, was hier vor sich geht«, sagte David. »Das heißt entweder du oder die MacPhersons. Und mit ihnen kann ich mich über D'Alisos Tod nicht austauschen – sie stehen vielleicht unter Verdacht.«

Leif sprang von seinem Stuhl auf. »Sag das noch mal!«

»Ich habe darüber auf der Heimfahrt nachgedacht. Es ergibt auf schreckliche Art und Weise einen Sinn. Wir wissen, dass D'Aliso mit der Forward Group Geschäfte machte. Wie könnte man besser mit einem Firmenspion umgehen, als ihn für immer zum Schweigen zu bringen?«

»Ich verstehe, was du meinst, aber ich denke, du gehst etwas zu weit.«

»Du hättest das sehen müssen. Ich war mit Luddie und Sabotine MacPherson in einer Holo-Konferenz, als er beschloss, das Wiesel rauszuwerfen. Luddie versuchte zwar, sich nichts anmerken zu lassen und cool zu bleiben, aber er war ziemlich wütend.«

»Und das heißt?«, fragte Leif.

David sah besorgt aus. »Wir wissen, dass er mit vollem Einsatz spielt, wenn er sich angegriffen fühlt.«

13

Den restlichen Nachmittag über hockte David im Haus herum und brütete vor sich hin. Seine Eltern sprachen es nicht direkt aus, doch er fühlte, dass es ihnen lieber war, wenn er das Haus nicht verließ. Auch Detective O'Connor hatte nicht ausdrücklich gesagt, dass er die Stadt nicht verlassen solle. Aber David war sicher, dass das von ihm erwartet wurde.

Selbst Tommy und James waren außergewöhnlich still. Sie fühlten, dass etwas nicht stimmte.

Es stimmt definitiv etwas nicht, dachte David. Zuerst hatte er den Detective – der ein Freund seines Vaters war – nicht von der mysteriösen Übertragung überzeugen können. Dann war ihm Leif unschlüssig gegenüber gesessen, als er ihm offenbart hatte, was er durchmachte – und welche Befürchtungen er in Bezug auf die Mac-Phersons hatte. Und Leif war sein Freund!

David seufzte tief und rieb sich heftig das Gesicht.

Hat Leif Recht?, fragte er sich. *Nehme ich das alles zu ernst? Habe ich mich da nur reingesteigert?*

Er ließ sich auf das Bett plumpsen und dachte gerade über die Ungerechtigkeit der Welt nach, als sein Vater eintrat. Martin Grays Gesicht war ernst. »David, du solltest besser rauskommen und dir die Nachrichten ansehen.«

David erhob sich und ging hinter seinem Dad den Gang hinunter. Im Wohnzimmer lächelten ihm zwei neue Holo-Nachrichtensprecher entgegen. Kurz darauf wurde allerdings ein Werbespot für einen Lieferwagen von Dodge gesendet.

»Worum geht es?«, fragte er. Nun warb ein Schauspieler, der durch eine Arztrolle bekannt geworden war, für Tabletten gegen Kopfschmerzen.

»Das wirst du gleich sehen.« Jetzt liefen Ankündigungen für andere Holo-Nachrichtensendungen, gefolgt von einem Werbespot für Abführmittel.

Mir ist noch nie aufgefallen, dass während der Nachrichtensendungen so viel Werbung für Medikamente gesendet wird, dachte David. *Machen Nachrichten krank?*

Wenn er daran dachte, wie sich sein Magen verknotete, während er auf die Sprecher wartete, lagen die Firmen vielleicht gar nicht so falsch.

James kam hereingehüpft, um nachzusehen, welches Programm gerade lief. Als der Zehnjährige das Nachrichtenlogo sah, machte er sich sofort wieder davon. Die Sendung lief weiter, und die Kameras zoomten auf die Sprecherin. Man sah ihr genau an, dass sie jeden Moment ein großes Geheimnis aufdecken würde. Hinter ihr erschien das Logo »Verbrechen auf unseren Straßen«.

»Kehren wir zu unserem Titelthema zurück. Der Mann, der kürzlich in der Nähe eines verlassenen Ge-

bäudes tot aufgefunden wurde, konnte identifiziert werden. Es handelt sich um den bekannten Computer-Ha-
cker Nicholas D'Aliso, besser bekannt als ›Nicky das
Wiesel‹.« Ein Holo-Bild D'Alisos, auf dem er ziemlich arrogant wirkte, erschien auf dem Bildschirm, und der
Kommentar lief weiter. »D'Aliso, der zunächst nicht
identifiziert werden konnte, wurde von unserem Mitarbeiter Don Samuelson erkannt ...«

Der Bildschirm zeigte nun eine Außenaufnahme. Davids Magen krampfte sich weiter zusammen, als er die
Gasse erkannte. Ein Reporter stand im obligatorischen
Trenchcoat vor der fleckigen Wand. Don Samuelson
ging die Geschichte noch einmal durch und erläuterte
dann anhand kurzer Filmbeiträge die Hochs und Tiefs
von D'Alisos Karriere.

»Also«, sagte David starr, »hat jemand Nicky das Wiesel erkannt.«

»Es wird noch schlimmer werden«, sagte sein Vater
mit der Gewissheit jahrelanger Erfahrung. »Als die
Nachrichtenleute nur eine Leiche hatten, war das eine
Sensation. ›Seht alle her! Es gibt in Washington noch
Morde!‹«

Martin Gray wirkte angewidert. »Doch jetzt wissen die
Medien, dass es sich um Nicky das Wiesel handelt. Er ist
eine Art Berühmtheit. Das bedeutet, die Geschichte wird
nicht so schnell in Vergessenheit geraten. Eher im Gegenteil. Die Reporter werden sich alle Mühe geben, neue
Details aufzudecken. Und irgendso ein Würstchen im
Hauptquartier wird sie garantiert mit zumindest einem
Teil der Geschichte füttern. Die ist absurd genug, um
sich gut zu verkaufen.«

David starrte ihn an. »Aber ich dachte, sie würden die
Story zurückhalten.«

»Irgendeine Version wird an die Öffentlichkeit kommen«, prophezeite sein Vater wütend. »Den hohen Tieren ist wichtig, dass die Nachrichtenmänner – oder -frauen – zufrieden sind.«

Davids Vater sollte Recht behalten. Nach nur wenigen Stunden kündigten selbst die Unterhaltungskanäle ihren Zuschauern den ›Download des Todes‹ an, um die Spätnachrichten interessant zu machen.

Als das Thema schließlich präsentiert wurde, erwies es sich eher als Show denn als Nachricht. Es begann mit der Kreidekontur in der Gasse, dann erschien ein Foto D'Alisos. Mittlerweile war D'Alisos Verbindung zu Hardweare aufgedeckt worden. Es wurde ein kurzer Film gezeigt, in dem Luddie MacPherson mit Nicky dem Wiesel bei einem bombastischen Werbeauftritt zu sehen war, den Nicky organisiert hatte. Luddie schien ziemlich unbehaglich zumute zu sein.

Als die Reporter endlich auf den Download zu sprechen kamen, erschien das beinahe nebensächlich. »Wie wir aus den Ermittlungen nahe stehender Quellen erfahren haben, hat D'Aliso es irgendwie geschafft, Informationen an einen Geschäftspartner, den Sohn eines Polizeioffiziers, zu übertragen ...«

David seufzte erleichtert auf. »Keine Namen.«

»Noch nicht«, sagte sein Vater grimmig. »Aber wenn dieser Fall nicht bald gelöst wird, musst du damit rechnen, berühmt zu werden – ob du willst oder nicht.«

»Es sei denn, ein interessanteres Verbrechen geschieht und zieht die Aufmerksamkeit auf sich«, warf Davids Mutter ein. »Ich wünsche das niemandem. Aber ...«

Sie wurde von einem gedämpften Klingeln unterbrochen.

»Wer ruft um diese Uhrzeit noch an?«

»Ich gehe schon!«, rief James auf dem Gang. Einen Augenblick später kam er ins Wohnzimmer und warf David einen wissenden Blick zu. »Es ist ein Mädchen. Sie sieht irgendwie unglücklich aus.«

David runzelte verwirrt die Stirn und steuerte auf das kleinere Holo-System im Gang zu. Als er sah, wer angerufen hatte, blieb er abrupt stehen.

Sie sah wirklich »irgendwie unglücklich« aus.

Es war Sabotine MacPherson.

»David!«, rief sie aus, als er in Sichtweite kam.

»Einen Moment«, sagte er. »Ich stelle dich kurz zu einem etwas privateren Ort durch.« Als er in sein Zimmer ging, hörte er, wie James hinter ihm theatralisch seufzte.

David nahm den Anruf auf seinem eigenen System auf und trennte die Verbindung zum Gang. »Okay.«

»Ich habe gerade die Nachrichten gesehen.« Sabotines Stimme überschlug sich fast. »Warum hast du mir – uns – nicht gesagt, dass Nicky dir eine Nachricht geschickt hat? Es ist schon schlimm genug, herausfinden zu müssen, dass ihn jemand umgebracht hat ...« Sie blinzelte, um die Tränen zurückzuhalten, und fixierte David. »Die reden doch von dir, oder? Ich weiß, dass dein Vater bei der Washingtoner Polizei ist. Und außer dir fällt mir kein ›Partner‹ von Nick ein, dessen Vater Polizist wäre.«

David nickte zögerlich.

»Warum hast du dann nicht mit uns gesprochen? Kannst du dir nicht vorstellen, was ich durchgemacht habe? Ich habe versucht, Nick anzurufen, habe ihm Nachrichten hinterlassen ...« Ihre Stimme brach.

»Es ... tut mir Leid.« David kamen seine Worte selbst höchst unzulänglich vor. »Als ich gemerkt habe, dass möglicherweise ein Zusammenhang zwischen dem

Download und dem Mord bestand, musste ich das der Polizei mitteilen. Und die hat mir verboten, darüber zu sprechen.«

Sabotines Mund verhärtete sich. »Na, mit mir wirst du darüber sprechen. Nicky und ich – wir haben einander etwas bedeutet. Wenn es eine letzte Nachricht gibt, will ich sie hören.«

In ihren Augen standen erneut Tränen. »Er ... er hätte sie mir schicken sollen.«

Das wird immer schlimmer, dachte David. »Es ist nichts von Interesse für dich«, sagte er.

»Das musst du schon mir überlassen.« Sabotine schüttelte den Kopf. »So geht das nicht. Wir müssen uns unterhalten – von Angesicht zu Angesicht. Wir treffen uns im Musket House Café – kennst du das? Es ist in Georgetown.«

»Sabotine ...«

»Wir treffen uns. Ich werde morgen Mittag dort sein. Verstanden?«

Sie beendete die Verbindung. Bestürzt starrte David auf das leere Display. Es war schon schlimm genug, dass Sabotine aus den spärlichen Informationen in den Nachrichten solche Rückschlüsse hatte ziehen können. Jetzt wollte sie ihn auch noch treffen und mit ihm reden.

Eines war David jetzt schon klar: Diesem Mädchen war er nicht gewachsen.

Er war noch dabei, seine Gedanken zu ordnen, als das System erneut klingelte.

Lass es bitte Sabotine sein, die es sich anders überlegt hat, betete David.

Doch stattdessen sah er sich Leif gegenüber. »Ich dachte mir schon, dass du noch wach bist und die Nachrichten ansiehst«, sagte sein Freund. »Du bist sicher glücklich, dass Nick D'Alisos Tod landesweit in den Nachrichten ist.«

Er verzog den Mund. »Sorry, war nicht so gemeint. Wir haben selbst hier in New York von dem Mord gehört. Ich kann mir vorstellen, dass dich der ganze Müll über den ›Download des Todes‹ ziemlich mitnimmt.«

Nun war es David, der eine Grimasse zog. »Ich werde Nachrichten nie mehr so sehen wie früher«, gab er zu. »Aber im Moment habe ich andere Probleme.«

Er erzählte Leif, wie Sabotine zwei und zwei zusammengezählt hatte und dabei auf David Gray gekommen war. »Sie will mich morgen in einem Café in Georgetown treffen, um zu reden«, sagte er bedrückt.

Leifs Antwort kam wie aus der Pistole geschossen. »Geh hin.«

David erschrak. »Bist du verrückt? Ich würde lieber mit Alligatoren ringen, als es mit Sabotine MacPherson aufzunehmen, wenn sie in einer solchen Stimmung ist.«

»Du wirst dich ihr nicht allein stellen müssen«, versprach Leif. »Ich komme mit.«

»Ich glaube, die könnte sogar dich fertig machen. Außerdem, woher weißt du, dass deine Eltern einverstanden sind?«

Leif sah nicht gerade zuversichtlich aus. »Ich regle das irgendwie. Wann und wo sollst du sie treffen?«

»In einem Lokal namens Musket House Café.«

»In Georgetown.«

David nickte. »Richtig. Sabotine wollte gegen Mittag dort sein.«

»Dann nehme ich den ersten Metroliner am Morgen. Ich hole dich ab, und dann stellen wir uns Sabotine MacPherson gemeinsam.«

»Na, toll.« Davids gemischte Gefühle spiegelten sich

in seinem Tonfall wieder. »Ich hoffe, du weißt, auf was du dich da einlässt.«

»Du solltest froh sein, dass ich dir zur Seite stehe.«

Leif beendete die Verbindung, und David kehrte ins Wohnzimmer zurück, um seiner Familie mitzuteilen, dass sein Freund kommen würde.

Den Grund seines Besuches erwähnte er jedoch nicht. Er konnte nur hoffen, dass das kein Fehler war.

Georgetown war nach wie vor Washingtons malerischstes – und teuerstes – Viertel. Es war auch eines der beliebtesten Touristenziele, wie man an den sonntäglichen Menschenmengen in den engen Straßen leicht erkennen konnte.

Als sie die Wisconsin Avenue entlangfuhren, sah David niedergeschlagen aus dem Fenster ihres Taxis. »Also, was ist dieses Musket House? Noch so ein Schuppen, der an koloniale Zeit anzuknüpfen versucht? Eine alte Kaffeestube?«

»So schlimm ist es nicht«, versicherte ihm Leif. »Aber es liegt in der Nähe des Hauses, dessen Zaun aus den Läufen von Musketen aus dem Unabhängigkeitskrieg besteht.«

David blickte ihn an. »Was?«

Leif grinste. »Ich vergaß. Matt ist ja der Geschichtsfreak. Und um über diesen Ort Bescheid zu wissen, muss man entweder fit in Geschichte oder ein Tourist sein.«

Wie auf Bestellung deuteten ein paar Fremde auf den Zaun am Ende des Blocks, als die Jungen aus dem Taxi stiegen. Das Musket House Café war jedoch erfreulich modern mit großen Fenstern, viel Glas, hellen Holzwänden und bequemen Stühlen.

Leif sicherte ihnen geschickt einen Tisch mit gutem Ausblick auf die Straße, und sie machten es sich gemütlich. Ungläubig starrte David auf die Speisekarte. »Ich hatte schon ganze Mahlzeiten für den Preis, den die hier für eine Tasse heiße Schokolade verlangen.«

»Mitnehmmenüs von Burger Palace zählen nicht. Außerdem ist es echter Kakao. Der schmeckt lecker! Man bekommt hier übrigens auch super Essen.«

»Warst du hier schon mal?«

»Es ist ein netter Jugendtreffpunkt in Georgetown.« Leif überflog die Speisekarte. »Wir haben noch ein paar Minuten Zeit, bevor Sabotine auftaucht. Bestell, was du möchtest – ich lad' dich ein.«

»Ich habe keinen Hunger«, murrte David und drückte eine Hand auf seinen übersäuerten Magen.

Doch aus irgendeinem Grund tauchte neben seiner überteuerten Tasse heißer Schokolade ein Teller mit Eiern, Speck, Bratkartoffeln und Muffins auf. David war selbst überrascht, dass er so viel davon verdrücken konnte.

Er schob den Teller beiseite und sah auf die Uhr. »Sie ist zu spät dran. Vielleicht hat sie ihre Meinung geändert und will mich nicht mehr sehen. Vielleicht kommt sie nicht.«

»Gib die Hoffnung nicht auf«, meinte Leif gut gelaunt, wobei er die Passanten vor dem Fenster im Auge behielt. »Hey, da drüben ist ein hübsches Mädchen.«

David entdeckte Sabotine MacPherson, die sich dem Café näherte.

»Du kennst dich wirklich aus«, murmelte er. »Das ist sie.«

Sabotine kam schnell herein. Sie schien überrascht zu sein, dass David nicht allein war.

»Das ist Leif Anderson«, sagte David. »Er ist einer meiner Freunde bei den Net Force Explorers.«

Das Mädchen reagierte etwas empfindlich auf die Erwähnung der Net Force. »In letzter Zeit höre ich den Namen ziemlich oft. Luddie hatte ein Meeting mit Jay Gridley – und dessen Untergebene schlagen sich gerade mit unseren Anwälten herum.«

Sie reichte Leif die Hand, bestellte einen Kaffee, nahm dann die Jacke ab und hängte sie über die Stuhllehne. »Ich habe keine Zeit, um den heißen Brei herumzureden.« Sie sah auf die Uhr. »Ich bin meinem Fahrer in einer Boutique entwischt, die zufällig über eine Hintertür verfügt.« Sie lächelte verzagt. »Er denkt, ich probiere Kleider an.«

Ihr Gesicht wurde wieder ernst, als sie sich an David wandte. »Ich will alles über diesen Download erfahren. Was hat Nicky dir geschickt?«

»Ich glaube nicht ...«, begann David.

Doch Leif, der Sabotine scharf beobachtet hatte, unterbrach ihn. »Erzähl es ihr.«

David blickte seinen Freund an. »Bist du sicher?«

Als Leif nickte, fing er an. »Ich fand ein Programm-Icon in meiner Inbox. Als ich es anfasste, aktivierte es sich. Zunächst hielt ich es für ein Spiel ...«

Er erläuterte die Abfolge der Ereignisse – seine Angst, die Verfolgungsjagd. Als er die Erinnerung noch einmal wachrief, begriff er, warum er das Ganze für ein Hardweare-Spiel gehalten hatte. Die Einzelheiten, an die er sich erinnerte, waren mit tiefen Emotionen verknüpft. Während seiner Flucht hatte er den Hintergrund nur nebelhaft wahrgenommen. Nur Dinge, die ihn direkt betrafen wie die Wand oder der Splitter, waren klar gewesen.

Sabotine schauderte, als er zum Ende kam, und hätte beinahe ihren Kaffee verschüttet. »Und die Gasse, die du gesehen hast – dieser Zaun – das waren die aus den Nachrichten?«

»Ich kann es nicht beweisen. Das Programm verschwand einfach, als das System abstürzte. Aber ich habe alles so gesehen.«

Plötzlich erinnerte sich David an das Shakespeare-Zitat, das Luddie erwähnt hatte – wie bitter es sei, Glückseligkeit nur durch die Augen eines anderen zu sehen. Jetzt wusste er, dass es schlimmer war, den Tod so zu sehen – durch die Augen eines anderen Menschen. »Er trug seine Weste. Er hat sie vielleicht angewiesen, seine Erlebnisse an jeden, den er kannte und der gerade online war, zu übertragen.«

Sabotine atmete tief ein. »Hast du gesehen, wer es getan hat?«

Leif hatte während Davids Schilderung ruhig dagesessen und Sabotine beobachtet. Nun meldete er sich zu Wort. »Du befürchtest, es war dein Vater oder dein Bruder, stimmt's?«

»Ich ... ich habe Angst.« Sabotine drückte die Hände auf die Tischplatte, um ihr Zittern zu unterdrücken. »Alles gerät außer Kontrolle. Menschen werden getötet ...«

Sie sah auf die Uhr und stöhnte auf. »Ich muss gehen. Mein Fahrer schöpft sonst Verdacht.«

Sicher, dachte David. Das ist ein hervorragender Weg, um Fragen zu vermeiden, wenn man die gewünschten Informationen bekommen hat.

Er warf Leif einen Blick zu, aber der zuckte nur die Achseln. Sie konnten sie schließlich nicht festhalten.

»Ich möchte das gern bezahlen«, bot Sabotine an, wobei sie auf ihr Essen deutete.

»Mach dir keine Sorgen«, versicherte ihr Leif. »Wir schaffen das schon.«

Sie lächelte ihn unsicher an, dankte beiden und rannte dann aus dem Lokal. Sie beeilte sich so, dass sie ihre Jacke nicht einmal richtig anzog, sondern sie sich nur über die Schultern hängte wie ein Cape. David und Leif sahen ihr schweigend nach.

»Tja«, sagte David schließlich, »du hast eine Menge Geld für ein ganz ordentliches Essen bezahlt – und wir sind nicht klüger als zuvor.«

»Wir wissen jetzt, dass sie befürchtet, jemand aus ihrer Familie könnte mit D'Alisos Ermordung in Verbindung stehen«, sagte Leif. »Und ... he!«

Draußen auf der bevölkerten Straße rannte ein stämmiger Mann in Sabotine. Ein anderer großer Kerl griff nach ihr.

Die beiden wollten sie in ein bereitstehendes Auto stoßen!

14

Sabotines Mund war zu einem Schrei geöffnet, doch das hätte sie nicht gerettet, wäre ihren Entführern nicht ein Fehler unterlaufen. Derjenige, der sie ergreifen wollte, hatte nicht bemerkt, dass sie die Jacke nur lose über die Schultern gehängt trug.

Nachdem sein Kumpan sie geschubst hatte, versuchte er, sie zu packen, hielt jedoch nur die Jacke in den Händen. Sie riss sich los und kreischte wie eine Sirene. Leif und David sprangen auf, rannten aus dem Café und auf die Straße, um den Kidnappern entgegenzutreten. Die Verbrecher waren den Jungen an Größe, Reichweite und Gewicht überlegen. Doch Leif und sein Freund hatten im Zuge ihrer Ausbildung bei den Net Force Explorers einen ziemlich anspruchsvollen Selbstverteidigungskurs durchlaufen. Leif wusste, dass er gut genug war, um es mit einem größeren Gegner aufzunehmen. Das hatte er bereits früher bewiesen.

Im Moment konnte er nur hoffen, dass sich die beiden Kerle im Kampf genauso ungeschickt anstellten wie beim Kidnappen.

Es sah fast so aus. Sabotine war noch immer frei. Sie schrie aus Leibeskräften und wehrte sich erbittert. Der Kerl, der sie angerempelt hatte, versuchte, sie zu fassen zu bekommen, wich jedoch aufheulend zurück. Rote Kratzspuren zogen sich über sein Gesicht.

Einen Zentimeter weiter oben, und sie hätte sein Auge erwischt, dachte Leif. Nicht schlecht.

Der andere Typ stand unbeholfen da, Sabotines Jacke noch immer in den Händen. Sie zielte mit ihrem Tritt nicht auf den Lendenbereich, den er reflexartig schützen würde, sondern auf sein Schienbein. Dabei schrammte ihr Fuß von seinem Knie abwärts bis auf seinen Fußspann.

Das Mädchen kennt sich aus mit Selbstverteidigung – sie hat einen ziemlich fiesen und schmutzigen Stil, dachte Leif.

Die Jungen waren bereits auf dem Bürgersteig und hatten die Gangster fast erreicht, als der Grabscher – offensichtlich der Anführer der beiden – beschloss aufzugeben. Er zerrte seinen Komplizen auf die Rückbank des Wagens und sprang selbst hinein. Der wartende Fahrer war der professionellste von den Dreien. Er gab sofort

Gas, und die bösen Buben verschwanden mit quiet-schenden Reifen.

Leif sprang zurück, um nicht von einem Kotflügel ge-rammt zu werden. Im nächsten Augenblick zeugten von dem Spektakel nur die immer noch schreiende Sabotine, ihre auf dem Boden liegende Jacke, deren teures hand-gewebtes Material an einem Ärmel nun eine Reifenspur aufwies, und die Gaffer, die sie anstarrten.

Leif legte einen Arm um Sabotine. Das war im Mo-ment das Sinnvollste, das ihm einfiel. Sie hatte offen-sichtlich einen Schock erlitten. Die Tatsache, dass sie ein bemerkenswert hübsches Mädchen war, hatte nichts mit seinem Verhalten zu tun. *Überhaupt nichts,* versicherte er sich selbst. *Das würde ich bei jedem tun, der in dieser Situation ist.* Er blickte in die schockierten Gesichter der glotzenden Passanten.

Wahrscheinlich war es unvermeidlich, dass sich eine Menschenmenge versammelte, dachte Leif – die Leute wurden von dem Lärm angezogen. Und dann war da noch die ziemlich aufgebrachte Geschäftsführerin des Cafés, die sich mehr für die Jungen interessierte als für Sabotine – bei ihrem übereilten Aufbruch hatten sie kei-ne Gelegenheit gehabt, die Rechnung zu begleichen.

Leif sah, wie sich David durch die Menge schlängelte. Er trat auf die Straße, wobei er größte Mühe hatte, den vorbeifahrenden Autos auszuweichen. Dann kehrte er zu Leif zurück. Der hielt in der einen Hand Sabotines Jacke und hatte die andere um ihre Schultern gelegt. Sie zit-terte so heftig, dass sie sich wie ein elektrisches Massa-gekissen anfühlte.

Wenigstens schreit sie nicht mehr, dachte Leif. *Ich habe mich schon gefragt, ob der Lärm schlecht für meine Ohren ist.*

»Ein Kennzeichen aus Virginia«, berichtete David. »Ich glaube, ich habe es mir gemerkt, aber ich würde es gern aufschreiben.«

Das erledigte er gleich im Café, als sie wieder hineingegangen waren. Leif beglich die Rechnung, während Sabotine ein Glas kaltes Wasser trank und sich langsam beruhigte.

»Wer auch immer dich trainiert hat, hat seine Arbeit gut gemacht – und vor allem hast du es gut gemacht«, lobte Leif das Mädchen. »Ist dein Kampfgeschick Bestandteil der berüchtigten Hardweare-Sicherheitsbessessenheit?«

»Das hat persönliche Gründe«, erwiderte Sabotine schroff. Dann schüttelte sie den Kopf. »Tut mir Leid. Nach dieser Rettungsaktion sollte ich euch danken und nicht so schnippisch sein.« Sie atmete tief ein, wobei sie merklich zitterte. »Als wir anfingen, richtig Geld zu verdienen, habe ich an einem Antikidnapping-Kurs teilgenommen. Wisst ihr, so was passiert mir nicht zum ersten Mal.«

David war, dem Gesichtsausdruck nach zu urteilen, so schockiert wie Leif. Der sah seinen Freund noch einmal an. Er wirkte immer noch entsetzt. Dann habe ich sie wohl richtig verstanden, dachte Leif. Sie hat gesagt, dass sie schon einmal entführt wurde.

Sabotine blickte zu Boden. Ihr langes, dunkles Haar verdeckte ihre exotischen Gesichtszüge. »Während dieses Gerichtsverfahrens – dem Sorgerechtsstreit zwischen meinem Vater und meinem Bruder – versteckte mich Dad bei seinen Freunden aus der BEWEGUNG.«

Obwohl sie so leise sprach, dass sie kaum zu hören war, war Leif klar, dass BEWEGUNG für sie mit Großbuchstaben geschrieben wurde.

»Luddie stellte Leute ein – so genannte ›Deprogram-mer‹ –, die mich rausholen sollten. Sie schafften es, aber es war ziemlich brutal.«

Leif blieben die Worte im Halse stecken. Er hatte vor-gehabt, Sabotine einige unangenehme Fragen zu stel-len, solange sie aufgrund der geplanten Entführung ver-wirrt war. Doch nun brachte er es nicht übers Herz. Unter ihrer ruhigen Oberfläche spürte er ihre extreme Erregung.

Sabotine stand kurz davor zusammmenzubrechen – was nach dem heftigen Adrenalinstoß und den offen-sichtlich traumatischen Erinnerungen, die dieser neuer-liche Entführungsversuch hervorgerufen hatte, nicht verwunderlich war.

»Wie können wir dir helfen?«, fragte er.

Sie sah auf die Uhr. »Ich muss zu dem Laden zurück, aus dem ich mich fortgeschlichen habe«, sagte sie be-sorgt. »Mein Fahrer verliert bestimmt gleich die Geduld.«

Von Leif auf der einen und David auf der anderen Seite flankiert, eilte Sabotine die Wisconsin Avenue hi-nunter und bog dann in eine Seitenstraße ein. Leif fand ihr angespanntes Gesicht bedrückend. Sie war ein ge-sundes, kluges, hübsches Mädchen, das durch einen Fa-milienstreit zu einer unglücklichen Schachfigur gewor-den war. Was für eine Vergeudung! Das Leben war doch zum Genießen da.

Ihr Gesicht war wie versteinert, während ihre Absätze die Straße hinunterklapperten. Sie bogen erneut ab, diesmal in eine von Georgetowns Seitenstraßen, eine Art aufgepeppter Gasse. Das hier waren die Rückseiten ma-lerischer alter Häuser, die nun angesagte Geschäfte be-herbergten. Eine Hintertür war geöffnet. Daneben stand eine offensichtlich besorgte Verkäuferin. Leif konnte

ihre Erleichterung beinahe riechen, als sie Sabotine entdeckte.

»Darf ich etwas vorschlagen?«, fragte er. »Kauf dir
eine neue Jacke – damit niemand das hier sieht.« Er deutete auf die Reifenspuren am Ärmel ihrer Jacke. »Sonst
kommen vielleicht Fragen auf dich zu, die du nicht beantworten möchtest.«

»Du hast Recht«, sagte sie. »Danke, Jungs – für alles.«
Sie nahm die Hände der beiden in ihre und drückte sie
fest. Dann eilte sie durch die Hintertür des Geschäfts, die
hinter ihr geschlossen und verriegelt wurde.

Leif und David starrten auf die schwere, schwarz gestrichene Eisentür. Sie wirkte nicht sehr einladend. Die
Tür hatte zweifellos nicht zu dem Originalgebäude gehört, sondern war eingebaut worden, als die Boutique
exklusive Waren in ihr Sortiment aufgenommen hatte.

»Diese Nuss haben wir wohl nicht geknackt.« David
gab sich geschlagen. »Was nun, Professor?«

Leif wandte sich ab und steuerte aus der Gasse heraus
auf die Hauptstraße zu. »Wir gehen dorthin, wo wir sofort nach dem Mord an dem Wiesel hätten hingehen sollen«, sagte er. »Zur Net Force!«

Einige Anrufe über Leifs Brieftaschentelefon bestätig-
ten, dass Captain Winters seine Freizeit wieder einmal
als unbezahlte Bürokraft verbrachte. Er war überrascht,
dass Leif sich in Washington aufhielt, doch er erklärte
sich bereit, die Jungen so bald wie möglich in seinem
Büro zu empfangen.

Eine teure Taxifahrt brachte Leif und David zum
Hauptquartier der Net Force. Zum Glück konnte sich Leif
das leisten.

Es war beinahe ein Schock, den Captain in Jeans und
Pullover zu sehen. Selbst diese informelle Kleidung

wirkte an ihm wie eine Uniform. Neben der Tür lag ein Stapel Papier. »Für den Reißwolf«, sagte Winters. »Nichts davon ist Verschlusssache, also muss ich mir wohl keine Sorgen machen, wenn ich euch zwei Superspione reinlasse.«

Leif fühlte, wie ihm das Blut in den Kopf schoss. Zu seinen Zeiten bei den Marines hatte Captain Winters den Ruf genossen, seine Untergebenen fertig machen zu können, ohne auch nur die Stimme zu erheben. Wie Leif nun am eigenen Leib erfuhr, hatte der Captain diese Begabung nicht verloren.

»Es gibt da noch etwas in Bezug auf Hardweare, das Sie wissen sollten«, sagte Leif.

»Wir haben bereits von dem Mord an Nick D'Aliso erfahren«, sagte Winters.

»Ja, Sir«, sagte David. »Aber hat Ihnen Detective O'Connor auch von seinem letzten Download berichtet? Ich war der Empfänger.«

Captain Winters' Gesichtsausdruck nach zu urteilen, hatte es der Washingtoner Detective anscheinend nicht für notwendig gehalten, Davids Geschichte zu erwähnen. Winters runzelte die Stirne, als er von ihrem Treffen mit Sabotine MacPherson erfuhr. In seinen Augen blitzte es auf, während sie den Entführungsversuch beschrieben.

»Habt ihr das der Polizei gemeldet?«, fragte er.

»Nein, Sir«, sagte Leif. »Wir beschlossen, damit zu Ihnen zu kommen.«

»Seit diesem Vorfall ist jetzt etwa eine halbe Stunde vergangen, richtig? Damit besteht keine Chance mehr, die Kerle zu schnappen.«

»Ich glaube nicht, dass es jemals eine Chance gab«, sagte Leif. »Und Sabotine war mehr an Schadensbegrenzung interessiert als daran, die Verantwortlichen hinter Gitter zu bringen. Welcher Polizist hätte auf unsere bloße Aussage hin was unternommen?«

»Ich habe das Kennzeichen des Fluchtwagens.« David holte einen Zettel hervor.

Winters nahm ihn und ging damit zu seinem Computer. Nach ein paar Befehlen blickte er auf das Hologramm-Display und warf verärgert die Arme in die Luft. »Wurde gerade in Fairfax County als gestohlen gemeldet.«

Er sah die Jungen an und versuchte, etwas sanfter zu klingen. »Nun, ihr seid zur Polizei gegangen und nun zu mir, und ich fürchte, ich muss euch dieselbe Antwort geben wie sie. Ihr habt keinerlei Beweise. Der Inhalt von D'Alisos Downloads und der Entführungsversuch sind nur durch eure Aussagen belegt. Ich glaube euch, doch das reicht nicht, um offiziell aktiv zu werden.«

»Wo wir gerade bei Aktionen sind«, sagte David, »die Kerle, die diese Entführung durchführen wollten, müssen verrückt gewesen sein. Sie versuchten, Sabotine in einem belebten Einkaufsviertel zu kidnappen.« Er schüttelte den Kopf. »Glauben Sie, dass wir es hier mit ein paar Revolverhelden mit Terroristenambitionen zu tun haben?«

»Nicht unbedingt«, antwortete Winters. »Viele kaltblütige Profi-Kidnapper ziehen ihre Aktionen in Stadtgebieten wie Georgetown durch. Es ist nicht so verrückt, wie es klingt. Menschenmengen können dabei behilflich sein, das eigene Foulspiel zu verbergen. Hätte sich die Jacke des Mädchens nicht gelöst, wäre sie im Wagen gewesen, bevor irgendjemand etwas bemerkt hätte. In der Nähe befindet sich die Auffahrt zum Rock Creek Parkway. Sie hätten die Stadt innerhalb weniger Minuten verlassen können.«

»Dann bleibt mir nur noch die Frage, die ich schon vor zwanzig Minuten gestellt hatte«, sagte David bedrückt. »Was nun?«

»Ihr habt das Mädchen zu ihrem Bodyguard zurückgebracht«, fasste Winters zusammen. »Wahrscheinlich befindet sie sich jetzt bereits wieder innerhalb der Festung der MacPhersons.« Er sah David scharf an. »Hast du irgendetwas verraten, das du besser für dich behalten hättest?«

»Ich habe ihr von dem Download erzählt, an den sowieso niemand glaubt«, sagte David etwas trotzig. »Ansonsten wurde ohnehin schon alles über die Medien verbreitet.«

»Sabotine wollte wissen, ob D'Aliso seinen Mörder in der übertragenen Simulation oder Aufnahme, oder was es auch gewesen sein mag, gesehen hat«, fügte Leif hinzu. »Sie befürchtet, es könnte jemand aus ihrer Familie gewesen sein. Ihr Vater verabscheute D'Aliso als Mensch, Luddie hasste ihn für das, was er möglicherweise getan hat.«

»Sie muss ziemlich verwirrt gewesen sein.«

»Aber hübsch ...«, stellte Leif fest.

Winters grinste plötzlich, als seine Augen von David zu Leif schweiften. »Ach, tatsächlich? Na, eurem Aussehen nach zu urteilen, hat sie euch beide ziemlich verwirrt.«

Das brachte ihm ein verlegenes Lächeln der beiden Jungen ein. Nachdem sie sich verabschiedet hatten, warteten sie draußen auf ein Taxi. Leif starrte auf den Verkehr. »Ich glaube, der Captain hat Recht.«

David lachte. »Damit, dass wir verwirrt sind?«

»Damit, dass die Net Force uns nicht viel weiter helfen kann.« Leif rammte seine Fäuste in die Taschen. »Wir haben heute eine gute Tat vollbracht, aber das Hard-weare-Problem haben wir noch immer am Hals.«

»Also, zum dritten Mal an diesem Nachmittag, was machen wir?«

Leif sah auf seinen Metroliner-Fahrplan. »Ich denke, ich fahre nach Hause. Entweder, du kommst mit mir zur Union Station, oder ich gebe dir das Geld für die Heim-fahrt.«

»Der Bahnhof ist schon okay. Aber ich hatte eigent-lich an etwas längerfristige Ziele gedacht.«

»Ach so, du willst ein Ziel haben.« Leif lächelte. »Ich glaube, die Generaldirektive dreiundzwanzig dürfte da-für wie geschaffen sein.«

»Und um was geht es da?«, fragte David misstrauisch.

»Um das rasche Erreichen geeigneter Ad-hoc-Ziele zum richtigen Zeitpunkt«, verkündete Leif wichtigtue-risch.

David verdrehte die Augen. »Und nachdem man das von seinem Übersetzungsprogramm hat überarbeiten lassen?«

Leif zuckte die Achseln. »Abwarten und Tee trinken. Vielleicht haben wir ja Glück.«

David brachte Leif zum Zug und fuhr dann mit der Metro nach Hause. Als er ankam, bereitete seine Mutter bereits in der Küche das Abendessen vor. Tommy und James spielten am Computer. Den Geräuschen nach zu urteilen, ging es darum, Sachen in die Luft zu jagen – so laut wie möglich.

Sein Vater saß im Wohnzimmer. Als er David ins Zim-mer kommen sah, winkte er ihn zu sich. Martin Gray hatte einen eigenartigen Gesichtsausdruck. Es war nicht der gewöhnliche Elternblick, der besagte, »Teenager sind von einem anderen Stern«. David hatte seinen Dad manchmal während eines besonders schwierigen Falls so gesehen. Doch als er sich nun an seinen Sohn wandte, lag ein ganz persönlicher Schmerz in seinem Blick. Offensichtlich stimmte etwas nicht. Sein Vater war besorgt – sehr besorgt.

»Es war schön, Leif heute zu treffen«, sagte David. »Wir haben kurz bei Captain Winters vorbeigeschaut.« Das hatte den Vorteil, der Wahrheit zu entsprechen und würde seinen Vater nicht weiter aufregen. Sein Vater nickte, doch der sonderbare Ausdruck lag noch immer auf seinem Gesicht. »Klingt besser als mein Nachmittag«, sagte er. »Ein paar Kollegen, die an dem Fall arbeiten, haben angerufen. Es scheint, als würden einige Anzugträger herumschleichen und Fragen über mich stellen.«

»Anzugträger?«, wiederholte David. »Meinst du Detectives? Oder Leute von der internen Revision?«

Martin Gray zuckte die Achseln. »Sie haben keine Erkennungsmarken gezeigt, und niemand kannte sie. Hat dein Freund, der Captain, erwähnt, dass sich eine Bundesbehörde für uns interessiert?«

»Nein«, sagte David. Plötzlich schien der Raum seltsam kalt zu werden, als hätte jemand ein Fenster geöffnet und eisigen, feuchten Nebel hereingelassen.

Nebel und Schatten, dachte David. *Aus mehr besteht dieser Fall bisher nicht. Keine Beweise, nur Drohungen – und Mord –, um an die Geheimnisse von Hardware zu kommen.*

Und jetzt – wie hatte es der Captain genannt? »Eine oder mehrere unbekannte Personen« tauchten aus dem Nebel auf und verfolgten seine Familie ... um ihn unter Druck zu setzen.

15

Deshalb schaute Davids Vater so seltsam. Eine offizielle Ermittlung konnte seiner Karriere schaden. Es spielte keine Rolle, dass er ein ehrlicher Polizist war. Die interne Revision hatte kein Problem damit, ehrliche Leute in Schwierigkeiten zu bringen und sie dann zu benutzen, um an die unehrlichen Polizisten heranzukommen. Das war einer der Gründe, warum die meisten Streifenpolizisten sie als »Rattendezernat« bezeichneten.

Doch wenn diese Anzugtypen nicht vom Rattendezernat kamen, waren sie vielleicht hinter David her. Martin Grays ältester Sohn war möglicherweise in Gefahr, und sein Dad wusste nicht, wie er ihn beschützen sollte.

Es gab noch eine dritte Möglichkeit. Die Männer konnten Bundesagenten sein, die Davids Hintergrund überprüften, da ihnen die Geschichte von Davids mysteriösem Download zu Ohren gekommen war – und sie nicht daran glauben wollten. Das hieße, sie verdächtigten ihn, etwas mit Nicks Tod zu tun zu haben – und niemand hatte sich die Mühe gemacht, ihm mitzuteilen, dass er unter Beobachtung stand.

Davids Blut geriet plötzlich in Wallung. Vielleicht war das ein Zeichen, dass wirklich etwas nicht stimmte, doch zumindest war das Zimmer nun nicht mehr ganz so kalt. »Nein, der Captain hat mir gegenüber keine Bundesagenten erwähnt. Aber ich weiß, wie ich das herausfinden kann.«

Mit drei raschen Schritten stand er am Wohnzimmercomputer und rief in Captain Winters' Büro an.

Winters war erstaunt, so bald wieder von David zu

hören. »Du hast mich gerade noch erwischt«, sagte er. »Ich wollte eben zur Tür hinaus – endlich.«

Doch der Captain war noch überraschter, als er Davids offene Frage hörte. »Überprüft die Net Force oder eine andere Bundesbehörde mich und meine Familie?«

»Warum fragst du?«

David konnte jetzt wirklich keine Gegenfragen vertragen. Er brauchte richtige Antworten. Daher berichtete er von den geheimnisvollen Ermittlern, die seinen Vater überprüften.

»Soweit ich weiß, sind wir die einzige Abteilung, die im Hardweare-Fall das Ermittlungsrecht hat«, sagte der Captain bedächtig. »Warte einen Augenblick.« Er gab seinem Computer einige Anweisungen, blickte auf den Bildschirm und schüttelte den Kopf. »Im Moment scheinen wir die Einzigen auf dem Spielfeld zu sein. Und keiner unserer Leute überprüft deinen Hintergrund.«

Winters' Blick wurde schärfer, als er David fixierte. »Das nächste Mal, wenn diese Kerle auftauchen, zeigen die Kollegen deines Vaters vielleicht ihre Erkennungsmarken und halten diese Clowns fest, damit wir sie befragen können.«

»Damit würde ich lieber nicht rechnen.« David verzog das Gesicht. »Wahrscheinlich würden sie in einer Wolke aus schwarzem Rauch verschwinden, wie die legendären Men in Black, von denen die UFO-Typen immer sprechen.«

Der Captain zuckte die Achseln. »Es wäre einen Versuch wert. Jedenfalls ... sei vorsichtig, David.«

»Ich bin die Vorsicht in Person.« David beendete die Verbindung und wandte sich an seinen Vater. »Hast du alles gehört?«

»Ja, habe ich«, sagte Martin Gray. »Und es hat mir

nicht gefallen.« Er sah David beinahe flehend an. »Ist dir dieser Hardweare-Job so wichtig?«

»Dad, ich glaube nicht mehr, dass es nur um den Job geht. Ich könnte heute kündigen, und die da draußen würden weiter herumschnüffeln. Irgendetwas Seltsames geht bei Hardweare vor. Und jeder, der mit dem Unternehmen in Verbindung steht – oder stand – zieht die Aufmerksamkeit der Leute auf sich, denen die Gerüchte um diese Lecks nicht gefallen.«

Er zwang sich zu einem Lächeln. »Es ist wie mit dem Teer-Baby.«

Sein Dad verdrehte die Augen. »Du hattest bei Kindergeschichten immer einen seltsamen Geschmack. Ich fand es fürchterlich, beim Vorlesen diesen ländlichen Dialekt nachmachen zu müssen.«

»Die Geschichten von Bruder Hase waren doch ursprünglich alte Volksmärchen, die unsere Vorfahren aus Afrika mitbrachten.« Als Kind hatte er die Geschichten über den cleveren Hasen und seinen immer hungrigen Feind, Bruder Fuchs, geliebt. Einmal bastelte der Fuchs eine Puppe aus Teer, an der Bruder Hase hängen blieb. Um ein Haar wäre er damals zum Abendessen verspeist worden.

Genau wie bei diesem Fall, dachte David. Wer damit in Berührung kommt, klebt sozusagen fest.

»Vielleicht hast du Recht«, gab sein Vater schließlich zu. »Von jetzt an treffen wir sorgfältige Vorkehrungen. Ich will wissen, wohin du gehst und was du tust. Melde dich immer zu Hause – oder ruf mich wenigstens an.«

Er seufzte. »Pass auf dich auf. Muss ich dir noch sagen, dass du nichts Dummes tun sollst?«

»Nein«, sagte David ernst. »Wir haben ja schon gesehen, was passiert, wenn jemand das versucht.«

Martin Gray nickte bedächtig. »Ich ...« Er brach ab und senkte seine Stimme. »Ich will nicht miterleben müssen, dass du wie dieser D'Aliso endest. Sei vorsichtig, David.«

Die beiden standen eine Weile schweigend nebeneinander. Dann fügte Martin Gray ruppig hinzu: »Deiner Mutter erzählen wir nichts davon. Sie macht sich schon genug Sorgen wegen mir und meiner Arbeit.« Er sah seinen Sohn an und lächelte sanft. »Lass sie denken, du wärst ein besonders guter Sohn.«

David nickte. »Das werde ich versuchen, Dad«, versprach er. »Ich versuche es.«

David konnte sich seiner Mutter zwar nicht anvertrauen, doch es gab eine Person, mit der er die neueste Entwicklung des Falls unbedingt besprechen wollte – Leif Anderson.

David überlegte kurz, ob er ihn auf seinem Brieftaschentelefon im Metroliner nach New York anrufen sollte. Leif würde daran mächtigen Spaß haben.

Doch letztendlich entschied er sich dagegen, aus zwei Gründen, die beide mit der Geheimhaltung zu tun hatten. Gespräche über Mobiltelefone, die über die Luft und nicht über Kabel übertragen wurden, waren viel einfacher zu belauschen, als die abhörsichere Kommunikation über das Video-Konferenzsystem. Was David als noch wichtiger empfand war, dass die einzigen verfügbaren Orte, um jetzt jemanden anzurufen, im Wohnzimmer oder im Gang waren – also sozusagen öffentlich. Wenn er sein Versprechen, seine Mutter nicht zu beunruhigen, halten wollte, war das Wohnzimmer für eine Besprechung mit Leif nicht gerade der geeignetste Ort.

Er ließ seine kleinen Brüder in Ruhe weiterspielen.

Bald war auch das Essen fertig. Nachdem er gegessen und seinem Vater beim Abwasch geholfen hatte, aktivierte David das System in seinem Zimmer.

Leif müsste inzwischen zu Hause sein, dachte er, während er in New York anrief.

Er erreichte Leif, allerdings an einem ungewöhnlichen Ort – in der Küche der riesigen Wohnung der Andersons. »Mom und Dad sind ausgegangen – ins Ballett«, sagte Leif. »Ich wärme mir gerade was in der Mikrowelle auf.« Sein Blick wanderte von dem Empfänger zu einem Gerät, das offenbar irgendwo in der hell erleuchteten Umgebung stand. »Was ist los?«

Leif ahnte, dass etwas passiert sein musste, da David ihn so bald wieder anrief. Er setzte sich und hörte sich, ohne David zu unterbrechen, an, was geschehen war, seit sie sich an der Union Station getrennt hatten. Interessanterweise schien Leif danach eher verärgert als eingeschüchtert zu sein.

»Das klingt, als wollte uns die andere Seite unter Druck setzen, um uns in die Defensive zwingen.« Leif zog eine Grimasse. »Mir reicht's! Wir kommen so einfach nicht weiter.«

»Zumindest sind wir nicht in dunklen Gassen erschossen worden«, stellte David fest.

Leif musste ihm Recht geben. »Es scheint, als wäre Wissen in diesem Spiel gefährlich. Aber Ignoranz ist sicherlich keine Rettung. Vielleicht sollten wir einfach unseren Stolz herunterschlucken und zulassen, dass diese Blödmänner uns und unsere Familien belästigen. Aber wird Nichtstun diese Leute davon überzeugen, dass du ihnen nichts nützt? Sie haben mindestens zwei Menschen getötet, um an Hardweare ranzukommen. Und was, wenn sie es nicht dabei belassen? Schließlich haben sie schon versucht, Sabotine MacPherson zu kidnappen.«

»Das war ein offensichtlicher Versuch, Druck auf Luddie auszuüben.«

Da traf ihn ein furchtbarer Gedanke. *Was, wenn jemand dasselbe bei mir versucht? Sie müssten nicht auf Mom und Dad zurückgreifen. Ich habe zwei kleine Brüder. Um meine Brüder zurückzubekommen, würde ich alles tun. Und die Leute, die hinter der ganzen Sache stecken, wissen das sicherlich. Ich habe vielleicht meine Familie in Gefahr gebracht. Ich kann das nicht einfach so weiterlaufen lassen und hoffen, dass alles gut geht!*

Wenn er dem Problem nicht ausweichen konnte, musste er es lösen – je früher, desto besser.

Leif nickte, als David ihm seine Sorgen schilderte. »Also, du bist einverstanden. In unserem Fall ist die beste Verteidigung die Offensive ...« Er grinste. »So offensiv wie möglich, doch innerhalb der Grenzen der Vernunft.«

David nickte vorsichtig.

»Wir wissen, dass mindestens zwei Unternehmen in diese Affäre mit den Lecks involviert sind – die Forward Group und Hardweare.« Leif zuckte die Achseln. »Du bist bei Hardweare bereits vor Ort, also bleibt mir Forward.« Er grinste. »Und angenehmerweise liegt das Hauptquartier hier in New York.«

»Aber du weißt, dass diese Kerle gefährlich sind. Was willst du tun? In die Höhle des Löwen marschieren?«

Leif zuckte erneut die Achseln. »Ich sollte wohl meine kugelsichere Unterwäsche anziehen.«

Leif brauchte einige Tage intensiver Vorbereitung, bevor er über die Schwelle des Bürogebäudes der Forward Group schreiten konnte. Das Gebäude befand sich in

Downtown, in der Nähe der Wall Street, dem ewigen Mekka des amerikanischen Kapitalismus. Die Empfangshalle war voll geschäftiger Leute, die nicht zum Vergnügen hier waren. Trotz des Niedergangs der Büroimmobilien war dieses Gebäude voller Leben. Es hatte mit der heruntergekommenen Unterkunft der Manual Minority nichts gemeinsam.

Die Forward Group belegte die drei obersten Stockwerke des Wolkenkratzers. Also hatte Leif im Aufzug lange Zeit, darüber nachzudenken, was er da tat – jetzt war es zu spät zum Umkehren. Er kam zu einer Empfangshalle, die wie ein Wohnzimmer aussah – das Wohnzimmer eines unglaublich reichen Menschen, der sein Geld mit beiden Händen aus dem Fenster warf.

Die Wände waren mit edlem Holz vertäfelt, das von Riesenbäumen stammen musste – Bäumen, die eigentlich gesetzlich geschützt waren. Weiches Licht aus versteckten Quellen beleuchtete die Möbel. Alles wirkte wie in einem altmodischen, sehr exklusiven Klub. Er blieb stehen, um einen der Stühle zu berühren. Echtes Leder und handgeschnitztes Mahagonigestell. Sehr hübsch.

An einer Seite des Raums saß eine Frau an einem antiken Schreibtisch, in den wahrscheinlich lauter Hightech-Wunderwerke integriert waren. Bei all dem Geld, das hier für optische Effekte ausgegeben wurde, hatte Leif eigentlich ein Supermodel an der Rezeption erwartet. Doch stattdessen sah ihn eine auf eine etwas strenge Art gut aussehende Frau mittleren Alters in einem konservativen Kostüm durchdringend an. Offensichtlich war der Forward Group bei ihrem Personal Kompetenz wichtiger als ein auffälliges Äußeres.

»Ja, Sir?« Die Empfangsdame musterte ihn kühl von unten bis oben.

Leifs Anzug passte gut zur Dekoration – er war konservativ und teuer. Natürlich wirkte er etwas zu jung für diese Geschäftsumgebung. Doch andererseits musste ein Unternehmen, das mit Hackern – und sei es nur auf freischaffender Basis – zusammenarbeitete, mit dem gelegentlichen Besuch eines jungen Genies rechnen.

»Leif Anderson«, stellte er sich höflich vor. »Ich werde von Mr. Symonds erwartet.«

Es hatte ihn einige Mühe gekostet, diesen Termin zu bekommen. Und bevor er das überhaupt in Angriff nehmen konnte, hatte er herausfinden müssen, wer bei Forward die Sicherheitsabteilung leitete.

Mit energischer Effizienz überprüfte die Empfangsdame den Termin. Augenblicke später folgte Leif einer attraktiven jungen Assistentin den mit kostbaren Teppichen bedeckten Gang hinunter. Links und rechts sah man durch die geöffneten Türen in teure Büros. Dort nahmen Männer in Anzügen – einige hatten das Jackett abgelegt – Managementaufgaben wahr.

Sie erreichten eine Tür, die dem diskreten Namensschild nach zu G. SYMONDS – SICHERHEIT führte. Die junge Frau klopfte an.

Einige Manager glaubten an die so genannte Politik der offenen Tür, was bedeutete, dass ihre Büros – und ihr Ohr – immer für ihre Untergebenen offen waren. Mr Symonds gehörte offensichtlich nicht zu dieser Art von Managern.

Vielleicht, dachte Leif respektlos, *sitzt er da drin und poliert seinen Revolver.*

»Herein«, ertönte eine dünne Stimme aus dem Lautsprecher, den Leif nicht bemerkt hatte.

Die junge Frau öffnete die Tür, und sie betraten ein Büro, dessen Fenster eine spektakuläre Aussicht auf den

New Yorker Hafen freigaben. Mr Symonds war weniger eindrucksvoll. Er war untersetzt und dicklich und hatte nur noch wenige mausbraune Haarsträhnen auf dem ei-erförmigen Kopf. Spärliche Augenbrauen, eine Knollennase, Hängebacken wie bei einer übergewichtigen Bulldogge und ein fliehendes Kinn ergaben ein erstaunlich unauffälliges Gesicht. Trotz Symonds' vager Ähnlichkeit mit Winston Churchill fand Leif es schwierig, sich das Gesicht dieses Mannes wirklich einzuprägen. Der Sicherheitschef trug den obligatorischen Anzug, ein weißes Hemd und eine langweilige Krawatte. Doch selbst die Krawatte war noch leichter im Gedächtnis zu behalten als seine Gesichtszüge.

Nicht gerade der typische Superspion, dachte Leif. Dann berichtigte er sich. Vielleicht ist dieser Kerl der perfekte Unternehmensspion. Ein Typ wie er könnte jemanden auf der Straße ermorden, und niemand würde sich daran erinnern, wie er aussah.

Symonds kniff seine schmalen Lippen etwas zusammen, was für ihn vermutlich ein Lächeln war. »Guten Tag, Mr Anderson. Es hat Sie einige Mühe gekostet, mich zu finden und diesen Termin zu vereinbaren.«

»Das habe ich für nötig gehalten, da Sie einem meiner Freunde Unannehmlichkeiten bereiten – David Gray.« Leif sah keinen Grund zu übertriebener Höflichkeit. »Als Allererstes hätten Sie herausfinden müssen, dass er ein Net Force Explorer ist.«

Symonds nickte. »So wie Sie.«

Leif winkte ab, als wäre das nicht erwähnenswert. »Basisnachforschungen – keine Spionage.«

»Spionage?« Symonds helle Augen – waren sie blau oder grau? – hinter der dicken Brille weiteten sich.

»Ach, kommen Sie, Mr. Symonds. Auf dem Schild an

Ihrer Tür steht zwar ›Sicherheit‹, aber ich denke nicht, dass Sie sich tagtäglich über Leute Sorgen machen, die Büroklammern aus dem Gebäude schmuggeln. Die Forward Group hat vor allem mit Informationen zu tun, und die werden von Ihnen geschützt. Wenn ich richtig informiert bin, haben Sie hier sogar eine große und teure Organisation aufgebaut, um sich Informationen von anderen Firmen zu beschaffen.«

Symonds sagte nichts – eine exzellente Technik, um Informationen zu sammeln. Manche Menschen ließen sich dazu verleiten, dieses Schweigen mit Worten zu füllen, und wenn sie das taten, sagten sie manchmal zu viel.

»Nun, Mr Sicherheitsdirektor, Ihre Aufgabe ist es, den Sicherheitschefs anderer Unternehmen Kopfschmerzen zu bereiten. Ich kann mir vorstellen, dass der Chef von Luddie MacPhersons Sicherheitstruppe graue Haare bekommt – obwohl es ihm noch schlechter ginge, wenn er wüsste, dass man versucht hat, Sabotine MacPherson zu entführen. Lausige Arbeit, nebenbei gesagt. Sie sollten über ein paar fähigere Kidnapper verfügen.«

»Sie haben interessante Einblicke in die Unternehmenssicherheit, Mr Anderson. Das klingt alles sehr aufregend – wenn ich nur wüsste, wovon Sie sprechen.«

»Oh, Mr Symonds, das wissen Sie genau. Sie interessieren sich für Hardweare – und für diese Sicherheitslücken. Ich kann es noch nicht rechtskräftig beweisen, aber die Spur führt eindeutig zu Ihnen. Und die Hinweise habe ich, wie ich hinzufügen darf, der Net Force übergeben. Übrigens« – Leif deutete auf das Büro – »warum waren Sie mit diesem Treffen einverstanden, wenn Sie mit diesem schmutzigen Geschäft nichts zu tun haben?«

»Ihre Bescheidenheit ist beeindruckend, Mr Anderson«, erwiderte Symonds. »Der Sohn des Gründers und Chef-Managers von Anderson Investments erhält jederzeit Zutritt zu diesem Büro. Man weiß ja nie, wann wir ... uns für die Geschäfte ihres Vaters interessieren werden.«

Leif lächelte beinahe. »Das ist wahrscheinlich die diskreteste Drohung, die ich je gehört habe. Nebenbei, ein geschickter Versuch, das Gespräch von Hardweare abzulenken.«

»Dann sprechen wir eben über Hardweare«, sagte Symonds bereitwillig. »Obwohl Sie das, was ich zu sagen habe, vielleicht etwas ... unpassend finden werden.«

Symonds richtete seine farblosen Augen direkt auf Leif – ganz der langweilige Buchhalter, der Bericht erstattet. »Natürlich sind wir an der Firma interessiert. Sie ist klein genug für eine problemlose Übernahme und verfügt über eine höchst interessante Technologie. Ohne diese Sicherheitslücken würde das Hardweare zu einer viel versprechenden Investition für die Forward Group machen.«

»Und was haben Sie zu diesen ›Sicherheitslücken‹ zu sagen?«

Symonds presste noch einmal seine Lippen zu einem angedeuteten Lächeln zusammen. »Dass wer auch immer dahinter steckt, in dem Geschäft ist, in das Sie mich einordnen. Allerdings scheint diese Person nicht gerade wählerisch zu sein und arbeitet für meinen Geschmack viel zu öffentlich. Zu viel Aufsehen, nicht genug Profit, wenn Sie meine Meinung hören wollen.«

»Nein, ich denke, Ihrem Geschmack entspricht eher jemand, der schlüpfriger und bestechlich und doch auf gewisse Weise diskret ist. Etwa der verstorbene Nick D'Aliso.«

»Mr. D'Aliso hat möglicherweise früher einmal für uns gearbeitet. Als er ums Leben kam, war er meines Wissens Angestellter von Hardweare.«

»Und doch kam er wenige Tage vor seiner Ermordung in diese Büros.«

Symonds zuckte die Achseln. »Vielleicht wollte er das Produkt seines Klienten an unser Unternehmen verkaufen.«

»Ja. Da wäre er sicher auf bereitwillige Aufnahme gestoßen.«

Noch während er sprach, bemerkte Leif etwas, das ihm früher hätte auffallen müssen. Weder Symonds noch einer der anderen Forward-Großkotze in den Büros, an denen er vorbeigelaufen war, trugen das aktuelle Statussymbol – die Hardweare-Weste. Was auch immer bei Hardweare vor sich ging, diese Leute wussten etwas, das dem Rest der Geschäftswelt verborgen geblieben war.

16

Nachdem Leif mit dem Taxi heimgefahren war, rief er sofort von seinem System aus David an. Der wirkte etwas überrascht, was Leif daran erinnerte, dass er noch seinen Anzug trug.

»Ich sehe wohl etwas formell aus.«

»Nur ein bisschen.«

»Ich musste mich herausputzen, weil ich mich heute mit unseren Freunden von der Forward Group unterhalten habe.«

David kniff die Augen zusammen. »Mit wem genau?«

»Mit einem Kerl namens Symonds, dem Chef der Abteilung für Unternehmensspionage – obwohl sie es natürlich nicht so nennen.«

Leif grinste, als David vor Schreck die Augen aufriss. »Was hast du denn da wieder angestellt?«

»Na, er war nicht leicht aufzuspüren. So jemand ist in keiner Firmenpräsentation zu finden ...«

»Hör auf.« David war nicht zum Spaßen aufgelegt. »Du bist einfach in das Büro ihres Oberspions gelaufen?«

»Ich habe ihm mitgeteilt, dass er dich in Ruhe lassen soll. Und dass wir über ihre Aktivitäten Bescheid wissen, unsere Informationen den zuständigen Abteilungen der Net Force haben zukommen lassen und sie auch weiterhin genau beobachten werden. Sind bei deinem Dad wieder mysteriöse Kerle in Anzügen aufgetaucht?«

»Nein. Aber das könnte auch daran liegen, dass Captain Winters das Okay dafür gegeben hat, dass Dads Kumpel sie zur Befragung festhalten dürfen. Oder sie haben sein Telefon angezapft.«

Leif grinste plötzlich und schien durch David hindurchzusehen. David sah sich verwirrt um ... bis er hörte, welchen Unsinn Leif von sich gab. »He, du. DU! Du warst es! Raus da! Du machst meinen Freund paranoid. Ich finde dich ja auch ziemlich widerwärtig, du schleimiger Käfer ...«

»Ach, halt die Klappe!«, platzte David heraus.

Leif redete weiter mit dem imaginären Lauscher. »Okay. Damit mein Freund sich besser fühlt, tun wir einfach so, als wärst du nicht da.«

David verdrehte die Augen. »Hast du den Forward-Leuten auch eine Kostprobe deines kranken Humors geliefert?«

Leif tat zunächst beleidigt, zuckte dann jedoch die Achseln. »Ich habe ihnen ein paar wichtige Fragen gestellt.«

»Und welche Antworten hast du bekommen?«

Leif seufzte. »Gar keine. Mit diesen Typen möchte ich nicht Poker spielen.« Er sprach über Davids Schulter hinweg den imaginären Zuhörer an. »Hast du gehört?« Dann wandte er sich wieder an David. »Bis auf ein paar exzellente Bluffs ist nicht viel dabei herausgekommen. Zumindest«, sagte er besorgt, »hoffe ich, dass es nur Bluffs waren. Sonst hat mein Dad bald keine Firma mehr.«

»Leif!« David sah wirklich beunruhigt aus.

»Sieh mal, ich hatte ja nicht erwartet, dass sie in Tränen ausbrechen und jede Gemeinheit, die sie seit der vierten Klasse begangen haben, gestehen. Verdammt, die sollten doch nur wissen, dass wir sie verdächtigen und im Auge behalten.« Er gestikulierte wild, um sich David irgendwie verständlich zu machen. »Es ist zumindest ein Anfang. Ich musste mir einen Eindruck von diesem Ort verschaffen. Aber eins sage ich dir: Sie sind diejenigen, die hinter deinem Vater her sind. Der Kerl hat nicht mal mit der Wimper gezuckt, als ich das Thema zur Sprache brachte. Er hat nicht eine einzige Frage gestellt, weil er genau wusste, wer du bist und wovon ich gesprochen habe. Die interessieren sich für dich – sonst hätte dieser Symonds seine Zeit nicht mit mir verschwendet. Er stritt das zwar ab und drohte mir dann auch noch, aber er wollte mich nur ablenken.«

»Und warum genau sind sie an mir interessiert?«

Leif zuckte die Achseln. »Das haben sie nicht gesagt.« Er grinste. »Vielleicht halten sie dich für eine Führungspersönlichkeit. Du hast möglicherweise eine Zukunft bei

Forward. Bei denen geht es um die heißeste Technologie.«

»Ja.« David klang sarkastisch. »Wenn sie nicht gerade versuchen, die Weltherrschaft an sich zu reißen.«

»Na und? Wenn du hart arbeitest, bekommst du vielleicht die Verwaltung eines Kontinents übertragen.«

David lachte. »Bei meinem Glück wäre das wahrscheinlich die Antarktis. Das Wetter ist mies« – er betrachtete seine dunkle Hand – »und ich würde nicht in das allgemeine Farbschema passen.«

Er wurde wieder ernst. »Was hast du bei diesem Symonds rausbekommen?«

»Oberflächlich gesehen nichts. Aber mir ist einiges aufgefallen. Ich habe zum Beispiel in den Forward-Büros keine einzige Hardweare-Weste gesehen. Nicht *eine*. Wann hast du das letzte Mal einen Manager ohne Weste gesehen? Als Firma haben sie sich zwar nicht zu den Lecks geäußert, für die jeder Hardweare die Schuld zu geben scheint – doch die leitenden Angestellten verhalten sich offensichtlich so, als bestünde da ein Zusammenhang. Symonds Interesse an dir habe ich ihm direkt vorgeworfen, um ihn herauszufordern. Ich unterstellte ihm, das wäre der einzige Grund, warum er mich in sein Büro gelassen hat. Er leugnete natürlich. Dann hielt er eine kleine Rede, die zeigen sollte, dass er meinen Hintergrund überprüft hat, und äußerte eine unterschwellige Drohung gegen die Firma meines Vaters. Mehr konnte ich ihn nicht aus der Reserve locken. Verstehst du, was ich meine?«

David schüttelte nur den Kopf. Sein Freund las wirklich in anderen Menschen wie in einem offenen Buch.

So muss sich Watson gefühlt haben, wenn Sherlock Holmes seine Schlussfolgerungen zog, dachte er. *Natür-*

lich gab es den guten Sherlock nicht wirklich, und der Autor konnte es immer so hindrehen, dass Holmes Recht behielt.

David war sich nur zu bewusst, dass das hier real war – und todernst. Leif setzte vielleicht sein oder gar ihrer beider Leben aufs Spiel, nur um in den Kopf eines Verwaltungstypen hineinzusehen, der unbequeme Leute so aus dem Weg räumte, wie David kaputte Computerdateien löschte.

War es Nick D'Aliso so ergangen? War sein Tod das Ergebnis eines Computerbefehls? »Batchverarbeitung. Alle Dateien mit diesen Platzhaltern löschen.«

Seine Gedanken wurden von Leifs Stimme unterbrochen. »Und wie lief es bei dir?«

»Nicht so gut«, gab er zu. »Vielleicht fehlen mir deine Nerven. Ich hatte nicht viel Glück dabei, ins Allerheiligste vorzudringen. Luddie scheint seine ganze Zeit auf die Abwehr der Net-Force-Ermittlungen zu verwenden – und Sabotine ruft mich nicht zurück.«

»Vielleicht ist sie nur schüchtern. Die schöne Prinzessin muss den Helden belohnen, nachdem er sie gerettet hat. Das ist Tradition.«

»Halt die Klappe«, sagte David verlegen. »Außerdem ist sie doch eher dein Typ. Du weißt schon, hübsch, exotisch ...«

»Niemals. Sie ist eindeutig zu nervös. Ich will mich bei einem Mädchen wohl fühlen können«. Leif schnitt eine Grimasse. »Ich möchte gar nicht daran denken, wie sie aufgewachsen ist.«

Er dachte einen Augenblick lang nach. »Aber das soll nicht heißen, dass wir unseren Charme nicht sinnvoll einsetzen können. Du wirst ein paar Dinge überprüfen müssen – das dürfte von Washington aus kein Problem sein.«

David sah ihn mit zusammengekniffenen Augen an. Leif war wieder im Intrigen-Modus. »Was für Dinge?«

»Zunächst mal brauchen wir den Namen der netten Boutique, zu der wir sie begleitet haben, nachdem diese zwei Clowns versucht hatten, sie in einen Sack zu stecken. Wir haben zwar nur die Hintertüre gesehen, aber du solltest den Namen eigentlich rausbekommen können. Und wenn wir schon bei Namen sind, vielleicht kannst du ja auch den der Verkäuferin herausfinden. Am besten erkundigst du dich auch, wem der Laden gehört. Dann wäre da noch die Geschäftsführerin vom Musket House Café – obwohl du dir da wohl einfach was ausdenken könntest.«

Er überlegte einen Augenblick. »Oh. Und du brauchst definitiv den Namen des Bodyguards, der sie an dem betreffenden Sonntag gefahren hat.«

David wurde mit jedem Wort verwirrter. »Wozu?«

»Damit du etwas gegen Prinzessin Sabotine in der Hand hast. Wenn sie nicht mit dir reden will, könntest du sie in aller Freundschaft fragen, ob es ihr lieber ist, wenn ihr Fahrer James, oder wie der Typ heißt, durch eine anonyme E-Mail erfährt, was los war, während er brav in dem Klamottenladen wartete. Und woher will sie wissen, dass die kleine Verkäuferin dicht hält? Der Tussi, der die Boutique gehört, dürfte auch klar sein, dass Luddie und nicht Sabotine die Hand auf dem Geldbeutel hat.«

Er grinste herzlos. »Und dann wäre da noch die Tante von diesem Fresstempel. Sie wird sich sicherlich an Sabotinchen erinnern, schließlich haben wir beide das Lokal auf ziemlich dramatische Weise verlassen müssen, um die Dame aus ihrer misslichen Lage zu befreien. Die Geschäftsführerin hatte uns bestimmt schon als Zechpreller abgeschrieben.«

David zog eine Grimasse. »Damit erreichst du nur, dass die Verkäuferin und vielleicht auch der Bodyguard gefeuert werden. Wozu? Was willst du aus dem Mädchen herausquetschen? Wir wissen doch beide, dass sie im Moment todunglücklich ist. Du willst, dass ich jede Menge Hebel in Bewegung setze, während ich nicht einmal glaube, dass wir Hardweare weiterhin überprüfen müssen! Du hast selbst gesagt, diese Anzugtypen kommen von Forward.«

»Aber das grundsätzliche Problem mit den Lecks scheint von Hardweare auszugehen. Ich nehme nicht an, dass du die Business-Nachrichten im Netz verfolgst ...« Davids Nicken quittierte er mit einem Laut des Erstaunens. »Eigentlich muss dich das nicht interessieren. Aber wenn man richtig kombiniert, erkennt man, dass Hardweare in echten Schwierigkeiten steckt. Wenn einer Firma eine ganze Armee auf den Füßen herumtrampelt, kann sie ohne ausreichenden Cashflow beziehungsweise Kredite nicht überleben.« Leif wirkte nachdenklich. »Soweit ich sehen kann, fällt es Hardweare zunehmend schwer, an Kredite zu kommen. Ob das nun an Forward liegt, an einer Rufmordkampagne, an den offiziellen Ermittlungen, oder ob es nur Zweifel sind, dass Hardweare das Ganze überlebt – die Banken haben jedenfalls den Geldhahn zugedreht. Sie rufen sogar Kredite zurück, die sie bereits vergeben hatten. Luddie musste sich einiges leihen, um seine Roboterfabriken zu bauen und zum Laufen zu bringen. Die Banken könnten ihn ruinieren, wenn zu viele von ihnen jetzt ihr Geld zurückfordern. Und jemand mit mehr Zahlungskraft könnte dazwischengehen und sich Hardweare schnappen – mit allem Drum und Dran.«

»Was?«, fragte David. »Wie denn?«

Leif seufzte, als er den Gesichtsausdruck seines Freundes sah. »Junge, das ist Business. Selbst mein Dad würde sich für Hardweare interessieren, wenn er wüsste, was ich weiß. Und er würde Luddie ein besseres Angebot machen als die Forward Group zum Beispiel.«

»Du raubst mir damit die Illusion, dass mein Arbeitsplatz sicher ist. Willst du mich auf diesem Weg dazu bringen, zu tun, was du willst?«

Leif grinste. »Was für ein Kerl! Arbeitet seit weniger als einem Monat da und ist bis obenhin voll mit Firmenloyalität!« Doch er wurde schnell wieder ernst. »Ich will, dass du Sabotine unter Druck setzt ... weil ich mit Luddie MacPherson sprechen möchte.«

»Wozu?«

»Ich habe mit Symonds gesprochen, um einen Blick auf Forward zu werfen und ein Gefühl für diese Leute zu bekommen. Dasselbe möchte ich bei Hardweare tun. Also muss ich mit Luddie reden.«

»Du glaubst doch nicht wirklich, dass er was mit den Lecks zu tun hat?«

»Ich weiß nur, was ich in den Newsgroups erfahre. Luddie MacPherson kämpft mit Zähnen und Krallen darum, die Net Force aus seiner Firma herauszuhalten. Ist das für dich die Handlungsweise eines unschuldigen Mannes?«

»Das ist für mich die Handlungsweise eines Menschen, der seine Ideen nicht preisgeben will. Ich weiß, dass du das Ganze am liebsten vergessen willst, aber Captain Winters hat nach Cetniks Ermordung einen schrecklichen Verdacht geäußert. Erinnerst du dich? Er fragt sich, ob jemand innerhalb der Net Force die Informationen weitergegeben haben könnte, die zu Cetniks Eliminierung führten.«

Leif nickte. Er sah dabei ziemlich unglücklich aus.

»Überleg doch mal, wie viel mehr der Bauplan der Hardweare-Westen wert wäre.«

»Du legst dich für den Typen ja ganz schön ins Zeug. Aber ich möchte trotzdem mit ihm sprechen.«

David seufzte. »Ich werde sehen, was sich machen lässt.«

Er musste alle Mittel anwenden, die Leif vorgeschlagen hatte, und sich eine ganze Weile mit Sabotine herumstreiten, bevor sie sich überhaupt bereit erklärte, mit Luddie zu sprechen.

»Ich weiß nicht, warum du das tust«, sagte sie, wobei sie nur mühsam die Tränen zurückhielt.

»Mein Freund Leif hat geholfen, dich zu retten. Er versteht mehr von Geschäften als jeder andere, den ich kenne, einschließlich der Net Force-Agenten. Auch wenn er in New York ist: Er versteht eure Lage. Ein ausländischer Spion hat nämlich versucht, ihm Daumenschrauben anzulegen. Vor allem will er Luddie und Hardweare helfen. Es kann doch nichts schaden, mit ihm zu sprechen.«

»Na gut. Ich rede mit Luddie. Mehr kann ich nicht tun.« Sie seufzte. »Er ist so ... distanziert in letzter Zeit. Er scheint regelrecht Krieg zu führen. Verkriecht sich in seinem Schützengraben und hat keine Zeit oder Kraft mehr, mit mir zu sprechen.«

»Versuch es einfach«, drängte David.

Und wenn Luddie Leif abweist, was bedeutet das dann?, fragte er sich. *Es könnte sein, wie Sabotine sagt – er ist mit Leib und Seele mit der Verteidigung seiner Firma beschäftigt.*

David hatte eine Suchmaschine entworfen, um die Newsgroups nach Informationen über Hardweare zu durchforsten. Jeden Tag gingen neue Meldungen ein, obwohl das Programm so gestaltet war, dass es die lächerlichsten Gerüchte nicht berücksichtigte.

Die Net Force hielt nichts davon, Fälle in den Medien abzuhandeln. Hardweare war als Firma auch nicht groß genug, um einen Reporteransturm auszulösen. Doch es drangen Geschichten nach außen, die kein schmeichelhaftes Bild von Luddie zeichneten. Die Mauer, die seine Anwälte um ihn herum errichtet hatten, kam einer Behinderung der Justiz bedenklich nahe.

Entgegen seiner sonstigen Gewohnheit hatte er einem Interview zugestimmt und ein paar wütende Bemerkungen in Richtung Net Force allgemein und Jay Gridley im Besonderen abgefeuert.

Wenn man alles zusammensetzt, wirkt er wie ein brillanter, arroganter ... und irgendwie verzweifelter Mensch.

David dachte nur ungern daran – aber konnte Luddie in irgendeiner Weise mit den Lecks in Zusammenhang stehen?

»Also, du bist der Kerl, der mir die Net Force auf den Hals gehetzt hat.« Luddie MacPherson saß dem Holo-Empfänger gegenüber, als konfrontierte er einen Feind. Es war eine Viererkonferenz: Luddie und seine Schwester in ihrem Anwesen in Maryland, David in Washington und Leif in New York. Das Gespräch versprach, explosiv zu werden.

»Ich habe ein bisschen herumgewühlt, um die Net Force-Aktivitäten bei Hardweare etwas zu verstärken«, gab Leif vorsichtig zu. »Aber ich habe ihnen nicht gesagt, dass ein ausländischer Spion versucht hat, sich in eure Firma einzuschleichen. Und darum ging es zu diesem Zeitpunkt.«

»Nein«, erwiderte Luddie. »Du hast damit gewartet, bis der Spion getötet und du auf der sicheren Seite warst. Aber seit die Net Force davon erfahren hat, kreisen ihre Agenten um Hardweare wie Fliegen um einen Kuhfladen.«

»Das sollte doch kein Problem sein«, antwortete Leif, »solange Hardweare appetitlicher ist als ein Kuhfladen.«

Luddie erblasste vor Zorn. »Mit wem zum Teufel glaubst du, dass du sprichst? Ich habe diese Firma aus eigener Kraft aufgebaut. Versuch das mal, reiches Muttersöhnchen. Dann sehen wir ja, wie gern du es hast, wenn Leute ihre Nase in dein Geschäft stecken.«

»Das Problem ist doch anscheinend, dass jemand Hardweare benutzt, um seine Nase in die Geschäfte anderer Leute zu stecken«, gab Leif zurück. »Ich habe die Klatsch-Newsgroups überprüft, wo die meisten dieser Informationen durchgesickert sind. Heute gab es ein Gerücht über Jay Gridleys Sohn Mark. Es war eine heftige Anschuldigung: Er soll sich in Seiten reingehackt haben, die einen Dreizehnjährigen nichts angehen.«

Er lächelte Luddie trocken an. »Na, zufällig kenne ich den Zwerg, also habe ich ihn gefragt. Er gab zu, dass er sich in einige der erwähnten Seiten eingeschlichen hat – aber Mark ist der geschickteste Hacker, den ich kenne. Selbst sein Dad kann ihn nicht festnageln, wenn er nicht gestehen will. Eigentlich hätte man ihn gar nicht erwischen dürfen.«

Leif legte eine Pause ein. »Trotzdem wurde er geschnappt. Und er trug eine Hardweare-Weste. Das war nicht fair, oder, Mr MacPherson? Irgendwie hat deine Weste die Informationen an jemanden übertragen, der sie online veröffentlicht hat. Übrigens, wer außer dir sollte den Sohn des Mannes bloßstellen wollen, mit dem du dir gerade ein Gefecht nach dem anderen lieferst?«

Luddie MacPherson war immer noch blass, aber nicht mehr vor Wut. David konnte es kaum glauben, aber der Riesenkerl sah geradezu ... erschrocken aus.

»Ich weiß nicht, was da vor sich geht«, sagte er schließlich. »Aber ich kann dir sagen, was dahinter steht. Es gibt Leute da draußen, die meinen Kopf leer räumen und meine Technologie stehlen möchten, um dann meine Firma auseinander zu nehmen.«

Luddie redete sich immer mehr in Rage. »Das werde ich nicht zulassen. Ich werde diesen Verein von Regierungshandlangern meine Entwürfe nicht durchwühlen lassen. Ihre dämlichen Wissenschaftler werden meine Computer nicht analysieren, um meine Geheimnisse an den Schleimbeutel mit der dicksten Geldbörse zu verkaufen.«

Er hatte sich von seinem Stuhl erhoben und stapfte im Raum herum. Hinter ihm verkroch sich Sabotine in ihrem Sessel. »Ich werde kämpfen, und es wird ein Krieg der verbrannten Erde sein. Wenn jemand meint, er könnte Hardweare aufkaufen, kann er sich auf eine unangenehme Überraschung gefasst machen. Es gibt ein paar Kniffe in meinem Entwurf, die nur hier oben gespeichert sind.« Er tippte sich an den Kopf. »Das ist wahrscheinlich die einzige Information, die eine Übernahme überleben wird. Ich habe alles vorbereitet. Die Computer sind so programmiert, dass sie alle technischen Daten spurlos löschen. Ich habe in allen Fabriken Selbstzerstörungsmechanismen eingebaut. Jedes einzelne Produktionsband wird in die Luft gehen.«

Luddie fletschte die Zähne. Jetzt sah er seinem Wrestler-Vater ähnlicher denn je. »Jeder, der glaubt, er könnte den Preis einsacken, wird *nichts* bekommen. Sag das deinem reichen Papa, Anderson.«

17

Mit einem gebrüllten Befehl, der eher wie ein Fluch klang, beendete Luddie MacPherson die Verbindung. Leif und David saßen lange nur da und schwiegen erschrocken.

»Das ist nicht ganz so gelaufen, wie ich es mir vorgestellt hatte«, gab Leif schließlich zu.

David starrte ihn an. »Du hast ihn praktisch beschuldigt, ein Krimineller zu sein. Überrascht es dich wirklich, dass er so heftig reagiert hat?«

»Ich habe den Kerl etwas gepiekst, um ihn aus der Reserve zu locken. Wenn Menschen wütend werden, legen sie nicht mehr jedes Wort, das sie sagen, auf die Goldwaage.«

David antwortete nicht.

Leif runzelte die Stirn. »Das Unheimliche ist, dass das alles durchaus überlegt war. Die Mark-Gridley-Geschichte wäre ihm fast im Hals stecken geblieben. Dann fing er an, Phrasen zu dreschen. Fallen dir da nicht zwei Dinge auf? Dieser Kettensägen-Modus hat ihn davor bewahrt, weitere Fragen zu beantworten ... und dann konnte er uns ganz einfach rausschmeißen. Ich denke, er hat das so geplant.«

»Er schien etwas beunruhigt, als du dein Gespräch mit dem Zwerg ins Spiel gebracht hast. Verblüfft, sogar erschrocken. Und seine Äußerungen danach klangen ziemlich wild. Aber interpretierst du nicht ein bisschen viel in diesen einen Wutausbruch hinein?«

»Mehr werden wir in nächster Zeit wohl nicht von ihm zu hören bekommen, also können wir es ebenso gut nutzen. Luddie wusste, was er tat. Warum wollte er nicht mit uns sprechen? Warum hat er uns nicht seine Seite der Geschichte erzählt? Er ist ein großer Junge, hat eine eigene Firma ... und bietet Jay Gridley recht erfolgreich die Stirn. Er muss wissen, wie man argumentiert. Doch anstatt mit uns zu sprechen, schreit er los – und läuft weg. Warum?«

»Keine Ahnung.«

Leif schüttelte nachdenklich den Kopf. »Das kommt mir vor wie ein Schuldeingeständnis.«

»Willst du sagen, dass Luddie seine eigene Erfindung missbraucht, um die Benutzer auszuspionieren?«, platzte David heraus. »Das – das ist verrückt!«

Leif sah ihn nüchtern an. »Eine interessante Wortwahl. Wir haben beide bemerkt, dass Sabotine etwas ... Wie soll ich es bezeichnen? Angespannt ist? Nervös? Zerbrechlich? Vielleicht sollten wir uns fragen, ob bei Luddie nicht auch ein paar Tassen im Schrank fehlen.«

David unternahm einen kläglichen Versuch zu widersprechen. »Das ist ...«

»Sag nicht wieder ›verrückt‹. Wir wissen, dass Sabotine unter ziemlich schwierigen Bedingungen aufgewachsen ist. Sie stand im Zentrum des Machtkampfes zwischen ihrem Vater und ihrem Bruder.«

»Von ihrem Vater, Battlin' Bob, versteckt, und von Luddie gekidnappt und wahrscheinlich umgepolt.« David schüttelte es, als er sich vorstellte, seinen Eltern Tommy und James wegzunehmen. »Das muss ganz schön hart gewesen sein.«

»Und wir beide fühlen uns irgendwie zu ihr hingezogen«, sagte Leif. »Natürlich schadet es dabei nichts, dass sie ein hübsches Mädchen ist.« In seinen Augen glitzerte es. »Auf der anderen Seite haben wir den rauen, starken Luddie, der sich von seiner Familie scheiden ließ und allein lebt. Wie muss sein Leben gewesen sein, bevor er sich von seinem Vater befreit hat?«

David wusste, dass sein eigener Vater hart durchgreifen konnte, wenn es sein musste. Mit Martin Gray zu diskutieren zahlte sich nicht aus. David hatte selbst einen starken Willen. Wie wäre er damit umgegangen, wenn sein Vater versucht hätte, ihm etwas zu verbieten, das für ihn so wichtig war wie die Luft zum Atmen? Hätte er nicht auch rebelliert?

Doch David hatte auch gesehen, wie sich Luddie und Battlin' Bob Auge in Auge gegenübergestanden hatten. Das war keineswegs angenehm gewesen.

»Betrachten wir einen Moment den Kampf zwischen Vater und Sohn um Sabotine«, schlug Leif vor.

»Was?« David konnte den verteidigenden Unterton in seiner Stimme nicht verbergen. »Luddie hat seine Schwester in das 21. Jahrhundert gebracht. Er wusste, dass er sie retten musste, genauso wie er sich selbst gerettet hat.«

»Schon. Aber ein Psychologe hätte seinen Spaß an den unterschwelligen Emotionen in einem solchen Konflikt.«

»Das ist ja ein tolles Gedankenspiel, den Laienpsychologen zu mimen. Aber wir sprechen hier von wirklichen Menschen und der realen Welt. Kannst du mit deinem psychologischen Geplapper erklären, warum Luddie die Leute, die seine Computer kaufen, ausspionieren sollte? Was wäre dazu nötig? Musste er eine Geheimtür in ausgewählte Westen programmieren – oder in alle? Und warum? Er verliert durch diese Lecks Geld, er gewinnt dabei nichts.«

»Er will nicht, dass jemand weiß, wie die Westen funktionieren.«

»Schon, aber er hat nachweisbar geschäftliche Gründe dafür, dieses Geheimnis zu hüten. Wohingegen das, was du ihm unterstellst, seine Firma zerstören würde – besser gesagt, sie tatsächlich zerstört.«

Leif nickte. »Genau das scheint gerade zu geschehen, stimmt's? Vielleicht zieht er ja Vorteile aus dem Untergang seiner Firma, die wir nicht kennen. Oder er ist nicht ganz klar im Kopf.«

David öffnete den Mund, doch kein Ton kam heraus.

»Luddie ist offensichtlich einer, der die Kontrolle haben will. Er lässt sich von seiner Familie scheiden, um sein eigenes Leben zu lenken. Er verklagt seinen Vater wegen seiner Schwester und kidnappt sie letztendlich, um ihr Leben zu kontrollieren. Du hast mir erzählt, wie er reagierte, als er dachte, Nick D'Aliso wäre seiner Kontrolle entglitten. Oder sehe ich das falsch?«

»Nein. Aber trotzdem klingt es nicht angenehm.«

Leif lächelte ihn schräg an. »Und dann ist da natürlich noch dieses alte Sprichwort. Du weißt schon. Genie und Wahnsinn ...«

»... liegen dicht beieinander. Aus unerfindlichen Gründen benutzen die Leute diesen Satz in meiner Gegenwart recht häufig.« David runzelte die Stirn. Es fiel ihm schwer zu akzeptieren, was Leif hier unterstellte. Doch er musste zugeben, das Ganze klang überraschend überzeugend.

»Von Anfang an dachte Captain Winters, es handelt sich hier um ein junges Genie, das außer Kontrolle geraten ist«, gab David schließlich zu. Er war erst halb überzeugt. »Luddie MacPherson ist definitiv ein junges Genie.« Er sah Leif an. »Also, was machst du nun mit deiner neuen Theorie?«

»Hä?« Leif schien vollkommen verblüfft.

»Wirst du jemandem außer mir davon erzählen? Zum Beispiel Captain Winters?«

Leif schüttelte reflexartig den Kopf. »Aus zwei Gründen nicht. Erstens: Bevor der Captain reagieren kann, braucht er, wie er uns immer wieder einhämmert ...«

»... stichhaltige Beweise«, vollendeten beide im Chor.

»Und zweitens«, fuhr Leif fort, »wenn wir Sabotine mit Samthandschuhen anfassen, ist es nur fair, ihren Bruder genauso zu behandeln.«

»Aus Mitleid haben wir Sabotine bei ihrem Bruder gedeckt und verheimlicht, dass sie ihrem Fahrer entwischt war und beinahe gekidnappt wurde. Natürlich wäre beides nicht passiert, wenn wir uns nicht mit ihr getroffen hätten.«

»Das ist wahr.« Leif runzelte die Stirn. »Wer auch immer hinter diesem Leck steckt, hat nicht nur die Privatsphäre verletzt – es gab mindestens zwei Morde und einen Entführungsversuch in Verbindung mit dem Fall. Obwohl noch nicht klar ist, wer dahinter steckt.«

David sah seinen Freund skeptisch an. »Soll das jetzt heißen, Mr. Symonds und die Leute von der Forward Group sind gesetzestreue Bürger?«

»Oh, die Forward Group ist dabei, keine Sorge. Ob sie nur bis zum Bauch oder bis zum Hals mit drinsteckt, weiß ich aber noch nicht.« Er hielt einen Moment inne. »Was Luddie angeht – es ist nicht meine Aufgabe, ihn zu verpfeifen.«

»Als wir den Net Force Explorers beigetreten sind,

haben wir einen Eid abgelegt, das Gesetz zu respektie-
ren ...«

Leif blickte ihn an. »David, als ich mich das letzte
Mal in diesen Fall eingemischt habe und zur Net Force
gegangen bin, wurde jemand getötet. Ich werde nicht
wieder zu Winters gehen, nur weil Luddie MacPherson
eventuell – *eventuell* – nicht ganz bei Sinnen ist. Das
sollen die Profis rausfinden. Sollten sie Luddie fangen,
wird er mir wahrscheinlich Leid tun. Sabotine finde ich
auf jeden Fall bedauernswert. Ich würde liebend gern
miterleben, wie die Net Force die Forward Group an
die Wand nagelt, aber auch in der Hinsicht habe ich
nichts Greifbares in der Hand.«

David war beunruhigt, nickte jedoch unwillkürlich.
»Für reiche Leute haben die MacPhersons wirklich mehr
als genug Probleme.«

Die folgenden Tage versuchte David, das Problem mit
den Sicherheitslücken aus seinem Kopf zu verbannen.
Er musste Hausaufgaben nachholen, und James hatte in
seiner Computerklasse ein Projekt zu bearbeiten, bei
dem ihm David mit Rat und Tat zur Seite stehen konnte.

Er hatte das letzte Datenpaket fertig, das er für Hardweare komprimieren sollte. Und nach dem herzlichen
Gespräch, das er und Leif mit Luddie geführt hatten, erwartete David nicht, dass weitere Arbeit für ihn herein-
strömen – oder auch nur tröpfeln – würde.

Deshalb war er erstaunt, eine Übertragung von Sabotine MacPherson in seiner Mailbox vorzufinden.

»Mein Bruder ist bestimmt kein einfacher Mensch«,
schrieb sie, »aber ich weiß, dass ihr es gut gemeint habt.
Wenn du weiterhin für uns arbeiten willst, würde ich
mich sehr freuen.«

Es waren ein paar Brocken Codes beigefügt. Kein großer Job, aber offensichtlich ein Friedensangebot.

Will ich wieder zu Hardweare zurück?, fragte er sich. *Die Bezahlung stimmt, aber es war stressiger als erwartet.* Bevor er zu Hardweare gekommen war, waren keine unheimlichen Männer um seine Familie herumgeschlichen. Keine Spione hatten versucht, seine Freunde zu erpressen. Er hatte sich keine Gedanken darüber machen müssen, ob sein Arbeitgeber ein Fall für die Klapsmühle war oder nicht. Das war eine angenehme Zeit gewesen.

Doch alle diese nagenden, ungelösten Fragen, die Hardweare umgaben? Konnte er sie für immer ungelöst lassen, nur um den Frieden zu bewahren?

Vielleicht hat Leif Recht, dachte David. *Es ist nicht meine Aufgabe, Antworten zu finden. Dad hat einen Eid geschworen, das Gesetz zu hüten. Leute wie er, Profis, sollen die Wahrheit ans Licht bringen.*

Doch irgendetwas rumorte weiterhin in ihm. *Wenn es so einfach ist, warum fühle ich mich dann schuldig, wenn ich die Angelegenheit auf sich beruhen lasse?*

Seufzend sah er sich in seinem virtuellen Arbeitszimmer um. Er hatte sich ein großes, helles virtuelles Heiligtum geschaffen, vielleicht gerade deswegen, weil Platz in der Wohnung der Grays Mangelware war. Es gab einiges zu sehen. Eine Wand bestand vom Boden bis zur Decke nur aus Regalen. Darin befanden sich Symbole von Programmen, die David gekauft, eingetauscht oder selbst entwickelt hatte.

Leider konnte ihm jetzt kein Programmcode helfen. Konnte er mit jemandem darüber reden? Er wusste, was seine Eltern nach dieser ganzen Geschichte über Hardweare dachten. Der Einzige, der ihn wirklich verstand, war Leif. Und der hatte sich bereits entschieden, aus der

Sache auszusteigen. Captain Winters? Nein, der Captain würde nur allzu glücklich sein, wenn sich David von einem potenziellen Krisenherd fern hielt.

Da haben wir's. Vier Leute, vier Stimmen dafür, dass er die Finger davon ließ.

Ein einstimmiges Votum.

Und doch ...

David sprang von seinem virtuellen Stuhl auf. Wenn er es zuließ, würde er stundenlang nachgrübeln. Er musste sich entscheiden, schnell und eindeutig.

Ein sauberer Schnitt, dachte er.

Er nahm ein Symbol auf, das wie ein stilisiertes Telefon aussah. Mit diesem Programm konnte er jedes Hologramm-System anrufen. Sabotine hatte ihm den Code zu ihrem persönlichen Veeyar-Raum nie gegeben, aber er hatte ihre Geschäftsnummer. Es war natürlich unwahrscheinlich, dass sie um diese Zeit bei der Arbeit war. Das war vielleicht ein Vorteil.

Wenn ich sie erwische, erkläre ich ihr, dass das Leben ein bisschen zu hektisch geworden ist, um weiterhin für Hardweare zu arbeiten, dachte David. Er brauchte ja nicht zu erwähnen, dass Hardweare selbst der Hauptverursacher dieser Hektik war.

Und wenn ich sie nicht erreiche, hinterlasse ich einfach eine Nachricht und schicke ihr die Programme zurück.

Das war die Lösung. Einfach, direkt, und er war aus dem Schneider.

David aktivierte das Telefon-Symbol. Ein virtuelles Holo-System erschien vor ihm. Er tippte den Code für Hardweare ein und wartete auf eine Verbindung.

Es ist schon seltsam, jemanden anzurufen, der zu Hause arbeitet, dachte er. Manchmal wurden die Anrufe außerhalb der Geschäftszeiten angenommen. Sabotine war zum Beispiel an einem Samstagmorgen am Holo erschienen.

Andererseits ignorierten die Leute in ihrer Freizeit manchmal geschäftliche Anrufe.

David hoffte insgeheim, Sabotine würde das heute Abend auch tun. Lief ein gutes Holo-Drama? Oder vielleicht eine nette Sitcom?

»Geh nicht ran, geh nicht ran«, murmelte er und hielt plötzlich den Mund. Bei seinem Glück wurde das vielleicht aufgenommen.

Die Verbindung stand. Davids Wunsch ging nicht in Erfüllung, denn Sabotine hob ab. Doch es war eine andere Sabotine als das perfekt gepflegte Mädchen in seinen einzigartigen Outfits. Ihr Gesicht war bleich, ihre Haare zerwühlt und ihre weit aufgerissenen, starren Augen schienen David fast entgegenzuspringen.

»Sabotine?« *Oh, Mann,* dachte er. *Hab ich sie aufgeweckt? Ist das ein richtig schlechter Zeitpunkt für einen Anruf? Vielleicht hat sie sich mit Luddie gestritten ...*

»Sabotine, ist alles okay?« David fühlte sich wie ein Idiot, als er das sagte. Offensichtlich war am anderen Ende der Leitung etwas nicht in Ordnung.

»Okay ...?« Sabotines Stimme verlor sich. Sie blickte an sich hinunter. »Ja«, sagte sie zögernd. Dann sah sie David wieder an und schien sich zu fangen. »Nein, ich bin nicht okay. Hier ist absolut nichts in Ordnung. Aber es geht nicht um mich.« Sie schluckte laut, ihr Gesicht war verzerrt. »David, du hast mir schon mal geholfen. Was soll ich machen?«

David versuchte, mit den plötzlichen Gefühlsschwankungen des Mädchens Schritt zu halten. Ihrem Erscheinungsbild nach zu urteilen, konnte es sich um alles

Mögliche handeln, von einer Überdosis bis zu einem Nervenzusammenbruch oder einer Reaktion auf irgendeine Katastrophe.

»Was sollst du womit machen?« Er versuchte, sie nicht zu bedrängen.

»Was soll ich hiermit machen?«

Sabotine führte ihre Hand ungeschickt an den Holo-Empfänger und bewegte den Apparat. Das Bild verschob sich. David fühlte bei diesem plötzlichen Fokuswechsel eine leichte Übelkeit in sich aufsteigen. Das Bild hielt am gegenüberliegenden Ende des ziemlich spartanischen Raums an, der als Fitness-Studio eingerichtet war. Er erkannte eine Hantelbank mit einer Halterung für Gewichte.

Dann machte er den blutüberströmten Körper auf der gepolsterten Bank aus. Eine schwere Hantel zerquetschte seine Brust ...

Selbst aus der Ferne konnte David erkennen, dass Luddie MacPherson nicht mehr atmete.

18

David versuchte, die Augen von der Leiche abzuwenden. »Sabotine«, rief er. »Sabotine!«

Der Blickwinkel wechselte erneut, als sie vor den Empfänger trat. »Was ... was ... was soll ich nur machen?«, wimmerte sie.

David gab sich Mühe, mit dem verwirrten Mädchen einfühlsam zu sprechen. »Du musst es den Wachen mitteilen. Und dann musst du die Polizei rufen.«

Wenigstens wird mein Vater nichts mit diesem Fall zu tun haben, dachte er erleichtert. *Die Washingtoner Polizei ist für die Gegend nicht mehr zuständig, in der die MacPhersons wohnen.*

Sabotine versuchte tapfer, sich zusammenzureißen. »Ja, natürlich. Du hast Recht.«

Sie wandte sich vom Holo-Empfänger ab und ging aus dem Zimmer. Somit war David wieder mit dem Anblick von Luddie MacPhersons zerquetschtem Körper allein. Er vermied es angestrengt, ihn anzublicken, bis Sabotine mit einem uniformierten Wachmann zurückkam.

Der Sicherheitsmann war totenbleich. Doch er kannte seine Pflichten. »Sir!«, sagte er, als er David sah. »Bestand die Verbindung bereits, als ... haben Sie gesehen, was hier geschah?«

»Nein«, antwortete David erleichtert. »Ich habe zufällig angerufen, nachdem es passiert ist.«

»Wir müssen die Polizei benachrichtigen«, fuhr der Wachmann fort. »Ich benötige Ihren Namen und Ihre Nummer. Und halten Sie sich in Bereitschaft. Die Polizei wird Sie wahrscheinlich sprechen wollen.«

Toll, dachte David. *Ganz toll.*

»Sein Name ist David Gray«, sagte Sabotine leicht gereizt. Sie gab seine Nummer auswendig wieder.

»Ist das korrekt, Sir?« Der Wachmann schrieb sich die Informationen auf.

David nickte.

»Danke, Sir. Bitte stellen Sie sich darauf ein, dass Sie angerufen werden.«

Der Sicherheitsmann beendete die Verbindung.

David sank in den Stuhl zurück. Er sollte sich für die Polizei in Bereitschaft halten? Warum? Was sollte das nützen? Luddies Tod schien Leifs neueste Theorie über die Ursache der Lecks im Netz ungültig zu machen – eine Theorie, an die er letztendlich geglaubt hatte, wie David sich eingestehen musste.

Seufzend gab er die Nummer der New Yorker Wohnung der Andersons in sein System ein. Leif konnte das genauso gut von ihm wie aus den Nachrichten erfahren.

Als Leif erschien, schlürfte er aus einem Kristallbecher ein dampfendes Getränk und wirkte wie der Inbegriff des reichen Müßiggängers.

»David! Was ist los?«

»Luddie MacPherson ist tot. Ich rief Sabotine an – sie hatte mir weitere Arbeiten angeboten –, und sie zeigte mir seine Leiche. Es muss kurz vorher passiert sein. Er hatte auf der Hantelbank trainiert, und dabei ist die Hantel auf ihn gestürzt.«

Leif schloss einen Moment lang die Augen. »Das ist nicht gerade der schönste Tod.« Er runzelte die Stirn. »Ich habe ein seltsames Gefühl. Jedes Mal, wenn wir glauben, den Schuldigen gefunden zu haben, stirbt er uns weg. Cetnik erhebt sein hässliches Haupt, und es wird ihm abgeschlagen ...«

»Na ja, wohl eher mit dem restlichen Körper aus dem Fenster geworfen.«

Leif zog eine Grimasse. »Du weißt, was ich meine.«

David fuhr fort. »Dann kommt Nick D'Aliso als Unternehmensspion daher, und jemand erschießt ihn.«

»Und schließlich kommen wir auf Luddie MacPherson, von dem man nicht weiß, ob er richtig im Kopf ist oder nicht.«

»Nach seinem gestrigen Ausbruch hast du eher zu ›nicht‹ tendiert.«

»Warum wohl? Der Kerl spielt den Verrückten, droht mit einem totalen Rechtskrieg und verbrannter Erde, falls er verliert. Entweder hatte er Probleme oder ein paar unangenehme Geheimnisse zu verbergen. Oder beides.«

Leif blickte David zögerlich an. »Glaubst du, er ... ähm ... hat es vielleicht selbst getan?«

David wusste, dass sein Freund unter Schock stehen musste, wenn er eine so dumme Frage stellte. »Wenn ich mich umbringen will, kenne ich einfachere und sicherere Methoden, als hundertzwanzig Kilo auf meine Brust fallen zu lassen.«

Er zuckte zusammen, als das Bild des reglosen Luddie wieder vor seinem inneren Auge auftauchte. »Es war ein schrecklicher Unfall. Das Gewicht muss seinen Brustkorb zerquetscht haben. Es sah ziemlich scheußlich aus. Sinnlos, noch einen Krankenwagen zu rufen. Der Wachmann wollte nur noch die Polizei holen.«

Leif hatte seinen Schock überwunden. Er runzelte die Stirn und begann, Fragen zu stellen. »Du sagst, Sabotine hat ihn gerade gefunden? Seltsam. Sogar bei zerquetschten Knochen nimmt man doch an, Luddie hätte noch auf sich aufmerksam machen können. Warum hat er nicht um Hilfe gerufen?« Er sah David scharf an. »Du hast mir schon mal von diesen Trainingsstunden erzählt. Trug er nicht normalerweise eine Hardweare-Weste? Hatte er sie heute Abend an?«

David dachte nach und versuchte, sich an die Einzelheiten zu erinnern, die er lieber verdrängen wollte. »Ja.«

»Dann stimmt was nicht. Du hast doch erzählt, dass er die Weste als eine Art Trainer benutzte. Sie behielt seinen körperlichen Zustand im Auge. Hätte sie ihn nicht davor gewarnt, die Hantel noch einmal zu stemmen, wenn seine Kraft dazu nicht mehr ausgereicht hätte?«

David starrte seinen Freund an. »Was willst du damit sagen?«

»Ich stelle nur fest, was offensichtlich ist. Entweder sind bei dieser Weste einige Schaltkreise durchgebrannt ...« Leif machte eine kurze Pause. »Oder jemand hat sie manipuliert, um Luddie auszuschalten.«

»Es könnte ein Unfall gewesen sein«, betonte David noch einmal. »Vielleicht wollte er trotz der Warnung des Computers weitermachen.«

»Ich würde dir Recht geben, wenn es sich um jemand anderen handeln würde. Aber wir sprechen von Luddie MacPherson. Der Typ glaubte an seinen Computer.«

Leif stellte die Tasse beiseite. »Ich muss mit meinen Eltern sprechen. Vielleicht kann ich mit dem Firmenjet meines Vaters nach Washington düsen.«

»Du kommst her?«, fragte David. »Wozu? Ich dachte, du hättest beschlossen, die Finger von der Sache zu lassen.«

»Ich dachte, ich hätte eine Antwort gefunden, die ich niemandem glaubhaft machen kann. Ich hatte Luddie als Übeltäter identifiziert. Doch jetzt ist er unter höchst verdächtigen Umständen ums Leben gekommen.«

Leif blickte grimmig drein. »Wir schulden es ihm und uns selbst, nach einer Antwort zu suchen.« Er seufzte. »Vielleicht haben wir diesmal mehr Glück dabei.«

Leif kam am nächsten Morgen in Washington an. Er brachte sein Gepäck in das Apartment, das sein Vater benutzte, wenn er geschäftlich in der Stadt war. Dann fuhr er zu David.

Sein Freund war offensichtlich nicht faul gewesen. »Wir müssen uns ein Taxi für eine längere Fahrt bestellen«, sagte er. »Ich habe mit Sabotine MacPherson gesprochen. Wir dürfen ihr in der Festung MacPherson einen Kondolenzbesuch abstatten.«

Der Frieden, den die Landschaft Marylands verströmte, fand an den Toren des Anwesens der MacPhersons ein abruptes Ende. Vor den geschlossenen Gittern drängten sich die Wagen von Holo-Nachrichtensendern und Unterhaltungsagenturen, die Mikrowellenantennen waren ausgefahren und arbeiteten auf Hochtouren. Reporter mit Mikrofonen rangelten um die besten Positionen für ihre Berichterstattung.

Fotografen schossen Bilder von dem Tumult, und Netz-Newsgroups stellten ihre tragbaren Holo-Ausrüstungen auf, um das Ganze aufzunehmen.

»Was für ein Durcheinander«, murmelte Leif.

David antwortete nicht. Er starrte den heruntergekommenen alten Dodge an, der am Rand des Fahrzeuggedränges parkte.

»Halten Sie an!«, befahl er plötzlich. Der Fahrer bremste, und David stupste Leif an. »Der Wagen kommt mir bekannt vor. Er hat Sabotines Limousine aufgehalten, als sie mit Nick D'Aliso davonfahren wollte. Das ist ...«

Leif blinzelte durch das Fenster und erkannte den Mann hinter dem Steuer sofort.

Es war Battlin' Bob MacPherson.

Leif öffnete die Wagentüre und war im nächsten Moment auf dem Weg zu dem Dodge. David folgte ihm zögerlich.

Das knorrige Gesicht des großen Mannes nahm einen beinahe ängstlichen Ausdruck an, als er jemanden auf sich zukommen sah. Dann erkannte er Leif und öffnete das Fenster.

»Ich kenne dich«, sagte er und schnippte mit den Fingern, um seiner Erinnerung nachzuhelfen. »Ericsson? Nein. Leif Anderson.«

Leif nickte.

»Wenn ich mich recht erinnere, habe ich dir ganz schön zugesetzt. Na, jetzt hast du die Möglichkeit, es mir heimzuzahlen. Ich bitte dich, flehe dich an, meiner Tochter eine Nachricht zu überbringen. Die Wachen lassen mich das Tor nicht passieren.«

Battlin' Bob legte eine geballte Faust auf die Türverkleidung. Es war eine große Hand, knorrig, doch kraftvoll.

Solche Hände kann man sich leicht dabei vorstellen, wie sie eine schwere Hantel hochheben und auf jemanden fallen lassen, dachte Leif plötzlich.

»Welche Nachricht?«, fragte er.

»Nur, dass ich hier bin. Dass ihr Vater immer für sie da sein wird.«

Seine Stimme offenbarte, wie verletzt er war. »Luddie ist tot, und Sabotine will mich nicht sehen.«

»Ich werde versuchen, Ihre Nachricht weiterzuleiten«, sagte Leif. »Aber ich kann nicht versprechen, dass Sabotine mich empfangen oder mir zuhören wird.«

Die Jungen stiegen wieder ins Taxi. Battlin' Bob schloss das Fenster und sank tief in seinen Sitz zurück. Er hoffte offensichtlich, unbemerkt zu bleiben.

Während ihr Wagen auf das Tor des Anwesens zurollte, wurde Leif klar, dass er und David in dieser Hinsicht keine Chance hatten. Als David das Fenster öffnete und sich dem ins Tor eingebauten Holo-Empfänger zeigte, schwärmten die Nachrichtenleute um sie herum. David blinzelte im Blitzlichtgewitter, während ihm Mikrofone vor die Nase gehalten wurden.

»Verraten Sie uns bitte, wer Sie sind, Sir?«, fragte ein Reporter.

»In welcher Verbindung stehen Sie zur Familie Mac-Pherson?«, wollte ein weiterer wissen.

»Bitte ...« David war völlig überrumpelt. Er wurde dadurch gerettet, dass sich die Tore vor ihnen öffneten. Eine Staubwolke hinter sich her ziehend, raste das Taxi mit Vollgas auf das Grundstück.

Als sich die Tore krachend hinter ihnen schlossen, trat der Fahrer abrupt auf die Bremse.

Drei uniformierte Sicherheitsleute umstellten das Fahrzeug. Zwei hatten automatische Waffen in der Hand: kleine, aber absolut tödlich aussehende israelische Maschinenpistolen. Der Dritte trug einen Granatwerfer, der aussah, als könnte er es locker mit einem Panzer aufnehmen.

»Der Wagen bleibt hier«, sagte der Bodyguard mit dem Granatwerfer. »Alle Insassen bitte aussteigen.«

Die Typen sind beinhart, dachte Leif, als er ausstieg und dann von oben bis unten durchsucht wurde. Er bemerkte, dass einer der Schützen sie immer im Visier behielt.

Nachdem sich die Sicherheitsleute davon überzeugt hatten, dass die Jungen harmlos waren, wurden sie zum Haus geführt. Der Fahrer sollte im Wachhäuschen auf sie warten.

Er wirkte nicht sehr glücklich darüber, doch Leif versprach ihm ein dickes Trinkgeld. »Ich werde es mir leisten können«, sagte er zu dem Mann, »nach der Provision, die Ihr Boss mir zahlen wird, weil ich seiner Firma eine so gute kostenlose Publicity verschafft habe.«

Die Kameras klickten und surrten. Leif wusste genau,

dass zahllose Holo-Empfänger nun auf ihn, David und das Taxi gerichtet waren.

»Wenn ich das gewusst hätte, hätte ich meine Sonnenbrille mitgenommen«, murrte David.

»Deswegen hätten die dich trotzdem erkannt«, sagte Leif.

»Darum geht es doch gar nicht. Diese dämlichen Kamerablitze! Ich glaube, die haben schon Löcher in meine Netzhaut gebrannt!«

»Das geht vorbei. Glaub mir. Ich habe Erfahrung damit.«

Die Eskorte begleitete die Jungen zum Haupteingang, dessen Tür sich automatisch öffnete, und von dort in Sabotine MacPhersons Salon.

David sah sich um. »Ein paar von Luddies Hightech-Spielsachen sind bereits verschwunden«, flüsterte er Leif zu.

Sabotine empfing sie in einem hölzernen Stuhl, der so kunstvoll mit Schnitzereien verziert war, dass er wie ein Thron wirkte.

Die Leibwächterin, die hinter Sabotine stand und eine Hand auf den Griff der automatischen Pistole an ihrer Hüfte gelegt hatte, war beinahe so groß wie ihre männlichen Kollegen, aber viel unauffälliger.

»Vielen Dank, dass ihr euch die Mühe gemacht habt herzukommen«, begrüßte Sabotine die Jungen. »Vor allem dass du, Leif, extra aus New York hergekommen bist.«

Bis auf den leicht benommenen Ausdruck auf ihrem Gesicht wirkte sie beinahe normal.

Doch Leif vermutete, dass das alles nur Fassade war. *Denkt sie wirklich, ich bin so weit gereist, nur um ihr mein Beileid auszusprechen?*

»Es war ein schrecklicher Unfall«, fuhr sie fort.

»Sagt das die Polizei?«, unterbrach Leif sie.

»Ich soll nach unserem Besuch hier bei denen vorbei-schauen«, sagte David und warf ihm einen Blick zu.

»Du bist doch aus dem Schneider«, meinte Leif. »Du warst schließlich Kilometer von hier entfernt in Washington, als man Luddie fand.« Er sah Sabotine an. »Und bei dir wird man natürlich annehmen, dass du so was Schweres nicht heben kannst.«

Sie starrte ihn an, Mund und Augen vor Erstaunen über seine Manieren – oder über den Mangel daran – weit aufgerissen.

Doch er hatte Erfolg mit seiner Taktik. Es gelang ihm, eine Antwort aus ihr herauszukitzeln. »Die Polizei sagt, es muss ein g-großer Mann gewesen sein. Jemand wie mein Vater ...«

»Er ist draußen, weißt du das?«, sagte Leif, wobei er so tat, als bemerkte er das Zittern in ihrer Stimme nicht. »Er parkt am Rand des ganzen Medienzirkus, knapp außerhalb der Sichtweite des Wachhäuschens. Er bat mich, dir zu sagen, dass er für dich da ist, wenn du ihn brauchst. Was auch immer das heißen soll.«

David zuckte mit den Schultern und stimmte in Leifs harten Tonfall ein. »Es mag zwar nichts helfen, aber ich denke nicht, dass dein Vater irgendetwas mit der Sache zu tun hat.«

Leif nickte. »Ja. Wenn Luddie ermordet wurde, dann geschah das entweder von hier drinnen aus ...« Er sah, dass die Wächterin zusammenzuckte, als hätte ihre Pistole versucht, sie zu beißen. »... oder jemand verfügte über die Mittel, die ganzen Sicherheitsvorkehrungen – die menschlichen und die automatischen – zu überwinden«, fuhr David fort.

»Die Manual Minority besitzt einiges an Hightech-Zeug«, sagte Leif. »Das weiß ich aus eigener Erfahrung. Was ich bei Battlin' Bob MacPherson gesehen habe, reicht aber bei weitem nicht aus, um hier einzudringen.«

Die Leibwächterin starrte beide Jungen an, als wären sie verrückt geworden. Dann blickte sie Sabotine an. Offensichtlich wartete sie auf den Befehl, sie hinauszuwerfen.

Doch Sabotine MacPherson musterte sie durchdringend. »Wenn es kein Unfall war, wer steckt dann dahinter?«

»Wahrscheinlich dieselben Leute, die auch für Nick D'Alisos Tod verantwortlich sind. Obwohl es sie sicher mehr Arbeit gekostet hat, an deinen Bruder heranzukommen.« Leif hatte spontan angefangen zu sprechen. Er redete sehr schnell, um sich Sabotines Aufmerksamkeit zu sichern und sie vielleicht dazu zu bringen, etwas zu verraten. Doch selbst ihm wurde bewusst, dass seine Theorie auf unheimliche Weise Sinn machte.

»Man braucht schon die finanziellen Möglichkeiten einer ganzen Firma, um einen professionellen Hightech-Killer anzuheuern. Wir wissen, dass es zumindest ein Unternehmen gibt, das in das Problem mit den Lecks verwickelt ist und sich nicht scheut ... sagen wir mal, extreme Maßnahmen zu ergreifen.« Leif beugte sich vor. »Unternehmen werden gewöhnlich nicht wegen Mordes angeklagt. Sie haben Spitzenanwälte, die mit Verleumdungsklagen drohen und die Leute zum Schweigen bringen. Und wenn es hart auf hart kommt, können dieselben Anwälte beliebig viele Experten anheuern, um alle möglichen Unklarheiten für sich auszunutzen.« Er sah Sabotine in die Augen. »Unfall? Mord? Selbstmord? Ihre Rechtsabteilung hätte einen Heidenspaß.«

»Ein Unternehmen.« Anstatt etwas zu erwidern, schweifte ihr Blick plötzlich in die Ferne. »Ja. Ich verstehe.«

Sie sprang eilig auf die Füße. »Nicht viele Menschen hätten es gewagt, mir so etwas zu sagen. Ich schätze das. Und wie gesagt, vielen Dank für euren Besuch.« Sie reichte ihnen die Hand und war verschwunden.

Der Wachmann, der sie zum Haus geführt hatte, erschien, um die verblüfften Jungen zu ihrem Taxi zurückzubringen.

»Was war denn das?«, fragte David verwirrt, als sie zum Wachhäuschen gingen.

»Ich glaube, sie hat uns zu verstehen gegeben, dass unsere Anwesenheit nicht mehr erforderlich ist«, antwortete Leif. »Ich dachte eigentlich, so springt man nur mit Bediensteten um.«

19

Davids Mutter war erstaunt, dass die Jungen so früh wieder zurück waren. Sie lud Leif ein, bei ihnen zu Abend zu essen, und Leif nahm freudig an. David konnte es nicht fassen, wie perfekt Leif sich überall anpasste. Er hatte ihn zusammen mit mächtigen Politikern und im Umgang mit reichen Leuten, ja selbst mit reichen Verrückten wie Sabotine und Luddie MacPherson beobachtet. Nun war er in der Mittelschicht gelandet.

Wie er da am überfüllten Esstisch der Grays saß, war Leif der perfekte Gast. David konnte ihn nicht von seinen Eltern loseisen, obwohl er ihn gern beiseite genommen hätte, um einen Sinn in den Geschehnissen des heutigen Nachmittags zu suchen. Beide hatten auf der Rückfahrt nach Washington nicht viel damit anfangen können.

Doch seine Eltern nahmen Leif mit sich ins Wohnzimmer, als wäre er einer ihrer erwachsenen Freunde. Die Kleinen verzogen sich rasch ins Schlafzimmer an den Computer. Martin Gray saß auf dem Sessel, Davids Mutter wählte die eine Seite der Couch und Leif die andere. David musste sich in der Mitte einen Platz suchen.

Sie unterhielten sich über Wirtschaft und Politik. Martin Gray informierte Leif, so weit er konnte, über den Ermittlungsstand im Mordfall Slobodan Cetnik. David fragte sich, ob sie nun zum Fall Luddie MacPherson übergehen würden, doch die Unterhaltung nahm eine andere Wende.

Leif blickte auf die Uhr. »Darf ich Sie um einen Gefallen bitten?«, fragte er. »Mein Dad hat mich – wie soll ich sagen? – dazu ermuntert, den abendlichen Wirtschaftsbericht in den Holo-Nachrichten anzusehen. Er beginnt in fünf Minuten ...«

»Warum nicht?«, sagte Martin Gray. »Obwohl ich bisher nur in die Rentenversicherung investiert habe.«

»Es dauert nur eine halbe Stunde«, fuhr Leif fort. Er sah Leifs Mutter an. »«Es sei denn, Sie möchten etwas anderes sehen, Mrs. Gray.«

Sie schüttelte den Kopf. »Nein, meine Sendungen laufen erst später. Sieh dir an, was du willst. David, stellst du es ihm bitte ein?«

»Danke«, sagte Leif und erhob sich mit David. »Wenn ich später meinen Dad anrufe, kann ich seinen Testfragen standhalten.«

David stellte das System auf holografische Projektion

ein und schaltete genau zur rechten Zeit auf den Holo-Nachrichten-Kanal. Der Vorspann mit den aktuellen Aktienwerten der Tokioter Börse endete gerade. Als die Titelmusik der Sendung verklang, erschien der Sprecher.

Komisch, dachte David. *Wirtschaftsjournalisten müssen wohl nicht so attraktiv sein wie Nachrichtensprecher – sie müssen nur Autorität ausstrahlen.* Der Kerl sah aus wie eine Mischung aus Mensch und Bulldogge. Er hatte kräftige Kiefer und schmale Lippen, dazu eindringliche braune Augen, die aus dem Bildschirm herauszufunkeln schienen.

»Zu unserem heutigen Hauptthema versuchen wir noch, Bestätigungen, Dementi oder einfach nur Antworten von einigen großen Unternehmen, ihren Anwälten und der Polizei zu erhalten.«

Hinter ihm erschien ein Logo: ein gebrochenes Wasserrohr, aus dem Wassermassen hervorströmten, die stilisierte Menschen in Anzügen überfluteten.

»In den vergangenen Monaten sind Unternehmensgeheimnisse ins Netz gesickert – technische, peinliche und auch unsinnige Geheimnisse. Alles in allem wurden diese Lecks« – der Sprecher zuckte mit den Schultern – »als Ärgernis betrachtet. Doch in den letzten Stunden ist dieses Informationsbächlein zu einer Flut geworden, die droht, die Manager einiger Industriegiganten mit sich zu reißen.«

Der Kommentator nannte Namen, Firmen und weitere Details. Leif und David standen wie versteinert vor dem Bildschirm, bis David merkte, dass sie seinen Eltern die Sicht versperrten und er seinen Freund zur Seite zog.

Die Fälle, die der Kommentator ansprach, waren wirklich verheerend, sie konnten Menschen ihre Jobs kosten und viele für Jahre ins Gefängnis bringen. Bestechung, Insidergeschäfte, Aktienbetrug, instrumentalisierter Meineid ... David blickte Leif an, als er hörte, welche Firma in Letzteres verwickelt war. Die Forward Group.

»Bei früheren Enthüllungen verdächtigten einige Betroffene die Hardweare-Westen der Manager. Da diese tragbaren Computer nicht untersucht werden können, konnten die Vorwürfe weder bestätigt noch widerlegt werden. Doch der Markt hat sein eigenes Urteil gefällt. Seit den Enthüllungen heute Nachmittag sind die Hardweare-Aktien ins Bodenlose gestürzt.«

Das Bild des Kommentators wurde größer. »Unabhängig vom Schicksal der leitenden Angestellten, die von den neuesten Fällen betroffen sind: Hardweare hat seine Strafe bereits erhalten. Der Verdacht, die Firma könnte in Verbindung mit den Lecks stehen, hat die Geldgeber alarmiert. Nun scheint der Tod Luddie MacPhersons, des Gründers und der treibenden Kraft hinter Hardweare, in Verbindung mit dem Aktiencrash das Ende des innovativen Unternehmens einzuläuten.«

David wandte sich seinen Eltern zu, die sehr still dasaßen.

Sein Vater blickte ihn ernst an. »David, ich bin heilfroh, dass du da raus bist.«

Leif bekam von der restlichen Berichterstattung kaum noch etwas mit.

Dem Kommentator zufolge waren die Unternehmen, die im Hauptbericht erwähnt wurden, nur die wichtigsten Opfer der Indiskretionen, sozusagen die Spitze des Eisbergs. Leif gefiel diese Vorstellung gar nicht, denn wenn sich die Affäre ausweitete, konnte sie einige Unternehmen in den Abgrund reißen und damit die Wirtschaft des ganzen Landes schädigen.

Die Sache hatte sich von einer kleineren Geschichte, die nur wenige Business-Freaks interessierte, zu einem großen Thema entwickelt. Genauso wie Hardweare. Luddies Tod hatte das Interesse der Medien erweckt. Die Sintflut belastender Informationen garantierte ein Anhalten dieses Interesses und damit eine weitere Berichterstattung.

Das würde – konnte – Hardweare nicht helfen. Doch andererseits hatte bei ihrem letzten Gespräch mit Luddie nichts darauf hingedeutet, dass dieser seine Firma überhaupt retten wollte. Er hatte vielmehr damit gedroht, sie in die Luft zu jagen. Was war da los? Wer konnte vom Untergang des Unternehmens profitieren?

Leif bedankte sich bei den Grays für das Abendessen und sagte, er wolle sich auf den Rückweg zum Apartment seines Vaters machen.

David brachte ihn nach unten. Offenkundig hatte er etwas auf dem Herzen. »Das nennt man eine unerwartete Wendung.«

»Kann man wohl sagen«, stimmte Leif zu. »Mich hat besonders die Behauptung interessiert, dass Manager der Forward Group vor einem Geschworenengericht gelogen haben sollen.« Er schüttelte den Kopf. »Das ergibt für mich keinen Sinn. Bisher hat jeder die Hardweare-Westen verdächtigt, aber diese Information kann nicht so an die Öffentlichkeit gelangt sein.«

Er deutete mit seinen Händen eine Weste an. »Erinnerst du dich? Ich war dort. Niemand trug eine. Ich wette, sie waren im Forward-Universum verboten. Wie sollte also jemand in-*west*-igativ in ihre Unternehmensversammlungen eindringen können?«

»Autsch! Das Wortspiel ist wirklich unterste Klasse«, stöhnte David. »Aber du hast Recht. Vielleicht wurden die Verteidiger abgehört? Es waren wahrscheinlich externe Anwälte in den Fall involviert. Da könnte es doch sein, dass einer von ihnen bei einem Meeting mit der Forward Group eine Hardweare-Weste getragen hat.«

Leif sah seinen Freund an. »Du machst es wirklich nicht leichter.«

David grinste. »Ich lasse nur ein bisschen meine kreative Paranoia spielen. Hast du jemals eine Hardweare-Weste getragen?«

»Einmal. Ich wollte wissen, wie das ist.«

»Du hast dabei aber nicht an etwas Belastendes gedacht, oder? Ich habe ehrlich gesagt versucht, mich zu erinnern, was mir das eine Mal durch den Kopf ging, als ich eine trug.«

»Kreative Paranoia? Das klingt eher nach Paranoia im Endstadium.«

»Meinst du? Wie viele Leute speichern belastende Beweise – Aktienbetrug, geplante Falschaussagen vor Gericht – auf ihren Computern ab?«

»Solche Informationen sind eigentlich vertraulich.« Leif versuchte, sich herauszureden.

»Also, hebst du deine schmutzigen Geheimnisse auf deinem Computer auf?«

»Ähm ...« Leif öffnete den Mund und ließ ihn schnappend zuklappen. »Diese Frage würde ein weiser Mann nicht beantworten. Wenn ich jedoch rein hypothetisch gesehen schmutzige Geheimnisse hätte – nein. Ich müsste verrückt sein, sie dort aufzubewahren, wo jeder Hacker sie ausgraben kann, wenn er will.«

David nickte. »Man lässt also nichts auf seinem Computer, das einen in Schwierigkeiten bringen könnte.

Wieso sollte man dann was speichern, das einen ins Gefängnis bringen könnte? Für Jahre?«

»Du meinst also, dass die Geheimnisse nicht durch in den Westen gespeicherte Daten an die Öffentlichkeit gelangt sind?«

»Nein. Ich glaube, die Gedanken der Benutzer wurden irgendwie aufgefangen.« David sprach jetzt sehr bedächtig.

»Jetzt mal langsam, Kumpel. Das hat ja wohl mit vernünftiger Überlegung nichts mehr zu tun.«

Im Gegensatz zu Leif war David todernst. »Erinnerst du dich an die Live-Übertragung? Die Jagd durch die Gasse? Uns war klar, dass es eine Nachricht von Nick D'Aliso gewesen sein musste. Doch woher wusste D'Aliso, dass er diese Gasse entlanggejagt und erschossen werden würde? Das konnte er nicht einmal ahnen!«

Leif starrte ihn an. »Du willst also sagen, die Übertragung war keine Aufnahme.« David nickte erneut, diesmal energischer. »Ich war während seiner letzten Minuten bei Nicky, über die Weste, die er trug. Der Download erfolgte über ein System, das er bereits installiert hatte und mit dem er vertraut war.«

»Also benutzte D'Aliso Hardweare für seine Spionage.«

»Oder er spionierte Hardweare aus, weil eine dritte Partei den Fehler im Entwurf beziehungsweise die eingebaute Falltür entdeckt hatte.«

»Was uns wieder zur Forward Group bringt«, sagte Leif bedrückt. »Einen kurzen Moment lang hatte ich geglaubt, wir könnten sie als Verdächtige ausschließen. Doch jetzt rücken sie wieder bedrohlich nahe. Es wäre genau ihr Ding, die Quelle dieser Lecks unter ihre Kontrolle bringen zu wollen. Und jetzt, wo Luddie aus dem

Weg geräumt ist, kann sie niemand mehr an der Übernahme Hardweares hindern.«

»Nach dem Niedergang der Aktien? Das wäre, als würde man das Skelett eines Unternehmens kaufen«, sagte David.

»Die ganze Publicity wird die Leute so abschrecken, dass sie die Westen nicht mehr tragen wollen.« Leif schüttelte bedächtig den Kopf. »Ironie des Schicksals. Hardweare ist für die Kannibalen bei Forward durch diesen Trick zwar zu einem Schnäppchen geworden, doch leider ist nun auch der Weg in die Köpfe der Vorstände abgeschnitten.«

Schweigend erreichten sie die Haustür. Leif wandte sich plötzlich noch einmal um. »Du weißt, mit wem wir uns jetzt in Verbindung setzen müssen. Es ist schon zu spät, ihn noch im Büro zu erwischen, trotz seiner schrecklichen Arbeitszeiten. Hast du morgen Vormittag Zeit?«

David versuchte nicht einmal, Gegenargumente zu finden. »Ich nehme sie mir.«

Früh am nächsten Morgen erreichte Leif Captain Winters in dessen Net Force-Büro und vereinbarte einen Termin. Doch die Besprechung konnte erst am Nachmittag stattfinden. Als es so weit war, holte er David ab. »Net Force, wir kommen.«

Die Korridore waren vom Gemurmel der Leute erfüllt. Da Captain Winters noch in einer Hologramm-Konferenz war, wurden sie an der Tür zurückgehalten. Schließlich winkte er sie herein.

»Ich fürchte, ihr müsst euch kurz fassen«, entschuldigte er sich. »Bei mir geht es heute rund.«

Er lächelte die Net Force Explorers gestresst an. »Normalerweise mag ich diese Arbeit, aber heute bin ich müde, Jungs, sehr müde. Ich musste die eingehenden Anrufe bearbeiten. Manager, Direktoren, Vorstände – alles schreit hektisch nach der Net Force. Wir sollen sie vor den Lecks beschützen, die sie ihre Stellungen kosten können.«

Das Lächeln auf Winters' Gesicht verschwand. »Wenn ich den Satz ›Wir zahlen schließlich Steuern‹ noch einmal höre ...« Er schüttelte heftig den Kopf. »Und das sind genau die Leute, deren Steuermoral am meisten zu wünschen übrig lässt.«

Er schüttelte den Kopf. »Nein, im Moment wünschte ich, ich wäre wieder ein Vollzeitagent im Feld. Der Rest der Net Force-Mitarbeiter hat einen Heidenspaß. Sie verfolgen die Spuren, die im Netz aufgetaucht sind, untersuchen die Lecks, die die Firmen stopfen wollen. Was wir bisher haben, wird einige Schlaumeier, die dachten, sie stünden über dem Gesetz, hinter Gitter bringen.«

»Wenn sie es verdienen, sollen sie dafür bezahlen«, sagte David.

»Das ist schon richtig.« Leif klang zögerlich. »Doch auch viele Unschuldige werden in Mitleidenschaft gezogen. Der wirtschaftliche Schaden entspricht genau der Art ökonomischer Kriegsführung, von der Typen wie Cetnik träumen.«

»Es wird einen hohen Preis kosten«, gab Winters zu. »Technologie hat eben auch ihre Schattenseiten.«

»Ja.« David lachte. »Es ist irgendwie ironisch. Wahrscheinlich wird eine Menge ehemaliger Geschäftsführer der Manual Minority beitreten.«

Sehr schnell wurde er wieder nachdenklich.

»Wir interessieren uns besonders für den Fall, in den die Forward Group verwickelt ist«, sagte Leif.

»Das überrascht mich nicht.« Winters nickte. »Ich habe dieser Angelegenheit selbst besondere Aufmerksamkeit geschenkt.« Er zuckte mit den Schultern. »Das Leck betrifft nur die mittlere Führungsebene. Es gibt keine Chance, die großen Fische dran zu kriegen.«

»Wir waren hinsichtlich dieser Indiskretionen geteilter Meinung«, sagte Leif. »Natürlich ist es möglich, dass es sich wirklich um ein Leck handelt, das einen gefährlichen Konkurrenten ausschalten sollte. Vielleicht opfert Forward aber auch nur einige seiner leitenden Angestellten, um zu verbergen, dass das Unternehmen die Lecks, durch die es angeblich geschädigt wird, selbst verursacht oder sie zumindest nutzt.«

»Möglich«, gab der Captain zu. »Diese Meineid-Sache ist kein harter Schlag für Forward. Solange wir die Typen nicht dazu bringen auszupacken.« Er schien die Chancen dafür nicht besonders hoch einzuschätzen. »Sie werden erstklassige Anwälte bekommen, doch es wäre besser für sie, sie ließen sich in unser Zeugenschutzprogramm aufnehmen.«

Er starrte plötzlich ins Leere. »Ich erwarte eine hohe Unfallrate bei diesen leitenden Angestellten. Es wird sich zwar etwas hinziehen, doch nach und nach wird es geschehen. Autounfälle. Defekte Elektrogeräte. Herzinfarkte. Vielleicht sogar ein Selbstmord.«

»Da fragt man sich, warum man einen Job bei einer Firma annehmen sollte, die ihre Chefetage auf so drastische Art und Weise entsorgt«, sagte David.

»Oh, die kleinen Haie denken nie, dass es sie einmal erwischt«, sagte Leif.

Winters sah ihn an. »Irgendwie kennst du dich mit dieser Geisteshaltung für meinen Geschmack etwas zu gut aus.«

Leifs Geste bedeutete in etwa »Was soll ich sagen?«
»Zu viel Erfahrung mit diesem Typ Mensch. Obwohl
mein Dad keine Haie einstellt. Nur Leute, die sich dazu
entwickeln könnten.«

»Also haben wir immer noch keinen Hinweis auf den
Verursacher«, sagte Winters. »Und wir stehen vor einer
neuen Milliarden-Dollar-Frage. Warum diese Flut von
geheimen Informationen? Warum jetzt?«

»Der Zeitpunkt lässt darauf schließen, dass Luddie
nichts damit zu tun hatte«, sagte David.

»Es sei denn, es handelt sich um eine posthume Ra-
cheaktion«, schlug Leif vor. »Normalerweise passiert so
was nur in Opern oder in der Bibel. Ihr wisst schon,
überlebensgroße Gesten überlebensgroßer Leute. Götter-
dämmerung. Samson, der die Säulen des Tempels ein-
reißt. Luddie MacPhersons Computerprogramm, das
noch aus dem Grab heraus seinen Feinden Verderben
bringt.«

»Oder«, sagte David langsam, »Luddies Schwester, die
sich an der Welt rächen will.«

Leif und Winters starrten ihn an. »Als sie Leif und
mich wegschickte, waren wir zu verärgert, um auf ihr
Verhalten zu achten«, fuhr er fort.

»Sie benahm sich wirklich seltsam«, bestätigte Leif.

»Das hatten wir schon länger festgestellt. Luddie hatte keinen Grund, seine eigene Firma durch diese Com-
puterlecks zu ruinieren. Obwohl sie offensichtlich von
Hardweare ausgingen, brachten sie Luddies Firma keinerlei Vorteile. Weder finanziell noch auf andere Art und
Weise. Doch trotz des Schadens, den ihm die Lecks zu-
fügten, war Luddie nur darauf aus, jegliches Einschreiten der Behörden zu blockieren. Als die Ermittler Ernst
machten, verbarrikadierte er sich hinter einer Mauer

juristischer Spitzfindigkeiten.« David sah Leif an. »Und dann dieses Gebrabbel von der Politik der verbrannten Erde. Du hast dich gefragt, was er sich dabei dachte. Vielleicht war das die falsche Frage. Wen versuchte er zu schützen?, wäre wohl treffender gewesen. Wenn Sabotine die ganze Zeit die Quelle der Lecks war, ergibt alles einen Sinn.«

»Das ist genauso interessant wie deine Theorie über die Forward Group.« Winters' Stimme wirkte wie ein Guss kalten Wassers. »Obwohl es noch abgehobener ist.«

»Wirklich? Nennen Sie mir eine andere Person, die eine enge Beziehung zu Hardweare hat und noch am Leben ist.«

Leif blickte zum Hologramm-Setup des Captains. »In Anbetracht der Neigung der Forward Group, bei der Lösung von Problemen eher ... drastisch vorzugehen, sollten wir uns vielleicht mit ihr in Verbindung setzen, um uns davon zu überzeugen, dass sie noch am Leben ist.«

Winters ging unwillig zu seinem System. Er runzelte die Stirn, als der Bildschirm flackerte, doch niemand abhob.

»Keine Antwort«, knurrte er. Er startete den Computer und gab einige komplizierte Befehle. Als er die Ergebnisse sah, stürmte er aus dem Büro. »Keine Verbindung. Doch der Rest des lokalen Telefonsystems ist in Ordnung. Ich schnappe mir ein Team und mache mich auf den Weg.«

Er zögerte und sah die Jungen an. »Vielleicht kommt ihr besser mit. Was auch immer dort draußen vor sich geht, sie sollte notfalls mit jemandem sprechen können, den sie kennt.«

20

Sie rasten in zwei zivilen Wagen los und hielten sich bedeckt: keine Sirenen, kein Blaulicht. Captain Winters fuhr mit Leif und David. Es war nicht einfach, im zähen Washingtoner Verkehr die Ruhe zu bewahren.

Das änderte sich allerdings, als der Captain sich wie üblich aus Höflichkeit bei der örtlichen Polizei des Ortes meldete, in dem das Anwesen der MacPhersons lag.

Plötzlich erhielt die Operation höchste Dringlichkeitsstufe. Winters hupte den anderen Wagen an. Er befahl David, das Blaulicht unter dem Vordersitz hervorzuholen und am Dach anzubringen. Während sich David noch aus dem Fenster lehnte, um die blinkende Leuchte in ihre Position zu bringen, schaltete der Captain bereits die Sirene ein. Durch das geöffnete Fenster war der Lärm so durchdringend, dass Leif beinahe das Trommelfell platzte. Einen Augenblick später stimmte auch die Sirene des anderen Wagens ein. Die Autos bahnten sich in ohrenbetäubendem Duett ihren Weg über den Parkway.

Winters lenkte das Fahrzeug mit einer Hand, die andere hielt das Mikrofon des Funkgeräts. Leif hatte den Anfang des Gesprächs verpasst. Er bekam nur das Ende mit: »... Ich brauche die Kampfhubschrauber, und zwar sofort!« Winters bellte geradezu ins Mikrofon. »Ich bin zwar bei der Net Force, doch ich komme eigentlich von den Marines. Wir brauchen möglicherweise Verstärkung, und die muss vor Ort sein, wenn wir eintreffen.«

Der Rest der Fahrt rauschte wie ein Traum an ihnen vorüber. Sie flitzten um die Autos herum, die für die Sirenen zur Seite fuhren, und nahmen es mit denen auf, die das nicht taten.

Dann verließen sie den Parkway und schlängelten sich über kurvenreiche Landstraßen. Lange bevor die Steinmauern, die das Anwesen der MacPhersons umgaben, in Sicht kamen, trafen sie auf eine Straßensperre. Einige Wagen der örtlichen Polizei waren postiert worden, um den Verkehr umzuleiten. Die Beamten standen nervös herum, die Hände am Griff der Pistolen.

Winters hielt an und sprang aus dem Wagen. Er hatte seine Brieftasche geöffnet, um seinen Net Force-Ausweis zu zeigen. »Weiß jemand von Ihnen, was dort oben vor sich geht?«, fragte er.

Der verantwortliche Sergeant, ein großer, gut aussehender Mann, dessen Uniform seine eindrucksvolle Statur betonte, zuckte mit den Schultern. »Hörte sich an wie ein kleiner Krieg. Für uns definitiv eine Nummer zu groß. Deshalb haben wir die ehrenvolle Aufgabe, hier den Verkehr zu regeln und auf die Staatspolizei zu warten.«

»Sie scheinen mir aber doch recht kriegserfahren zu sein.« Winters tippte auf die Reihe von Ordensbändern, die der Sergeant über seiner Dienstmarke trug. Leif bemerkte, dass einige davon militärische Auszeichnungen waren.

»Haben Sie die bei den letzten Balkaneinsätzen bekommen?«, fragte der Captain.

Der Sergeant taute etwas auf und nickte. »Bei dem Feldzug am Sava-Fluss.«

»Ich war mit dem I-Corps zur Verteidigung von Corsokak eingesetzt.«

Die gemeinsame Kampferfahrung machte den Polizisten gesprächiger. »Wir sollen hier die Stellung halten und Passanten aus der Gefechtszone heraushalten. Aber ich habe mir das Ganze aus der Nähe angesehen und versucht, die Lage auszukundschaften.« Er schüttelte den Kopf. »Da oben ist die Hölle los, Sir. Irgendwas oder irgendwer hat die Mauern überwunden. Mr. Wheeler wird ganz schön entsetzt sein, wenn er sieht, was mit seinen Pferden passiert ist.«

»Verstanden, Sergeant«, sagte Winters. »Sie brauchen nicht auf die Staatspolizei zu warten. Wir gehen rein, sobald sich die Hubschrauber einen Überblick verschafft haben.«

Der Polizist sah ihn ungläubig an. »Sie setzen Hubschrauber ein?«

»Kampfhubschrauber«, präzisierte Winters. »Marine Super Cobras. Die werden das Ganze zu einem Ende bringen, egal was da los ist. Und dann greifen wir ein.«

Wie auf Stichwort tauchten die langen, schlangenförmigen Umrisse der AH1-W-Kampfhubschrauber am Horizont auf. Winters entschuldigte sich und nahm über das Funkgerät des Wagens mit den Hubschraubern Verbindung auf.

Während die Helikopter vorrückten, zischte etwas nach oben, das sich gegen den dämmernden Himmel schmerzhaft grell abzeichnete. Unter dem Kampfhubschrauber an der Spitze explodierte mit tiefem Donnern ein Feuerball. Der Hubschrauber erzitterte in der Luft, änderte den Kurs und feuerte ebenfalls eine Rakete ab.

Die Explosion am Boden war um einiges lauter. Sie löste ein plötzliches Gewitter von Handfeuerwaffen aus, das auf die Hubschrauber gerichtet war. Diese antworteten unbarmherzig. Winters hielt über Funk Kontakt mit den Hubschraubern und mit dem Polizeisergeant, der an seinem eigenen Funkgerät saß.

Als schließlich mehrere LKWs mit Marines eintrafen, waren auch Staatspolizei und weitere Einheiten der örtlichen Polizei vor Ort.

»Scheint so, als wären wir bereit reinzugehen«, sagte der Captain.

Die Marines bildeten die Vorhut, begleitet von dem Polizeisergeant, der die Straßensperre errichtet hatte. Dann folgten die Polizisten und schließlich der Wagen mit den Net Force-Agenten; das Schlusslicht bildeten Captain Winters und die Jungen.

Eine dichte Rauchwolke hüllte das Anwesen der Mac-Phersons ein. Sie stammte von dem schwelenden Grasbrand auf der Weide jenseits der Straße. Als die Brise auffrischte und den Rauch fortblies, wandte Leif abrupt den Kopf ab. Offensichtlich war eine Rakete irrtümlich inmitten der Pferdeherde niedergegangen. Leif war froh, dass die Fenster geschlossen waren und der Wind, der aufsteigenden Wolke schwarzen Rauchs nach zu urteilen, von ihnen weg wehte. Auf den Geruch konnte er gut verzichten.

Winters fuhr auf das Grundstück – durch die Einfahrt, wo sich die Tore befunden hatten. Die Gitter aus massivem Edelstahl lagen verbogen und durchlöchert ein paar Meter entfernt am Boden.

»Womit sind diese Kerle hier eingedrungen?«, fragte David. »Mit einem Panzer?«

Das Wachhäuschen war ebenfalls völlig zerstört.

Einige Marines und Polizisten versuchten, den Schutt aus dem Weg zu räumen. Ein Polizist kniete neben dem Weg am Boden und breitete lange, schwarze Plastiksäcke aus – Leichensäcke.

Sie fuhren näher an das Haus heran. Der Rasen, den Leif als sorgfältig gepflegte Grünfläche in Erinnerung hatte, sah aus wie ein Schlachtfeld. Er war von Einschusslöchern durchsiebt und wirkte wie umgepflügt.

In der Ferne lag ein qualmendes Kettenfahrzeug auf der Seite.

»Ich glaub's nicht! Die hatten einen Panzer!«, platzte David heraus.

Captain Winters kniff die Augen zusammen. »Das ist wohl eher ein gepanzerter Mannschaftstransporter. Von hier aus kann ich nicht viel erkennen. Ist nicht mehr allzu viel davon übrig. Es könnte ein alter Bradley-Schützenpanzer oder ein britischer Kampfklassen-Panzerwagen sein. Diese Kerle haben es wirklich ernst gemeint.«

Er deutete mit dem Kopf auf ein paar Marines, die vorsichtig den aufgerissenen Boden untersuchten. »Beide Seiten. Es sieht so aus, als wären ein paar Angreifer in ein Minenfeld geraten.«

»Toll«, murmelte Leif. »Haltet mich bloß davon ab, hier ausgedehnte Spaziergänge zu unternehmen.«

Das Haus selbst hatte den Angriff ziemlich gut überstanden, es waren nur einige Fenster zu Bruch gegangen. Die Mauern wiesen stellenweise Brandspuren auf. »Sieht aus, als wäre es ganz schön heiß hergegangen.« Winters sprach aus Erfahrung.

»Es ist immer noch recht heiß.« Leif deutete auf einige Löcher, die zuvor Fenster gewesen waren und aus denen immer noch Rauch quoll. Die ganze Einrichtung schien in Flammen zu stehen.

»Da kommt auch schon Hilfe.« Captain Winters fuhr das Auto zur Seite, um Platz für einen Feuerwehrwagen zu machen.

Auf der entgegengesetzten Seite des Anwesens waren in der Ferne erneut Schüsse zu hören. Es war ein kurzes

Gefecht. Dann ging über die Funksprechanlage des Wagens eine Meldung ein.

»Die Eindringlinge hatten es schon schwer, bevor unsere Hubschrauber auftauchten. Als ihr Panzer in die Luft flog, haben sie es mit anderen Tricks versucht. Doch es war zu spät.« Winters' Blick war ernst. »Die Explosionen, die ihr gehört habt, haben die Letzten von ihnen erledigt. Sie wollten lieber weiterkämpfen als aufgeben. Wir haben das Gebiet unter Kontrolle.«

»Keine Gefangenen?«, fragte David ungläubig.

»Anscheinend haben sie einen Verletzten. Er hat einen Streifschuss am Kopf und war bewusstlos. Sie bringen ihn her.«

Er hielt den Wagen vor dem Haus an. Leif bemerkte, dass die schicken automatischen Türen eingedrückt waren. Zwischen Sabotine MacPhersons Kunstsammlung schritten Feuerwehrmänner umher und versuchten, vor den Flammen zu retten, was zu retten war.

Als ein Trupp Marines mit einigen Sanitätern eintraf, stieg Winters aus. Der Polizeisergeant, der die Marines begleitet hatte, war ebenfalls dabei.

»Ist er mit der Sprache herausgerückt?«, fragte Winters.

»Bisher stöhnt er nur«, antwortete einer der Sanitäter. »Der wird schon noch kooperativer.«

Der Polizeisergeant beugte sich über den Gefangenen auf der Trage – einen kantigen jungen Mann mit militärisch kurzem blondem Haar. »Der sitzt ziemlich in der Tinte, aber wir wollen vor allem herausfinden, wer ihn geschickt hat. Die haben sich für eine Menge zu verantworten ...«

Der junge Mann auf der Trage öffnete stöhnend die Augen. Entsetzt musterte er die fremden Gesichter um sich herum.

»Keine Angst, mein Sohn«, sagte Winters erstaunlich fürsorglich. »Es hat dich erwischt, aber es ist nichts Ernsthaftes ...«

Der junge Gefangene ließ seinen Mund zuklappen und biss die Zähne zusammen. Dann schnitt er eine Grimasse, schluckte und begann plötzlich einen wilden Kampf gegen die Fesseln, die ihn auf der Trage festhielten.

»Junge, du kommst nicht los«, sagte der Polizist.

»Er versucht nicht, sich zu befreien!« Winters griff nach dem Sanitäter. »Er hat Krämpfe.«

Der Mediziner sprang zu seinem Patienten, doch er konnte nichts tun. Innerhalb von Sekunden war der Gefangene – jung, stark, kaum verwundet – tot. Seine Augen waren glasig, sein Gesicht und seine Lippen schimmerten bläulich.

Winters trat vor und schnüffelte vorsichtig am Mund des Toten. »Öffnen«, sagte er zu dem Sanitäter. Sie drehten den Kopf in den Lichtkegel der Scheinwerfer des Feuerwehrautos.

»Da ist ein Zahn abgebrochen oder fehlt«, berichtete der Sanitäter.

»Zyanid in einem hohlen Zahn versteckt, ein alter Trick«, sagte Winters angewidert. »Ich nehme an, niemand hat ihn richtig durchsucht?«

Obwohl der Tonfall des Captains milde war, konnte Leif sich vorstellen, dass der Truppenanführer, der die Giftpille übersehen hatte, eine unangenehme Zeit vor sich hatte. Leif starrte die Leiche an. Der Junge war nicht viel älter als er und David.

Der Polizeisergeant schüttelte den Kopf. »Mit dieser Art fanatischen Irrsinns hatten wir bei unseren Kämpfen gegen die Spinner der K. A. auf dem Balkan ständig zu tun.«

Winters sah angeekelt aus. »Das war wohl die Reaktion eines Söldners, der mehr Angst vor seinen Arbeitgebern hatte als vor der Bundesregierung.«

Er gab den Sanitätern das Zeichen zum Wegtreten. »Schafft ihn fort. Wir können ihm nicht mehr helfen – und er hat dafür gesorgt, dass er uns auch nicht helfen kann.«

Sie standen fast eine weitere Stunde vor dem Haus, während die Feuerwehr den Brand löschte.

Hatte Sabotine überlebt?, fragte sich David. Ein paar Leichensäcke wurden hinausgebracht, die Überreste der Kommandotruppe, wie er erfuhr. Dann erhielt Winters Bericht darüber, dass im Keller noch mehr Leichen gefunden worden waren: an einer Stahltür, wie sie normalerweise im Tresorraum von Banken zu finden war. Wie es aussah, waren die gefallenen Männer sowohl Wachen als auch Angreifer gewesen.

»Das ist entweder ein Fluchttunnel oder ein letzter Zufluchtsort. Und eine derartige Tür lässt eigentlich nicht auf einen Tunnel schließen.«

Die Tür war von Handfeuerwaffen und Panzerabwehrgeschossen ziemlich beschädigt worden. Schließlich konnten sie aber mit den Überlebenden im Bunker Verbindung aufnehmen.

Er gab nur wenige Überlebende – Sabotine und ihre Leibwächterin waren darunter. Die Sicherheitsbeamtin war sehr blass. Ein schlampig angebrachter Druckverband an ihrem Arm zeigte, wo sie von einer Kugel getroffen worden war, als sie Sabotine in das Versteck gebracht hatte.

Sabotine MacPherson war in sich versunken. Sie saß völlig apathisch da.

Winters ließ sich von David und Leif dabei helfen, sie

herauszuziehen. Als sie die Blutspuren am Boden sah, zuckte sie zurück. »Tot«, murmelte sie. »Noch mehr Tote. Alles wegen mir.«

Sie gingen nach oben. Sabotines einst so eleganter Salon qualmte noch vor sich hin. Luddies Wunder-Couch war nur noch ein verkohltes Stück Schrott. So wie auch der Thron, auf dem Sabotine gesessen hatte, als sie David und Leif so hochmütig entlassen hatte.

Doch der kleine Schemel hatte irgendwie überlebt. Sabotine kauerte sich auf den geschnitzten Holzhocker, als erhoffte sie sich von ihm Trost.

Captain Winters stellte sich vor. »Können Sie uns sagen, was passiert ist?«

Sabotine sah auf. »Ich habe versucht, Luddies Tod zu rächen.« Sie schien sich wieder gefasst zu haben. »Sie wollten mich umbringen. Wir haben die Explosionen am Tor gehört. Unsere Netz-Verbindung wurde unterbrochen. Dann kamen sie durch den Haupteingang. Die Sicherheitsleute taten ihr Bestes, um sie aufzuhalten. Matilda und einige Wachleute brachten mich in den Bunker.«

Sie atmete keuchend. »Matilda wurde getroffen. Ich wollte die Tür länger offen halten, um die anderen noch reinzulassen. Aber – sie hat sie geschlossen.« Ihre Augen blickten ins Leere, sie schien durch den Boden hindurch zu starren. »Wir haben alles über die Empfänger beobachtet, bis sie zerstört wurden. Die Leute starben – so viele mussten sterben, und alles meinetwegen.«

Sie warf sich zu Boden und würgte, doch es kam nichts heraus.

David kniete sich neben sie und half ihr auf. »Es war ihr Job, dich zu beschützen«, sagte er. »Und das haben sie getan.«

Sabotine sah ihn mit plötzlichem Zorn an. »Ich meine nicht die Wachen«, sagte sie im selben Tonfall, mit dem sie ihn vor ein paar Tagen weggeschickt hatte. Ihre Augen füllten sich mit Tränen. Sie kullerten die Wangen hinunter, als sie ihre Augenlider schloss. »Ich meine Nicky. Und Luddie. Und wer weiß, wie viele andere Menschen noch – nur weil ich Gedanken lesen konnte.«

21

»Wie bitte?«, rief Captain Winters aus.

David beobachtete Sabotines Gesicht. Sie wirkte sehr ruhig. Zu ruhig. Als wäre ihr gerade eine große Last von der Seele genommen worden. Doch in ihren Augen blitzte es kaum merklich auf.

Er wandte sich nach Leif um. Hatte er es auch bemerkt? Seinem Gesichtsausdruck nach zu urteilen, ja. Er trat hinter Sabotine, damit sie ihn nicht sehen konnte, und formte mit den Lippen einige Worte.

Was sagt er? David spitzte die Ohren, doch er verstand nur »Genie und ...«.

Dann hatte er begriffen. Leif wiederholte das alte Sprichwort – »Genie und Wahnsinn liegen dicht beieinander.«

Zerbrechliche, furchtsame Sabotine. War ihre eigene Wirklichkeit schließlich zerbrochen?

»Ich werde euch alles erzählen«, sagte sie. »Es fing an, als ich ein kleines Mädchen war. Ich dachte, mein Daddy wäre der wunderbarste Mann der Welt – wie die meisten kleinen Mädchen.«

Sabotine streckte die Hand nach David aus, um es ihm verständlich zu machen. »Daddy sagte, Maschinen saugen das Leben aus den Menschen. Und ich glaubte ihm. Ich glaubte an das, was mein Vater vorhatte.«

Bei der Erinnerung verzerrte sich ihr Gesicht schmerzlich. »Aber Luddie kämpfte immer gegen Daddy. Sie diskutierten ständig. Luddies Mom hatte Daddy verlassen, ebenso wie meine. Dann verließ uns Luddie. Doch Daddy und ich hatten einander. Er war so stolz darauf, dass ich Kunst und Design studierte – dass ich mit meinen Händen arbeitete, nicht mit Computern.«

Sie zuckte mit den Schultern. »Luddie war irgendwo da draußen und verdiente Geld. Dann kam er zurück und prozessierte, um mich meinem Daddy wegzunehmen.«

Sie ließ ihr Gesicht in ihre Hände sinken, als wollte sie sich verstecken. »Daddy brachte mich in ein Versteck, um mich von Luddie fern zu halten. Doch seine Männer fanden mich, und so lebte ich bei ihm.«

Sabotine spähte zwischen ihren Fingern hindurch. Man spürte ihre Verwunderung förmlich. »Ich wollte Luddie hassen. Doch dann konnte sogar ich erkennen, dass er mit Hardweare etwas Neues, Wunderbares tat.«

»Du glaubtest an deinen Vater und an deinen Bruder«, sagte Leif.

Sie sah ihn über ihre Schulter hinweg an. »Genau!«, sagte sie eifrig. Dann sprach sie matt weiter. »Doch sie konnten nicht beide Recht haben.«

»Was hast du dann gemacht?«, fragte David vorsichtig.

»Ich begriff, wie einer dem anderen helfen konnte. Als Luddie mir die Verantwortung für die Westen übertrug, habe ich einen meiner eigenen Schaltkreise hinzugefügt. Ich glaube, er hätte niemals auch nur vermutet, dass ich dazu in der Lage war. Es war schwierig, doch letztendlich funktionierte es.«

»Eine Falltür?«, fragte Captain Winters ungläubig. »Sie haben sie einfach an den Entwurf Ihres Bruders angehängt?«

»Niemand hat es je bemerkt«, erklärte das Mädchen. »Die Westen werden ja von Robotern hergestellt. Als ich dann mehr über Computer lernte, konnte ich die Prozessoren der Hardweare-Westen anzapfen, wann immer die Benutzer im Netz waren.«

»Memos, Tabellenkalkulationen, Protokolle«, sagte Winters. »Diese Informationen sind Ihnen einfach so in den Schoß gefallen.«

»Doch da war noch mehr, nicht wahr, Sabotine?« David fing an zu verstehen, worauf das Mädchen hinaus wollte.

Sie nickte eifrig. »Ich dachte, ich könnte diese hohen Tiere aushorchen. Doch als ich mit dem Herunterladen begann, stellte ich fest, dass ich die Gedanken und Gefühle empfangen konnte, die hinter ihren Handlungen standen.«

Ja, dachte David, so wie ich die Todesangst spürte, die Nick D'Aliso empfand, als er um sein Leben rannte. Er blickte Captain Winters an, dem es angesichts dieser kompletten Missachtung der Privatsphäre die Sprache verschlagen hatte.

Sabotine schauderte. »Manche dieser Leute waren schlecht, sehr schlecht. Doch es war wie eine Sucht. Ich bespitzelte jemanden, und wenn ich etwas fand, was er geheim halten wollte, stellte ich es ins Netz.«

Winters fand endlich seine Sprache wieder. »Und wie kam D'Aliso ins Spiel?«

»Als Nicky anfing, für Hardweare zu arbeiten, fand er

bald heraus, was ich tat.« Sabotine stiegen wieder Tränen in die Augen. »Er mochte mich. Er versuchte, mir zu helfen, aber ich ... ich konnte nicht aufhören.«

Sie blickte David an. »Als du den Job angenommen hast, warnte er mich davor, mit dir zu sprechen. Du würdest mich in Schwierigkeiten bringen.«

Sie presste die Hände zusammen. »Doch dann geriet Nicky selbst in Schwierigkeiten.«

Ihr Körper verspannte sich. »Wir wussten, dass ein großes Unternehmen herumschnüffelte und herausfinden wollte, wie die Informationen nach außen drangen – um die Lecks für sich zu nutzen. Nicky entdeckte, dass es sich um die Forward Group handelte, weil sich diese Leute an ihn wandten. Als er sie nicht aufhalten konnte, wollte er um Zeit spielen.« Sie seufzte. »Er tauchte persönlich bei ihnen auf, um sie zu provozieren.«

Ein leises Lächeln umspielte ihre Lippen. »Er hätte bei Forward ebenso gut von einer Marschkapelle begleitet antreten können. Nicky war sich sicher, dass man ihn gesehen hatte und mit Forward in Verbindung bringen würde – und dass sie sich deshalb zurückhalten mussten.«

Sie wirkte verzweifelt. »A-aber das hat ihn nicht gerettet. Sie haben ihn getötet ... wie sie auch Luddie getötet haben.«

»Warum hast du all diese Geheimnisse veröffentlicht, als Luddie starb?«, fragte Leif. »Aus Rache?«

»Ich wollte sie alle verletzen, alle diese seelenlosen Monster, die Maschinen benutzen.« Das waren die Phrasen, die Sabotines Vater verwendete.

David bemerkte mit einem Frösteln, dass sogar ihre Stimme klang wie die von Battlin' Bob.

»Ich war pausenlos im Netz, stundenlang, habe mich

überall eingeschlichen und jedes schmutzige kleine Geheimnis, das mir in die Hände fiel, ans Licht gezerrt. Doch eigentlich suchte ich nach etwas, um der Forward Group zu schaden. Es schien aussichtslos. Bis ich an diesem Anwalt dranhing, der Notizen aus dem Treffen mit einem Mandanten diktierte. Sie nannten es ›Aussagenverdunkelung‹, doch es waren schlicht und einfach Lügen. Ich stellte alles ins Netz. Kurz darauf kamen diese Typen, um mich zu töten. Sie hatten alle anderen aus dem Weg geräumt und dachten, wenn ich weg wäre, könnten sie sich die Firma unter den Nagel reißen.«

Sie blickte trotzig auf. »Na, es wird ihnen nichts nützen. Hardweare gibt es nicht mehr. Ich habe alle Entwürfe gelöscht und die Fabriken in die Luft gejagt.«

Ihre Stimme hatte sich wieder verändert. Es war, als hörten sie ein weibliches Echo von Luddies Tiraden über seine Politik der verbrannten Erde.

»Luddie sagte immer, einige Teile des Entwurfs wären nur in seinem Kopf gespeichert«, fuhr sie fort. »Jetzt, wo er tot ist, wird niemand jemals erfahren, wie die Westen aufgebaut sind. Und um den Rest habe ich mich gekümmert.«

Captain Winters wandte sich ab und zog in fiebriger Eile sein Brieftaschen-Telefon heraus. Er wählte die Nummer seines Büros und zog hektisch Erkundungen ein. »Nein, das ist kein Scherz. Ich will, dass diese Orte überprüft werden. Besser gestern als heute.«

Leif ging zu der Computerkonsole im Zimmer. Er mühte sich einige Augenblicke ab und sah dann die anderen an. »Ich weiß nicht, ob es am Feuer liegt oder ob sie die Wahrheit gesagt hat. Jedenfalls scheint dieses System nichts zu beinhalten.«

Sabotine nickte friedlich.

David sah das Mädchen an. Sie war schön, klug und offenbar hoffnungslos verrückt. Die Habgier eines Unternehmens hatte ihren Freund, den Hacker, und ihren Bruder, das Genie, das Leben gekostet.

Doch David musste zugeben, dass Sabotine selbst eine irrsinnige Genialität an den Tag gelegt hatte, als sie das brillante Werk ihres Bruders den blutgetränkten Händen seiner Mörder entrissen hatte.

Schade, dachte er. Zu schade, dass Luddies unglaubliche Errungenschaft nur bewahrt werden konnte, indem sie völlig ausgelöscht wurde.

Leif saß in seinem virtuellen Büro und löschte die mit ›Hardweare‹ gekennzeichnete Datei.

Sabotine hatte ihr Wort trotz ihrer psychischen Verfassung gehalten. Die Roboterfabriken von Hardweare waren in Schutt und Asche gelegt, die Aufzeichnungen auf den Computern nicht mehr existent. Die gespeicherten Daten hatten sich nicht nur selbst gelöscht, teilweise waren sogar die Medien, auf denen sie gespeichert waren, verschwunden. Leif nahm an, dass dieser Fall noch viele Jahre in Business-Schulen besprochen werden würde – als durchschlagendster Firmenselbstmord der Geschichte. Bis auf die Patentformulare war nichts mehr übrig. Doch jeder wusste, dass Luddie dort nicht alle Einzelheiten seiner Innovation niedergeschrieben hatte.

In dieser Beziehung war Sabotine also erfolgreich gewesen. Doch sie hatte es nicht geschafft, der Forward Group die Schuld an Luddies Ermordung nachzuweisen. Die Männer, die das Anwesen der MacPhersons angegriffen hatten, waren offensichtlich Ausländer, die in Amerika nicht registriert waren. Man kannte nicht einmal ihre Fingerabdrücke. Sie trugen kein Körnchen identifizierbaren Materials bei sich. Selbst die Etiketten an ihrer Kleidung waren herausgeschnitten worden – es schien sich um ausländische Massenware zu handeln.

Nach Wochen war es der Net Force gelungen, über Interpol einige dieser Individuen zu identifizieren. Sie alle waren anscheinend Söldner gewesen, Leute, die für jeden kämpften, der den richtigen Preis zahlte.

Die Herkunft des gepanzerten Mannschaftstransporters war genauso schwer zurückzuverfolgen. Er war der britischen Armee während des letzten Balkankriegs abhanden gekommen. Von dort führte die Spur in einen Sumpf aus kleinen Firmen, die von größeren Firmen getragen wurden, die wiederum Firmen angehörten, die es nicht mehr gab – oder nie existiert hatten.

Die Versuche, die verbliebenen Hardweare-Westen wieder zum Laufen zu bringen, waren bisher erfolglos gewesen. Ein paar hundert der Systeme waren dank der Sicherungsschaltkreise zusammengeschmolzen.

Eines Tages würde vielleicht jemand in der Lage sein, über die eingebaute Falltür auf die Westen zuzugreifen und sie zu steuern. Doch dazu musste man Luddie MacPhersons unermüdlichen Verteidigungsmechanismus umgehen. *Vielleicht, wenn Mark Gridley etwas älter ist,* dachte Leif und grinste. Doch konnte man die Arbeit eines unersetzlichen Kopfes überhaupt duplizieren?

Wenn die Forward Group Luddie getötet hatte – und Leif fand keinen Hinweis auf das Gegenteil –, war das strategisch gesehen wahrscheinlich ein kluger Schritt gewesen. Wer wusste schon, was dieses einzelgängerische Genie sich noch alles hätte einfallen lassen?

Luddie hätte vielleicht eine absolut neue Computergeneration erschaffen und damit Firmen wie Forward völlig aus dem Rennen geworfen.

Leif wusste, dass genau das David ziemlich zu schaffen machte.

Er selbst war nun einmal der Sohn seines Vaters und bedauerte die durch den Zusammenbruch von Hardweare endgültig verloren gegangenen Chancen. Die internationale Geschäftswelt war einsamen Genies gegenüber, die wie Luddie die Szene aufmischten, zunehmend feindlich eingestellt. Unternehmergeist war bei Fastfood oder Blumenlieferservices gefragt ... oder vielleicht noch bei Investmentfirmen. Doch von der Raumfahrt bis hin zur Lebensmittelproduktion waren monolithische Konzerne das gängige Modell. Große, etablierte Giganten, die oft von der Regierung subventioniert wurden ...

Ohne jemanden wie Luddie MacPherson würde die Welt im tristen Einheitsgrau versinken.

Leif wollte gerade seine Netzverbindung beenden, um nicht länger über eine solch unerfreuliche Zukunft nachdenken zu müssen, als eine komplizierte Sequenz von Klingelzeichen ertönte. Dieses Geräusch fand er angenehmer als die Sirenen oder Piepgeräusche, durch die sich andere Leute Dateneingänge anzeigen ließen.

Er stellte fest, dass die Übertragung von einem der Nachrichtendienste stammte, bei denen er sich eingeschrieben hatte. Die Priorität war mit »niedrig« angegeben.

Sein Interesse nahm sprunghaft zu, als er sah, in welchem Zusammenhang die Nachricht stand. Hardweare.

Er ließ sich die Übertragung sofort anzeigen. Sie entpuppte sich als Holo-Nachrichtensendung, die eben lief.

Er hätte genauso gut aus dem Netz aussteigen und sie

sich in Wirklichkeit ansehen können. Aber da er schon mal dabei war ...

Das System auf dem Flur der Grays kündigte einen eingehenden Anruf an. David ging hin.

Vom Display blickte ihm ein blasser Leif Anderson entgegen. »Hast du die Nachrichten gesehen?«

»Welche?«

»Also nicht. In New York ist was geschehen, von dem man sicher landesweit hören wird. Es gab in einem Büroturm im Zentrum eine Explosion.« Leif hielt einen Moment inne. »In dem Gebäude, in dem sich auch die Büros der Forward Group befanden.«

»Befanden? Du sprichst in der Vergangenheit?«

»Im Bericht sagten sie, dass alle drei Stockwerke zerstört sind.«

»Da hat dein Mr. Symonds wohl seinen Job vernachlässigt. Oder er war so beschäftigt damit, die Konkurrenz zu observieren, dass er vergaß, sein eigenes Haus zu sichern.« Er betrachtete Leif eindringlich. »Du verschweigst mir doch irgendwas.«

»Zwei Dinge. Du wirst gleich verstehen, warum ich nicht darüber lachen kann. Erstens zündete die Bombe während eines Treffens des gesamten Vorstands der Forward Group. Diese Haie waren zwar für den Mord an Luddie und diesen Gerichtsbetrug verantwortlich, doch die Bombe hat sie total ausgelöscht. Sie explodierte direkt vor der Tür des Konferenzraumes.«

»Das tut mir Leid. Ich kann trotzdem nicht in Tränen ausbrechen ...«

»Mir ist das doch auch völlig egal. Aber der Bombenleger ... Die Sicherheitskameras haben einen Typen in Handwerkerkleidung aufgezeichnet, der da nichts zu suchen hatte.« Es sah David direkt an. »Es war Battlin' Bob MacPherson.«

David riss die Augen auf. »Du nimmst mich auf den Arm.«

Leif schüttelte den Kopf. »Diesmal nicht. Battlin' Bob schob einen Wagen vor sich her, auf dem offenbar eine Ersatzflasche für einen Mineralwasserspender lag. Vor dem Konferenzraum flog dann plötzlich alles in die Luft.«

»Mit ihm? Als menschliche Bombe?«

»Die Japaner nennen das Kamikaze.« Leif lächelte zynisch. »Sobald das herauskam, meldete sich die Manual Minority zu Wort. Sie veröffentlichte eine Stellungnahme MacPhersons, in der er als Präsident der Organisation zurücktrat – aus ›familiären Gründen‹.«

Die Jungen schwiegen einen Augenblick und sahen sich an.

»Das ist ja eine unfassbare Geschichte«, sagte David schließlich.

»Mit tödlichem Ausgang.«

»Eine ganze Familie tot oder im Irrenhaus. Ein Genie, das sich in die Fußstapfen Edisons hätte begeben können, ist für immer verloren.« David war plötzlich wütend. »Wie soll eine Bombe, die ein paar Wirtschaftskriminelle ausradiert, das aufwiegen?«

»Bob MacPherson schien das so zu sehen«, sagte Leif ruhig. »Ich ... weiß es nicht. Ich denke, die Zukunft wird es zeigen.«

»Ja«, sagte David niedergeschlagen. »Die Zukunft.«